시대의 창

: 자의식과 재현의 모티프로서 근대 기행 담론과 기행문의 발전 과정 연구

이 저술은 2014년 정부(교육부)의 재원으로 한국연구재단의 지원을 받아 연구되었음
(NRF-2014S1A6A4026474)

지은이 김경남

건국대학교에서 학부와 대학원 석·박사 과정을 밟았으며 「한국고전소설에 나타난 전쟁소재 연구」
로 박사학위를 받았다. 건국대·경기대·국민대·성신여대 등에서 고전문학 및 국어교육 등을 강의해
오다가, 건국대·협성대에서 글쓰기 분야 강의교수를 역임했다. 근대의 글쓰기 이론 자료를 구축하
고, 연구하는 과정에서 '기행장르'에 특별한 애정을 갖게 되었으며 글쓰기의 맛과 멋을 알아가고
있는 중이다. 현재 단국대학교 일본연구소 HK 플러스 연구교수로 재직 중이며 '기행'과 '지식
담론'의 교차점을 찾아가는 일에 의미를 두고 연구에 집중하고 있다.
저서로는 『지성을 위한 글쓰기 이론과 실제』(2006, 경진문화사), 『고전소설의 전쟁소재와 그 의미』
(보고사, 2007) 등이 있고, 편서로 『1920~1930년대 기행문의 변화』 1~3(경진, 2017), 『근대의
기행 담론과 계몽의식』(경진, 2017), 『일제강점기 글쓰기론 자료』, 『(李鍾麟 著) 문장체법』, 『(李泰
俊 著) 문장강화』 등이 있으며, 논문으로 「근대의 환유지구 계몽담론과 국문 기행문 연구」, 「근대
계몽기 한국에서의 중국 번역서 수용 양상과 의의」, 「외안에 비친 근대 조선 기행문의 번역 사례를
통해 본 시대의식」 등 다수가 있다.

시대의 창

: 자의식과 재현의 모티프로서 근대 기행 담론과 기행문의 발전 과정 연구

ⓒ 김경남, 2018

1판 1쇄 인쇄_2018년 05월 20일
1판 1쇄 발행_2018년 05월 30일

지은이_김경남
펴낸이_양정섭

펴낸곳_도서출판 경진
　　　등록_제2010-000004호
　　　블로그_http://kyungjinmunhwa.tistory.com
　　　이메일_mykorea01@naver.com

공급처_(주)글로벌콘텐츠출판그룹
　　　대표_홍정표　편집디자인_김미미　기획·마케팅_노경민
　　　주소_서울특별시 강동구 풍성로 87-6(성내동) 글로벌콘텐츠
　　　전화_02) 488-3280　팩스_02) 488-3281
　　　홈페이지_http://www.gcbook.co.kr

값 26,000원
ISBN 978-89-5996-572-4 93800

自由로 行動 ᄒᆞ는 더는 이것이 第一이라더 다시 두말 마실오

시대의 창

: 자의식과 재현의 모티프로서 근대 기행 담론과 기행문의 발전 과정 연구

김경남 지음

경진출판

머리말

　이 저서는 2014년도 선정 한국연구재단의 저술 출판 지원 사업의 하나로 이루어졌다. 고전 산문을 공부하다가 접하게 된 근대 기행문은 저자에게 새로운 세계를 보여주는 흥미로운 자료였다. 고전에 등장하는 몇 종의 한문 기행과 '연행가', '일동장유가'와 같은 기행가사, 좀 더 나아가 몇 종의 연행록과『해행총재』등의 사신 견문록 등을 읽다가, 새롭게 접한 근대 기행문은 각 시대별 새로운 세상을 열어주는 열쇠처럼 보였다.

　1880년 조사(朝使)와 연행사(燕行使)를 비롯하여, 해외 유학생이 출현하고, 근대식 신문이 발행되면서 '지식증장'을 위한 환유여력(環游旅歷)의 필요성이 강조되면서 출현한 기행 담론에는, 단순한 문호 개방이나 서구 지식 수용 차원의 논의가 아니라 각 시대를 열어가는 역사정신 곧 시대정신이 배어 있음을 느끼게 되었다.

　2014년 처음으로 저술 출판 지원을 받게 되었을 때는 의욕도 넘쳐났다. 1880년대부터 1945년까지 기행 담론에 대한 전수조사를 하고, 주요 기행 자료를 모두 입력하여, 현대 독자가 쉽게 읽을 수 있도록 번역까지 해야겠다고 마음먹었다. 그러나 작업을 진행해 가면서 점차 지쳐가는 자신을 발견할 수 있었다. 그 주된 이유는 자료의 홍수 때문이었다. 연구 과정에서 확인한 것이지만, 1896년 재일유학생 친목회의『친목회회보』와『대조선독립협회회보』가 출현한 뒤 1910년까지 발행된 여러 학회의 학회보만도 50여 종에 이르고,『독립신문』,『제국신문』,『황성신문』,『대한매일신보』,『만세보』 등과 같은 근대 신문도 그 양이 적지 않다. 더욱이 일제 강점기 발행된 잡지의 수가 700여 종을 넘고,『매일신보』는 1910년 8월부터 1945년 광복 직전까지 발행되었으니 살펴야 할 자료가 너무도 많은 것은 당연한 일이었다.

연구를 진행해 가면서 자료의 홍수를 벗어나기 위한 주요 작업이 무엇인지를 다시 고민하기 시작했다. 본래 이 연구는 연구서 1권과 자료집 2권을 내는 데 목표를 두고 출발했다. 자료의 홍수 속에서 욕심을 버리고 처음 계획했던 성과물을 내는 데 중점을 두는 것이 현명한 방법이라고 생각했다. 그 과정에서 다행히 근대 기행문을 연구한 다수 학자들의 연구 성과를 참고할 수 있었다. 특히 최남선의『백두산근참기』,『심춘순례』, 안재홍의『백두산등척기』처럼 유명한 기행문은 선행 연구자의 현대어 번역이 있다는 점도 고려하지 않을 수 없었다. 가급적이면 선행 연구에서 다루지 않은 것을 중점적으로 정리해 가면서 자료를 편집하고 연구서를 집필하기로 하였다.

이와 같은 과정을 거쳐 2권의 자료집을 편집하고 한 권의 연구서를 마무리하기로 하였다. 사실 자료집은 근대 계몽기부터 1910년대까지, 1920~30년대 두 권으로 나누어 편집하였는데, 후자의 자료는 매우 많아서『개벽』,『동광』,『동아일보』의 자료로만 한정하였다. 이는『삼천리』 소재 기행문만 정리해도 A4 용지로 500쪽이 넘기 때문이다.

자료의 홍수를 벗어나 기행문을 통해 보고자 했던 '시대의 창'을 여는 문제는 이 연구의 본질에 속한다. 시대별 기행 담론을 펼쳐가면서 저자는 여행에 대한 막연한 호기심, 동경이 심각한 편견이었음을 느꼈다. 근대 이후의 여행은 그 자체가 시대의식과 밀접한 관련을 맺고 있다. 여행의 목적이나 수단이 시대별로 다르고, 그에 따른 기행 담론도 달라진다. 도보 여행에서 기차 여행, 자동차 여행, 증기선의 출현 등과 같은 여행 수단의 변화는 우리의 시간과 공간 개념을 전혀 다른 차원으로 바꾸어 놓는다. 그렇기 때문에 근대 이후의 여행은 '공간 형성'뿐만 아니라 '시대의 창'이 될 수 있는 셈이다.

시대의 창을 열면서 저자는 근대의 지식 증장을 위한 '환유여력'이나, 근대 자본주의 체제하에서 각종 시찰 담론, 여행단 조직, 일제 강점기의 문명론과 문화론, 국토 순례 기행, 문학성을 가미한 각종 기행문의 출현 과정을 살피게 되었다. 그뿐만 아니라 각 시대별 기행문의 생동감 있는 문장 구사와 묘사는 근대 이후 문체 변화, 특히 언문일치의 발달과도 밀접한 관련을 맺고 있음을 확인할 수 있었다. 집필 과정에서 고민된 문제 가운데 하나는 시대별 기행문의 문체가 확연히 달라진다는 데 있었다. 한문체나 현토체의 국한문은 전문가가 아니면 읽기 어렵고, 1910년을 전후하여 달라진 문체 가운데 일부는 여전히 현대 국어와는 큰 차이가 있다. 그렇기 때문에 이 책에서는 인용문 가운데 한문이나 현토체, 또는 현대 국어와 확연히 다른 문장은 가급적 쉽게 읽을 수 있도록 번역문을 첨부하였다.

기행문은 여행의 기록이다. 그러나 단순한 여행의 기록이 아니라 각 시대를 반영하고, 국어를 발전시키며, 우리의 삶과 철학을 담아낸 중요한 글쓰기의 하나였음을 깨닫게 되었다. 시대의 창을 열고, 닫기까지 3년이란 시간이 흘렀다. 아직까지 연구해야 할 과제가 끊임없이 발견되고, 또 해야 할 일도 적지 않게 남아있음을 느끼지만, 공부가 하루이틀이나 일 이 년에 끝나는 것은 아니므로 내 스스로에게 지속적인 연구를 약속하며 시대의 창을 닫고자 한다.

2017년 6월 10일

차례

머리말 _____ 4
참고문헌 _____ 391

제1장 시대의 창 열기 _____ 9

　1. 연구 목적 ··· 9
　2. 연구 대상 ··· 12
　3. 연구 방법 ··· 16
　4. 선행 연구 ··· 18

제2장 견문·계몽으로서의 기행 체험(근대 초기) _____ 21

　1. 개항과 근대의 유력(游歷) ······························ 21
　2. 출양견문(出洋見聞)과 유학생(留學生) ············ 30
　3. 신문 매체의 기행 담론 ································· 48
　4. 유람장인견식(遊覽長人見識)과 견문록 ············ 59

제3장 국권 침탈기의 관광 담론과 사회의식 _____ 71

　1. 기행 담론의 변화 ······································· 71
　2. 유학생의 시선과 세계 인식의 변화 ············ 94
　3. 애국 담론과 소년 사상 ······························ 115
　4. 국권 침탈기 기행문의 변화 ······················· 144

제4장 식민지적 계몽성과 사실적 재현____149
: 1910년대 『매일신보』를 중심으로

1. 1910년대 『매일신보』의 기행문의 분포 ················· 149
2. 1910년대 『매일신보』 기행 담론의 주요 내용 ············· 157
3. 재현과 의식, 그 한계 ····························· 175
4. 『매일신보』 기행 담론의 의미 ····················· 207

제5장 식민 시대 기행 담론과 자의식의 성장____209
: 『동아일보』와 『개벽』을 중심으로

1. 1920년대 기행 담론의 특징 ······················ 209
2. 작법(作法) 인식과 기행문의 변화 ·················· 214
3. 1920년대 전반기 『동아일보』 기행문의 특징과 자의식의 성장 ······ 225
4. 『개벽』의 '조선 문화 조사'와 '고적 답사' ·············· 244
5. 국토 밖의 세계 ······························· 262
6. 1920년대 전반기 기행문의 의미 ··················· 272

제6장 식민 시대 역사·사회의식의 가능성·한계____275
: 국토 순례와 백두산 상징을 중심으로

1. 민족 정체성과 기행문 ························· 275
2. 순례의식과 백두산 상징 ······················ 289
3. 국토 기행의 자의식과 기행 장르 ·················· 304
4. 식민시기 민족 구성의 불완전성 ·················· 316

제7장 국토 순례 기행의 쇠퇴와 식민 지배의 강화(1930~1945)____323

1. 기행문과 시대 상황 ·························· 323
2. 1930년대 국토의식과 조선인의 삶 ················· 335
3. 식민지배와 이데올로기 표상 ···················· 352

제8장 시대의 창 닫기____379

제1장 시대의 창 열기

1. 연구 목적

사전적인 의미에서 기행문은 "여행하면서 보고, 듣고, 느끼고, 겪은 것을 적은 글"을 의미한다. 『표준국어대사전』에서는 기행문의 의미를 풀이하면서, "대체로 일기체, 편지 형식, 수필, 보고 형식 따위로 쓴다." 라고 덧붙였다. 이는 기행문이 '기행', 곧 '여행'과 밀접한 관련이 있음을 의미하며, 기행의 체험이 여행이 이루어지는 시간과 장소와 불가분의 관계를 맺고 있음을 의미한다.

전통적으로 여행의 체험을 기록한 글은 '기(記)'라는 제목을 달고 있는 경우가 많다. 중국 당나라 현장법사의 '대당서역기(大唐西域記)', 연암 박지원의 '열하일기(熱河日記)' 등은 '기' 또는 '일기'라는 명칭의 대표적인 기행문이다. 이처럼 여행 체험을 '기(記)'라는 형식으로 기술한 것은 '기(記)'가 전래하는 한문 문장 체재의 하나였기 때문이다.

근대의 작문 이론이 등장하면서 처음으로 작문법을 정리하고자 했던 최재학(1909)에서는 문장의 체재(體裁)로 '논(論), 설(說), 전(傳), 기(記), 서(序), 발(跋), 제(題), 축사(祝辭), 문(文), 서(書), 찬(贊)' 등을 제시하면서 '기(記)'를 "事를 記ㅎᄂᆞᆫ 文"이라고 규정하고, "禹貢顧命에 祖ㅎ야 其名은 戴記 樂記에셔 始ㅎᄂ지라, 其文은 敍事로 爲主ㅎᄂᆞ니 後人이 其體를 不知ㅎ고 議論을 雜ㅎᆫ 者ᄂᆞᆫ 記의 變體라."라고 하였는데, 이에 따르면 '기'는 "『서경(書經)』의 '우공(禹貢)'과 '고명(顧命)'편에서 시작하여, 『예기(禮記)』의 '대기(戴記)', '악기(樂記)'에서 비롯되었으며, 서사를 위주로 하는 글"로 해석된다. 이러한 해석은 또 다른 근대 작문법서인 이각종 (1911)에서도 확인할 수 있는데, 그는 고래(古來) 조선(朝鮮)에서의 문체 (文體)를 "科文六體 卽 詩, 賦, 表, 策, 論, 疑, 義 等으로써 文體에 主要 部分을 作ㅎ엿스며, 支那에 在ㅎ야ᄂᆞᆫ 其種類가 益繁ㅎ야 論, 策, 辨, 解, 釋義, 說, 序, 引, 記, 銘, 跋, 傳, 頌, 贊. 題名, 上書, 表, 奏疏, 箋, 碑文, 墓誌, 祭文, 吊狀, 書誥, 制, 原, 檄 等이 有ㅎ얏스ᄂᆞ"라고 하면서, 이들 문체에 대해 일일이 설명할 필요가 없이 '사생문(寫生文), 논의문(論議文), 유설문(誘說文), 보고문(報告文), 송서 급 서서문(送序及書序文), 변박문(辨駁文), 축하문(祝賀文), 적제문(吊祭文), 금석문(金石文)'의 9종으로 분류하였다.

전통적인 글쓰기에서 여행 체험과 관련된 글은 서사를 위주로 하는 '기(記)'의 형식으로 기록되었으며, 오늘날과 같이 '기행문(紀行文)'이라는 문체가 존재한 것은 아니었다. '기행문'이라는 용어가 언제부터 사용되었는지를 확증할 수는 없으나, 1909년 9월 『소년』 제2권 제8호에 발표된 최남선의 '교남홍조(嶠南鴻爪)'에서는 "以下 記錄하난 바는 往返三十二日 동안 보고 드른 것을 소의 춤갓치 질질 흘녀논 것이라 쓸ㅅ대 업시 冗長한 紀行文의 上乘일지니라."라고 하여, '기행문'이라는 용어를 사용하고 있음을 확인할 수 있다.

이처럼 전근대적 문장 체제론에서는 등장하지 않던 '기행문'이 『소년』 발행 이후 본격화된 것은, 근대 이후 여행 체험을 바탕으로 한 글쓰기에서도 문장의 형식이나 내용 면에서 큰 변화가 일어났기 때문으로 보인다. 특히 '유기(遊記)', '견문기(見聞記)', '답사기(踏査記)', '시찰기(視察記)' 등의 '기(記)'에서 '여정(旅程)'과 '감회(感懷)'를 중시하는 '기행(紀行)'의 글쓰기가 정착되어 가는 과정은 근대적 글쓰기가 형성되어 가는 과정과 비슷하다.

이 연구는 근대의 기행 담론과 기행문 텍스트를 정리함으로써, 근현대 우리 민족의 삶과 자의식의 성장 과정을 규명하는 데 목적을 둔다. 기행문은 여행의 체험을 바탕으로 적은 글을 의미한다. 여행은 일이나 유람을 목적으로 다른 지방을 다니는 것으로, 기행(紀行) 자체는 자아의 의미를 자각하고 체험의 폭을 확대하며, 그에 대한 독자와의 교감을 높이는 데 큰 기여를 한다. 특히 근대 문학 형성 과정이나 문체 발전 과정에서 기행문이 끼친 영향은 적지 않다. 예를 들어 신파조의 신소설에서 무정으로 진화하는 과정에서 계몽적 자의식의 성장이나 사회상에 대한 사실적 재현은 기행 체험의 문장에서 진화한 것으로 규정해도 무방하다. 이 과정에서 각종 유학 담론이나 관광 담론이 형성되고 있으며, 『소년』을 창간한 육당의 국토 의식도 싹튼다. 더욱이 1910년대 이광수는 '동경잡신', '대구에서', '오도답파여행' 등 수많은 기행문을 남겼는데, 이는 문체상의 진보에 큰 기여를 한 것으로 보인다. 이는 소년 사상을 전제로 한 최남선이나 1920년대 현진건 등도 마찬가지이다. 또한 근대 신문 기사의 전형적인 문체가 전언체(傳言體)의 '한다더라'에서 사실 기록의 '한다'로 진화하는 과정에도 기행문의 사실주의가 전제되어 있다. 이는 기행문이 '살아 있는 글'이며, 곧 '기행 체험'이 '자의식의 성장 과정'임을 의미한다.

그뿐만 아니라 기행문은 '시대의 창'으로서의 역할을 담당한다. 비록 근대의 기행 담론이 관념적 계몽성을 띠거나 유학생을 중심으로 한 문명개화의 논설에 그친 경우가 있고, 관광단이나 유람단 또는 시찰단이라는 명칭의 식민성을 띤 문화 침탈의 수단으로 이용될 때도 있었지만,

살아 있는 기행문은 시대의 창으로서 역할을 담당한다. 예를 들어 장한 몽의 작가 조일제가 1914년에 쓴 '주유삼남(周遊三南)'에서는 대구 정거장의 호객 행위의 모습이 경상 방언 그대로 재현되어 있음을 확인할 수 있다. 이처럼 기행문은 단순한 스케치로 끝나는 것이 아니라 문학적으로 진화하며, 시대와 사회의 실상을 진술하게 그려내는 역할을 담당한다.

근본적으로 기행 체험은 호기심을 해소하고 지식 확장을 가능하게 하는 수단으로 여겨져 왔다. 특히 개인적·사회적으로 유의미한 식견(識見)을 가능하게 하는 수단으로 간주되어 온 기행 체험이 근대 이후에 더 심층적인 의미를 획득하게 된 것이다. 그럼에도 현 단계 기행문 연구는 일부 현대 문학 전공자들이 유학생의 기행문이나 최남선의 기행문, 1920년대 국토 체험과 관련된 기행문 등을 연구하는 데 머물러 있는 상태이다. 이를 고려할 때 근대 기행 담론과 기행문에 대한 전면적이고 체계적인 연구가 필요하다.

2. 연구 대상

이 연구는 현 단계의 기행문 연구가 '문학성'을 중심으로 하거나 '수필'의 한 갈래로 평가 절하되는 상황에서 기행 담론과 기행문에 대한 종합적이고 체계적인 연구를 목표로 출발한다.

이 연구에서 대상으로 삼는 근대 기행 담론은 1880년대 이후부터 1945년까지의 비교적 긴 시간에 해당한다. 우리나라의 근대의 기행 담론은 개항 이후 1881년 신사 유람단이 조직되어 일본을 견학한 이후 1895년 일본 교순사(交詢社)에서 유길준의 『서유견문(西遊見聞)』이 출간되면서 '견문·계몽(見聞啓蒙)'의 차원에서 본격적인 논의가 시작된다. 이 책은 기행문은 아니지만 "聖上御極ᄒ신 十八年 辛巳 春에 余가 東으로 日本에 遊ᄒ야 其人民의 勤勵ᄒ 習俗과 事物의 繁殖ᄒ 景象을 見ᄒᆷ이 竊料ᄒ든 배 아니러니 及 其國中의 多聞博識의 士를 從ᄒ야 論議唱酬ᄒ 는 際에 其意를 掬ᄒ고 新見奇文의 書를 閱ᄒ야 反覆審究ᄒᆫ 間에 其事 를 考ᄒ야 實境을 透解ᄒ며 眞界를 披開ᄒ 則"이라고 하였듯이, 해외 견문 체험을 바탕으로 한 계몽서로서의 가치를 갖고 있다. 그뿐만 아니 라 1896년 재일본 유학생들의 『친목회회보』나 독립협회의 『대조선독 립협회회보』 등과 같이, 이 시기의 각종 학문 담론에는 기행 체험과 관련된 것들이 다수 출현한다. 특히 이 시기의 기행 담론은 각처(各處) 의 교화·풍속·인정·토물(土物)을 편력하여 지식을 풍부하게 하고 독자 로 하여금 간접 체험을 넓히도록 하는 데 의의를 두었다.

그러나 1900년대 이후의 기행 담론은 다양한 관점에서 다양한 문종 (文種)으로 변화하는데, 그 가운데 하나가 1905년 전후의 관광 담론이 다. 엄밀히 말하면 관광 담론은 일본의 상업 자본의 제국주의적 문화 침탈의 수단으로 출발하였는데, 우리나라의 경우 통감시대 일부 지식 인들과 부일 협력자들이 이를 수용하기도 하였다. 그럼에도 1908년 최 남선이 『소년』을 창간하면서부터 서서히 관념적인 계몽성을 탈피한 근 대의 기행문이 출현하기 시작한다.

1910년대까지의 최남선 기행문은 계몽성을 전제로 쓰였다는 점에서 자의식의 성장이나 시대의 창으로서의 역할을 수행하는 데는 일정한 한계가 있다. 이 점은 1910년대 『매일신보』에 등장하는 기행문도 비슷 하다. 그럼에도 1910년대 등장하는 각종 기행문은 문체사적인 면에서 완전한 언문일치를 보이며, 그 시대의 삶의 모습을 그대로 드러내는 경우가 많다. 예를 들어 조일제의 '주유삼남'이나 이광수의 '오도답파 여행'에서는 기행 과정에서 만난 민초들의 삶이 생생하게 재현되어 있 다. 그러나 이러한 기행문은 식민지적 계몽성이나 명승·고적에 대한 탐승(探勝)을 추구하는 관광 담론을 완전히 극복한 것은 아니다.

이러한 흐름에서 1920년대의 기행 담론은 그 지평이 더 넓어져 갔다.

이 시기는 식민 정책의 수행 과정에서 이루어진 각종 '고적 조사 경험'
이 재현된 '답사기'가 등장하고, 이른바 '문화 통치'의 허용 범위 내에서
각종 국토 순례 담론이 등장하기 시작한다. 특히 1920년대의 기행 담론
이나 기행문은 담론의 주체와 작가의 성향에 따라 다양한 스펙트럼을
보여준다. 이러한 관점에서 이 연구는 기행 담론과 기행문에 대한 통시
적인 연구를 목표로 하며, 기행 담론의 변화 과정을 고려하여 다음과
같이 시대를 구분한다.

【기행 담론의 시대적 변화】
　ㄱ. 제1기: 근대의 기행 담론과 기행문 형성(개항부터 1900년대 초반까지)
　ㄴ. 제2기: 관광 담론의 형성과 계몽적 기행 체험(1900년대 후반)
　ㄷ. 제3기: 식민지적 계몽성과 재현 의식의 성장(1910년대)
　ㄹ. 제4기: 기행 담론의 다변화와 국토 순례 기행(1920~1930년대)
　ㅁ. 제5기: 국토 순례 기행의 쇠퇴와 식민 지배의 강화(1930~1945)

시대 구분은 기행 담론에 관한 기초 자료의 계량적 분포를 기준으로
한 것이다. 이러한 시대 구분은 기행 담론과 기행문의 분포를 고려한
것으로, 제1기는 해외 견문 및 유학 담론이 형성되던 시기였고, 제2기
는 서세동점기 일본의 세력이 확장되면서 각종 시찰 및 명승고적 관광
단이 조직되던 시기였다. 제3기는 일제의 강점 아래 조선총독부가 중
심이 되어 각종 조사 사업이 진행되면서 고적 답사가 이루어지고, 『매
일신보』를 중심으로 한 취재기 형식의 기행문이 쓰이던 시기였다. 제4
기는 이른바 '문화통치' 하에서 계몽운동가나 문인을 중심으로 한 국토
에 대한 '부채의식'이 확산되면서 '국토 순례 기행'이 본격화된 시기로
볼 수 있다. 제5기는 일제의 병참기지화 정책이 노골화되면서, 국토 순
례 기행이 쇠퇴하고, 일제의 만주 침략과 함께 중국, 만주, 시베리아
등지의 취재기가 많아지는 시기로 볼 수 있다.

이러한 시대적 변화를 중심으로 이 연구에서는 각 시기의 주요 담론과 기행문을 분석하고자 한다. 이때 분석하고자 하는 주요 과제는 다음과 같다.

【주요 분석 과제】
ㄱ. 기행 담론의 역사성과 시대정신
ㄴ. 사회 현실과 기행문의 전개
ㄷ. 문체론적 차원에서 본 기행문 쓰기
ㄹ. 문학성의 차원에서 기행문 재검토

주요 분석 과제에서 ㄱ은 기행 담론 자체가 시대 상황이나 담론 제기 주체의 의도를 반영함을 의미한다. 달리 말해 근대 초기의 기행 담론은 개화파 지식인들의 '견문·계몽론'을 반영하는 데 비해, 1908년 전후 최남선에 의해 쓰인 기행문은 '소년 사상'이라는 관념적 계몽성을 내포한다. 그뿐만 아니라 1910년대 『매일신보』의 조일제와 이광수는 완전한 언문일치를 보이면서도 식민지적 계몽성을 탈피하지 못하고 있으며, 1920년대 중반에 활발했던 국토 순례 기행문도 그 시대적 환경의 영향을 강하게 받고 있다. 기행문에 나타나는 시대적·사회적 삶의 모습을 재구하고자 하는 과제이다. 근대의 기행문에는 그 시대와 사회의 모습이 사실적으로 드러난다. 여행자가 만난 사람, 그가 느낀 감정, 견문한 바 등이 살아 있는 언어로 재현된다. 문체론은 근대적 글쓰기의 발전이라는 차원에서 기행문의 문장과 어휘, 또는 문체론적 특징을 규명하고자 하는 과제를 의미하며, 문학성은 기행문이 문학적 성장과 어떤 관련을 맺는지를 규명하고자 하는 과제이다. 이러한 과제는 궁극적으로 오늘날의 기행 체험과 기행문이 갖는 의미를 탐구하는 데로 이어질 수 있다.

3. 연구 방법

이 연구는 '기초 자료의 수집', '시대별 기행 담론 및 기행문 분류', '시대별 기행 담론의 변화 및 기행문의 특성 분석'의 순서로 진행된다.

첫째, 기초 자료의 수집에서는 기행문과 기행 담론의 통시성을 고려하여 각 시기별 주요 문헌을 전수 조사함을 목표로 한다. 주요 조사 대상은 각 시기별 기행 담론을 주도했던 신문, 잡지, 학회보를 중심으로 하며, 해당 시기에 출판된 기행 관련 서적 및 문예 서적을 포함한다. 각 시대별 주요 대상 자료 유형(일부는 명칭)은 다음과 같다.

【각 시대별 대상 자료 유형】

시기	주요 자료
제1기	한성순보, 한성주보, 독립신문, 황성신문, 제국신문, 대한매일신보(이상 신문류), 협성회회보, 친목회회보, 대조선독립협회회보(이상 학회보), 음청사, 종정연표, 서유견문(단행본)
제2기	대한매일신보, 황성신문, 만세보(신문), 개화기 학술총서(학회보), 독습일어잡지, 소년(잡지), 실지응용작문법(교재류) 등
제3기	매일신보(신문), 학지광, 청춘(잡지), 여행 안내서 등
제4기	매일신보, 동아일보(신문), 개벽, 별건곤, 동광(이상 종합잡지), 심춘순례, 백두산근참, 백두산등척 등의 신문 연재 단행본, 기타 교재류
제5기	매일신보, 동아일보(그 밖의 신문), 삼천리, 신동아, 조광(종합 잡지), 기타 기행문 단행본 조사

둘째, 시대별 기행 담론 및 기행문 분류는 자료의 유형에 따라 수집한 자료를 엑셀 프로그램을 이용하여 정리하는 과정을 말한다. 자료 가운데 신문과 학회보, 종합 잡지는 자료별로 분류 항목을 설정하여 정리하며, 단행본은 기행 담론을 한글 파일로 입력하고 주해하는 작업을 병행한다. 자료별 정리에서 사용하는 분류 항목은 발표 연도, 글의 유형(문종), 작가, 기행지, 기행 목적 등을 기준으로 하며, 필요에 따라 추가 항목을 더 설정할 수 있다. 프로그램의 일부를 제시하면 다음과 같다.

【분류 방법】

권수	시작일	종료일	문종	제목	내용	필자	횟수	특징	주제	핵심어	국내외	지역
권8	1915.05.12.		기별	당산기별	1. 동래 기별론	장지연	1		관광	기별	국내	시내
권8	1915.06.02.		기별	춘천 송료홍 고유	이필웅믹 춘천 기별문		1		관광	시찰	국내	춘천
권11	1917.07.21.	1917.07.27.	기별	백팔암 자하산 문호:해운대로 서 돌래해	7월 22일, 7월 24일, 7월 25일, 7 월 26일, 7월 27일 5회 연재		5		관광	기별	국내	남부5도
권8	1916.09.27.	1916.11.09.	기별	동경잡신	1. 학교	이광수	28	일본유 학생활 안내문 문화	기타	기별	해외	일본
권10	1917.04.17.	1917.04.27.	기별	동경잡신	이광수	이광수	4	고주수에 광수	기타	기별	해외	일본
권11	1917.08.28.	1917.09.01.	기별	평양의 강산과 평양인의 인(1)		패강 초부	7		기타	기타	국내	석왕사
권8	1915.03.09.		기별	남귀 기별(1)	남대문 역에서 경부선 철도를 타 고, (한문체 수필 기별문)	장지연	3		기별	기별	국내	남부
권8	1915.03.12.	1915.03.13.	기별	기별 매일	한문 기별, 기별 후 한시 수록	장지연	5		기별	기별	국내	남부
권8	1915.07.01.	1915.07.03.	기별	여주 환천기(1)		일가자	2		기별	기별	국내	여주
권8	1915.08.24.	1915.08.25.	기별	마산기별	• 장지연의 한문 기별	장지연	1		기별	기별	국내	마산
권8	1915.10.17.	1915.10.31.	기별	금강산 유기(1)	1. 실로 세계의 보	소봉생·일본 인 덕부 선생	11		기별	기별	국내	금강산
권8	1916.05.07.	1916.06.01.	기별	금강산(1)	천풍 심우섭	심우섭	17		기별	기별	국내	금강산
권8	1916.06.17.	1916.07.01.	기별	동별기별(1)	고성	소봉생	8		기별	명승	국내	영동
권8	1916.08.05.		기별	동별 일기(1)	금강산 기별:한문 기별문: 실제 로는 1회만 실림	조응용	2		기별	명승	국내	금강산
권8	1916.09.14.	1916.09.15.	기별	백제 고도 부여 8경 탐승기(1)	강감자의 운초생	운초생	3		기별	명승	국내	부여
권8	1916.09.23.	1916.09.26.	기별	대구에서(1)	대웅수의 기별문: 1. 명예심의 발 만족	대웅수	2	• 개인 기별	기별	국내	대구
권8	1916.09.27.	1916.10.05.	기별	호남유학(1)	호남선에 합발	무불가사 달	8		기별	기별	국내	일본
권8	1916.09.29.	1916.09.30.	기별	만주 유학(1)		춘류 노인규	2		기별	기별	해외	중국
권8	1916.10.20.		기별	철원별(1)	철원별(1)	괴용	2		기별	기별	국내	철원
권9	1916.11.17.	1916.11.18.	기별	일일 사업리 유지		소봉생	2		기별	기별	국내	여주
권9	1916.11.21.	1916.11.25.	기별	강화도 유기(1)		소봉생	3		기별	기별	국내	강화도
권9	1916.11.28.	1916.12.01.	기별	금강유기(1)	국한문체 만록	장지연	7		기별	유기	국내	금강산
권9	1916.12.06.	1916.12.09.	기별	송석유기(1)		장지연	2		기별	유기	국내	금강산
권9	1916.12.08.	1916.12.09.	기별	설악나기(상)		장지연	2		기별	유기	국내	설악산
권9	1916.12.13.		기별	선율기(금강유기 부록)		장지연	2		기별	유기	국내	설악산
권9	1917.02.07.	1917.02.27.	기별	마주앙도기(미국 가담 고별의 태평양)	황 상해 태평양할	태평양할	12		기별	기별	해외	미국
권8	1917.02.20.	1917.02.27.	기별	남별기건(1)		장지연	6		기별	기별	국내	남도

셋째, 각 시기별 기행 담론의 경향과 기행문의 특성을 고려한 분석 작업을 진행한다. 제1기에서는 각종 기행 담론에 산재한 '문명론'과 '유람 장인견식(遊覽長人見識)'의 논리를 분석할 예정이며, 제2기에서는 관광단이 출현한 이유, 일본 여행담의 특징, 『소년』에 나타난 기행 담론과 기행문의 특징을 분석한다. 제3기에서는 식민지적 계몽성이 어떤 의미를 지니며, 그럼에도 사실의 재현에 기여한 바는 무엇인지를 규명하는 데 초점을 맞춘다. 제4기는 두 시기로 나누어 1920년대 전반기에 본격화된 자의식의 성장과 유학생의 의식, 이 시기의 중국과 만주가 갖는 의미 등을 중점적으로 고찰하며, 후반기에는 백두산으로 대표되는 국토 순례 기행의 역사·사회의식과 명승고적 탐승의 이중성을 중점적으로 연구한다. 1930년대 이후의 기행문은 『삼천리』에서 두드러지게

나타나듯이, 일제의 만주 침탈과 중일 전쟁, 자력갱생 이데올로기 등이 반영되면서 국토 순례 기행이 쇠퇴하고 만주와 중국이 식민 조선과 동일하게 취급되는 상황 등이 나타나고 있음을 기술한다.

이 과정을 거쳐 이 연구에서는 기행 담론과 시대 상황의 관계, '기행 장르의 형성 과정', '근대적 글쓰기에서 자의식의 성장 과정', '문체 발전의 과정' 등을 종합적으로 규명한다.

4. 선행 연구

기행문은 여행의 체험을 바탕으로 적은 글을 의미한다. 여행은 일이나 유람을 목적으로 다른 지방을 다니는 것으로, 기행(紀行) 자체는 자아의 의미를 자각하고 체험의 폭을 확대하며, 그에 대한 독자와의 교감을 높이는 데 큰 기여를 한다. 그렇기 때문에 여행 체험에 대한 기록은 작문법 발달 과정에서 주요 분야의 하나로 간주되어 왔다. 더욱이 경제적, 문화적 차원에서 기행 담론은 시대와 사회를 초월하는 보편성을 띠고 있기 때문에 다차원적인 입장에서 근대의 기행 담론이 형성되었을 뿐만 아니라 문학성이 뛰어난 기행문이 산출되기도 하였다.

그럼에도 기행 담론이나 기행문에 관한 관심은 연구자들 사이에서 그다지 높았던 것으로 보이지는 않는다. 특히 관광의 산업화를 전제로 한 경제적 담론과 기행문의 문학성 사이에는 측정하기 힘든 괴리감이 존재한다. 이러한 흐름 속에서 일부 현대 문학 전공자들이나 글쓰기 연구자들, 또는 근대사 전공자들에 의해 근대 시기의 유학생이나 관광 담론, 일제 강점기의 시찰 문화 등에 대한 분석이 시도된 바 있다.

그 주된 흐름에서 근대 이후 기행문의 형성 과정에 대한 연구 경향을 주목할 필요가 있다. 근대 이후 기행문의 형성 과정에 대한 연구로는 김현주(2001)의 '근대 초기 기행문의 전개 양상과 문학적 기행문의 기원'이나 김진량(2004)의 '근대 일본 유학생의 공간 체험과 표상: 유학생 기행문을 중심으로', 김진량(2004)의 '근대 일본 유학생 기행문의 전개 양상과 의미', 김중철(2004)의 '근대 기행 담론 속의 기차와 차내 풍경: 1910~1920년대 기행문을 중심으로', 구인모(2004)의 '국토 순례와 민족의 자기 구성', 곽승미(2011)의 '『소년』소재 기행문 연구: 글쓰기와 근대 문명 수용 양상을 중심으로', 박진숙(2011)의 '기행문에 나타난 제도와 실감의 거리, 근대 문학' 등이 있다. 이들 논문은 대체로 1900년대나 1910년대, 또는 1920~30년대의 기행문의 내용을 문학적 차원에서 분석한 것으로 볼 수 있다. 다만 곽승미(2011)의 경우 글쓰기의 차원에서 기행문 형성 과정을 논의한 것으로 볼 수 있는데, 이 또한 최남선의 계몽주의와 독자와의 관련을 중점적으로 분석한 것으로, 기행 담론 자체를 논의한 것은 아니다.

또 하나의 연구 성과로는 1920년대 이후의 기행문에 관한 연구이다. 이 시기의 기행 자료는 1920년대 일부 언론사와 잡지사가 중심이 되어 전개했던 '국토 순례 기행', 해외 유학생의 보고, 신문 기자를 중심으로 한 답사기와 탐방기 등 다양한 형태가 나타난다. 이를 주제로 한 연구로는 김현주(2001), 김진량(2004), 김중철(2004) 등이 있다. 예를 들어 김진량(2004)에서는 근대 일본 유학생 기행문의 전개 양성과 의미에 대해서 집중적인 연구를 했는데, 당시 일본으로 유학을 갔던 유학생들이 보고 듣고 느낀 바는 산업화된 일본에 대한 경탄과 유학비 부족 등이 주요 내용을 이룬다. 또한 김중철(2004)에서는 1910년대부터 1920년대의 근대 기행 담론 속의 기차와 차내 풍경을 다루었는데, 이 또한 기차에 대한 경이와 찬탄, 속도와 규율 등의 식민지적 공간의 특수성을 주제로 한 것이었다. 또 하나의 흥미로운 연구로는 1910년대 시찰 문화와 관련된 것인데, 이에 대해서는 일부 역사학자들이 관심을 기울인 적이 있다. 예를 들어 이경순(2000)에서는 1917년 불교계의 일본 시찰과 관련한 연구를 진행한 바 있으며, 조성운(2004, 2005)에서는 1910년대 각종 시찰단을 종합적으로 연구한 바 있다. 이처럼 1910년대 기행 문화는 식민지적 특수성과 밀접한 관련을 맺고 있으며, 이러한 특수성은 '시찰 견학', '관광 행락', '사적 조사', '만주 철도 부설 및 대륙 침략 정책' 등의 각종 정책과 맞물리면서 다양한 기행 담론을 형성한다.

이처럼 근대 이후의 기행 담론과 기행문에 관한 연구 경향은 분포 자료와 견주어 보았을 때, 극히 제한적으로 이루어졌음을 알 수 있다. 다만 실용적 차원에서는 근대적 작법 이론이 도입되면서부터 기행문을 다루기 시작했음을 확인할 수 있는데, 예를 들어 최재학(1909)의 『실지 응용작문법』(휘문관)에서는 '기(記)'의 한 형식으로 '유기(遊記)'를 다룬 바 있고, 일제 강점기 조선어 작문법 교재 가운데 하나인 박기혁(1931) 의 『조선어 작문 학습서』(이문당)에서는 '기행문(紀行文)의 쓰는 법(法)' 을 설명한 바 있다. 그뿐만 아니라 일제 강점기 이후에 저술된 각종 '문장 작법'이나 '글쓰기' 관련 교재에서는 대부분 '기행문' 관련 내용을 선정하였다. 그럼에도 기행문에 대한 종합적이고 체계적인 연구가 축 적된 것은 아니다. 예를 들어 '유기(遊記)'라는 명칭 대신 '기행(紀行)'이 라는 명칭이 사용된 시점이나 이유와 같은 기초적인 연구조차 충분한 해명이 이루어지지 못했음을 확인할 수 있다. 이 점에서 기행 담론의 형성과 변화 과정, 기행문의 가치 등에 대한 종합적인 연구가 이루어질 필요가 있다.

제2장 견문·계몽으로서의 기행 체험
(근대 초기)

1. 개항과 근대의 유력(游歷)

『논어』 '옹야편'의 "지혜로운 사람은 물을 좋아하고, 어진 사람은 산을 좋아한다. 지혜로운 사람은 움직이고, 어진 사람은 고요하다. 지혜로운 사람은 즐겁게 살고, 어진 사람은 장수한다(知者樂水, 仁者樂山. 智者動, 仁者靜. 智者樂, 仁者壽)."라는 말에서 '요산요수'라는 숙어가 출현한 이래, 우리나라의 선비들은 산수 기행이 군자의 덕목 가운데 하나라고 여기면서 자연 탐승과 견문 식견한 바를 기록하는 다양한 '기(記)'를 남겼다. 그렇기 때문에 조선시대 선비들의 각종 문집에서는 그들이 쓴 '기(記)'가 '잡저(雜著)'나 '별기(別記)'의 한 부분을 차지했고, 때로는 연암의 『열하일기』처럼 대작을 이룬 경우도 있었다.

그러나 전통적인 '기'에 등장하는 여행담, 견문담은 선비들의 수양 덕목을 반영한 것일 뿐만 아니라 한문으로 기록한 것들[1]이어서, 내용과 형식면에서 근대적인 글쓰기와는 거리가 있다.

근대적 기행 담론의 형성은 개항 이후 본격화된 서구 지식의 수용과정과 밀접한 관련이 있다. 강재언(1981)에서 밝힌 바와 같이 우리나라에 서구 지식이 처음 소개된 시점은 1600년대 초로 보인다.[2] 그러나 본격적인 서양 지식의 유입은 개항 직후 이루어진 조사시찰단, 영선사의 파견과 관련된다.

조사시찰단은 흔히 '신사유람단'으로 알려져 있는 일본 시찰단이다. 허동현(2003)에서 자세히 규명했듯이, 이 시찰단은 1881년 4월 초부터 윤7월까지 약 4개월여에 걸쳐 일본의 문물을 시찰하였다. 이 시찰단은 12명의 조사(朝使)와 27명의 수행원, 10명의 통역관, 13명의 하인, 2명의 일본인 통역으로 구성되었는데, 그들이 견문·조사한 내용은 각종 보고서 형태로 기록되었다.[3] 당시 조사들은 일본의 실정 전반에 대한 "조정의론(朝廷議論)·국세형편(國勢形便)·풍속인물(風俗人物)·교빙통상(交聘通商)" 등을 상세히 탐구하여 보고할 것을 지시받았으며, 각 조사에게는 별도의 특수 임무가 부여되었다.[4] 조사시찰단의 자료는 시찰기(視察記) 뿐만 아니라 각종 견문·사건을 기록한 '견문기', 일기 등으로 구성되어

---

1) 예외적인 것으로 '연행가', '일동장유가'와 같이 기행 담론을 드러내는 글이 있으나, 이는 기행 가사일 뿐 '기(記)' 또는 '기행문'의 범주에 포함할 수는 없다.

2) 강재언(1981)에 따르면 우리나라에 최초로 건너온 서양서는 이수광의 『지봉유설』에 소개된 '구라파국여지도'로 알려져 있다. 그 이후 개항기까지 마테오리치(利瑪竇)의 '곤여만국지도(坤輿萬國地圖)', '혼개통헌도설(渾蓋通憲圖說)' 등의 지리서와 『기하원본(幾何原本)』, 『구고의(句股義)』, 우르시스(雄三拔)의 『간평의설(簡平儀說)』 등과 같은 서양 학술서 22종, 마테오리치의 『천주실의(天主實義)』, 『교우론(交友論)』 등과 같은 종교서 13종의 유입이 있었던 것으로 알려져 있다.

3) 이에 대해서는 허동현(2003)의 『조사시찰단 관계 자료집』 1~14(국학자료원)를 참고할 수 있다. 이 자료집에는 서울대학교 규장각 소장본의 시찰단 보고서와 국립중앙도서관 소장본 이헌영의 『일사집략(日槎集略)』 등 90여 권의 자료를 수집·정리하였다.

4) 허동현(2003)에서는 각 조사에게는 각각 전문적인 연구 조사 분야가 부여되었음을 밝혔는데, 박정양(朴定陽)에게는 내무성(內務省), 조준영(趙準永)에게는 문부성(文部省), 엄세영(嚴世永)에게는 사법성(司法省), 강문형(姜文馨)에게는 공부성(工部省), 심상학(沈相學)은 외무성(外務省), 홍영식(洪英植)은 육군성(陸軍省), 어윤중(魚允中)에게는 대장성(大藏省), 이헌영(李𨯶永)·조병직(趙秉稷)·민종묵(閔種默)에게는 세관(稅關), 이원회(李元會)에게는 육군 조련(陸軍操練) 등의 사항을 조사하도록 하였다.

있다. 허동현(2003)에서는 이들 자료를 '시찰기류', '견문사건류', '잡저'로 구분하여 편제하였는데, 그 가운데 제3편의 잡저에 포함된 어윤중(魚允中)의 『수문록(隨聞錄)』, 『종정연표(從政年表)』, 박정양(朴定陽)의 『종환일기(從宦日記)』, 이헌영(李𤩷永)의 『일사집략(日槎集略)』, 『수록(隨錄)』, 『동유록(東遊錄)』, 강진형(姜晉馨)의 『일동록(日東錄)』, 송헌빈(宋憲斌)의 『동경일기(東京日記)』 등은 한문으로 쓰인 기행문의 일종으로 볼 수 있다. 그 가운데 하나를 살펴보자.

【수문록(隨聞錄)】[5]

欲學外國技藝 買㵟機軍物 不可不審外國 教師之願雇者 每多大湊欺人 無所互學 㵟機軍物多以有制 及易傷無用者出言 不如深悉外國情形 以後學公往復 該國政府 若公使而求之也. 日本已受其獎云. 日本現行政法海軍用英制 陸軍用獨逸法蘭 醫學銃砲專用獨逸軍 情服章用魯國 法律用佛 鑛學用獨逸 國有三黨 曰國黨 曰民黨 曰中立黨 (…하략…)

> **번역** 외국 기예를 배우고자 한다면 기기 문물을 구입하여 외국을 살피지 않으면 안 된다. 교사로 고용을 원하는 자가 늘 사람을 업신여김이 많으면 서로 배울 바가 없어, 기기 군물에 여러 제도가 있고 또한 상하여 무용한 것이 되기 쉬우니, 나아가 외국의 정형을 깊이 탐구함만 같지 못하다. 이로써 배우는 자는 사신으로 가서 구하듯이 그 나라에 가서 배워야 한다. 일본은 이미 그 폐단을 받았음을 이르고 있다. 일본의 현행 정치 법률과 해군은 영국 제도를 사용하며, 육군은 독일 프랑스를, 의학 총포는 오직 독일군의 것을 정보 복장은 러시아를, 법률은 프랑스를 사용하며 광학은 독일을 사용한다. 나라에 세 당이 있으니 하나는 국당이며 하나는 민당이며 하나는 중립당이다.

---

5) 어윤중, 「일본변국선종군정시(日本變局先從軍政始)」, 『수문록(隨聞錄)』, 국사편찬위원회.

이 글은 조사(朝使)의 일원으로 파견된 어윤중의 『수문록』 가운데 한 부분이다. 개항 이후 외교 통상이 본격화되면서 외국 기예 문물 습득의 필요성을 자각하면서, 그 방법의 하나로 외국의 기기 문물을 매입하여 살피고 해당국에 사신을 보내어 배우게 해야 한다고 주장하였다. 이는 이 시기에 문물 개화를 위해 견문 확장이 이루어져야 함을 본격적으로 깨닫기 시작했음을 의미한다.

그러나 이 시기 견문 확장의 주요 방법은 기행을 통한 직접 체험보다 서적 구입을 통한 간접 체험의 방법이 더 중시되었던 것으로 보인다. 비록 조사 파견과 함께 최초의 재일 유학생이 탄생하기는 했지만[6], 외국 문명 수입 과정에서 중시되었던 것은 '서적'이었다.[7] 이는 외국의 사정을 충분히 알지 못한 상황에서 일차적인 지식의 원천으로 자연스럽게 서적이 중시되었기 때문에 나타난 현상으로 볼 수 있지만, 해외 유학이나 기행 등의 직접 체험이 갖는 중요성을 고려한다면, 다분히 수동적인 입장에 해당한다.

중국에 파견된 영선사[8]도 본격적인 해외 유학 담론으로 이어지지

---

6) 송병기(1988)에서는 조사 시찰단에 포함되었던 유길준, 윤치호, 유정수, 김한량을 최초의 재일 유학생으로 규정하고, 이들은 처음부터 유학을 목적으로 선발된 사람들이었을 것으로 추정했다. 그러나 『학지광(學之光)』 제6호(1915.7.23)의 '일본 유학생사'에서는 임오군란 직후 박영효가 일본 수신사로 가면서 외국 문명을 수입하기 위하여 생도 10인을 인솔하여 간 것이 일본 유학생의 효시라고 하여, 본격적인 일본 유학이 조사 파견 이후에 이루어진 것으로 보았다. 이처럼 조사와 동행한 유학생들을 처음부터 유학을 목적으로 선발한 것이라는 주장에는 이론(異論)이 있을 수 있다.

7) 외국 문명을 도입하는 과정에서 서적이 중시되었음은 각종 자료를 통해서도 확인할 수 있다. 국사편찬위원회(2011)의 『한국근대사 기초 자료집』 2(탐구당)에 수록된 지석영(池錫永)의 '시무학에 대한 상소'(1882.8.29)에서 시무를 위한 서적 수집을 주장한 것이나, 『한성순보』 창간호(1883.10.31) '순보서(旬報序)'에서 박문국을 설치하고 외보를 폭넓게 번역하고자 한 취지를 밝힌 것, 박영효의 '건백서(建白書)'(1888.1.13)에서 학교 설립과 교과서의 국문 또는 국한문 번역을 주장한 것 등이 모두 서적을 통한 문명개화의 필요성을 주장한 사례가 될 것이다.

8) 영선사는 1881년 9월 26일 김윤식(金允植)을 영선사로 하고, 윤태준(尹泰駿)을 종사관, 백낙륜(白樂倫)을 관병(官幷), 최성학(崔性學)을 역관(譯官)으로 하여 총 83명을 파견한 사신단이다.

못하기는 마찬가지였다. 영선사단(領選使團)에는 25명의 학도(學徒)와 13명의 공장(工匠)이 포함되어 있는데, 이들은 대부분 중국 텐진[天津]의 기기창에서 서양 기술을 공부하고자 하는 목적으로 파견된 사람들이었다. 따라서 해외 유학 체험을 통한 지식 습득보다는 '화약·탄약 제조법'이나 '기계 조작법'을 배우고자 하는 목적이 강했으며, 그 과정에서 외국어와 자연과학 지식을 습득했다. 더욱이 당시의 중국 사정이나 조선 정부의 정치적 불안정 등이 맞물리면서, 해외 유학 담론이나 기행 담론은 본격화되지 못한 것으로 보인다.

이 경향에서 『한성순보』와 『한성주보』는 1880년대 서구 학문과 해외 문물을 소개하는 주요 정보원의 하나였다. 『한성순보』는 창간 이후부터 지속적으로 서양의 지리와 역사 관련 지식을 등재하였는데, "논양주(論洋洲, 제1호), 지구도해(地球圖解, 제1호), 지구론(地球論, 제1호), 논지구운전(論地球運轉, 제2호)" 등을 비롯하여 대략 40편 정도의 세계 지리 지식을 소개하였다. 또한 "성학원류(星學源流, 제16호), 행성론(行星論, 제20호)" 등의 천문 지식도 다수 등재하였으며, 다양한 서구의 학문을 소개하기도 하였다. 이러한 경향은 『한성주보』에도 이어지는데, 주보에서는 순보와는 달리 지리 지식을 순국문이나 국한문으로 번역 등재하기도 하였다. 이 같은 시대상황에서 과거와는 달리 유학이나 견문 체험을 위한 출양(出洋)이 이루어질 가능성이 높아졌다. 특히 외무 교섭 능력은 사신과 통역관의 임무가 중요함을 깨우치는 배경으로 작용하는데, 『한성주보』 1886년 10월 4일자 '사의(私議)'로 발표된 '논외교택기임(論外交擇其任)'의 한 부분을 살펴보자.

【논외교택기임(論外交擇其任)】9)

(…전략…) 지금은 세계가 서로 부강을 위주로 하여, 배 한 척으로 만리를 아침저녁에 왕래하며, 조약을 맺어 통상하고, 공법(公法)을 정하여 방한(防限)하니 상관되지 않는 일이 없고, 미세한 일가지 서로 모르는 것이 없으니, 교린의 업무가 날로 복잡해지고 있다. 어떤 이는 "이미 조약이 있으니 상무(商務)에 이를 준수하면 남의 나라를 침해하는 일이 없을 것이고, 이미 공법이 있으니, 강한 이웃나라라도 이를 믿을 것이니 두려울 것이 없다."라고 한다. 그러나 만약 적임자를 택하지 못하거나 내수(內修)와 외교를 잘하지 못한다면 조약은 준수되지 않을 것이며, 공법도 믿을 수 없을 것이다. (…중략…) 체구의 장대와 왜소는 국가의 경중이 될 수 있다. 그러나 외교관이 소매(疎昧)하다면 외국인은 반드시 "조선인은 본래 모두 소매(疎昧)하다." 할 것이니, 어찌 크게 부끄러운 일이 아니겠는가. 해외 제국을 조사해 보니, 내수와 외교에 경중을 두지 않고 모두 중요시하여 외교아문(外交衙門)을 대신(大臣)의 윗자리에 두고 재무아문(財務衙門)과 같이 중요시한다. 그러므로 총재(冢宰)가 재무를 겸하지 않을 경우에는 반드시 외교를 겸한다고 한다. 또 서료(庶僚)를 등용하는 데 있어서 재능을 시험하는 제도가 있어, 각 아문과 각 국(局)에서 모두 문학(文學)10)·재능(才能)과 그의 장점을 시험하는데, 예를 들면 재무를 관장하는 아문에서는 재리(財理)를, 사법아문에서는 법리(法理)를 시험하는 예와 같다. 외교아문에 있어서는 세계 각국의 지리, 정치, 풍속, 물산(物産)으로부터 고금의 화전(和戰), 통상의 이폐(利弊)에 이르기까지 임기응변해야 하고, 때에 따라 진퇴(進退)해야 하며, 외국의 문자와 언어도 모두 시험하지 않음이 없다. 통하지 못한 사람은 등용하지 않는다고 한다. 우리나라는 새로 외교를 열어 외교아문을 창설하였으나, 여전히 사민(士民)만을 등용

---

9) 이 번역문은 관훈클럽신영연구기금(1983)에서 번역한 『한성순보·주보 번역판)』(코리아 헤럴드 인쇄)을 사용하였음.

10) 문학(文學): 학문을 배움. 학문.

할 뿐, 그 관계되는 바가 중하다는 것을 살피지 못하고 있으니 안타깝다. 그러나 다행히 외교관(外交官)을 선발하는 것은 오직 임금의 마음에 달렸을 뿐이니 바쁘신 여가에도 이에 마음을 쓰심에 힘입어 점차적으로 효과를 기대할 수 있게 되었다. 그러나 지금 각국의 사신이 우리나라에 와서 있는 것이 이미 6~7개에 이르니 우리나라 역시 앞으로 사신을 각국에 파견해야 할 것인데, 그 임무를 감당할 만한 사람을 뽑는데 신중하지 않을 수 없다. 또 사신의 직을 맡은 사람만 그러할 뿐 아니라 외국인과 교섭하는 신사(紳士)나 외국으로 유학하는 학도들 중에 하나라도 우매하고 사악하여 사유(四維, 禮義廉恥)가 없거나 오륜(五倫)을 분별하지 못하는 자가 있다면 자신만의 손해와 모욕이 되는 것뿐이 아니고 국가를 욕되게 하고 이어서 민족을 욕되게 할 것이니 관수자(官守者)들은 작은 일이라고 여겨 소홀히 여길 것이 아니다. (…하략…)

이 논설은 외교 통상과 교섭 사무가 복잡해질수록 이를 감당할 인재를 택하는 문제가 중요함을 주장하고 있다. 특히 외교관은 세계 각국의 지리, 정치, 풍속, 물산, 동서고금의 화전, 통상의 이폐에 대한 임기응변 능력이 필요하며, 해당 국가의 문자·언어 능력을 구비해야 한다. 당연히 이러한 능력은 출양(出洋)의 필요성을 부각시키는 요인들이다. 사신이나 유학생을 외국에 보내야 하는 이유가 충분한 것이다. 그럼에도 이 시기 우리나라에서는 본격적인 유학 담론이나 해외 기행의 필요성을 역설하는 논의가 본격화되지는 못했다. 『한성주보』의 각종 기사나 논설에서도 출양 담론을 제기한 것은 없다. 다만 『한성주보』(1887.6.27, 제69호)의 '집록(集錄)'에서는 중국의 출양과 유력 규정을 소개하고 있는데, 그 내용은 다음과 같다.

【총심의정 출양유력장정(總審擬定出洋遊歷章程)】[11]
일. 해외(海外)로 나아가 유력(游歷)하는 인원을 선발할 적에는 의당 경비

(經費)의 과부족(過不足)을 헤아려 인원수(人員數)를 선정해야 한다. 현재 법을 설정하여 출사(出使)의 경비를 절약하고 있는데, 이 경비의 액수(額數)를 계산하여 보면 매년 4만여 냥에 불과하다. 이것으로 해외에 나아가 유력(游歷)하는 인원의 비용에 제공하기에는 충분한 것이 되지 못하므로, 사세가 부득불 인원수를 한정할 수밖에 없다. 그래서 신등(臣等)이 이번에 공동으로 상의한 결과, 파견하는 인원은 번역 인원을 제외하고는 10명 내지 12명으로 액수(額數)를 한정하도록 하였다.

일. 각 아문(衙門)의 인원 가운데 해외에 나아가 유력하기를 원하는 사람들은 큰 뜻과 재능을 지닌 이가 많다. 그러나 그 가운데는 뜻은 크지만 재능이 소활하여 양무에 대해 몸소 정미로운 지경을 터득하기가 어려운 자가 있을 것인데, 이런 사람은 선발하기가 곤란하다. 그러므로 한림아문(翰林衙門)의 인원으로서 본 아문에서 먼저 필기시험을 보이고, 자송(咨送)한 인원 외의 각 아문 인원은 보송명단(保送名單)이 다 모인 다음, 신(臣)의 아문에서 기일을 정하여 고시(考試)한 다음 거취(去取)를 결정한다. 이 고시에서 취(取)하는 자는 오로지 서사 기록에 조리가 있는 사람들인데, 이들을 입선(入選)한다.

일. 유력(游歷)하는 기간은 제일 오랜 것을 2년으로 한정한다. 따라서 왕래하는 정도(程途)는 모두 이 기간 안에 끝내야 한다. 2년의 기한을 넘기는 경우에는 즉시 유력(游歷)의 비용을 자비(自費)로 해야 하고, 급료(給料)를 정지한다. 1년 반이 지난 뒤에 기한에 앞서 돌아오겠다는 자는 이를 허락한다. 각 원(各員)이 해외로 나감에 혹 성지(聖旨)를 받들어 서양(西洋)에 파견되기도 하고 혹 중국(中國) 외성(外省)에 특별히 파견되어 출사대신(出使大臣)을 따라가기도 하고, 각 성(各省)의 독무(督撫)가 주청(奏請)하거나 자문(咨文)을 보낸 데 따라 파견되기

---

11) 관훈클럽신영연구기금(1983)의 번역문을 옮김.

도 하는데, 이들은 특별한 명이 없어도 신(臣)의 아문에서 기한대로 회경(回京)할 것을 독촉할 수 있다. (…중략…)

일. 유력(游歷)할 때에는 각처 지형(地形)의 요애(要隘)와 방수(防守)의 대세(大勢) 및 이수(里數)의 원근(遠近)은 물론, 풍속·정치·수사(水師)·포대(砲臺)·제조창국(製造廠局)·화륜주거(火輪舟車)·수뢰(水雷)·포탄(砲彈) 등을 일일이 상세하게 기록함으로써 고사(考査)에 대비한다.

일. 각국의 언어·문자와 천문, 산학(筭學)·중학(重學)·전학(電學)·광학(光學) 및 일체 측량에 관한 학, 격치에 관한 학에 대해서 해원(該員)이 평소 유의하였던 것과 출유(出游)한 뒤에 자신의 성정(性情)에 맞아서 선택하여 학습한 것도 수책(手冊)에 손수 기록하여, 이를 신(臣)의 아문에 제출함으로써 참고(參考)에 대비하도록 한다.

일. 각 원(各員)은 유력(游歷)을 끝내고 중국으로 돌아온 뒤에는 익힌 것이 무슨 업(業)이고, 정통한 것이 무슨 기술이고, 저술한 것은 무슨 책인가를 명백히 적어서 신의 아문에 제출한다. 신의 아문에서는 그 가운데 재능과 식견이 두드러진 인원을 가려 표창을 내려주고 주청하고 성지의 재결(裁決)을 기다린다. (…하략…)

총 14항으로 구성된 이 장정의 주요 내용은 해외 유력 인원 선발 및 비용 지급 기준, 유력인의 임무 등으로 이루어져 있다. 특히 '각처 지형의 요애, 방수의 대세, 이수의 원근, 풍속·정치·수사·포대·제조창국·화륜주거·수뢰·포탄' 등의 사항을 기록하게 하거나, '각국의 언어 문자, 천문, 산학, 중학, 광학, 측량학, 격치학' 등을 성정에 맞게 학습하도록 하는 일 등은 사신뿐만 아니라 유학생 파견과 관련한 중요한 기준이 된다.

이처럼 문호 개방 이후 해외 유력과 출양의 필요성이 증대함에 따라 전근대적인 기행 담론이나 유기(遊記) 형식의 글쓰기에도 변화를 수반할 여지가 충분해졌다. 그럼에도 1880년대 말까지의 해외 유학은 그 실태를 파악하기 힘들 정도로 미미했으며,12) 기행 담론을 주도할 만한 분위기도 충분히 형성되지 못한 상황이었다.

2. 출양견문(出洋見聞)과 유학생(留學生)

2.1. 유길준의 『서유견문(西遊見聞)』

출양견문(出洋見聞)의 본격적인 담론은 유길준(兪吉濬)의 『서유견문 (西遊見聞)』(1895, 交詢社, 日本)에서 찾아볼 수 있다. 이 서문에는 그가 1881년 조사 수행원으로 일본에 간 뒤 일본의 사정을 공부하다가 1882 년 임오군란으로 귀국하고, 1883년 미국 보빙사 민영익을 따라 도미하 여 유학 중 1884년 갑신정변 소식을 접하고 배편으로 유럽을 거쳐 1885 년 제물포로 자진 귀국하기까지의 상황이 나타난다. 이한섭(2000)의 '해 제'에 따르면 귀국 후 유길준은 개화파로 몰려 국사범으로 체포되었으 며, 포도대장 한규설의 도움으로 죽음을 면하고 1892년 석방될 때까지 약 7년간 한규설의 별장에 연금되었으며, 그 기간에 『서유견문』을 집필 하였다고 하였다. 이 과정은 '서문'에서도 비교적 자세히 언급되고 있 다. 다만 서문을 완성한 시기가 개국 498년 기축년인 점을 고려한다면, 이 책의 완성은 1890년에 이루어진 것으로 보이며, 출판은 1895년 일본 의 교순사(交詢社)13)에서 이루어졌다. 서유견문의 서문을 살펴보자.

---

12) 이 점은 근대적인 교육 제도가 확립되지 못한 것과도 관련이 있을 것으로 보인다. 이만규 (1947), 이종국(1992) 등에 따르면 1881년부터 1895년 '소학교령' 이전까지 국내에 설립 된 학교는 대부분 선교사들이 설립한 사립학교였으며, 국가 차원에서 설립한 학교는 1886년의 육영공원이 있었을 뿐이다. 이런 상황에서 해외 유학생 파견을 제도화하거나 그것만을 주장하는 분위기가 형성되기는 어려웠을 것이다.

13) 교순사(交詢社)는 본래 상인과 서인(庶人)들이 만든 이익 단체였다. 『한성주보』 1886년 3월 1일자 '외보'에서는 "일본 동경에 이른바 교순사라는 것이 있다. 내외 신사와 상인, 서인으로서 사원이 된 사람이 모두 2천이다. 이는 서로 질의하여 그릇된 점을 발견함으

【서유견문 서(西遊見聞序)】[14]

(…前略…) 余의 此遊에 一記의 無홈이 不可ㅎ다 ㅎ야 遂乃聞見을 蒐集ㅎ며 亦或 書籍에 傍考ㅎ야 一部의 記룰 作홀식 時는 壬午의 夏라. 我邦이 亦 歐美諸國의 友約을 許ㅎ야 其聞이 江戶에 達ㅎ거늘 余가 其記에 力을 用홈이 頗專ㅎ야 曰 余身이 泰西 諸邦에 未至ㅎ고 他人의 緖餘룰 綴拾ㅎ야 此記寫홈이 夢의 中에 人의 夢을 說홈과 其異가 不無ㅎ나 彼룰 交홈이 彼룰 不知홈이 不可혼 則 彼의 事룰 載ㅎ며 彼의 俗을 論ㅎ야 國人의 考覽을 供ㅎ야 猶且絲毫의 補가 不無ㅎ다 ㅎ딕 目擊혼 眞景을 未寫홈으로 自疑ㅎ더니 未幾에 國中의 變이 倉卒에 起홈이 電報의 風聞으로 雖其實據는 未罄(미경)이나 殊或의 山川에 彷徨ㅎ야 君親의 念이 方切혼 際에 芸楣(운미) 閔公[公의 名은 泳翊이니 芸楣는 其號라]이 航至ㅎ야 亂平혼 顚末을 語ㅎ고 且 余의 迂拙홈을 不遐(불하)ㅎ야 其冬의 歸홈에 與俱혼 則 經年혼 客心이 엇지 浹感ㅎ며 樂從치 아니리오. 越明年 癸未에 外務郎官의 選을 被ㅎ야 允可ㅎ신 聖恩을 猥忝(외첨)ㅎ오니 感激自勵ㅎ야 欲報ㅎ는 志ㅣ 益堅ㅎ나 年紀의 未長홈과 學識의 未達홈으로 敢히 其職을 辭ㅎ고 日東에 見聞의 記혼 바룰 編輯ㅎ다가 其藁가 人의 袖去(수거)홈을 被ㅎ야 烏有룰 化혼지라. 杏嗟홈을 不勝ㅎ더니 是時에 合衆國 全權使가 來聘홈이 我邦이 報聘ㅎ는 禮룰 議ㅎ야 文武 才德의 兼備혼 材룰 求홀식 閔公이 是選에 實膺ㅎ고 余는 公의 行을 是從ㅎ야 萬里의 行을 作ㅎ니 亦 遊覽을 爲홈이라. (…中略…)

余 惟眇少혼 一書生으로 學識은 國을 華ㅎ기 不足ㅎ며 才能은 人에

로써 이목을 넓히고 지각을 진보시키자는 의도에서 출발된 것이다. 작년 1년 동안 해사 회원으로서 새로운 것을 깨달은 것이 모두 3천 5백 14조나 된다고 한다. 역시 문운을 개명시키는 데 일조가 된다고 할 수 있겠다. 이상은 동경 교순잡지에 게재된 내용이다." 라고 보도하였다. 이 출판사에서 유길준의 저서를 발행한 구체적인 과정을 밝혀내기는 어려우나, 1880년대 이후 중국 상해를 비롯하여 서구 서적을 일본이나 한문으로 역술하여 보급하고자 했던 일본의 지식 보급열과 관련이 있을 듯하다.

14) 띄어쓰기 및 단락 구분은 연구자가 임의로 한 것임.

齒호기 不及호고 乃敢 使臣의 命을 受호야 外國에 留學호는 名을 擔호니 余의 榮은 極大호나 若些少의 成就가 無호면 一則 國家에 羞를 貽홈이오, 二 則 公의 鄭重한 托을 辱됨이라. 是를 懼호며 是를 戒호야 言行을 自愼호며 志氣를 自强호야 勤勉호는 意를 加호고 修進호는 工을 期홀시 其國의 事物을 欲知홈애 其文字를 不解홈이 不可호고 其文字를 欲解홈애 其言語를 不學호면 不得홀디니, 此는 累載의 肄習을 從호야 其功을 獲奏호는 者오, 時日의 頃에 成效를 立見호기 不能혼 事라. 磨沙州 學問大家 毛氏에 就호야 其敎를 請호니 盖 磨沙州는 合衆國의 文物 主人이라 稱호니 鴻匠巨擘(홍장거벽)의 輩出호 地라. 是以로 其地人의 學術 工藝가 美洲에 冠호며 且 毛氏는 宏才博識이 美洲 全幅 學識 統領의 位에 居호야 其名聞이 宇內에 轟振호 者라.

余의 修業호는 次序를 指授호야 學校에 出入홈애 百爾規程을 擔認호며 且 其家內에 許留호야 理術의 訓誨가 極懇호고 朋輩의 追逐에 至호야도 文人 學士의 交를 勸證호는 故로 開進資益호는 道에 其助가 不鮮호니 所覩(소도)가 寧偏이언뎡 浮虛한 譏는 脫호고 所聞이 寧略이언뎡 荒巍한 弊는 免호야 其語를 稍解호고, 其俗에 漸慣홈이 觥觴(굉상)의 燕集에 招接홈을 被호며, 歌舞의 會遊에 參觀홈을 獲호야 其閒逸憂樂호는 風習을 知호고 婚葬의 儀節을 考호야 吉凶의 規禮를 得호며 學校의 制度를 究호야 敎育호는 深意를 窺호고 農工賈의 事를 見호야 其富盛한 景況과 便利한 規模를 深繹호며 武備 文事 法律 賦稅의 諸規則을 訪問호야 其國 政治의 梗槪를 畧解한 然後에 始乃浩然히 歎호고 瞿然히 懼호야 曰 閔公이 余의 不才홈을 不鄙호고 此地에 留學케 홈은 其意가 有以홈이니 余는 遊怠한 習性으로 日月을 消耗홈이 豈可호리오 호야 聞호는 者를 記호며 見호는 者를 寫호고 又 古今의 書에 扱考호는 者를 攝繹호야 一帙을 成호나 學業을 從修호야 餘暇를 不得호는 故로 繁冗을 未剛호며 編次를 未定호고 (…中略…)

明年 乙酉 秋에 大西洋의 風濤와 紅海의 薰熱을 凌호고 地球를 繞호야 是年 冬에 濟物浦에 抵홈애 此로 從호야 江石 韓公(公의 名은 圭卨이니 江石은 其

號라)의 家에 客ᄒ니 公은 有志ᄒᆫ 君子라. 余의 輯述ᄒᄂ 事를 顧ᄒ야 丁
亥 秋에 開僻ᄒᆫ 林亭에 移處홈을 許ᄒ거늘 舊藁를 披閱ᄒ니 其太半이
散失ᄒ야 數年의 工이 雪泥의 鴻爪를 作ᄒᆫ지라. 餘存ᄒᆫ 者를 輯纂ᄒ며
已失ᄒᆫ 者를 增補ᄒ야 二十編의 書를 成호딕 我文과 漢字를 混集ᄒ야
文章의 體裁를 不飾ᄒ고 俗語를 務用ᄒ야 其意를 達ᄒ기로 主ᄒ니 (…下
略…)

―이한섭 편저(2000), 『서유견문』, 박이정.

번역 (…전략…) 나는 이번 여행에 한 편의 기록물이 없을 수 없다 하여, 보고
들은 바를 써 모으기도 하고, 혹 읽은 책 가장자리에 고증을 하기도 하
여 하나의 여행기를 작성했는데, 그때가 바로 임오년(1882)의 여름이었다. 그때
마침 우리나라가 또한 서양 여러 나라와 조약을 맺기로 했다는 소식이 동경(東
京)에까지 들려왔던 만큼, 나는 이 기록물을 작성하는 데에 온 정력을 기울였
다. 왜냐하면 내가 서양 여러 나라에 가보지 않은 채, 남의 이야기의 찌꺼기만을
주워 모아, 이 기록물에 옮겨 쓴다는 것은 마치 꿈속에 남의 꿈 이야기를 하는
것과 다를 바가 없기 때문이었다. 그쪽 나라와 국교를 체결함에 있어 그들을
알지 못함이 온당치 않은 바, 그들의 제반 사실과 풍속을 기록하여 우리나라
사람들에게 읽도록 함으로써, 약간의 도움이 없지 않을지 모르나, 직접 목격한
진상을 기록치 못했음을 안타깝게 여기고 있었다. 그러던 중 우리나라에 갑작스
러운 변(임오군란)이 일어났다는 풍운이 들려왔다. 사건의 내용을 소상히 알 수
는 없었으나, 이국의 산천을 헤매느라 군친(君親)을 그리워하는 생각이 더욱 간
절한 때, 민공(공의 이름은 영익이며, 운미는 호이다)께서 오셔서 변란을 평정한
전후사를 이야기하고는, 나의 우졸(迂拙)함을 멀리하지 않으시고, 그해 겨울에
귀국할 때 데려와 주시니 여러 해 동안 객지에 머물러 있던 마음이 어찌 감동하
지 않으며, 기쁜 마음으로 뒤따르지 않을까. 다음 해인 계미년(1883)에 외무낭관
으로 발탁되어 성상의 은혜에 보답하고자 하는 마음은 간절했으나 나이 어림과
학식 부족으로 그 자리를 사양하였다. 그리고 일본에서 견문한 바를 기록하는

일에만 종사하고 있었으나, 그 원고를 도적맞아 원망스럽고 한심함을 이길 수 없었다. 이때 합중국 전권 공사가 내한하니 우리나라에서도 보빙(報聘)하는 예를 갖추자는 논의가 일어나 문무재덕을 겸비한 인재를 구하게 되었다. 때마침 민공이 보빙사로 발탁되었고, 나는 민공의 수행원으로 수만리되는 먼 여행길에 오르게 되니, 이 또한 유람을 주목적으로 한 것이었다. (…중략…)

나는 다만 보잘 것 없는 서생으로 학식은 나라를 빛내기에 부족하고 재능은 사람들과 어울리기에 미급한 자이다. 그런데도 감히 사신으로 명령 받은 뒤 외국에 유학하는 명예까지 얻었으니 나 자신의 영광스러움은 더없이 크다 하겠으나, 만약 사소한 성과라도 올리지 못한다면, 첫째는 나라에 수치를 끼치게 될 것이고, 둘째는 민공의 정중한 부탁을 욕되게 할 것이 분명하다. 이와 같은 지경에 이를 것을 두려워하고 경계한 나머지 나는 말과 행동을 스스로 삼갔고, 의지를 굳건히 하여 공부하는 데만 마음을 집중했으며, 정진의 성과가 있기를 기약하기로 했다. 한 나라의 사물을 알려고 할 경우, 그 나라의 문자를 알지 못하고는 가능치 않을 것이며 문자를 알고자 함에는 그 나라의 언어를 배우지 않으면 안 된다는 사실은 말할 여지조차 없다. 이는 여러 해 동안 학습이 있은 뒤라야 어느 정도 성과를 얻을 수 있으며, 단시일의 노력으로 효과를 보기 어려운 터라, 당사주(唐沙州, 매사추세츠)에 있는 석학 모씨(毛氏, 에드워드 모스, 미국의 진화론 생물학자)에게 가서 가르침을 받기로 했다. 무릇 당사주는 미국 문물의 중심지로 일컬어지는 고장으로 많은 위인을 배출한 곳이다. 이곳의 학술과 공계는 미국에서도 으뜸이며 또 모씨는 뛰어난 재주와 박식으로 학문에 관한 한 미국 전체의 으뜸인 분으로 그 명성은 이미 온 세계에 자자하다.

그는 나에게 공부하는 순서를 일러주고, 학교 출입에 필요한 제반 규정을 알려주었으며, 나를 그 집에 머물게 하고 학술에 대한 가르침을 지극히 간절히 하고, 친구들과 어울리는 데도 문인 학사들과 사귈 것을 권하는 까닭에, 개진자익(開進資益)하는 길에 도움이 적지 않으니, 내가 보는 바가 차라리 편벽될지언정 부허(浮虛)한 비난은 면하고, 들은 바가 소략할지언정 황망한 폐단은 면하여, 그 말을 조금씩 이해하고 그 풍속에 점차 익숙해져 술잔을 나눌 모임에 초청되기도 하며, 가무의 모임을 참관할 기회를 얻어 그간 근심하고 기뻐하며 즐기는 풍습을 알게 되었고, 혼인 장례의 절차를 상고하여 길흉의 규례를 이해하고, 학교 제도를 연구하여 교육하는 깊은 의미를 살피며, 농공상의 사무를 살펴 그 부유한 정황과 편리한 규모를 깊이 이해하며, 무비(武備), 문사(文事), 법률(法律), 부세(賦稅)의 제반 규칙을 탐문하여 그 국가 정치의 대략을 이해한 후 호연히 탄식하고 두려워하여, 민공이 나의 재주 없음을 비루하다고 하지 않고 이 땅에 유학하게 하는 뜻이 이에 있으니 내가 게으른 습성으로 세월을 소모하는 일이 어찌 가능하겠는가. 그래서 들은 것은 기록하고, 본 것은 묘사하고 또 고금의 서적에서 살필 수 있는 것을 모아 편집하여 한 질의 책을 완성하였으나, 학업에 따라 여가를 얻지 못한 까닭에 번잡한 것의 강목을 정하지 못하고 편술 차례를 정하지 못해 (…중략…)

이듬해인 을유년(1885) 가을에 대서양의 풍파와 홍해의 훈열(薰熱)을 무릅쓰고 지구를 돌아 그 해 겨울에 제물포에 도착하여 강석 한공(공의 이름은 규설이니 강석은 호이다)의 집에 머무니, 공은 뜻있는 군자인지라 나의 편술한 일을 돌아보고 정해년(1887) 가을 한벽한 정자(방)으로 옮길 것을 허락하여 묶어놓은 원고를 펼쳐보니 대부분 없어져버려 수년 동안의 노력이 수포로 돌아가고 만 셈이었다. 남아 있는 것을 편찬하고 이미 사라진 것을 증보하여 20편의 책을 완성하되, 우리나라 문자와 한자를 혼합하여 문장의 체재를 꾸미지 않고, 속어를 많이 써서 그 뜻을 통달하는 데 주력하니 (…하략…)[15]

책의 서문이어서 기행문이라고 보기는 어려우나 이 글에는 개항 직후의 출양 담론이 본격적으로 나타난다. 서문의 앞부분에서는 1881년 조사 수행원으로 일본에 가게 된 경위와 일본의 문물이 구주 화란(네덜란드)과의 통교 및 근래 구미 제방(歐美諸邦)과의 조약 이후 이루어진

---

15) 이 번역문은 채훈(蔡壎) 역(1978), 『서유견문』(한국명저대전집, 대양출판사)을 기본으로 삼고, 번역문이 본문과 뜻과 멀어진 곳은 수정하여 다시 번역하였음.

것임을 밝히고, 임오군란으로 학업을 중단하고 돌아와 1883년 민영익을 따라 합중국의 보빙사를 수행하게 된 과정을 서술하였다. 특히 민영익의 도움으로 미국에 유학하면서 언어와 문자를 배우고 '문기견사(聞記見寫, 들은 바를 기록하고 본 바를 적음)'와 고금의 서적을 두루 고찰하여 책을 쓰고자 한 의도를 밝힌 부분은 개항 이후 출양 견학의 유학 담론과 일치한다. 갑신정변의 소식을 듣고 '대서양의 풍도와 홍해의 훈열을 이겨내고 지구를 돌아 이 해에 제물포'에 도착하는 과정은 여로(旅路)를 압축한 것이며, 이 경험을 바탕으로 『서유견문』을 완성하였음을 서술하였다. 이 책은 '서문', '비고', 총20편의 견문 기록으로 구성된 견문기(見聞記)이다. 이 점은 '비고'에서 뚜렷이 밝히고 있는데,[16] 그 가운데 일부를 살펴보면 다음과 같다.

【서유견문비고(西遊見聞備考)】

(…前略…)

一. 本書를 輯述홈이 或 <u>自己의 聞見을 隨ㅎ야 論議를 立ㅎ</u> 者도 有ㅎ고 <u>他人의 書를 傍考ㅎ야 繹出ㅎ</u> 者도 有ㅎ니 盖 繹法은 文繹과 意繹의 區別이 存ㅎ야 文繹은 彼文과 我文의 相當ㅎ 字를 只取ㅎᄂ 故로 或 語意의 齟齬홈이 生홈이오, 意繹은 彼我의 字ᄂ 或 異ㅎ나 但 其語意를 繹ㅎ야 假令 彼語에 投塵人眼中이라 ㅎᄂ 意를 我語로 欺人이라 繹出홈이니 此書ᄂ 意繹을 多從홈이라.

一. 本書가 吾人의 <u>西遊ㅎ 時의 見聞ㅎ 者를 記홈</u>이나 或 <u>我의 現存ㅎ 事實을 論議添補ㅎ 者ᄂ 彼我相較ㅎ기를 爲홈</u>이오 或 <u>經史子集의 句語를 引用ㅎ 者ᄂ 彼我 相合ㅎ 意義를 取홈</u>이라. (…中略…)

一. 書中의 山川 物産은 他人의 記書를 專憑홈이니 其繹出ㅎ기를 當ㅎ야 <u>山川의 名은 字音을 取홀 ᄯ름인 故로 猶且 爽實ㅎ 者가 無ㅎ나</u> 物産에

---

16) 『서유견문』의 '보고'는 총 18개 항으로 이루어져 있다.

至ㅎ야는 本物의 品質을 不見ㅎ고 但 字彙의 繹字를 從ㅎ 故로 差誤의 無홈이 必ㅎ기 甚難홈이라.

一. 本書는 吾人의 西遊ㅎ 時에 學習ㅎ는 餘暇를 乘ㅎ야 聞見을 蒐輯ㅎ고 又 或 本國에 歸ㅎ 後에 書籍에 考據ㅎ니 傳聽의 誤謬와 事件의 遺漏가 自多ㅎ 則 不朽에 傳ㅎ기를 經營홈이 아니오, <u>一時 新聞紙의 代用을 供홈이 可ㅎ 故로</u> 讀者는 此意를 體諒ㅎ야 文字의 巧拙에 勿泥ㅎ고 主旨의 大槩를 勿失ㅎ 則 幸甚이라. 其他 不及ㅎ 者는 後來 博雅의 訂正을 希待ㅎ ᄯ름.

번역

일. 이 책을 편술함에 혹 <u>스스로 문견(聞見)</u>한 바를 따라 논의를 한 것도 있고, 타인의 책을 살펴 풀어낸 것도 있으니, 대개 역법(繹法)은 글자대로 번역하는 것과 의역의 구별이 있어, 문역(文繹)은 저들 문장과 아국 문장에서 서로 합당한 글자를 취하기만 하는 까닭에 혹 말뜻에 어긋남이 생겨나며, 의역(意繹)은 피아의 문자가 혹은 다르나 다만 그 뜻을 번역하여, 가령 외국어에 '투진인안중(投塵人眼中, 사람 눈에 먼지를 뿌림)'이라 하는 뜻을 우리말로 '기인(欺人, 사람을 속임)'이라고 번역하는 것이니, 이 책은 의역을 많이 따랐음.

일. 이 책이 우리가 서유(西遊)하는 때 견문한 것을 기록했으나, 혹은 우리의 현존한 사실을 논의 첨삭 보완한 것은 피아를 서로 비교하기 위한 것이며, 혹 경사자집의 구절을 인용한 것은 피아 서로 상합한 의의를 취하고자 한 것이다. (…중략…)

일. 책 가운데 산천, 물산은 오직 타인이 기록한 책에 따른 것이니 역출할 때 산천의 이름은 자음(字音)만을 취하기 때문에 오히려 어긋난 것이 없으나, 물산에는 본래 사물의 품질을 보지 못하고 단지 글자로만 번역한 까닭에 잘못이 없도록 하는 일이 심히 어렵다.

일. 이 책은 우리가 서양을 유력한 때 학습할 여가를 타, 문견한 바를 수집하고 또 혹은 본국에 돌아온 뒤 서적을 근거하여 고찰한 것이니, 들은 바를 전하

는 데 오류가 있고 사건의 유루가 많으니 썩지 않고 전하기를 꾀하는 것이
아니며, 일시 신문지를 대용할 수 있을 뿐이니 독자는 이 뜻을 헤아려 문자
의 교졸(巧拙)을 나쁘다 하지 말고, 본래 뜻의 대개를 잃지 않으면 다행이겠
다. 기타 미치지 못한 것은 이래 널리 살펴 정정할 것을 기대할 따름이다.

'비고'에서는 이 책이 갖는 특징을 설명하였는데, 인용한 부분에서
알 수 있듯이 '문견한 바를 기록한 것'과 '서적에서 역출한 것'이 있음을
밝히고, '피아상교'를 위해 '경사자집'의 문구를 인용하기도 하였음을
밝히고, 산천 등의 고유명사는 원지음을 따라 적고, 물품명은 우리말
식으로 적은 이유 등을 설명하였다. 여기에 설명한 역출(繹出) 방식은
『서유견문』뿐만 아니라 1895년 이후 학부에서 역술한 각종 교과서류에
도 적용된 것으로 보인다. 예를 들어 1895년 학부 편찬의 『만국약사(萬
國略史)』, 『태서신사남요(泰西新史攬要)』 등에서도 경사자집의 문구가 종
종 등장하며, 『태서신사남요』에는 한자음을 거친 고유명사 표기의 혼
란을 방지하기 위해 '인지제명표(人地諸名表)'를 대조하기도 하였다.

주목할 점은 마지막에 인용한 '일시 신문지 대용'을 제공하고자 한
의도인데, 이는 서유(西遊)의 담론이 인지(人智)를 넓히는 데 있음을 의
미한다.[17] 필자가 비록 '전청(傳聽)의 오류'와 '사건의 유루(遺漏)'가 많
으므로 불후에 전하기를 꾀하지 않는다고 하였으나, 『서유견문』은 근
대의 학제가 도입되고, 각 교과의 교과서가 체계적으로 개발되기 전까
지 학부의 교과서로 쓰였음은 흥미로운 일이다. 이 또한 이 시기 출양
견문, 서유의 체험이 문명화의 기초가 된다는 인식이 있었기 때문에
가능한 일이었다.

---

17) 『한성주보』 제24호(1886년 8월 16일) '사의(私議)'의 '신보론(新報論)', 제30호(1886년 9월
27일)의 '논신문지익(論新聞之益)' 등에서 밝힌 바와 같이, 이 시기는 '민지(民智)의 계발'
이 가장 중요한 신문의 기능으로 간주되었다.

2.2. 재일본 유학생 친목회

근대의 기행 담론에서 유학생의 존재는 '문견 연박(聞見淵博, 견문한 바를 넓힘)', '지식 유명(知識牖明, 지식으로 개명을 인도함)'을 통한 문명개화론(文明開化論)의 형성 과정을 살피는 중요한 단서가 된다. 재일 유학생의 기행문 연구는 김현주(2001), 김진량(2004) 등에서와 같이 유학 체험 과정에서 남긴 기행문 또는 도일(渡日) 및 귀국(歸國) 과정의 풍경에 초점을 맞춘 경우가 많다. 그러나 근대의 사람의 견식을 넓히고 성장시키는 데 견문이 필수적이라는 '장인견식(長人見識)'의 논리는 초기의 유학생들이 공유했던 이념의 하나이다.

재일 유학생에 대한 선행 연구로는 한시준(1985)의 『한말 일본 유학생에 대한 일고찰』(정음문화사), 김기주(1991)의 『한말 재일 한국유학생의 민족 운동』(느티나무) 등의 연구서뿐만 아니라, 강대민(1986)의 '한말 일본 유학생들의 애국계몽사상', 송병기(1988)의 '개화기 일본 유학생 파견과 실태' 등과 같은 다양한 연구 성과가 축적되었다. 더욱이 최근에는 오선민(2009)의 '한국 근대 해외 유학 서사 연구', 서은경(1910)의 '1910년대 유학생 잡지와 근대 소설의 전개 과정', 홍성미(2014)의 '동경 미술학교 조선인 유학생 연구' 등과 같은 박사 학위 논문이 나왔으며, 김영민(2007)의 '근대적 유학 제도의 확립과 해외 유학생의 문학·문화 활동 연구', 구장률(2009)의 '근대 지식의 수용과 문학의 위치: 1910년대 후반 일본 유학생들의 문학관을 중심으로'와 같은 학술지 논문이 발표되기도 하였다.

그러나 대부분의 선행 연구에서는 유학생의 역사를 규명하거나 일부 문학 작품에 초점을 맞추어 연구를 진행하는 경향도 있다. 특히 문학, 예술 분야와 관련된 선행 연구에서는 정부 차원에서 공식적으로 관비 유학생을 파견하기 시작했던 1895년 당시의 상황에 대해 주목하지 않는 경향도 있다.

김기주(1993) 등의 선행 연구를 종합하면 공식적으로 재일 관비 유학생을 파견한 시점은 1895년 이후이다. 이는 1898년 4월 9일자 대한국유학생친목회(大韓國留學生親睦會)에서 발행한『친목회회보(親睦會會報)』에 수록된 신해영(申海永)의 '無神經契約의 結果 不善變(忽於大而察於小 屈於外而狀於內)'라는 논설에서도 확인할 수 있다. 이 논설에서 신해영은 개국 504년 3월에 유학생을 파견하면서 학무대신의 훈시와 유학생 선서가 있었음을 밝히고, 이 훈시와 선서가 갖는 의미를 다음과 같이 부연하였다.

【무신경 계약(無神經契約)의 결과(結果) 불선변(不善變)】

(忽於大而察於小 屈於外而狀於內)

(…前略…) 今日에 또흔 一種 疑問이 現出ㅎ야 決코 泯默지 못홀 事件이 有ㅎ니 곳 海外留學者 一部分에 關흔 바ㅣ라. 最初 當局大臣이 留學生을 海外에 派遣홈애 日時 風聲이 宇內에 轟動홈으로 同時에 應選 被遣者 多數額에 至흔지라. 當局者의 設心과 留學生의 志氣가 國計를 爲홈인지 大勢에 騖홈인지 下回에 可見흘지ㄴ 確乎堂堂흔 우리 政府의 擧措를 玆에 擧ㅎ야 一世 衆瞻公聆에 供ㅎ노라.

學務大臣訓示書(取畧特以漢字綴載)

此次日本國留學生聽此訓示

大君主陛下誕念教育大政 降懇切詔勅本大臣欽奉 聖旨選拔聰雋 派遣隣國 使諸生分肆各科 實用事務實心講究 廣知識達事理 以堅剛沈毅勇 武不屈之精神 應獨立文明人世之需用 是所跂望諸生 其勉强幷修德行才藝 忘一己之私 確立愛國忠君之志 一切學業秩序則遵慶應義塾指導 使無羞貽 勿負本政府之期望 爲可勉哉諸生 開國五百四年 三月 日 學務衙門大臣 朴定陽

追示

今次 日本留學生之學資及衣食雜費等節 定以官費不啻托右事務於日本福澤諭吉氏也 金額亦從同氏給與詳悉 此意無金錢濫用之弊須可爲戒 開國 五百四

年 三月 日 學務衙門之印

留學生宣誓書 (…中略…)

嗟홉도. 訓示의 丁寧 懇倦홈과 宣誓의 光明重切홈을 觀홈애 當局 大臣의 設心은 國計를 念홈이오, 留學生의 應赴도 國計를 念홈이로도. 비록 彼應赴者가 大勢에 騾홈과 己利에 傾혼 形質上 幾分子의 別種 事情이 有ㅎ느, 明日 得歸ㅎ난 바는 곳 我政府의 所得이라, 得寸亦我寸이 아닌가. 然則 此結果는 如何홀고. (…下略…)

(…전략…) 금일에 또한 하나의 의문이 생겨나 결코 묵과하지 못할 사건이 있으니, 곧 해외유학자 일부분에 관한 것이다. 처음 당국의 대신이 유학생을 해외에 파견할 때 일시 그 소리가 국내에 굉장하니 이에 응해 선발되어 파견된 것이 큰 액수에 이르므로, 당국자의 계획과 유학생의 의지가 국가 장래를 위한 것인지 아니면 대세를 따른 것인지 나중에 그것을 알게 될 것이나, 확고하고 당당한 우리 정부의 거조를 들어 일세 모든 사람이 볼 수 있도록 제공하고자 한다.

학무대신 훈시서

이 아래 일본국 유학생들은 이 훈시를 들어야 한다.

대군주 폐하께서 교육의 큰 정강을 만드신 이해 간절한 조칙을 내리시니 본 대신이 흠모하여 받든다. 성지에 따라 총준을 선발하여 인국에 파견하니 제생도는 분수에 따라 각 과를 나누고, 사무에 필요한 것을 실심으로 강구하고, 지식을 넓히고 사리에 통달하며, 견강하고 침착 의연하며 굳세어 굴복하지 않는 정신으로 독립한 문명인의 세대에 수용됨을 따른다. 이에 제생에게 바라는 바 그 면강함과 덕행 재예를 닦고 자기 일신의 사욕을 잊으며 충군애국의 뜻을 확립한다. 모든 학업과 질서는 게이오 의숙의 지도에 따라 조금도 수치함이 없도록 해야 하며, 본 정부의 바람에 짐을 지우지 말며, 가히 힘써 행하라. 개국 504년 3월 일 학무아문 대신 박정양

이번 일본 유학생의 학자 및 의식 잡비 등은 관비로 정하되 우의 사무를

일본 후쿠자와유키지(福澤諭吉) 씨에게 위탁하여 기다리지 않는다. 금액 또한 동씨의 급여를 상세히 조사하고 이에 따라 금전이 남용되는 폐단을 마땅히 경계한다. 개국 504년 3월 일 학무아문인

유학생 선서 (…생략…)

아아. 훈시가 진정 간절하고 선서가 희망차고 중대함을 보니 당국 대신이 이런 마음을 가진 것은 국가 대계를 생각한 것이오, 유학생이 이에 응한 것도 국가 대계를 생각한 것이다. 비록 저 응시자가 대세를 따른 것이나 이기적인 성절에서 몇몇 사람의 특별한 사정이 있다고 하나, 명일 돌아오는 것은 곧 우리 정부의 소득이다. 조금이라도 또한 우리가 얻는 바가 아니겠는가. 과연 그 결과는 어떻게 될 것인가. (…하략…)

이 논설은 정부에서 일본으로 유학생을 파견하면서 학무아문의 대신이 훈시하고, 학도들로 하여금 선언서를 낭독하게 한 것을 비판하는 글이다.[18] 이 글에 나타나듯 이 시기 정부 차원의 관비 유학생이 처음 파견된 것은 1895년 3월이었으며, 파견의 주요 목적은 "실용사무실심강구(實用事務實心講究), 광지식(廣知識)·달사리(達事理), 견강침의용(堅剛沈毅勇)·무불굴지정신(武不屈之精神), 응독립문명인세지수용(應獨立文明人世之需用)"으로 표현된 문명개화, 충군애국을 이끌 인재를 양성하는 데 있었다.

재일 관비 유학생의 파견은 출양견문에서 진화한 '문견 연박, 지식 유명, 문명개화'의 담론을 확장시켰다. 특히 재일 유학생들은 1896년 3월 '대조선인일본유학생친목회(大朝鮮人日本留學生親睦會)'를 조직하고 『친목회회보(親睦會會報)』를 발행하였는데, 이 기관지는 이 시기 유학

---

18) 신해영(1898)의 논설에서 비판하고자 한 것은 학부가 정부로서의 책임을 다하지 못한 채 게이오대학에 유학생을 위탁하는 불평등 조약을 맺었다는 사실이다. 이 논설에 이어지는 내용은 '留學生派送之件 大朝鮮國學部大臣 及 大日本慶應義塾締結之左記之契約'의 15개 계약 조항인데, 이에 따르면 재일 유학생의 학자 및 의식 잡비 등을 모두 게이오의숙이 일방적으로 결정하도록 하였음을 알 수 있다.

담론과 지식 소통의 장으로 활용되었다. 선행 연구에서 이 회보에 주목한 경우는 이길상(1991)의 『한국교육사자료집성』(한국정신문화연구원), 차배근(2000)의 『개화기 일본 유학생들의 언론 출판 활동 연구』(1)(서울대학교출판부) 등이 있다. 특히 차배근(2000)에서는 언론 출판 활동의 차원에서 '일본 유학생 언론 출판 활동의 선구자 이정수, 유학생 친목회의 결성과 언론 출판 활동의 시작, 친목회 해체 시까지의 주요 언론 출판 활동, 최초의 국문 잡지 친목회회보의 창간, 친목회회보의 창간 후 종간까지의 발간 실태, 내용 분석을 통해 본 친목회회보의 목적과 성격' 등을 종합적으로 분석하고, 제1호부터 제6호까지의 회보를 모두 영인하였다.

차배근(2000)에서 분석한 바와 같이 『친목회회보』에는 권학 입지(勸學立志)를 비롯하여, 각종 학문론, 교육론, 정치학, 법률학, 사회학, 심리학 등의 신지식이 소개되었다. 제1호부터 제6호까지 '문원(文苑)'이나 '외보(外報)'의 기사를 제외한 '내보(內報)' 또는 '논설(論說)'만도 150여 편에 이를 정도로 다양한 근대 지식이 수록되어 있으며, 국한문을 주요 문체로 사용하였다. 그러나 이 회보에서도 '기행문'이라고 볼 수 있는 자료는 찾기 어렵다. 그럼에도 기행 담론에서 이 자료에 주목하는 이유는 『친목회회보』 제1호를 비롯하여 이 시대를 이끌어 간 다수의 유학 담론이 출현하기 때문이다.

【친목회회보의 유학 담론】

ㄱ. 今에 吾人이 旨를 立ᄒ고 憤을 發ᄒ야 外邦에 遊ᄒ야 學問을 另着흠은 聞見을 淵博ᄒ고 知識을 牖明ᄒ야 國家 政治의 基礎와 棟梁을 自期ᄒ고 文明開化의 精神과 骨子를 自任ᄒ자 흠이니 原意도 極히 深遠ᄒ고 抑亦 各自 一己上의 擔負흔 職責도 甚히 重大흠이라. 萬一 相導相輔ᄒᄂ 方便을 謀치아니ᄒ면 麗澤ᄒᄂ 效도 無ᄒ고 勸勉ᄒᄂ 道도 無ᄒ야 利益 實際에 妨害가 或 有ᄒ면 國家의 敎育ᄒᄂ 道를 負ᄒ고 人民의 期望ᄒᄂ

意를 沮홈이라. 此를 恐ㅎ야 是에 親睦會를 創立ㅎ야 日後 大成홀 根本 坏墣(배복)을 建ㅎ노니 諸員은 十分 注意ㅎ야 各自 勉勵ㅎ고 互相輔導 ㅎ야 鞏固흔 基와 廣大흔 業을 立ㅎ야 堂堂흔 我 大朝鮮 國民의 本領을 培達ㅎ고 文化의 實力을 養成ㅎ자 齊心相期ㅎ야 鞠躬盡瘁ㅎ기를 表홈 이라.

—'회지(會旨)', 『친목회회보』 제1호(1896.2.15)

번역 지금 우리들이 뜻을 세우고 분발하여 외국에 유학하여 학문을 학고자 함은, 문견(聞見)을 넓히고 지식을 계발하여 국가 정치의 기초와 동량이 되기를 기약하고, 문명개화의 정신과 뼈대가 되기를 스스로 맡고자 함이니, 본 뜻이 지극히 심원하고 또한 각자 일신상 자담한 직책도 심히 중대하다. 만일 서로 인도하고 보조하는 방편을 도모하지 않으면 화려한 은택의 효과도 없고 권면하는 길도 없어, 실제 이익에 방해가 있다면 국가가 교육하는 도를 지우고 인민이 바라는 뜻을 저버리는 것이다. 이를 두려워하여 이에 친목회를 창립하여 일후 대성할 근본을 세우고자 하니 여러 회원은 충분히 주의하여 각자 면려하고 서로 인도하여 공고한 기틀과 광대한 업을 세워, 당당한 우리 대조선 국민의 본령을 키워내고 문화의 실력을 양성하자. 마음을 모아 서로 기약하며 몸을 굽 혀 진췌하기를 나타내고자 한다.

ㄴ. 人이 志를 立ㅎ고 氣를 養ㅎ야 學問을 勉勵ㅎ며 知識을 擴張ㅎ야 君에 忠ㅎ고 國을 愛ㅎㄴ 實際에 應用ㅎ면 天下에 難事가 無ㅎ리니 今에 吾 人이 惟我, 大君主 陛下의 聖旨를 欽奉ㅎ며 政府의 明訓을 遵循ㅎ야 日 本에 留學홈은 無他라. 文明開化의 實學을 講究ㅎ며 國家 政治의 時務를 釣致ㅎ고 外邦에 新政이 可用者와 美俗의 可尙者가 有ㅎ거든 隨意 酌量 ㅎ야 將來의 實用을 自期홈이니 (…下略…)

—呂炳鉉, '勤學說', 『친목회회보』 제1호(1896.2.15)

사람이 뜻을 세우고 힘을 길러 학문을 면려하며 지식을 확장하여 임금에 충성하고 나라에 애국하는 실제에 응용한다면 천하의 어려운 일이 없을 것이다. 지금 우리가 오직 우리 대군주 폐하의 성지를 받들어 정부의 훈령을 따라 일본에 유학하는 것은 다름이 아니라 문명개화의 실학을 강구하며, 국가 정치의 시무를 다스리고, 외국의 신정(新政)에서 써야 할 것과 미풍양속에서 숭상해야 할 것이 있으면 이를 헤아려 장래의 실용을 기약하고자 함이니 (…하략…)

두 편의 논설 등장하는 유학 담론은 '광지식'과 '충군애국', '문명개화'을 위해 해외 유학이 필요하다는 논리이다. 이 논리는 회보 제2호의 농구자(弄球子)라는 필명의 '일견(一見)과 백문(百聞)의 우열(優劣)'에서 더 정치하게 다듬어진다.

【일견(一見)과 백문(百聞)의 우열(優劣)】

何人이던지 百聞이 一見과 如치 못ᄒ다 云ᄒ니 一見 經驗보담 輕치 안닌 게 可치 안타 ᄒ나 然이나 世間 凡百 事物을 모다 實地 經驗은 人生 實際의 許치 안닌 바ㅣ라. 到底히 確言치 못ᄒ나 其 反對ᄒ야 百聞知識을 得홈은 甚히 容易ᄒ니 但 百聞而已오 千聞萬聞이 多多히 包含홈을 辨치 못ᄒ고 讀書 學問홈은 人生의 例病이라. 然이나 或은 學問도 雲煙過眼갓치 ᄒ고 但 紙上 文字를 瞥見ᄒ야 去ᄒᆯ 時ᄂᆫ 百卷 讀書가 實地 一見과 如치 못홈이 有ᄒ지라. 진실노 心을 潛ᄒ야 古來의 實歷經驗이 如鑑ᄒ야 眼前 事實의 照ᄒ야 스스로 世間 當事 實際의 適用ᄒᆯ 心得이 有홈은 讀書 學問의 取홈도 其 要가 아니오, 實歷經驗을 得ᄒ야 一種 方便을 取홈이니 一卷 讀書가 문득 百回 經驗의 優홈만 ᄀᆺ지 못ᄒ지라. 此如 書生은 書를 讀ᄒ야 政治의 論이 壯快ᄒ고 實業의 論이 眞要ᄒ야 其 壯快와 眞要홈의 任ᄒ야 漫然히 讀ᄒ야 去ᄒ면 아모 效能도 無ᄒ고 他日 作事 實際의 當ᄒ고 政界의 出ᄒ야셔 小役人과 又 重大位의 處ᄒ야 次第 立身ᄒᆯ 謀가 無ᄒ고 又 商賣人이 되야도 年

季 奉公의 丁雅와 伍를 成ᄒᆞ지 못ᄒᆞ니 斯ᄂᆞᆫ 讀書 學問의 致ᄒᆞᆫ 바ㅣ라. (…中略…) 但 事務의 役ᄒᆞ야 一日의 一見하면 十日의 十見이니 二十日의 二十見 經驗이 過치 못ᄒᆞ나 然이나 半日 讀書의 百聞 知識을 得ᄒᆞᆫ 則, 一日 一見 經驗을 益ᄒᆞᆷ이니, 其上의 十日을 積ᄒᆞ야 千聞이오, 二十日을 積ᄒᆞ야 二千聞 知識을 利ᄒᆞᆷ이 可ᄒᆞᆷ이라. 斯ᄂᆞᆫ 千聞萬事의 知識을 實際 一見 眞境의 應用ᄒᆞᆷ 이니 其 功程을 無學ᄒᆞᆫ 經驗家의 比ᄒᆞ면 必幾 倍成蹟이 有ᄒᆞ니 然則 如何ᄒᆞᆫ 緊劇ᄒᆞᆫ 事의 當ᄒᆞᆫ 人이라도 一日의 時間을 兩分ᄒᆞ야 其 一半은 事務의 執掌 ᄒᆞ야 一見의 經驗을 勉ᄒᆞ고 同時의 他 一般은 讀書 學問의 心을 潛ᄒᆞ야 百 聞의 知識을 得ᄒᆞᆷ이 掛心 緊要ᄒᆞᆷ이라. (…中略…) 我輩ᄂᆞᆫ 敢히 一見과 百聞 의 稱ᄒᆞᆯ 만ᄒᆞᆫ 者 無ᄒᆞ나 尙今의 讀書 學問을 信仰ᄒᆞᄂᆞᆫ 者 多ᄒᆞ야 百聞 千聞 을 勉ᄒᆞ나 然이나 一見의 實을 忘치 아님으로써 處世 萬事 實地의 益ᄒᆞᆷ을 希望ᄒᆞ노라.

　　　　—弄球子, '一見과 百聞의 優劣', 『친목회회보』 제2호(1896.2.30)

> **번역** 누구든지 백문이 일견과 같지 못하다 말하나, 한번 보는 것이 경험보다 가볍지 아닌 것은 아니라고 하겠으나, 세간 무릇 사물을 모두 실제 경험 하는 것은 인생 실제에서 가능하지 않다고 도저히 확언하지 못하나, 그 반대로 백문으로 지식을 얻는 것은 심히 쉬우나 단지 백문(百聞)일 따름이며, 천 번 들 은 것, 만 번 들은 것 등 많음과 구분되지 않으니, 이처럼 독서 학문하는 것은 인생의 일상적인 병폐이다. 그러나 학문도 눈앞의 구름과 연기와 같게 하고, 단 지 종이 위의 문자를 살피기만 할 때는 백 권의 독서가 실제 한 번 보는 일과 같지 못하여, 진실로 마음을 깊이하고 고래의 실제 경험이 거울과 같이 눈앞의 사실을 비추어 스스로 세상사의 실제에 적용할 것을 이해할 수 있으나, 책을 읽어 배우는 것이 그 요체는 아니며, 실제 경험을 하여 일종의 방편을 취하고자 하는 것이니, 한 권의 독서가 문득 백번 경험보다 나은 것은 아니다. 이와 같이 서생(書生)은 책을 읽어 정치의 의논이 장쾌하고, 실업의 의논이 진요(眞要)하여 그 장쾌와 진요를 맡아 그렇다고만 여겨 읽고 버리면 아무 효능도 없고, 후일

실제 사무를 맡아 정계에 나가 작게는 업무와 중요한 위치에서 입신할 방책이 없고, 또 상인이 되어도 매년 봉공(奉公)의 정아(丁雅)와 오(伍)를 이루지 못하니, 이는 독서하여 배운 바가 도달하는 바이다. (…중략…) 단지 사무를 담당하여 일일에·일견하면 십일에 십견이니 이십일에 이십견의 경험이 지나지 못하나 반나절 독서가 백문 지식을 얻으면 일일 일견의 더함이니 그 위에 십일을 쌓아 천문이며, 이십일을 쌓아 이천문의 지식을 유익하게 하는 일이 가능하다. 이는 천문만사(千聞萬事)의 지식을 실제 한 번 보아 응용한 것이니 그 효능과 과정을 배우지 않은 경험가에 비하면 반드시 몇 배의 성적이 있을 것이다. 그런즉 여하한 긴급한 일을 당한 사람이라도 일일의 시간을 나누어 그 반은 사무를 담당하여 일견의 경험에 힘쓰고, 동시 다른 한 편으로 독서하여 배우는 일에 잠심하여 백문(百聞)의 지식을 얻는 것이 긴요하다. (…중략…) 우리들은 감히 일견(一見)과 백문(百聞)이라고 칭할 만한 것이 없으나 지금 독서·학문을 믿는 자가 많아 백문, 천문을 힘쓰나 일견(一見)의 실을 잊지 않고 처세하여, 만사가 실제에 유익하기를 희망한다.

이 논설은 '백문', 곧 '독서'의 가치와 '일견'으로 표현된 '경험'의 가치를 역설한 글이다. 지식을 넓히기 위해 '백문', '천문', '백 권', '천 권'의 독서를 하는 것도 중요한 의미를 갖지만, '일견'의 '실(實)'을 잊지 않아야 처세 만사의 실익을 얻을 수 있다는 논리는 신지식의 습득에서도 유학(留學), 견문(見聞), 유람(遊覽)을 강조하는 기행 담론의 산출을 기대할 수 있게 한다.

3. 신문 매체의 기행 담론

3.1. 독립협회와 『대조선독립협회회보』

1894년 갑오개혁 이후 1895년 새로운 학제의 도입과 1896년 독립협회의 출현은 근대의 지식 담론이나 기행 담론에도 많은 변화를 가져온 계기가 되었다. 독립협회는 1896년 7월 2일 독립문 건립과 독립공원 조성을 목표로 서재필이 중심이 되어 설립한 단체이다. 이 단체에서는 1896년 11월 30일부터 『대조선독립협회회보(獨立協會會報)』를 발행하였는데, 1897년 8월 15일까지 월2회 총18호가 발행되었다. 이 회보의 성격과 내용에 대한 체계적인 분석은 한흥수(1973)에서 이루어진 바 있다. 이에 따르면 이 회보에 수록된 내용은 '근대의 과학 문명'(지구, 물리, 생물 등의 격치론), 민족주의 또는 충군애국을 지향하는 논설, '독립', '자강', '개명진보' 등의 논설뿐만 아니라 '국문', '농업' 등의 다양한 학문론으로 이루어져 있다.19)

이 회보의 발행 목적은 제1호에 수록된 윤고(輪告)에 잘 나타난다. 이 윤고에는 "本會의셔 每月 二度式 雜誌를 編纂ᄒ되 本國 歷代의 沿革 所由와 宇內萬國의 治亂興廢와 古今政治의 民國一致ᄒ던 實蹟을 証明ᄒ고 隨事論說ᄒ며 本會 會員과 各部府郡과 在野 有志諸公의게 呈覽ᄒ야 本會의 愛國 愛民之旨와 有質有文之義를 表明ᄒ고"라고 하여 회지 발행의 취지를 밝혔다. 이 윤고에 따르면 회장에는 안경수(安駉壽), 민상호(閔商鎬), 이상재(李商在), 박기양(朴箕陽), 남궁억(南宮檍) 등 4인, 부회장 이완용(李完用), 이채연(李采淵), 이근호(李根浩), 김승규(金昇圭), 심의석(沈宜碩) 등 5인, 위원 김가진(金嘉鎭), 권재형(權在衡), 이재정(李在正), 간

---

19) 한흥수(1973)에서는 이 회보를 '편집 체제의 성격(문체, 필진)', '논제 분석(근대 의식의 소재)'를 중심으로 분석하였다.

사원 송헌빈(幹事員 宋憲斌), 정현철(鄭顯哲), 김종한(金宗漢), 현흥택(玄興澤), 유기환(兪箕煥), 이건호(李建鎬), 팽한주(彭翰周), 오세창(吳世昌), 현제복(玄濟復), 이계필(李啓弼), 박승조(朴承祖), 홍우관(洪禹觀), 서창보(徐彰輔), 이근영(李根永), 문태원(文台源), 구연소(具然韶), 안영수(安寧洙), 이종하(李鍾夏) 등 27인이 나타난다. 이 명단은 이 시기 독립협회를 이끌어 갔던 주요 인물의 명단이라고 할 수 있는데, 이 가운데 회보의 필자로 등장하는 인물은 안경수(安駉壽)뿐이다. 안경수(安駉壽, 1854~1900)는 개화파 문신으로 1887년 6월 주일 공사 민영준의 번역관(繙譯官)으로 일본 전환국(典圜局)을 시찰하고, 1893년 조선에 신 화폐를 주조하는 일에 관여했던 인물이다. 그는 1898년 황제 양위 사건을 모위하다가 발각되어 일본에 망명한 뒤, 1900년 귀국하여 이준용의 모역 사건을 눈감아 준 죄로 처형되었다. 『대조선독립협회회보』제1호(1896.11.30)에는 그의 이름으로 된 '독립협회서(獨立協會序)'가 실려 있다.

이밖에 필자를 알 수 있는 글은 지석영의 '국문론'(제1호), 桑蠶問答, 피졔손(서재필)의 '공긔'(제1호, 제2호), 동양론(제6호), 안명선의 '北米 合衆國의 獨立史를 閱ᄒ다가 我 大朝鮮國 獨立을 論홈이라'(제4호), 남하학농재주인(南下學農齋主人)의 '農業問答'(제5호), 동해목자(東海牧者)의 '養鷄說'(제6호), 산운(汕雲) 신용진(申龍鎭)의 '獨立協會論'(제7호), '會事記'(제7호), '國是維持論'(제16호), '時局槪論'(제18호), 안창선(安昌善)의 '教育의 急務'(제7호), 남순희(南舜熙)의 '地理 人事之大關'(제7호), 관해당주인(觀海堂主人)의 '史鑑勿輕禹目說'(제11호), '電氣學 功效說'(제11호), '打米器機圖說'(제11호), 신해영(申海永)의 '漢文字와 國文字의 損益如何'(제16호, 제17호, 이 글은 『친목회회보』제2호에 게재된 것과 동일함) 등 17편뿐이다.

그런데 필자 분포에서 주목할 만한 것은 제3호 이후 연재된 '격치휘편(格致彙編)'이다. 본래 『격치휘편』은 1876년 상해 격치서원에서 존 프라이어(John Fye, 중국명 傅蘭雅, 1839~1928)가 발행한 신문이다.20) 회보 제3호에서 '서수(徐壽)'가 찬(撰)한 바에 따르면, 프라이어는 1876년 상해에서 『격치휘편』1책을 완성하였다고 했는데, 회보 제3호에서는 '격치휘편'을 한문으로 소개하고, 제4호에 국한문으로 '격치약론', 제6호~제7에 국한문 '격치론', 제8호~제9호에 국한문 '汽機師 瓦特傳', 한문으로 '人分五類說'을 게재하였다. 제9호~제14호까지 수록된 '論電與雷', '地球人數' 등은 모두 한문인데, 이는 모두 프라이어의 격치휘편과 관련이 있다. 이처럼 필자와 출처가 명료하지 않은 글이 다수 있기 때문에 회보에 수록된 기행 담론을 분석하는 데도 여러 가지 어려움이 있다.

그럼에도 회보 제17호에 수록된 '환유지구잡기(環游地球雜記)'는 한문으로 쓰인 최초의 세계 유력(世界游歷) 기행문이라는 점에서 살펴볼 필요가 있다.

【환유지구잡기(環游地球雜記)】

盖聞諺云 秀才不出門 能知天下事 無他惟能於書中所見知之耳. 然書中所見 終不如目睹之尤爲親切也. 於是人每喜出門 遊歷遍觀各處之敎化風俗人情土物 必欲飽其知識以爲快 但世之欲游而不克 遠游者居多所以曾經游歷之人 將所見者誌之筆墨俾 未經目睹之人亦得卽其所誌者 以擴其見聞 可使局於一國之人 周知列邦之政敎風俗. 以博宏通之譽 而銷鄙陋之懷庶 幾異同之見 胥融彼我之分 悉化而道一風同 有天下一家之氣象也. 夫近數年來 出門遊歷者不乏 其人在泰西諸國 爲尤多商賈 家欲尋訪新地 以興其貿易之利 各國有欽使領諸大員 駐箚各口 非特保護本國人民 亦講信條修睦令彼此不相猜忌才智之 士專事遊覽 以廣見博聞 並詳究各邦之學業如何 卽以補益 夫格致之學有志者 且週行天下 搜索商務幾無地不到矣. 亦有好游之客親歷險遠藉 以見珍奇之物罕觀之景 以廣其胸襟 且有因痼疾難瘳(난추)遠涉重洋 遍訪佳地 或 取海濱瀟蕩之風 或 取山嶺淸明之氣調攝 以養其病體者. 凡此諸多游歷之人 于新文紙上 見有著爲

---

20) 서울대학교 규장각에 1876~1881년 4권, 1882~1888년 40권의 『격치휘편』이 소장되어 있다.

論說者 有傳諸信筒者 且有著述書籍者各國文字 悉備有之 所以因見獵而知者 不啻以千万計云. 余於一千八百八十九年冬起程環遊地球 周轉所見諸多格物攻 效用 敢述諸筆墨 庶或補益於格致學之一二云. 因思四百年前 泰西諸國亦以地 形屬方部位居中 而日月星辰旋轉四圍 淸國天圓地方之說相似. 惟邇來各國人 士 多有環繞地球而行者 或向西迤行 而仍至原處 亦或向東直達而盤歸舊所者 則地球明係圓形. 故能旋繞如屬方(속방)形則動多窒礙矣. (…中略…)

余又於去歲一年中 遊歷美國之許多城鎭 有數百家戶之鄕鎭中 其街衢上亦 用電燈以照 路人店家與客機均 無不用惟住居民房內用者尙少 因此康莊市肆 間俱明如不夜 行場與大店鋪亦照耀如白日 (…下略…)

번역 대개 들은 바 속언에 이르기를, 수재는 문을 나서지 않고도 능히 천하의 일을 안다 했으니 이것은 다름이 아니라 능히 책 가운데의 소견으로 그것을 아는 것일 따름이다. 그러므로 서중소견은 직접 보고 더욱이 친히 행한 것만 같지 못하다. 이에 사람은 매번 문을 나서기를 기뻐하며 각처의 교화·풍속· 인정·토물(土物)을 유람하여 그 지식을 넓힘으로써 즐거움을 삼고자 해야 한다. 다만 세상에 유람하고자 하나 가능하지 않고, 멀리 유람하는 자가 유람의 경험을 이해하여, 장차 본 바를 필묵으로 적어 두는 까닭은 목도하지 못한 사람이 또한 그 적어 놓은 바[誌]로 그 견문을 넓힘으로써 가히 한 나라에만 사는 사람에게 열방의 정교풍속(政教風俗)을 두루 알게 하고자 하는 것이다. 이로써 그 빛나는 것을 넓혀 다소 견문한 바 같고 다름으로 비루함을 녹여내고 피아의 구분을 서 로 융합하여 도리가 하나가 될 수 있도록 다함으로써 천하가 하나되는 기상이 있게 하고자 함이다.

대저 수년 이래 문을 나서 유력한 사람들이 적지 않으나, 그 사람들이 태서 제국에서는 상고가 많고, 새로운 지방에 탐방하고자 하는 자는 무역의 이익을 흥하게 하고자 하여 각국에 사신과 인원을 보내 각국에 주차하며 특히 자국의 인민을 보호하고자 하는 것이 아니라 또한 조약과 화목을 강구하여 피차 재지를 시기하지 않고자 하는 것이니, 선비가 오직 유람에 전념하는 것은 이로써 견문한 바를 넓히고 아울러 각 나라의 학업 여하를 상세히 고찰하여 보익하게 하는 것이다. 대저 격치학에 뜻을 둔 자는 또한 천하를 주유하여 상무를 탐색함에 가지 못할 지방이 없는 것이다.

또한 여행을 좋아하는 객이 친히 멀리 유력하여 진기한 사물을 보고 경치를 구경함으로써 흉금을 넓히고 또한 멀리 여러 대륙을 다니고 아름다운 지역을 방문함으로써 고질병을 치료하고, 혹은 해빈의 담탕(澹蕩)한 바람을 취하고, 혹은 산령(山嶺)의 청명한 기운을 취하여 조섭(調攝)함으로써 그 육체를 건강하게 할 수 있는 것이다.

무릇 새로 지상(紙上)에서 여러 지역을 유력한 사람이 많으니, 이를 논하고 설명하는 것을 볼 수 있으며, 여러 곳 머문 지역을 전하는 것을 볼 수 있다. 또한 본 바와 아는 바로써 각국 문자로 서적을 저술하여 읽게 하는 것은 천만금을 계산하지 않는다고 이른다.

내가 1889년 겨울에 지구를 환유하기 시작하여 격물치지의 효용에 대해 두루 둘러 본 바를 감히 필묵으로 저술하니 혹 격치학의 한둘을 보태어 이롭게 하고자 함이다. 인하여 생각하니 사백 년 전 태서 제국에서도 또한 지형이 네모진 부분에 속하고 그 가운데 살며 일월성신이 사위를 돈다고 하였으니, 청국의 천원지방설과 유사하다.

오직 각국 인사가 지구를 두루 유력한 이래 혹은 서쪽으로 가서 다시 본래의 땅으로 돌아온 자 가 있고, 혹은 동으로 가서 곧바로 본래의 장소로 돌아온 자 많으니 곧 지구가 둥근 것과 관계되는 것이다. 그러므로 능히 둥근 것을 밝힐 수 있는데 방형에 속하면 곧 움직임에 질애(窒礙)가 많음과 같다. (…중략…)

내가 또한 일 년이 지난 중 미국의 허다한 성과 진을 돌아다녀보니 수백 가구의 마을 가운데, 전등으로 그 거리를 비취는 곳이 있으며, 도로의 사람과 상점과 집과 객기(客機)가 고르며, 오로지 주거용으로만 사용하는 것은 드물었다. 이로 인해 번성한 시가지가 두루 밝아 밤과 같지 아니하니, 장에 가는 것과 큰 점포 또한 대낮과 같이 밝게 빛났다. (…下略…)

필자를 알 수 없지만, 이 기행문은 1889년부터 1년 이상 지구를 환유하며, 세계의 인정과 풍습, 격치학의 이모저모를 밝힌 글이다. 이 시기 '출양견문', '문견 연박', '지식유명', '문명개화'의 전형적인 기행 담론을 포함하고 있으며, 특히 '격치학'을 탐구하는 사람들을 위해 이 글을 썼다는 점을 강조하고 있다.

3.2. 1896~1905년까지의 신문 소재 기행 담론

근대 학제가 도입되고 교육의 중요성 또는 출양견문을 위한 유학의 중요성이 빈번히 언급되면서, 국내에서도 『독립신문』, 『제국신문』, 『황성신문』 등의 민간 신문 매체가 출현하였다. 이들 매체는 계몽을 위한 교과서 또는 독본의 역할을 자임하면서 각종 유학 담론, 또는 각국 유람 담론을 산출하였다. 그 가운데 대표적인 것을 제시하면 다음과 같다.

【1896~1905년 사이의 민간 신문 매체의 기행 담론】

ㄱ. 『독립신문』
- 1896.11.14. 논설 '서양인의 교제 예법': 외국 풍속을 알고 교제의 예법을 지켜야 할 일
- 1899.6.30. 논설: 각국 유람 관련 논설

ㄴ. 『제국신문』
- 1899.2.28. 논설: 세계 각국의 풍습 소개(대서양 바다의 비기란도 섬, 토이기의 미신 등)
- 1899.12.8~12.9. 논설: 외국에 유학생을 보내야 함을 주장한 논설
- 1902.10.20. 논설 '삼국 인종의 성질': 외국 유람하는 사람이 알아야 할 인종론
- 1902.11.18~27. 논설 '대한 근일 정형': 미국인 학사 아서 브라운이 1개월 간 한국에 체류한 뒤 일본에서 유람기를 썼는데, 이를 번역

등재함.

ㄷ. 『황성신문』

- 1900.9.12~10.16. 외보 '北京在園日記': 일본 시사신보 기자의 북경 체류 일기
- 1902.12.5. 논설 '遊覽世界增長學識'
- 1905.9.25~27. 논설 '東遊見聞'
- 1905.10.2~10.6. 잡보 '游帝室博物館記' (한문)
- 1905.10.23~10.25. 잡보 '觀植物園記' (한문)

ㄹ. 『대한매일신보』

- 1905.9.20. 잡보 '遊覽長人見識'
- 1905.11.16. 논설 '遊獵會'
- 1905.11.15. 잡보 '英國倫敦博物院書樓記'

각 신문마다 다소의 차이는 있지만, 1896년부터 1900년 초까지의 각종 개화론은 외국과의 교제를 강조하면서도 해외 유학이나 견문의 필요성을 강하게 주장하지는 않고 있다. 『독립신문』의 경우 재일 유학생 친목회의 활동이나 친목회회보와 관련된 다수의 보도를 하면서도,[21] 정작 유학 담론을 본격적으로 제기하지는 않았다. 이는 이 시기 '개화 (開化)'의 개념이나 '교제(交際)'가 '쇄국(鎖國)'에서 '개국(開國)'으로 변화하는 것을 뜻했기 때문으로 보인다. 이러한 예의 하나로 『독립신문』 1896년 6월 30일자 논설을 참고할 수 있는데, 이 논설에서는 "기화라고 ㅎ는 말이 근일에 미우 번성ㅎ야 사름마다 이 말을 옮기되 우리 보기에는 기화란 거슬 뜻들을 자셔히 모로는 모양인 고로 오늘날 우리가 그 의미를 조곰 긔록ㅎ노라."라고 하면서, '개화'는 곧 '문 열기', '마음 열

---

[21] 『독립신문』에 나타나는 '재일 유학생' 관련 보도로는 1896년 9월 22일 잡보(친목회회보 제2호 소개), 1896년 10월 8일 논설(유학생 친목회 소개), 1896년 11월 10일 잡보(친목회회보 소개), 1897년 4월 8일 논설(친목회회보 제4호 소개) 등이 있다.

기', '공평하고 정직하게 일하는 것'이라고 규정하였다. 이뿐만 아니라 1896년 11월 14일의 논설 '서양인과의 교제 예법'도 조선에 온 외국인들의 풍속을 중심으로 교제 예법을 논하고자 하였다. 이러한 배경에서 능동적인 유학 담론이나 세계 유력 담론은 다소 늦게 출현한 것으로 보이는데, 그 가운데 하나가 『독립신문』 1899년 6월 30일자 논설이다.

【각국 유람】

사름의 학식이 천박ᄒ고 례절에 몽미ᄒ면 담벽을 디면홈과 ᄀᆺ치 ᄆ음도 답답ᄒ고 소견이 부죡ᄒ며 외국 풍속과 명산 대천의 화려홈을 보지 못ᄒ면 우물 속에 처홈과 ᄀᆺ치 문견이 고루ᄒ고 혜두가 막힐지라. 그런 고로 외국의 친왕들과 황ᄌ 왕손이라도 각국에 유람ᄒ기를 당연ᄒ 일노 알고 학문 잇ᄂ 션비들과 지혜 잇ᄂ 명인들은 외국 풍토를 구경치 아닌 이가 ᄒ나도 업ᄂ지라. 이번에 덕국 현리 친왕이 일본으로 좃ᄎ 대한 물정을 보고 청국 교쥬만으로 향ᄒ엿스니 대한 빅셩들도 다 아ᄂ 일이어니와 (…중략…) 법국 사름 릐ᄆ두는 외국에 유람ᄒ야 죠흔 학문을 만히 ᄀᆯ ᄋ친 고로 동양 세계ᄭᆞ지 일홈이 놉흔지라. 그런즉 셰상에 뜻잇ᄂ 션비ᄂ 불가불 외국에 유람ᄒ여 회포를 널니ᄒ고 안목을 시롭게 ᄒᆯ 것이오 황실 귀인들도 부득불 외국 물정과 정치와 풍토를 열람ᄒ야 남의 나라의 죠흔 법을 내 나라로 옴겨 오ᄂ 것이 문명ᄒ고 부강ᄒ기에 뎨일 긴요ᄒ 묘슐이라. 그러나 영국을 갈 ᄲᅢ에 다만 론돈셩의 장려홈만 보고 그 나라 졍령의 붉게 된 근본을 궁구치 아니ᄒ면 그 유람이 쓸딕 업고 법국 파리스와 덕국 빅림 도셩과 오디리의 유아랍과 아라샤의 피득셩과 합즁국의 화승돈을 구경ᄒᆯ ᄲᅢ에 그 굉장ᄒ고 화려홈ᄆᆫ 볼 것이 아니라 그 나라 학교의 인지를 교육ᄒᄂ 법과 군뎨의 용병ᄒᄂ 뎨도와 긔계의 쳡리ᄒ 긔슐을 착심ᄒ야 궁구ᄒ고 류렴ᄒ야 싱각ᄒ 후에 내 나라 션왕의 법이 아닌즉 대한에ᄂ 쓸딕업다 ᄒ지 말고 반다시 본밧아 힝ᄒ 후에 나라의 부강홈을 가히 일울지라. 외국에 가셔 공부ᄒᄂ 대한 학원들은 죠흔 학문과 남의 풍토를 ᄌ셰히 열람ᄒ야 텬하 각국의 잇ᄂ 죠흔 법은 일졔히 대한으로 옴겨다가 침쟉ᄒ야 쓰고 보면 나라가 젼로 부강ᄒ을 것이요 외국 사름들이 감히 대한을 업슈히 넉이지 못ᄒ을 줄 우리ᄂ 밋노라.

—『독립신문』 1899.6.30.

이 논설은 독일의 '현리 친왕'이 일본과 대한 중국을 견문한 사실을 보도하면서[22] 외국인들이 학식을 넓히기 위해 각국 유람을 하는 이유를 제시하고, 대한의 학원들이 외국에 가서 좋은 학문과 그들의 풍토를 열람하여 대한으로 옮겨야 한다고 주장한 논설이다. 앞의 『친목회회보』 나 『대조선독립협회회보』에 등장하는 '출양견문'의 논리가 좀 더 구체화된 셈이다. 이처럼 유학 담론이 본격적으로 제기된 것은 1899년 전후로 보이는데, 그 이유는 그나마 관비로 파견했던 재일 유학생의 학비조차 제대로 감당하지 못하고, 그들의 유학 경험을 살리지 못하는 정부의 실책과도 관련이 있었을 것으로 보인다. 『제국신문』 1899년 1월 23일의 논설도 그러한 경향을 보여준다.

【제국신문 논설】

혹이 말ᄒ여 ᄀᆯᄋ되 작일 한셩신보에 계직ᄒᆫ바 탁지대신에 의견셔를 본즉 학도를 ᄲᆸ아셔 셔양각국에 보ᄂ여 젼문학을 졸업ᄒ야오게 ᄒ쟈ᄂ 일인즉 그 일이 진실노 대신의 당연ᄒ 직분이오 투쳘ᄒ 스업이라 대단이 죠하 그러ᄒ되 그 의견셔에 말ᄒ기를 우리나라에셔 쳥ᄒ여다가 부리ᄂ 교ᄉ들의 인품이 나져셔 이령뎌렁 셰월만 보ᄂ고 공연이 봉급만 허비ᄒ고 실효가 업다ᄒ엿스니 그윽히 싱각ᄒ건되 외국 사름들이 명예를 즁히 넉이고 신분을 잇기ᄂ터에 만일 그런 말을가지고 칙망을 ᄒ게드면 대답ᄒ기가 군식ᄒ을듯ᄒ고 ᄯᅩ 말ᄒ기를 학도들이 각 학교에셔 공부ᄒ 거시 말

22) 논설에 등장하는 '헨리 친왕'과 '법국 릭ᄆ두'에 대해서는 추후 조사가 필요하다.

무디 비혼 되셔 지나지 못후고 혼가지 지조를 일웟다던지 혼가지 업을 맛츳다는 말을 듯지 못후엿다 후엿스니 그것은 그러치 아니혼 거시 <u>우리 나라에서 당초에 셔양교수 고빙후여셔 학교라고 셜시후기를 뎨일 어학교</u>가 만혼되 어학교를 셜시후고 어학교수를 연빙후여 왓슨즉 그 교수의 가라치는 것이 어학이오 학도가 비혼 것도 어학인되 지금 슈삼년 동안에 말공부혼 학도들이 미상불 졸업들을 후야 가히 쓸 만혼 사롬들이 업는 거시 아니여 그러후되 그 사롬들을 쏩아서 덕당혼 직칙을 맛게 불려보앗단 말을 듯지 못후엿스니 엇지 교수에 칙망이라 후며, (…중략…) <u>일본으로 보닛던 학도들노 말후더리도 불과 이년에 도로 도라오라고 경비를 보닛지 아니 후여셔 그 학도들이 걸식후다 십히 후여 가며 졸업혼 거슬 가지고 돌아온 사람 이 만어 그러후되 슈용후엿단 말을 듯지 못후얏스니</u> 지금 경비를 더만이 들여 구미각국으로 보닛면 그러치 안을넌지 모로거니와 쏘 말후기를 셔양 으로 보닛쟈는 학도를 미명 미삭에 오십원식을 주어 한 십년작뎡후고 유학후게 후쟈 후니 빅명의 십년 비용이 륙십만원이니 그럿케 만은 돈을 탁지에서 능히 <u>외국에셔 빌어먹는 폐단이나 업게 홀넌지 모로겟고</u>, 쏘 말후기를 셔양 사롬들도 일본의 부강혼 거슬 싀긔후고 혐의후야 현묘혼 학문을 가라쳐쥬지 안는되 함을며 측량키 어려운 일본에셔 우리나라를 가라쳐 쥬지 아니후기가 분명후다 후엿스니 더욱 탁지대신에 도량이 너그럽지 못혼 거슬 씨닷지 못후겟도다. 대개 나라을 스귀는 도가 신의가 쥬쟝 이라 닛가 신의로 남을 되졉후면 남도 나를 신의로 되졉후고 닛가 간스홈 으로 남을 되졉후면 남도 간스홈으로 나를 되졉후느니 우리나라에셔 정성과 신의로써 각국 정부에 밋부게 후면 엇지 국국 교수들이 신긔후고 비밀혼 지조를 가라치지 안을 리가 만무후고 함을며 근릭에 우리 대한과 일본 식이에 교제가 날로 친밀후미 가라치지 안을 리가 업슨즉 경비도 적고 길도 갓가온 되도 못후는되 하필 경비 만코 리슈 먼 되 가셔 구후쟈 는 거시 올흐리요. 변변치 못혼 졸업이라도 혼 사람이 만흐니 일일이 슈용후고 익외지인을 쓰지 아니후면 죽은 몰 스는 것보다는 믹우 나흘 거시 죽은 믈 스는 거슨 쳔릭무 오기 젼에는 효험이 업거니와 이거슨 당장 효험이 잇고도 젼국 총쥰즛데가 각국으로 가 직조 빙화올 자가 만흘 터이니 나라돈 만히 허비흐지 안코도 영직를 만히 교육홀 거슬 민대신이 엇지 이런 졍묘치 못흔 말을 닉엿는지 알 슈 업도다 흐는지라. 닉가 딕답흐여 왈 그러치 아니흐다 각국 교수들이 말홀 리도 만무흐고 일본셔 엇더케 싱각홀 거슨 논란흐여 말홀 겨를도 업거니와 학도를 쓰지 안는 모양으로 변변치 못흔 공부는 쓰지 안는 거시 올흔지라. <u>민대신이 여러 번 스신으로 나가셔 각국에 유람흐여본즉 나라마다 문명부강흔 거시 모다 인민교육홈</u> 으로 되는 거슬 확실이 보앗는 고로 이 의견을 졍부에 들인 거시라. 만일 십년 젼에 민대신 갓흐니가 잇셔셔 이런 게교를 닉엿던덜 그 싀이에 영직 를 만히 교육흐여 나라이 부강흐엿슬 거슬 지금 넘우 지완흔 거시 한탄이 로딕 그도 아니흐고 잇다가 십년 후면 쏘 후회홀 터이니 아모됴록 졍부에 셔 이 게교를 실시흐게드면 나라에 다힝흔 줄노 아노라.

—『제국신문』 1899.1.23, 논설

이 논설은 한성신보의 외국 유학생 파견 관련 논설에 대한 비판에서 시작되었으나, 이 시기 외국어학교 운영 실태, 외국인 교사 고용, 재일 유학생 파견 실태, 외국 유학생의 환국 후 문제 등이 비판적으로 제시 되었다. 특히 서양 각국에 유학생을 파견하여 전문학을 공부하게 해야 한다는 주장은 이 시기부터 빈번히 제기되었던 것으로 보이나,23) 유학 생을 파견하여 어떤 효과를 거둘 수 있을지, 구체적으로 그 실효를 거

---

23) 이 시기 유학생 파견 담론은 배재학당 학생회가 발행한 『민일신문』(『협성회회보』를 발전 시킨 신문)에서도 빈번히 찾아볼 수 있다. 이 신문에서도 1898년 12월 14일 논설에서 '광안싱'이라는 가상의 인물을 내세워 중국과 구라파를 견문하고 완고당을 비판하는 글을 게재했는데, 이 시기부터 개화가 '문을 여는 것'에서 '세계 유람'과 '유학의 필요성'을 강조하는 주장이 대두된 것으로 보인다. 여기서 '광안싱(廣眼生)'은 표현 그대로 '세계 지식을 통해 눈을 넓히는 사람'이라는 뜻이다. 이러한 형식의 계몽 논설은 『황성신문』 1899년 9월 5일자 논설에도 등장하는데 이 논설은 '목멱산하 일개 남자'를 주인공으로 하여 경장하고자 하는 관리와 세계 유람자를 비교하여 계몽하고자 하였다.

두는 정책은 미흡한 상황이었다. 이는 세계 유람 담론에서도 유람의 효과가 무엇인지, 그것을 어떻게 담아낼 것인지 등을 보여주는 자료는 거의 찾기 어렵다.

4. 유람장인견식(遊覽長人見識)과 견문록

4.1. 유람장인견식(遊覽長人見識)

'문 열기'식의 개화에서 '세계 주유(世界周遊)', '유학'의 필요가 본격적으로 제기된 이후, 기행 담론에서도 일정한 변화가 나타나기 시작한다. 이 변화에는 '장인견식(長人見識)'의 논리가 담겨 있다. 그 가운데 대표적인 것이 『황성신문』 1902년 12월 5일자의 논설이다.

【유람세계증장학식(遊覽世界增長學識)】

吾儕ㅣ 生亞細亞洲一隅之偏邦ㅎ야 比五洲全世界而言之ㅎ면 不啻滄海之纖芥오 泰山之片堰而已라. (…中略…) 余觀近 日本 西人新報則頃有爲世界遊覽者迅捷敏活之謀ㅎ야 乃設立一個聯合會社ㅎ야凡於全世界一週之人에 各旅客賃金도 議以極廉計定이라 ㅎ고 自英京 倫敦發出ㅎ야 周回返還之費를 以百三十磅(一千三百元)爲定ㅎ고 其線路ᄂ 分之二線ㅎ니 一은 自歐羅巴로 經印度 支那 日本 美國ㅎ야 還至歐洲ㅎ고 一은 經濠洲 婁支蘭美國而還至者니 其駛行甚便ㅎ고 賃費亦廉ㅎ야 周遊於五洲全球之上에 誠不難矣라. 寧不快哉며 寧不壯哉아. 然이나 人之所以貴遊覽各邦ㅎ고 閱歷殊俗者ᄂ 豈徒然而然哉아. 貴其能大其耳目ㅎ며 博其胸襟ㅎ고 因之以增長其學識意量也니 如遊覽者ㅣ 與未遊覽者로 同其局見ㅎ며 同其陋習則奚足以遊覽爲快哉아. (…하략…)

—『황성신문』 1902.12.5, 논설

번역　우리들은 아세아의 궁벽한 한 나라에 태어나 오주 전세계와 비교하면 창해의 한 점 형개와 같고, 태산의 한 편 둑과 같다. (…중략…) 내가 최근 일본 서양인의 신문을 보니 세계 유람하는 것을 신속하고 민첩하게 하여 한 연합회사(聯合會社)를 설립하여 세계 일주를 하는 사람들에게 여객 임금도 의논하고 가격도 저렴하게 한다 하였으니, 영국 수도 런던을 출발하여 다시 되돌아오는 데 130방(일천삼백원)으로 정하고, 그 노선은 둘로 나누었으니, 하나는 구라파로 인도, 중국, 일본, 미국을 거쳐 구주에 되돌아가고, 하나는 호주, 누지란, 미국을 경유하여 돌아가는 것이니 그 가는 길이 심히 편하고 비용 또한 저렴하여, 오주 세계를 주유하는 것이 진실로 어렵지 않으니, 어찌 즐겁지 아니하며 어찌 장한 일이 아니겠는가. 그러나 사람이 각국을 유람하는 것을 귀하게 여기고, 특별한 풍속을 보고자 하는 이유가 어찌 도연히 그러하겠는가. 그 이목을 능히 크게 하고 흉금을 넓히며 이로써 학식과 의지와 헤아림을 증장하는 것이니 유람자가 미유람자와 더불어 시국에 동등하며 누습이 동등하다면 어찌 족히 유람의 쾌활함이 되겠는가.

이 논설은 이 시기 서양과 일본에 출현한 '유람회사' 관련 기사를 보고 쓴 논설이다. 조성운(2004)에서 관광 담론의 출현과 유람회사에 대해 자세한 논의를 한 바 있듯이, 서구와 일본의 유람회사는 자본의 논리, 식민의 논리와 부합하는 이윤 창출의 회사였다. 비록 필자가 유람회사에 숨어 있는 이 논리를 이해하지 못한 상황에서 이 글을 썼을지라도, '장인견식'의 논리에 따라 세계주유의 필요성을 제기한 점은 유학 담론과 함께 기행 담론에 변화가 생겼음을 의미한다. 이 논리는 『대한매일신보』 1905년 9월 20일자 잡보에서도 찾아볼 수 있다.

【유람장인견식(遊覽長人見識)】
人之見識이 局於所處ᄒ야 處於山林者ᄂ 有山林之見識ᄒ며 處於江湖者ᄂ 有江湖之見識ᄒ며 處於城市都會者ᄂ 有城市都會之見識ᄒ야 若或捨而之他

則凡於事爲應接之際에 未免生疎ᄒᆞᄂᆞ니 此豈非局於所處ᄒᆞ야 見識이 未周而然歟아. 今夫讀書之士ㅣ 學究天人ᄒᆞ며 識通古今ᄒᆞ야 聽其談論則영 天地千事萬物이 畢羅於胸中ᄒᆞ야 歷歷指陳을 如觀掌紋이되 及其出而莅事ᄒᆞ며 動而接物이면 顚側失錯에 況如兩截人者ᄂᆞᆫ 何也오. <u>空言이 異於實踐ᄒᆞ고 十聞이 不如一見故也</u>니라.

사람의 식견이 그가 속한 곳에서 나오니 산림에 거처하는 자는 산림에서 견식(見識)하며, 강호에 거처하는 자는 강호에서 견식하며, 성시와 도회에 거처하는 자는 성시와 도회에서 견식하여, 혹 이를 버리고 다른 사물을 접할 때 생소함을 면하지 못하니, 이 어찌 거처하는 곳에 국한하지 않아 견식이 넓지 못한 것이 아니겠는가. 지금 독서하는 선비가 천인을 연구하며 고금을 통달할 만한 지식이 있어 그 담론하는 바는 곧 천지의 모든 사물이 흉중에 망라되어 역력히 지시하는 바가 손바닥 지문을 보는 것과 같되, 업무에 이르고 사물을 접하면 도리어 어그러지니 그 이유는 무엇 때문인가. 공언(空言)이 실천과 다르고, 열 번 들은 것이 한 번 본 것만 같지 못하기 때문이다.

然則 人之年壽ᄂᆞᆫ 有限호리 見識은 無窮ᄒᆞ니 <u>必須廣加遊覽ᄒᆞ야 天地之博大와 河海之浩渺와 山嶽之奇險과 人物之繁多와 鳥獸草木昆虫等 千彙萬狀可驚可喜之事을 躬親歷之ᄒᆞ며 默加體驗ᄒᆞ야 俱爲收藏于方寸之間然後</u>에 如金百鍊而見識이 自高ᄒᆞ야 破百年之睡夢ᄒᆞ며 臨大事而無疑ᄒᆞ야 其宏而文明之效果가 如世之矻矻窮經而坐談於牖下者로 不可同日語矣니 人之於遊覽에 其可忽諸아. <u>仲尼ㅣ 轍環天下ᄒᆞ야 資其博識ᄒᆞ시며 馬遷이 壯遊山川ᄒᆞ야 成其文章</u>이나 此猶亞細亞區域 以內인즉 以今思之컨듸 不足爲奇이고 彼西人者 一大舶巨艦으로 遊遊於六洲ᄒᆞ야 無遠不到ᄒᆞ며 無細不探ᄒᆞ야 其學問之精邃와 志氣之堅確과 商業之發達이 亦嘗多賴遊覽之力인즉 凡居此世界者 一苟有意於時務틴 遊覽之不可廢也ㅣ 審矣어날 韓人則不然ᄒᆞ야 惰其筋骸ᄒᆞ며 痼其志慮ᄒᆞ야 寧爲坐飢十日이언졍 羞其搬柴運水ᄒᆞ며 寧爲坐讀萬卷이언졍

怯於出門遠遊호야 悠悠送生而不做一事一業者ㅣ 滔滔然皆是호니 以此習俗과 以此志氣로 較看於西人컨딕 不啻醯鷄之於곤鵬인즉 國勢之濱危와 民生之受困과 學問之不進과 商業之不發이 實是自招라 何足怪焉이리오. (…하략…)

—『대한매일신보』 1905.9.20, 잡보

번역 그러나 사람의 수명은 한계가 있고 견식(見識)은 무궁하니 반드시 널리 유람하여 천지의 넓음과 하해의 호연함과 산악의 기험함과 인물의 번다함과 조수초목 곤충 등 천태만상이 가히 놀라운 사물임을 친히 돌아보며 더욱 체험하여 방촌지간에 저장한 연후에 쇠를 백번 단련함과 같이, 견식이 스스로 높아 백년의 꿈을 깨며 대사에 의심이 없어야 그 광대한 문명의 효과가 세상의 험함을 피하고 좌담하는 것이 동일한 말이 될 수 없으니, 사람이 유람을 어찌 소홀히 할 수 있는가. 공자가 천하를 주유하여 박식의 자료로 삼으시며, 사마천이 산천을 유람하여 그 문장을 이룬 것이 모두 오직 아세아 지역 내이니 생각건대 기이하다고 하기 어렵고, 저 서양인들이 일대 거함으로 6주를 유람하여 도달하지 못한 데가 없으며 탐구하지 못한 것이 없으니, 그 학문의 정수와 지기의 견고함과 상업의 발달이 또한 유람의 힘에 의한 것이 많으니, 무릇 이 세상을 살아가는 자는 진실로 시무에 뜻을 둔다면 유람을 하지 않을 수 없거늘, 한국인은 그렇지 않아 게으르고 나태하여 그 뜻이 고루하여 진실로 앉아서 10일을 굶을지언정 수운으로 섶을 옮기는 것을 부끄러워하며 앉아서 만권의 책을 읽을지언정 문을 나서 원유(遠遊)하기를 겁내고 생을 보내되 사업을 도모하지 않으니, 이러한 습속과 이러한 지기(志氣)로 서양인과 비교한다면 붕새와 병아리에 불과할 것이니 국세의 빈약과 위태로움과 민생의 곤란과 학문의 부진과 상업의 미발달은 실로 스스로 불러들인 것이니, 어찌 괴이한 일이 아니겠는가.

이 글은 미국의 유람단이 도착한 것을 기회로, 세계 유람이 '식견'을 증장하는 역할을 하는 장쾌한 일이라는 점을 강조한 글이다. 앞의 논설과 마찬가지로 유람회사와 유람단이 조직되는 자본의 논리를 파헤친 것은 아니지만, 유람을 통한 '장인견식(長人見識)'이 공자의 주유천하에 비유될 만큼 중요한 의미를 갖는다는 기행 담론을 형성하는 계기가 되었다.

4.2. 정형(情形)과 견문록(見聞錄)

문호 개방의 차원에서 비롯된 기행 담론 속에는 본격적인 해외 견문록이 등장하지 않는다. 그럼에도 『제국신문』과 『황성신문』에는 주목할 만한 몇 편의 기행 자료가 남아 있다. 그 가운데 하나는 우리나라의 정형(情形)을 기록한 외국인의 글이며, 다른 하나는 해외 견문기(見聞記)이다.

가장 먼저 발견되는 정형기(情形記)는 『제국신문』 1902년 11월 18일부터 11월 27일까지 논설로 연재된 '대한 근일 정형'이다. 이 정형기는 미국인 학사 아서 브라운이 1개월 간 한국에 체류한 뒤 일본에서 쓴 유람기를 번역 등재한 것으로, 이 시기 우리나라의 사정을 비교적 자세히 그려내고 있다. 이 정형기를 게재한 이유를 살펴보자.

【대한 근일 정형】

대한 속담에 등잔 밋치 어둡다 ᄒ며 외국인의 속담에 론돈(영국 셔울) 소문을 들으려거던 파리스(법국 셔울)로 가라 ᄒᄂ니 대한 소문을 들으려거던 일본을 가야 ᄌ세히 들을지라 (…중략…) 슬푸다 이런 어두은 인류들에 말을 별로 론란홀 것 업거니와 내나라 ᄉ졍을 뎨일 모로는 사ᄅᆷ은 대한 빅셩이라 셔양 사ᄅᆷ은 동양 졍치 관계를 말홀진ᄃᆡ 의례히 쳥국이나 일본을 의론홀 ᄲᅮᆫ이오 대한 일에는 별로 말ᄒᆞᆫ 쟈ㅣ 듬으나 우리나라 ᄂᆡ졍을 알기는 통히 대한 졍부 대관네보다 오히려 소샹ᄒᆞᆫ지라 근쟈에 미국 학ᄉ 아더 ᄲᅮ라운 씨가 대한에 와셔 일삭 가량을 유람ᄒᆞ고 도라가 유람쐬를 빅여 대한 정치 亽정을 기즁에 대강 말ᄒ엿는디 관게가 젹지 안키로 련일 번등홀 터이니 우리나라 샹하 관민간에 일테로 쥬의ᄒ야 보아 남이 내 亽졍을 아는가 모로는가 이 亽졍을 긔직ᄒ는 터인즉 우리를 엇더케 평론ᄒ는가 깁히 싱각ᄒ여 보기를 바라노라. 그러나 그 글을 번역ᄒ는 즁에도 오히려 <u>그 ᄯᅳᆺ슬 다 옴기기도 어렵고 ᄯᅩ한 다ᄒ기 어려온 말도 잇스니 불가불 말과 글이 쟈라는 디로 대강 ᄲᅩᆸ바 올닐지라.</u> 우리나라 쇼년 들이 외국 글ᄌ를 쇽히 공부들 ᄒ야 참 기명ᄒᆫ 학문의 법률 셔칙도 보며 이런 신문 월보 등셔를 볼 쥴 알아 셰샹 사름들에 공론도 들어보며 의견 도 알아 ᄎᄎ 완고ᄒᆫ 옛 싱각을 바리고 식의亽를 두어 ᄎᄎ 내 나라 일도 알고 남의 셰샹도 보아 사름마다 움물 속에 고기를 면ᄒ고 광활ᄒᆫ 바다를 향ᄒ야 널은 텬디를 구경홀진디 인민의 지혜와 식견이 늘어 몃 ᄒᆡ 안에 나라에 지혜 잇고 기명ᄒᆫ 사름이 츙만홀지니 이 엇지 나라의 영광이 아니 리오. <u>이런 글을 번역ᄒ는 본의는 첫지 이 권리 가지신 이들이 그러히 녁여 곳치기를 권홈이오, 둘지 이 권리 아니 가진 이들이 듯고 빅화 식의 견이 나기를 권홈이라. 그러나 그 의론에 시비 곡직은 본샤에셔 모로는 바ㅣ라 다만 본문을 ᄯᅡ라 번등홀 ᄲᅮᆫ이로라.</u>

　계몽 담론을 본의로 하는 『제국신문』의 논설이라는 점에서, 이 정형 기는 근본적으로 정부 당국자와 지식인들을 깨우치고자 하는 의도를 갖고 있다.[24] 그렇기 때문에 정형기의 주요 내용이 정치, 제도, 사회, 문화 등과 관련을 맺고 있다. 구체적으로 11월 20일자 논설에서는 '정

---

24) 그렇기 때문에 번역 등재하는 과정에서 기자가 대한 신민을 향한 계몽의 평설과 안타까 움을 피력하기도 하였다. 예를 들어 11월 21일자 '국권 침탈에 무능 무감각한 정부'를 비판하면서 "슬푸다. 대한 텬디에 사는 신민들이여. 이런 형편을 아는가 모로는가. 목 을 놉혀 크게 부르지즈노니 사름마다 알게 홀지어다."라고 하였으며, 11월 24일자 논설 에서는 이권 침탈 상황을 번역 등재하면서 "져 가진 젹은 남을 쥬기 슬허ᄒ야 혹 쎄앗으 려는 쟈ㅣ 잇스면 곳 소리를 질으거든 나라에셔 토디 보호ᄒ는 것을 엇지 슬허ᄒ는지 비밀이 약조ᄒ야 속으로 쥬려ᄒᆞᆷ이 내 빅셩은 알지도 못ᄒ고 남은 시비가 이러ᄒ게 되엿 는고 통분통분."이라고 울분을 토하기도 하였다.

치와 교회', 21일자 논설에서는 '러시아와 일본의 철도를 통한 침탈 가능성과 이에 무감각한 정부 비판', 22일자에는 '화폐와 주거 상황', 24일자에는 '일본과 서양의 이권 침탈', 25일 ~ 26자에는 '이권 침탈 과정에서 종교의 역할', 27일에는 '천주교와 민란의 관계' 등을 서술하였다. 정형기가 정치 상황 및 식민 침탈을 그려낸 기록일지라도 그 속에는 이 시기 견문한 내용도 드러난다. 그 가운데 11월 22일의 논설은 화폐와 주거를 비교적 흥미롭게 그려낸 장면이 등장한다.

【대한 근일 정형 번역 련속(四)】

대한에 근일 쓰는 화폐를 말홀진딕 통히 혼돈세계라. 외국 사룸이 쳐음 보면 기가 막혀 홀 말이 업슬지라. 경향에 통용혼다는 돈이 일본돈과 대한돈을 셕거 쓰느니 이것도 정신 업는 일이라 ㅎ려니와 소위 조선돈이라는 거슨 동을 셕거 널게 만들고 가온딕 모진 궁글 닉여 씬에 쒸게 만들어 위지 엽전이라 ㅎ는딕 흔 기를 셔울서는 흔 푼이오 시골셔는 오푼이라 ㅎ며 실샹 쓰는 딕는 읍촌 물론ㅎ고 ㅊ치 광관ㅎ며 그보다 좀더 둣터온 돈은 쏘흔 동으로 만들어 시골돈 오푼이오 셔울은 스물다섯입히라 ㅎ며 그 다음은 좀더 젹은 빅동전이 잇스니 시골 스물다섯 입히오 셔울 일빅이 십오푼이라. 특히 혜기를 미양으로 회계ㅎ는딕 흔 량이 일빅 푼이라 ㅎ며, 오젼 외에는 조션돈이 업는딕 물건 미매ㅎ는 종류를 볼진딕 조선돈 일빅 푼엇치 물화를 금젼 삼십칠 젼이면 샹환홀지라. 돈이 이러툿 일뎡흔 규모가 업셔 정신을 차릴 슈 업스며, 일본돈이라고 통힝ㅎ는 거시 쏘한 여러 가진딕 금젼이라고는 볼 슈 업고 지젼이라고는 슈십원 쓰리가 통힝ㅎ나 식골 사룸들은 당초에 밧지 아니ㅎ면 말ㅎ기를 조희가 무슴 돈이라 ㅎ나뇨 ㅎ는지라. 부득이 릭왕 로즈를 엽젼으로 밧고아 가지고 다녀야 ㅎ나니 로즈가 거의 나귀에 한 바리가 되니 먼 길을 다닐 슈 업는지라. 급기 평양에 이른즉 지젼을 구ㅎ기가 도로혀 어려워 미월에 이십젼식을 가게 쥬고 제물포나 셔울에셔는 곳곳이 달나 구십칠젼ᄭᅵ 밧고엇스며 기타 정신차리기 어려온 일은 물론흐고 통히 돈이 엇지 귀흐든지 여러빅리 리왕에 합이 로즈가 몃푼이 되지 못흐지라. 내 싱젼에 겨를이 잇거든 조션에 가셔 쓰고온 돈을 다 합흐여 볼 터이니 젼후에 몃푼이 들엇는지 보면 참 가소로울너라.

거쳐흐는 집을 볼진디 빈한 곤궁흠이 겻헤 들어나는지라. 그 중 쟝흐다는 대궐과 관샤를 보면 쳥국 제도를 모본흐야 그 인민의 안목에는 가쟝 웅쟝흐게 넉이나 외국인에 보기에는 심히 옹졸흐여 미국과 비교홀진디 그 님군 게신 대궐이 미국 촌에 사는 샹민에 집만 못흐야 상민에 좌우 ㅁ구간 버린 것을 보면 한 고을 관찰부 영문보다 낫다 흘지라. 그 집들이 다 짓기에만 옹졸흘 쑨 아니라 한번 지은 후 몃 디를 젼혀 슈보흘 쥴 몰나 모도 파상흔 벽과 마당이 도쳐에 보히며 여염가는 흔히 거칠게 지어 젼혀 기동으로 힘을 쓰며 기동인즉 곳은나무가 귀흔 고로 흔히 굽은 나무로 버틔고 안에 슈슈디를 집싁기로 역거 세우고 진흙을 발나 벽을 싸아 겨오 풍우를 가리오며 집 우흔 셩즁에 극히 샹등집이 진흙으로 구은 기와로 덥고 기타는 다 벼집으로 역거 두터이 이엇고 문과 창은 사름 출입흐기 위흐야 한 두 군디 외에는 공긔를 통흐기 위흐야 닌는 창은 드물며, 소위 창에는 두터운 죠희를 발나 히발이 들면 게오 어두은 빗치 나고 방바닥은 혹인디 혹기름 무든 조희로 바르기도 흐고 혹 집흐로 역근 자리도 펴며 민간 바닥 밋헤는 고릭를 노아 부엌에서 음식 익히는 불길에 련긔가 통흐게 흐며, 쟈며 침샹은 아조 업고 다만 방바닥에 누어 쟈미 유람흐는 쟈ㅣ 혹 불힝이 길 침샹을 아니 가지고 쩌날진디 불가불 토민들과 갓치 방바닥에셔 누워셔 무슈히 모혀드는 물즘싱과 싸화셔 밤을 지닐너라.

이 논설에는 외국인의 눈으로 본 이 시기 대한제국의 화폐와 주거 상황이 비교적 자세히 서술되어 있다. 당시 필자가 여행 과정에서 각종 어려움을 겪고, 한국 백성들의 곤궁함과 식민 수탈 상황에 대해 연민의 정을 갖고 있었기 때문에, 화폐 사용의 불편함이나 주거 제도의 빈약함이 강조되었을지라도, 시대의 창으로서 기행 담론이 이 시기 우리나라

민초들의 삶의 모습을 보여주고 있다는 점에서는 그 가치가 적지 않다. 이 글에 서술된 화폐나 주거 문제 등은 비슷한 시기의 외국인 견문기에서도 찾아볼 수 있다.25) 화폐 사용과 주거에 관한 설명은 다소 후대의 자료이기는 하지만 1898년 함경 지방을 여행했던 러시아 문호 가린의 기행문26)을 참고하면 여행을 위해 엽전으로 환전한 결과 큰 짐이 되었다거나 돌을 얹은 지붕, 집과 따로 떨어져 있는 나무 굴뚝, 백지로 바른 창호, 울타리 등의 구체적인 묘사를 연상하게 한다. 그럼에도 이 시기 국문 정형기와 유람 담론에서는 묘사의 구체성이나 풍속의 재현이 이루어지지는 못했다. 이는 일부 '견문록'에서도 확인할 수 있는데, 『소년』 창간 이후의 각종 일본 유학기나 서양 유람기 등에서 빈번히 등장하는 '동유(東遊)' 과정의 고난이나 차창 밖의 풍경을 그려내는 수준에 이르기까지는 시간적인 여유가 더 필요했을 것으로 보인다. 그 예의 하나로 『황성신문』 1905년 9월 25일부터 27일까지 연재된 '동유문견(東遊聞見)'의 한 부분을 살펴보자.

【동유문견(東遊聞見)】

本記者ᄂ 敬訟 愛讀者 諸君子 百福ᄒ노라. 曩에 記者ㅣ 東遊 日本ᄒ야 閱數月而歸矣라. 歸航之途에 適値二百十日 天候之乖ᄒ야 風濤震盪ᄒ며 霖雨淫淫ᄒ이 爰嬰水土之疾ᄒ야 歸便禿枕ᄒ야 風呻雨唱에 不能振作이라가 今日에 始復執筆而臨紙ᄒ노니 中間 日月이 僅不過六十餘個曜이로ᄃ 荏苒之頃에 天候가 齟變ᄒ야 炎風暑霖이 條捲爲金颷玉露之大ᄒ고 茂林豊草ᄂ

---

25) 흥미로운 점은 기행 체험을 통한 그려내기가 이 신문에만 국한되어 있지는 않다는 점이다. 다소 시대적인 차이는 있지만, 선교사 알렌의 『조선견문기』(1908년 작, 1984년 신복룡 옮김, 평민사), 게일의 『전환기의 조선』(1909년 작, 1984년 신복룡 외 옮김, 평민사) 등의 한말 외국인의 견문록에서도 이 시기의 풍속을 확인할 수 있다. 한말 외국인 견문록에 대해서는 별도의 조사를 할 예정이다.

26) 이 기행문은 『동광』 제18호(1931.2)부터 제24호(1931.8)까지 '外眼에 빛인 朝鮮, 露文豪 가린의 朝鮮 紀行'이라는 제목으로 김동진(金東進)이 번역 소개하였다.

忽改爲鷹奮虫吟之辰ㅎ며 於焉間世界大勢도 亦一變改ㅎ야 黃白之戰雲이 初
收ㅎ고 亞歐之和旭이 方昇이어늘 惟我韓國은 尙在夢中夢黑憩鄕裏ㅎ야 (…
중략…) 嗚呼라. 記者ㅣ 將今行之所見所得ㅎ야 謹當次第論陳於諸君子之請
覽호리니 至其山河物産之富와 民族 生活之繁과 政治之制度와 敎育之設備
는 姑俟餘日이어니와 第一有感於中者로 請試論之ㅎ노니 盖 記者ㅣ 於今行
에 觀厥風土ㅎ며 相厥山川ㅎ니 亦非別乾坤異世界也오 與我山川과 與我風
土로 只是一般이로디 何以能敗强俄而屹東洋ㅎ야 抗世界列强地位也오. (…
하략…)

　　　　　　　　　　　　　　　　　—『황성신문』 1905.9.25, 논설 '동유문견'

번역 본 기자는 애독자 여러분께 백 번 축복한다. 접때 기자가 일본에 유람하
여 수개월을 돌아보고 돌아왔는데, 귀항 길에 210일 동안 날씨가 괴팍
하여 바람과 파도와 뇌성이 진탕하고 폭우가 음음하여 수상의 질병을 얻어, 돌
아와 오직 자리에 누워 신음하며 일어나기 어렵다가 금일 다시 집필에 임하니
지난 시간이 겨우 60여일이지만, 지나온 지경에 날씨가 변해 더운 바람과 더운
폭우가 서늘한 바람과 이슬로 바뀌고 무성한 산림과 초목은 홀연 벌레울음이
가득한 때가 되었으며 어언간 세계 대세도 또한 일변하여 황백(黃白)의 전운이
처음 수습되고 아시아 구주의 화해하는 기운이 솟아오르거늘, 오직 우리 한국은
아직까지 몽중으로 향리의 어둠 속에 있어 (…중략…) 아. 기자가 이번 여행에서
보고 안 것이 있어 차례로 여러 군자에게 청하여 보이고자 할 것이니, 이른 곳마
다 물산이 풍부하고 민족의 생활이 번영함과 정치 제도와 교육 설비는 다른 때
로 미루고, 가장 먼저 느낀 것부터 논의하고자 하니, 대개 기자가 이번 여행에서
그 지역의 풍토를 보고, 산천을 접하니 또한 별건곤(別乾坤) 별난 세계가 아니
요, 우리 산천과 우리 풍토와 모두 같은데 어찌 능히 러시아를 패퇴시키고 동양
의 으뜸이 되어 세계 열강과 대항하는 지위를 얻게 되었는가.

이 견문록은 기자가 일본에 다녀와서 들은 바 본 바를 기록한 글이

다. 글의 서두에 일본 동경을 유람하고 돌아오는 길이 험난하여 글을 바로 쓰지 못하다가 다시 집필하는 시기에 이르러 보니 세계는 변화했는데 아직도 우리 한국은 몽중에 있음을 탄식하고, '산하물산의 풍부함'과 '민족생활의 번영', '정치제도와 교육 설비' 등은 추후에 보고하고, 가장 먼저 느낀 감회부터 술회한다. 그런데 이 견문록에서도 "(일본이) 산천과 풍토는 우리나라나 다른 나라가 큰 차이가 없는데, 능히 러시아가 동양을 넘보는 것을 좌절시키고 세계열강과 대적한 이유"가 무엇인가를 묻고, 이에 대한 해답으로 일종의 '감사기절(敢死氣節)'의 특성이 있기 때문이라고 설명하였다. 이는 동유의 목적이 무엇이었든 이 견문록에서도 일본의 문명이나 세계열강과 대적하게 된 이유를 밝히는데 주력할 것임을 암시한다. 이는 동유의 과정이나 귀국의 과정, 일본에서 견문한 바 등에 대한 구체적인 관찰과 이에 대한 재현보다 계몽의 담론이 견문록의 주를 이룸을 뜻한다. 곧 기행 담론 자체가 계몽 논설의 한 부분을 이루고 있는 셈이며, 묘사를 통한 재현, 근대적 자의식 또는 개인의식의 자각 등이 이루어지기까지는 다소의 시간이 더 필요함을 의미한다.

제3장 국권 침탈기의 관광 담론과 사회의식

1. 기행 담론의 변화

1.1. 관광단의 출현과 식민지적 관광 담론

1900년대 이후의 기행 담론은 지식 증장을 위한 환유여력(環遊旅歷)의 필요성을 강조하는 흐름이 이어지면서도 새로운 기행(紀行) 담론이 등장한다. 이 담론은 1905년 전후 본격적으로 등장하는 관광 담론이다. 엄밀히 말하면 관광 담론은 일본의 상업 자본의 제국주의적 문화 침탈의 수단으로 출발하였는데, 우리나라의 경우 통감시대 일부 지식인들과 부일 협력자들이 이를 수용하기도 하였다. 이러한 시대 풍속을 드러내는 상황의 하나로 『대한매일신보』 1909년 9월 22일 만평(시사논평)에 실려 있는 '관광단가(觀光團歌)'라는 가사를 살펴보자.

【관광단가(시ᄉ평론)】

▲ 郊外秋色 澹泊ᄒ고 瑟瑟西風 부ᄂᆞᆫ 곳에 三三五五 牧童들이 黃牛背에 倒坐ᄒ야 相唱相和ᄒᄂᆞᆫ 노ᄅᆡ 滋味 잇고 悲壯키로 傾耳細聽ᄒ고 보니 觀光團歌 分明ᄒ다. (교외추식 담박하고 슬슬셔풍 부ᄂᆞᆫ 곳에 삼삼오오 목동들이 쇼를 튼고 나려오며 서로 화답ᄒᄂᆞᆫ 노ᄅᆡ ᄌᆞ미잇고 처량키로 귀 기우려 드러보니 관광단가 분명ᄒ다.)

▲ 셩화로다 셩화로다. 觀光團이 셩화로다. 東京 ᄒᆞᆫ 번 건너간 後 魔鬼魂이 들녀와셔 우리까지 후리랴고 烏鵲ᄀᆞ치 지져괴며 이리뎌리 싸ᄃᆡᆫ기니, 네가 眞情셩화로다. (셩화로다. 셩화로다. 관광단이 셩화로다. 동경 ᄒᆞᆫ 번 구경간 후 마귀혼이 잔ᄉ득 들려 우리까지 후리랴고 오쟉가치 지져괴며 이리뎌리 싸ᄃᆞ니니 네가 진졍 셩화로다.)

▲ 셩화로다 셩화로다. 觀光團이 셩화로다. 되지 못ᄒᆞᆫ 演說ᄒ며 官吏輩를 敎囑ᄒ야 졔 演說을 드르라고 겨를 업ᄂᆞᆫ 人民들을 抑勒으로 모러가니, 네가 眞情 셩화로다.(셩화로다. 셩화로다. 관광단이 셩화로다. 되지 못한 연셜ᄒ며 관리비를 교촉ᄒ야 졔 연셜을 드르라고 겨를 업ᄂᆞᆫ 인민들을 억늑으로 모러가니 네가 진졍 셩화로다.)

▲ 셩화로다 셩화로다. 觀先團이 셩화로다. 구경군의 出身으로 人民曉喩 무슴 일가 네 아모리 쌘쌘ᄒ게 懸河口辯籠絡ᄒᆞᆫ들 뉘가 네 말 드를손가. 네가 眞情 셩화로다. (셩화로다. 셩화로다. 관광단이 셩화로다. 구경ᄉ군의 출신으로 인민효유 무슴일가. 네 아모리 쌘쌘ᄒ게 구변드려 롱락ᄒᆞᆫ들 뉘가 네 말 드를손가. 네가 진졍 셩화로다.)

▲ 셩화로다 셩화로다. 觀先團이 셩화로다 네 아모리 無知ᄒᆞᆫ들 돈량돈 쏜 탐이 나셔 네 同胞를 誘引ᄒ야 地獄中에 推入코저 橫說竪說ᄒᆞᆫ단 말가. 네가 眞情 셩화로다.(셩화로다. 셩화로다. 관광단이 셩화로다. 네 아모리 무지ᄒᆞᆫ들 돈량돈 쏜 탐이 나셔. 네 동포를 유인ᄒ야 지옥 즁에 투입코저 횡셜수셜ᄒᆞᆫ단 말가. 네가 진졍 셩화로다.)

▲ 셩화로다 셩화로다. 觀先團이 셩화로다. 안즘방이 演說이라 듯두 안코

도라가서 誹謗들만 ㅎ얏ᄂᆞᆫ대 聽衆 만타 接待 만타 虛張聲勢 ᄌᆞ랑ᄒᆞ니,
네가 眞情 셩화로다.(셩화로다. 셩화로다. 관광단이 셩화로다. 안즘방
이 연셜이라 듯두 안코 도라가셔 비방들만 ㅎ얏ᄂᆞᆫ대 청즁만타 접대
만타 허장셩셰 ᄌᆞ랑ᄒᆞ니 네가 진졍 셩화로다.)

　　　　　　　　　　　　　—대한매일신보, 1909.9.22, 만평(시사평론)

　조성운 외(2011), 『시선의 탄생: 식민지 조선의 근대 관광』에서 밝힌
것처럼, 관광이라는 한자어는 "한 나라의 사절이 다른 나라를 방문하여
왕을 알현하고 자기 나라의 훌륭한 문물을 소개하는 동시에, 그 나라의
우수한 문물을 관찰하는 의전적인 행위"[1]임에 틀림없다. 그러나 근대의
관광은 이른바 '관광 산업'이라는 용어에 나타나듯이, 단순히 문화 향상
을 위한 행위뿐만 아니라 사회·경제적으로 큰 의미를 갖는 행동 양식이
다. 이 관광 산업은 하루아침에 형성된 것이 아니다. 관광의 역사를 연구
주제로 한 김봉(2010)에 따르면 서양의 근대 관광은 영국 산업혁명이나
프랑스 대혁명 이후 소수 유한계급의 지적 호기심 충족 행위에서 대량
생산·대량소비를 바탕으로 한 대중적 관광으로 변화했다고 한다. 이는
서양의 여행기 발달 과정을 살필 경우 쉽게 이해할 수 있다. 마르코
폴로(1254~1324)의 『동방견문록』이나 콜럼버스(1451~1368)의 여행기를
비롯한 지리상의 발견에 공헌한 사람들은 대부분 지적 모험심을 갖고
있던 소수자들이었다. 이에 비해 산업혁명 이후의 관광 현상은 철도와

---

1) 조성운 외(2011), 『시선의 탄생: 식민지 조선의 근대 관광』, 선인, 29쪽. 이 책은 '개항
　이후 근대 여행의 시작과 여행자'(황민호), '일본인의 조선 여행 기록에 비친 조선의 표
　상'(이규수), '한말 한국인 일본 관광단 조직과 성격'(한규무) 등의 논문이 실려 있다. 이
　가운데 황민호의 논문에서는 '관광의 의미와 어원'에 대해 간략히 고찰했는데, 이에 따르
　면 '관광'이라는 용어는 『주역』의 '관국지광이용빈우왕(觀國之光利用賓于王)'이라는 구
　절과 『상전(像傳)』의 '관국지광상빈야(觀國之光尙賓也)'에서 온 말이라고 한다. 또한 최치
　원의 『계원필경집서(桂苑筆耕集序)』에도 '인백이천지관광육년명승미(人百已千之觀光六
　年銘勝尾)'라는 구절이 있어, 관광이 문화 향상을 위해 존재한 행위였음을 밝히고 있다.
　관광의 어원에 대한 자세한 고찰은 김봉(2010), 『관광사(觀光史)』(대왕사)를 참고할 수
　있다.

증기선의 출현, 관광단 조직과 호텔 산업 등과 같이 조직적이고 대규모적인 산업으로 발전해 갔다.[2] 근대 관광이 경제적 목적을 갖고 있었음은 전통적인 지적 호기심 충족 행위나 문화 교류 차원의 여행관(旅行觀)이 정치·경제적 차원의 새로운 산업으로 인식되는 결과를 가져오게 된다. 그렇기 때문에 여행은 그 자체가 비즈니스로 인식된다. 엘리자베스 베커가 '여행과 관광에 대한 폭로(The Exploding of Travel and Tourism)'를 책명으로 사용한 것[3]도 관광이 갖고 있는 산업적인 측면을 고려한 결과이다.

근대의 관광이 '견문장식(見聞長識)'보다 경제적인 의미가 중시된다고 할 때, 관광 산업은 본질적으로 제국주의 식민 정책과 불가분의 관계를 맺는다. 이는 일제의 식민 정책도 마찬가지인데, 청일전쟁과 러일전쟁을 거치면서 계획적이고 조직적인 조선 이민 정책(朝鮮移民政策)을 실행한다. 이 이민 정책은 이주민 보호 정책, 철도 부설 등과 같은 정부 차원의 정책으로 나타나기도 하지만, 민간 차원의 각종 협회, 시찰단(視察團), 관광단(觀光團)의 형태로 진행되기도 한다. 다음을 살펴보자.

【논일본인 조선협회주의(論日本人朝鮮協會主義)】

大凡世界列邦之有外他各國協會는 其來尙矣라. 盖無論何國ᄒ고 有通商關係於外國者ㅣ各外國風土物情을 不得不專力於調査硏究 故로 所以有各外國協會之名이어니와 今此日本之朝鮮協會는 其名目則與各外國之協會로 相似也로되 其實情主義는 自有不同者ᄒ니 盖其協會趣意를 以表面觀之면 有曰

---

2) 김봉(2010)에서는 서양의 '근세·근대 관광'의 역사를 비교적 상세히 고찰했다. 이에 따르면 근세 유럽의 관광은 이른바 '교양 관광'으로 불리는 '그랜드 투어'(유럽을 대상으로 하는 상류층의 관광)에서 토마스 쿡(1808~1892)이 여행사를 설립하면서 본격적인 근대 관광으로 발전해 갔다고 한다. 쿡은 1845년 'Thomas Cook & Son Ltd'라는 여행사를 설립하고, 여행 대상자를 모은 뒤 철도를 이용하여 단체 관광의 역사를 열었다.

3) 엘리자베스 베커, 유영훈 옮김(2013), 『여행을 팝니다: 여행과 관광에 감춰진 불편한 진실』, 명랑한지성.

以全善隣之交誼ᄒ며 增進彼我之公益이라ᄒ고 有曰堅固平和之保障이라ᄒ
니 其意也 | 甚善ᄒ며 其名也 | 甚美ᄒ야 似有扶植平和秩序之狀態로되 細繹
其趣意之裏要컨디 有曰我日本人之住在於韓國開港塲者 | 無慮二萬餘人이오,
通漁於各道沿海者 | 亦不下三萬餘人ᄒ야 專占航海通運之業ᄒ고 陸上鉄路之
敷設도 已至起工이나 然而就觀其經營之實績과 貿易之總額컨디 尙未免微弱
之歎이라 ᄒ고 又曰朝鮮은 氣候溫和ᄒ고 山河秀麗ᄒ야 其海陸物產之豊富
가 足以供我人之需用有餘쑨더러 尤其礦山이 散在各地ᄒ야 其寶庫를 將有
開發之期ᄒ고 其他製作工業之施設과 通商貿易之擴張等 經營이 甚多라ᄒ고
又其規約中에 有曰朝鮮에서 農商工業에 關ᄒ 諸般 調査와 彼我兩國間移住
民通商을 爲ᄒ야 諸般援助及便宜事와 在韓居留民과 內地官民間意思를 疏通
ᄒ야 居留民經營을 帮助ᄒ 事라 ᄒ얏고 大隈伯演說에 有曰韓國農業을 開發
ᄒ야 日本에 對ᄒ 食物供給을 計ᄒ고 工業品을 此에 供給ᄒ 事와 金融機關
設備ᄒ 事와 京義京元兩鐵道敷設權을 營得ᄒ 事라 ᄒ얏스니 竊惟컨디 其第
一主義ᄂ 我韓土地가 膏沃曠衍ᄒ야 甚宜於農作ᄒ니 先須着手農業ᄒ야 自
國人民의 食料를 供給ᄒ 事오 其次ᄂ 我韓海陸物產이 甚富ᄒ고 鑛山도 尤
多ᄒ니 自國人民의 漁採開鑿諸業을 藉以便利케ᄒ야 無窮ᄒ 財庫를 吸取ᄒ
計劃이오 又其次ᄂ 自國人民의 通商製造等業을 愈愈擴張ᄒ야 莫大ᄒ 利益
을 圖得ᄒ 經營이오 又其次ᄂ 此農業漁業鑛業商業工業等諸般利藪을 擴開
ᄒ기 爲ᄒ야 全國鐵軌의 敷設權을 得有ᄒ며 金融社會를 設置ᄒ고 且其移住
民을 保護便適케ᄒ며 我韓土地風俗物產人情을 一切調査詳究ᄒ야 自國民經
濟上關係에 毫髮이라도 窒碍齟齬之歎이 無케ᄒ 注義로 此協會를 設立ᄒᆷ인
則 此協會의 根據胚胎를 溯究ᄒ건디 日本이 於對韓經營에 始自京仁京釜鐵
路敷設權認得으로 益進諸般利藪大擴之步ᄒ야 其排布注意ᄂ 已含包移民之
經營故로 乃有移民保護法改正之事ᄒ야 令其無數勞働者로 自由渡航ᄒ야 將
欲發取全國之財庫ᄒ고 仍又與英協約ᄒ야 期圖永遠無窮之利益이로되 尙且
有欠缺之抱ᄒ야 繼設此朝鮮協會ᄒ니 其脉絡機關이 一體貫通而對韓經營之
具 | 於是乎始完備矣라. 然則此協會全段精神은 專在於吸收我韓全邦之利而

已오 其敦交扶和等好語는 直不過形式上例套之影點而已니 我政府는 迨此之
際호야 尤宜大懲創大奮發호야 益修自强之策然後에 以我富源으로 不爲他人
之占有어니와 如其因苟如故호야 不能奮改 則全國富源이 必將爲他人之有矣
리니 以全國富源으로 讓爲他人之有則我國은 穹然之虛殻矣라. 豈不可懼也哉
아.

—『황성신문』 1902.3.28, 논설, '논일본인조선협회주의'

번역 무릇 세계 열방에 외방의 각국 협회가 있는 것은 일상적인 일이다. 대개
어떤 나라를 막론하고 외국에 대한 통상과 관련하여 각 나라의 풍토와
물정을 어쩔 수 없이 전심으로 조사 연구해야 하므로 각각의 '외국협회(外國協
會)'가 존재하지만, 지금 일본의 '조선협회(朝鮮協會)'는 그 명칭과 회칙이 다른
외국협회와 비슷하지만, 그 실체의 취지는 같지 않으니, 대개 협회의 취지를 겉
으로 보면, 온전히 선린·교의(善隣交誼)에 있다고 하며 피아의 공익(公益)을 증
진한다고 하여 평화 보장을 견고하게 한다고 주장하니, 그 의도가 매우 좋으며
그 명칭이 매우 아름다워 평화 질서를 돕는 모습이지만, 자세히 그 속에 들어
있는 취지를 추론하면 "한국 개항장에 있는 우리 일본인이 무려 2만 명이요,
각도 연해에 돌아다니며 고기잡이하는 자가 또한 3만 명에 지나지 않아 항해
통상을 독점하고 육상의 철로 부설도 이미 완공되었으나, 그 경영 실적과 무역
총액을 보면 미약하기 그지없다."라고 주장하고, 또 말하기를 "조선은 기후가
온화하고 산하가 수려하여 해륙의 물산이 풍부하여 우리가 필요로 하는 것을 제
공하기에 충분할 뿐 아니라 더욱이 광산이 각지에 산재하여 그 보고(寶庫)를 장
차 개발할 수 있고. 기타 공업 시설을 만들고 통상 무역을 확장하는 등 경영할
것이 매우 많다."라고 하였으며, 또 그 규약 가운데 "조선에서 농상공업에 관한
제반 조사와 피아 양국간 이주민 통상을 위한 제반 원조 및 편의한 일과 한국
거류민과 내지 관민 간의 의사를 소통하야 거류민 경영을 돕는 일"이라고 하였고,
오오쿠마(大隈) 백작의 연설에는 "한국 농업을 개발하여 일본에 대한 식료품
공급을 계획하고, 공업품을 이에 공급할 일과, 금융기관을 설비할 일, 경의 경원

양 철도 부설권을 획득할 일"이라고 하였으니, 생각건대 그 제일 취지는 우리 한국 토지가 비옥하고 넓어 농사짓기에 적합하니 먼저 농업에 착수하여 자국 인민(일본인)의 식료를 공급할 것이요, 그 다음은 우리 한국 해륙 산물이 풍부하고 광산이 많으니 자국 인민의 어업 개발과 광산 채굴업을 편리하게 하여 무궁한 재물을 흡취할 계획이며, 그 다음 자국 인민의 통상 제조 등과 관련된 업을 더욱 확장하여 막대한 이익을 얻고자 하는 것이며, 그 다음 농업 어업 광업 상업 공업 등 제반 이권 시설을 넓히기 위해 전국 철도의 부설권을 획득하며 금융회사를 설치하고, 그 이주민을 보호하기 편리하도록 우리 한국 토지 풍속 물산 인정을 모두 조사하여 상세히 연구함으로써 자국민의 경제와 관련하여 조금이라도 장애되거나 어긋나지 않게 하고자 하는 취지에서 이 협회를 설립한 것인데, 이 협회가 만들어진 뿌리를 거슬러 연구해 보면 일본이 대한경영(對韓經營)에서 경인·경부 철도 부설권 획득으로부터 더욱 제반 이권시설을 크게 확장하는 과정에서 이미 이민 경영을 포함했기 때문에 이에 이민 보호법을 개정하여 그 무수한 노동자가 자유롭게 도항하여 장차 전국의 재산을 개발 취득하고, 또한 영국과 협약하여 영원히 무궁한 이익을 얻고자 도모하는 것으로 일찍이 흠결이 있을까 하여, 이 조선협회를 조직한 것이니, 그 맥락과 단체가 모두 대한경영과 관련이 있으며 이에 완전한 준비 도구를 만들고자 하는 것이다. 그러므로 이 협회의 모든 정신은 오직 우리 한국 전국토를 흡취하는 데 있을 뿐이요, 그 돈목한 친교나 평화 부조 등의 좋은 말은 형식상의 말투를 반영한 것에 불과할 뿐이니, 우리 정부는 이에 더욱 경계하고 분발하여 자강정책을 닦은 연후에 우리 부의 원천을 타인이 점유하지 않도록 해야 하며, 그 요인이 이와 같으니 분발하지 않으면 전국 부의 원천이 장차 타인에게 넘어갈 것이니, 전국 부원을 타인에게 양도하면 곧 우리나라는 빈껍데기만 남을 것이다. 어찌 두려워할 일이 아니겠는가.

이 논설은 1902년 2월 10일 일본에서 조직된 '조선협회'와 관련된 논설로,4) 조선협회에서 내세운 취지5)가 본질적으로 식민 침탈을 위한 대한경영(對韓經營)에 있으며, 그 과정에서 각종 이주 정책을 돕기 위한

'조사·연구'를 목표로 하고 있음을 밝히고 있다. 여기서 주목할 것은 '철도 부설' 및 '각종 조사·보고' 등과 관련된 활동이다. 이들 사업은 1900년대부터 본격적으로 이루어지기 시작한 일본인의 대한 이주(對韓移住)를 쉽게 할 뿐만 아니라, 이주하고자 하는 의욕을 불러일으키는 데 중요한 의미를 갖는다.

일본인의 조선이나 만주 시찰단, 또는 관광단이 조직된 것도 이러한 배경에서이다. 이규수(2011)에서는 '일본인의 조선 여행 기록에 비친 조선의 표상'을 연구하기 위해 시게타가(志賀重昂, 1910)의 『대역소지(大役小志)』을 분석한 바 있는데, 식민 정책의 차원에서 진행된 일본인의 조선관이 국수적(國粹的)이며, '나약한 조선·강력한 일본'이라는 성격을 띠는 것6)은 당연한 귀결이다.

일제의 식민 정책과 관련된 조선 여행 담론이 본격화된 시점은 러일전쟁 이후이다. 아리야마 테루오·조성운 외 역(2014), 이규수(2011) 등에서는 1906년 일본인 최초 세계 해외여행단인 '만한순유단'이 조직되었다고 기술한 바 있는데, 『황성신문』 1905년 5월 23일자 잡보에 따르면7)

4) 『황성신문』 1902.3.14. 잡보. "朝鮮新報을 據한 則日本國民同盟會의 創立者로 韓國事情을 通曉한 國友重章 及 恒屋盛服 其他 諸氏가 此際에 韓國의 進步 發達을 計하고 並히 韓國에 實利的 事業을 起하랴는 目的으로 朝鮮協會를 設立하랴 하야 朝野 有力者 間에 贊成을 求하더니 島津公、西鄕候、近衛公、涉澤男 等 百名 內外의 發起人을 得하야 本月 十日 東京에서 其發會式을 擧行하야 會長은 島津公爵、副會長은 涉澤男爵、商議員은 近衛公爵、西鄕侯爵、大隈伯爵을 推薦하야 皆承諾을 得하얏더라."

5) 조선협의의 발기 취지는 『황성신문』 1902년 3월 27일 별보(別報), '조선협회취의서역요(朝鮮協會趣意書譯要)' 참고.

6) 이규수(2011), 「일본인의 조선여행기록에 비친 조선의 표상: 『대역소지(大役小志)』를 중심으로」, 『시선의 탄생: 식민지 조선의 근대 관광』, 선인.

7) 아리야마 테루어, 조성운 외 역(2014), 『시헌의 확장: 일본 근대 해외 관광여행의 탄생』(선인)에서는 이 관광단이 '도쿄 아사히신문'의 기획으로 이루어졌으며, 당시 경제부장이었던 마쓰야마 주지로(松山忠二郞)의 기획 아래 1906년 6월을 전후하여 시작된 이벤트라고 하였다. 그런데 『황성신문』 1905년 5월 23일자에는 "滿韓遊說 韓國 及 滿州 地方에서 日本義勇艦隊 創設에 對하야 贊成者가 甚多하다 하야 貴族院書記官으로 同會의 幹事되는 金山尙志 氏가 今回 當地에 出發하야 此等各地方을 遊說하고 義助金을 募集홀 터이라더라."라고 하여 '유세'를 표방한 관광단도 있었음을 알 수 있다.

러일전쟁 직후 일본 동방협회(東方協會) 회원이었던 가네야마(金山尙志)가 한국과 만주의 의용함대 창설을 지지하기 위해 '만한유세단(滿韓遊說團)'을 조직했다고 한다. 이 단체는 '유세(遊說)'를 표방한 단체이지만 동방협회가 1879년 조직된 '일본 동경 지학협회(日本東京地學協會)'를 기반으로 한 단체라는 점을 고려할 때 조선과 만주 지역 조사를 겸한 시찰단 성격을 띤 단체였을 것으로 추정된다. 이런 배경에서 일제의 조선 지배가 점차 격화되고, 1906년 이후에 단체의 성격을 띤 다수 여행단이 등장한다.

【1906년 이후 일본인 관광단 관련 기사】
ㄱ. 日本大官의 滿韓視察 日本에서 野津 伊東 井上三將軍과 西德次郎 淸浦 男爵 上村海軍中將三氏의 一行이 滿韓視察次로 去月三十日에 發程하얏 눈디 東鄉大將은 佐世保에셔 該一行과 同行흔다더라.

—『황성신문』 1906.6.2.

번역 일본 대관의 만한 시찰: 일본에서 노츠(野津), 이토(伊東), 이노우에(井上) 세 장군과 니시토쿠지로(西德次郎), 기요우라(淸浦) 남작, 우에무라(上村) 해군 중장 세 사람의 일행이 만한 시찰차로 지난 30일 떠났는데, 도조(東鄉) 대장은 사세보에서 이 일행과 동행한다고 한다.

ㄴ. 遊覽會發起: 日本人某某氏가 今番 日本東京에 開設흔 博覽會에 遊覽홀 韓日兩國人에게 便宜를 與흘 目的으로 日本遊覽協會를 設立흔다더라.

—『황성신문』 1907.3.27.

번역 유람회 발기: 일본인 모모 씨가 이번 일본 동경에 개설한 박람회에 유람할 한일 양국인에게 편의를 제공할 목적으로 일본유람협회를 설립한다고 한다.

. 日本遊覽協會 觀覽 順序: 日本遊覽에셔 遊覽旅行者의 便宜를 爲ᄒ야 在東協會京漫運用達所南商會와 協約ᄒ고 又其觀覽順序가 如左ᄒ니, 東京到着日 日本銀行, 二日 博覽會, 動物園, 博物舘, 三日 印刷局, 砲兵工廠, 淸樂園, 四日 白木屋吳服店, 三越吳服店, 九股招魂社, 淺艸公園, 札幌麥酒工場吉原의 夜景, 發行日 宮城前, 日比谷公園, 京都 舊御所, 西陳, 東本願寺, 淸水 又ᄂ 東山公園, 蹴上, 美術舘, 三條四條夜景, 大阪 中之島造幣局, 大阪城, 築濱, 寺町道夜景

—『황성신문』 1907.4.23.

번역 일본 유람협회 관람 순서: 일본 유람에서 유람 여행자의 편의를 위해 재동협회경만운용달소남상회와 협약하였으며, 그 관람 순서가 다음과 같으니, 동경 도착일 일본은행, 2일 박람회·동물원·박물관, 3일 인쇄국·포병공창·청락원, 4일 백목옥오복점·삼월오복점·구은초혼사·천초공원·찰황맥주공업길원의 야경, 출발하는 날 궁성전·일비곡공원·경도 구어소·서진·동본원사·청수 또는 동산공원·축상·미술관·삼조 사조 야경·대판·중지도 조폐국·대판성·축독·사정도 야경

ㄷ. 日本 遊覽者 募集

一. 遊覽會員 募集 人員은 五十名으로 一團을 成ᄒ니 한일인을 不問ᄒ고 速히 請入ᄒ시옵

一. 巡遊地 東京 博覽會 橫빈 京都 大阪 神戶

一. 往復日數 되低 十七日間

一. 浮費 遊覽費 及 手數料을 合ᄒ야 總 四十八圓

一. 出發日 請入 順次를 從ᄒ야 出發 三日 前에 直接히 通知홈

一. 請入所 在京셩 新聞社 五十八 銀行 경셩 支店 天一銀行

一. 會員은 遊覽을 終ᄒ야 開散흔 後에ᄂ 本會와 關係가 小無홈

一. 南대문셔 釜山으로 直行ᄒᄂ 者의 對ᄒ야도 同一 便法으로 同行 請入

을 應諾홈

日本人 遊覽協會 事務所 경셩 남디門通 東亞商會

　　　―『대한매일신보』1907.8.2, 광고(이후 여러 차례 지속)

　이 세 자료는 제국주의 일본의 한국과 만주 지배를 목적으로 한 시찰 활동 또는 관광 활동을 나타내는 기사이다. 앞의 기사는 일본 군인·정치인들로 조직된 만한 시찰단이며, 후자는 일본인이 주도하는 유람협회와 관련된 기사이다. 앞의 기사에 등장하는 인물은 모두 일제 강점기 식민 지배를 주도했던 인물들이며, 뒤의 기사에 등장하는 일본 관광지는 모두 일본 제국주의의 위력을 선전할 수 있는 지역들이다. 곧 이 시기 관광 담론이 일본 제국주의의 식민 정책을 수행하는 데 적절하게 활용되고 있음을 보여주는 사례라고 할 수 있는데, 이러한 성격은 다음 순유회에도 잘 드러난다.

【한국신사 일본 순유회 취지서(韓國紳士日本巡遊會趣旨書)】

　日韓兩國國交의 親善을 保雜ᄒ야 兩國間의 幸福을 增進ᄒ기 爲ᄒ야 弟一 先取홀 方策은 韓民을 啓導ᄒ야 入明이 何物인쥴을 知得케홈에 在ᄒ지라, 韓國의 將來開發은 日本人의 力을 期待홈이 不尠ᄒᄂ 韓國人으로ᄒ야곰 事業을 利用ᄒ고 智識을 涵養홈이 亦是逸치 못홀 問題라 其敎育이던지 其事業이던지 多數韓人이 專혀 依賴홀바ᄂ 韓國上等人士에 在ᄒ니 此에 些少ᄒ 改善을 施치 안이ᄒ고 晏然히 舊慣을 墨守ᄒᄂ것은 最히 遺憾ᄒ 바이라. 本社에셔 此를 思惟ᄒ야 多數有志의 贊同으로 韓國揢紳日本巡遊會를 組織 ᄒᄂ디 本會의 目的은 日數二十日間總費用百二十圓에 依ᄒ거니와 實로 以 上 欠缺을 補塡코쟈 ᄒᄂ 것이니 韓國紳士ᄂ 吾人과 思想을 同一케ᄒ야 希望을 本社에 寄ᄒ야 日本巡遊홀 意을 示홀지라. 或者不便을 感홀바ᄂ 生 疎ᄒ 外國에 觀覽ᄒ이도 言語와 風俗이 不同ᄒ야 觀覽ᄒᄂ 目的을 達ᄒ기 難ᄒ다 홀지나 此二三不便底事를 忍耐ᄒ고 決意外遊ᄒ면 日本國 文明에 恱

惚ㅎ고 繁華에 眩惑홀 쑨 안이라 其文明繁華의 實狀을 可히 會得홀지니 此를 尙今未遑홈은 大遺憾 大欠缺호 바이라. 是以로 本社의 現今計劃은 一般有志者의 希望ㅎ눈 바이어니와 當局도 亦是滿心贊意를 表ㅎ니 韓國多數人士눈 本會에 入會ㅎ야 其素志를 貫徹ㅎ야 徐徐히 韓國을 啓發홀 事에 努力홈이 可홀지어다. 仁川朝鮮다이무스 新聞社

—황성신문, 1908.4.3, 광고, 한국신사 일본순유회 취지서

번역 한국신사 일본 순유회 취지서: 일한 양국 국교의 친선을 보호하여 양국 간 행복을 증진하기 위해 제1차 취해야 할 방책은 한국민을 계도하여 개명이 무엇인 줄 알게 하는 데 있다. 한국의 장래 개발은 일본인의 힘을 의지해야 하는 일이 적지 않으나, 한국인으로 하여금 사업을 이용하고 지식을 함양하는 것이 또한 게을리하지 못할 문제이다. 교육이든 사업이든 다수 한국인이 오직 의지할 것은 한국 상등 인사에게 있으니, 이에 작은 개선을 시행하지 않고 편안히 구습을 묵수하는 것은 가장 유감스러운 바이다. 본사에서 이를 생각하여 다수 유지의 찬동으로 한국신사일본순유회를 조직하니 본회의 목적은 20일간 200원 비용이 소요되나 위의 부족한 점을 메울 수 있도록 하는 것이니, 한국 신사는 우리와 생각을 함께 하여 본사에 희망을 의지하여 일본 순유의 뜻을 표하라. 혹자가 불편을 느낄 것은 생소한 외국 관람이 언어와 풍속이 같지 않아 관람하는 목적을 달성하기 어렵다 할 것이나, 이 한두 불편한 일을 인내하고 뜻을 세워 외국 유람을 하면 일본국 문명에 황홀하고 번화한 모습에 취할 뿐 아니라. 그 문명 번화의 실상을 가히 이해할 수 있으니, 이를 아직까지 경험하지 못한 것은 크게 유감스럽고 아쉬운 일이다. 그러므로 본사의 지금 계획은 일반 유지자가 희망하는 바이지만, 당국도 역시 마음 가득히 찬성하는 뜻을 표하니 한국의 다수 인사는 본회에 입회하여 그 뜻한 바를 관철하여 서서히 한국을 계발하는 일에 노력하는 것이 마땅할 것이다. 인천 조선 다이무스 신문사.

'순유회'로 명칭된 이 단체는 인천에 있는 일본인 신문사에서 조직한

관광 단체이다. 순유회를 조직한 목적은 문명화된 일본을 유람하여 문명 번화의 실상을 이해하라는 것인데, 실제로는 일본 정부와 민간단체 모두 한국을 비하하고, 일본을 모방·동경하여, 장래 한국 계발에서 일본의 힘을 의지할 수 있도록 하라는 것이다. 여기서 주목할 점은 순유(巡遊)에 참여할 대상자로 '한국 상등 인사'를 지목한 점이다. 실제로 국권 침탈기 조직된 다수의 '시찰단'은 이 신문사의 순유회와 동일한 목적에서 조직되었다.

【국권 침탈기의 각종 시찰단】

ㄱ. 實業視察團: 日本大阪과 神戶에서 我國에 來ᄒᆞᄂᆞ 阪神實業視察團 五十名은 來六月十一日에 釜山에 上陸ᄒᆞ야 十二日에 京城에 到着ᄒᆞᆫ 後 開城, 平壤, 新義州, 安東, 鎭南浦兼二浦 等을 視察ᄒᆞᆯ 터이라더라.

—『황성신문』 1909.5.26.

ㄴ. 敎育視察團: 某某紳士諸氏가 發起ᄒᆞ야 敎育視察團 百餘名을 組織ᄒᆞ야 日本留學生의 程度를 視察ᄒᆞᆯ 計畫이라더라.

—『황성신문』 1909.6.26.

ㄷ. 農事視察選擇: 東洋拓殖會社에서 農事視察團을 日本에 派送ᄒᆞᆫ다ᄒᆞᆷ은 已報ᄒᆞ얏거니와 更聞ᄒᆞᆫ즉 內部와 交涉ᄒᆞ야 十三道管下郡守中各一人式을 撰拔케ᄒᆞ얏ᄂᆞᆫᄃᆡ 內部에서 各觀察道로 申飭ᄒᆞ야 來二十八日本部에 出頭케ᄒᆞ라ᄒᆞ얏다더라.

—『황성신문』 1910.4.23.

이 세 기사는 1909년 이후 일본을 대상으로 한 시찰단이다. 이 시찰단은 각종 실업, 교육, 농업과 관련하여 일본 세력을 선전하고 한국인이 그에 동화되는 계기를 만들고자 한 단체인데, 일본 정부와 동양척식주식회사 등의 힘을 바탕으로 체계적인 조직을 갖추게 되었다.[8]

1.2. 관광단과 시찰단 조직의 본질

김봉(2010), 아리야 테루오·조성운 외 역(2014) 등의 관광사를 종합하면, 서양에서의 관광단 조직은 '안전한 여행', '편안한 여행', '흥미로운 여행' 등을 표방하며 조직된 것으로 볼 수 있다. 호텔과 같은 숙박시설, 편안한 여행지로서의 휴양지 개념 등이 이를 뒷받침한다. 이는 1906년 출현한 '만한순유선(滿韓巡遊船)'도 마찬가지이다. '만한지방 순항, 만한 시찰의 호기, 각종 편의와 조력, 항해의 취미' 등이 이 기획의 핵심 아이디어였듯이,[9] 일본인의 입장에서 만주와 한국에 대한 선박 여행은 흥미로운 이벤트였다.

그러나 이 시기 관광단 출현은 근본적으로 제국주의 침탈 과정에서 등장하는 정치적, 경제적 수탈과 밀접한 관련을 맺는다. '관광단가'에서 볼 수 있듯이, 러일전쟁 승리 이후 일본의 세력이 한국과 만주 전역에 미치며, 승리한 국민 입장에서 이루어지는 일본인들에게는 제국의 신민으로서의 자부심과 피지배 민족에 대한 멸시, 또 다른 식민 침탈의 계기 등으로 작용할 수 있다. 그렇기 때문에 이 시기 『대한매일신보』에서는 관광단과 친목회에 대해 다음과 같이 비판하고 있다.

【관광단(觀光團)과 친목회(親睦會)】

現今 韓日兩國間에 觀光團과 親睦會가 先後 相望ㅎ야 壹往壹來에 禮數가 殷勤ㅎ고 左酬右酢에 辭意가 融洽ㅎ니 果然 兩國人 間에 疑嫌이 渙釋ㅎ고

---

8) 이 경향은 일제 강점기 각종 식민 통치 기구뿐만 아니라 '일본여행협회', 일본 시찰단 등으로 이어진다. 일본여행협회는 1912년 3월 일본인의 조선 여행을 위해 조직된 단체로 일본인의 식민지 조선에서의 활동을 돕기 위한 것이며, 조선인이 일본을 시찰하도록 하기 위해 상당수의 시찰단을 조직하기도 하였다. 이에 대해서는 조성운(2011), 『식민지 근대관광과 일본시찰』(경인문화사)을 참고할 수 있다.

9) 아리야 테루오, 조성운 외 역(2014), 『시선의 확장: 일본 근대 해외 관광여행의 탄생』, 선인, 제2장 참고.

契好가 益敦ㅎ야 東洋將來에 無量ㅎ 平和安樂을 共享ㅎ깃ᄂ가. 若其眞情이 實出於此者면 吾儕 歐人도 此를 贊揚ㅎ고 祝賀ᄒ올지니 무슴 批評이 有ᄒ리오. 但古人이 云ᄒ되 言之太甘에 其中必苦라 ㅎ얏스니 今에 <u>觀光團來往과 親睦 會發起</u>로 觀하면 可謂言之太甘이라 其裡面如何를 不可不察이로다. 嗟乎韓人 이여. 耳目이 有ㅎ고 精神이 有ㅎ거던 <u>全然히 他人의 藝魂藥을 貪喫지 勿ㅎ올지 어다.</u> 玆에 淸國某報를 據ᄒᆫ즉 日人의 隱情을 說破홈이 如左ㅎ더라.

大連東遊會之隱情: 上海民呼日報에 云ㅎ얏스되 大連泰東報舘은 日人의 創立ᄒᆫ 바라. 凡東省에서 東遊ㅎᄂ 者면 該報舘의 招待를 由ㅎ야 幷히 火車 滊船 旅館 等費를 減ㅎ야 三分之壹에 至ㅎ고 東省人이 旣至日本ㅎ면 各處 紳商이 邀往遊覽ㅎ야 壹壹詳細指示ㅎ야 以盡地主之情ㅎ니 不可謂非盛擧也 나 然이나 營口에서 發行ㅎᄂ 某<u>日文報</u>를 觀ᄒᆫ 則臺灣生番이 梗頑不服ㅎ더 니 後에 日人이 導徃日本ㅎ야 遊歷而歸ᄒᆫ 後에ᄂ 普告其種族ㅎ야 現在에 胥馴服於肘腋之下ㅎ얏고 韓人이 痛心國亡ㅎ야 時時에 輕發難端ㅎ야 以與 我日人抵抗타가 後에 日人이 設法ㅎ야 招徃日本遊覽ㅎ야 遍觀文明制度케 홈으로 現在에 逐逐漸就我範圍ᄒᆫ지라. 此次에 東遊會를 創立ㅎ야 淸國往遊 之人을 優待ㅎ면 莫大ᄒᆫ 效果를 必收하리라 云云ㅎ얏스니 由是觀之컨대 彼가 臺灣生番과 朝鮮人을 待ㅎᄂ 者로써 我淸國人을 待홈이니 我國人이 能堪之耶아. 大連에서 創設ᄒᆫ 東遊會가 其名則美ㅎ나 日人某報所言을 觀하 면 可히 日人의 處心設慮를 知ㅎ리라 하얏더라. 噫라. 此等手段은 日人이 壹試於臺灣ㅎ야 其效果를 得ㅎ고 再試於韓國ㅎ야 其效果를 圖ㅎ고 又欲試 之於淸國ㅎ니 其裏面所存이 豈不遠哉아. 嗟乎韓人이여. 此等隱情은 但히 淸 人의 批評이 아니오 日報記者가 自言自誇ᄒᆫ 者이니 精神이 有ㅎ고 耳目이 有ㅎ거던 試壹觀之ㅎ라.

—『대한매일신보』 1909.6.22.

번역 지금 한일 양국간 관광단과 친목회가 앞뒤로 이어지고 한번 가고 한번 오는 예의와 대우가 은근하고 좌우 수작에 감사의 뜻이 융흡하니 과연 양국인 간 의심과 혐의가 바뀌어 계기가 돈독하여 동양 장래에 무량한 평화와 안락을 함께 누릴 수 있겠는가. 만약 진정 이로부터 나온 것이라면 우리들이 이를 찬양하고 축하할 것이니 무슨 비평이 있겠는가. 단 옛사람이 말하기를 말이 달콤하면 그 가운데 반드시 괴로움이 있다고 하였으니, 지금 관광단 내왕과 친목회 발기를 보면 가히 말은 달콤하되 그 속이 어떠한지 살피지 않을 수 없다. 아아. 한국인이여. 이목이 있고 정신이 있으면 완전히 타인의 몽혼약(曚昏藥)을 먹지 말지어다. 이에 청국 모 신문을 근거하면 일본의 숨은 의도를 설파한 것이 다음과 같다.

대련 동유회의 숨은 의도: 〈상해민호일보〉에 이르기를 대련 진동 신문사는 일본인이 만든 것이다. 무릇 이 성에서 동유(東遊)하는 자라면 이 신문사의 초대를 받아 화차, 기선, 여관 등의 비용을 줄여 삼분의 일에 이르고, 이 성 사람들이 일본에 이르면 각처 상회가 유람을 청해 하나하나 상세히 지시하여 땅주인의 의도를 다하니, 정성되지 않은 것이 없다고 할 것이다. 그러나 영구(營口)에서 발행하는 모 일본 신문을 보니, "대만의 생번이 완고하여 복종하지 않더니 뒤에 일본인이 이들을 교도하여 일본에 가게 하여 유람하고 돌아온 뒤에 그 종족에 관해 보고하여 현재 그들의 팔꿈치 아래 복종하게 만들었고, 한국인이 망국을 통한히 여겨 때때로 난단(難端)이 생겨나서 우리 일본인에게 저항하다가 후에 일본인이 법을 만들어 일본 유람을 초청하여 문명 제도를 보게 하여 현재 드디어 아국의 범위에 들게 하였다. 이에 동유회(東遊會, 일본 유람회)를 창립하여 청국에 왕래 유람하는 사람들을 우대하면 막대한 효과를 거둘 것이다."라고 하니 이로 보면 저들이 대만 생번과 조선인을 대우하는 것으로 우리 청국인을 대하고자 하는 것이니, 아국인(청국인)이 이를 감내할 수 있겠는가. 대련에서 창설한 '동유회'가 이름은 그럴 듯하나 일본인 모 신문이 한 말을 보면 가히 일본인의 마음 씀과 생각함을 알 수 있을 것이라고 하였다.

아아. 저들의 수단은 일본인이 한번 대만에서 시험하여 그 효과를 보고, 다시 한국에서 시험하여 그 효과를 꾀하고 다시 중국에서 시험하고자 하니, 그 이면에 존재하는 것이 어찌 불원하겠는가. 아아. 한국인이여. 이들의 숨은 의도는 단지 중국인의 비평만이 아니요, 일보 기자가 스스로 말하고 자랑한 것이니 정신이 있고 이목이 있으면 시험하여 한 번 보라.

이 논설은 국권 침탈기 일본인의 관광단 조직이 어떤 의미를 갖고 있는지를 명료하게 요약해 준다. 앞서 살핀 것과 같이 이 시기 일본인에 의해 조직된 관광단 또는 시찰단은 매우 많을 뿐만 아니라 관광 지역도 대만, 한국, 만주, 상해 등 그 지역이 매우 넓다. 특히 식민 피지배지에 해당하는 '대만, 한국, 만주'에 대한 관광 담론은 서양의 관광단과는 달리 제국주의 식민 정책을 수행하는 차원에서 조직된 경우가 많으며, 이로 인해 식민 침탈이 가속되고, 피지배 국민 가운데 일본 편향적인 인물이 등장하는 효과를 거두게 된다. 관광단이나 친목회를 열렬히 환영하는 조선인의 등장도 이를 증명한다.

【인민(人民)이 하기우(何其愚)오】

壹二人이 掌을 鳴하야 曰爾가 我를 從ᄒ라 ᄒ면 是非도 不知ᄒ고 頭를 恭俛ᄒ야 追附하며 壹二人이 口를 張ᄒ야 曰我가 爾를 利케 ᄒ다 ᄒ면 眞僞도 不計ᄒ고 尾를 亂搖ᄒ야 歡迎ᄒ니 嗚乎라 彼人民이 何其愚오. 近日에 或韓人觀光團이 日本으로 徃ᄒ며 或日人觀光團이 韓國으로 來ᄒ며 或觀光團을 餞別ᄒ며 或觀光團을 歡迎ᄒ며 或京城에서 韓日親睦會를 開ᄒ며 或地方에서 韓日親睦會를 開하야 其奔走陸續의 光景이 頗히 人의 耳目을 驚ᄒ니 此가 果然 人民의 衆情으로 出홈인가. 壹二人이 曰日本觀光이 好ᄒ다 ᄒ면 彼ᄂᆞ 其理由가 何인지도 不知ᄒ고 唯唯하며 壹二人이 曰日人觀光團을 歡迎홈이 可ᄒ다 ᄒ면 彼ᄂᆞ 理由가 何인지도 不知ᄒ고 唯唯ᄒ며 壹二人이 曰한日親睦會를 開홈이 利ᄒ다 ᄒ면 彼ᄂᆞ 其理由가 何인지도 不知ᄒ고 唯唯하야 盲者가 杖을 信하듯 하니 嗚乎라 彼人民의 愚가 엇지 此極에 至ᄒᄂᆞ가. 抑全國人民이 皆然홈은 아니오 但只幾個愚人民에 不過ᄒ나 此亦韓國民族에게 壹大汚點을 遺하ᄂᆞ 바니라.

大抵國民된 者가 其固有훈 國粹를 奮ㅎ야 進退ㅎ며 其固有훈 目的을 向ㅎ야 動靜ㅎ여야 可히 國民의 威光을 不墜훌지니 엇지 壹二人의 手腕에 係ㅎ며 壹貳人의 旗脚을 隨ㅎ며 他人의 精神으로 進退ㅎ며 他人의 指麾로 動靜ㅎ리오. 古人이 有言曰「莫見於隱莫顯於微」라 ㅎ니 設或妖怪輩가 아모리 腹에ᄂ 刀를 藏ㅎ고 口로 蜜을 吐ㅎ며 左手로 背를 擊하고 右手로 腹를 撫ㅎ야 世人의 耳目을 掩코ᄌ ㅎ나 誰가 此를 信ㅎ리오만은 但人民이 彼壹二人命令下에 進退홈은 其根性이 劣弱홈이며 其知識이 蒙昧홈이라. 故로 吾儕가 此를 惜ㅎ노라. 或曰彼人民이 엇지 眞心으로 此働作이 有ㅎ리오. 不過是時勢의 駈迫을 因ㅎ야 外面으로 唯唯홀 뿐이라 ㅎ나 余ᄂ 此說에 對ㅎ야도 聲討不已ㅎ노니 大抵外面으로만 唯唯ㅎ다 홀지라도 一唯唯ㅎ며 再唯唯ㅎ다가 唯唯二字에 習與性成ㅎ면 畢竟中心으로 唯唯홈에 至ㅎ야 魔窟에 永墜乃已홀지니 엇지 可懼치 아니한가. 嗚乎라 彼壹貳人의 所爲ᄂ 儕吾가 不言ㅎ야도 萬人이 共睹ㅎᄂ 바며 萬人이 共知ㅎᄂ 바ㅣ라. 故로 此를 擧論치 아니하거니와 彼人民의 愚을 甚惜ㅎ야 壹言으로 喚醒ㅎ노라.

—『대한매일신보』 1909.6.1, 논설,
'인민이 어찌 그리 어리석은가(人民이 何其愚)'

번역 한두 사람이 손바닥을 부딪혀 말하기를 너가 나를 따르라 하면 시비를 알지 못하고 머리를 숙여 따르며, 한두 사람이 입을 벌려 내가 너를 이롭게 한다고 하면 진위를 살피지 않고 꼬리를 흔들어 환영하니, 아아. 저들 인민이 어찌 그리 어리석은가. 근일 혹 한인 관광단이 일본으로 가며 혹 일본인 관광단이 한국으로 오고, 혹 관광단을 전별하며 혹 관광단을 환영하며, 혹 경성에서 한일친목회(韓日親睦會)를 개최하고, 혹 지방에서 한일친목회를 개최하여 분주히 계속하는 광경이 사람의 이목을 놀라게 하니, 그것이 과연 인민의 집합된 뜻에서 나온 것인가. 한두 사람이 말하기를 일본 관광단이 좋다 하면, 저들은 그 이유가 무엇인지도 모르고 긍정하며 한두 사람이 말하기를 일본인 관광단을 환영하는 것이 마땅하다 하면 저들은 그 이유가 무엇인지 알지도 못하고 수긍하며,

한두 사람이 한일친목회를 여는 것이 이롭다 하면 저들은 그 이유가 무엇인지 알지도 못하고 그렇다고 하여 눈먼 사람이 지팡이를 믿듯 하니, 아아. 저 인민의 어리석음이 어찌 이처럼 극에 달했는가. 생각건대 전국 인민이 다 그런 것은 아니요, 단지 몇 명 어리석은 인민에 불과하니 이 또한 한국 민족에게 일대 오점을 남기는 바다.

대저 국민된 자가 그 고유한 국수(國粹)를 분발하여 진퇴하며 고유한 목적을 향해 움직여야 가히 국민의 위광(威光)을 떨어뜨리지 않은 것이니, 어찌 한두 사람의 수완에 관계되며 한두 사람의 깃발을 따라 타인의 정신으로 진퇴하며 타인의 지휘로 움직이겠는가. 고인이 말하기를 '숨은 것을 보지 말고, 미세한 것을 드러내지 말라.'하였으니 설혹 요괴의 무리가 아무리 배에 칼을 감추고 입으로 꿀을 토하며 왼손으로 배를 치고 오른손으로 배를 감싸 세상 사람들의 이목을 가리고자 하나, 누가 이를 믿겠는가마는, 단 인민이 저 한두 사람의 명령 하에 진퇴하는 것은 그 근성이 열약함 때문이며, 그 지식이 몽매하기 때문이다. 그러므로 우리들이 이를 안타까워 한다. 혹자가 말하기를 저 인민이 어찌 진심으로 이런 동작을 하겠는가. 불과 시세가 구박하여 겉으로 그럴 뿐이라고 하나, 나는 이 말도 성토하지 않을 수 없으니, 대저 외면으로 수긍한다 할지라도 한 번 수긍하며 다시 수긍하다가 '예예(唯唯)' 두 자에 습성이 되면 필경 마음속에서 예예함에 이르러 마굴에 영원히 떨어질 것이니 어찌 두렵지 않겠는가. 아아. 저 한두 사람의 행위는 우리가 말하지 않아도 만인이 모두 목도하는 바이며, 만인이 모두 아는 바이다. 그러므로 이를 거론하지 않거니와 저 인민의 어리석음을 심히 애석히 여겨 한마디로 각성을 불러일으키고자 한다.

이 논설은 1909년 당시 유행했던 일본인 관광단이나 한국의 일본 시찰단 왕래에 대한 민중의 시각을 비판한 논설이다. 이에 따르면 이 시기 한일 관광에 대한 한두 사람의 선동이 민중에게 먹혀들고 있음을 전제하고, 국수(國粹)를 흐리게 하는 숨은 의도를 파악하지 못하는 것이 인민의 무지에서 비롯된 것임을 각성하도록 촉구하였다. 여기에 등장하는 '숨은 의도'는 곧 이 시기 관광단이나 시찰단 왕래를 호도하는 주장들이다.

『황성신문』에 등장하는 경성신문사 주최 일본 관광단 귀국 후 경무국장 마쓰이(松井)의 이름으로 된 연설문에서도 이 시대 관광 논리를 확인할 수 있다. 이 신문사의 일본 관광단에 대해서는 한규무(2011)에서 연구된 바 있는데, 형식상으로는 신문사가 주관했지만 통감부에서 계획하고 정부에서 후원금을 지급하는 형식으로 추진되었다.10) 그렇기 때문에 관광단 귀국 후 경무국장이 연설을 하고 있는 셈이다.

【마스이 국장 연설(松井局長 演說)】

(…前略…) 우리 日本은 距今四十餘年前에는 스스로 생각ㅎ기를 世界中의 强國이라하야 門戶를 굿게 닷고 다른 것을 도라보지 안이ㅎ야도 넉넉ㅎ 줄노 아랏든 것은 여긔 參列ㅎ신 諸君도 임에 짐작하신 줄노 아옵ᄂᆞ이다. 然이나 世界의 大勢는 閉門的 動作을 容納지 아니ㅎ고 歐米 各國의 文明은 時時로 逼迫ㅎ야 와셔 日本도 이에 覺醒ㅎ기를 催促 바다스니 萬一 日本이 此人勢을 拒逆홀 쎡신지라도 閉鎖主義의 國是를 굿게 직혀더면 或是 滅亡ㅎ 當하얏슬는지 모르거니와 時勢가 一變하야 歐米의 文明을 規模로 숨아 國民이 上下업시 農業工業商業과 外他여러가지 方面으로 向하야 大段히 勸勉ㅎ 結果로 諸君도 아시는 것과 갓지 今日 日本이 戰爭으로 雄名을 世界에 들치게 ㅎ엿슬 쑨 아니라 其他文物도 世界中 顯著ㅎ 나라가 된 것은 國民이 勤勉은 신닯 外에 다른 일은 업습나이다. 此自奮力이 眞實로 日本으로 ㅎ야곰 오날늘 잇게 ㅎ 緣故로 쏘ᄒᆞ 外國人도 日本이 쌜리 進步된 것을 놀나셔 日本人이엇던 것슬 깁히 硏究ㅎ려는 傾向이 잇게 되엿슴니다. 이와 갓치 日本이 오늘늘 이럭케 된 것은 彼此에 國情을 探究ㅎ야

---

10) 한규무(2011), 「한말 한국인 일본 관광단의 조직과 성격」, 『시선의 탄생: 식민지 조선의 근대 관광』, 선인.

他의 長處을 應用ᄒ야 凡事를 日金에 適當게 흔 싯닭이올시다. 然즉 韓國도 다른 나라에 實地를 調査ᄒᄂ 것은 即 나라의 發達을 圖謀ᄒᄂ 것시오, 그 가장 便利흔 方法은 觀光團을 組織ᄒᄂ듸 잇슴이다.

—『황성신문』 1910.6.1.1, 마쓰이 국장(松井局長) 연설

번역 우리 일본은 지금부터 40여 년 전에는 스스로 생각하기를 세계 중 강국이라고 하여 문호를 굳게 닫고, 다른 것을 돌아보지 않아도 넉넉할 줄로 알았음은, 여기 참석하신 여러분도 이미 짐작하실 줄로 압니다. 그러나 세계 대세는 폐문적 동작을 용납하지 않고, 구미 각국의 문명이 시시로 핍박해 와서, 일본도 이에 각성하기를 최촉 받았으니, 만일 일본이 이 사람들을 거역할 때까지 폐쇄주의 국시를 지켰다면 혹시 멸망을 당하였을지도 모르거니와 일변하여 구미의 문명을 모범으로 삼아 국민이 상하 없이 농업 공업 상업과 기타 여러 가지로 대단히 힘쓴 결과, 제군들도 아시는 바와 같이 금일 일본이 전쟁으로 웅장한 이름을 세계에 드날리게 하였을 뿐만 아니라 기타 문물도 세계 중 현저한 나라가 된 것은 국민이 근면한 까닭 이외에 다른 것은 없습니다. 이에 스스로 분발하는 힘이 진실로 일본으로 하여금 오늘날을 있게 한 이유로, 또한 외국인도 일본이 급속히 진보된 것에 놀라서 일본인을 깊이 연구하려는 경향이 있게 되었습니다. 이와 같이 일본이 오늘날 이처럼 된 것은 피차 국정을 탐구하여 다른 나라의 장점을 응용하여 모든 일에 적당하게 한 까닭입니다. 그러므로 한국도 다른 나라의 실제 상황을 조사하는 것은 곧 나라의 발달을 도모하는 것이요, 그 가장 좋은 방법은 관광단을 조직하는 데 있습니다.

이 연설에서 마쓰이는 국가 발전이 문명 개방에서 비롯되며, 일본의 성공이 서양국 실정을 잘 알았기 때문이라고 주장한다. 특히 '전쟁으로 웅명을 높인 것'을 내세우며, 세계 모든 나라들의 주목을 받는 일과 '관광'을 연계하고 있음이 흥미롭다. 관광에 대한 그의 생각은 다음 연설에 나타난다.

【마쓰이 국장 연설(松井局長 演說)】

本人은 平素에 觀光團에 對흔 所感은 혼이 觀光흔 當時에만 外國에 感化될 傾向이잇는것이오. 外國의 風物을 見聞흔썻는 忽然히 自己 나라도 이와 갓치 되기로만 生覺흐기가 쉬우니 諸君은 이와 갓치 淺薄흔 思想을 품지 마시고 이번 觀光團은 다만 向上心의 動械된 것으로 아시고 將來에 더욱 힘들 쓰시고 其日本이 오날날이 잇슨 綠由를 깁피 硏究흐신 後 諸君도 亦此와 갓치 發達되기를 勤勵흐시기를 바라읍나이다. (…中略…) 最後에 本人은 一言으로 日韓關係의 親善을 圖謀하기에는 觀光團 갓흔 것이 急務될 것을 말삼하고자 하읍늬다. 大抵 今日 韓國은 誤鮮흔이가 만흔 것은 眞實로 想象치 못홀 일인즉 오늘날 急務될 것은 誤鮮를 防禦흐는 데 잇슴늬다. 向日에 本人이 韓國內地를 視察흐얏슬 썩도 此에 過흐지 안슴니다. 今回 觀光團이 發起된 本意도 畢竟 本人等의 精神과 쏙 갓흔 줄노 아는 同時에 여긔 叅席흐신 諸君도 반다시 本人과 同感이실 줄노 밋슴늬다. 本人이 觀光團에 對흔 不平도 多少間 드럿스나 엇지쓴지 成功된 것은 秉心으로 歡喜흐는 바오 細少흔 일은다 말삼홀 것 업슴늬다. 諸君은 아모조록 特히 儒生兩班 其他諸君에 對흐야 此觀光흔 利益을 均衡케 흐시기를 바룹늬다. 이것은 다만 諸君만 爲홈이 아니라 實노 韓國을 爲흐야 祝願흐는 바이오, 尙且 本人은 最終에 臨흐야 此觀光團을 爲흐야 가장 盡力흐신 大圖京城日報 社長 趙農相 叅團長 各位에 對흐야 諸君과 共히 鄭重흔 敬意를 表흐읍늬다.

—『황성신문』 1910.6.1.1.~8, 잡보, 松井局長 演說(총 6회)

번역 본인은 평소 관광단에 대한 소감이, 흔히 관광 당시에만 외국에 감화될 경향이 있고, 외국의 풍물을 견문한 때 홀연히 자기 나라도 이와 같이 되고자 생각하기 쉬운데 여러분은 이와 같이 천박한 생각을 품지 마시고, 이번 관광단은 다만 향상하고자 하는 마음의 동기가 되었음을 아시고 장래에 더욱 힘쓰시고, 일본의 오늘날이 있게 된 연유를 깊이 연구하신 뒤 여러분도 또한 이와 같이 발달되기를 부지런히 힘쓰시기를 바랍니다. (…중략…) 끝으로 본인은 한마디로 일한 관계의 친선을 도모하는 데 관광단 같은 것이 급한 일임을 말씀하고자 합니다. 대저 <u>금일 한국에 오해하는 이가 많은 것은 진실로 생각지 못한 일이니, 오늘의 급무는 오선(誤鮮)을 막는 데 있습니다.</u> 지난 날 본인이 한국 내지를 시찰하였을 때도 이에 지나지 않습니다. 이번 관광단이 발기된 본뜻도 필경 본인의 생각과 같을 줄로 알며 여기 참석하신 여러분도 반드시 본인과 동감일 것으로 믿습니다. 본인이 관광관에 대한 불평도 다소 들었으나 어쨌든 성공한 것은 마음으로 기뻐하는 바요, 사소한 일은 다 말씀할 것 없습니다. 여러분은 <u>아무쪼록 특히 유생 양반 기타 여러분에 대하여</u> 이 관광한 이익을 고르게 하시기를 바랍니다. 이것은 다만 여러분만 위하는 것이 아니라 실로 한국을 위해 축원하는 바며, 또 본인은 끝으로 이 관광단을 위해 가장 힘쓰신 <u>경성일보 사장 조농상, 유 단장</u> 각 분들에게 제군과 함께 정중히 경의를 표합니다.

비록 짧은 연설문이지만, 이 연설문은 경성일보사 주최 일본 관광단의 성격을 요약적으로 보여준다. 한규무(2011)에서 밝힌 것처럼, 이 관광은 식산흥업(殖産興業)을 모토로 다양한 부류의 사람들이 참여하였다. 그러나 관광단 인선과 파송에는 이토 통감과 이완용이 깊숙이 관여했음을 알 수 있는데, 이는 이 관광단 조직의 실질적인 목적이 일본 제국주의 세력의 홍보에 있었음을 나타내는 것이다. 이러한 흐름에서 국권 침탈기 '일본 관광단', '친목회' 등은 1910년 국권 상실 이후의 각종 시찰단 조직의 시초를 이루었음을 확인할 수 있다.

2. 유학생의 시선과 세계 인식의 변화

2.1. 일본 문명관의 변화

근대 계몽기 유학 체험과 관광 담론은 이 시기 세계관의 변화에 큰 영향을 미쳤다. 그 가운데 대표적인 것은 일본 문명에 대한 경이감(驚異感)과 찬사이다. 이 경향은 근대 계몽기의 잡지 소재 기행 자료에서 빈번히 발견된다. 재일 유학생 단체나 일본인과 관련을 맺는 단체에서 발행한 잡지에는 다수의 일본 체험 기행 자료가 실려 있는데, 특히 이런 경향의 잡지는 1905년 이후에 다수 발행되었다. 이는 김기주(1993)에서 분석한 것과 같이 1905년 이후는 재일 유학생의 급증과 함께 각종 유학생 단체가 만들어졌는데, 그 영향에 따른 것으로 볼 수 있다. 이 시기 잡지에 수록된 일본 체험 기행 자료로는 다음과 같은 것들이 있다.

【근대 계몽기 일본 체험 기행 자료】

연월일	잡지명	호수	필자	제목	문체	내용
1905.04.25	독습일어잡지	제1호 ~제7호		日本 觀光談(일본 관광담): 대화체 이야기임	대역	일본기행 (일어학습)
1906.08.24	태극학보	제1호	李潤柱	東京 一日의 生活	국한문	일본기행
1906.09.24	태극학보	제2호	白岳生	海水浴의 一日	국한문	일본기행
1907.03.03	대한유학생회 학보	제1호	潁濱生	[文苑] 江戶書感	한문	일본기행
1907.03.05	야뢰	제2호	尹泰榮	名勝古蹟: 日月池	국한문	
1907.04.07	대한유학생회 학보	제2호	卞永周	[雜纂]大和 隨聞錄	국한문	일본기행
1907.04.24	태극학보	제9호	一愚 金太垠	漢城 仲春 再渡 東京	한문	일본기행
1907.04.24	태극학보	제9호	發見人 李承瑾	江戶 十五景[附 廣告]	한문	일본기행
1907.04.30	공수학보	제2호	豊溪生 姜荃	橫須賀有感(일본 군항 소개)	국한문	일본기행

연월일	잡지명	호수	필자	제목	문체	내용
1907.05.25	대한유학생회 학보	제3호	潁濱生 譯	蔚山行(江見水蔭 著)	국한문	일본인의 한국기행
1907.07.31	공수학보	제3호	姜藩	讀 共修學報 東遊日本(寄書)	국한문	일본기행
1907.07.31	공수학보	제3호	姜荃	東遊觀念	한문	일본소개 (국호, 황통, 위치, 영토, 민족 등)
1907.10.30	공수학보	제4호	姜荃	東遊觀念(續): 종교, 위생, 가옥, 음식, 의복	한문	일본기행 (일본문화)
1907.11.30	낙동친목회 학보	제2호	申相悅	東遊問答	국한문	일본기행
1907.12.01	서우	제13호	日本 留學生 金炳億	看病論으로 憶同胞兄弟	국한문	일본기행
1908.01.24	태극학보	제17호	惟一閒閒 子	觀菊記	한문	일본(에도) 기행
1908.03.20	공수학보	제5호	姜荃	東遊觀念	한문	일본기행
1908.05.12	태극학보	제20호	李奎澈	無何鄕/ 愁心歌 二首	국한문	일본기행
1908.07.01	서북학회월보 (재간행본)	제1권 제2호	于岡生	[雜組] 送松南金君東遊日本 : 김극원 일본 기행 관련	국한문	일본기행 관련
1908.07.24	태극학보	제23호	松南春夢	遊淺草公園記	국한문	일본기행
1908.07.24	태극학보	제23호	觀海客	東西 氣候 差異의 觀感	국한문	일본기행
1908.09.24	태극학보	제24호	春夢子	遊日比谷 公園	국한문	일본기행
1908.09.25	대한학회월보	제7호 ~제8호	盧庭鶴	富士登山記	국한문	일본 기행문
1908.11.25	대한학회월보	제9호	姜荃	日本雜感	한문	일본기행
1908.11.25	대한학회월보	제9호	李重雨	飛鳥山 觀楓記	국한문	일본기행
1908.11.25	대한협회회보	제8호	雲養 金允植	[文藝] 遊日光山記	한문	일본기행 (일광산)
1909.03.20	대한흥학보	제1호	朴允喆	江之島 玩景記	한문	일본기행
1909.04.20	대한흥학보	제2호 ~제4호	斗山人 尹定夏	觀日光山記	국한문	일본기행

연월일	잡지명	호수	필자	제목	문체	내용
1909.04.25	대한학회월보	제3호	大夢崔	나는 가오	국한문	일본 기행시
1909.06.20	대한흥학보	제4호	韓光鎬	春日遊園有感	국한문	일본기행
1909.11.01	소년	제2권 제10호		快少年 世界周遊 時報: 第四報: 日本	국한문	일본기행

이 표에 나타난 기행 자료는 유학생의 일본 생활, 일본에 대한 관념, 일본의 산천에 대한 감상 등 다양한 내용을 주제로 한다. 그런데 이들 감상문은 대부분 '활기 있는 일본', '경탄스러운 일본' 또는 '선진화된 일본'이라는 찬사를 중심 내용으로 한다. 동경에서 유학생의 하루를 기록한 이윤주(李潤柱)의 체험을 살펴보자.

【동경(東京) 일일(一日)의 생활(生活)】

冊床우에 노아둔 醒寐鍾이 셩셩 六點을 報ᄒ는 聲에 忽然이 잠을 ᄭᅵ니 窓外에 喧嘩ᄒ는 人馬聲이며 먼 길에 通行ᄒ는 電車소리 人力車 소리 쑬쑬 쑬쑬쑬 人事의 多忙을 告ᄒ더라. 두 눈을 부븨고 이러나셔 寢褥를 收藏ᄒᆫ 後 窓門을 開放ᄒ고 洗수를 畢ᄒᆫ 後에 房에 도라오니 下女는 발셔 食卓을 排列ᄒ고 朝餐을 準備ᄒᅠ엿더라. 味噌汁(토장ᄭᅮᆨ)菁沈菜로 淡泊ᄒᆫ 食事를 纔畢ᄒ니 隣室壁上에 걸닌 時鐘 七點을 鳴打ᄒ더라. 即時 日服을 脫ᄒᆫ 後에 洋服을 換着ᄒ고 어젯밤에 亂雜히 버려둔 冊子를 整頓ᄒ며 本日 學校셔 授業할 教科書ㅣ 幾卷을 冊보에 ᄭᅮ려ᄭᅵ고 點心을 싸든 後에 門外에 썩나시니 旭日은 東天에 三竿인데 집집이 場園洒掃와 一日準備에 紛忙ᄒ며 官人 商人 職工 等은 各自의 事務處所를 向ᄒ야 奔忙ᄒ고 滿衢의 男女學生은 接踵來往ᄒ야 各其 學校길을 急ᄒ드라. 學校에 到達ᄒ니 四處에셔 從來ᄒ는 幾百學徒가 爭先雲集ᄒ야 十分假量 休憩ᄒ고 上學鐘을 기다려 一齊 室內에 드러가 少時後에 教師가 臨席禮畢ᄒ고 講說을 始ᄒ니 (…中略…) 各自 携帶ᄒᆫ 點心을 喫畢ᄒᆫ 後에 運動場에 亂散ᄒ야 或 體操 或 遊戱로 精神을 活潑

히 ㅎ고 少許後 開學鍾이 更鳴ㅎ믹 運動場에 齊會ㅎ야 兵式體操를 訓練ㅎ
고 餘課를 畢ㅎ 後에 二點半 廢學鍾에 學校門을 退出ㅎ야 各其 宿所로 散歸
ㅎ더라.

旅舍에 도라와 衣服을 換着後에 沐浴을 畢歸ㅎ니 身體가 疲勞를 少覺ㅎ
깃더라. 一時間 靜息ㅎ야 五點量에 晚餐을 畢ㅎ고 木履短筇으로 消風兼不
忍池(東京上野公園下 池名)를 向ㅎ니 大道兩邊에ᄂ 萬點燈光이 如晝ㅎ데
晝間에ᄂ 如許히 忙殺ㅎᄃ 全般 社會도 一日의 業務를 다ㅎ고 凉天을 乘出
ㅎ야 屋外에 散策ㅎᄂ 者 兩兩三三으로 人山人海를 遍成ㅎ고 商店과 演劇
場 等에셔ᄂ 呼客聲이 頻繁ㅎ더라.

緩步로 逍遙ㅎ야 池畔에 다다르니 滿池蓮葉은 靑靑ㅎ데 紅花은 點點ㅎ
야 香氣를 吹送ㅎ고 건ᄂ 便 公園에셔ᄂ 男兒立志出鄕關學若不成死不還을
高聲朗吟ㅎᄂ 소릭 心神이 快活ㅎ야 頓然이 我를 忘ㅎ고 池畔에 徘徊터니
上野山 외로운 결에 七點을 報ᄂ 쇠북소릭 隱然이 蒼林속으로 솽솽솽솽
솽솽. 書窓에 도라와 耿耿寒燈下에 書床을 對坐ㅎ고 이것져것 學科를 自習
ㅎ며 明日學校課工을 多少預備ㅎ니 夜已十點에 萬籟皆息이라. 玆에 一日學
業을 庶畢ㅎ고 디듸여 天地의 秘密로 더부러 接合.

—이윤주(1906), '동경 일일의 생활', 『태극학보』 제1호

번역 책상 위에 놓아둔 성매종(醒寐鍾, 잠을 깨우는 종)이 땡땡 6시를 알리는
소리에 문뜩 잠을 깨니, 창밖에 시끄러운 인마의 소리, 먼 길에 통행하
는 전차 소리, 인력거 소리, 뚤뚤뚤뚤 인사가 바쁨을 알린다. 두 눈을 비비고
일어나서 잠자리를 거둔 뒤 창문을 열고 세수를 다한 후, 방에 돌아오니 하녀(下
女, 시중드는 여인)는 벌써 식탁을 배열하고 아침을 준비했다. 미증즙(토장국)
청침채로 담박한 식사를 겨우 마치니 이웃 방 벽에 걸린 시계가 7시를 울린다.
즉시 일복(日服, 일본옷)을 벗은 뒤 양복으로 갈아입고 어제밤 난잡하게 버려
둔 책자를 정돈하며, 일본 학교에서 수업할 교과서 몇 권을 책보에 꾸려 끼고
점심을 싸 들고 문 밖에 썩 나서니, 높이 뜬 해는 동쪽 하늘에 삼간인데 집집마다

마당 안을 쓸고 하루 준비에 분망하며, 관인, 상인, 직공 등은 각자 사무 처소를 향해 분망하며, 거리에 가득한 남녀 학생은 무릎을 맞대어 각기 학교에 가기 바쁘다. 학교에 도착하니 사방에서 따라온 몇 백 학도가 다투어 모여 10분 정도 쉬고, 등교하는 종소리를 기다려 일제히 교실 안으로 들어가고, 잠시 후 교사가 자리에 앉아 경례를 다하고 강의를 시작하니, (…중략…) 각자 가져 온 점심을 다 먹은 뒤 운동장에 어지러히 흩어져 혹은 체조를 하고 혹은 놀이를 하여 정신을 활발히 하고, 잠시 후 수업을 알리는 종이 다시 울리니 운동장에 모두 모여 병식체조를 훈련하고 남은 학과를 다 마친 뒤 2시 반 학교를 마치는 종이 울리면 학교 문을 나서 각자 숙소로 흩어져 돌아간다.

여관에 돌아와 의복을 갈아입은 뒤 목욕을 마치니 몸이 피로를 조금 느낀다. 한 시간 쉬었다가 5시쯤 저녁을 먹고 나막신 짧은 지팡이로 소풍(消風) 겸 시노바즈노이게(不忍池, 동경 우에노 공원 아래의 연못: 연꽃으로 유명한 연못)로 향하니 큰 길 양쪽에는 가득한 등불이 낮과 같은데 주간에는 그렇게 분망하던 모든 사회도 하루의 일을 마치고 서늘한 기운을 따라 집 밖을 산책하는 사람들이 삼삼오오 인산인해를 이루고, 상점과 연극장 등에서는 호객하는 소리가 요란하다. 느릿느릿 걸어 연못 언덕에 다다르니 연못 가득한 연꽃 잎은 청청한데, 붉은 꽃은 송이송이 향기를 뿜어내고 건너 편 공원에서는 남아입지출향관 학약불성사불환(남아가 뜻을 세워 고향을 나서니 학문을 이루지 못하면 죽어도 돌아가지 않는다.)의 구절을 고성으로 읊조리는 소리에 심신이 쾌활하여 돈연히 나를 잊어버리고, 연못 언덕을 배회하더니 우에노 산 외로운 절에 7시를 알리는 쇠북소리가 은연히 울창한 숲속의 꿍꿍꿍 꿍꿍꿍. 서창에 돌아와 깜빡이는 등불 아래 책상을 마주 앉아 이것저것 학과를 자습하며 다음날 학교 공부할 과정을 조금 예습하니 밤 10시에 모든 것이 다 휴식이다. 이에 하루 학업을 거의 마치고 드디어 천지의 비밀이 한데 붙음(잠을 잠).

동경 유학생의 하루는 '성매종(자명종)' 소리로부터 시작되어 하루를 마치고 다음날 공부할 것을 예습하기까지의 일과이다. 이 일과에서 필자가 체험한 것은 활기 있는 일본, 생기 있는 일본의 학교생활, 우에노 공원 밑의 시노바즈노이게 연못의 신비, 산책하며 휴식을 취하는 일본인들이다. 이와 같은 활기 있는 모습은 『태극학보』 제2호 백악생(白岳生) 장응진의 '해수욕의 일일'도 마찬가지이다. 이뿐만 아니라 유학생들이 목격한 일본의 산천도 신비와 경탄의 대상이다. 『대한흥학보』 제2호(1909.2)~제4호(1909.6)에 게재한 윤정하의 '관 닛코산기(觀日光山記)'를 살펴보자.

【관닛코산기(觀日光山記)】

　　日光山水는 是世界의 公園이오 日光社殿은 卽 世界의 美術이라는 話柄은 日本人의 擧頭로 誇張ㅎ는 배요 日光을 不見ㅎ면 結構(我語에 훌늉ㅎ다는 意味라)를 語키 不能이라는 俚諺은 日本人의 舌端에 膾炙ㅎ는 배라. 由是觀之ㅎ건듸 日光山水 景色의 明媚秀麗홈과 日光 社殿制度의 華美宏大홈이 日本 勝地中의 第一 屈指ㅎ는 位에 處홈을 可히 測知홀지니 故로 日本人은 勿論ㅎ고 東西洋의 紳士 貴孃이라도 日本地域에 投足흔 人이면 世界의 公園이란 日光을 踏치 아닌 者ㅣ 無ㅎ며 世界의 美術이란 日光을 賞치 아닌 者ㅣ 無ㅎ야 一年 中에 觀光ㅎ는 人員이 稀ㅎ야도 幾十萬名에 不下홀지오 消費ㅎ는 金額이 少ㅎ야도 累百萬圓에 可達홀지라. 記者에 至ㅎ야는 經營이 已 久로듸 機會가 尙 遲ㅎ야 四載의 夢을 空做에 一見의 願을 莫遂이러니 何幸 去月頃에 學校로셔 秋期 修學旅行의 旅行地를 日光山으로 擇定ㅎ니 此時는 卽 登晃의 宿願을 遂行홈과 學海의 精神을 修養ㅎ는 好機會라. 躍雀의 歡을 不勝ㅎ고 附驥의 行을 是定ㅎ야 同月 二十四日 早朝에 學校의 職員 學生 三百七十餘人으로 上野驛에셔 同時 出發ㅎ야 同 午後 一時 半에 日光驛을 到達ㅎ니 天氣는 微陰ㅎ고 秋色은 蕭冷이라 携節西進ㅎ야 拭眸四望ㅎ니 山管橋(一名은 神橋)의 珠欄石柱는 東西 唯一의 奇觀이오 東照宮(德川將軍의 神廟)의 拜殿唐門은 今古 無雙의 美術이며 千峰萬壑에 霜葉의 丹楓은 其 狀이 錦繡의 羅列과 如ㅎ고 前谷 後巷에 雷響의 白瀑은 其 勢가

龍虎의 怒吼와 同홀지라. 一見에 眼界가 快闊ㅎ고 再望에 精神이 淸爽ㅎ야 歸思를 頓忘이오 秋興을 難堪이라. 數百 學友로 萬千 景槪를 次第深賞흔 後日 光町神山 旅館에 投宿ㅎ고 其翌 二十五日에 早起ㅎ야 東照宮, 二荒社, 大猷院의 三殿을 巡觀ㅎ고 霧降, 裏見, 華嚴의 三瀑을 歷覽흔 後에 中禪寺 湖畔에서 中火ㅎ고 又 前進ㅎ야 西北方의 湯本山田 旅館에서 宿泊ㅎ고 又 其翌二十六日未明에 發程ㅎ야 日光町에 還着ㅎ니 時唯十點鍾이라. 更히 市中을 巡覽ㅎ고 午后 二時半의 列車로 東京에 返還ㅎ얏ᄂᆡ 旅行 前後의 三日間에 實聞實見흔 歷史, 社殿, 名勝, 産物等을 次第 摘記ㅎ야 後日 日光을 遊賞코져 ㅎᄂᆞ 諸紳士淑女의게 敢히 紹介ㅎ기를 試ㅎ노라.

—윤정하(1909), 「관일광산기」, 『대한흥학보』 제2호~제4호

번역 닛코산(日光山)의 물은 세계의 공원이요, 닛코 사전은 세계의 미술이라는 주장은 일본인이 가장 으뜸으로 자랑하는 바이요, 닛코를 보지 못하면 결구(우리나라 말에 훌륭하다는 의미)를 말하기 어렵다는 속담은 일본인이 혀 끝에 회자하는 바이다. 이로 보면 닛코산 물 경치의 명미수려함과 닛코 사전 제도의 화미굉대함이 일본의 명승지 가운데 제일 손꼽는 위치에 있음을 가히 짐작할 수 있으니, 일본인은 물론 동서양 신사 귀족들이라도 일본에 들어가는 사람이 세계의 공원이란 닛코를 밟지 않은 자가 없으며, 세계의 미술이란 닛코를 감상하지 않은 자가 없어 일 년 중 관광하는 인원이 적어도 몇 십만 명 이하가 아닐 것이요, 소비하는 금액이 적어도 몇 백만 원에 달할 것이다. 기자의 경우 지금까지 해 온 일이 오래되었지만 기회가 늦어 4년 동안 꿈꾸어 온 뒤 한 번 소원을 이루지 못하더니 다행히 지난달에 학교에서 가을 수학여행의 여행지로 닛코산을 정하니 이때는 곧 등황(登晃)의 숙원을 이룸과 학해의 정신을 수양할 수 있는 좋은 기회였다. 뛸 듯한 기쁨을 이기지 못하고 천리마와 같은 걸음으로 같은 달 24일 아침 학교의 직원 학생 370명과 우에노 역에서 출발하여 오후 1시 반에 닛코 역에 도달하니, 날씨는 서늘하고 가을빛은 소소하며 서늘하다. 지팡이를 짚고 서쪽으로 나아가 사방으로 눈동자를 돌리니 산관교(일명 신교)의

주란 석주는 동서 유일의 기려한 모습이요, 동조궁(도쿠가와 장군의 신묘)의 배전 당문은 고금에 다시 없는 미술이며, 천봉만학의 상엽 단풍은 그 모습이 금수와 같이 나열하고 앞의 골짜기 뒤의 마을에 울리는 흰 폭포는 그 힘이 용호의 노한 울부짖음과 같았다. 한 번 보니 눈앞이 쾌활하고 다시 보니 정신이 상쾌하여 돌아갈 마음을 잊었으며, 가을 흥취를 감당하기 어려웠다. 수백의 학우로 천만 경치를 차례로 감상한 뒤 후일 광정신산(光町神山) 여관에 투숙하고 다음날 25일 아침 일찍 일어나서 동조궁, 이황사, 대추원의 세 전각을 차례로 관람하고 무강, 이견, 화엄의 세 폭포를 두루 관람한 뒤, 중선사 호반에서 점심을 먹고, 다시 앞으로 나아가 서북방 탕본산전(湯本山田) 여관에서 숙박하고, 다시 그 다음 26일 새벽에 출발하여 닛코 거리에 돌아오니 때는 10시였다. 다시 시중을 순람하고 오후 2시 반 열차로 동경에 돌아왔는데, 여행 전후의 3일간 실제 견문한 역사, 사전, 명승, 산물 등을 차례로 적어 후일 닛코를 유람하고자 하는 여러 신사 숙녀에게 소개하고자 한다.

이 연재물은 필자가 일본 유학 중 수학여행 체험으로 여행한 '닛코산' 기행문이다. 기행문에 등장하는 상투적인 감상이 개재되어 있음을 고려하더라도, 필자의 닛코산 체험은 그 자체가 경이롭고 황홀한 것이었다.[11] 필자는 이 글을 쓴 의도가 닛코산 관광을 희망하는 사람들에게 역사, 사전(社殿), 명승, 산물 등을 소개하여 정보를 제공하는 데 있다고 밝혔는데, 이는 이 시기 일본 유학생이나 유람자들의 관광욕을 불러일으키는 효과를 낳는다. 특히 이 글에 소개한 도쿠가와 신사와 유적 소개는 국권 침탈기 유학생들이 민족 관념보다 선진화된 일본, 생기 있는 일본, 역사성을 띤 일본이라는 관점에서 일본을 바라보고 있음을 확인할 수 있다.

---

11) 이에 대해 김진량(2004)에서는 유학생들이 바라본 일본 경치가 그 자체로 '유희적 소비의 공간'이었음을 지적한 바 있다.

이러한 일본에의 경사(傾斜)는 일본의 문명과 관련될 경우 그 정도가
더 심하다. 각종 박람회나 공원, 도서관 등을 견문한 유학생들의 감상
은 일본의 문명 그 자체가 선망의 대상으로 표현된다. 송남 김원극(金源
極)이 바라본 '히비야(日比谷) 공원'도 마찬가지이다.

【유히비야 공원(遊日比谷 公園)】

是時 隆熙 二年 八月 十日也에 天氣가 淸爽ᄒ고 風色이 微涼이라. 梧桐一
葉 新秋聲에 興懷를 不禁ᄒ야 與金鴻亮金鉉軾 二友로 往遊日比谷公園ᄒ세.
觸目繁華가 與我國名區之淸幽閒邃로 有相天淵ᄒ야 人世의 樂觀과 感覺의
機關을 呈露ᄒ엿더라. 第一番에 高榭層屋을 望見ᄒ니 曰 圖書館이라. 古今
書籍을 無遺準備ᄒ야 全國人民의 縱覽을 許ᄒ니 此 館에 到ᄒᄂᆫ 者ㅣ 書類
의 舊新名義를 無不知得ᄒ며 此閱彼搜에 心竅眼孔이 快濶於尋常之中矣리
니 若使匡衡으로 復生이면 耽讀覩市의 弊를 可除ᄒᆯ지요. 惟意硏究가 不知
何程일지라. 其使一般民智로 勸獎誘掖이 莫過於此矣러라. 其 北에 有一池塘
ᄒ니 中設噴水管이라. 石堤草片이 奇麗設敷ᄒᄃᆡ 噴流瀑布一帶가 上下屈曲
에 一望灑然ᄒ야 如入廬山石矼이로다. 其 前後左右에 營置休憩遊觀所ᄒ엿
스니 結搆便宜ᄒ야 蒼藤翠蔓이 爲其庇蔭ᄒ며 來人去客이 於焉逍遙라. 其 林
泉之興이 聊得自適이러라. 徐步入中ᄒ니 東邊에 有名沙場一所라. 白日이 照
耀에 銀光世界를 造出ᄒ얏ᄂᆫᄃᆡ 四邊에 鐵造距床은 聯絡布列ᄒ야 遊觀者의
坐立을 隨意從便케 ᄒ얏스며 北邊 靑草堤上에 音樂臺를 高築ᄒᆫ지라. 各種
音律이 融融蟄蟄ᄒ야 人民의 大和氣를 導迎ᄒ며 觀廳을 便利케 ᄒ야 臺四
邊에 無數ᄒᆫ 鐵椅子를 羅列ᄒ엿스니 與衆樂樂의 道가 此에 眞相을 發現ᄒ
엿더라. 西邊에 一靑草場이 有ᄒ니 草色이 軟靑細綠ᄒ야 胎花胞蘂가 參差
搖姸ᄒᆫ지라. 無數ᄒᆫ 兒女가 擊毬吹笛으로 嬉戲馳逐ᄒ기를 任意擅行ᄒ니 其
幼孩의 開放을 確然可觀이며 其 中高堤에 一休憩所를 設ᄒ야 一般男女가
遊焉息焉ᄒᄂᆫ 帷幕이 極히 使人心神으로 至曠且怡ᄒᆫ지라. 一時間을 坐歇ᄒ
고 午飯을 畢ᄒᆫ 後에 更히 起步ᄒ야 西望而行ᄒ니 水道로 施設ᄒᆫ 井欄이

有ㅎ지라. 其 欄頭에 鐵瓢를 種種懸垂ㅎ엿ᄂᆞᄃᆡ 渴者의 赴飮을 放任ㅎ엿스며 又 其 西에 砲臺를 設置ㄴ지라. 其 宏壯ㅎᆫ 器仗이 措眼所觸에 驚惟不已ㅎ더라. 其使觀者로 武毅勇敢의 氣를 排出ㅎ며 製造發展의 巧를 發ㅎ야 觀感이 備生ㅎᆯ지로다. 又 東行 數十步 許에 花園에 入ㅎ니 水陸草木之花가 形形色色ㅎ야 其 種類가 不知幾千萬이라. 最所奇玩者ᄂᆞᆫ 園中에 周作靑茅場ㅎ고 以各色細草로 作列種植에 便作亞字形容이러라. (…下略…)

—춘몽자(春夢子), 「유 히비야 공원(遊日比谷公園)」,
『태극학보』 제24호, 1908.9.

번역　　이때는 융희 2년 8월 10일 날씨가 상쾌하고 풍색이 서늘하다. 오동한 잎 가을소리에 흥취 회포를 금할 수 없어 김홍량, 김현식 두 벗과 히비야 공원에 놀러 가는데, 눈에 보이는 모든 화려한 함이 그윽하며 한가하고 깊어 우리나라 명승지와 함께 천연의 못을 이루어 인세의 낙관과 감각의 기관을 노출하였다. 제1번 높은 층대를 바라보니 도서관이라고 한다. 고금 서적을 갖추지 않은 것이 없어 전국 인민이 볼 수 있게 하니, 이 도서관에 도착한 것은 서적류의 신구 명의를 알지 못하는 바가 없으며, 이리저리 열람하고 보는 데 마음과 눈동자가 일상으로 쾌활해지니 만약 광형(匡衡, 전한 시대의 사람, 형설지공의 고사)이 다시 태어나면 탐독완시(글 읽기를 저자 구경한 것처럼 즐김)의 폐단을 누가 제거할 것인가. 오직 연구에 뜻을 두는 것이 어느 정도인지 알 수 없을 것이다. 일반 민지(民智)로 하여금 권장하여 이끄는 것이 이보다 더 나은 것이 없다. 그 북쪽에 한 연못이 있으니 분수관을 설치했다. 돌제방 풀 조각이 기려하게 설치되어 있고 솟아오르는 분수의 폭포 한 줄기가 아래위로 굽어 한 번에 뿜어내니 여산 석강(石矼)에 들어간 듯하다. 그 앞뒤 좌우에 쉴 수 있는 유람소를 두었으니 편리하게 만들어 푸른 등나무와 넝쿨이 아늑하고 즐비하여 오는 사람들이 거닐 수 있게 하였다. 그 숲의 샘물이 솟아나와 힘차게 떨어진다. 느릿느릿 걸어 들면 동쪽 편에 유명한 모래밭이 있다. 백일(白日)이 비취어 은빛 세계를 만들었는데 사면에 철제로 만든 큰 의자가 나란히 놓여 있어 관람자가 마음껏 편하게 앉도록 하였으며, 북쪽 청초의 제방 위에 음악대를 높이 쌓았다. 각종 음률이 울려 퍼져 인민의 대화기(大和氣)를 이끌어 가며 관청을 바라보기 편하게 하여 대의 사면에 무수한 철제 의자를 나열하였으니, 민중과 함께 즐기는 도가 이에 그 모습을 나타낸다. 서편에 푸른 풀로 된 마당이 있으니, 풀빛이 연한 청색과 옅은 녹색으로 꽃씨가 다소 요연하다. 무수한 아이들이 격구하며 피리를 불고 마음껏 놀고 달음질하니 그 아이의 자유로움을 확실히 볼 수 있으며, 그 높은 언덕에 한 휴게소를 설치하여 일반 남녀가 놀며 쉴 수 있는 장막이 있으니, 사람으로 하여금 심신이 지극히 넓고 쾌활하게 한다. 한 시간을 앉았다가 점심을 먹은 뒤 다시 일어나 서편을 바라보고 가니 수도(水道)를 설치한 우물관이 있다. 그 난간머리에 쇠로 만든 표를 걸어 두었는데, 목마른 자가 자유롭게 마실 수 있게 하였으며, 또 그 서쪽에 포대를 설치하였는데, 그 굉장한 기계의 크기가 눈에 닿을 때마다 놀라지 않는 것이 없다. 보는 자로 하여금 무의용감의 기상을 배출하며 제조하여 발전하는 기술을 발휘하여 보는 느낌이 함께 일어난다. 또 동쪽으로 수십 보에 화원에 들어가니 수륙초목의 꽃이 형형색색하여 그 종류가 몇 천만인지 알 수 없다. 가장 감상할 것은 화원 중 두루 심은 푸른 띠풀 밭이고, 각색 작은 풀로 종자를 심어 아자(亞字) 모습으로 만들었다.

이 기행문은 히비야 공원의 도서관 모습을 매우 세밀하게 관찰하고 묘사하였다. 도서관 내에 있는 분수관, 돌제방, 유람소, 샘물, 모래밭, 철제 의자, 음악대, 청초 마당, 수도 등 필자가 관찰한 모든 대상이 빠짐없이 묘사되었으며, 그에 대한 감탄으로 점철되어 있다. 곧 유학생이 바라본 도서관, 곧 일본 문명의 모습은 그 자체가 생기 있는 활동 무대였던 셈이다.[12] 더욱이 '인민(人民)의 대화기(大和氣)를 영도(導迎)하며 관청(觀廳)을 편리(便利)케 하여'라고 한 부분에서는 '화기(和氣)'가 '조화

---

12) 이에 대해 김진량(2004)에서는 유학생들이 바라본 근대 공원을 '관물지리의 학원'이라고 표현하였다. 이는 공원에서 견문한 사항들이 그 자체로서 놀랍고 신비로우며 배워야 할 대상들이라는 의미를 갖는다.

로운 기운'을 의미하는 것인지 아니면 일본 정신을 의미하는 '대화(大和)'를 의미하는 것인지 분간되지 않을 정도로 일본 문명에 경사되어 있음을 확인하게 된다.

이와 같은 일본관은 1905년 이후 유학생들에게 나타나는 보편적 심리로 볼 수 있다. 이 시기 일본 문명을 비교적 상세히 소개한 글로는 유승흠의 '일본(日本)', 윤정하의 '일본인관'(『대한학회월보』 제7호, 1908.9), 양우생(洋友生) 최석하의 '일본 문명관'(『대한학회월보』 제8~9호, 1908.10~11; 『대한흥학보』 제1~2호, 1909.3~4) 등이 있다. 이 가운데 최석하의 논문은 문명을 관찰하는 두 가지 방법을 제시하고,13) 인종론적 차원에서 서구 우월주의와 일본인이 갖고 있는 우월적인 성격(일본인은 애국성, 기민성, 감성을 갖고 있는 민족이라고 주장함)을 논의한 뒤, 일본의 메이지 유신이 애국성에 기반한 국가주의의 성격을 띠고 있다고 주장한다. 특히 일본의 발달은 한 사람의 영웅이 아니라 국민의 애국성에서 비롯된 것이라고 하면서, 우리의 경우도 국가의 상태를 고려하지 않고 서양의 자유주의나 개인주의만을 모범하면 파멸에 이를 것이라는 경고를 보낸다. 이처럼 근대 계몽기의 기행 담론 변화는 '견문장식'의 세계관에서 점차 일본에 경사되는 문명관을 강화하는 결과를 낳기도 하였다.

2.2. 서양인과 세계에 대한 인식 변화

개항 이후 지식증장을 위한 '환유여력'의 담론은 국권 침탈기 인접

---

13) 양우생(최석하), 「일본 문명관」, 『대한학회월보』 제8호, 1908.10. "大凡 一國의 文明을 觀察ᄒᆞᄂᆞᆫ 方法이 有二ᄒᆞ니 一은 國制的이오, 一은 國性的이라. 國制的은 其國의 文明 根源을 研究ᄒᆞᆯ 時에 原因 結果의 連絡 與否ᄂᆞᆫ 第二 問題에 付歸ᄒᆞ고 旣現 事實에 置重ᄒᆞ야 一切 文物 制度를 觀察ᄒᆞᄂᆞᆫ 故로 是를 指ᄒᆞ야 <u>形式的 觀察이라</u> 謂ᄒᆞ고, 國性的은 其國의 文明 根源을 形式에 求치 아니ᄒᆞ고 其 國民의 性格에서 出生ᄒᆞᆫ 與否를 探研ᄒᆞ야 아무리 重大ᄒᆞᆫ 事實이라도 無意識으로 發現된 것은 重視치 아니ᄒᆞ고 假使 微細ᄒᆞᆫ 事實이라도 性格으로 從來ᄒᆞᆫ 것은 愼重히 觀察ᄒᆞᄂᆞᆫ 故로 是를 指ᄒᆞ야 <u>精神的 觀察</u>이라 謂홈 (…下略…)"

국가인 중국과 러시아, 구미 지역의 망명객을 낳았고, 비록 소수이기는 하지만 구미 지역의 유학생이 나타나는 배경이 되었다.[14] 국권 침탈기 구미 유학생은 재미 동포 사회가 다수의 단체를 만들고, 신문을 발행하면서 활성화되기 시작했다. 그러나 이 시기 구미 유학생은 중국과 일본에 비해 매우 빈약한 상태였는데, 다음 논설은 이 시기 한국인의 구미 유학 실태를 보여준다.

【아 청년 가유학 구미(我靑年可遊學歐美)】
△ 우리나라 청년은 구미 각국에 유학홈이 가홈 △
(…전략…) 오날 우리나라 학힝이 일본 학문을 습비ᄒ고 모범ᄒ려 ᄒᄂᆫ 것은 그림자의 그림자오 그림의 그림이라. 엇디 문명의 실디 진경을 구경ᄒ리오. 참으로 정법 학술 군졔 샹공을 기량ᄒ야 나라를 부강케 ᄒ랴면 국ᄂᆡ 청년 자뎨를 관비 혹 사비로 구미 렬국에 파견ᄒ야 본형과 원톄를 그리고 그림자홀지여다. 구미 렬국은 문명이 나고 잘아고 존ᄒᆫ 짜이라. 사사건건에 ᄒᆫ 번 듯고 ᄒᆫ 번 보고 ᄒᆫ 번 말ᄒᄂᆫ 것이 다 우리의 모범이오 교휵이라 대기 말ᄒᆞ건딕 영국은 졍티의 근원이며 상업의 듕심이며 희군의 뎨일이오 법국은 자유의 조샹이며 법률의 근거며 화려의 도회요 덕국은 학술의 근원이며 륙군의 듕심이며 디방자티의 뎨일이오 미국은 민쥬의 조샹이며 물산 풍부의 뎨일이며 제조 건축의 도회라. 이외에도 종교

---

14) 한국 유학생의 역사를 주제로 한 선행 연구에서 구미 지역 유학생 역사를 주제로 한 연구가 많지 않기 때문에, 미국 유학생 역사를 객관적으로 서술하는 것은 쉽지 않다. 재미 유학생의 역사는 1880년대 유길준을 비롯한 일부 유학생으로부터 시작하여, 갑오개혁 직후부터 비교적 다수의 유학생이 미국에 갔던 것으로 보인다. 예를 들어 『독립신문』 1897년 1월 26일자 잡보에는 미국 워싱턴에 7명의 한국인 유학생이 매우 열심히 공부하고 있다는 기사가 실려 있으며, 『제국신문』 1901년 3월 9일자 잡보에는 죽산 거주 오성선이 미국 유학을 갔다가 돌아와 벙어리가 되었다는 기사가 등장한다. 국권 침탈기인 1906년 이후에는 미국에도 관비 유학생을 파견해야 한다는 주장이 있었으나, 학정 잠식과 국권 침탈 상황에서 관비 유학생 파견은 이루어지지 않았다. 『황성신문』 1906년 10월 5일 잡보 '유학불인'에서도 미국 유학생 김원준을 관비 유학으로 바꾸어 달라는 청원을 거절한 사례를 보도한 바 있다.

풍쇽 습관이 ᄒ나도 신쳔지 아니ᄒ 거시 업도다. 아젼졔 졔국에 싱댱ᄒ 쟈로 ᄒ여금 ᄒ번 이 ᄯ에 류학ᄒ면 졍신이 쾌활ᄒ고 이목이 신션ᄒ야 일죵 탈티환형ᄒ 신사름을 양셩ᄒ는도다. 오날 우리의 급급이 힘쓸 것은 일왈 젼문과학이오 직왈 젼문과학이라. 국민의 쳥년된 쟈 자비홀 직력이 잇는 쟈는 영법덕으로 가 류학홀 것이오 자비홀 직력이 업는 쟈는 미쥬로 와셔 류학ᄒ이 맛당ᄒ도다.

지라 사름은 망자존딕ᄒ 마음으로 외양 류학을 쥬의치 안이ᄒ다가 六十년릭에 구미 렬국과 군사로 싸호고 댱사로 싸와 맛나는 곳마다 일픽지 픽ᄒ 후에야 졍법군졔샹공의 긔량이 외양 류학에 잇는 줄을 환연이 ᄭᅵ닷고 근 수년이릭로 구미 렬국에 류학ᄒ는 쟈 十슈쳔인이라. 이럼으로 북경 졍부에셔 예비립헌을 반포ᄒ얏스며 남쳥 일딕에셔 쟈유당이 봉긔ᄒ야 민족쥬의를 뎨창ᄒ니 구미 유학의 속효가 이ᄀᆞᆾ치 혁연ᄒ고 ᄯᅩ 일본은 졔 강국과 병립ᄒ야 자칭 문명국이라 ᄒ여도 구미 렬국에 류학 졸업ᄒ는 쟈 ᄒ릭마다 수빅인이오 이ᄲᆞᆫ 아니라 자국 대학교에셔 박학사의 명예를 엇은 쟈도 구미 렬국에 유학ᄒ는 쟈 믹년 수빅인이라. 그런 즉 학문을 셩취코져 ᄒ는 쟈 엇지 구미 렬국에 유학치 안이ᄒ리오.

이졔 우리나라 쳥년 가온딕 구미 렬국에 유학ᄒ는 쟈 몃 사름이나 되ᄂᆞ뇨. 영법덕에는 ᄒ 사름도 잇단 말을 듯지 못ᄒ얏고 미쥬에 겨우 十수인인딕 다 하와이 이민으로 건너와 자긔가 학비를 벌어셔 공부ᄒ는 고로 완젼치 못홀 ᄲᅮᆫ더러 그 곤란ᄒ 형상을 참아 눈으로 볼 슈 업고 본국으로 딕릭ᄒ야 자비 유학ᄒ는 쟈는 불과 ᄒᆞᆫ두 사름이라. 학싱계의 졍형이 여차ᄒ니 우리 국가 젼도를 위ᄒ야 류톄통곡ᄒ을 마지 못ᄒ리로다. (…하략…)

— 『공립신보』(桑港: 샌프란시스코) 1908.7.8.

비록 소수의 유학생일지라도, 그들의 유학 체험은 구미 문명에 대한 이해뿐만 아니라 서양에 대한 관점의 변화를 유발한다. 특히 유학생이 국내 신문사에 보낸 '기서'에는 유학생활의 어려움이나 견문한 것들,

동포들의 생활상 등이 잘 드러난다.15) 다음을 살펴보자.

【재미국 유학생 이원익 씨 기서(在美國遊學生 李源益 氏 寄書)】

皇城新聞記者先生閣下 光武六年十二月二十四日夜 北美合衆國뉴욕 道솔 욱클인 市리버틔 街第卄一号舘寓 幽然子 再拜敬啓者라. 萬里海外에 久作孤 客ᄒ야 寂寞舘中에 對影而坐ᄒ 則 如山히 來ᄒ 故鄕之懷와 似海히 至ᄒᄂ 一身之憂여 非鐵心石腸이면 眞不能堪過온 而況送舊迎新之期를 當ᄒᆷ으로써 學校ㅣ 休ᄒ야 寸暇를 得ᄒ 斯時乎잇가 是夜ᄂ 大雪之後라 塞鴻은 亂叫ᄒ 고 朔風이 怒號ᄒ니 衾冷枕寒ᄒ야 難成一眠이옵기로 因取紙筆ᄒ야 玆에 曾 遊華盛頓時에 得見ᄒ 바의 華盛頓紀念碑一事를 略述ᄒ야 奉呈ᄒ오나 措語 ᄂ 雖劣이나 貴報上에 登載ᄒ야 以供衆覽ᄒ시면 萬幸일가 ᄒ노이다.

華盛頓紀念碑ᄂ 北美合衆國京城華盛頓府第十四街의 近傍되ᄂ 와셩톤 公園中에 立在ᄒ니 白屋(大統領官邸)과 度支部와 陸海軍部에셔 不遠ᄒ며 國會議事堂을 距ᄒ 一哩半이오 또 大韓帝國公使舘을 距ᄒᆷ도 一哩ᄂ되며 碑에 出入ᄒᄂ 門이 有ᄒ니 每日午前九時붓터 午後五時ᄭ지 開ᄒ고 觀客을 許入 ᄒᄂᄃᆡ 九百層되ᄂ 螺形鐵梯를 步行而登ᄒ기도 ᄒ고 半時마다 升降ᄒᄂ 升降梯에 乘坐而上ᄒ야 觀景ᄒ 後에 又乘而下ᄒ기도 ᄒᄂ데 上下ᄒᆯ 際에 十分時間式이며 每次에 三十名式 限定이기로 三十名이 滿ᄒ 則 其餘人은 三十分間을 待ᄒ며 觀客升降時에 分文도 不取ᄒ며 碑의 全體ᄂ 白大理石으 로써 築造ᄒ 柱形長方塔인ᄃᆡ 半空에 聳出ᄒᆷ이 幾乎蒼天을 衝ᄒᆯ 듯ᄒ니 (…中略…)

本記者曰 華盛頓氏ᄂ 北美合衆國의 獨立創業ᄒ 第一等有功ᄒ 大統領이 라 國民이 取其姓以名其京城ᄒ야 以寓萬世不忘之義ᄒ니 卽華盛頓府也라.

---

15) 『황성신문』 소재 미국 유학생 기서로는 1903.1.23. '재미 유학생 이원익 씨 기서(在美國遊 學生 李源益 氏 寄書)', 1905.7.22. '미국 유학생 이관영 2천만 동포의 감정(美國留學生 李 觀泳 二千萬同胞의 感情)', 1906.9.24. '현재안생(賢哉安生, 재미 유학생 안상학의 편지)', 1907.6.2. 박봉래(朴鳳來)의 '묵서가(墨西哥)에 유재(留在)한 동포(同胞)의 참상(慘狀)' 등 이 있으며, 『대한매일신보』에도 1905.8.22~24. 미국 유학생 박처림의 기서가 실려 있다.

國民이 又立紀功碑於大統領舘舍對立之地ㅎ야 以示紀念之意 而其碑之宏壯이 如右 故로 雖一被霹靂之震轟이나 不至受損ㅎ고 至今 爲觀客之欽嘆者 而此則遊覽外國者之所共聞覩也어니와 余所感賀者ᄂᆞᆫ 李君源益氏ᄂᆞᆫ 以靑年遊學之生으로 每眷眷 有志於故國之思ㅎ야 凡一文字一事件이라도 有關於故國者면 不惜勞費ㅎ고 隨其覩聞而記之ㅎ야 郵寄本社ㅎ니 嗟夫라 遊學於萬里異域者ㅣ 雖有愛國之想이라도 風霜客舘에 不能無不及之患뿐더러 居處學習과 耳聞目擊이 無非外人之事則 自然其性質習尙이 漸染變化ㅎ야 其能不忘我故國者ㅣ 無幾矣어늘 李君은 獨能眷眷於戀國之情ㅎ니 余ᄂᆞᆫ 其愛國之誠을 深所感賀也ㅎ노라.

—『황성신문』 1903.1.23.

번역 황성신문 기자 선생 각하. 광무6년 12월 24일 밤 북미 합중국 뉴욕 도 불루클린 시 리버티 가 제21호관 유연자가 재배하며 알립니다. 만리 해외에 오랫동안 고독한 객이 되어 적막한 숙소에서 그림자를 마주하여 앉으니 산과 같이 밀려오는 고향에 대한 회포와 바다처럼 이르는 내 몸의 근심이, 쇠와 돌로 된 심장이 아니면 진실로 감당하기 어려운데, 하물며 지난 해를 보내고 새해를 맞이하니 학교가 방학하여 잠시 겨를을 얻은 시간입니다. 오늘 밤은 큰 눈이 온 뒤여서 세상이 막혀 어지러이 절규하고 삭풍이 노한 듯 불어오니 잠자리는 추워 잠을 이루기 어렵기에 지필을 들어 일찍이 워싱턴에 놀러갔을 때 보고 들은 바 '워싱턴 기념비' 하나를 간략히 적어 보내드리니 말투는 비록 저열하나 귀 신문사에 등재하여 모든 분들이 볼 수 있도록 제공하신다면 다행일까 합니다.

워싱턴 기념비는 북미 합중국 수도 워싱턴 부 제14가의 근처 워싱턴 공원 가운데 서 있으니 대악(대통령 관저, 백악관)과 탁지부와 육해군부에서 멀지 않고, 국회의사당과의 거리가 1리 반이요, 또 대한제국 공사관과의 거리도 1리 되며, 비에 출입하는 문이 있으니, 매일 오전 9시부터 오후 5시까지 열고, 관객을 들입니다. 9백층 되는 나선형 철다리를 걸어 오르기도 하고 반 시간마다 승강하는 승강기를 타고 올라 구경한 뒤, 다시 내려오기도 하는데, 오르고 내릴 때 10분

씩이며, 매번 30명으로 한정하여 30명이 다 차면 그 나머지 사람은 30분을 더 기다리며 관객들이 오를 때에 구별하지 않습니다. 비의 전체는 흰 대리석으로 만든 주형 장방탑인데, 반공에 솟아오른 것이 하늘을 뚫을 듯하니, (⋯중략⋯)

본 기자가 말하는데, 워싱턴은 북미 합중국의 독립을 창업한 가장 공이 큰 대통령이니, 국민이 그 성으로 그들의 수도를 삼아 만세에 잊혀지지 않도록 한 뜻이니 곧 워싱턴 부가 그것이다. 국민이 또한 대통령 관사와 마주한 땅에 기념비를 세워 기념하는 뜻을 나타내고 그 비의 굉장함이 이와 같으니, 비록 벽력과 지진이 일어날지라도 파손되지 않고 지금 보는 이가 감탄하게 하는 것이 이와 같으니 외국을 유람하는 자가 모두 듣고 보는 바이지만, 내가 느끼고 경하하는 것은 이원익 씨가 청년 유학생으로 매번 볼 때마다 고국을 생각하는 뜻이 있어, 문자마다 사건마다 고국과 관계된 것이라면 노고와 비용을 아끼지 않고 견문한 바를 따라 기록하여 본사에 보내오니 아아. 만 리 이역에 유학하는 것이 비록 애국의 사상이라도 풍상과 객관에 미치지 못할 근심이 없지 않을 뿐만 아니라 거처하고 배우는 것과 귀로 듣고 눈으로 보는 것이 외국인과 관련된 일이 아닌 것이 없어 자연히 그 성질과 습속이 점차 변화하여 능히 우리 고국을 잊기 쉬운 것이 없지 않거늘, 이 군은 홀로 능히 고국을 사랑하는 정이 돈독하니 나는 그 애국성을 깊이 감사하고자 한다.

이 기서는 미국 유학생 이원익이 보낸 기행 체험에 기자의 논평으로 구성되었다. 이원익의 기행 체험은 유학생으로서의 애환과 미국 '워싱턴 기념비' 견문 내용과 소감으로 구성되었으며, 기자는 이원익의 기서가 유학생으로서 외국인의 성질과 습속을 닮지 않고, 고국을 사랑하는 애국성을 갖고 있기 때문에 그것을 존경하고 경하한다고 하였다. 이로 볼 때 이 기서를 게재한 의도가 국권 침탈기 '애국성 환기'에 있었음을 자연스럽게 추론할 수 있다.

국권 침탈기 구미 유학 체험은 지식 증장이나 애국성의 차원뿐만 아니라 서양인과의 접촉 기회를 넓히고 문화적 교류 기회를 갖게 한다는 점에서 한국인의 의식 확장에 적지 않은 영향을 미쳤다. 이와 같은 의식 확장은 근대 계몽기 구미인의 도래, 특히 선교사의 도래와도 밀접한 관련을 맺는다. 특히 국권 침탈기 일본의 식민 정책이 노골화되고, 재일 유학생을 중심으로 한 일본 경사 현상이 심각해지면서, 구미 유학뿐만 아니라 한국에 오는 구미인과의 교제 문제도 중요한 담론을 이루기 시작했다.

엄밀히 말하면 서양인과의 교제 담론은 개항 직후부터 제기된 문제이며, 동서양 문화 교류에 따라 자연스럽게 발생할 수 있는 문제였다. 중국에서도 1866년 존 프라이어(傅蘭雅, 1839~1928)가 서양인과 중국인의 교제에 필요한 예법을 정리하여 '서례수지'라는 책을 펴낸 적이 있다. 이 책은 1886년 중국인 왕도(王韜)가 서문을 붙여 격치서원에서 발행했으며, 1895년 학부에서는 이를 교과용도서로 간행하였다.[16] 이 교과서는 1902년 언역본이 발행되었을 정도로 서양인과의 교제가 관심을 끌게 되었다. 이 경향은 1905년 이후에도 지속되었는데,『소년한반도』제1호(1906.11)~제6호(1907.4)에 실린 서병길(徐丙吉)의 '교제신론(交際新論)'은 이를 반영한다. 이 논문은 '현금 문명 각국 통례'와 '교제신례'로 구성되었으며, '현금 문명 각국 통례'는 구미에서 행하는 '악수(握手)의 방법', '부녀자를 대하는 예절', '실내와 도상(途上)에서 사람을 만났을 때 행하는 예절' 등을 설명하고, 올바른 예절이 무엇인지를 강조하는 내용으로 이루어져 있다. '교제신론'은 '방문', '담화', '소개'로 구성되었는데, '방문' 예절의 일부는 불완전한 편역으로 보인다. 6호까지 발행되었으므로 '소개'는 일부만 실려 있다. 이뿐만 아니라『태극학보』제8호(1907.3)에는 이훈영의 '유쾌한 처세법(處世法)'이 실려 있는데, 이 또한 대인관계의 예절을 소개한 논문이다. 이 논문에서 사용한 '처세(處世)'는 '세상살이'를 뜻하는 한자어로, 대인관계를 잘 유지하는 방법을

---

16) 허재영 엮음(2015),『(존 프라이어 저) 서례수지』, 도서출판 경진.

의미한다. 이훈영의 논문은 '사람을 대하는 방법', '언동(言動) 상의 작법 (作法)', '사람을 보는 방법', '교제상 피해야 할 일', '다른 사람과 대화하는 방법', '워싱턴의 일상생활 좌우명' 등으로 구성되었다.

유학생활과 기행 체험, 선교사들과의 접촉, 도한(渡韓) 구미인들과의 교제 등은 국권 침탈기 일본에 경사된 지적 풍토를 반성하고 구미인과 직접 교류하거나 구미인들이 우리를 돕도록 유도해야 한다는 논의로 이어지기도 한다. 다음 논설은 이를 반영한다.

【구미객(歐美客)과 한국인(韓國人)】

嗚乎라 今日韓國人은 世界人交際의 權利가 缺흔 國民이라. 如何흔 悲境이 有ᄒ야도 說與흘 處가 無ᄒ며 如何흔 慶事가 有ᄒ야도 同樂흘 者가 無ᄒ며 아모리 天에 徹하고 地를 動ᄒᄂ 冤抑이 有ᄒ야도 哀訴를 作흘 地가 無ᄒ며 아모리 山이 悲ᄒ고 水가 慘흔 苦痛이 有ᄒ야도 同感을 得흘 道가 無ᄒ나니 人事의 寂寞이 此에 至ᄒᄂ가. 然이나 此深深苦獄中에 坐하야 可히 時時로 世界人을 得對흘 一路가 有ᄒ니 卽韓國에 來遊ᄒᄂ 歐美客의 交際가 是라. 彼歐美客이 千里萬里를 不遠ᄒ고 高山을 越ᄒ며 大洋을 渡ᄒ야 此風雲凄凄흔 韓半島에 來흠은 彼가 徒然히 無意識의 旅行으로 白頭山鴨綠江의 風景만 縱覽코ᄌ 흠이 아니라, 韓國의 人情國俗을 參考코져ᄒᄂ 者ㅣ 多ᄒ며 彼가 徒然히 無關係흔 漫遊로 漢城이나 平壤에셔 一宿코져 흠이 아니라 韓國의 時勢事情을 探知코져 ᄒᄂ 者ㅣ 多ᄒ며, 果然 韓國人의 程度가 如何흔지 韓國內의 現象이 如何흔지 韓國이 開國흔 以後로 果然 文明의 旗幟를 得立ᄒ엿ᄂ지 抑或 草昧의 時代를 未免ᄒ엿ᄂ지, 韓國이 保護된 以後로 果然 極樂 域에 등ᄒ엿ᄂ지 抑或 水火中에 墮ᄒ엿ᄂ지 其實象을 視察코져 ᄒ며 其內情을 知得코져ᄒᄂ 者ㅣ 多ᄒ야 雙眼을 高擧ᄒ고 胷襟을 曠開ᄒ야 東亞 半島國에 其足을 投흠이어늘, 乃者彼가 韓國에 入ᄒ미 韓人의 面을 得見키ᄂ 曉天의 星ᄀ치 貴ᄒ며 韓人의 言을 得聞키ᄂ 蜀道의 行ᄀ치 難ᄒ고, 오즉 迎接의 禮를 勞ᄒ야 同情을 求ᄒᄂ 者ᄂ 日人쑨이며 오즉

訪問의 禮를 執하야 酬應을 作ᄒᄂᆫ 者ᄂᆫ 日人뿐이라. 以故로 彼歐美客이 오즉 日本의 仁善만 信ᄒ며 오즉 韓國의 暗昧만 想ᄒ야 韓國이 挽近에 果然 文明이 進ᄒ며 安樂이 作ᄒ야 韓國의 山川이 瑞光을 帶ᄒ며 韓國의 草木이 仁風에 優ᄒᄂᆫ 줄노 思ᄒ며 韓國이 自來로 果然 未開가 甚ᄒ며 無能이 極ᄒ 야 國家ᄂᆫ 自立의 能力이 無ᄒ며 人民은 自主의 資格이 缺ᄒ 줄노 信ᄒᄂᆫ 者ㅣ 多ᄒ지라. 嗚呼라 韓國同胞여. 엇지 此를 不思ᄒ나뇨. 同胞ᄂᆫ 或此에 注意ᄒ야 歐美佳客이 賁然히 來하거던 可及的으로 交際의 道를 勉홀지어 다. 同胞ᄂᆫ 試思하라. 同胞가 旣히 鐵道市港 學校等의 施設이 壯麗치 못ᄒ 며 家屋 衣食 起居 等의 狀態가 光輝치 못ᄒ야 足히 外國人의 耳目을 快悅 치 못ᄒ거니 엇지 此交際ᄭᅵ지 注意치 아니ᄒ며 同胞가 旣히 國際外交의 權이 無有ᄒ며 海外遊行의 路가 困難ᄒ거니 엇지 此交際ᄭᅡ지 注意치 아니 하며 國交의 關係가 私交로 從出ᄒᄂᆫ 者ㅣ 多ᄒ나니 엇지 此交際를 注意치 아니ᄒ리오. 此問題가 비록 小ᄒ 듯ᄒ나 其所及의 影響은 實로 大ᄒ며 又 世界人 交際의 道가 專혀 此뿐이라 홈이 아니오, 此亦 其一道가 된다 홈이 니라.

　　　　　　　　　—『대한매일신보』 1910.4.5, 논설, '구미객과 한국인'

번역 아아. 금일 한국인은 세계인 교제의 권리가 부족한 국민이다. 어떤 슬픈 상황이 있어도 말할 곳이 없으며, 어떤 경사가 있어도 함께 즐길 자가 없으며, 아무리 하늘에 통하고 땅을 움직이는 원한이 있어도 애절한 호소를 할 곳이 없으며, 아무리 산천이 비참한 고통이 있어도 동감을 얻을 방법이 없으니, 인사의 적막이 이에 이르렀는가. 그러나 이 깊은 옥중에 앉아 가히 시시로 세계 인을 대할 한가지 방법이 있으니, 곧 한국에 내유하는 구미객과의 교제가 그것 이다. 저 구미객이 천 리 만 리를 멀다 하지 않고 높은 산을 넘고 대양을 건너 이 풍운 처처한 한반도에 온 것은 저들이 도연히 무의식의 여행으로 백두산, 압록강의 풍경만 종람코자 하는 것이 아니라, 한국의 인정 풍속을 살피고자 하 는 자가 많으며, 저들이 헛되이 관계없는 놀이로 한성이나 평양에서 하룻밤을 자고저 하는 것이 아니라, 한국의 시세와 사정을 탐지하고자 하는 자가 많으며, 과연 한국인의 정도가 어떠한지, 한국 내의 현상이 어떠한지, 한국이 개국 이후로 과연 문명의 기치를 확립하였는지, 혹 야만의 시대를 면하지 못했는지, 한국이 보호된 이후 과연 극락의 지경에 올랐는지, 혹 수화(지옥)에 떨어졌는지, 그 실상을 시찰하고자 하며, 그 내정을 알고자 하는 자가 많아 두 눈을 높이 뜨고 흉금을 열어 동아 반도국에 발을 들여놓은 것이거늘, 이에 저들이 한국에 들어오매 한국인의 면모를 바라보기는 밝은 하늘의 별처럼 어렵고 한국인의 말을 듣기는 촉도로 가는 길처럼 어렵고, 오직 영접의 예를 수고롭게 하여 동정을 구하는 자는 일본인들뿐이며, 오직 방문의 예를 행하여 보응을 받는 자는 일본인들뿐이다. 그러므로 저 구미객이 오직 일본의 인선(仁善)만을 믿으며, 오직 한국의 어둡고 우매함만 생각하여 한국이 최근 과연 문명에 나아갔으며 안락하여 한국의 산천이 서광을 띠고 한국의 초목이 인자로운 바람을 맞이하는 줄로 생각하며, 한국이 자래로 과연 미개가 심하고 무능하여 국가는 자립의 능력이 없고, 인민은 자주의 자격이 부적한 줄로 믿는 자가 많다. 아아. 한국 동포여. 어찌 이를 생각하지 않는가. 동포는 혹 이에 주의하여 <u>구미 여행객이 분연히 오거든 가급적 교제의 방법을 힘쓰라</u>. 동포는 생각하라. 동포가 이미 철도 시항 학교 등의 시설이 장려하지 못하며, 가옥·의식·기거 등의 상태가 좋지 못해 능히 외국인의 이목을 즐겁게 하지 못하나 어찌 이 교제까지 주의하지 않으며, 동포가 이미 국제 외교의 권리가 없고 해외여행의 길이 곤란하니 어찌 이 교제까지 주의하지 아니하며, 국교의 관계가 개인적인 교제로 나오는 것이 많으니 어찌 이 교제를 주의하지 않겠는가. 이 문제가 비록 사소한 듯하나, 그 미치는 바 영향은 실로 크며 또 세계인 교제의 방법이 오직 이것만이라고 하는 것은 아니요, 이 또한 하나의 방편이 된다고 하는 것이다.

이 논설은 일본 이외에 구미 여행이나 유학이 쉽지 않고, 한국의 문명 정도가 빈약하며 일본의 침탈이 가속되는 상황에서 구미 여행객이 오면 교제의 방법에 힘쓰라고 충고한 논설이다. 이는 이 시기 관광단이나 조사단 명목의 구미 여행객이 다수 존재했음을 전제로 한 것이며[17], 이들을 통한 간접 외교가 국권 침탈기 독립을 되찾는 길이라는 인식 하에 쓰인 논설이다.

3. 애국 담론과 소년 사상[18]

3.1. 애국 담론과 유객(遊客)

개항 이후 지식증장을 위한 환유여력의 차원에서 출양견문(出洋見聞)해야 한다는 논리의 근대 기행 담론은 국권 침탈기 다수의 재일 유학생을 중심으로 한 계몽 담론을 만들어 냈다. 그러나 이 시기 계몽 담론 가운데 상당수가 문명·진화론적 차원의 자괴성을 띠고 있음을 고려할 때, 애국계몽의 차원에서 우리의 역사(歷史)와 문화(文化)를 연구하고 존중해야 한다는 논리가 활발해진 점은 주목할 일이다. 유영렬(2007)[19]에 따르면 이 시기 애국계몽가들은 교육진흥·식산흥업·정치개혁과 더불어 '대한정신·자국정신·조국정신·독립정신·애국정신·국가정신'을 환기하는 데 주력하였음을 확인할 수 있다.

이 시기 애국계몽가들의 기행 체험에서도 이러한 의식이 자연스럽게 투영된다. 그 가운데 하나인 박은식의 '서도 여행기'를 살펴보자. 이 여

---

17) 이러한 예로 『황성신문』 1909년 9월 19일자 잡보에는 중국에 거주하던 독일인들이 관광단을 조직하여 한국 관광을 한 기사가 실려 있으며, 1910년 3월 1일에는 미국 관광단이 내한한 경우를 보도하였다.

18) 김경남(2015), 「소년 사상 형성과 『소년』 소재 기행문의 시대 의식」, 『우리말글』 65, 우리말글학회.

19) 국권 침탈기의 애국계몽사상에 대해서는 역사학계나 문학, 그 밖의 학문 분야에서 수많은 연구가 이루어졌다. 이 가운데 역사학 분야의 애국계몽운동에 대한 연구 경향에 대해서는 유영렬(2007), 『애국계몽운동: 정치사회운동』(한국독립운동사편찬위원회 한국독립운동사연구소)를 참고할 수 있다.

행기는 『황성신문』 기자였던 박은식이 서북 지방의 교육과 문화 현상을 시찰하기 위한 목적에서 이루어진 여행기이다.

【서도 여행기(西道 旅行記)】

去月一日에 本記者ㅣ 事務와 家私所幹을 帶ㅎ고 西道의 旅行을 作홀시 當日初車로 平壤에 到着ㅎ니 停車場에 下ㅎ야 最先面目에 吾의 眼眸와 腦魂을 異常히 觸激興感케ㅎᄂ 者ᄂ 數千年傳來ㅎ던 箕子井側에 鐵道紀念碑가 半空에 高聳ㅎ엿더라. 噫라 從古의 八條設敎로 倫理를 闡明ㅎ야 禮義之邦을 建設ᄒ 歷史도 此에 在ㅎ고 現今競爭時代에 交通을 便利케ㅎᄂ 事業으로 鐵軌를 敷設ᄒ 紀念도 此에 在ㅎ니 大抵此에 對ㅎ야 古今時代에 變遷不常ᄒ 情况이 滄海桑田에 浩劫이 相尋ㅎᄂ 光景을 慨嘆치 아니홀 者ㅣ 豈有ㅎ리오. 城內에 轉八ㅎ야 一宵를 經宿ㅎ고 一般 學界 情况을 視察홈이 日新 箕明 靑山 三學校에셔 余를 慰藉키 爲ㅎ야 運動會를 箕子陵 附近에 設行ㅎ니 實로 感謝ㅎ고 祝賀홈을 不任홀지로다. 翌日에 北行車로 新安州 停車場에 下ㅎ야 安州 安興學校를 歷訪ㅎ야 午餐을 經ㅎ고, 四十餘里의 徒行으로 价川郡 重遠學校에 到着ㅎ니 山日이 已暮라. 該校職員 及學生一同과 附近 平遠場里의 自治會 父兄이 勞働夜學徒와 女校學員을 帶同ㅎ고 歡迎式을 舉行ㅎ더라. 該校ᄂ 前日 儒林 諸君이 讀書講道ㅎ던 崇華齋로 風氣가 一變ㅎ야 新敎育에 傾向ᄒ 地라. 山重水複ㅎ고 樹林이 茂密ᄒ 中에 校室制度이 頗히 宏敞ㅎ고 其右에ᄂ 箕子와 孔子의 祠宇를 建立ㅎ고 某某先賢으로 配享ㅎ야 春秋兩丁에 釋奠舉行ㅎ며 武夷九曲을 模倣ㅎ야 曲曲奇岩에 見心寒泉等의 刻字가 有ㅎ더라. 一日을 憩了ㅎ고 該郡芝村玄氏村에 抵ㅎ야 玄熙鳳氏를 訪問ㅎ니 氏ᄂ 屢世經學家로 一鄕에 名望이 素著ㅎ고 其子侄諸君이 如龍如虎ㅎ야 才器不凡ㅎ니 氏가 篤於守舊ㅎ야 新時代敎育을 抵死排斥ㅎ고 子弟의 遊學을 嚴訶不許홈으로 可惜他千里駿足이 乃翁의 繫縶을 被ㅎ야 寸步를 未展ㅎ고 草間에 屈伏ㅎ야 靑春을 虛度홀 而已러라.

—박은식, 「서도 여행기」, 『황성신문』, 1910.6.21.

지난 1일 본 기자가 사무와 주요 개인용품을 들고 서도를 여행하고자 할 때, 당일 첫차로 평양에 도착하니, 정거장에 내려 가장 먼저 나의 눈동자와 뇌혼(腦魂)을 이상하게 감흥시키는 것은 수천년 전해오던 기자정(箕子井) 곁에 철도 기념비가 반공에 솟아 있던 것이었다. 아아. 옛날 8조로 설법하여 윤리를 천명하여 예의국을 건설한 역사도 이에 있고, 지금 경쟁시대 교통을 편리하게 하는 사업으로 철도를 부설한 기념도 이에 있으니, 대저 이에 대해 고금시대의 변천이 일상이 아니한 경황이 창해상전에 활달히 상심(相尋)하는 풍경을 개탄하지 않을 자가 어찌 있겠는가. 성내에 들어가 한 밤을 자고, 일반 학계의 정황을 시찰하니, 일신, 기명, 청산 세 학교에서 나를 위로하기 위해 운동회를 기자릉 부근에서 여니, 실로 감사하고 축하함을 다하지 못하겠다. 다음날 차로 북행하여 신안주 정거장에 내려 안주 안흥학교를 방문하여 점심을 먹고, 40여 리의 걸음으로 개천군 중원학교에 도착하니, 산골 하루가 이미 저물었다. 이 학교 직원과 학생 일동과 부근 평원장리의 자치회 부형이 노동야학도와 여학교 학원을 대동하고 환영식을 거행했다. 이 학교는 전날 유람 제군이 독서하고 도를 강론하던 숭화재(崇華齋)로 풍기가 일변하여 신교육으로 바뀐 곳이다. 산이 첩첩하고 물 건너 수림이 무성한 곳에 교실 제도가 웅장하고 그 오른쪽에는 기자와 공자의 사당을 건립하고 모모 선현을 배향(配享)하여 춘추 양정에 석존을 거행하며 무이구곡을 모방하여 곡곡기암에 '견심한천' 등을 새긴 글자가 있었다. 하루를 쉬고 이 군의 지촌 현씨 마을에 가서 현희봉(玄熙鳳) 씨를 방문했는데, 그는 여러 세대 경학가로 한 고을에 명망이 높고 그 자질 여러 사람이 용호와 같아 재기가 평범하지 않으니, 그가 수구(守舊)를 지켜 신시대 교육을 결사적으로 반대하고 자제의 유학을 엄히 금지하니 가히 안타깝다. 천리 준족이 노인의 간섭을 받아 한걸음도 펼치지 못하고 초간에 엎드려 청춘을 보낼 따름이었다.

이 여행기는 필자가 황성신문사 기자로 서도 지방의 교육 상황을 시찰하기 위한 목적에서 이루어졌다. 6월 21일의 여행기는 출발 과정과 평양 도착, '일신, 기명, 청산학교' 방문, 안주의 '안흥학교', 개천의 '중원학교' 방문까지 나타난다. 평양 기자정(箕子井) 옆에 있던 철도 건립 기념비를 목도한 감상이나, 현씨 마을의 현희봉 씨 방문에서 완고배들의 수구 정신을 비판한 것 등은 이 시기 전형적인 계몽담론의 기행 기사이다.

그러나 6월 23일자의 여행기에서 서도 지방은 박은식에게 단순한 교육 시찰지만은 아니었음을 보여준다.

【서도 여행기(西道 旅行記) 속(續)】

數百步를 移ᄒ야 百祥樓에 登臨ᄒ니 歲久不修ᄒ야 宏傑堅緻ᄒ 軒楹欄檻은 太半朽頹ᄒ고 玲瓏輝映ᄒ던 詩文懸板은 擧皆剝落ᄒ얏스니 以若海左名樓로 今日 此境에 至홈은 實로 可慨可嘆의 甚ᄒ 者로다. 於是에 循城而北ᄒ야 忠愍祠를 瞻謁ᄒ니 南忠壯 以下 諸公의 忠魂毅魄이 森然如在ᄒ고 碑文은 南相國九萬氏의 所製라. 該郡은 關西雄藩으로 通燕의 大路를 扼ᄒ고 背에 德川 价川 等郡을 負ᄒ야 山岳이 重疊ᄒ고 面에 登萊諸州를 對ᄒ야 海路가 聯絡ᄒ얏스니 實로 東洋半島의 要衝地라. 自古戰跡의 歷史가 歷歷在眼ᄒ더라. 翌日 該校에서 薩水의 汎舟遊宴을 擧홀시 龍塘峴에 登陟ᄒ야 乙支文德公의 石像과 碑記를 拜ᄒ니 石像及碑가 俱已折斷ᄒ야 土中에 埋沒ᄒ엿더니 碑는 安興學校에셔 已運置ᄒ얏고 石像도 移奉ᄒ기로 計料ᄒ더라. 緣城而下ᄒ야 野를 越ᄒ 白沙를 涉ᄒ야 薩水에 至ᄒ니 南北兩校가 聯合홈이 學徒가 數百人이라. 六隻船을 聯結ᄒ야 中流에 放ᄒ니 十餘個 校旗가 船頭에 颺揚ᄒ고 一般學徒는 唱歌를 迭奏ᄒ니 懽易快甚ᄒ야 縱其所如러니 而已오. 天氣가 陰寒ᄒ고 風浪이 洶湧ᄒ는딕 四圍亂山은 森如劍戟ᄒ고 雨絲風花는 晦冥閃爍ᄒ야 昔年 乙支公의 數萬 貔貅(비휴)가 隋병 백만을 包圍掩擊ᄒ던 光景이 森然如覩이러라. 河豚은 該江所產이라. 數十尾를 買取ᄒ야 數十盃를 痛飲ᄒ니 風濤의 困勞를 頓忘홀지라. 微醺을 帶ᄒ야 百祥樓詩板中에 薩水湯湯漾碧虛、隋兵百萬化爲魚、只今留得漁樵話、不滿征夫一笑餘의 語를 乘興高咏ᄒ고 薄暮에 乃還ᄒ다. 翌日發程ᄒ야 城北의 七佛寺를 過訪

ᄒ니 正室은 年前에 燒燼를 經ᄒ야 但遺址와 廊廡만 存在ᄒ더라. 沿岸十餘里에 至ᄒ야 骨積島와 破軍臺와 菩薩灘이 有ᄒ니 此ᄂ 乙支公의 大捷處라 云ᄒ는딕 卽寧邊郡交界라. 江流浩深ᄒ고 原野廣濶ᄒ 中에 最其富盛者ᄂ 車氏村落이라. 從古産業이 饒足ᄒ고 科宦이 聯綿ᄒ야 西道의 名村이라 稱ᄒ는딕 猶是舊日風習으로 一個學校의 建設이 未有ᄒ야 殊屬可歎일쑨더러 該村은 余의 妻鄕도 되고 知舊가 兼有ᄒ니 一次訪問ᄒ야 父老諸氏를 對ᄒ야 子弟敎育의 必要홈을 勸告홈이 可ᄒ나 行色이 念遽ᄒ야 憂過不問ᄒ니 尤用歎嘆이라 自安州로 至寧邊六十里에 道路修築의 役이 方張ᄒ야 山谷을 鑿ᄒ고 川渠를 架ᄒ야 坦坦如砥에 往來甚便ᄒ니 其利用의 方針을 可以揣知ᄒ지로다.

—박은식, 「서도 여행기」, 『황성신문』, 1910.6.23.

번역 수백보를 옮겨 백상루(百祥樓)에 오르니, 오랜 세월 닦지 않아 굉장히 웅장하고 견고하며 치밀한 난간은 태반이 썩어 무너지고 영롱하게 빛나던 시문 현판은 대부분 벗겨졌으니, 만약 바다 왼편 명루로 금일 이 지경에 이른 것은 가히 개탄이 심할 것이다. 이에 성을 돌아 북으로 가서 충민사(忠愍祠)[20]를 바라보고 배알하니, 남 충장(남이흥) 이하 제공의 충혼의백이 삼림과 같이 들어 있으며 비문은 상국 남구만이 지은 것이다. 이 군은 관서(關西)의 웅장한 울타리로 연경과 통하는 대로를 움켜쥐고 뒤에 덕천, 개천 등의 군을 담당하여 산악이 중첩하고 앞의 여러 주를 대하여 해로(海路)가 연결되었으니 실로 동양 반도의 요충지이다. 자고로 전적의 역사가 눈앞에 역력하였다. 다음날 이 학교에서 살수(薩水)에 배를 띄우고 연회를 베푸니, 용당현(龍塘峴)에 등척하여 을지문덕 공의 석상과 비기를 참배하니 석상과 비가 이미 꺾여 흙 속에 묻혔더니, 비는 안흥 학교에서 이미 옮겨갔고, 석상도 옮기기로 했다고 한다. 연성(緣性) 아래 들판을 지나 백사(白沙)를 건너 살수에 이르니, 남북 두 학교가 연합하니 학도가 수백

20) 충민사: 정묘호란 때 순절한 평안병사 남이흥(南以興)과 수하 장졸들을 제향하던 사당.

명이다. 6척의 배를 연결하여 중류에 놓으니 10여 개 교기가 뱃머리에 휘날리고 일반 학도는 창가를 부르니 환영 상쾌하여 그 가는 바를 따를 따름이다. 날씨가 어둡고 차며 풍랑이 휘몰아치는데 사방을 에둘러 엄습하던 경치가 빽빽이 보는 듯하다. 하돈(河豚)은 이 강의 산물이다. 수십 꼬리를 사서 수십 잔을 기울이니 풍도의 피곤함을 잊을 듯하다. 미훈을 갖고 백상루 시의 현판 중에 '살수탕탕양벽허 수병백만화위어 지금유득어초화 불만정부일소여'라는 시구를 흥에 겨워 높이 읊고 저물 무렵에 돌아왔다. 이튿날 여정을 떠나 성 북쪽의 칠불사(七佛寺)를 지나니 정실(正室)은 연전에 불타고 단지 유적지와 행랑만 남아 있다. 연안 10여리에 이르러 골적도(骨積島)와 파군대(破軍臺)와 보살탄(菩薩灘)이 있으니, 이는 을지 공이 대승한 곳이라고 하는데, 곧 영변군의 경계이다. 강류가 넓고 깊어 들판이 광활한 가운데 그 부요하고 성한 것은 차씨 촌락이다. 옛날의 산업이 풍족하고 벼슬한 자가 끊이지 않아 서도의 명촌이라고 일컫는데 옛날 풍습으로 한 개의 학교도 세우지 않아 특히 탄식할 뿐만 아니라, 이 촌은 내 처의 고향도 되고 옛날 친구도 있으니 한 번 방문하여 부로 제씨들에게 자제 교육의 필요함을 권고하는 것이 마땅하나 행색이 초라하여 문득 지나고 묻지 않으니 더욱 탄식할 따름이다. 안주로부터 영변 60리에 도로를 수축하는 공사가 널리 펼쳐 있으니 산곡을 뚫고 산거(山渠)를 놓아 탄탄하게 하여 왕래하기에 편하도록 하니 그 이용 방침을 알 수 있다.

필자는 대동강을 건너 신안주 안흥학교를 방문하고 을지문덕의 살수(薩水)로 향한다. 6월 23일의 기행 기사는 '충민사, 살수, 을지문덕의 승첩지, 영변'이 주요 무대이다. 각각의 방문지에서 박은식이 느낀 감정은 우리 역사의 웅장하고 상쾌함이다. 신문기자의 교육 시찰이 역사 교육의 마당으로 변화한 셈인데, 이 모습은 애국계몽기 역사학자이자 언론인으로서의 박은식을 그대로 드러낸다.

이처럼 기행 체험이 역사의식과 결부되는 데는 국권 침탈기의 토지 수탈과 밀접한 관련을 맺고 있다. 1908년 동양척식주식회사21)의 설립 이후 각종 토지·임야 수탈이 급격히 진행되는데, 이에 따라 전통적으로 민족정기를 표상하던 명산이 민족혼의 상징으로 변화되는 셈이다. 이 경향은 다음 논설에도 나타난다.

【몽배 백두산령(夢拜 白頭山靈)】

是歲中元之夕에 商飆가 噓涼ᄒ고 素月이 揚輝ᄒ니 玉宇는 崢嶸而無涯ᄒ고 金波는 滉瀁而滿地라. 虛堂一枕에 形骸를 頓忘ᄒ미 恰乎有羽化之想터니 旣而오 莊園蝴蝶이 儵然而騰ᄒ야 溯大漠之風ᄒ며 歷鬼門之關ᄒ야 陟彼白頭高巓ᄒ니 呼吸之氣가 上通帝座라. 于時에 霓旌虹橋가 閃閃駕空ᄒ고 風馬雲車가 翳翳揚靈ᄒ는디 一位白頭老人이 頂天冠을 戴ᄒ며 黃色袍를 衣ᄒ며 巨靈掌을 拱ᄒ고 夸娥背에 坐ᄒ야 南顧瀛洲ᄒ며 西指鴨綠ᄒ나 百靈이 呵前ᄒ고 衆恠가 遠跡이라. 余가 望之慄慄ᄒ야 屛息俯伏터니 老人이 令侍者로 招余而前曰維玆東洋半島에 大韓彊土는 皆白頭山의 枝脉으로 天建地設흔 錦繡江山이 아닌가 我大韓民族은 皆神聖ᄒ신 檀君의 子孫으로 皇天의 寵賜하심을 蒙하야 世居此土에 休養生息이 迄今四千餘載인즉 可謂文明古國에 優等民族이라. 自爾祖先으로 皆其天職을 克修하며 世業을 勿失하야 太平의 福樂을 享有ᄒ더니, 奈何로 至于今日ᄒ야 一般國民이 皆怠棄天職ᄒ고 荒墜世業ᄒ야 萬般事爲가 皆退步于他族ᄒ며 許多權利를 皆讓與于他族ᄒ야 四千年歷史에 令譽를 全失ᄒ고 三千里山川에 精采가 頓改ᄒ야 樂國의 生活을 不得ᄒ고 劣等의 地位를 自取ᄒ얏는가. 爾等民族도 耳目의 視聽과 手足의 運動과 性靈의 感覺이 有홀지어늘 何故로 生命財産에 關흔 各種事業과 各種權利를 對ᄒ야 一個도 進就ᄒ는 精神은 無ᄒ고 但其退縮ᄒ는 狀態만 有ᄒ야 今日此境에 至ᄒ얏는가. 他事는 不遑枚擧ᄒ고 但以森林一事로 言홀지라도 我大韓國內에 山林原野가 皆禁養法이 有ᄒ얏스니 禁者는 其濫伐을 禁

---

21) 동양척식주식회사의 설립 목적과 과정에 대해서는 40여 편의 논문이 있다. 그 가운데 1908년 동척 창립 과정에 대해서는 강태경(1994), 「동양척식주식회사의 농지 수탈 정책」, 『경영경제』 27(2)(계명대 산업경영연구소, 1~17) 등을 참고할 수 있다.

홈이오 養者는 其成材를 養홈이라. 近世以來로 爾等民族이 皆怠惰自逸ᄒ야 山林原野에 裁培護養은 姑舍ᄒ고 自生自長ᄒᄂ 林木도 斫伐을 濫行ᄒ야 國內山林이 童濯禿赭ᄒ야 蔚蒼ᄒ 景色이 全無케ᄒ얏스니 雖是朝家의 林政이 不修ᄒ 緣故라 ᄒ나 爾等 民族도 엇지 財木과 柴炭의 需用을 供給홀 思想이 無ᄒ얏ᄂ가. 我의 當爲를 我가 不爲ᄒ면 畢竟他人의 代爲가 有ᄒᄂ니 <u>於是乎拓植會社가 出ᄒ얏도다.</u> 從此로 國內山林이 童濯禿赭를 變ᄒ야 蔚蔚蒼蒼ᄒ 景色을 呈홀터이니 山神岳靈이 豈其厭之乎아. 但爾等民族이 自己의 擔負ᄒ 責任을 不修ᄒ다가 他人의 着手를 資ᄒ엿스니 復誰怨尤리오. 嗚呼라 旣往의 失은 追之無及이어니와 目下當做의 事業에 對ᄒ야 急急奮勵ᄒ고 孜孜勤勉ᄒ야 桑楡의 收를 是圖ᄒ라. 爾도 大韓國民의 一分子니 此를 銘念ᄒ야 特히 代表로 全國同胞에게 佈及ᄒ라ᄒ고 言訖에 老人이 不見ᄒ니 但山上에 有雲如五色이러라. 余乃欠伸而覺ᄒ니 汗流遍體라 於是에 夢拜白頭山靈이란 問題로 一篇을 陳述ᄒ야 告我全國同胞ᄒ노라.

—『황성신문』 1908.9.12, 논설, '몽배 백두산령'

번역 금년 중원(中元) 저녁에 광풍이 불어오고 흰 달이 비치더니 옥우(玉宇)는 가파르고 끝없어 금물결이 깊고 넓게 가득 찼다. 빈 집 베개머리에 형해를 잊고 신선이 되는 생각을 하더니 어찌 된 것인가. 장자의 나비가 홀연 날아올라 넓고 광막한 바람이 불며 귀문(鬼門) 난간을 지나 저 백두(白頭) 높은 봉우리에 오르니, 기운을 들이켜 상제(上帝)가 앉은 자리이다. 이에 정문의 무지개 다리가 하늘가에 번쩍이고 풍운 마차가 일산으로 혼령을 드높이는데 한 사람 백두노인(白頭老人)이 정천관을 쓰고 황색포를 입고 거령장을 잡고 과아배(夸娥背)에 앉아 남으로 영주를 바라보고 서로 암록을 가리키나 모든 영령이 껄껄 웃고 괴이한 무리가 멀리 자취를 남긴다. 내가 놀라 바라보며 엎드렸더니 노인이 시자(侍子)를 시켜 나를 불러 말하기를, <u>오직 동양 반도에 대한 강토는 모두 백두산의 지맥으로 하늘이 세우고 땅이 만든 금수강산이 아닌가. 우리 대한 민족은 모두 신성하신 단군의 자손으로 천황의 총애를 받음을 입고 세상에 내려와</u>

이 땅에 휴양생식한 지 지금 4천년이니 가히 문명 고국의 우등한 민족이다. 이 조상으로부터 모두 천직을 닦으며 세업을 잃지 않아 태평한 복락을 누리더니 어찌하여 지금에 이르러 일반 국민이 모두 게을러 천직을 버리고 황량한 세업에 떨어져 만반 일들이 모두 다른 민족에게 뒤지며 허다한 권리를 다른 종족에게 양보하여 4천년 역사의 영예를 모두 잃고 3천리 산천의 정채가 바뀌어 낙원 국가의 생활을 얻지 못하고, 열등한 지위를 스스로 초래했는가. 너희들 민족도 이목으로 보고 수족을 움직이며 성령의 감각이 있다면, 어찌 생명 재산에 관한 각종 사업과 각종 권리가 하나도 진취하는 정신은 없고 단지 퇴축하는 상태만 있어 금일 이 지경에 이르렀는가. 다른 일은 모두 들 수 없고 단지 삼림 하나만 말하더라도 우리 대한 국내에 산림 원야가 모두 금양법(禁養法)이 있으니, 금지라는 것은 남벌을 금지하는 것이요, 양이라는 것은 그 재목을 기르는 것이다. 근세이래로 너희들 민족이 모두 게으르고 안일하여 산림 원야에 재배 보호하기는 고사하고 스스로 생장하는 임목도 작벌을 남행하여 국내 산림이 손 씻고 민대머리 되는 것과 같아 울창한 모습이 모두 없게 만들었으니 비록 조정의 산림정책이 확립되지 않은 때문이라고 하나 너희들 민족도 어찌 재목과 땔감에 필요한 것을 공급할 생각이 없었는가. 나의 당위를 내가 하지 않으면 필경 타인이 대신할 것이니 이에 척식회사가 출현했구나. 이로부터 국내 산림이 동탁독저를 변화시켜 울창한 모습을 보일 터이니 산신령이 어찌 그것을 싫어하겠는가. 다만 너희 민족이 자기가 맡은 책임을 다하지 않다가 타인이 착수하도록 했으니 다시 누구를 원망하겠는가. 오호라. 기왕의 잘못은 따를 수 없거니와 지금 당장 해야 할 사업에 대해 급히 분려하고 근면하여 상유의 수(收)를 거두도록 하라. 너도 대한 국민의 일분자이니 이를 명심하여 특히 대표로 전국 동포에게 알리라 하고, 말을 마치매 노인이 보지이 않으니, 단 산 위에서 오색 구름과 같았다. 내가 이에 놀라 깨니 땀이 온몸에 흘렀다. 이에 꿈에 백두산령에게 절하다라는 문제로 한 편의 글을 써서 전국 동포에게 고한다.

꿈에 백두산 신령을 만나 꾸짖음을 받았다는 이 우화는 황폐한 산림이 민족의 게으름 때문에 발생한 일이며, 각종 사업과 권리에서 진취가 없고 퇴축하기만 하는 것을 꾸짖는 내용으로 되어 있지만, 본질적으로는 '백두산'과 '백두신령'이 우리 민족의 영산이자 뿌리임을 전제로 한 논설이다. 이 논설뿐만 아니라 『황성신문』 1908년 7월 3일자 논설 '묘향산(妙香山)의 만취경황(晩翠景況)'도 '충군애국(忠君愛國)', '문명진보(文明進步)' 사상을 '묘향산의 모습'과 등치시키고 있다. 이처럼 국권 침탈기 각종 이권 박탈과 황폐화된 민생(民生)에서 영산(靈山)과 민족의식을 동질화하려는 의식이 곳곳에 나타나는 것이 이 시기 기행 체험의 특징 가운데 하나이다.

3.2. 소년 사상과 계몽성

국권 침탈기 기행문의 변화 가운데 주목할 현상은 잡지 『소년』의 탄생이다. 『소년』은 소년 독자를 대상으로 1908년 11월 창간되어 1911년 5월까지 통권 22호가 발행된 잡지이다. 본래는 제4권 제1호(통권 23호)가 발행될 예정이었으나, 실제 발행본은 22호까지였다. 이 잡지는 창간호 표지에서 "금(今)에 아제국(我帝國)은 우리 소년(少年)의 지력(智力)을 자(資)하야 아국 역사(我國歷史)에 대광채(大光彩)를 첨(添)하고 세계문화(世界文化)에 대공헌(大貢獻)을 위(爲)코뎌 하나니 그 임(任)은 중(重)하고 그 책(責)은 대(大)한디라. 본지(本誌)는 차 책임(此責任)을 극당(克當)할 만한 활동적(活動的)·진취적(進取的)·발명적(發明的) 대국민(大國民)을 양성(養成)하기 위(爲)하야 출래(出來)한 명성(明星)이라. 신대한(新大韓)의 소년(少年)은 수유(須臾)라도 가리(可離)치 못할디라."라고 천명하였듯이, '아국 역사'와 '세계문화'에 공헌하고자 하는 뜻에서 '활동적, 진취적, 발명적 대국민' 양성을 취지로 발행되었다. 이 잡지의 편집 겸 발행인은 최창선(崔昌善)이었지만, 실제로 잡지를 창간하고 대부분의 글을 집필한 사람은 최남선이었다.

이 잡지의 창간호부터 통권 22호까지에는 집필인의 글 또는 광고를 포함하여 대략 490여 편의 글이 수록되어 있다. 이 가운데 '쾌소년 세계 주유 시보(快少年 世界周遊時報)'(7회), '교남홍조(嶠南鴻爪)'(2회), '반순성기(半巡城記)'(3회), '평양행(平壤行)' 등의 기행문, 그리고 탐사기를 번역한 헤딘 박사의 『서장답사기(西藏踏査記)』의 일부(3회)와 '육삭일망간 탑빙 표류담(六朔一望間 搭冰 漂流談)'의 북극 탐험기 5회, 남극 탐험기가 실려 있다. 그뿐만 아니라 '거인국 표류기(巨人國漂流記)'(2회), '로빈손 무인 절도 표류기(無人絶島漂流記)'(6회)는 소설을 번역한 것이지만 기행을 담론으로 하는 모험소설이라는 점에서 이 잡지의 소년 사상과 밀접한 관련을 맺고 있다.

소년 사상은 『소년』 이전에도 존재했다.

우리나라에서 근대의 지식 보급 매체 가운데 '소년'이라는 제호가 쓰인 최초의 잡지는 『소년한반도(少年韓半島)』로 추정된다. 이 잡지는 1906년 11월 창간되어 1907년 4월까지 통권 제6호까지 발행되었다. 제호에서 '소년'이라는 용어를 사용했지만, 이 잡지에는 '소년'과 관련된 논설이나 논문이 등장하지는 않는다. 양재건(梁在謇)의 '자수론(自修論)', '교자제신학(敎子弟新學)', 이응종(李應鍾)의 '아모권면(兒母勸勉)' 등과 같이 아동교육과 관련된 다수의 학설을 포함하고 있으나, '소년'의 의식과 국가주의, 국민사상, 역사의식 등과 관련된 논설이나 논문은 찾아보기 어렵다. 그럼에도 이 잡지의 '취지'나 '축사' 등에서는 이 시기 '소년'과 관련된 지식인들의 사유 방식을 찾아볼 수 있다.

【소년 한반도(少年韓半島)의 '소년' 의식】

ㄱ. 少年韓半島兮, 少年韓半島兮. 二千萬 圓顱方趾之類兮여. 天下之盛德大業이 孰有過於愛國者乎 愛國者兮 此何日也ㅣ며 此何辰也오. 書之曰唉라. 我歷史上 舊社會 革命之日也오 乃二十世紀 中 少年韓半島 誕生之辰也ㅣ로다. 今에 爲舊社會革新ᄒ야 搵縷縷之淚ᄒ고 濾滴滴之血ᄒ야 挬心歷

瞻ㅎ고 匍匐(포복)奔走ㅎ야 提告于 我 有血性有榮譽二千萬同胞曰 舊社
會ᄂ 已矣어니와 我神聖之少年韓半島ᄂ 固自在也ㅣ로다. 吾輩가 <u>各出其
高尙純潔之愛國心, 以立斯世ㅎ야 以保我自由</u>ㅎ면 敢斷言曰 雖悉十八層
阿鼻臺地獄 恆河沙數之魔鬼ㅎ야 來相攪襲이라도 彼無如我少年韓半島
에 何ㅣ로다. 請言能保我自由ㅎ고 能培養我少年韓半島者ㅎ노니 乃高尙
純潔之愛國心也ㅣ라. (…下略…)

——趣旨,『少年韓半島』第壹號(1906.11)

번역 소년 한반도여, 소년 한반도여. 이천만 동포의 발자국이여. 천하의 성덕
대업이 애국보다 더한 것이 있는가. 애국이여. 이는 어느 날 어느 때인
가. 글로써 말함이라. 우리 역사상 구사회를 혁명하는 날로 20세기 중 소년 한반
도가 탄생한 날이로다. 지금 구사회를 혁신하여 눈물을 떨치고 피를 흘려 마음
으로 바라보고 포복분주하여 우리 혈성 이천만 동포에게 고하노니 구사회는 이
미 지나간 것이어니와 우리 신성한 소년 한반도는 진실로 자재(自在)한다. 우리
가 그 고상하고 순결한 애국심으로 이 세상을 세우고 우리의 자유를 보호하면
감히 단언컨대 모름지기 18층 아비지옥과 항하사수의 마귀가 잠깐 습격하여도
우리 소년 한반도에 어찌하겠는가. 청컨대 능히 우리의 자유를 보호하고 능히
우리 소년 한반도를 배양할 것이니 그것은 고상하고 순결한 애국심이다.

ㄴ. 天이 化氣를 胚胎ㅎ야 一韓半島를 生ㅎ니 精神 氣勢가 一少年이로다.
<u>少年이 少年의 事業을 成홈에ᄂ 何를 由홀고. 其 精神氣勢를 培養ㅎᄂ
少年韓半島 雜誌가</u> 是라. 韓半島의 少年이 少年韓半島 雜誌를 讀ㅎ고
少年韓半島의 精神 氣勢를 奮勵ㅎ야 少年韓半島의 固有ㅎ 職務를 行ㅎ
면 <u>今日 少年韓半島ᄂ 將來 壯年韓半島</u>ㅣ 되야 天의 希望을 對揚홀지
라. 故로 今日에 少年韓半島 雜誌를 視ㅎ고 他日 壯年韓半島 雜誌를 更
視ㅎ고저 期ㅎ노라.

——祝辭,『少年韓半島』第壹號(1906.11)

번역 하늘이 온화한 기운을 배태하여 한반도가 생겨나니 정신과 기세가 하나의 소년(젊은이)로다. 소년이 소년의 사업을 이룸은 무엇으로 말미암는가. 그 정신 기세를 배양하는 『소년한반도』잡지가 그것이다. 한반도의 소년이 소년한반도 잡지를 읽고, 소년한반도의 정신 기세를 분려하여 소년한반도의 고유한 직무를 행하면, 금일 소년한반도는 장래 장년한반도가 되어 하늘의 희망을 크게 앙양할 것이다. 그러므로 금일 소년한반도 잡지를 보고 타일 장년한반도 잡지를 다시 보기를 소망한다.

필자를 알 수는 없지만[22] '취지'와 '축사'에는 '소년'이라는 표현이 빈번히 등장한다. 두 편의 글에 등장하는 '소년한반도'는 '젊은 한반도'라는 의미와 잡지 제호를 중의적으로 가리키는 용어이다. 곧 '젊은 한반도'와 '소년한반도'라는 잡지가 필요한 이유는 '구사회(舊社會)'를 '혁신(革新)'해야 한다는 믿음 때문이다. 이 혁신은 '애국심'으로 '자유'를 보호하는 일을 의미한다. 또한 여기서 주목할 점은 '소년한반도'가 '장년한반도'와 대립하는 개념이라는 것이다. 달리 말해 이 잡지에서 표방한 소년은 '국가주의', '애국주의'를 기조로 하며,[23] 개인의 성장 과정과 마찬가지로 '소년'에서 '장년'으로 진보 또는 진화하는 것을 목표로 한다.

---

22) 『소년한반도』의 사장은 양재건(梁在謇), 총무는 조진태(趙鎭泰)였으며, 찬술원(撰述員)으로 조중응(趙重應), 박정동(朴晶東), 이인직(李人稙), 이응종(李應鐘), 이해조(李海朝), 서상호(徐相浩), 김찬식(金瓚植), 유석태(柳錫泰), 서병길(徐丙吉), 이범익(李範益), 한익교(韓翼敎), 유제달(柳濟達), 최재익(崔在翊)이 참여하였다. 취지는 이들 가운데 한 사람이 썼을 것으로 추정되며, 축사의 필자는 추정하기 어렵다.

23) 김소영(2010)의 '대한제국기 국민형성론과 통합론 연구'에서도 연구 대상의 시점을 독립협회 이후로 설정했듯이, 한국 근대사에서 '국가'와 '국민'의 개념이 본격적으로 등장한 것은 1895년 이후로 보인다. 유길준(1895)의 『서유견문』(東京, 交詢社)에서 '방국(邦國)', '인민(人民)', '개화(開化)', '애국(愛國)' 등의 개념이 등장하나, 국가의 개념이나 국민의 특징 등에 대한 논의가 들어 있는 것은 아니다. 이 시기 정치적인 차원에서 국가 또는 국민의 개념을 논설한 글로는 정인소(鄭寅昭)의 '國家의 槪念'(『친목회회보』 제4호, 1897. 3, 대조선재일유학생친목회), 김성은(金成殷)의 '愛國心이 有한 國民'(『친목회회보』 제5호, 1897.9, 대조선재일유학생친목회), 필자 미상의 '國家와 國民의 興亡'(『대조선독립협회회보』 제11호, 1897.4, 대조선독립협회) 등이 있다.

'취지'와 '축사'에 등장하는 '소년'의 개념이 '애국심'과 '국가주의'를 내포하며, 그 기저에 '성장' 또는 '진보'의 개념이 들어 있음은 '소년사상'이 근대의 '국가주의'와 '문명진보론'에 바탕을 두고 있음을 의미한다. '개화(開化)'의 개념을 "인간(人間)의 천사만물(千事萬物)이 지선극미(至善極美)한 경역(境域)에 저(抵)홈을 위(謂)홈"이라고 정의하고 개화에도 '미개화, 반개화, 개화'의 세 등급이 있음을 주장한 유길준(1895)[24] 이후 국가주의와 문명진보론은 이 시대 지식인들의 보편적인 사유 방식으로 변화해 왔다. 특히 1896년 재일 관비 유학생이 파견된 이후 일본의 유신 담론을 직접적으로 접한 재일 유학생들은 '개화=문명 진보=생존경쟁에의 적응' 논리를 본격적으로 수용하였다. 『친목회회보』에 수록된 대부분의 학문 담론은 이를 증명한다. 그 가운데 대표적인 것으로 제6호(1898.4)에 실린 원응상(元應常)의 '開化의 三原則'을 들 수 있다. 당시 관비 유학생으로 게이오대 보통과를 졸업하고 도쿄 법학원 법률과에 재학하던 필자는 서구의 '문명론'의 유래와 그 내용을 비교적 상세하게 설명하고 있다. 그는 '개화'라는 말이 동양의 고전인 『주역』에서 비롯된 개념으로 서양의 '문명화'를 중국인들이 번역한 용어라고 설명하면서,[25] 개화의 동력을 '자연', '사회', '개인'의 세 가지 차원으로 살필 수 있다고 하였다. 특히 자연의 세력은 인류 진화의 유치한 시대에 강대한 영향을 끼치나 지력이 발달하면서 '경쟁 진보'를 특징으로 하는 사회의 세력이 커진다고 하였다.[26] 이러한 '개화론', '문명진보론',

---

24) 유길준의 개화론도 국가주의와 문명진보론에 기반을 두었음은 『서유견문』 제12편 '愛國 ᄒᄂᆫ 忠誠'이나 제14편 '開化의 等級'을 통해 확인할 수 있다.

25) 원응상(1898)에서는 개화를 "大抵 開化라 홈은 義經에 開物成務化成天下 八字ᄅᆞᆯ 引用略刪 ᄒᆞ야 ᄃᆞ만 開化라 名稱홈이니 此ᄂᆞᆫ 英語에 시ᄲᅥ리쓰슌(CIVILIZATION)의 意義ᄅᆞᆯ 探究ᄒᆞ야 支那人이 意譯ᄒᆞᆫ 바ㅣ요, 開化 二字의 意義ᄅᆞᆯ 存心致意ᄒᆞ야 古今 天下 萬般 狀態ᄅᆞᆯ 回轉 思量ᄒᆞ니 何代에 自然, 社會, 一個人 等 三勢力으로 人心力을 刺擊ᄒᆞ야 狀態ᄅᆞᆯ 左右치 아니 ᄒᆞᆫ ᄶᅥ 업ᄃᆞ ᄒᆞ오."라고 풀이하였다.

26) 원응상(1898)은 자연의 세력은 '지구의 자전, 공전, 사계, 지리, 기후, 공기, 산물, 지형, 토지' 등의 요인이 작용한다고 설명하고, 사회의 세력으로 '사고력, 예비심, 협합심(協合

'생존경쟁론', '진화론' 등은 일본의 유신 담론과도 밀접한 관련을 맺게 된다. 예를 들어 『친목회회보』 제4호(1897.12)에서 이주환(李周煥)은 사물의 원리를 논의한 '논물론(論物論)'에서 "일반 정령(政令)을 개혁(改革) 유신(維新)하고자 하면 구폐(舊弊)의 고막(痼瘼)을 제거하고 신법(新法)의 편의(便宜)를 실시하여 인민에게 신용을 얻어야 한다."고 주장한다.[27] 개혁 유신의 담론은 동양의 학문이나 역사와 결합하면서 '지나(支那)'로 대표되는 '노쇠한 문명', '노쇠한 국가'라는 개념을 산출한다. 다음의 논설도 이를 반영한다.

【지나 쇠퇴(支那 衰頹)의 원인(原因), 죠-지게난 씨론(氏論)】

外國人의 支那에 旅行하난 者의 最所感觸하난 거시 其人民의 貧窮홈과 中央政府 權力의 微弱홈이 在흔지라. 支那가 五百万 方里 豊穰土地와 四億萬 保溫順能 勞働하난 人民을 有하고 坐 三千年來 綿綿한 特殊의 文化를 涵畜한지라. 故로 其 內情을 不知하난 者난 다 其人民이 豊富하고 國家의 勢力이 偉大하리라고 想像하나 然하나 實地 踏査하면 想像에서 全反한지라. 人民이 貧困하야 西洋人의 眼目으로 見하면 餓莩에 距함이 只隔一步之間이라. (…下略…)

―「支那 衰頹의 原因」, 『조양보』 제2호(1906.11)

心), 억정심(抑情心), 호기심(好奇心), 자유심(自由心), 실의심(實義心)'이 작용한다고 설명하였다. 또한 개인의 세력은 사물을 탐구하는 개인의 사고력을 의미하는데, 베이컨의 귀납적 사고나 '수리, 추상, 인과, 정률의 원리'가 이를 형성한다고 설명하였다.

27) 이주환(1897), 「논물론(論物論)」, 『친목회회보』 제4호. 이 글에서는 정치와 신의의 관계를 설명하면서 "今에 我國이 由來衰微홈은 國勢로 中興의 運을 際흐야 形勢一變홈애 開國以來 罕見흔 獨立 基礎를 建흐니 實노 我二千萬 同胞의 幸福이로도. 此際를 當흐야 一般 政令을 改革 維新홀식 舊弊의 痼瘼을 除흐고 新法의 便宜를 施흐야 人民의게 信用을 光홀지로도. (…중략…) 我國民이여 國을 愛흐며 君을 愛홀지어도. 國家는 我同胞 二千萬의 同胞요, 政府는 國家와 人民의 機關이로도/ 天意를 得흐고 時勢를 占흐얏스니 政權을 强大케 흐야 確乎不拔는 政府를 建홀지어도. 今日 列强의 弱肉强食흐며 優勝劣敗에 慘狀不忍흐는 此時節을 當흐야 鬼鬼히 內政을 信用으로 實行흐며 (…하략…)"라고 주장하였다. 이 주장 속에는 구폐고막(舊弊痼瘼)의 '개혁유신(改革維新)'과 '애국충군(愛國忠君)'의 '국가주의'가 자연스럽게 배여 있다.

번역 외국인으로서 중국에 여행하는 자는 최근 감촉하는 것이 그 인민의 빈
궁함과 중앙 정부 권력의 미약함에 있다. 중국은 5백만 방리의 풍부한
토지와 4억만 순박하게 노동하는 인민이 있고, 또 3천년 이래 끊임없이 특수한
문화를 쌓아왔다. 그러므로 그 속사정을 알지 못하는 자는 모두 인민이 풍부하
고 국가의 세력이 위대할 것으로 생각하나 실제 답사하면 생각과는 정반대이다.
인민이 빈곤하여 서양인의 안목으로 보면 기아에 이르렀음이 다만 일보 정도의
거리일 뿐이다.

이 글은 영국인 조지게난이라는 사람이 중국을 견문하고 쓴 글의 앞
부분이다. 서양인의 관점에서 중국의 빈곤함을 '미개'나 '반개화'의 차
원에서 바라보지 않고 '쇠퇴'의 차원으로 진술한 것이다.[28] 이 글에 나
타난 '쇠퇴' 또는 '부진'이라는 표현 속에는 '노쇠'라는 의미가 담겨 있
다. 이는 '소년 사상'과 대립되는 개념이다. 즉 '소년'은 '노인'이 아니라
'청년'과 '장년'으로 성장해 가는 준비기의 인물이다. 앞의 '축사'에서
'장년한반도'를 기대하는 논리가 문명을 중심으로 한 진화론적 사고와
긴밀한 관련을 맺고 있으며, 이는 이 시기의 시대사조 가운데 하나였음
을 의미한다.

잡지 『소년』의 탄생은 이런 시대적 분위기와 새 시대의 인물을 갈망
하는 최남선의 열정이 작용했다. 이 잡지가 탄생한 뒤 『황성신문』에서
는 다음과 같은 논설을 게재하였다.

【잡지 소년에 대한 황성신문 논설】
余가 熱熱히 我韓 現在에 社會 情況을 觀察ㅎ건딕 普通 拾歲 以上 人物은
擧皆 過去時代에 一種 偸安姑息으로 遺傳ㅎ는 習性이 腦髓에 癡結ㅎ야 肢

---

28) '죠지게난'의 글에서는 중국의 부진(또는 쇠퇴) 원인을 '국민적 통일 결핍', '관리 탐학',
'공덕 절핍(絶乏)'으로 설명하였다.

體가 柔軟ᄒ고 精神이 朦朧ᄒ야 다만 厚褥溫突에 甘眠을 做得홈이 可ᄒ고
能히 活潑ᄒᆫ 志氣와 健全ᄒᆫ 體力으로 目無險境ᄒ고 手無難事ᄒ야 移山轉海
ᄒ며 驚天動地ᄒᄂᆫ 大聲輝를 發表홀 者는 槪乎難見일ᄉᆡ 國家와 社會의 前
途를 爲ᄒ야 實로 寒心을 不禁홀지라. 오작 少年界에셔나 新空氣를 吸收하
고 新精神을 培補ᄒ야 冒險 勇進의 氣槪와 堅忍耐久의 性質을 養成ᄒ얏스
면 乙支文德, 金庾信의 英雄魂이 大韓 世界에 更히 發現홈으로 一般 少年界
를 對ᄒ야 希望홈이 深切ᄒ고 勤勉홈이 申複ᄒ야 一寢一食에 不能暫忘터
니, 乃我韓 少年界에 先導者로 出現ᄒᄂᆫ 一個 少年을 對ᄒ니 卽 新文館 主人
崔昌善 氏의 發行ᄒᄂᆫ 少年 雜誌라. 其 體製也와 記述也와 繪圖也의 諸種은
評隲키 不暇하고 其開卷 第一義ᄂᆫ 我韓에 少年 社會로 하야곰 冒險 勇進의
氣槪와 堅忍耐久의 性質을 養成하야 已往 腐敗홈이 極點에 達ᄒ 大韓으로
하야곰 將次 健强ᄒ 少年 大韓國을 建立홈에 在하니 (…하략…)

—『황성신문』 1908.11.27, 논설

번역 내가 뜨거운 마음으로 한국의 현재 사회를 관찰하니, 보통 10세 이상
인물은 대개 옛날 시대 일종의 게으르고 고식적으로 전해오는 습성이
뇌수에 응결되어 지체가 연약하고 정신이 몽롱하여, 다만 두터운 담요와 따뜻한
온돌에 편안히 눈감고 생각하는 것만 가하고, 능히 활발한 지기와 건전한 체력
으로, 눈은 험난한 지경을 보지 못하고 손은 어려운 일이 없으며 산과 바다를
건너고 천지를 놀라게 하는 소리와 빛을 드러내는 자를 보기 어려우니, 국가와
사회의 전도를 위해 실로 한심함을 금하기 어렵다. 오직 소년계에서나 신공기를
흡수하고 신정신을 배양하며 모험 용진하는 기개와 견인 내구의 성질을 양성하
면 을지문덕, 김유신의 영웅혼이 대한 세계에 다시 발현될 것이니, 일반 소년계
에 대해 바라는 바가 간절하고 부지런히 힘써 잠을 자고 밥을 먹더라도 잠시도
잊지 못하더니, 이에 우리 소년계에 선도자로 출현한 일개 『소년』을 대하니, 곧
신문관 주인 최창선 씨가 발행하는 소년 잡지이다. 그 체제와 기술, 회도의 모든
것은 평할 여가가 없고 그 첫 권 제1의 뜻은 우리 한국의 소년 사회로 하여금

모험 용진의 기개와 견인 내구의 성질을 양성하여 지금까지 부패가 극에 달한 대한으로 하여금 장차 건강한 소년 대한국을 건립함에 있으니 (…하략…)

『소년』 창간호를 발행한 직후에 쓰인 이 논설에서는 과거시대를 '투안고식(偸安姑息)의 습성', '지체유연(肢體柔軟)', '정신몽롱(精神朦朧)'으로 규정하고, 소년에게 필요한 신정신(新精神)이 '모험용진(冒險勇進)', '견인내구(堅忍耐久)'에 있음을 강조하였다. 즉 소년 정신은 어떤 어려운 일이 있어도 '용감히 전진'하며, 참고 견딜 수 있는 '인내심'을 갖는 것을 말한다. 이는 『대한매일신보』에 게재된 '소년의 입지'에서도 확인된다.

【소년(少年)의 입지(立志)】

支那人이 有言曰 "有志者ㅣ 事有成이라."ᄒᆞ고 西人이 有言曰 "吾人은 欲立ᄒᆞᄂᆞᆫ 地에 立ᄒᆞᆫ다."ᄒᆞ니 有味ᄒᆞ니 是言이여. 大抵 吾輩은 壹個 立志를 確立ᄒᆞᆫ 後에ᄂᆞᆫ 其志를 爲ᄒᆞ야 看力ᄒᆞ며 其志를 爲ᄒᆞ야 奮勵ᄒᆞ며 其志를 爲ᄒᆞ야 慟作ᄒᆞ여야 畢竟 其志를 成就ᄒᆞᄂᆞᆫ지라. 故로 立志가 有하면 事業이 有하고 立志가 無ᄒᆞ면 事業이 無ᄒᆞ고 立志가 高ᄒᆞ면 事業이 高하고 立志가 卑하면 事業이 卑하고 立志가 大하면 事業이 大하고 立志가 小하면 事業이 小ᄒᆞᄂᆞ니 嗚呼라 現在 立志ᄂᆞᆫ 卽 將來의 事業이 아닌가. 被老大者ᄂᆞᆫ 過去 國家의 主人이오 過去時代의 代表라. 故로 其前途가 短ᄒᆞ고 其責任이 輕ᄒᆞ며 少年은 未來 國家의 主人이오 未來 民族의 代表라. 故로 其 前途가 長ᄒᆞ고 其 責任이 重ᄒᆞ도다. (…중략…) 此 前途의 禍福 此 責任의 能否가 其立志에 全在ᄒᆞᆫ지라. 少年의 立志가 獨立 民族이 되고ᄌᆞ ᄒᆞ면 獨立 民族이 되고, 亡國民이 되고ᄌᆞ ᄒᆞ면 亡國民이 되고, 強大ᄒᆞᆫ 國을 鑄造코자 ᄒᆞ면 強大ᄒᆞᆫ 國이 鑄造되고, 劣等ᄒᆞᆫ 國을 鑄造코자 ᄒᆞ면 劣等ᄒᆞᆫ 國이 鑄造되고, 人이 되고자 ᄒᆞ면 人이 되고, 禽獸가 되고ᄌᆞ ᄒᆞ면 禽獸가 되나니 少年된 者ㅣ 立志를 可히 選擇치 아니ᄒᆞ며 可히 謹愼치 아니ᄒᆞᆱᄂᆞᆫ가. 嗚呼 韓國 少年 諸君아. 彼 少年의 好箇 歲月이 有ᄒᆞᆫ 者라도 萬壹 何等 立志가 無ᄒᆞ면 是ᄂᆞᆫ

乃老者 死者와 一般이니 此等 少年에 老死는 足論홀 바ㅣ 無ᄒ거니와 至若
知覺이 有ᄒ고 氣魄이 有ᄒᆫ 者는 欲立ᄒᄂ 地에 立ᄒ고, 欲成ᄒᄂ 人을 成
홀지니 諸君은 如何ᄒᆫ 地에 立코ᄌ ᄒ며 如何ᄒᆫ 人을 成코ᄌ ᄒᄂ가. (…下
略…)

—『대한매일신보』 1908.11.22, 논설

번역 중국인이 말하기를 "뜻있는 자가 일을 이룬다."라고 하고, 서양인 속담
에 "우리는 뜻하는 곳에 선다."라고 하니 의미 있는 말이로다, 이 말이
여. 대저 우리는 일개 입지를 확립한 후 그 뜻을 위해 힘을 쓰며, 그 취지를 위해
면려하며, 그 취지를 위해 힘써야 반드시 그 취지를 성취하게 된다. 그러므로
입지가 있으면 사업이 있고, 입지가 없으면 사업이 없으며, 입지가 높으면 사업
이 높고, 입지가 낮으면 사업이 비루하며, 입지가 크면 사업이 크고, 입지가 작으
면 사업이 작으니, 아아, 현재 입지는 곧 장래의 가업이 아닌가. '노대(老大)'는
과거의 주인이요, 과거시대의 대표이다. 그러므로 전도가 짧고, 그 책임이 가벼
우며, 소년은 미래 국가의 주인이요, 미래 민족의 대표이다. 그러므로 전도가
길고 그 책임이 중하다. (…중략…) 이 전도의 화복, 이 책임의 능부가 그 입지에
존재한다. 소년의 입지가 독립 민족이 되고자 하면, 독립 민족이 되고, 망국민이
되고자 하면, 망국민이 되고, 강대한 국가를 만들고자 하면 강대한 국가가 주조
되고, 열등한 국가를 주조하고자 하면 열등한 국가가 주조되고, 사람이 되고자
하면 사람이 되고, 금수가 되고자 하면 금수가 되니, 소년된 자가 입지를 가히
선택하지 않으면 가히 근신하지 않겠는가. 아아. 한국 소년 제군아. 저 소년이
좋은 세월이 있는 자라도 만일 어떠한 입지가 없다면 이는 늙은 자 죽은 자와
일반이니 이들 소년에게 늙고 죽는 것은 족히 논할 바 없으나 만약 지각이 있고
기백이 있는 자라면 입지를 세우고자 하는 곳에 세우고, 이루고자 하는 사람을
양성할지니, 제군은 어떤 곳에 서고자 하며, 어떤 사람을 이루고자 하는가.

이 논설에서는 입지(立志)의 중요성을 강조하고, 소년의 입지가 국가

와 민족의 장래를 결정하므로 '지각'과 '기백'으로 뜻을 세워야 한다고 주장한다. 앞의 논설과는 달리 '모험용진', '견인내구'라는 표현을 사용하지는 않았지만,29) '독립 민족', '강대국 주조'를 위한 '지각'과 '기백'을 강조했다는 점에서 두 논설에 등장하는 '소년 사상'은 동질하다. 이는 이 시기 소년사상이 최남선만의 의식이 아니라 보편적인 시대의식이었음을 의미하는데, 비슷한 시기의 김광제(1908)의 논설에도 '소년' 의식을 찾아볼 수 있다.

【원학소년(願學少年)】

(…전략…) 今에 我韓人과 國에 程度로 老少를 論之ᄒ면 人은 老年界라 謂ᄒ지며 國은 少年界라 謂ᄒ지니 何者오. 舊日 學問이 老且衰矣라. 每以危邦不入, 不在位不謀其政, 在下者ᄂᆞᆫ 有口無言, 老成, 雍容 等說로 敎導成習ᄒ야 一般 國民이 擧皆 八九十 老翁의 狀을 作ᄒ야 氣力이 耗衰ᄒ고 精神이 沉迷ᄒ니 進就의 道와 硏究의 精과 競爭의 心이 何로 從ᄒ야 以生이리오. 所以 學衰의 害가 人에 及ᄒ고 人衰의 害가 國에 及ᄒ얏도다. 以國言之면 我韓의 二十世紀 新天地를 當ᄒ야 文明의 旗를 始揭ᄒ고 闊步前進ᄒᆯ 氣象이 有ᄒ야 與開明이 已久에 衰柳殘照의 影響이 不遠ᄒᆫ 者로 同言키 不可ᄒ니 是知少年國이오 決非老年國也로다. 噫라. 以我 堂堂ᄒ 少年國으로 人亦學 少年ᄒ야 進進不已면 勇斷堅確ᄒ 特性을 世界에 公示ᄒᆯ지어늘 奈之何安逸怠惰로 自暴自棄 不才不能의 地에 堪處ᄒ야 一寸의 進步와 一鼎의 扛力이 無ᄒ뇨. (…하략…)

—金光濟(1908), 「願學少年」, 『기호홍학회월보』 제3호

---

29) 『대한매일신보』 1908년 11월 22일자의 논설에는 최남선의 『소년』에 대한 언급이 나타나지 않는다. 이는 이 논설이 『소년』 창간과 무관하게 쓰였을 수도 있음을 의미한다. 잡지 『소년』과 관련된 『대한매일신보』의 논설은 1909년 4월 18일자의 '少年 雜誌를 祝홈', 1910년 3월 29일자 '國民의 外形과 國勢의 盛衰: 少年雜誌 謄載'(제3권 제3호에 수록된 글을 다시 등재함)이 있다. 축하의 글이 실린 시점은 제2권 제4호(통권 6호)가 발행된 이후이다.

지금 우리 한국인과 국가의 정도로 노소를 논하면, 사람은 노년이라고 일컬을지며, 국가는 소년이라고 일컬을지니 왜 그런가. 옛날 학문이 노쇠한 때문이다. 위험한 나라에 들지 말며, 꾀하지 않은 곳에 처하지 말며, 아랫사람은 유구무언이요 노성 응용 등의 말로 가르치고 배우니 일반 국민이 모두 팔구십 노인의 형상을 이루어 기력이 쇠약하고 정신이 혼미하니 진취의 도와 연구의 정신과 경쟁의 심리가 무엇으로부터 따라 생겨나리오. 학문이 쇠퇴한 까닭에 피해가 사람에게 미치고 사람들이 쇠퇴한 폐해가 국가에 미쳤다. 국가로 말하면 우리 한국이 20세기 신천지를 당하여 문명의 기치를 걸기 시작하고 활보하여 전진할 기상이 있어, 개명이 오랜 데, 쇠잔의 영향이 멀지 않은 것을 함께 말하기 어려우니 이것이 소년국임을 알며 결단코 노년국이 아니라는 것이다. 아. 우리 당당한 소년국으로 사람 또한 소년을 배워 전진하여 멈추지 않고 용단견확한 특성을 세계에 드러낼 것이어늘, 어찌 안일과 게으름으로 자포자기 부재불능의 지경에 처하기를 감당하여 조금의 진보와 조금의 노력이 없겠는가.

김광제의 논설에서는 '구일 학문의 노쇠'를 근거로 사람은 노년계일지라도 현재 아국의 상태는 소년국이라고 규정하고, '용단견확(勇斷堅確)'한 특성을 발휘하여 진취 개명에 나아가야 한다는 생각을 피력하고 있다. 『소년』 잡지와는 무관한 그의 글에서 개인과 국가를 '소년'에 견주어 설명하는 방식은 이 시기 소년사상이 시대의식의 하나였음을 말해준다.

소년사상은 근본적으로 입지(立志)를 공고히 하여 견문을 증진(增進)하고, 용기로 맹진(猛進)하여, 미혹한 나루에 보벌(寶筏)이 되며, 어두운 거리의 명촉(明燭)이 되게 하는 데 의미가 있다. 이에 대해서는 잡지 『소년』의 가치를 평가한 『서북학회월보』 제1권 제10호에서도 언급한 바 있다.

【독소년잡지(讀少年雜誌)】

少年 雜誌는 我國 諸種 雜誌 中에 高尙흔 資格과 特殊흔 價値가 有흔 者

라. 此를 愛讀ᄒᄂᆫ 少年 諸君은 忠愛義理의 良心도 滋長ᄒᆯ 것이오 世界 見聞의 知識도 增進ᄒᆯ 것이오, 冒險 猛進의 勇氣도 奮發ᄒᆯ 것이니 一般 少年의 敎科도 되고 袖珍도 되고 迷津을 渡ᄒᄂᆫ 寶筏도 되고 昏衢에 導ᄒᄂᆫ 明燭도 될지니 此ᄂᆫ 崔君南善의 腦髓 中 精神이 全國 少年界에 灌注ᄒᄂᆫ 光明線이라. (…하략…)

—讀少年雜誌, 『서북학회월보』 제1권 제10호(1909.3)

번역 소년 잡지는 우리나라 여러 잡지 중 고상한 자격과 특수한 가치가 있다. 이를 애독하는 소년 제군은 충애의리의 양심도 스스로 기를 것이요, 세계 견문의 지식도 증진할 것이요, 모험 맹진의 용기도 분발할 것이니, 일반 소년의 교과도 되고, 보배도 되고, 나루를 건너는 보배로운 뗏목도 되고, 혼미한 거리를 인도하는 등불도 될지니, 이는 최남선의 뇌수 중 정신이 전국 소년계에 관주하는 광명선이다.

『소년』의 고상한 자격과 특수한 가치는 '충애의리의 양심', '세계 견문의 지식 증진', '모험 맹진의 용기 분발'에 있으며, '교과'도 되고 '수진'도 되며 '미진보벌', '암구명촉'의 역할도 담당한다. 그렇기에 최남선은 제1권 제1호 '편집실통기(編輯室通寄)'에서 '연약 나타 의시 허위(軟弱懶惰依恃虛僞)'의 글을 싣지 않겠다고 선언한다.[30] 그가 '강건(剛健)하고 견확(堅確)하고 궁통(窮通)한 인물'을 만들기 위해 가장 먼저 고려한 것은 '뜻을 세우는 일'이었다. 창간호에 가장 먼저 제시한 논설인 '소년시언(少年時

---

30) '최남선의 현실 인식과 『소년』의 특성 변화'를 주제로 한 박용규(2011)에서는 "만18세에 불과했던 최남선이 거의 혼자서 발행하기 시작한 잡지"라는 점을 『소년』의 특징으로 꼽고 있다. 이 점은 『소년』의 필자를 분석하더라도 틀림이 없는 지적이다. 따라서 '편집실 통기'의 형식으로 쓴 편집 후기도 최남선의 생각을 드러낸 것으로 볼 수 있다. 제1권 제1호에서 최남선은 "本誌ᄂᆫ 어대까디던디 우리 少年에게 剛健하고 堅確하고 窮通한 人物되기를 바라난 故로 決코 軟弱懶惰依恃虛僞의 마음을 刺激할 쑷한 文字는 됴곰도 내이디 아니할 터이오 그러나 美的思想과 心的薰陶에 有助할 것이면 輕軟한 것이라도 됴곰됴곰 揭載하게쏘."라고 하였다.

言)'은 곧 '입지론'이다.31) 이 '소년시언'은 '여러분은 뜻을 엇더케 세우시려오'란 질문 아래 '장(壯)하고 쾌(快)한 일', '찬란(燦爛)하고 황혁(煌赫)한 광채(光彩)를 역사에 드리울 만한 뜻'을 세워야 함을 강조하였다. 이 뜻은 역사의식에 기반한 뜻이며, 준비하고 결단하는 자세로 세워야 할 뜻이다. 여기서 '준비와 결단'에 기행의 논리를 적용하고 있다.

【여러분은 뜻을 엇더케 세우시려오】

(…전략…) 서울서 義州가 千里ㅅ길이니 義州 가난 行客이 三十里되난 新院에 가서 발ㅅ病이 나서 듀쟈안뎌도 안 될 것이오 一百六十里되난 開城에 가서 다리가 디뎌서도 안 될 것이오, 五百五十里되난 平壤에 가서 다시 가디 못하게 되야도 안 될 것이라. 그러나 義州 千里를 頉에서 가고 못 가난 것은 獨立館 母岳峴부터 발서 탸리기에 잇난 것이오 舊把撥 昌陵川부터 미리 딤댝할 것이라. 그런즉 凡事가 다 이러하야 그 始初에 발서 結末이 보이난 것이니 셕닙을 달 거두어 둔 나무가 畢竟 됴혼 열매를 맷나니 웃디 하면 頉업시 鴨綠江邊에 牧馬가 長嘶하고 九連城裏에 市廛이 高起하난 樣을 보리오 하난 것은 只今 獨立館 압페서 발감기하난 우리가 탸릴 것이라. (…중략…) 셕닙 時節이 重大한 듈 알면 只今에 크게 決斷하야 크게 準備함이 잇디 아니하야선 안 될 것이오. (…하략…)

―'소년시언', 『소년』 제1권 제1호(1908.11)

목적지에 가기 전에 '발감기'를 하면서 '결단'하고 '준비'하는 자세로 뜻을 세워야 함을 강조하는 과정에서 '서울 → 독립관·무악현·구파발·창릉천 → 개성 → 평양 → 의주' 등의 지명이 등장한다. 이 지명은 '쾌소년 세계주유 시보'의 여정과 동일하며, 이 기행문에서도 가상 인물 최

---

31) 창간호는 표지와 광고, 발행 취지, 목차, 일본에 유학하는 황태자와 이토히로부미의 사진, 나이아가라 폭포 사진, 페터 대제 초상, 속표지, 송축시의 일종인 '해에게서 소년에게', '소년시언'의 순서로 편집되었다. 논설 형태의 글은 '소년시언'이 가장 먼저 등장한다.

건일을 상정한 뒤 "원(願)하야 이루디 안닌 일이 업고 마음 먹어 되디 안난 일이 업나 보외다."라고 하여 주유(周遊)의 뜻을 세우고 허락을 얻기까지의 과정을 먼저 서술하였다. 이처럼 최남선의 '입지'와 '여행담론'은 불가분의 관계를 맺고 있는데, 이 기행문 제1보에서는 다음과 같이 여행관을 피력한다.

【쾌소년 세계주유시보(快少年 世界周遊時報)】

(…전략…) 그러나 여러분이여. 길 써남에 臨하야 나는 한마디 부틸 말이 잇소이다. 大抵 우리나라 사람이 旅行을 시려하난 傾向이 잇슴은 가리디 못할 事實이니 '밋틴 놈이나 金剛山 드러간다.', '八道 江山 다 도라다니고 말 못할 난봉일세.', '子息 글은 가르티고 십허도 求景 다니난 꼴 보기 시려 그만 두겟다.' 하난 말은 다 이 傾向을 言明한 것이라. 大抵 古代 泰東史上에 雄飛活躍한 我大韓人이 今에 아모리 一時라도 屈蟄된 것은 前에 旺盛한 旅行誠이 今에 衰降한 싸닭에 말매암음이 쏘한 만혼 것을 나는 말하랴 하노이다. 보시오. 古代에도 우리 民族은 '興國民'이 아니오닛가. 여긔 와서는 이 나라를 세우고 뎌긔 가서는 뎌 나라를 세우며 北으로 나아감애 쌍을 千里나 열고 南으로 건너감애 萬世에 새로운 基業을 일히켜 탐 번쩍번쩍하게 活動하디 아니하얏슴니가. 이러튼 民族이 오날에 이르러 왜 이러케 懦弱하야뎟슴니가. 왜 이러케 元氣가 銷沉하야뎟슴닛가. 다른 것 아이라 旅行誠이 減退하야 冒險과 經難을 시려하게 된 싸닭이 아니오니가.
　　　　　　—쾌소년 세계주유시보 제1보, 『소년』 제1권 제1호(1908.11)

이 여행 담론은 최남선만의 고유한 사상은 아니다. 김경남(2013)에서 밝힌 바와 같이, 1900년대에는 다양한 여행 담론이 존재했고, 그 가운데 유학 담론을 중심으로 한 '세계 견문의 필요성'을 강조한 논리가 다수 존재한다.[32] 그럼에도 소년사상의 기행 담론은 '역사의식'과 결합된다는 데 그 특징이 있다. 이는 '소년시언'의 입지론에서 "어느 나라 역사(歷史)든디 영광(榮光)스럽고 영광(榮光)스럽디 못한 것은 전(全)혀 그 국민(國民)의 뜻이 굿고 못 굿은 데 잇고 (…중략…) 우리 소년(少年)의 뜻이 서고 못 선 데 잇나니"라고 역설한 데서도 찾아볼 수 있는데, 최남선의 소년사상에서는 '여행'과 '입지', '지식'과 '역사적 책임'이 불가분의 관계를 맺고 있다.[33] 이는 '쾌소년 세계주유시보'에서 매우 긴 시간을 '개성'에 머물게 하는 요인이 되었고, 결과적으로 '의주'를 벗어나지 못하게 한 한계로도 작용한다. 최건일이 개성에 머무는 과정은 다음과 같이 기술된다.

【쾌소년 세계주유시보(快少年 世界周遊時報) 제2보】

(…전략…) 익고도 섯투른 山水를 시골 사람이 泥峴日舘의 塵舖陳物을 드려다 보난 모양으로 琉璃窓에 두 손을 대이고 汨沒히 구경ㅎ더니 精神 탸렵라 하난 듯 쌕 디르난 汽笛 소리에 놀나 도라안디니 슬그먼이 汽車가 머물면서 '開城'이란 驛標가 눈에 씌우난디라, 아모리 外國 구경도 밧부디 마는 王家 四百五十年의 興廢 遺跡도 한번 弔傷하리라 하고 가방과 毯褥(담요)를 둘너메고 車를 나렷소이다.

　　　—'쾌소년 세계주유시보 제2보', 『소년』 제1권 제2호(1908.12)

---

32) 『대조선독립협회회보』 제17호(1898)에 소재한 한문 기행문 '환유지구잡기(環遊地球雜記)'의 견문장식(見聞長識)의 논리도 '쾌소년 세계주유시보'에서 피력한 "旅行은 眞正한 智識의 大根源"이라는 논리와 다르지 않다.

33) 최남선의 설정한 '여행'과 '역사'의 관계는 공간 개념인 '지리' 또는 '지도'와 시간 개념인 '역사'가 불가분의 관계를 맺음을 의미하는데, 이는 제1권 제2호에 실린 '地圖의 觀念'에도 나타난다. 이 글에서는 "二十世紀 新天地에 我大韓 地圖의 全體가 突然히 新光彩가 發現하니 壯哉壯哉라. 東洋 半島에 大韓地圖여. 天地間 動物 中에 最히 驍勇無雙하고 强猛無敵한 虎에 形體로다. 大抵 世界 各國에 圖畵書籍의 類가 各其 自國의 歷史를 發揮하며 自國의 人物을 讚揚하며 自國의 山川을 景仰하며 自國의 物産을 寶重하야 國性을 培養하고 國粹를 扶植흔즉 圖畵書類의 類가 國民敎育上에 關係됨이 豈曰淺哉리오. (…하략…)"라고 서술하였다. 한국의 지도가 호랑이 형상이라고 하면서, 지도, 역사, 인물, 자연이 모두 국성(國性)을 이룬다는 사상을 나타낸 것이다.

이 글은 의주로 향하는 3등 객차에서 산천 촌락 전야를 바라보면서, 철도조차도 일본인이 만든 것임을 한탄하다가 생각을 바꾸어 '경부철도가'를 읊조리던 중 개성에 도달한 장면이다. 그가 개성에 유숙하게 된 동기는 '고려왕조 450년을 조상(弔喪)'하기 위한 것이었다. 비록 제3보에서 개성의 '나성(羅城)', '최영(崔瑩)과 정몽주(鄭夢周)', '만월대(滿月臺)', '첨성대(瞻星臺)', '길굿', '선죽교' 등의 사적을 답사하지만, 세계주유를 떠나는 과정에서 투철한 역사의식이 드러나는 것은 아니다. 때로는 "만국사기(萬國史記) 중 고려사(高麗史)같이 삭막감(索漠感)을 야기할 자가 없다."고 하면서 구역질을 느끼다가, 때로는 역사 유물의 위대함에 감탄하기도 한다.

이러한 감정의 불일치는 소년 입지를 위한 기행이 현실보다 이상에 근접한 데서 기인한 것으로 보인다. 일본 유학과 잡지 창간에 이르기까지 최남선이 갖고 있던 사상은 이 시기 시대사조의 하나인 '국가주의'와 '선구자적 계몽주의'였다. 그의 여행관은 이상적으로 설정된 계몽의 수단이었다. 그렇기에 최남선는 '모험맹진', '견학내구'의 여행 체험과는 달리 순성 소일(巡城消日)하거나[34] '바다'에 모든 것이 있다고 믿게 된다.[35] 특히 '바다'에 대한 그의 관념은 맹목적인 느낌마저 주는데, '신대한 소년의 공부'를 위해 '금강산의 절승(絶勝)'은 버릴지언정 바다를 보는 것을 포기할 수 없다고 여러 차례 주장한다.[36]

---

34) '반순성기(半巡城記)'에서 그는 "苦行林에 드러가 罪業을 消滅하는 세음으로 北半部 巡城을 하리라 하고 얼는 몸을 이릐혀 입엇던 두루막에 '캡' 한아만 집어언지니 裝束이 이믜 完全한지라."라고 표현하였다. 이 기행문은 순성 과정의 고행을 소년 정신으로 표현하기도 했으나 전반적으로 동소문(혜화문)에서 경복궁 뒤쪽의 백악산을 거쳐 창의문에 이르기까지의 감상을 서술하였다.

35) '교남홍조'에서는 "바다는 가장 眞實한 材料로 이른 修養 秘訣이라. 自彊不息의 精神, 獨立自存의 氣象, 淸濁並呑의 度量, 深潤한 胸次, 遠大한 經綸, 洪遠한 規模, 勞動力作, 向上精進, 不偏不比, 不驕不傲, 勇敢活潑, 豪壯快樂 等 온갖 德性을 다 가지고 잇슬 뿐 아니라 行事에 나타내니 바다는 입으로 말하난 者가 아니라 일노 말하난 者오 말노 가르치난 者가 아니라 몸으로 가르치난 者ㅣ라. 한번 對하야 보면 큰 感化를 밧지 아니리 업스리라. 이에 알패라. 바다는 學術家, 修養家 할 것 업시 다 보아야 할지로다."라고 주장한다.

여행담의 관념성은 기행문에 나타나는 역사의식에도 반영된다. '쾌소년 세계주유시보'의 최건일은 개성 남대문으로 들어오는 문루의 범종(梵鐘)에 새겨진 명문(銘文)을 보고 '백두산'을 떠올린다. "명문(銘文)은 이곡 선생(李穀先生)이 하신 것인데 넑어 나려가난 중 '일문종성개성심(一聞鐘聲皆醒心)' 한 구(句)에 이르러 소생(小生)은 웃더케 하면 내 손으로 이러한 종(鍾)을 한 개 만드러서 백두산(白頭山) 절정(絶頂)에다 매여 놋코 정차정(靜且淸)한 야반(夜半)에 자유퇴(自由槌)를 놉히 들어 힘썻 싸려서 청구(靑邱) 이천만민(二千萬民)의 완몽(頑蒙)을 쌔우고 그리한 뒤에는 다시 히말나야 산(山) 에예레쓰트 봉(峰)에 옴겨 달고 정의퇴(正義槌)를 번썩 들어 전세계(全世界) 십오억(十五億) 성(姓)의 취심(醉心)을 쌔치게 하리오 하야 쓸대 업난 망상(妄想)에 한참 정신(精神)을 일코 잇다가"라고 표현하였다. 명문의 '성심(醒心)'이 '백두산'으로 이어지고 그것이 '정의의 추'로 이어진 것이다. 이 표현은 이 시기까지 그가 직접 백두산을 답사하지는 않았지만, 1920년대 후반기의 국토 순례 기행에서 꼭 등장하는 '백두산 의식'이 처음 표출된 장면이다.

그렇다면 최남선 기행 담론에서 갑자기 백두산이 등장한 이유는 무엇 때문일까? 이에 대한 해답은 소년사상과 마찬가지로 이 시기의 시대 담론에서 찾아야 할 것이다. 왜냐하면 메이지 유신 이후 점진적으로 세력을 키워오던 일본은 청일전쟁과 러일전쟁의 승리를 바탕으로 조선을 식민화하기 위한 이민정책을 강화하고, 동양척식회사를 설립하여 토지 수탈을 강화한다. '간도', '독도'를 비롯한 국토 상실이 이어지고,

---

36) 제2권 제7호(1909.7)의 '執筆人의 文章'에서는 금강산 대신 바다를 택한 이유를 "(…전략…) 한번 보면 눈이 시원하고 두 번 보면 가삼이 시원하고 세 번 네 번만 보면 前에 世上이란 좁은 것 적은 것 더러운 것 하던 생각이 뭉텅이 채로 업서져 바리고 내 마음스 속으로부터 몸 밧게 잇난 온갖 物象이 다 시원이란 외폭 裇子에 사인 듯하게 感動되난 바다를 아니본단 말인가 하야 心猿意馬가 한 汽罐車에 쓸녀와 바다란 停車場으로 向하게 되얏소. 金剛山으로는 因緣을 매질 機會가 아즉 이르지 못하얏나 그럿치 아니하면 아주 업나. 웃지 되얏던지 나는 이 여름을 海邊에서 지내겟다!"라고 적고 있다.

'울릉도'와 각 지역의 도서가 유린되며, 명승고적을 훼손하고 문화재를 약탈하기 시작하였다. 이 시대적 분위기에서『황성신문』과『대한매일신보』는 연일 '국가의 위기'를 논하는 논설을 게재하였고, 그 위기를 극복하기 위한 방편으로 '역사'와 '국토'의 중요성을 환기하기도 하였다. '백두산 의식'은 이 과정에서 자연스럽게 출현한 역사의식의 하나이다.[37]

이뿐만 아니라 '쾌소년 세계주유 시보'에 등장하는 문화재 수탈 관련 기록도 국권 침탈의 시대의식과 밀접한 관련을 맺는다. 그의 의식은 범종에서 백두산으로, 다시 일본 상인의 농간으로 반출된 '경천사탑'으로, 다시 일본이 수탈해 간 '왜구 토평비(倭寇討平碑)'로 이어진다. 여기에 등장하는 '경천사탑' 반출 사건은 이 기행문에서 밝힌 바와 같이 1907년 초기에 발생했던 사건이다. 이른바 '옥탑탈거사건(玉塔脫去事件)'으로 불린 이 사건은『대한매일신보』1907년 3월 21일자 잡보, 1907년 4월 13일자 논설, 4월 19일자 논설 등과 같이 여러 차례 보도된 바 있다. '쾌소년 세계주유 시보'에서 이 사건이 언급된 것은 이 사건이 그만큼 우리 민족에게 충격을 주었기 때문이다. 이 의식은 제2권 제10호(1909. 10) 제4보에서 그는 홍학우와 함께 고려 태조의 현릉을 구경가다가 순사에게 나포되어 가는 일본인 도굴범 수명을 목격함으로써 문화재 도적질에 대한 적개심과 망국의 비애로 이어진다.

그러나 '쾌소년 세계주유 시보'나 '교남홍조'는 시대의식의 차원이나 기행문의 형식적 차원에서 불완전성을 보인다.

---

37)『황성신문』에서 찾아볼 수 있는 백두산 관련 기사로는 1908년 7월 1일의 잡보란에 실린 '愛國死追悼會 趣旨書', 1908년 9월 12일의 논설 '夢拜白頭山靈' 등이 있다. 또한『서우』제13호(1907.12)의 '定界史略', '낙동친목회학보' 제4호(1908.1)의 봉래산인이라는 필명의 '夢白頭山靈', '서북학회월보' 제17호(1908.5)의 '白頭山古蹟', '聖祖發祥古蹟' 등은 백두산 담론이 국토 상실에 따른 국조 발상지(國祖發祥地)라는 의식과 밀접한 관련이 있음을 보여준다. 이 시기 백두산과 묘향산에 대한 의식의 변화에 대해서는 별도의 연구를 진행 중이다.

시대의식의 차원에서 볼 때, '쾌소년 세계주유 시보'에 등장하는 불완전성은 제2보의 개성행 풍광에서 우리 민족을 '세계에서 가장 불행한 민족'으로 규정하거나 제2권 제3호에서 고려사를 전면 부정하는 태도 등에서 확인할 수 있다. 기행문의 특징이 여정을 바탕으로 한 감상을 중시한다는 점에서 이 불완전성이 최남선의 역사의식을 부정적으로 평가하는 근거가 될 수는 없으나, 이런 의식이 소년 입지의 견확내구(堅確耐久)의 의식과는 조화를 이루지 못하는 것은 사실이다. '교남홍조'의 '남대문(南大門)-대구(大邱)' 사이의 기차 안에서 만난 일본인에 대한 생각은 국권 침탈기의 계몽운동가로서 최남선이 시대의식과 부조화하는 모습을 더 극명하게 보여준다. "항용(恒庸) 일본인(日本人)의 우리를 욕(辱)보이난 말이 사실(事實)보담 너모 과대(誇大)하고 부익(附益)하난 폐(弊)가 업난지 모르노니 여러 우리나라에 체류(滯留)하난 일본 통신원(日本通信員)과 밋 일본 신문 잡지 기자(日本新聞雜誌記者)들의 붓긋흐로 나아온 통신(通信)과 밋 논문(論文)이 웃더케 군자(君子)의 양(量)이 업고 쪼 품위(品位)와 학식(學識)이 넉넉지 못한 것을 제손으로 드러내난지를 보면 우리는 참으로 애석(愛惜)하난 정(情)을 금(禁)치 못하난 바 ㅣ라."[38]라고 일인 시찰단을 비판하면서도, 문의군 미강면을 지나며 건너편에 앉은 일본 여인을 바라보고 '아마도 궁핍한 삶 때문에 조선으로 건너왔을 것'이라고 상상하며 동정한다. 이 여인은 식민 제국주의의 희생자로 상상되다가도 또 애국자로 뒤바뀌기도 한다. 대구에 이르기까지 철도의 교량과 터널을 보고 감탄하기도 하며, 철로가 상업의 성대함과 미곡 무역, 주행(舟行)의 편의를 제공하는 것이라고 서술한다. 문화재 수탈에 대한 분개심과 철로 예찬이 혼종된 셈이다.

　이 불완전성은 형식적인 면에서도 나타난다. '쾌소년 세계주유 시보'는 말 그대로 기행문의 일종인 '주유기(周遊記)'이다. 그러나 제목과는

---

38) 『소년』 제2권 제8호(1909.8), '교남홍조'의 일부.

달리 이 주유기는 개성에서 맴돌다가 의주행 기차를 타는 장면으로 마무리된다. 이 마무리 과정에서 '상념'이 포함된다. 이 상념은 앞의 서술 방식과는 달리 문체의 변화가 나타난다. 기행 체험과 상념을 구분하기 위해 설정했을 가능성도 배제할 수는 없지만, '소이다'체의 문체에서 갑작스럽게 '하였다'체로 변화한 것은 형식상으로 조화를 이루지 못했음을 의미한다. 이 부조화는 '했다더라'나 '했소이다'와 같은 전언체에서 '했다'라는 사실성이 강조되는 문체로의 진보를 의미하는 것으로 풀이할 수도 있다. 그렇지만 한 편의 글에 두 종의 문체가 혼종을 이루는 것 또한 자연스러운 현상은 아니다.

또한 '교남홍조'에서는 '일. 바다를 보라', '이. 나는 이 녀름을 바다ㅅ가에서 지내겟다'라고 선언하고, "이상(以下)에 기록(記錄)하난 바는 왕반 삼십이일(往返三十二日) 동안 보고 드른 것을 소의 춤갓치 질질 흘녀 논 것이라 쓸ㅅ대 업시 용장(冗長)한 기행문(紀行文)의 상승(上乘)일지니라."라고 진술하였다. 이에 따르면 앞의 두 부분은 기행문이 아니며 뒤에 이어지는 내용은 기행문에 해당한다. 이 또한 한 편의 글로 형식상 조화를 이루지 못했음을 의미한다.

4. 국권 침탈기 기행문의 변화

기행 담론과 기행문의 변천 과정을 고려할 때 1905년부터 1910년 사이의 기행 문화는 '관광 담론의 출현', '관광단과 시찰단 조직', '유학생들의 일본관 변화', '세계 인식의 변화' 등이 주된 특징으로 나타난다. 또한 1905년 이후 급격히 늘어난 각종 잡지에 다수의 기행문이 실린 점도 주목할 만하다. 특히 『소년』 잡지는 이 시기 소년사상을 반영한 다수의 기행문이 실려 있다.

이들 기행 담론은 모두 시대적 산물이다. 관광 담론은 제국주의 식민 정책과 밀접한 관련을 맺고 있는 유희로서의 기행 문화가 탄생한 결과이며, 이에 따라 식민 제국주의자들의 관광단 조직과 문명·진보를 내세운 각종 시찰단 파견이 이루어졌다. 또한 관비 유학생 이외에 다수의 사비 유학생들이 일본 유학을 경험했으며, 그들의 눈에 비친 일본은 경이롭고 선진적인 것이었다. 이는 진화론적 사고를 기반으로 할 때 '일본＝서구화＝문명화 : 조선＝폐쇄적＝비문명화'라는 자기 비하적 관점으로 나타나기도 하며, 전통과 민족성을 부정하고 인종론적 관점에서 과격한 계몽주의로 변질되기도 한다. 그뿐만 아니라 국권 침탈이 심해지고, 다수의 구미 유학생이 출현하면서 서구와의 교류, 서구 문화에 대한 동경 등이 나타나기도 한다.

이런 상황에서 국권 침탈기 애국계몽가들의 기행 체험에서 '백두산, 묘향산, 지리산' 등의 명산에 민족의식을 투영하고, 그것으로부터 민족정신을 찾고자 하는 시도도 있었다. 엄밀히 말하면 이런 의식은 이 시대의 전유물은 아니다. 1920년대 이후 등장한 다수의 국토 기행문에 대한 선행 연구에서 밝혀지듯이, '국토＝민족혼'의 사상은 조선시대에도 그 모습을 찾아볼 수 있다. 그럼에도 국권 침탈기부터 국토 기행의 선구로 보이는 다수의 기행문이 등장하는 현상은 주목할 상황이다.

다만 기행 담론으로부터 기행문이라는 장르의 발달 과정으로 한정하여 논의를 진행한다면, 『소년』 소재 기행문 이외에 언문일치에 가까운 기행문을 발견하기 어려운 점은 이 시기 기행문이 갖고 있는 한계로 볼 수 있다. 이 시기 신문과 잡지에 수록된 대부분의 기행문은 국한문체, 특히 현토체에 가까운 문장을 구사하고 있으며, 일부 기행문은 한문으로 기록되어 있음을 확인할 수 있다. 다만 『소년』 소재 기행문의 경우, 언문일치에 근접해 있으나, 그 또한 구어와 문어가 완전한 일치를 보이는 것은 아니다.

【쾌소년 세계주유시보(快少年 世界周遊時報)】

　崔童 健一은 方年이 十五에 夙慧가 超人하고 銳氣가 또한 出群한데 去年 學期에 養英學校 普通科를 卒業하고, 一年餘를 英 日 淸 等 外國語를 約히 研究한 後에 學校 講堂에서 圖繪로 見하고, 講語로 聞하든 우리 世界의 實狀을 視察하야 知見을 廣히 하고 眼目을 宏히 할 次로, 累度 其 父親에게 懇願하야 旅費 若干을 辨備하야 去十月 一日에 同窓 諸人의 誠實한 歡呼 中에 드디여 世界 周遊의 道에 登하얏난데, 精彩燦爛한 其見聞記는 追次하야 我 編輯局에 來到한 故로 餘白이 잇난대로는 本報에 揭布하야 滿天下 少年 諸子에게 이러한 快文字를 紹介코댜 하노니, 讀者는 그의 文章이 如何히 暢達하고 그의 事實이 如何히 奇妙하고 그의 觀察이 如何히 透徹한 것을 看홀디어다. 此 快少年의 快文字를 紹介함에 當하야 本執筆人은 이와 갓흔 快少年이 續續 出來하야 少年 韓半島의 名譽를 全世에 宣揚하고 이와 갓흔 快文字를 益益 寄送하야 『少年』紙上에 光明을 大加하기를 勞祝하노라. (…下略…)

―『소년』 제1호, 1908.11

번역　최건일은 나이 15세에 지혜가 남다르고 예기(銳氣)가 또한 출중한데, 지난 학기 양영학교 보통과를 졸업하고, 1년 여를 영국 일본 중국 등 외국어를 간략히 공부한 뒤 학교 강당에서 도회(圖繪)로 보고, 강습하는 말을 듣던 우리 세계의 실상을 시찰하여, 견문을 넓히고 안목을 크게 하기 위하여 여러 번 그 아버지에게 간절히 청하여 여비 약간을 변통하여 지난 10월 1일에 동창 여러 사람의 환호 중 드디어 세계 주유의 길을 떠났다. 정채찬란한 그 견문기가 차츰 우리 편집국에 도착한 까닭에 지면이 허락되는 대로 본 보에 게재하여 만천하 소년 여러분에게 이러한 좋은 글을 소개하고자 하니, 독자는 그 문장이 얼마나 창달하고 그 사실이 얼마나 기묘하고 그의 관찰이 얼마나 투철한지 살피기 바란다. 이 쾌소년 쾌문자를 소개할 때 본 집필인은 이와 같은 쾌소년이 계속 이어 나와 소년 한반도의 명예를 전세계에 선양하고 이와 같은 쾌문자를 계속 보내어 『소년』 잡지에 광명이 더하기를 진실로 축원한다.

어휘와 사용 문자(한자)를 제외하더라도, 『소년』 제1호부터 연재된 '쾌소년 세계 주유 시보'는 '어린이 최건일' 대신 '최동 건일', '예기가 출군한데'처럼 한국어의 어순이나 수식 관계를 반영하지 않고 있다. 두 개의 문장으로 이루어진 이 서문에서 우리는 완전한 언문일치가 어떤 것인지, 그것과 근대 사상은 어떤 관련을 맺고 있는지 좀 더 천착해야 할 필요를 느끼게 된다. 발생론적 사고에서 '소년 → 청년 → 장년'으로 성장하며 그에 필요한 자질을 계몽하고자 하는 소년 사상은 시대 상황을 고려할 때 그 자체로 의미를 갖고 있지만, 기행문이 살아 있는 체험을 생동감 있게 그려내는 글이라는 점을 고려한다면, 현대적 의미의 기행문이 완성되기까지는 좀 더 시간이 필요함을 알 수 있다.

제4장 식민지적 계몽성과 사실적 재현

: 1910년대 『매일신보』를 중심으로

1. 1910년대 『매일신보』의 기행문의 분포

국권 침탈기의 기행 담론이 언문일치체의 기행문 산출로 이어지지 못한 데 비해 1910년대에는 진정한 언문일치에 근접한 기행문이 산출되기 시작한 시대이다. 비록 이 시대의 기행 담론이 전시대의 관광 담론, 애국 담론이나 소년 사상에서 크게 진보한 면이 없을지라도, 식민 지배 체제 하에서 일상의 언어를 발견하고 시대 상황을 재현하고자 하는 의식이 강화되었음을 주목할 일이다.

이 시기 기행 담론을 살필 수 있는 대표적인 문헌은 신문의 경우 『매일신보』, 잡지는 『학지광』·『청춘』이 대표적이다. 그 밖의 종교계 잡지와 유학생 단체의 잡지가 더 있으나, 이들 잡지는 이 시기 시대상황을 읽어내는 데 한계가 있다.

『매일신보』는 국권 상실 후 '대한매일신보'의 민족적 색채를 완전히 잃고, 식민 정책을 홍보하는 수단으로 전락하였지만, 기행 담론의 차원

에서는 각종 시찰단과 관광 문화, 기자들의 취재기를 비롯한 기행문을
수록하고 있다. 이 점에서 1910년대 기행 담론과 기행문의 특징을 분석
하기 위해서는 이 신문의 기행 담론을 우선적으로 살펴볼 필요가 있다.
이 시기 시찰 문화에 대해서는 조성운(2004, 2005)에서 분석한 바 있으
며, 김중철(2004)에서도 기차 안의 풍경이라는 차원에서 이 시기의 기행
문이 갖는 사실 재현 의식을 분석한 바 있다. 또한 김경남(2013)에서는
1910년대 『매일신보』 기행 담론의 분포를 전수 조사의 차원에서 조사
하고 분석한 바 있다. 이에 따르면 1910년 9월 1일부터 1918년 12월
31일까지 이 신문에는 대략 730편 정도의 기행 자료가 분포하는데 연
재물의 경우를 한 종으로 계산할 경우 대략 159종의 기행문이 존재하
는 것으로 추산할 수 있다.1) 이들 159편의 자료 가운데는 기행 관련
기사, 광고, 논설, 기행자의 담화(강연담), 답사기, 사진, 개인의 기행문
등이 섞여 있다. 이를 고려하여 이 연구에서는 자료의 성격과 글의 특
징을 고려하여 '기사, 광고, 논설, 담화, 답사기, 사진, 개인 기행문'으로
자료를 분류하였다. 또한 이들 자료의 내용에 따라, 시찰단 관련 자료,
특정 국가나 지방을 대상으로 한 시찰 경험 자료, 관광 행락과 관련된
것, 고적이나 명승과 관련된 것, 종군 기자의 체험과 관련된 것 등으로
구분하고자 하였다.2) 이 분류에 따르면 159종의 기행 자료는 관광·행
락과 관련된 것 29종, 행사 광고 3종, 특정 국가나 지방 관련 기행 및

---

1) 김경남, 「1910년대 기행 담론과 기행문의 성격: 1910년대 매일신보의 기행 담론과 기행
   문을 중심으로」, 『인문과학연구』 37, 강원대 인문과학연구소, 2013, 85~106쪽. 이 논문에
   서는 비교적 오랜 기간 광고된 광고문도 포함하였다.
2) 1910년대 기행 담론과 관련된 선행 연구가 충분하지 않기 때문에 이들 자료를 분류하는
   명확한 기준을 설정하기는 어렵다. 이 연구에서 자료 유형을 분류하고자 한 이유는 기행
   담론(시찰단, 광고, 논설, 담화를 포함한 관광 담론 자료)과 한국인 기행문(답사기, 개인
   기행문)의 특성을 분석하고자 할 때 자료 유형 분류가 필요했기 때문이다. 또한 자료의
   내용에 따른 분류에서도 다양한 기준을 설정할 수 있다. 그러나 이 연구에서는 이 시기
   기행 담론이 '시찰단' 조직이나 '고적 명승지 답사' 등의 식민 지배 정책과 밀접한 관련을
   맺고 있고, 개인의 기행 체험을 바탕으로 한 것에서도 이러한 시대적 분위기가 크게 작용
   하고 있기 때문에 이를 키워드로 하여 분류하고자 한 것이다.

취재기 53종, 고적·명승지 답사 40종, 종군기 2종 등의 분포를 이룬다. 이들 자료의 유형은 '기행문'(54종), '논설'(시찰기를 포함함, 22종), '담화(강연담)'(4종), '답사기'(6종)로 분류할 수 있다. 이 자료 유형에서 가장 두드러진 것은 개인의 기행 체험을 바탕으로 한 기행문이다. 다음과 같은 것들이 이에 속한다.

【매일신보 소재 개인의 기행 체험을 바탕으로 한 기행문】

시작일	종료일	제목	필자	횟수
1915.03.09	1915.03.11	남귀 기행	장지연	3
1915.03.12	1915.03.19	기행 여필	장지연	5
1915.05.12		당산기행	장지연	1
1915.06.02		춘천 춘일춘 고유	기자	1
1915.07.01	1915.07.04	여주 왕환기	일기자	2
1915.08.24	1915.08.29	마산기행	장지연	6
1915.10.17	1915.10.31	금강산 유기	소봉생	11
1916.05.07	1916.06.04	금강산	심우섭	17
1916.06.17	1916.07.05	영동기행	심우섭	8
1916.08.05		동행 일기	조중응	1
1916.09.27	1916.10.05	호남유력	무불거사 담	8
1916.09.22	1916.09.23	대구에서	이광수	2
1916.09.29	1916.09.30	만주 유력관	춘포 노인규	2
1916.09.27	1916.11.09	동경잡신	춘원생	28
1916.09.14	1916.09.17	백제 고도 부여 8경 탐승기	운초생	3
1916.10.20	1916.10.21	철원행	괴옹	2
1916.11.21	1916.11.23	강화도 유기	소봉생	3
1916.11.17	1916.11.18	일일 사십리 유지	소봉생	2
1916.11.28	1916.12.05	금강유기	장지연	7
1916.12.06	1916.12.07	총석유기	장지연	2
1916.12.13		선암기(금강유기 보결)	장지연	1
1916.12.08	1916.12.09	설악내기(상)	장지연	2
1917.02.07	1917.02.23	미주암도기(미국 가던 고생의 기록)	태평양광	12
1917.02.20	1917.02.27	남향기견	장지연	6
1917.02.28	1917.03.10	지리산록	장지연	9

시작일	종료일	제목	필자	횟수
1917.03.06	1917.06.03	지나 편력	나가시마 생	33
1917.04.17	1917.04.27	동경잡신	고주	4
1917.04.19	1917.05.31	만주 견문록	서해생	19
1917.04.26		평양소견	소봉생	1
1917.04.28		해인사 투숙	소봉생	1
1917.06.26		여정에 오르면서	이광수	1
1917.06.29	1917.09.12	오도답파여행 제1신	이광수	52
1917.07.21	1917.07.27	백파와 자하와 온천: 해운대로서 동래에	기자	5
1917.08.28	1917.09.09	평양의 강산과 평양의 인	패강 초부	7
1917.08.16	1917.08.30	석왕사에	진효성	12
1917.08.30	1917.09.04	2일의 여행	삼소생	4
1917.09.05	1917.09.08	서 조선 순람기	황주 별부생	3
1917.09.13	1917.09.19	철원 일별	우보	6
1917.10.17	1918.01.15	지나 만유	소봉생	67
1918.01.08	1918.01.09	안성행	성오생	2
1918.01.11		석왕사에서 하산에 임하여	삼소생	1

이들 자료를 살펴볼 때, 개인의 기행 체험이 본격적으로 등장한 시점
은 1915년 이후의 일로 보이며, 관광 명소나 일본(이광수의 '동경잡신')이
나 중국(나가시마 생의 '지나 편력', 소봉생의 '지나 만유' 등)이 주요 기행지
였음을 확인할 수 있다. 이는 이 시기 기행 담론이 식민 상황에서의
시찰 문화와 만주 침략 이데올로기와 밀접한 관련을 맺고 있었기 때문
으로 보인다. 좀더 구체적으로 말하면 일제 강점기 초기의 시찰 문화는
조선 귀족, 유림, 종교 단체 등의 지도자를 중심으로 일본의 산업화 실
태를 시찰하여 식민 지배를 수용하게 하는 데 목적이 있었다.[3] 또한
일본의 만주 침략 이데올로기는 1917년을 전후하여 조선의 모든 철도

---

3) 조성운(2004)에 따르면 1910년대 주요 일본 시찰단으로는 '貴族觀光團'(1910), '全北觀光
團'(1911), '東拓視察團'(1911~1915), '基督敎 視察團'(1911), '儒林 視察團'(1912, 1914), '朝
鮮 縉神 內地 視察團'(1914), '敎育視察團'(1914), '佛敎視察團'(1917), '九州視察團'(1918),
'醫業視察團'(1919), '農事視察團'(1919) 등이 있었다.

를 만주철도주식회사에 위탁 경영하도록 하면서 본격화된 것으로 볼 수 있다.[4] 그 결과 만주 시찰과 관련된 기행문은 대부분 일본에 의해 발전된 만주의 실태를 보고(報告)하거나 '만선사관'을 반영하는 기행문 으로 나타났다. 이러한 상황에서도 1920년대 이후 본격화된 국토 기행 과 유사한 이광수의 '오도답파여행(五道踏破旅行)'이나 우보의 '철원 일 별' 등은 기행문의 문학적 성격을 드러낸다는 점에서 주목할 만하다.

다음으로 '논설류' 자료 22종은 대부분 시찰단 환영사나 시찰의 중요 성을 담은 경우가 대부분이지만, 일부 자료에서는 기행문과 같은 형식 을 띤 것도 있음을 확인할 수 있다. 이들 자료를 정리하면 다음과 같다.

【매일신보 소재 논설류 기행 담론 자료】

시작일	종료일	제목	필자	횟수
1916.03.16	1916.03.23	소봉 종횡담		7
1911.02.25		조선 실업 시찰단		1
1911.03.19		내지 관광단의 감상		1
1912.09.03		동척 시찰단		1
1913.06.06		동척 시찰단		1
1913.07.27		남선 시찰단 환영		
1913.10.03		지방 시찰단		1
1914.03.06		조선 신사 내지 시찰단		1
1914.03.15		내지 시찰단		1
1914.04.25		환영 내지 시찰단		1
1914.04.26		시찰단의 성공		1
1914.05.19		강사 시찰단		1
1914.06.21	1914.06.23	내지 시찰단 효과		2

---

4) 만주철도주식회사는 러일전쟁 직후인 1906년 일본이 설립한 국책 회사로, 1908년 '만선 지리역사조사실'을 설치하면서 본격적인 만주 지배 이데올로기를 형성하기 시작했다. 특히 일제는 강점 직후부터 '조선고적조사 사업'을 실시하고, 1917년에는 조선의 모든 철도를 만철에 위탁 경영하도록 하면서, 이른바 '만선사관'을 조작해 내었다. 이 과정에 서 구로다 이케[黑阪勝美]의 '任那古地紀行'이나 '朝鮮 史蹟의 踏査'와 같은 답사기가 쓰였 으며, 매일신보사가 주최한 '滿洲視察團'의 시찰 체험을 바탕으로 한 한상룡의 '支那視察 談', 정종호의 '南滿視察記', 서해생의 '滿洲見聞錄' 등이 나타나기도 했다.

시작일	종료일	제목	필자	횟수
1917.03.09		만주 시찰단의 주지		1
1917.04.15		송 만주 시찰단		1
1917.05.17		간도 시찰단을 환영함		1
1917.06.09	1917.06.19	북미시찰잡감	혼다	8
1911.04.19		명승보관의 필요		1
1911.06.24		여점과 여인		1
1911.08.18		지방의 관광단		1
1913.05.07		지방 관광단		1

각 담론의 제목에서 확인할 수 있듯이 대부분의 논설 자료는 '시찰 환영'이나 '감상'을 주제로 하였지만, '소봉 종횡담'이나 '북미 시찰 잡 감'은 연재 형식의 기행문의 성격을 띠고 있다. '소봉 종횡담'은 매일신 보 기자였던 소봉 종횡담은 "一夕에 滯京 中인 德富 先生臥雲臺下의 愛 吾廬로 訪ㅎ고 朝鮮 現時의 多方面에 亘한 高數를 乞ㅎ야 芽塞을 啓홈이 實로 多大홈으로 敢히 獨專치 못ㅎ야 一般 讀者에게 其記憶을 分配코져 ㅎ노라."라는 연재기를 둠으로써, 일본인 도쿠후[德富]의 체험을 계몽적 차원에서 논설란에 수록했음을 알 수 있다.[5] '북미 시찰 잡감'도 이와 유사한 성격을 띠는데, 이 글은 당시 권업모범장장(勸業模範場長)이었던 일본인 혼다[本田]가 조선교육회[6]에서 행했던 강연을 논설란에 옮겨 적 은 것이다. 이 강연록은 '無用의 自負心을 奔ㅎ라', '昔時의 不生産地가 今에 一變ㅎ야 世界 第一의 農業地가 되다', '極端의 乾燥地', '農業 組織 의 當否는 不可輕論', '作物의 單一과 複雜의 利害' 등의 부제가 보여주듯 이 미국의 농업 생산과 관련된 견문을 전달하는 데 목적이 있었다.

---

5) '소봉 종횡담'은 '朝鮮의 鑛工業', '軍國主義의 繁昌', '獨逸의 軍國主義', '하리스 先生을 送홈', '史家 及 其著作', '獨逸의 歷史家'로 이루어져 있는데, 이는 도쿠후의 독일 기행 체험을 군국주의 일본의 조선 지배의 정당성을 뒷받침하는 이데올로기와 밀접한 관련을 맺는다.

6) 이 조선교육회는 1911년 1월 22일 일본 사람들이 중심이 되어 조직한 단체를 말한다. 세키노[關屋貞], 오다[小田省吾] 등이 중심이 되어 조직하였다.

이처럼 논설란에 실리지는 않았지만, 강연과 유사한 강연담 형식의
기행문도 4종이 발견되었다. 그 내용은 다음과 같다.

【매일신보 소재 기행자의 담화(강연담)】

시작일	종료일	제목	필자	횟수
1915.08.20	1915.08.24	백제의 고적	關屋貞	3
1911.03.02		남선개항장현상	本田	1
1911.05.09		宇佐用 동척 총재 삼남 시찰담	宇佐用	1
1917.05.01		남북 만주 시찰 감상담		1

이들 강연담은 고적 답사나 만주 시찰 또는 동척 총재의 삼남 시찰
등과 관련된 강연담으로 이 시기 고적 조사 사업이나 시찰단 조직과
관련된 기행 체험담을 서술한 것이다. 이러한 강연담은 식민 지배 이데
올로기와 밀접한 관련을 맺고 있으며, 그러한 차원에서 현지답사를 전
제로 한 답사기 형식의 기행문도 식민지적 계몽성[7]을 띤다는 점에서
내용상 큰 차이가 없다. 다음은 답사 체험을 바탕으로 한 기행문이다.

【매일신보 소재 답사 체험의 기행문】

시작일	종료일	제목	필자	횟수
1915.08.18	1915.08.19	백제의 구군 부여로브터	小原新三	2
1915.07.22	1915.07.24	임나 고지 기행	黑阪勝美	2
1915.07.29	1915.08.17	조선 사적의 답사	黑阪勝美	15
1915.09.29		인류학상에서 견한 석굴암의 불상	鳥居龍藏	1
1916.10.25	1916.10.26	반도사적관	三浦行長	2

---

7) '식민지적 계몽성'이란 용어는 학문적인 용어는 아니다. 이 글에서는 식민 시대의 계몽주
의가 식민 정책을 수용하면서도 계몽성을 내포한다는 점을 고려하여 이 용어를 사용한
다. 예를 들어 이광수의 '민족개조론'이나 '농촌 계발' 이데올로기는 일본인이 만든 조선
인의 부정적인 이데올로기를 전제로 민족을 개조하거나 농촌을 계몽해야 한다는 입장에
서 있다. 이러한 계몽주의는 일반적인 민족주의 이데올로기와는 큰 차이가 있다.

답사 자료는 대부분 고적 답사의 결과물들이다. 오하라[小原新三]의 '百濟의 舊都 扶餘로브터'는 고적답사와 직접적인 관련은 없지만, 당시의 기행 담론 가운데 하나였던 명승 개발과 보존 계획의 차원에서 이루어진 답사 결과물로 보인다. 이 기행문은 부여 8경을 소개하고, 명승 보존 계획의 정당성을 홍보하는 것을 주요 내용으로 삼았다. 구로다[黑阪勝美], 도리이[鳥居龍藏]의 기행문은 고적답사와 관련된 것이다. 이처럼 직접적인 답사 보고서는 아니지만 춘원생(春園生)과 고주(孤舟)라는 필명으로 연재한 이광수의 '동경잡신(東京雜信)'도 일종의 답사 체험을 포함하고 있다. '동경잡신'은 1915년 두 번째 도일(渡日)한 이광수가 매일신보사의 요청으로 쓴 글로 알려져 있다. 1916년 9월 27일부터 11월 9일까지 28회에 걸쳐 춘원생이라는 필명으로 발표하였으며, 1917년 4월 17일부터 4월 27일까지 4회에 걸쳐 고주라는 필명으로 발표하였다. '동경잡신'에는 '學校', '留學生의 思想界', '工手學校', '學生界의 體育', '忽忙', '沐浴湯', '勤而已矣', '朝鮮人은 世界에 第一 奢侈ᄒ다', '家庭의 豫算 會議', '福澤諭吉 先生의 墓를 拜함'(이상 춘원생), '不忍池畔', '飛鳥山', '落花'(이상 고주) 등의 부제가 달려 있다. 후쿠자와 유키지의 묘를 참배하는 것이나 동경의 '오하나미(꽃구경)'을 즐기는 것 등은 모두 기행 체험과 관련이 있다. 이러한 이광수의 동경 체험[8]은 그의 식민지적 계몽성이나 민족주의가 어떻게 형성되었는지를 보여주는 자료라고 할 수 있다.

---

8) 이광수는 1915년 9월 인촌 김성수의 도움으로 두 번째 도일하여 와세다 대학 고등예과에 편입하였으며, 1916년 9월에는 고등예과를 수료하고 와세다 대학 대학부 문학과에 입학하였다. 이때부터 『매일신보』에 '東京雜信', '文學이란 何오'(1916.11.10~11.23, 8회), '教育家 諸氏에게'(1916.11.26~12.13, 12회), '農村啓發'(1916.11.26~1917.2.28, 44회), '朝鮮 家庭의 改革'(1916.12.14~12.22, 5회), '早婚의 惡習'(1916.12.23~12.26, 3회) 등을 발표하였으며, 1917년 1월 1일부터 6월 14일까지 126회에 걸쳐 '無情'을 연재하였다. 이 가운데 '동경잡신'이나 '교육가 제씨에게', '조건 가정의 개혁', '조혼의 악습' 등은 그의 식민지적 계몽성을 보여주는 자료라고 할 수 있다.

2. 1910년대 『매일신보』 기행 담론의 주요 내용

2.1. 관광 담론과 명승·고적 답사

식민지적 계몽성의 차원에서 1910년대 『매일신보』의 한국인 기행문은 일본 산업 자본의 조선 진출 과정에서 탄생한 관광 산업과 밀접한 관련을 맺는다. 일제에 의한 관광단 조직은 강점 이전인 1907년부터 본격적으로 시작된 것으로 보인다. 예를 들어 1907년 동아상회를 중심으로 한 '일본인 유람 협회'가 존재했으며, 1907년 조직된 한성부민회에서도 '일본 관광단'을 조직하였다.[9] 특히 관광의 산업화가 이루어지면서 명승지나 고적과 관련된 기행문이 나타나기 시작했는데, 1910년대 『매일신보』에 실린 대표적인 명승 관련 기행문으로는 다음과 같은 것들이 있다.

【명승·고적 관련 기행문】

시작일	종료일	제목	내용	필자	횟수
1911.09.23	1911.09.30	십일여행	기자의 강원 방문 시찰기	단생	
1913.07.24	1913.07.29	신금강의 발견		신장균	3
1914.06.23	1914.07.10	주유 삼남		조일제	9
1915.10.17	1915.10.31	금강산 유기	1. 실로 세계의 보	소봉생	11
1916.03.11	1916.03.23	경성 행각		일제생	6
1916.05.07	1916.06.04	금강산	천풍 심우섭	심우섭	17
1916.06.17	1916.07.05	영동기행	고성	심우섭	8
1916.08.05		동행 일기	금강산 기행	조중응	1
1916.09.14	1916.09.17	백제 고도 부여 8경 탐승기	강경지국 운초생	운초생	3
1917.02.28	1917.03.10	지리산록		장지연	9

---

9) 『대한매일신보』 1907년 8월 2일자 광고란에는 동아상회의 '일본인 유람 협회'의 유람자 모집 광고가 게재된 바 있으며, 1909년 4월 14일자 논설에서는 한성부민회의 관광단 송별기가 실리기도 하였다.

시작일	종료일	제목	내용	필자	횟수
1917.07.21	1917.07.27	백파와 자하와 온천: 해운대로서 동래에		기자	5
1917.08.16	1917.08.30	석왕사에	8월 30일까지 12회 연재	진효성	12
1918.01.11		석왕사에서 하산에 임하여		삼소생	1

이 자료에서 단생의 '십일여행(十日旅行)'이나 '백파(白波)와 자하(紫霞)와 온천(溫泉)'은 각종 관광단의 활동과 밀접한 관련이 있다. 예를 들어 1911년도에는 '숙박 규칙'을 마련하고,10) 견문 확장의 차원에서 지방 관광단 조직을 장려하였는데,11) 기자의 강원 시찰담인 '십일여행'은 그러한 과정에서 나타난 산물이다. 이 시기 주요 관광지는 '금강산', '경성', '해운대', '동래 온천', '부여' 등이었으며, '백두산'에 대해서는 조선총독부 관측소장이었던 와다[和田雄治]의 '백두산 탐험기(白頭山 探險記)'가 유일하게 발견된다.12) 엄밀히 말하면 이 탐험기는 관광 산업보다 백두산의 자원화를 목표로 한 것으로 보이는데, 이는 '정계비(定界碑)', '백두산(白頭山)의 표고(標高)', '백두산(白頭山)의 위치(位置)', '백두산(白頭山)의 분화(噴火)', '백두산(白頭山) 부근(附近)의 소호(沼湖)', '국계(國界)의 분계(分界)', '서두수(西頭水) 연혁(沿革)의 삼림(森林)' 등과 같이 자연 지리적인 조건이나 삼림에 대한 서술이 주요 내용을 이루기 때문이다.

이러한 차원에서 한국인이 쓴 주요 관광 기행 체험의 기행문으로는

---

10) 여행자 관련 규칙인 '宿泊 及 居住者 規則'은 1911년 6월 20일 조선총독부령 제75호로 공포되었다. 이 규칙은 총 12조 부칙으로 구성되었으며, 일본인 거류자와 여점(旅店) 보호 및 여행자 통제를 목적으로 한 규칙이다. 『매일신보』 1911년 6월 24일자 사설에서는 이 법령에 대하여 "我民族이 舊日에 未見ㅎ던 此令에 對ㅎ야 或 疑異의 点이 有홀 듯ㅎ나 此는 卽 吾人을 保護ㅎ는 至密 關係라 謂홀지라."라고 서술하면서 "此令이 施行홀 後에는 甲家에셔 乙을 覓홀 時에도 丙宿丁宿을 可知홀지오 公罪를 犯혼 者도 東投西投를 可知홀지니 엇지 公私의 大幸이 안이리오. 旅店 及 旅人은 此 規則을 恪遵ㅎ야 文明的 行動과 文明的 生活을 作홀지어다."라고 주장하였다.

11) 『매일신보』의 지방 관광단과 관련된 자료로는 1913년 8월 18일자 논설, 1913년 5월 7일자의 논설 등이 있다.

12) 이 탐험기는 『매일신보』 1914년 2월 7일부터 2월 22일까지 12회에 걸쳐 실렸다.

신장균의 '신금강(新金剛)의 발견(發見)', 조일제의 '주유삼남(周遊三南)', 심우섭의 '금강행(金剛行)'과 '속 금강행(續金剛山)', 장지연의 '금강유기(金剛遊記)', '설악내기(雪岳內記)' 등을 찾아볼 수 있다.

먼저 신장균의 '신금강(新金剛)의 발견(發見)'은 전형적인 탐승기(探勝記)임을 확인할 수 있다. 다음을 살펴보자.

【신금강(新金剛)의 발견(發見)】

古昔으로 天下에 第一되는 万二千峯 金剛山의 風景은 世人의 共知ᄒᆞᄂᆞᆫ 바이어니와 幾多의 層巒奇峯이 群立ᄒᆞ고 千仞의 懸崖絶壁이 屛刻ᄒᆞ고 到處의 幽壑深谷이 在在ᄒᆞᆷ으로 蓬萊의 仙人이 來遊ᄒᆞ며 無名의 動植物이 繁盛ᄒᆞᄂᆞᆫ 人跡不到의 別有天地인ᄃᆡ 此를 新金剛이라 命名ᄒᆞ고 步步前進ᄒᆞ야 一大 探險을 試ᄒᆞᆫ 結果 約 五十里에 亘ᄒᆞᆫ 一大 溪流가 天然의 美로 群峰諸谷間을 曲曲縫去ᄒᆞ니 其 風景의 明媚ᄒᆞᆷ은 筆舌로 盡記키 難ᄒᆞᄂᆞ 玆에 其 大略을 紹介코ᄌ ᄒᆞ노라. (…下略…)

—『매일신보』 1913.7.24

> **번역** 옛날 천하 제일인 1만 2천봉 금강산의 풍경은 세상 사람들이 모두 아는 바이지만 수많은 층암 기봉이 무리지어 서 있고 천애의 절벽이 병풍을 새겼으며 도처 깊은 계곡이 존재하므로 봉래의 신선이 와서 놀며, 이름 없는 동식물이 번성하는, 인적이 닿지 않는 별천지이다. 이를 신금강이라고 이름 붙이고 한걸음씩 나아가 일대 탐험을 해 본 결과 약 50리에 걸친 일대 계곡물이 천연의 아름다움으로 봉우리와 모든 계곡 사이를 굽이져 흐르니 그 풍경의 명미(明媚)함은 붓과 입으로 다 기록하기 어려우나 이에 그 대략을 소개하고자 한다.

이 글에서 알 수 있듯이, '신금강의 발견'은 금강산의 '풍경', '천연의 미'를 탐험한 내용이다. 관광 산업의 주요 목적이 '행락(行樂)'에 있듯이, 대부분의 탐승기(探勝記)에는 '풍경'과 '천연미에 대한 예찬'이 담겨 있다. 심우섭[13]의 '金剛行'은 매일신보 기자였던 필자에게 당시 사장이었던 아베[阿部充家]가 탐승을 권유하여 작성한 탐승기이다. 이 기행에서 그는 "약천욕탕(藥泉浴湯)에 왕(往)ᄒ야 속후(俗垢)를 쾌척(快滌)홀시 최군(崔君, 동행자)은 명산거찰(名山巨刹)의 장관(壯觀)이 생래초견(生來初見)이라. 도처(到處)에 탄상불가(嘆賞不暇)터니 밋 약탕(藥湯)을 출(出)ᄒ야는 석왕사(釋王寺) 가경(佳景)이 진재약탕(盡在藥湯)ᄒ니 귀족지덕(貴族之德)은 도처선생(到處先生)이라 ᄒ며 상고실소(相顧失笑)ᄒ다."라고 표현하였는데, '속세의 때를 썼고, 가경을 구경하는 것'이 이 기행의 주요 내용을 이룸을 짐작할 수 있다.

이처럼 『매일신보』의 관광·기행 담론에서 금강산이 주목된 데에는 여러 가지 이유가 있다. 그 가운데 하나는 '관광 명소'로서 금강산의 아름다움이 비교적 오래 전부터 사람들의 머릿속에 잠재해 있었다는 사실이다. '금강산＝명소'라는 등식은 한국인뿐만 아니라 중국인, 심지어는 서양인들에게도 널리 확산되어 있었는데, 이러한 의식은 1897년 저술된 비숍의 여행기에도 등장한다. 1894년 1월부터 1897년까지 네 차례나 한국을 방문했던 비숍 여사는, "금강산의 방문으로 여행자는 명성을 얻게 되기 때문에 서울에 사는 많은 젊은이들이 금강산 여행을 선망한다. 대부분의 조선 사람들이 불교와 탁발승을 경멸하지만 성지 순례마저 경멸하는 것은 아니다. 금강산은 조선에서 너무나 유명하며, 그 그림 같은 아름다움은 조선의 시인에게 많이 알려져 있다. 북청(北靑)에서 남쪽으로 동쪽 해안을 따라 내려가는 반도의 분수령은 완만하게 금강산에 이르면 울퉁불퉁하고 올라가기 어려운 봉우리와 원시림을 이룬다."라고 금강산 기행의 의미를 부여하였다.[14] 그만큼 금강산은 일

---

13) 천풍 심우섭(1890~1946)은 심훈의 맏형으로 1914년을 전후로 매일신보에 입사하여 기자 생활을 한 것으로 보인다. 그는 1914년 6월 11일부터 7월 19일까지 신소설 '兄弟'를 연재하였다. 학계에서는 이광수의 『무정』에 등장하는 '신우선'은 심우섭을 모델로 한 것으로 알려져 있다.

제 강점기에 이르기까지 내외국인에게 신비스러운 명소로 알려져 있으며, 관광지이나 속된 표현으로는 '돈벌이가 되는 신비스러운 곳'으로 인식되었다. 김봉(2010)의 관광의 역사에도 서술되었듯이, 근대의 관광이 경제적 차원과 밀접한 관련이 있음은 1910년대 금강산 관광에서도 쉽게 확인할 수 있다. 특히 1915년 4월 '매일신보사'가 주최한 금강산 탐승회는 이를 증명한다. 이 탐승회와 관련하여 연재한 '동양 명승 금강산'(1915.4.27)을 살펴보자.

【동양 명승 금강산(東洋名勝 金剛山)(1): △ 금강(金剛)의 위치(位置)】

東洋의 勝地 別區도 其名이 天下에 冠絶한 金剛山은 朝鮮 半島의 北部 太白山脈에서 起호야 咸鏡南道에 入호야 釰山(일산)을 作호고 江原道 准陽郡 西北에 來호야 鐵嶺이 되며 通川郡 西南에서 楸地嶺이 되고, 高城郡界에 亘(궁)호야 비로소 金剛山이 되얏슴으로 嶺東 嶺西의 分水界를 作하얏스니 嶺東에 屬한 部分을 外金剛이라 稱하며, 嶺西에 屬한 것은 內金剛이라 稱하야 周回 二百有餘里에 轟轟한 巒峰은 撑天而立(탱천이립)호야 其群峰이 實로 一万二千에 至호고 連峰은 擧皆 奇觀勝景에 富호며 變幻結曲에 造化之妙를 山中에 蒐集無遺호야 實로 海內無比한 靈地로 名聲이 天下에 冠絶한 所以이라. 且此 山名에는 金剛山, 皆骨山, 涅槃山, 楓嶽, 怾怛山(기성산)의 五個가 有호니 此는 佛語에서 出한 者ㅣ 多호며, 別로히 景勝으로 因호고, 四季의 眺望에 依호야 各其 季節에 適應한 名稱이 有호니, 卽 春節에는 花* 鳥啼 故로 金剛山, 夏節에는 草木繁茂 故로 蓬萊山, 秋節에는 丹楓이 滿山 故로 楓嶽山, 冬節에는 草木이 枯死호고 殘骸와 如혼 形態를 現出호는 故로 皆骨山이라 稱호야, 無非奇觀勝景이라. 山中에 楡岾寺, 神漢寺, 長安寺, 表訓寺 等의 巨刹 及 大小 數十處의 庵寺가 有호야 往古 三韓時代에는 內外 金剛 山 中 百八寺라 云호얏스나 今에는 廢寺된 者ㅣ 多호며, 傳記에 曰 華嚴經

---

14) 이사벨라 버드 비숍, 신복룡 역주(2006), 『조선과 그 이웃 나라들』, 집문당.

中 東北海中에 金剛山이 有ᄒᆞ야 一萬二千峰 疊無竭 菩薩이 恒常 其中에 處ᄒᆞ얏다 ᄒᆞ얏고, 又 唐의 淸凉 國師ᄂᆞᆫ 帝王에게 疏를 上ᄒᆞ야 曰 世界에 八金剛이 有ᄒᆞ니 其中 七 金剛은 海中에 隱ᄒᆞ고 一 金剛은 海東 朝鮮에 現出ᄒᆞ얏다 云ᄒᆞ얏스니, 元來 此를 信키 難ᄒᆞ나 一万 二千峰이라 稱ᄒᆞᆷ은 羣峯의 數를 稱ᄒᆞᆷ이 안이라, 華嚴經의 一万二千峯이라ᄂᆞᆫ 語를 後世에 傳說된 것이 안인지, 此亦 斷言키 難ᄒᆞ며 且此 山名이 內外에 廣布되야 天下의 名山으로 指稱ᄒᆞᆷ은 唐의 時代로브터 始ᄒᆞ얏다ᄂᆞᆫ데 一次 此山을 觀ᄒᆞ면 死後에 地獄으로 陷落ᄒᆞᄂᆞᆫ 事ㅣ 無ᄒᆞ다ᄂᆞᆫ 迷信으로, 上은 公卿, 下ᄂᆞᆫ 士庶에 至ᄒᆞ기신지 妻子를 携ᄒᆞ고 巡遊禮拜ᄒᆞ야 冬期 積雪과 沍寒(호한)의 候를 除外ᄒᆞᆫ 以外ᄂᆞᆫ 登山ᄒᆞᄂᆞᆫ 者 絡繹不絶ᄒᆞᆷ으로 地方官吏ᄂᆞᆫ 其勢를 畏ᄒᆞ야 東奔西走에 惟命是從ᄒᆞ며 年年歲歲로 此에 供ᄒᆞᄂᆞᆫ 바 費用이 數万으로써 計ᄒᆞ얏스며, 金剛山 下의 住民 等은 其 誅斂에 難堪ᄒᆞ얏다ᄂᆞᆫ 傳說이 有ᄒᆞ고, 其他 近時 朝鮮 上流人士의 參觀ᄒᆞᄂᆞᆫ 者도 有ᄒᆞ니 以上의 狀況으로브터 徵ᄒᆞ건데 往昔 金剛山의 名은 朝鮮全道쑨 안이라 支那 本土에 傳播되야 探勝 又ᄂᆞᆫ 參拜者가 頻繁ᄒᆞᆷ은 勿論이나 山中에 建立ᄒᆞᆫ 寺刹의 大伽藍[15]은 皆支那 工人의 手로 成ᄒᆞᆫ 者이오 又 今에 人跡이 無ᄒᆞᆫ 幽谷絶壁에 至ᄒᆞ기신지 鐵鎖를 用ᄒᆞᆫ 痕迹이 有ᄒᆞᆷ을 見ᄒᆞ야도 往昔에 幾多 登山者가 有ᄒᆞ얏ᄂᆞᆫ지 可히 推察ᄒᆞ리로다. 一次 金剛山 勝景을 探ᄒᆞ고 其 眞想을 言語로 能히 發表치 못ᄒᆞ며 紙筆로도 其 絶景을 寫出키 難ᄒᆞᆷ은 極히 遺憾될 者ㅣ 多多ᄒᆞ지라. 今에 此 金剛山을 遊覽ᄒᆞᆫ 人에게 向ᄒᆞ야 其 勝景의 如何를 問ᄒᆞ면 十中八九ᄂᆞᆫ 다만 雄大ᄒᆞ다, 絶景이 壯觀이라 ᄒᆞ고 答ᄒᆞᆯ 뿐이니, 此를 畵家로 ᄒᆞ야곰 言ᄒᆞ라 ᄒᆞ면 너무 雄大ᄒᆞ야 畵키 不能ᄒᆞ다 ᄒᆞ고, 寫眞師로 ᄒᆞ야곰 言ᄒᆞ면 雄大에 至ᄒᆞ야 版에 籤(감)치 안이ᄒᆞ다 歎息ᄒᆞ고, 文士로 ᄒᆞ야곰 言ᄒᆞ면 此를 形容ᄒᆞᆯ 詞가 無ᄒᆞ다 ᄒᆞ니, 此로써 觀ᄒᆞ게 되면 其景이 如何히 絶勝ᄒᆞᆫ가 可히 想像ᄒᆞᆯ지라. 今에ᄂᆞᆫ 此 名山勝景이 漸次로 社會에 紹介되ᄂᆞᆫ 時를 當ᄒᆞ야 探勝者의 便

---

15) 대가람(大伽藍): 큰 절.

利에 供홀 目的으로써 起稿코자 ᄒ니 山中을 探索홈에 從ᄒ야 其 奇觀景勝이 續續 出來ᄒ야 容易히 盡言키 難ᄒ며 又 其 眞想은 到底히 紙筆로 顯出키 不能홈은 甚히 遺憾이라. 然이나 다만 普通 遊覽者의 顯路로 旣히 世人에 膾炙ᄒ 奇勝名利의 大槪롤 順次로 記述ᄒ야 如此ᄒ 景勝을 廣히 社會에 紹介 코저 ᄒ노라.

—『매일신보』 1915.4.27, '동양 명승 금강산'(1)

번역　동양의 승지 구별에서 그 이름이 천하에 가장 으뜸인 금강산은 조선 반도의 북부 태백산맥에서 시작하여 함경남도로 들어가 평평한 산을 이루고, 강원도 회양군 서북으로 뻗어 철령이 되며, 통천군 서남에서 추지령이 되고, 고성군 경계에 이르러 비로소 금강산이 되었으므로, 영동 영서의 분수계를 이루었으니, 영동에 속한 부분을 외금강이라고 칭하고, 영서에 속한 것은 내금강이라 칭하여 주위 200여리에 굉굉히 둘러싸인 봉우리가 하늘을 받치듯 우뚝 서 그 군봉이 실로 1만 2천에 이르며, 이어진 봉우리는 모두 기이한 승경을 이루어 변환결곡(變幻結曲)의 미묘한 조화를 산중에 남김 없이 수집하여 실로 해내(海內)에 비교할 데 없는 영지로 명성이 천하에 으뜸이 된 까닭이다. 또한 이 산의 이름에는 금강산, 개골산, 열반산, 풍악, 기성산 다섯 개가 있으니 이는 불교 언어에서 나온 것이 많고, 특히 승경과 계절의 조망에 따라 각기 그 계절에 해당하는 명칭이 있으니, 곧 봄에는 꽃이 찬란하고 새가 우는 까닭에 금강산, 여름에는 초목이 번성하기 때문에 봉래산, 가을에는 단풍이 산에 가득차기 때문에 풍악산, 겨울에는 초목이 시들고 잔해와 같은 형태를 보이는 까닭에 개골산이라고 칭하여, 기려한 승경을 비할 데 없다. 산중에는 유점사, 신한사, 장안사, 표훈사 등의 거찰과 대소 수십 곳의 암자가 있어 옛날 삼한시대에는 내외 금강산에 108개 사찰이 있다고 일컬었으나, 지금 폐찰된 곳이 많으며, 전하는 기록에 말하기를 화엄경 중 동북해 중 금강산이 있어 1만 2천봉 담무갈 보살(曇無竭菩薩)이 항상 그 곳에 있었다고 하였다. 또 당의 청량 국사는 제왕에게 상소하여 세계에 8금강이 있으니 그 중 7금강은 바다 속에 숨어 있고 1금강은 해동 조선에 있다고 말했으니, 원래 이를 믿기는 어려우나 1만 2천봉이라고 칭하는 것은 군봉의 수를 칭하는 것이 아니라 화엄경의 1만 2천봉이라는 말이 후세에 전해진 것이 아닌지, 이 또한 단언하기 어려우며 또 이를 산 이름이 내외에 널리 퍼져, 천하의 명산으로 지칭한 것이 당나라 시대부터 시작되었다고 하는데, 일차 이 산을 보면 사후에 지옥에 떨어지는 일이 없다는 미신으로 인해, <u>위로 공경으로부터 아래로 사서(士庶)에 이르기까지 처자를 데리고 순유예배(巡遊禮拜)하여 겨울철 쌓인 눈과 혹한의 추위가 아니면 등산하는 자가 끊이지 않아 지방 관리는 그 세력을 두려워하여 동분서주에 명을 받들고 해마다 이에 제공하는 비용이 수만에 달했으며, 금강산 아래 주민은 그 가혹한 세금을 감당하기 힘들었다는 전설이 있다.</u> 그밖에 최근 조선 상류인사가 참관하는 자도 있으니 이상의 상황으로 보면 과거 금강산의 이름은 조선 전도뿐만 아니라 중국 본토에 퍼져 탐승 또는 참배자가 빈번함은 물론이나 산중 사찰의 대가람(큰 절)은 모두 중국 공인의 손으로 만든 것이며, 또 지금 인적이 없는 깊은 계곡에 이르기까지 철쇄를 사용한 흔적이 있음을 보더라도 옛날 수많은 등산자가 있었음을 가히 추측할 수 있다. 먼저 금강산 승경을 보고 그 참된 모습을 말로 능히 표현하지 못하며, 붓으로 그 절경을 묘사하기 어려운 것은 극히 유감스러운 점이 많다. 지금 이 금강산을 유람한 사람에게 그 승경이 어떤지 물으면 십중팔구는 다만 웅대하다, 절경이 장관이라고 답할 뿐이니, 이를 화가에게 말하라고 하면 너무 웅대하여 그리기 어렵다하고, 사진사에게 말하도록 하면 웅대함이 지극하여 판에 담지 못한다 탄식하고, 문사에게 말하도록 하면 이를 형용할 말이 없다 하니, 이로 보면 그 경치가 어느 정도 절승한지 가히 상상할 수 있다. <u>지금 명산승경이 점차 사회에 소개되는 때를 당하여 탐승자의 편리에 제공할 목적으로 원고를 쓰고자 하니</u> 탐색에 따라 그 기관경승이 속속 도착하여 쉽게 다 말하기 어려우며 또 그 참된 모습은 도저히 드러내기 어려우니 유감이다. 다만 보통 유람자에게 알려진 길로 이미 세상에 회자되는 기관명승의 대략적인 모습을 순서에 따라 기술하여 이러한 승경을 널리 사회에 소개하고자 한다.

이 시기 관광 담론과 함께 '탐승회' 차원에서 소개된 이 글은 식민 시기 관광 담론의 성격이 명료하게 드러나 있다. 금강산의 절경과 신비로움을 홍보하여 탐승회 참가자들을 늘리고자 하는 의도뿐만 아니라, '명산승경이 점차 사회에 소개되는 때'라는 표현에서 식민 시기 각종 조사 활동이나 시찰의 연속으로 관광 산업이 도입되고 있음을 확인할 수 있고, 그러한 배경에서 금강산 주변의 지방 관리의 어려움과 주민들의 수탈에 대한 언급도 포함되어 있다. 이 기사는 1915년 6월 9일까지 모두 29회에 걸쳐 연재되었다. 이때 연재된 내용을 종합하면 거의 금강산 안내 책자가 되는 셈이다.

고적 답사류도 마찬가지이다. 일제의 국권 침탈 이후 식민 정책의 차원에서 각종 고적 조사가 행해졌음은 널리 알려진 사실이다.16) 『매일신보』의 고적 답사 담론은 일제 관학자들의 식민사관 형성을 위한 사료 조사의 성격을 띤 경우가 많았다. 그 중 하나인 구로다(黑板勝美)의 답사기를 살펴보자.

【남선 사적(南鮮 史蹟)의 답사(踏査) (1)】

一. 洛東江, 蟾津江, 錦江 流域의 研究: 朝鮮史의 研究는 從來 多數흔 學者의 研究흔 바ㅣ 되어 旣히 多少 明瞭히 된 点도 有ᄒ나 然이나 上代의 歷史에 至ᄒ야는 今日ᄭ지 不明흔 点이 不少ᄒ니, 此는 畢竟 朝鮮에 在來흔 正確흔 記錄이 甚乏ᄒ고 且 又 朝鮮人이 史學의 研究에 對ᄒ야 非常히 冷談흔 事에 起因흠이라. 故로 今日에 吾輩는 彼 高麗時代에 出版된 三國史記, 三國遺事 如何흔 書冊을 據ᄒ야 總其一斑을 携흘 쑨에 不過ᄒ나 然이나 朝鮮 上代의 研究는 直히 日本 上代의 歷史와 密接흔 關係가

---

16) 국사편찬위원회(1999), 『한국사 42: 대한제국』, 탐구당문화사. '통감부의 식민지화 정책' 참고. 이 책에 따르면 국권 침탈기 일제의 식민지화를 위한 기반 조성 차원에서 일본 농상무성의 촉탁에 따라 각 부현에서 조선실업시찰단이 파견되었고, 각종 조사 사업이 실시되었다. 이러한 조사는 강제 병합 이후 '토지조사사업'(1912년 토지조사령), '임야조사사업'(1916년 산림령과 임야조사사업) 등으로 이어진다.

有ᄒᆞ야 其硏究ᄂᆞᆫ 移ᄒᆞ야 日本 史學界의 重要ᄒᆞᆫ 硏究 問題가 될 것이라.

(…下略…)

─『매일신보』 1915.7.29, 남선사적의 답사(1),

동경제국대학 교수 문학박사 구로다(黑板勝美)

번역 낙동강, 섬진강, 금강 유역의 연구: 조선사의 연구는 종래 많은 학자가 연구하여 이미 다소 명료하게 된 점도 있으나 상대의 역사에 이르러는 금일까지 불명한 점이 적지 않으니, 이는 필경 조선에 전해오는 정확한 기록이 심히 부족하고 또 조선인이 역사학 연구에 매우 냉담한 데서 기인한다. 그러므로 우리는 이 고려시대에 출판된 〈삼국사기〉, 〈삼국유사〉 어떤 서책을 근거하여 그 일반을 지니는 데 지나지 않으나 조선 상대 연구는 바로 일본 상대의 역사와 밀접한 관계가 있어 그 연구가 일본 사학계의 중요한 연구 문제가 된다.

답사의 출발을 알리는 서두의 글에서 낙동강, 섬진강, 금강 유역의 답사가 한국과 일본의 고대사 연구 목적에서 시작된 것임을 분명히 하고 있다. 이 답사기는 '남선 사적(南鮮史蹟) 연구의 출발점', '귀중한 조선 사적과 그 보존(保存)', '고물(古物)의 유래와 골동벽(骨董癖)의 진희(珍戲)', '임나(任那)와 조선 해협의 제해권', '임나는 하처(何處)에 재(在)하였는가', '경상남도(慶尙南道) 김해군(金海郡) 주촌면(酒村面)의 평원(平原)', '제삼기(第二期) 임나일본부(任那日本府)의 소재지(所在地), 부장품(副葬品)에 관(關)한 고고학적(考古學的) 연구(硏究)', '섬진강(蟾津江)과 백제시대(百濟時代)의 교통(交通)', '백제(百濟)에 재(在)한 축성(築城)의 신양식(新樣式)', '남조선(南朝鮮) 연혁(沿革)과 왜구(倭寇)의 유적(遺蹟)', '충주(忠州)에서 발견(發見)한 불상(佛像)의 배광(背光)', '부소산상(扶餘山上)의 고와(古瓦)의 연편(蓮片)', '여사(如斯)히 연구(硏究)의 단서(端緒)를 득(得)함' 등 총16회로 구성되었다. 각 부제에서 확인할 수 있듯이, 이 답사는 임나일본부설을 비롯한 식민사관을 뒷받침하기 위한 단서를 찾는 데 목적이 있었다. 그렇기 때문에 각 지역에서 발견되는 유적이나 삶의 형태를 고대 남선(南鮮)에 대한 일본 지배설과 관련하여 해석하는 데 중점을 두고 있다.

이러한 답사기는 역사학자들만의 몫이 아니었다. 강경지국 운초생 (雲樵生) 필명의 '백제 고도 부여 탐승기'(1916.9.14~16, 3회)와 같이 고적지가 탐승 대상으로 변화된 경우도 매우 많다. 특히 1908년부터 본격화된 '수학여행' 문화가 유적지 답사의 성격을 띠게 된 것도 이 시대의 기행 담론과 밀접한 관련을 맺는다.

2.2. 시찰·답사와 재현 의식

『매일신보』의 기행 담론 가운데 대부분을 차지하는 것은, 1900년대 이후 본격화된 시찰기와 답사기들이다.

【매일신보 소재 시찰 관련 기행 자료】

시작일	종료일	제목	내용	필자	횟수
1915.06.02		춘천 춘일춘 고유	이완용의 춘천 기행문	이완용	1
1917.04.27	1917.05.18	지나시찰담	한상룡의 시찰담	한상룡	13
1917.06.16	1917.06.17	선만 만유 잡감	여행의 목적, 조선의 전도	소송녹	2
1917.06.21	1917.06.23	남만 시찰기	진주 정종호	정종호	3
1917.08.31	1917.11.17	불교 시찰단		권상로	37

시찰 목적에서 이루어진 기행 자료는 대부분 목적성을 띤다. 특히 일제의 식민 정책에 동조하는 친일파들이 남긴 글들이 상당수 있는데, 이완용의 '春川春日春告遊'나 한상룡의 '支那視察談' 등이 그것이다. 또한 일본의 만주 지배 이데올로기가 본격화된 1917년 전후에는 정종호의 '南滿 視察記'가 실리기도 했으며, 불교 시찰단을 따라 일본에 갔던 권상로는 '佛敎視察團'이라는 보고문을 연재하기도 하였다.

흥미로운 것은 이광수의 '농촌 계발'인데, 이 글은 전형적인 기행문이나 답사기는 아니다. 이 글은 '東京에서 春園生'이라는 필명으로 연재하였는데, '제1장 緖論', '제2장 向陽里의 現狀', '제3장 靑年을 鼓動함' 등과 같이 논문의 목차를 연상하게 한다. 그러나 제1회 서론에서 밝힌 바와 같이, 이 연재물은 이광수가 경험한 우리나라 농촌의 실정과 농촌 계몽의 필요성을 이야기체로 서술한 것이다.17) 특이한 것은 '농촌 계발'의 서술 방식인데, 이 글의 '서론'에서는 다음과 같이 서술하고 있다.

【농촌계발 제일장 서론(農村啓發 第一章 緖論)】

먹고야 살겟소. 目下 우리의 걱정은 富도 아니오 貴도 아니오 安樂도 繁榮도 아니오 먹고 살 일이오. 먹고 살랴면 産業이 잇서야 하겟소. 農業, 工業, 商業, 漁業 等이지. 이 生産의 發達이 모든 나라와 모든 民族의 生存 維持와 文明 發達의 根本인 것과 其他 우리에게 根本 問題오. (…中略…) 이 두 가지 産業上 精神上 意味로 나는 農村 啓發을 叫呼함니다. 그러고 우리 大部分되고 中堅되는 農村啓發의 方針을 늬 싱각되로 陳述ᄒ려 홈니다. 有志 諸彦은 이것이 刺激이 되여 農村 啓發의 식롭고 큰 運動을 일히시기를 바랍니다.

그러나 나는 모든 參考와 統計와 其他 必要ᄒ 材料를 엇기에 미우 不便ᄒ 자리에 잇슴으로 所論이 흔히 局面이오 獨斷되기 쉬우나 此亦不可奈何라 써 後日을 期約ᄒ기로 ᄒ고 아직은 著者의 精誠이나 酌量ᄒ야 주소셔. <u>알아보기도 쉬웁고 興味도 잇기 爲ᄒ야 한 農村을 次次 改良ᄒ야 理想的으로 만드는 小說 비슷ᄒ게 ᄒ기로 ᄒ겟습니다.</u>

—『매일신보』 1916.11.26

---

17) 이광수의 '농촌 계발'은 '향양리(向陽里)'라는 농촌을 대상으로 계몽의 필요성과 계몽 방법, 방향 등을 서술한 글이다. 이 점에서 전형적인 답사 보고서와는 차이가 있으나, 농촌 체험을 바탕으로 한 글이어서 답사류에 포함하였다.

이와 같이 이 글을 쓴 목적은 '농촌 계발 운동'을 촉구하기 위해서이다. 소설 형식으로 한 마을을 설정하고 이상적 농촌으로 계발하는 과정을 서술한 이 글은 1910년대 식민 정책과 타협하면서도 농촌 계몽을 목표로 하는 이광수식 계몽주의의 특성을 잘 드러내 준다.

답사기 형태의 기행문 가운데 조일제[18]의 '주유삼남(周遊三南)'과 '경성행각(京城行脚)' 등은 탐승과 답사를 목표로 한 것이지만, 이 시기 생활상을 사실적으로 재현했다는 점이 주목할 만하다. 이 기행문도 기자의 즐거운 유람기로 시작된다.

【주유삼남(周遊三南)】

저긔는 출싱흔 이후로 죠션 뉘디를 널니 유람흔 바이 업슴을 흥샹 한탄호야 유의막슈흔지가 임의 스오년 간에 일으럿스니 엇지호여 결단코 길을 써나 디방의 슌유홀 소지를 일우지 못호얏는고, 신톄가 건강치 못흔 것도 안이오 려비의 곤난흠도 안이오 가루에 억미이여 그러흠도 안이오 다만 그 긔회를 엇지 못흔 연고이라. 유지쟈 스경셩이라 흠은 저고의 격언이라 금번에 다힝히 삼남디방을 처음으로 한박휘 돌게 되는 긔회를 엇엇슴으로 깃분 무음을 익의지 못호여 발정호는 젼늘은 거의 잠을 일우지 못호고 뎐뎐반칙호엿스니 이는 근심이 심중에 잇셔 그러흠이 안이라 질거운 무음이 가슴에 가득호야 어린으히가 셧달 금음늘 저녁을 당흔 듯이 릭일은 설보임홀 싱각에 잠자지 못호듯시 깃거워셔 요스이 굣치 쌀은 밤도 오히려 넘오 긴 것을 한탄호엿더라.

—『매일신보』 1914.6.23

이 기행문은 '긔차속에셔 한나잘', '대구에서 하로 져녁', '격격무인

18) 조일제는 1910년대 작가로 『매일신보』에 신소설 '쌍옥루'(1912.7.17~11.27), '장한몽' (1913. 5.13~10.1), '菊의 香'(1913.10.2~12.28), '단장록'(1914.1.1~6.10), '비봉담'(1914.7.21~10. 28), '속편 장한몽'(1915.5.25~12.26), 희곡 '병자삼인'(1912.11.17~12.25) 등을 발표하였다.

야반경에 녀학싱의 신세 타령 흔곡됴라', '방즁에 곡셩이 나고 아고며 니바야로다'(대구 지방에서 놀랐을 때 쓰는 '아고바야'라는 사투리를 뜻함), '사랑에 겨워 싸홈', '마산 포션을 타고', '마산의 그림 갓흔 경치', '디교 소교ㅈ혼 쏼을 두고서 손칙 주유 ㅈ흔 사회를 구히', '우즁에 긔션을 타고 마산을 써나 진쥬로', '진쥬라는 쵹셕루 론기 ㅅ당도 그곳', '진쥬의 겨틔 포 도화동의 탁쥬집' 등의 부제가 달려 있다.

이처럼 유람을 표방한 '주유삼남'이지만, 이 기행문은 순국문으로 기록되었다는 점, 기자가 목격한 풍광을 사실적으로 묘사하고자 한 점 등을 기행문의 발달이라는 차원에서 다른 시찰기나 관광 담론과는 구별되는 점이 있다. 다음 장면을 살펴보자.

【대구에서 하로 저녁】

(…전략…) 대구 뎡거장에 도착흔 쌔는 오후 여섯시가 지닉고 십분이 더ᄒᆞ얏더라. 조고마흔 2짐을 엽헤 씨고 총총히 뎡거장 밧글 나셔 ᄉᆞ면을 도라보며 쟝ᄎᆞ 갈 곳을 숣히는 즁에 엽헤로셔 <u>쇼민룰 지긋 잡아다리는 사롬이 잇스며</u> 「쥬무시고 가실남닛가」 도라다보니 머리 싹고 일본 나무신 신고 운동 모ㅈ 쓴 십삼ᄉᆞ세 된 ᄋᆞ희인딕 엽헤 들고 셧는 짐을 억지로 달나ᄒᆞ야 들고 「어셔 가십시다 져의 집이 뎡거장에셔 뎨일 갓갑고 졍ᄒᆞ외다」 ᄌᆞ긔의 싱각ᄒᆞ는 바는 크고 화려흔 려관보다 젹고 또는 츄흔 집을 ᄎᆞ져가는 것이 연구흘 가치가 잇스리라 ᄒᆞ는 무음으로 못 익의는 테ᄒᆞ고 그 ᄋᆞ희의 ᄒᆞ는 딕로 닉버려 두엇더니 (…중략…) <u>아희를 싸라 려관으로 드러가니</u> 십여간 초가에 손 두는 방은 서너너덧에 지닉지 못ᄒᆞ며 그러나 한 방은 한 간에셔 넙지 못ᄒᆞ는 방이라 지시ᄒᆞ여 쥬는 딕로 방 하나를 뎡ᄒᆞ고 드러가니 양지 도빅흔 벽샹에는 죽엽문도 그리엿고 혹은 미화송이도 쳐쳐에 붉엇스니 혼ᄌᆞ 싱각에 올치 오날 져녁의 잠ᄌᆞ리는 가위 짐작ᄒᆞ리로다. 낫을 씻고 다리 씻고 또는 져녁을 쥬문흔 후 한간방에 외로이 토막이 흔기를 베고 누엇스니 <u>공연이 고격흔 무음만 일어나며</u> 발치 문밧

그로 늬여다 보면 어여 머리에 삿갓 쓰고 치마 고리 한자룩은 허리춤에
질어 씨른 녀ᄌ들만 왓다갓다 ᄒ며 「아! 문둥아! 어듸 갓던고」ᄒ며 반가
이 인사ᄒᄂ 소릐가 가쟝 귀에 싀로올 쑨이라. (…하략…)

—『매일신보』1914.6.24

　이 글은 이 시기 여행객들의 모습을 사실적으로 그려낸다. 대구 정거
장에서의 호객 행위나 여관의 모습, 여관 주변의 삶 등이 그러하다. 이
처럼 당시의 삶을 그대로 재현하고자 했다는 점에서 이 기행문은 관념
적이고 추상적인 전 시대의 기행문19)에 비해 좀 더 진전된 모습을 보인
다. 그뿐만 아니라 대구 여관에서 만난 약팔이 소녀(최금옥, 1914.6.26),
밀양집과 최성언 부부의 사랑싸움(1914.7.6), 신마산(新馬山)의 변화한
모습과 자신의 소설 장한몽을 읽는 여자의 이야기소리(1914.7.4), 충무
공 사적과 촉석루(1914.7.7~7.8) 등 이 시기 여행자로서 쉽게 목격할 수
있는 이야기들이 사실적으로 묘사되었다. 이러한 차원에서 '주유삼남'
류의 기행문은 비록 식민 상황의 기자 탐방기일지라도 그 시대 민중의
삶을 언문일치로 재현한 작품이라는 면에서 앞선 시대의 기행 담론과
는 다른 차원의 기행문이라고 볼 수 있다.
　이처럼 답사 체험의 사실성을 고려할 때, 이광수가 남긴 '오도답파여
행(五道踏破旅行)'은 문체의 변화라는 차원에서 주목할 만하다. 이 여행
기는 1910년대 발표된 우리나라 국토를 기행한 대표적인 기행문20)으
로 1917년 6월 26일부터 9월 12일까지 52회에 걸쳐 연재되었다. 그가

---

19) 곽승미(2011)에서는 『소년』 소재 기행문을 연구하면서 최남선의 기행문에서 관념성을
　탈피하기 시작한다고 지적한 바 있다. 그러나 『소년』 소재 기행문 가운데 상당수는 '교도
　(敎導)' 또는 '훈도(訓導)'의 성격을 띠고 있어 관념적 계몽성을 완전히 탈피한 것은 아니
　다. 특히 '쾌소년 세계 일주 시보'와 같은 기행문은 가상의 소년 최건일을 내세워 영웅
　사상을 강변한 면도 있다.
20) 구인모(2004), 복도훈(2005) 등에서는 1920년대 본격적인 국토 순례 기행문이 쓰였음을
　밝힌 바 있는데, 이광수의 '오도답파기행'은 식민지적 계몽성과 사실적 재현이라는 차원
　에서 의미를 가질 뿐, 국토 순례 의식이 반영된 것은 아니다.

남긴 기록은 '여정(旅程)에 오르면서'(1회), '제1신(第一信)'에서 '제7신(第七信)'(7회), '백마강상(白馬江上)에서'(1회), '군산(群山)에서'(1회), '전주(全州)에서'(4회), '이리(裡里)에서'(3회), '광주(光州)에서'(3회), '목포(木浦)에서'(1회), '다도해(多島海)'(4회), '통영(統營)에서'(2회), '동래온천(東萊溫泉)에서'(2회), '해운대(海雲臺)에서'(1회), '진주(晉州)에서'(4회), '부산(釜山)에서'(2회), '마산(馬山)에서'(2회), '대구(大邱)에서'(3회), '서라벌(徐羅伐)에서'(13회)로 구성되어 있다. 이 기행문은 다음과 같이 시작하고 있다.

【여정(旅程)에 오르면서】

마츰닉 今朝에 發程ᄒ얏소. 五道踏破라고 名義ᄂ 죠치마ᄂ 其實은 一介 書生의 鎖夏 覔景次에 不過ᄒ오. 그런 것을 社內 여러 先生이 過히 推獎ᄒ여 쥬셔셔 도로혀 泯面을 不禁ᄒ오. 그러나 旣往 써나ᄂ 길이니 力所及까지ᄂ 有益ᄒ도록 ᄒ려 ᄒ오.

豫告에ᄂ 經濟, 人情, 風俗 等 旅行의 目的이 揭載되엇스나 元來 아무 燗眼도 업ᄂ 나로ᄂ 무엇을 엇더케 보아야 홀ᄂ지 方向을 알 슈 업소. 그러닛가 旅行記도 自然 統一도 업고 脈絡도 업슬 것이오. 다만 눈에 씌우ᄂ 디로 귀에 들리ᄂ 디로 제게 興味 잇ᄂ 것을 써 보려 ᄒ오.

今日부터 六十餘日間 到處에 여러 어룬들의 弊를 만히 끼치깃소. 제가 묻ᄂ 바를 對答도 ᄒ야 쥬셔야 ᄒ겟고 제가 알 必要 잇ᄂ 것을 가라쳐도 쥬셔야 ᄒ겟고 또 죠혼 곳을 구경도 식혀 주셔야 ᄒ겟소. 이러케 여러 어룬네의 指導와 援助가 업스면 졔 旅行의 目的은 萬一도 達ᄒ지 못홀 것이외다. 이번 旅行의 目的에 對ᄒ야 一言이 업슬 슈 업소.

첫지 朝鮮의 現狀이 엇더흔가

둘지 最近 朝鮮이 엇더케 또ᄂ 얼마나 變遷ᄒ엿스며 進步ᄒ얏ᄂ가.

셋지 現今 朝鮮에ᄂ 엇더흔 中樞 人物이 잇셔 社會를 指導ᄒ며 또 그분네ᄂ 우리의 發展에 對ᄒ야 엇더흔 抱負를 가진가.

넷지 現今 朝鮮의 生活 經濟 狀態ᄂ 엇더흔가. 엇지ᄒ면 富ᄒ고 樂ᄒ게

살아볼 슈 잇는가.

다섯지 <u>制度 人情 風俗 中에 엇던 것이 推獎홀</u> 만ㅎ며 엇던 것이 <u>改良홀</u>
<u>만혼가</u>. 그리고 各地方의 特色이 엇더혼가. 이밧게 <u>勝景</u>이며 <u>古蹟</u>을 구경
홈도 늬 重要혼 目的이어니와 各地方 <u>古來의 傳說과 民謠와 奇風異俗을 蒐</u>
<u>集홈이 늬 干切혼 希望</u>이외다. (…下略…)

—『매일신보』 1917.6.26

(13)의 여행 목적에 드러나듯이, '오도답파여행'은 매일신보사의 후
원을 받아 이루어졌으며, 당시 조선의 변화를 '진보' 또는 '발전'이라는
관점에서 이해하고, 조선을 발전시킬 중추적인 인물을 찾아내며, 승경
과 고적을 구경하는 것을 목적으로 하였다. 이러한 기행 목적은 이 시
기 시찰단이나 관광단을 조직하여 명승·고적을 답사하도록 한 것과 크
게 다르지 않다. 그럼에도 이 기행문에는 당시의 세태에 대한 사실적
기록이 담겨 있어, 기행문의 변화 과정을 연구하는 데 중요한 자료가
된다. 예를 들어 '이리(裡里)에서(二)'의 한 장면을 살펴보자.

【이리(裡里)에셔(二)】

裡里는 「솜니」라고 부른다. 日本人 五百戶 朝鮮人 三百戶 假量되는 新接
살림이다. 原來 죠고마혼 農村이던 것이 湖南線 開通 以來로 全北 平野의
<u>中心이 되고 말앗다</u>. 시집쁜이오 짓는 집쁜이다. 張次 그림을 그릴 양으로
여긔져긔 繪具를 씌어 발른 듯ㅎ야 아직 一定혼 形狀도 업는 두루뭉실이
다. 一望無際혼 全北의 平野 한복판에 무엇이 될지 모르는 怪物이 裡里의
本性이다. 「山도 업고 물도 업고 잇는 것이 쌀」이라는 朴 郡守의 말슴과
ㄳ치 裡里는 쌀의 都會다. 全北 平野의 無盡藏혼 쌀로 怪物 裡里는 날로
生長ㅎ야 마춤늬 全北 唯一의 殷富혼 都會로 長成홀 運命을 가젓다.
朴 郡守와 其他 有志의 好意로 歡迎의 宴을 열어 주엇다. 席上에 第一
놀라운 것은 모힌 여러분의 <u>人事 言語 凡節이 全혀 日本化하얏슴</u>이다. 衣

服만 和服을 입엇더면 그네가 朝鮮人인 줄 모를 것이다. 毋論 外形만으로 內心신지 判斷홀 슈 업스나 적어도 外形으로는 完全히 日本化ㅎ얏다고 홀 만ㅎ다. 나는 席上에서 <u>裡里의 朝鮮人도 日本人과 平行ㅎ게 發展ㅎ기를 빌 엇고 一同은 그러ㅎ도록 盡力ㅎ시노라고 對ㅎ얏다.</u> (…下略…)

—『매일신보』 1917.7.14

이 글은 이광수가 이리에서 보고 듣고 느낀 바를 적은 글의 일부이다. 이 글에는 무명의 도시가 일본의 쌀 수탈 정책에 의해 전북의 중심지로 변화하는 과정이 나타나며, 이 시기 지방 군수와 유지들의 일본화 과정이 사실적으로 드러난다. 특히 일본화에 대한 이광수의 견해가 진솔하게 나타나는데, 이를 통해 볼 때 이광수의 친일 행적은 그의 사상이 급변한 데서 비롯된 것이 아니라 그가 갖고 있던 계몽주의가 식민지적 시대 상황에 대한 수용적 태도에서 비롯된 것임을 알 수 있게 한다.[21] 그럼에도 그의 기행문을 통해 시대 상황을 사실적으로 재현해 낼 수 있다는 점은 기행문의 양식이나 문체 발전의 차원에서 일정한 의미를 갖는다.

이러한 입장에서 민태원의 '철원 일별(鐵原一瞥)'도 눈여겨 볼 필요가 있다. 이 기행문은 1917년 9월 13일부터 9월 19일까지 6회 연재되었는데, 다른 기행문과는 달리 순수한 여행 체험을 바탕으로 한 글이라는 점, 개인의 기행 체험이 사실적으로 기록된 점, 유려한 문체 등에서 가치 있는 글로 판단할 수 있다.

---

21) 기존의 연구에서 이광수의 친일 행적과 관련된 것은 1922년 이후의 '민족 개조론'이나 일제 강점기 말기의 친일 행적에 초점을 맞춘 것으로 보인다. 또한 이광수의 기행문을 종합적으로 분석한 김경미(2012)에서는 『청춘』에 실린 이광수의 '상해서', '해삼위로서', '동경에서 경성까지' 등을 중심으로 식민지 지식인의 이중 인식이라고 일컬은 바 있다. 그러나 '오도답파기행'에서는 그의 식민 상황에 대한 인식이 문명의 본질과 제국주의의 본질을 정확히 인식했다기보다 식민 상황과 타협하고 식민 이데올로기를 수용하는 입장에 서 있었음을 확인할 수 있다.

3. 재현과 의식, 그 한계

3.1. 여로(旅路)의 시작과 의식

1908년 11월 『소년』 창간호에 게재된 최남선의 '쾌소년 세계주유 시보'(1)은 남대문 정거장에서 최건일의 의지로 시작된다. "이데 내가 밧분 길을 써나디 안코 이 글을 초(抄)함은 다름 아니라 다만 얼마ㅅ동안 쇠강(衰降)하얏던 여행성(旅行誠)을 갱기(更起)케 하야 그뎌 우리 소년(少年)만이라도 뎜 활발(活潑)하고 뎜 쾌활(快活)하야 능(能)히 남아(男兒) 사방(四方)의 지(志)를 드릴 만한 사람되기를 권(勸)하고댜 함이라 (…중략…) 바라노니 소년(少年)이여. 울적(鬱積)한 일이 잇슬 리(理)도 업거니와 잇스면 여행(旅行)으로 느리고 더욱 공부(工夫)의 여가(餘暇)로써 여행(旅行)에 허비하기를 마음 두시오. 이는 여러분에게 진정(眞正)한 지식(智識)을 둘 쭌 아니라 온갖 보배로운 것을 다 드리리이다. 가난 길이 밧붐애 알외올 말을 다 목뎍 삼나이다. 삼가 여러분의 진중(珍重)하심을 수(酬)하옵나이다. 십년(十年)의 숙원(宿願)을 비로소 이루어 세계 주유(世界周遊)의 길에 오르난 최건일(崔健一)은 남대문(南大門) 정거장(停車場)에서"라고 한 여행기의 시작은 그 자체가 웅변 원고인 셈이다. 이어서 제2보의 주유시보에서는 서울에서 개성을 거쳐 의주로 가는 기차 안에서 공육(公六)이 지었다는 '경부철도가'를 감격적으로 인용한다.[22]

철도 여행에 대한 볼프강 쉬벨부쉬의 분석과 같이, 기차는 대표적인 근대 문명의 하나이자 근대적 시간과 공간의 개념을 바꾸어 놓은 문명의 이기(利器)이다.[23] 철도의 발명은 기존의 시간과 공간에 대한 인식을 바꾸어 놓는다. 그러나 철도 그 자체는 식민 제국주의의 위용을 상징할

---

22) '쾌소년 세계 주유 시보'는 최남선의 작품이며, '공육'도 그의 호이다. 이 작품은 최남선이 '최건일'이라는 가상의 화자를 내세워 기사 형식(時報)으로 쓴 기행문의 일종이다.

23) 볼프강 쉬벨부쉬, 박진희 옮김(1999), 『철도 여행의 역사』, 궁리.

경우가 많다. 특히 근대 계몽기 한국 사회에서의 철도는 '문명의 상징'으로서 부러움의 대상이자 제국주의 위용 그 자체였다. 이는 쾌소년 최건일뿐만 아니라 1900년대 기행 담론 속의 인물이 공통으로 경험하는 것이었다.

【동서 기후 차이(東西 氣候 差異)의 관감(觀感)】

山野는 茫茫ᄒ고 風雨는 凄凄ᄒ듸 海上 小館에 獨坐ᄒ 一孤客이 其 思也ㅣ 悠悠로다. 大抵 天地가 廣漠ᄒ고 陰陽이 循環ᄒ야 四時의 迭遷과 三光의 照臨이 率普가 惟均ᄒᆯ 듯 하나 太陽의 光射斜直과 照線遠近을 因ᄒ야 寒暖이 不齊ᄒᆷ은 原定될 理이나 同一한 緯線과 同一ᄒ 經度 內에 風雷雨雹과 寒暑燥濕이 互相 懸殊ᄒᆷ은 平日 未料ᄒ 事實이로다. 余가 客月 初에 本國 漢城에 來遊할식(陰曆 五月 初吉) 日氣가 炎熱ᄒ야 單衣가 流汗을 不勝ᄒ며 雨澤이 鮮少ᄒ야 田家가 旱乾을 是憂ᄒᆯ 쑨 아니라 街衢巷曲에 我心憚暑의 歌謠가 在在打耳ᄒ더니 <u>越數日에 日本東京에 遊覽ᄒᆯ 次로 京釜 一番列車를 搭乘ᄒ고 釜山港에 到着</u>(陰 五月 五日)ᄒ니 夕陽이 已西ᄒ고 海雲이 遮升ᄒ야 臨岸一望에 流汗이 快收ᄒ지라. 因ᄒ야 大艦을 駕ᄒ고 海洋에 泛ᄒ야 四顧를 肝瞻ᄒ니 鯨波蜃樓가 涯畔이 渺無ᄒ더라.

—관해객(1908), '동서 기후 차이의 관감', 『태극학보』 제23호, 1908.6.

번역 산야는 망망하고 풍우는 처처한데 해상 작은 여관에 홀로 앉은 한 외로운 나그네의 심사가 적적하다. 대저 천지가 광막하고 음양이 순환하여 사시의 변화와 삼광이 비춰 오는 것이 고른 듯하나 태양의 빛이 곧고 비스듬하며 빛의 원근에 따라 춥고 더움이 고르지 않음은 정한 이치이지만, 동일한 위선과 동일한 경도 내에 풍뢰우박과 한서조습이 서로 다름은 일상 헤아리지 않는 사실이다. 내가 지난달 초에 본국 한성에 유람 올 때(음력 5월 초) 날씨가 더워 홑옷이 흐르는 땀을 이기지 못하고, 비가 드물어 농가가 가뭄을 걱정할 뿐 아니라 거리마다 내 마음처럼 더위를 꺼리는 가요가 귀를 울리더니 수일을 지나 일본 동경에 유람할 차로 경부 일번 열차를 탑승하고 부산항에 도착(음력 5월 5일)하니 석양은 서편에 지고 해운이 솟아올라 가려 해안에 이르러 흐르는 땀이 시원했다. 이로 인해 큰 배를 타고 해양에 띄워 사방을 돌아보니 사나운 물결에 해안이 아득하여 보이지 않았다.

국권 상실 이전의 기행 담론에 등장하는 기차는 최남선의 계몽적 위용을 드러내거나 단순히 한국과 일본을 왕래하는 교통 수단의 하나로 기술된다. 여기에는 구체적인 묘사나 감흥이 그다지 나타나지 않는다. 비록 이광수의 동경 체험에 등장하는 기차는 다르지만 그의 일기나 '동경에서 경성까지'(『청춘』 제9호, 1917.7) 등은 1910년 이후에 기록된 것들이다.[24] 이를 고려할 때, 기행 담론에서 여로의 출발점에서 기차가 자세히 묘사되기 시작한 시점은 1910년 이후의 일로 보인다.

김중철(2004)에서는 근대 기행문이 그리는 기차의 이미지를 '속도의 위력과 흉녕한 이미지', '기계적 시간의 강제와 규율', '식민지 공간의 축도'로 압축하였다. 이는 일제 강점기 기차가 갖는 대표적인 이미지라는 점에서 이의를 제기하기 어렵다. 그러나 1910년대 기행문을 좀 더 자세히 독해할 때, 일제 강점기의 기차 이미지도 고정불변의 것이 아니었음을 발견할 수 있다. 특히 각종 기행문에 등장하는 '남대문역'의 이미지는 작품에 따라 다소간의 차이를 보인다.

【1910년대 남대문역 모습】

ㄱ. 긔챠 속에서 한나잘: 대정 삼년 류월 십삼일 오젼 여달 시 반에 <u>경부션 렬챠를 남대문 역에셔 타니 힝구는 다만 바랑 한 긔와 칙 두셔너 권이요 무명옷 한 벌의 간단ᄒ고 경쳡흔 려힝을 ᄎ리엿스니</u> ᄌ긔는 짐을 단니는 중에도 몸의 편안흠을 구ᄒ고ᄌ ᄒ는 마암이 업는 것이 안이로

---

24) 융희 3년(1909) 11월에 해당하는 이광수의 일기는 『조선문단』 제6호(1926.3)에 실려 있다.

되 안일흔 것을 피흐고 모조록 괴로움을 수셔 괴로운 수이에셔 취미를 구흐고즈 흐는 것이 주긔의 평싱의 고벽흔 마암이라. 속담에 일은 바 죽장망혜로 천리 강산 구경한다 흐는 말도 역시 그 뜻은 일반 일지로다. 여덟 시 반이라 흐는 긔챠 써나는 정각이 되믹 호각 쇼릭와 기뎍 쇼릭가 션후흐여 나더니 긔챠는 움작이기 시작흐야 뎡거쟝과 젼송흐는 여러 사름을 뒤으로 보닉며 흐린날 갓던 챠 안이 별안간에 푸른 하늘 묽은 빗이 챵안으로 빗초인다. 이등실 안에 몸을 붓치여 이슨 긔주는 다시 챠실 안을 도라보니 닉디 사름 수오명이 동숭흐엿눈딕 그 즁에 군인이 두 사름이라. 셔로 아는 사름을 맛나기도 흐고 독힝흐는 사름도 잇셔 이 구셕 져 구셕에서 리약이와 짓거리는 쇼릭 긋치지 안이흐건만은 주긔는 다만 독힝이라 묵묵히 챵 밧그로 눈을 쥬어 멀니 목멱산과 동구직 련화봉 청파 룡산 등디를 바라보며 경셩을 작별흐고 삽시간에 영등포를 다라라 잠시 뎡거흐고 다시 살곳 닷는 챠는 시흥 안양 군포 쟝슈원을 지닉여 갈 동안에 어느덧 곤뢰흔 몸은 교의를 의지흐야 혼곤이 잠이 드럿던 것이라. (…하략…)

—조일제, ‘주유삼남’, 『매일신보』, 1914.6.23.

ㄴ. 咸興 陵幸 陪從記: ○ 六堂 先生. ○ 今回의 咸興行은 陪行이라는 語가 임의 被動的이오 兼하야 突然에서 나온 일이라 北關의 地理 太祖의 歷史는 姑捨하고 此 紀行의 根柢될 關北殿陵誌 一冊도 閱見치 못하야 거의 赤手로 戰線에 立하는 感이 有하외다. ○ 그러나 平素에 薄識寡聞임을 恨하는 外에 他道가 更無한지라 그런대로 가 볼쩌나 하는 厚面皮로 五月 九日 午前 八時 半 南大門驛에서 尊駕를 밧들고 北行의 路에 登하얏나이다. ○ 汽車가 大路에 橫走하며 驛站을 通過할 째마다 祇迎祇送의 官民이 堵를 成하얏나이다. 逍遙山의 新綠을 指顧할 餘暇도 업시 連川 驛까지는 다만 沿路의 群衆을 탐스러웁게 觀望하얏나이다. 車中은 적이 無聊하외다. 汽車의 長時旅行에는 此驛에서 新客이 下하고 彼驛에서

新客이 上하는 代謝의 觀望도 적지 아니한 消遣인데 他人의 乘降을 禁하는 特別列車는 山河 幾百里를 行하야도 南門驛부터의 熟面쑨이오 다시 一新顔을 볼 수 업나이다.

—하몽(何夢), '함흥 능행 배종기', 『청춘』 제8호, 1917.6.

번역 함흥 능행 배종기: 육당 선생. 이번 회의 함흥행은 배행(陪行)이라는 말이 이미 피동적이요, 겸하여 돌연한 일이어서, 북관의 지리, 태조의 역사는 고사하고 이 기행의 근저될 관북전릉지 한 책도 보지 못해 거의 빈손으로 전선에 서는 감이 있습니다. 그러나 평소 박식과문을 한탄하는 외에 다른 방도가 없으니 그런대로 가 볼까 하는 얼굴 두꺼운 태도로 5월 9일 오전 8시 반 남대문역에서 존가(尊駕)를 받들고, 북행길에 나섰습니다. 기차가 대로에 질주하며 역참을 통과할 때마다 환송을 비는 관민이 답을 이루었습니다. 소요산의 신록을 돌아볼 여가도 없이 연천역까지는 다만 연로의 군중을 탑스럽게 관망하였습니다. 차 안은 적잖이 무료합니다. 기차의 장시간 여행에는 이 역에서 새로운 여객이 내리고 저 역에서 새로운 손님이 탑승하는 감사의 말을 보는 것도 적지 않이 보내는 것인데 타인의 승강을 금지하는 특별열차는 산하 몇 백리를 가도 남문역부터 익숙히 보아온 얼굴뿐이요, 다시 새로운 얼굴을 볼 수 없습니다.

두 편의 기행문에 등장하는 '남대문역'은 여행의 출발지이자, 식민 제국주의자들의 지배 논리에 익숙한 기차역의 모습을 가볍게 그려내고 있다. 삼남으로 향하는 조일제의 발걸음은 경첩한 여행 차림과 기차의 속력이 어우러져 즐거움으로 묘사되었으며, 육당의 부탁을 받은 하몽 (何夢)의 특급열차는 대로를 질주하고 관민의 환송을 받는 편안한 운송 수단일 뿐이다. 이 점은 1920년대 『동아일보』에 등장하는 남대문의 모습과는 판이하다.

【1920년대의 남대문】

ㄱ. 요사이 조선 철도에서는 경부선과 경의선에는 렬거에 매우 개량을 하고 속력도 쌔르도록 힘쎠서 려킥의 편의를 도모하는 일이 만흐나 경부선과 경의선의 다음으로 뎨일 연댱이 길고 승킥이 만흔 경원선과 호남선의 렬거 운전에 대하야 불완전한 일도 만코 친절치 못한 일도 만한 려킥 편의 불평이 비상한 중에도 <u>경의선과 경부선은 외국인과 일본인이 만히 타는 고로 개량도 하고 친절하게도 하지은 경원선과 호남선은 거의 조선 사람만 타닛가 개량도 아니하고 친절하게도 하야 쥬지 아니한다고</u> (…하략…)

　　　　　　　　　　　ㅡ'차중유원(車中有怨)', 『동아일보』, 1920.4.20~21.

ㄴ. 四月 二十五日 夕陽에 黑雲이 天空에 싸이고 陰風이 庭園에 凄凄하야 爛漫하얏던 桃李花가 胸中에 愁心이 가득한 美人의 形狀과 갓치 보는 사람으로 하야금 哀然한 感情을 惹起할 쑌이다. 花發多風雨라 하는 古人의 詩를 가만히 聯想하면서 忽忽한 行色으로 南大門驛에 當하얏다. 人山人海로 삼대갓치 모혀선 群衆들이 左眄右顧하야 奔走 奔忙한 貌樣들은 實로 人事의 促忙함을 表明한다. 七時 二十分 車가 汽笛을 鳴하고 東南으로 走하야 永登浦에 停車하니 銀鈴과 갓흔 드문 비방울이 잇다금 잇다금 써러지는대 '배'도 新聞 仁丹하는 외로운 소리에 밧븐 音調는 一等間 肥大한 紳士들의 鼓膜을 치지 못하고 한갓 凄凉할 쑌이다. 食堂으로 向하는 高梁軍들을 보고 坐다시 陰冷한 露地에서 陰風과 凄雨를 무릅시고 '베ㅡ도 벤도' 하는 露商의 哀怨聲을 드를 째에 坐 한번 人生의 不自然 不公平을 感하면서 가만히 車壁을 依支하고 잠을 일웟다.

　　　　　　　　　　　ㅡ일기자, '부산에서', 『동아일보』, 1920.5.3~5.5.

번역 　4월 25일 석양에 흑운이 하늘에 쌓이고 음풍이 정원에 처처하여 난만했던 도리화가 흥중에 수심이 가득한 미인의 형상과 같이, 보는 사람으로 하여금 애연한 감정을 야기할 뿐이다. 꽃이 만발하고 바람과 비가 많으니 하는 고인의 시를 가만히 연상하면서 바쁜 행색으로 남대문역에 당도했다. 인산인해로 삼대같이 모여 선 군중들이 좌고우면하여 분주 분망한 모양은 실로 인사의 촉망(促望)함을 나타낸다. 7시 20분 차가 기적을 울리고 동남으로 달려 영등포에 정차하니 은구슬과 같은 빗방울이 이따금 떨어지는 데 '배', '신문', '인단' 하는 외로운 소리에 바쁜 음조는 일등 칸의 비대한 신사들의 고막을 울리지 못하고 다만 처량할 뿐이다. 식당으로 향하는 고량군들을 보고 또 다시 음냉한 노지에서 음풍과 처량한 비를 무릅쓰고 '도시락, 도시락' 하는 노상의 애원성을 들을 때에 또 한번 인생의 부자연, 불공평을 느끼면서 가만히 차벽을 의지하고 잠을 이루었다. (…하략…)

1920년대 『동아일보』의 여행 출발지인 남대문은 번잡하면서도 조선인 차별의 불평등 공간이다. 물론 이 공간에서 불평등을 느끼는 것은 필자가 전해 들은 사건이나 창밖으로 내다본 풍경일 뿐이다. 그럼에도 필자로 하여금 불평등을 느끼게 한 것은 무엇일까? 그 중 대표적인 요인은 당시 지식인들이 접촉했던 사상적 요인, 식민 제국주의자들의 식민 정책, 언론 통제 등이 작용했음은 틀림없다. 그런데 1910년대 기행문의 기차 밖으로 내다볼 수 있는 것은 '여행자로서의 특권', '문명 수혜자'이자 '부끄러운 민족의 계도자'로서의 계몽의식이다. 이러한 의식의 대표자는 역시 춘원이었다.

【춘원의 기차 여행】

ㄱ. 오도답파여행: 車中에서 島村抱月, 松井須磨子 一行을 만낫다. 仁川서 木浦로 가는딕 매우 疲困흔 貌樣이다. 나는 名啣을 들이고 朝鮮 巡遊에 對흔 感想을 들엇다. 氏는 文學者닛가 朝鮮文學에 對ㅎ여서 여러 가지 말을 하더라. 믹우 有益흘 쯧ㅎ기로 그 大綱을 記錄흘란다. 朝鮮은 歷史가 오릭닛가 自然 特別 思想 感情이 有흘 것이다. 그러나

오린 동안 支那 文明의 壓迫을 바다서 그것이 充分히 發育ᄒ지 못ᄒ고 凋殘(조잔)ᄒ야지고 말앗다. 그ᄲᆫ더러 設或 아직 남아 잇는 것이라도 發表가 되지 못ᄒ얏다. 그러다가 只今은 新文明을 바다 모든 것이 시로운 生氣가 나는 씨닛가 思想 感情 卽 精神도 시로운 生氣를 어더 發育ᄒ고 表現되어야 ᄒ겟다. 그러홈에는 朝鮮文學이 發達ᄒ기를 期約ᄒ여야 ᄒ겟다. 대기 精神生活을 表現ᄒ는 것은 文學밧게 업스닛가 그럼으로 朝鮮 新靑年 中에 文學에 有意ᄒ는 者는 一致協力ᄒ야 크게 新文學 建設을 爲ᄒ야 힘쓸 必要가 잇다. 文學의 內容은 思想 感情이어니와 그것을 表現ᄒ는 器具는 語와 文이다. 朝鮮語와 文을 余는 不知ᄒ거니와 아마 아즉 文法이나 文躰가 完成되지 아니ᄒ얏슬 ᄯᅳᆺ하다. 그러닛가 爲先 語文 을 整頓ᄒ여야 ᄒ겟고, 다음에는 小說이나 詩나 劇又혼 文學上 諸形式을 朝鮮語文에 合ᄒ도록 移植ᄒ여야 ᄒ겟다. 이것은 總히 君等의 責任이잇가 專心 努力하기를 바란다 ᄒ고 京城서 崔南善 秦學文 諸氏 七人을 만낫던 말을 ᄒ며 그네에게 多大혼 囑望을 가지니 京城에 가거던 問安을 傳ᄒ여 달라 ᄒ더라. 나는 氏의 懇篤혼 말슴에 感謝ᄒ는 ᄯᅳᆺ을 表ᄒ얏다. 抱月 氏는 爲先 須磨子의 자리를 잡아주고 風枕(풍침)에 空氣ᄭᅵ지 부러너 어서 便安ᄒ게 혼 뒤에 自己도 風枕에 지되여서 졸더라, 그 겻헤는 須磨 子의 養女라는 어엿분 處女가 이 亦是 걸상에 기되여 졸며 잇다금 그 고운 눈을 半쯤 ᄯᅥ셔는 아모 싱각업는 듯이 室內를 둘러본다. 쉬일 틈업시 食堂車로 出入ᄒ는 貴公子들은 李王殿下를 奉迎홀 次로 釜山으로 가는 무슨 侯爵 무슨 伯爵이다. 그러고 全北에 有名혼 富豪로 京城 中央學校를 獨擔 經營ᄒ는 金曙仲 氏도 偶然히 同車ᄒ게 되엿다. 비가 不足ᄒ야 근심 ᄒ는 낫츠로 논버리에 우둑허니 섯는 農夫들을 바라보면서 나는 鳥致院 에 다다랏다. 抱月 氏 一行은 한창 ᄭᅡ쭈샤의 꿈을 꾸는 中임으로 作別 人事도 하지 못ᄒ고 나렷다. 밧비 公州行 自動車를 잡어타고 公州 監營을 向ᄒ야 다라난다. 아직 이만 (廿六日 午後 鳥致院에서)

—이광수, '오도답파여행', 『매일신보』, 1917.6.29.

ㄴ. 동경에서 경성까지: 앗가 停車場에서는 참 서운하게 써낫다. 네가 풀
   라트홈 싯헤 서서 내가 보이지 아니하도록 手巾을 두를 째에 나는 눈
   물이 흐를 번하엿다. 그것도 그럴 일이 아니냐. 나를 알아주는 이가
   너밧게 업고 너를 알아주는 이가 나밧게 업다 하면 한몸의 두 쪽 갓흔
   우리 두 兄弟가 비롯 暫時라도 서로 써나는 것이 슬프지 아니할 理가
   잇느냐. 더구나 네가 몸이 편치 못한 것을 보고 써나는 것이 내 마음에
   몹시 걸린다. 同生아. 날더러 無情하다고 하지 말어라. 내가 늘 네곗헤
   잇서서 너를 慰勞하여 주고 십기야 여복하랴마는 우리는 情에만 쓸릴
   사람이 아니다. 눈물을 쑤리며 千萬里의 遠別을 하는 것이 우리의 八字
   다. 그러나 나는 비록 어대를 가든지 어느 째나 늘 너를 생각할 것이
   다. 그러나 돌아다니며 滋味 잇는 것을 볼 째마다 네게 알려줄 터이다. 너는
   그것을 보고 나를 본드시 웃고 慰勞를 바다라.

   —이광수, '동경에서 경성까지', 『청춘』 제9호, 1917.7.

   이 두 편의 기행문은 이광수의 작품으로 출발지의 모습과 기차 안의
풍경이 그려진 기행문이다. '오도답파여행'에서 그가 만난 사람들은 문
학에 관심을 갖는 일본인이다. 이 글에서 이광수는 당시 조선의 문학
부재론을 전적으로 수긍하고, 조선의 문학을 찾아야 한다는 계몽의식
을 드러낸다. 이러한 논조는 식민 제국주의자들의 입장에서 문학뿐만
아니라 역사, 사회 전반에 걸쳐 있다.25) 식민 지배자들의 입장에서는

25) 정치적 개념인 식민주의와 제국주의는 모호한 용어로 쓰인다. 위르겐 오스터 함멜, 박은
   영·이유재 옮김(2006), 『식민주의』(역사비평사)에서는 식민주의를 "집단 간의 지배 관계
   로서, 이 관계에서는 종속민의 삶에 관련된 근본적인 결정이 문화적으로 이질적이며 적
   응 의지가 거의 없는 소수 식민자에 의해 이루어진다. 이 식민자들은 외부의 이해관계를
   우선적으로 고려한 후 결정을 내리며, 이를 관철시킨다. 또한 일반적으로 근대 식민주의
   에는 자신의 문화적 우월성에 대한 식민자의 확신에 근거한 사명 이데올로기적 정당화
   원칙이 결부되어 있다."라고 설명한 데 비해, 제국주의는 "식민주의뿐만 아니라 자국의
   이해관계를 국제적으로 규정하고 이를 무정부 상태인 국제 체제 내에서 전세계적으로
   적용시키려고 하는 제국 중심부의 의지와 능력을 보이는 체제"라고 하여, 두 가지 개념
   에 다소의 차이가 있음을 밝혔다. 이러한 개념상의 논쟁이 큰 의미를 갖는 것은 아니지만

피지배 민족의 모든 것이 식민지 지배 국가에 종속될 수밖에 없음을 논리화하고자 하는 다양한 시도를 하게 되며, 피지배 민족의 선구자적 위치에 놓여 있는 사람들의 경우도, 식민 제국주의의 본질을 독해하지 못할 경우, 그들의 논리를 그대로 수용할 수밖에 없는 셈이다. 근대 계몽기로부터 일제 강점기까지의 다수 지식인들이 그러한 입장에 놓여 있었으며, 이광수는 이들을 대표하는 인물이었던 셈이다. 이러한 사람들에게 기행 출발지는 배웅 나온 사람들이나 플랫폼에 남아 있는 사람들과 아쉬움의 작별지일 뿐, 그 자체가 고통스러운 장소는 아니다. '동경'에서 동생과 이별하는 모습도 이를 벗어나지 않는다.

이 점에서 1910년대 『매일신보』의 기차역은 아직까지 김중철(2004)의 분석과 같은 '흉녕한 이미지', '강제와 규율', '식민지 공간'으로 묘사되지 않는다. 기차와 자동차의 속도나 문명의 안락함으로 조작된 문명·진보의 환상이 식민 지배국가에 대한 동경이나 계몽으로 포장된 민중에 대한 연민으로 나타날 뿐이다.

3.2. 차창 밖의 모습

'주유삼남'이나 '오도답파여행'과 같이 민중의 삶과 직접적인 관련을 맺는 기행 담론에는 필연적으로 삶의 모습을 표상하는 다양한 현실이 묘사된다. 이를 묘사하는 방식도 필자의 의식에 따라 다양성을 보일 수 있는데, 기차가 발명된 직후의 기행 담론은 대부분 창 밖에 스쳐지나가는 단편적인 모습으로 그려진다. "기관차 운전자와는 달리 전방을 볼 수 있는 가능성이 아주 한정되어 있는 여행자들은 지나쳐가는 풍경만을 더 많이 본다. 대략적인 윤곽 이외에는 지나쳐 버리게 되는 풍광들에서 도대체 무엇인가를 인식한다는 것이 얼마나 어려운지는 초기

'식민 제국주의'는 식민주의와 제국주의가 합쳐진 개념으로 사용될 수 있을 것이다.

열차 여행에 대한 묘사들마다 발견된다."라고 한 볼프강 쉬벨부쉬의 설명은 기차 여행에서 민중의 삶이 얼마나 피상적으로 그려질 수 있는가를 암시한다. 그는 객실에 앉아 있는 여행객들은 사물과의 객관적 거리를 유지할 수 없다고 단언한다. '주유삼남'의 여행기에 그려진 창밖의 모습도 이와 다르지 않다.

【주유삼남(周遊三南)】

(…전략…) 그 전날 받은 여러 친구의 전별쥬를 과음ᄒ얏던지 넉넉히 자지 못ᄒ 잠이 긔챠 안에 훈증ᄒ 긔운과 혼자 묵연이 안져 잇슴으로 긔 기회를 타셔 <u>잠이라 ᄒᄂ 버러지가 침로를 ᄒ엿ᄂ지라</u> 이윽도록 잠을 자다가 문득 눈을 ᄯ여 교의에셔 이러나며 창밧글 ᄂ여다보니 긔챠ᄂ 속력이 감ᄒ야 졈졈 뎡지ᄒᄂ 모양인ᄃ 흰 픽에ᄂ <u>평퇵</u>이라 썻ᄂ지라. 발셔 평퇵신지 슈빅여리를 잠즈ᄂ 동안에 다ᄃ랏ᄂ가 ᄒ고 눈을 부뷔이며 챠 안을 솗혀보니 쳐음붓터 탓던 사름은 의구히 안져 잇스나 그 외 한 사름이 더 늘엇ᄂ지라. 즈셰히 보고 셔로 고기를 쓱벅ᄒ야 인사ᄒ니 그 사름은 <u>경셩일보 긔쟈 모씨</u>라. 어ᄂ 뎡거쟝에셔 올낫ᄂ지 모르겟스나 잠든 동안에 피츠에 반가히 맛나며 피츠의 가ᄂ 곳을 무른 후 이것져것 짓거리ᄂ 동안에 텬안 뎡거쟝에 도착ᄒ니 경일 긔쟈ᄂ 모즈를 벗고 '사요나라' ᄒ고 ᄂ려간 후 즈긔ᄂ 벗을 일허 다시 말ᄒ마ᄃ 밧골 사름도 업섯더라. 츙쳥남도를 다 지ᄂ이고 경샹도 디경을 다다르니 슈변연신지도 <u>흰 모릭와 붉은 흙으로 올연히 일긔 토둔ᄀᄎ 웃득ᄒ던 텰로 연변에 산과 산이 돌연히 변ᄒ며 혹은 '아가시아' 혹은 살나무 울밀ᄒ게 드러셔셔 푸르고 연연ᄒ게 단쟝ᄒ엿고 들에ᄂ 남녀가 나와셔 논 가ᄂ 사름 버리 버히ᄂ 사람 쓰레질ᄒᄂ 사람, 버리 타작들 ᄒᄂ 사름 모ᄂ이ᄂ 사름이 츌몰ᄒ야 한참 밧분 찍이라.</u> 늙은 쳐와 젊은 며ᄂ리ᄂ 밤고릭를 머리 우에 이고 어린 아들은 박아지에 물을 ᄯ 들고 논 귀역으로 나와 뎡즈나무 아릭에 ᄂ려 노으면 호미 들고 잠방이 입은 농군들은 다리에 물뭇ᄃ로 <u>뎡즈나무</u>

아리로 모여들어 탁주 흔 그릇을 한 입에 마시이고 슈염까지 쌀며 희희락
락ᄒ야 일가족이 단취ᄒ야 화긔가 의의ᄒ니 혹시 뭇노니 호화ᄒ게 지ᄂ
ᄂ 경성 ᄂᆞᆨ 신ᄉᆞ중에도 그만흔 질거움이 잇슬가. 버리ᄂ 풍년 들고 모ᄂᆞᆯ
물은 넉넉ᄒ다. 깃거워 ᄒᄂ 모양으로 곳곳이 스오인식 모혀 안진 것은
쟈긔로 ᄒ야곰 부럽고 깁히 감동되게 흘 쓴 안이라 <u>총독부의 산업뎡칙(産業
政策)이며 식림ᄉᆞ업(殖林事業)의 과연 보급된 것은 일로좃ᄎ 가히 츄측ᄒ겟더
라.</u> 경상남도 이하로ᄂ 긔후가 더운 연고로 논에도 버리ᄅᆞᆯ 가라 한 번 먹
은 후에 다시 갈고 모ᄅᆞᆯ ᄂᆞ이ᄂ 것이 의례히 ᄒᄂ 일이라고 챠 안에 갓치
탓던 ᄉᆞ람이 말ᄒ여 준다. 긔챠ᄂ 점점 쌀니 박휘ᄅᆞᆯ 구을너 다라나고 쟈
긔도 가슴에ᄂ 여러 가지 감동이 얼키여 일어날 졔 <u>왜관(倭館) 뎡거쟝을
향ᄒᄂ</u> 중간에서 긔관챠ᄂ 홀연 뎡지ᄒ며 챠쟝 긔관슈 쏀이 승긱등이 긔
관챠 앞으로 무여드ᄂᄃᆡ 무슨 일인고 ᄒ야 고기ᄅᆞᆯ 창밧그로 내여 일어보
ᄂ 중 챠쟝 흔 ᄉᆞ람이 급히 드러오더니 모즈ᄅᆞᆯ 벗고 ᄒᄂ 말이 ᄉᆡ로 졔조
흔 긔관챠가 병이 나셔 훈련을 못ᄒ겟스니 대구에셔 구원병이 오기ᄭᆞ지
잠시 기다리시기ᄅᆞᆯ 바라옵ᄂ이다 ᄒ고 나가쟈 긔챠ᄂ 다시 뒤거름ᄒ여
왜관으로 도라어고 대구로붓터 긔관챠가 도챡ᄒ기ᄅᆞᆯ 기다리기ᄅᆞᆯ 흔 시간
가량이라. 비로소 구원병의 일으기ᄅᆞᆯ 기다려 대구ᄭᆞ지 도챡ᄒ니 네 시
오분의 도챡흘 것이 여섯 시가 임의 넘은지 올인지라. 쟈긔ᄂ 마산포(馬山
浦)로 향ᄒ려든 그 ᄶᆡ에 변경ᄒ여 <u>대구에셔 ᄒ로져녁을 머물기로</u> 겸심ᄒ
얏더라.

　　　　　　　　　　　　　—조일제, '주유삼남', 『매일신보』, 1914.6.23.

　　앞의 인용에 이어진 조일제의 여행 첫날은 '남대문'에서 '영등포'를
거쳐, '평택', '충청남도', '경상도 지경', '대구'까지 이어진다. 평택에서
알고 지냈던 경성일보 기자와 헤어진 뒤, 기차 안에서 그와 대화를 나
눌 사람은 없다. 그가 할 수 있는 일은 창 밖을 바라보고 사념거나
잠을 자는 일밖에 없다. 창 밖에는 6월의 산과 들(6월 13일에 출발했으므

로)과 논밭으로 나가는 농부들의 모습, 정자나무 아래 모여든 농군과 가족들이다. 이렇게 묘사된 창 밖은 무릉도원같이 평화롭고 안락하다. 어디에서도 식민 침탈에 찌든 모습이라고는 찾아볼 수 없다. 비록 일제의 식민 정책을 홍보하는 역할을 자임했던 매일신보의 기자라는 신분에서 비롯된 현실 인식 때문일 수도 있으나, 그가 바라본 창 밖의 현실은 식민 조선의 현실이라고 보기에는 너무도 거리가 멀다. 이 점은 진효성(秦曉星)도 마찬가지이다.

【석왕사(釋王寺)에셔】

世間에는 一日의 勞를 三杯酒로 忘ᄒ는 人도 잇고 一月의 疲를 一夜의 遊興에 依ᄒ야 곳치는 사름도 잇지만 나는 一日의 勞를 위로ᄒ기 寢林 우희 冥想으로써 ᄒ고 長時間의 倦怠를 回復홈에는 都會를 써남과 大自然의 품 속에 抱擁됨으로써 ᄒ다. 그리고 大自然의 壓迫을 感ᄒ는 째에는 다시 都會로 들어가 人間과 握手홈으로 나의 孤寂홈을 곳친다. 그러ᄒ 故로 나는 自然을 멀리ᄒ야 人間에셔만도 살 수 업고, 人間을 써나 自然만으로도 살어갈 수 업는 사름이다. 要컨딕 나는 人間과 自然이 適中ᄒ게 調和된 곳에 나의 참된 生活이 잇다. 그리고 그를 調和 식이고ᄌ ᄒ는 곳에 나의 努力이 잇고 悲哀가 잇고 쏘 歡樂이 잇다. 나의 今番 旅行은 名所 古蹟을 찾는 探勝的 旅行도 안이고 쏘 單純히 더위를 避ᄒ고ᄌ ᄒ는 所謂 避暑도 안이다. 長時間 營營ᄒ 都會生活에 후져셔 全然히 彈力을 일어바린 自己의 生活을 큰 自然의 힘으로 回復 식이고ᄌ 홈이 今番 旅行의 目的이다.

나는 旅行ᄒ는 것만 조와셔 좀 感崇(감수)가 잇슴도 不顧ᄒ고 南大門驛에 달녀가 九時 三十分發 元山 列車에 올넛다. 車內에 드러간즉 찌는 듯이 더운 空氣가 확 씨쳐 숨까지 막힌다. 그럿치 안어도 日間의 더위를 못 닉여 日中이 되면 半은 죽어나는 이 몸이 炎署의 一日을 이 좁은 車室 속에서 엇지 지내나. 고만 勇氣가 索然ᄒ야진다. 列車는 南大門을 發ᄒ야 往十里, 淸凉里 …… 이와 ᄀᆞ치 가는 中에 停車場마다 乘客이 잇다. 큰 짐을 안고

쌈을 조로로 흘니는 農村 사롬들이 쑤역쑤역 드러와 德亭驛까지 온 째에는 車內에 一分의 餘地가 업시 되얏다. 나는 더위를 이겨바리기 爲ᄒ야 新聞을 얼골에다 이고 暫時 눈을 붓쳣다가 눈을 써 보니 列車는 벌셔 漣川 大光里를 지나 漸漸 놉흔 곳으로 올너간다.

桔梗(길경)꼿의 鐵原 曠野를 꿈속ᄀᆺ치 通過ᄒ 汽車도 平康 福溪의 高原을 當ᄒ야셔는 헐덕헐덕 ᄒ면셔 客車를 무겁게 쓰러 올닌다. 三防을 當到ᄒ니 山岳은 重疊ᄒ듸 矗然(촉연)ᄒ 高峯에셔 瀑布가 소다진다. 一種 壯嚴ᄒ 긔운을 感ᄒ는 同時에 머지 안이ᄒ 金剛山 싱각이 난다. 그 天然美에 感激흠인지 내 엽헤 안젓든 婦人이 마조 안진 二十 歲 前後의 절문 女子를 向ᄒ야, "참 景致도 죠타!"하고 歎聲을 發ᄒ니, 그 절문 녀주도, "참 죠키도 ᄒᆷ니다."ᄒ고 同感을 ᄒ나 그는 京城 出生으로 門밧 구경도 못ᄒ다가 元山 잇는 男便을 좃쳐 감이라 ᄒᆫ다. "싀골은 孤寂ᄒ겟지요?" ᄒ고 鄕村 生活을 豫想ᄒ야 孤寂ᄒ게 녁이는 모양이다. 한 婦人은 쑷밧게, "싀골도살어나면 관게치 안어요."ᄒ고 慰勞ᄒᆫ다. 이에 列車는 一聲 汽笛을 놉히 지르고 캄캄ᄒ 굴 속에 드러가 버렷다. 두 사롬의 會話가 잠시 긋쳣더니 돈네루를 通過ᄒ 뒤에 그 婦人은 山밋 외짠 집을 가르치며, "져것 보시오. 져런 곳에셔 夫婦가 주미롭게 살어갑니다."ᄒ고 절문 女子를 慰勞ᄒᆫ다. 는 그 婦人의 意外의 말을 듯고 敬歎ᄒ얏다. 참! 人生은 마음먹기에 달엿다.

—진효성, '석왕사에셔', 『매일신보』, 1917.8.16~30.

필자는 자신의 여행 목적이 도회 생활에서 잃어버린 탄력을 자연을 통해 회복하고자 한 데 있다고 밝혔다. 피로한 '도시'와 생기 있는 '자연'이라는 등식은 전형적인 산업화의 산물이다. 필자가 인식하는 경성은 산업화된 도시이며, 여행지는 생기 있는 자연일 뿐이다.

이러한 상황에서 창 밖의 민중들의 삶, 곧 피지배 토착민인 조선인의 문화는 소멸된다. 위르겐 오스터함멜은 '식민주의와 토착문화'에서 발달된 식민주의는 항상 교육 영역에서 토착 문화에 대한 무시를 동반한다고 했다. 그가 주목한 것은 선교사나 식민지 교사들이었지만, 그들과 협력한 협력자들 또한 마찬가지이다.[26] 식민 지배자나 협력자, 또는 직접적인 협력자는 아닐지라도 지배 체제를 수용하고자 했던 일부 계몽가들의 입장에서 창 밖의 민중들의 삶은 관조의 대상이거나 비문화적 요소일 뿐이다. 이런 모습은 이광수에게서 더 강하게 나타난다.

【대구(大邱)에셔】

아참에 先生을 拜別하고 終日 비를 마즈며 大邱에 到着하엿나이다. 旅館에 들어 淸酒 一合에 淘然히 네 활기를 쎄드니 連日 路困이 一時에 슬어지고 淸爽한 精神이 羽化한 듯하야이다. 苦海갓혼 人世에도 往往 如斯한 快味가 잇스니 人生도 아조 바릴 것은 안인가 하나이라. 水原 近傍에셔 부슬부슬 始作한 비가 大田에 미처셔는 大雨가 되고 大邱에 다달아셔는 暴雨가 되여 發穗時(발수시)를 當한 農家의 憂慮는 同情을 할 만하더이다. 이튼날 暫時 비가 그친 틈을 타셔 市內에 멧멧 親舊을 訪問하니 到處에 이번 强盜 事件이 話題에 오르더이다. 이번 事件의 犯人은 皆是 相當한 敎育을 바던 中流 以上人들이오 兼하야 多少間 生活할 만한 財産도 잇는 者들이며 일즉 大邱 親睦會를 組織하야 大邱 靑年의 向上 進步를 圖謀한다던 者들이라. 그러흐거늘 社會의 中樞가 되어야 할 그네가 이러한 大規模의 大罪를 犯하게 되니 이를 單純한 强盜事件으로 泛泛 看過치 못할 것은 勿論이라 반다시 그네로 흐여곰 이에 니르게 흔 動機가 잇슬 것이로소이다. 그네는 임의 犯罪者라 法律이 應當 相當히 處罰하려니와 社會의 改良指導에 쯧을 둔 宗敎家 敎育家 操觚家는 이 犯罪의 心理的 又는 社會的 原因을 究激흐야 後來의 靑年을 正道로 引導하야 써 如斯흔 戰慄흔 犯罪를 未然에 防遏홀 意氣가 잇셔야 홀 것이로소이다. 모르레라 朝鮮人 中에 如斯흔 事件을 如斯흔 意味로 注意코 觀察코 思想흐는 者가 幾人이나 되는가. 足下의 炯眼은 임의

---

26) 위르겐 오스터함멜, 박은영·이유재 옮김(2006), 앞의 책, 160쪽.

此 事件의 眞因를 洞察하엿슬지오 足下의 深謀는 임의 此에 對흔 明確흔 成算이 잇슬이니 듯기를 願ㅎ거니와 爲先 先生의 淺短흔 見解를 陳述ㅎ야 써 高評를 엇고져 ㅎ노이다. 이에 그 原因을 列擧ㅎ고 槪略히 說明ㅎ건딕 (…하략…)

—이광수, '대구에셔', 『매일신보』, 1916.9.22~23.

번역 아침에 선생을 뵙고 떠난 뒤 종일 비를 맞으며 대구에 도착했습니다. 여관에 들어가 청주 한 사발에 도연히 네 팔다리를 뻗으니 연일 여행길에 피곤이 한 순간에 사라지고 상쾌한 정신이 날아오르는 듯합니다. 고해 같은 인생에도 종종 이런 즐거운 맛이 있으니, 인생도 아주 버릴 것은 아닌가 합니다. 수원 근방에서 부슬부슬 시작된 비가 대전에 이르러 큰 비가 되고 대구에 다와서는 폭우가 되어 모내기를 해야 하는 농가의 우려는 동정을 할 만합니다. 이튿날 잠시 비가 그친 틈을 타서 시내에 몇몇 친구를 방문하니 도처에 이번 강도사건이 화제에 올랐습니다. 이번 사건의 범인은 대개 상당한 교육을 받던 중류 이상의 사람들이요, 아울러 다소 생활할 만한 재산도 있는 자들이며, 일찍 대구 친목회를 조직하여 대구 청년의 향상 진보를 도모하던 자들이라고 합니다. 그렇거늘 사회의 중추가 되어야 할 그들이 이러한 대규모의 범죄를 범하게 되니, 이를 단순한 강도사건으로 가볍게 간과하지 못할 것은 물론이며, 반드시 그들로 하여금 이에 이르게 한 동기가 있을 것입니다. 그들은 이미 범죄자여서 법률이 응당 상당한 처벌을 하겠지만, 사회의 개량 지도에 뜻을 둔 종교가, 교육가, 조고가(操瓠家)는 이 범죄의 심리적 또는 사회적 원인을 규명하여 다음 세대 청년을 바른 길로 인도하여 이와 같이 놀랄 범죄를 미연에 막아야 할 뜻이 있어야 할 것입니다.

모르겠습니다. 조선인 중 이와 같은 사건을 이와 같은 의미로 주의하고 관찰하고 생각하는 사람이 몇 사람이나 될지요. 귀하의 형안은 이미 이 사건의 참된 원인을 통찰하였을지요. 선생님의 깊은 뜻은 이미 이에 대한 명확한 계산이 있을 것이니 듣기를 원하거니와 먼저 선생의 짧은 견해를 진술하여 고명한 평을 얻고자 합니다. 이에 그 원인을 열거하고 개략 설명합니다.

취재기 형식의 이 글은 '오도답파여행'이 쓰이기 1년 전 그가 '대구
친목회 사건'을 취재하는 과정에서 쓴 기행문이다. 어려운 한자어를 많
이 쓴 점을 제외하면 문법적인 차원에서 언문일치에 가까워, 조일제의
기행문과 마찬가지로 문체적 진보를 이룬 기행문으로 볼 수 있는 글인
데도 그가 보인 의식은 '협력자' 또는 식민 지배를 무의식적으로 수용
하는 '계몽자'의 눈을 벗어나 있지 않다. 더욱이 '상당한 교육을 받던
중류 이상의 사람들'이 단순히 범죄자가 된 것처럼 단정하고, 그 원인
을 밝혀야 한다고 주장하는 데서는 피지배 민족, 곧 토착민의 생존을
의도적으로 무시하는 지배자, 협력자의 논리가 그대로 투영된다. 그는
이 사건의 원인을 '명예심의 불만족', '할 일 없음', '교육의 미비와 사회
의 타락' 때문이라고 규정했다. 이를 좀 더 살펴보자.

【대구(大邱)에셔】

一. 名譽心의 不滿足이니 그네는 대개 倂合 前에 敎育을 바닷고 倂合 前에
임의 靑年이 되엇던 者들이라, 小生도 記憶ᄒ거니와 當時는 朝鮮에셔
적이 覺醒된 社會에는 政治熱이 沸騰ᄒ얏셧고 쏘 그 中心은 靑年이 잇
섯는지라 짜라셔 所謂 英雄이 勃發ᄒ야 擧皆 治國平天下의 大功을 夢想
ᄒ얏ᄂ니 前途에는 大臣이 잇고 國會議員이 잇고 大經世家가 잇셔 모
다 英雄이오 모다 豪傑이라. 그러ᄒ더니 一朝 倂合이 成ᄒ며 그네의
素志를 펴랴던 舞臺가 업셔지고 文明 程度 놉흔 內地人의 손에 全般
社會의 主權이 들어가니 敢히 萬般 事爲에 步武를 가치 홀 슈 업시 된
지라. 그 社會의 中流 以上 人物을 多數로 吸收홀 官界도 다시 希望이
업고 整備흔 官公立 學校가 簇生ᄒ며 그네의 活動홀 만한 私立學校가
根盤을 일허바리고 實業界에 니르러는 無限흔 曠野가 잇건마는 그네에
게는 아직 實業 意義와 價値를 理解홀 頭腦도 업섯거니와 設或 理解흔

다 홀지라도 이를 經營홀 만한 智識과 能力이 업섯느니 이럼으로 그네는 于今 六七年來를 아모 홀 일도 업시 鬱鬱ᄒ게 지닌이는 것이라. 이는 前에는 社會에서 그네의 存在를 認定ᄒ야 相當한 尊敬과 稱讚도 주더니 이제는 임의 過去한 人物 落伍한 人物이 되어 어느 누가 自己의 存在도 認定치 아니ᄒᄂ지라. 野心잇는 世上에서 忘却되느니 보다 더한 苦痛이 업느니 그네는 正히 六七年間의 苦痛을 격근 者들이라. 그네가 만일 聲明ᄒ엿던들 飜然히 뜻을 돌이켜 新社會에셔 活動홀 만한 實力을 길러 今日은 眞實로 社會의 中樞가 될 만한 資格과 能力을 엇엇스련만은 그네의 無謀한 血氣와 智識의 暗昧홈이 이를 씬닷지 못ᄒ게 ᄒ야 맛츰닉 今日의 悲劇을 釀成홈인가 ᄒ나이다. 이러한 狀態에 잇는 者가 그네쁜이면 卽 倂合 前에 敎育을 밧고 倂合 前에 靑年이 되고 智識의 暗昧한 者를 例ᄒ면 米洲 露領 等地와 南北 滿洲 等地로 漂流ᄒᄂ 一部 靑年 가튼 者들 쁜이면 그 數도 얼마 안이 될 쁜더러 十年 二十年을 지닉여 代가 밧고임을 싸라 絶滅홀 슈도 잇스련마는 今日 高等程度學校의 出身者의 幾部分도 正히 如斯한 危險 狀態에 잇지 아니한가. 져 內地 留學生의 多數가 當局의 注意 人物이 되고 其他 朝鮮 各地에 當局의 危險視之ᄒᄂ 高等 遊民이 散在홈은 正히 이 쌔문인가 ᄒ노이다.

二. '할 일 업슴'이니 사람이란 順境에 處ᄒ야 '할 일 업스면' 조흔 일을 하기 쉽고 逆境에 處ᄒ야 '할 일 업스면' 惡한 일을 ᄒ기 쉬운 것이라. 甚히 무슨 일에 奔忙ᄒ면 그 일 以外엣 思慮홀 餘裕가 업나니 만일 저 犯生들로 ᄒ여곰 奔忙한 무슨 事業에 從事케 ᄒ엿던들 如斯한 事件은 出來치 아니ᄒ얏슬 것이라. 그러ᄒ거늘 朝鮮人 靑年은 自古로 無爲 遊惰ᄒ던 者가 만턴데다가 近來 所謂 新敎育을 바든 者도 홀 일 업셔 優遊度日ᄒ니 엇지 危險 思想과 罪惡의 根源이 안이리오. 그러나 이는 다만 靑年의 罪쏨라 홀 슈 업슬지오 靑年을 需用치 안이ᄒ야 靑年으로 ᄒ야곰 遊惰ᄒ게 ᄒᄂ 一般 社會의 缺陷이라 홀 슈 잇슬지라. 官界나 敎育界나 郵便 電信局. 鐵道, 運船, 銀行 會社 等은 敎育바든 多數 靑年을

需用ᄒᆞᆯ네라. 그 大部分을 事務가 高尙ᄒᆞ고 複雜ᄒᆞ야 아직 朝鮮人을 使用
키 不能ᄒᆞ며 當局에셔도 當分間 內地人만 主ᄒᆞ야 使用ᄒᆞ거니와 銀行,
會社, 商店의 事務員과 工場의 技術師와 普通敎育의 敎員에도 多數한
有敎育 靑年을 需用할지라. 假令 大邱 內의 財産家가 奮發ᄒᆞ야 有敎育ᄒᆞᆫ
靑年 一百人을 使用ᄒᆞᆯ 만한 事業을 닐히엿다 ᄒᆞ면 大邱 內에 有敎育ᄒᆞᆫ
靑年 卽 此種 危險人物될 만ᄒᆞᆫ 靑年의 거의 全部에게 事業을 주게 될지
니 그러면 今番 二十餘人도 그 中에 들어 安分聚業ᄒᆞᄂᆞᆫ 良民이 될 ᄲᅮᆫ더
러 同時에 社會의 産業을 發展ᄒᆞᄂᆞᆫ 動功者가 될지라. 京城도 이러하고
平壤도 이러ᄒᆞᆫ가 ᄒᆞ나이다. 그러ᄒᆞ거날 이 社會의 大資本되ᄂᆞᆫ 靑年으로
ᄒᆞ야곰 反ᄒᆞ야 社會를 戕害ᄒᆞᄂᆞᆫ 罪人이 되게 ᄒᆞ니 社會 損失이 果然
얼마ᄒᆞ나잇가. 나는 이 二十餘名 靑年의 大犯罪를 目睹ᄒᆞᆷ에 數萬 數十萬
後來 靑年의 危機가 眼前에 彷彿ᄒᆞᆫ 듯ᄒᆞ야 戰慄을 禁치 못ᄒᆞ나이다.

三. 敎育의 未備와 社會의 墮落이라 ᄒᆞ나이다. 그네가 强盜를 짐짓ᄒᆞᆫ 目的
은 二種에 不出ᄒᆞᆯ지니 一은 所謂 政治的 陰謀에 資ᄒᆞ려 ᄒᆞᆷ이오 他 一은
酒色에 耽ᄒᆞ려 ᄒᆞᆷ이오 或은 朦朧ᄒᆞ게 此 二種을 結合ᄒᆞᆯ 것이거나 又ᄂᆞᆫ
前者의 名義를 빌어 後者를 耽ᄒᆞ려 ᄒᆞᆷ일지라. 그러나 於此於彼에 이ᄂᆞᆫ
智識이 不足ᄒᆞ고 社會에 秩序가 업ᄉᆞᆷ이니 만일 져 二十人으로 ᄒᆞ야곰
西洋史 一卷이나 國家學 一卷을 말고 一二年 동안 新聞 雜誌나 읽게
ᄒᆞ얏더라도 自己네 能力과 그만한 手段이 足히 그 目的을 達치 못ᄒᆞᆯ
줄을 ᄭᆡ달을 것이니 일즉 海外에 잇셔 激烈ᄒᆞᆫ 思想을 鼓吹ᄒᆞ던 者가 東京
에 와셔 二三年間 敎育을 밧노라면 飜然引舊夢을 바려 以前 同志에게 腐
敗ᄒᆞ얏다ᄂᆞᆫ 嘲笑ᄭᆞ지 듯게 되는 것을 보아도 알지라. 新聞과 雜誌와 書
籍과 善良한 靑年會又혼 交際機關이 잇셔 機會를 ᄯᅡ라 新智識을 注入ᄒᆞ
면 決코 如斯ᄒᆞᆫ 無謀를 行치 아니ᄒᆞᆯ 것이라. (…中略…) 大邱 朝鮮人
實業界의 萎靡不備ᄒᆞᆷ도 말슴ᄒᆞ려 ᄒᆞ오나 넘어 張皇ᄒᆞ고 ᄯᅩ 車 時間이
臨迫ᄒᆞ야 긋치나이다. (完)

—이광수, '대구에셔', 『매일신보』, 1916.9.22~23.

일. 명예심의 불만족이니 그들은 대개 병합 전 교육을 받았고, 병합 전 이미 청년이 되었던 자들입니다. 소생도 기억하거니와 당시는 조선에서 다소 각성된 사회에는 정치열이 비등했고 또 그 중심에는 청년이 있었습니다. 따라서 소위 영웅이 발발하여 대부분 치국평천하의 큰 공을 꿈꾸었는데, 앞길에 대신이 있고 국회의원이 있고 큰 경세가가 있어 모두 영웅이요, 모두 호걸입니다. 그러더니 하루아침에 병합이 이루어져 그들이 뜻을 펼치고자 하던 무대가 없어지고 문명 정도가 높은 내지인(일본인)의 손에 모든 사회의 주권이 넘어가니 감히 모든 일에 보무를 함께 할 수 없게 되었습니다. 그 사회의 중류 이상의 인물을 다수로 흡수할 관계도, 다시 희망이 없고, 정비한 관공립 학교가 생겨나나 그들이 활동할 만한 사립학교가 기반을 잃고, 실업계에도 무한한 광야가 있지만 그들에게는 아직 실업의 의지와 가치를 이해할 두뇌도 없거니와 설혹 이해한다 할지라도 이를 경영할 만한 지식과 능력이 없었으니, 이러므로 그들은 지금까지 6~7년 동안 아무 할 일 없이 울적하게 지냈던 것입니다. 이는 전에는 사회에서 그들의 존재를 인정하여 상당한 존경과 칭찬을 받더니 이제 이미 지나간 인물, 낙오된 인물이 되어 어느 누가 자기의 존재를 인정하지 않으니, 야심 있는 세상에서 잊혀지게 되니 이보다 더한 고통이 없습니다. 그들은 바로 6~7년간의 고통을 겪은 사람들입니다. 그들이 만일 성명하였다면 번연히 뜻을 돌이켜 신사회에서 활동할 만한 실력을 길러 금일은 진실로 사회의 중추가 될 만한 자격과 능력을 얻었겠지만, 그들의 무모한 혈기와 지식의 암매함이 이를 깨닫지 못하게 하여 마침내 금일의 비극을 양성한 것으로 봅니다. 이러한 상태에 있는 자들이 그들뿐이면, 곧 병합 전 교육을 받고 병합 전 청년이 되고 지식이 암매한 자들을 예로 들면 미주, 노령 등지와 남북 만주 등지로 표류하는 일부 청년 같은 자들뿐이면, 그 수도 얼마 안 되고, 10년 20년이 지나 세대가 바뀜에 따라 모두 사라질 수도 있겠지만, 금일 고등 정도 학교의 출신자의 상당 부분이 바로 이러한 위험 상태에 있지 않습니까. 저 일본 유학생의 다수가 당국의 주의 인물이 되고, 기타 조선 각지에 당국이 위험시하는 고등 유민이 산재하는 것은 바로 이 때문인가 합니다.

<u>이. 할 일 없음이니</u> 사람이란 순경에 처하여 할 일이 없으면 좋은 일을 하기 쉽고, 역경에 처하여 할 일이 없으면 나쁜 일을 하기 쉽습니다. 심히 어떤 일에 바쁘면 그 일 이외에 생각할 여유가 없으니 만일 저 범죄자들로 하여금 분망한 어떤 사업에 종사하게 하였다면 이러한 사건을 발생하지 않았을 것입니다. 그렇거늘 조선인 청년은 자고로 일하지 않고 게으르던 자가 많았는데, 근래 소위 신교육을 받은 자도 할 일이 없어 놀기 좋아하니 어찌 위험한 사상과 죄악의 근원이 아니겠습니까. 그러나 이는 다만 청년의 죄와 허물이라고 할 수 없을 것이며, 청년을 수용하지 않아 청년으로 하여금 게을리 놀게 하는 일반 사회의 결함이라고 할 수 있습니다. 관계나 교육계나 우편, 전신국, 철도, 운선, 은행, 회사 등은 교육 받은 다수 청년을 수용해야 합니다. 그 대부분은 사무가 고상하고 복잡하여 아직 조선인을 쓰기 어렵고 당국에서도 당분간 내지인만 주로 고용하거니와 은행, 회사, 상점의 사무원과 공장의 기술자와 보통교육의 교원에도 다수 교육 받은 청년을 수용해야 합니다. 가령 대구 내의 재산가가 분발하여 교육을 받은 청년 일백 명을 수용할 만한 사업을 일으킨다면 대구 내 교육 받은 즉 이러한 위험 인물이 될 만한 청년 거의 대부분에게 일거리를 주게 될 것이니, 그러면 이번 20여 명도 그 중에 들어 안분취업하는 양민이 될 뿐만 아니라 동시에 사회의 산업을 발전시키는 동력자가 될 것입니다. 경성도 이러하고 평양도 같다고 봅니다. 그렇거늘 이 사회의 대자본이 되는 청년으로 하여금 도리어 사회를 해치는 죄인이 되게 하니 사회의 손실이 과연 얼마나 크겠습니까. 나는 이 20여 명 청년의 대범죄를 목도함에 수만 수십만 앞으로의 청년의 위기가 눈앞에 보이는 듯하여 전율을 금할 수 없습니다.

<u>삼. 교육의 미비와 사회의 타락</u> 때문이라고 합니다. 그들이 강도를 행한 목적은 두 가지에 지나지 않으니, 하나는 소위 정치적 음모에서 비롯된 것이며, 다른 하나는 주색을 탐하려 함이며, 혹은 몽롱하게 이 두 가지가 겹합된 것이거나 또는 전자의 명분을 빌려 후자를 탐하려 한 것입니다. 그러나 이차저차

해도 이는 지식이 부족하고 사회에 질서가 없음이니 만일 저 20여 인으로 하여금 서양사 한 권이나 국가학 한 권 말고, 일이년 동안 신문 잡지나 읽게 하였더라도 자기네의 능력과 그만한 수단이 능히 목적을 달성하게 하지 못할 줄을 깨달을 것이니, 일찍이 해외에서 격렬한 사상을 고취하던 자가 동경에 와서 2~3년간 교육을 받으면 갑자기 구시대의 꿈을 버리고 이전 동지들에게 부패했다고 조소하는 것을 듣는데, 이것을 보아도 알 것입니다. 신문과 잡지와 서적과 선량한 청년회 같은 교제 기관이 있어 기회에 따라 신지식을 주입하면 결코 이러한 무모를 행하지 않을 것입니다. (…중략…) 대구 조선인 실업계의 위미 불비함도 말씀드리고자 하나 너무 장황하고 또 차 시간이 임박하여 그칩니다.

대구 친목회 사건은 20여 인의 청년이 일으킨 저항 운동이었다. 이광수는 이 사건의 원인을 '병합 이전 교육 받은 청년'이 식민시기 사회적 존경을 받지 못하기 때문에 일어난 사건이라고 규정한다. 병합 이전의 교육은 정치열이 비등한 교육이었으며, 그 교육은 문명화에 적합하지 못한 교육이어서 식민시기 사회 각 분야에서 이들이 적응하지 못했기 때문에 명예를 잃었다는 논리이다. 그뿐만 아니라 교육 받은 청년들이 직업을 구하지 못하고, 또 게으르기 때문에 저항 운동에 가담했다고 주장하며, '서양사'나 '국가학'과 같은 책 대신 신문·잡지를 읽도록 해야 사회의 타락을 방지할 수 있다고 주장한다. 이쯤 되면 그의 기행 담론은 창 밖의 현실, 식민지 조선인의 현실이나 문화는 전혀 고려되지 않고 있음을 깨닫게 된다.

3.3. 조선의 산천과 조선인의 삶

이광수의 시대 인식은 1910년대라는 시대 상황이 반영된 것이라고 볼 수도 있지만, 일본 유학생활로부터 싹튼 그의 어설픈 문명의식이

그대로 투영된 결과라고 보아야 할 것이다. 이 모습은 '오도답파여행'
의 곳곳에서도 드러난다.

【오도답파여행(五道踏破旅行)】

　道路도 죠키도 죠타. 이러케 죠흔 거슬 웨 以前에는 修築홀 줄을 몰낫던
고, 疾風곳치 달녀가는 自働車도 거의 動搖가 업스리만콤 道路가 坦坦하다.
그러나 쌜가버슨 山, 쌧작 마른 기쳔, 쓰러져 가는 움악사리를 보면 그만
悲觀이 싱긴다. 언제나 저 山에 森林이 좀 쑥 드러셔고 河川에는 물이 깁히
흐르고 村落과 家屋이 번젹하여질는지. 鳥致院 公州間은 거의 쌜간 山뿐이
다. 잔디신지 벗겨지고 앙상하게 山의 쎄가 드러낫다. 저 山에도 原來는
森林이 잇셧스런만은 知覺 업는 우리 祖上들이 松虫으로 더부러 말씀 쑷어
먹고 말앗다. 무엇으로 家屋을 建築하며 무엇으로 밥을 지을 作定인가.
道路 左右便에 느러 심은 아카시아가 어더케 반가운지 이제부터 우리는
半島의 山을 왼통 鬱蒼한 森林으로 茂盛하게 덥허야 혼다. 모든 山에 森林
만 茂盛하게 되어도 우리의 富는 現在의 몃 갑절이 될 것이다. 十年의 計는
植木에 잇고 百年의 計는 敎育에 잇다고 하거니와 現今 朝鮮에셔는 植木과
敎育이 同時에 一年計요 十年計요 百年 千年 萬年計일 것이다.

　鳥致院 公州間에 쌔 훌륭흔 橋梁이 만치마는 그 알에로 맛당히 흘러가
야 홀 물은 一滴도 업다. 橋下에 흘러가는 물이 업셔지면 橋上으로 걸어가
는 사름도 업슬 것이다. 그런데 그 기쳔을 보건딕 昔日에는 多量의 물이
잇셧던 듯하다. 山에 森林이 업셔짐으로 漸漸 河川이 枯渴하야진 것이다.
다시 森林이 茂盛하는 날에는 河川도 復活홀지오 河川이 復活하는 날에는
萬物이 復活홀 것이다. 錦江도 三四年 前까지는 公州 漢江신지 船舶이 通
行하얏다 하나 漸漸 水量이 減損하야 現今에는 小木船조차 잘 通行치 못흔
단다.

　　　　　　　　—이광수, '오도답파여행' 제2신, 『매일신보』, 1917.6.30.

도로가 좋기는 좋다. 이렇게 좋은 것을 왜 이전에는 수축할 줄 몰랐던 가. 질풍같이 달려가는 자동차도 거의 동요가 없을 만큼 도로가 탄탄하 다. 그러나 발가벗은 산, 바짝 마른 개천, 쓰러져 가는 오막살이를 보면 그만 비관이 생긴다. 언제나 저 산에 삼림이 좀 쑥 들어서고, 하천에는 물이 깊이 흐르 고 촌락과 가옥이 번쩍해질지. 조치원 공주 간은 거의 빨간 산뿐이다. 잔디까지 벗겨지고 앙상하게 산의 뼈가 드러났다. 저 산에도 원래는 삼림이 있었겠지만 지각없는 우리 조상들이 송충이와 함께 모두 뜯어먹고 말았다. 무엇으로 가옥을 건축하며, 무엇으로 밥을 지을 작정인가. 도로 좌우편에 늘어 심은 아카시아가 얼마나 반가운지, 이제부터 우리는 반도의 산을 온통 울창한 삼림으로 무성하게 덮어야 한다. 모든 산에 삼림만 무성하게 되어도 우리의 부는 현재의 몇 갑절이 나 될 것이다. 10년의 계획은 식목에 있고 백년의 계획은 교육에 있다고 하거니 와 현재 조선에서는 식목과 교육이 동시에 일년의 계획이요, 십년의 계획이요, 백년 천년의 계획일 것이다.

조치원 공주 간 꽤 훌륭한 교량이 많지만 그 아래로 마땅히 흘러가야 할 물은 한 방울도 없다. 다리 아래 흘러가는 물이 없어지면 다리 위로 걸어가는 사람도 없을 것이다. 그런데 그 개천을 보면 옛날에는 많은 물이 있었던 듯하다. 산에 삼림이 없어짐으로 점점 하천이 고갈된 것이다. 다시 삼림이 무성한 날에는 하 천도 부활할 것이요, 하천이 부활하는 날에는 만물이 부활할 것이다. 금강도 삼 사년 전까지는 공주 한강까지 선박이 통행하였다 하나 점점 수량이 줄어 지금은 작은 목선조차 잘 통행하지 못한다고 한다.

기차에서 자동차로 바뀐 이광수의 여행에서 조치원, 공주 사이의 거 리는 새로 난 도로뿐이다. 눈에 보이는 산은 민둥산이며, 교량 아래 말 라버린 개천만 보일 뿐이다. 이와 같이 황량한 산하(山河)가 된 원인은 조상의 무지에 있으며, 무지스런 조상은 송충이와 동급으로 묘사된다. 여기서 다시 식목과 교육을 되살려야 한다는 계몽주의자의 시대 담론 이 이어진다. 이 담론은 식민 지배 이데올로기의 그것과 동질하다.

【오도답파여행(五道踏破旅行)】

나는 이 山川을 對홀 째에 아라비아나 波斯를 聯想흔다. 그러나 아라비아나 波斯는 雨量이 極少홈으로 天成흔 <u>不毛之地여니와 朝鮮의 不毛홈은 純全히 住民의 罪惡이다.</u> 이미 罪惡(?)을 自覺ᄒ얏거던 卽時 悔改ᄒ여야 홀 것이다. <u>오날 忠南 道長官을 訪問ᄒ야 植林에 對흔 方針을 이러케 깃분 對答을 어덧다.</u> "二十五年 豫定으로 忠南 全躰의 森林을 作ᄒ려 ᄒ오. 一邊 採伐을 禁ᄒ고 一邊 每年 二百町步式 各郡 各面으로 ᄒ야곰 積極的으로 苗木을 植付케 ᄒ려 ᄒ오. 大田, 燕岐, 天安 等 鐵路 沿線 地方은 十年 豫定으로 實行ᄒ려 ᄒ오."

그러면 二十五年 後에는 忠南 全躰에 禿山의 그림자가 업셔지고 一面 鬱蒼한 森林으로 덥힐 것이다. 더구나 忠南 道長官은 森林에 精通ᄒ다 ᄒ닛가 그를 長官으로 삼는 忠南을 祝賀 아니홀 수 업다. 忠南쑨 아니라 各道에 다 이러흔 計劃이 잇슬 터이닛가 三十年만 지나면 朝鮮의 山이 復活되고 河川이 復活될 것이다. 그러나 官廳의 힘으로만 될 것이 아니다. <u>第一重要흔 것은 人民 各自의 自覺과 努力이다.</u> 植林 思想을 鼓吹ᄒ는 것은 아마 現今에 가장 重要흔 것의 ᄒ나일 쯧ᄒ다. 雙手山城의 蒼翠를 바라보며 錦江의 淸流를 건너 二千年 古都 公州에 入흔 것은 午後 一時 半이다. 아직 이만. (公州에셔)

—이광수, '오도답파여행' 제2신, 『매일신보』, 1917.6.30.

번역 나는 이 산천을 대할 때 아라비아나 페르시아를 연상한다. 그러나 아라비아나 페르시아는 우량이 적기 때문에 자연스럽게 불모지가 되었지만, 조선의 불모는 순전히 주민의 죄악(罪惡)이다. 이미 죄악을 자각하였다면 즉시 회개해야 할 것이다. 오늘 충남 도장관을 방문하여 식림에 대한 방침을, 이렇게 기쁜 대답을 얻었다. "25년 예정으로 충남 전체의 삼림을 조성하려 합니다. 한편으로 벌채를 금하고, 한편으로 매년 2백 정보씩 각 군 각 면이 적극적으로 묘목을 심게 하려 합니다. 대전, 연기, 천안 등 철로 연변 지방은 10년 예정으로 실행하려 합니다."

그러면 25년 후에 충남 전체에 민둥산의 그림자가 없어지고 울창한 삼림으로 덮일 것이다. 더구나 충남 도장관은 삼림에 정통하다고 하니, 그를 장관으로 삼은 충남을 축하하지 않을 수 없다. 충남뿐만 아니라 각 도에 다 이런 계획이 있을 것이므로 30년만 지나면 조선의 산이 부활되고, 하천이 부활될 것이다. 그러나 관청의 힘만으로 될 것은 아니다. 제일 중요한 것은 인민 각자의 자각과 노력이다. 식림 사상을 고취하는 것은 아마 지금 가장 중요한 것의 하나일 것이다. 쌍수산성의 푸른 빛을 바라보며 금강의 푸른 물결을 건너 2천년 고도 공주에 들어간 것은 오후 한 시 반이다. 아직 이만. (공주에서)

민둥산이 된 것을 주민의 죄악으로 돌리고, 식민 지배기 도장관(道長官)의 식림 계획을 들은 뒤 축하하며 감탄하는 그의 눈에 조선이 30년 후 부활될 것이라는 믿음이 생겨나는 이유는 무엇 때문일까? 이 진술대로 조선은 30년 후에 부활할 수 있었는가. 이러한 의문에서 식민 통치기 협력적 지식인 또는 타협적 지식인을 통해 조선의 모습을 발견하는 일을 가능해 보이지 않는다. 이는 동시대에 쓰인 『청춘』 소재 기행문도 마찬가지이다. 다음은 이광수가 『청춘』에 게재한 '남유잡감'의 한 부분이다.

【남유잡감(南遊雜感)】

○ 이믜 雜感이라 하엿스니 旅行記를 쓸 必要는 업다. 水陸 四千里를 돌아다니는 中에 여긔저긔서 特別히 感想된 것―그것도 系統的으로 된 것 말고 斷片斷片으로 된 것을 몃 가지 쓸란다. 旅館과 飮食店의 不備는 참 甚하더라. 現代式 旅館이 되랴면 적어도 客每名에 房 한 間과 그 房에는 冊床, 筆墨硯, 方席은 잇서야 할 것이오, 속 껍데기를 客마다 갈아주는 衾枕과 자리옷과, 녀름 갓흐면 모긔쟝 하나는 잇서야 할 것이다. 그러나 쐐 큰 都會에도 이만한 設備를 가진 旅館은 하나도 업다. 或 衾枕

을 주는 데가 잇서도 一年에 한 번이나 洗濯을 하는지, 數十名 數百名의 째무든 것을 주니 이것은 참하로 안 주는 것만도 갓지 못하다. 萬一 傳染病 患者가 덥고 자던 것이면 엇지할는지, 생각만 해도 진저리가 난 다. 또 洗首터의 設備가 업서서 툇마루나 마당이나 되는 대로 쪽 둘러 안저서 하얀 齒磨粉 석근 침을 튀튀 뱃고 方今 밥 床을 對하엿는데 바로 그 압헤서 왈괄왈괄 양츄질하는 소리를 듯고 嘔逆이 나서 밥이 넘어 가지를 아니한다. 從此로는 旅館에는 반다시 浴室과 洗首터는 設備해야 하겟더라.

—이광수, '남유잡감', 『청춘』 제14호, 1918.6.

번역 이미 잡감이라 하였으니, 여행기를 쓸 필요는 없다. 수륙 4천리를 돌아 다니는 중 여기저기 특별히 감상된 것, 그것도 계통적으로 된 것 말고 단편 단편으로 된 것을 몇 가지 쓰고자 한다. 여관과 음식점이 갖추어지지 않은 것은 참 심하다. 현대식 여관이 되려면 적어도 손님마다 방 한 간과 그 방에 책상, 필묵연, 방석은 있어야 할 것이요, 속껍데기를 손님마다 갈아주는 금침과 자리옷, 여름에는 모기장 하나는 있어야 할 것이다. 그러나 꽤 큰 도회에도 이만 한 설비를 가진 여관은 하나도 없다. 혹 금침을 주는 데가 있어도 일 년에 한 번이나 세탁을 하는지, 수십 명, 수백 명의 때 묻은 것을 주니 이것은 참으로 안 주는 것만도 못하다. 만일 전염병 환자가 덮고 자던 것이면 어찌 될지 생각만 해도 진저리가 난다. 또 세수터의 설비가 없어 툇마루나 마당이나 되는 대로 쪽 둘러앉아서 하얀 치마분 섞은 침을 튀튀 뱉고, 방금 밥상을 대했는데 바로 그 앞에 서 양치질하는 소리를 듣고 구역이 나서 밥이 넘어가지를 않는다. 이로부터 여관 에는 반드시 욕실과 세수터는 설비해야 하겠다.

'대구에서', '오도답파여행' 등과 같이 삼남 지방을 답사했던 이광수 는 본인의 말대로 수륙 4천리를 돌아다닌 뒤 이 글을 썼다. 그가 목도한 조선의 현실은 그야말로 부끄러움 그 자체이다. '남유잡감'에 스쳐 지

나가는 여관은 그의 말대로 '모든 설비가 불비'하고 '비위생적'인 부끄러운 잠자리일 뿐이다. '진저리', '구역질'로 묘사된 이광수의 여행길에서는 여행자에게 필연적으로 뒤따르는 조그마한 인내심조차 발견되지 않는다.27) 이러한 상황에서 조선인의 삶이 그럴 듯한 문체로 묘사되는 셈이다. '오도답파여행'이나 '남유잡감' 속의 조선인의 삶은 사실주의 차원에서는 모두 현실의 재현에 해당한다. 그럼에도 이 재현은 피상적 지식인의 일탈로 이어진다는 점에서 근원적인 한계를 갖는다. '남유잡감' 속의 조선인의 삶을 좀 더 살펴보자.

【남유잡감(南遊雑感)】

○ 머슴 말이 낫스니 말이지 湖嶺南 地方의 飮食은— 적어도 客主집 飮食은 大槪 머슴이라 일컷는 男子가 하는데 主人아씨는 깨끗이 차리고(대개는 아마 행내기는 아니오 前무엇이라 하는 職銜(직함)이 잇는 듯) 길다란 담뱃대를 물고 머슴이라는 男子를 담뱃대 씃흐로 指揮하면 그 男子가 아궁지 煙氣에 눈물을 흘리면서 이 단지 저 단지 반찬 단지에 筋骨 發達된 팔뚝을 들여미는 꼴은 果然 男子의 羞恥일러라.

○ 忠淸道 以南으로 가면 술에는 막걸리가 만코 燒酒가 적으며 국수라 하면 밀국수를 意味하고 漢北에서 보는 모밀국수는 全無하다. 西北地方에는 술이라면 燒酒요 국수라면 모밀국수인 것과 비겨보면 未嘗不 재미잇는 일이다. 아마 막걸리와 밀국수는 三國적부터 잇는 純粹한 朝鮮 飮食이

---

27) 이광수의 이러한 태도는 『청춘』 제9~10호(1917.8~9)에 발표한 '어린 벗에게'에도 나타난다. 상해에서 편지 형식으로 쓴 이 글은, 동경 유학 시절 김일홍의 동생 김일연과의 연애 실패 후 그에 대한 대안으로 계몽 운동을 하게 되는 과정, 상해에서 미국으로 가기 위해 해삼위(海蔘威)로 가던 과정 등을 그려낸 1인칭 단편으로 분류되기도 한다. 이 작품에는 "오직 하나 미들 것이 精神的으로 同胞 民族에게 善影響을 씨침이니 그리하면 내 몸은 죽어도 내 精神은 여러 同胞의 精神 속에 살아 그 生活을 管攝하고 또 그네의 子孫에게 傳하야 永遠히 生命을 保全할 수가 잇는 것이로소이다."라는 문구처럼 민족 담론이 등장하기도 하나, 이 민족론조차 식민시기 타협적 지식의 모습을 벗어나지 못하고 있다. 해삼위행 난파선과 뒤따르던 코리아 호의 구조, 나가사키로의 귀환 등은 이광수의 러시아 생활과 귀환 과정을 연상하게 한다.

오 燒酒와 모밀국수는 比較的 近代에 들어온 支那式 飲食인 듯하다. 길을 가다가 酒幕에 들어 안저서 冷水에 채어 노흔 막걸리와 칼로 썰은 밀국수를 먹을 째에는 千年前에 돌아간 듯하더라. 술 말이 낫스니 말이어니와 <u>三南地方에 麥酒와 日本酒의 流行은 참 놀납다</u>. 村 사람들이라도 술이라 하면 依例히 '쎄루'나 '마사무네'를 찾는다. 西北地方에 가면 아직도 '쎄루'나 '마사무네'는 그다지 普及이 되지 못하엿다. 燒酒는 鴨綠江을 건너 오기 째문에 西北地方에 몬져 퍼지고 麥酒는 東海를 것너오기 째문에 嶺湖南 地方에 몬저 퍼진 것이다. 여긔서도 우리는 地理關係의 재미를 쌔닷겟더라.

○ 소리(歌)에 南北의 差異가 分明히 들어난다. 나는 咸鏡道 소리를 들어볼 機會가 업섯거니와 平安道의 代表的 소리되는 愁心歌와 南道의 代表的 소리되는 六字백이에는 그 音調가 아주 調和될 수 업는 截然한 區別이 잇다. 愁心歌는 噪하고 急하고 壯하고, 六字백이는 晰하고 緩하고 軟한 맛이 잇다. 다가치 一種 슯흔 빗히 잇지마는 愁心歌의 슯흠은 '悲'의 슯흠, 哭의 슯흠이오 六字백이의 슯흠은 哀의 슯흠, 泣의 슯흠이다. 樂器로 비기면 愁心歌는 秋夜의 쥬라나 피리오 六字백이는 春夜의 玉笛이나 거믄고일 것이다.

○ 파리보다 妓生 數爻가 셋이 더 만타는 晉州를 비롯하야 大邱, 昌原 等地는 妓生의 産地로 有名하다. 京城도 무슨 組合 무슨 組合하고 嶺南 妓生 專의 貿易所가 잇스며 七八年前 平安道 等地에도 數千名 嶺南産이 跋扈하엿다. 엇지해서 湖南에는 特別히 광대가 만히 나고 嶺南에는 特別히 妓生이 만히 나는지, 거긔도 무슨 歷史的 關係가 잇는지는 알 수 업스나 아모려나 무슨 理由가 잇는 듯하다. 春香의 故鄕되는 湖南에서는 妓生들이 모도 다 春香의 본을 밧고 말엇는지.

—이광수, '남유잡감', 『청춘』 제14호, 1918.6.

○ 머슴이라는 말이 나왔으니 더 말하건대, 호남 영남 지방의 음식은, 적어도 객주집 음식은 대개 머슴이라고 하는 남자가 하는데, 주인아씨가 깨끗이 차리고(대개는 아마 행내기는 아니고 전 무엇이라 하는 직함이 있는 듯) 길따란 담뱃대를 물고 머슴이라는 남자를 담뱃대 끝으로 지휘하면 그 남자는 아궁이 연기에 눈물을 흘리면서 이 단지, 저 단지, 반찬단지에 근골이 발달된 팔뚝을 들여 미는 모습은 과연 남자의 수치이다.

○ 충청도 이남으로 가면 술에 막걸리가 많고, 소주는 적으며, 국수는 밀국수를 의미하고, 한수 이북에서 보는 메밀국수는 전혀 없다. 서북지방에는 술이라면 소주요, 국수라면 메밀국수인 것과 비교하면 재미있는 일이다. 아마 막걸리와 밀국수는 삼국시대부터 있는 순수한 조선의 음식이요, 소주와 메밀국수는 비교적 근대에 들어온 중국식 음식인 듯하다. 길을 가다가 주막에 들어앉아 냉수에 채어 놓은 막걸리와 칼로 썰은 밀국수를 먹을 때는 천 년 전으로 돌아간 듯하다. 술 이야기가 나왔으니 말이지, 삼남 지방에 맥주와 일본주의 유행은 참 놀랍다. 촌사람들이라도 술이라고 하면 으레 '비루(맥주)'나 '마사무네(청주)'를 찾는다. 서북지방에 가면 아직까지 비루나 마사무네가 그다지 보급되지 않았다. 소주는 압록강을 건너오기 때문에 서북지방에 먼저 퍼지고 맥주는 동해를 건너오기 때문에 영호남 지방에 먼저 퍼진 것이다. 여기서도 우리는 지리관계의 흥미를 깨달을 수 있다.

○ 소리(노래)에 남북의 차이가 분명히 드러난다. 나는 함경도 소리를 들어볼 기회가 없었지만, 평안도의 대표적 소리인 수심가와 남도의 대표적 소리인 육자배기에는 그 음조가 아주 조화될 수 없는 확연한 구별이 있다. 수심가는 조급하고 웅장하며, 육자배기는 밝고 느리고 연한 맛이 있다. 다같이 일종 슬픈 빛이 있지만 수심가의 슬픔은 '비(悲)의 슬픔, 곡(哭)의 슬픔이요, 육자배기의 슬픔은 애(哀)의 슬픔, 읍(泣)의 슬픔이다. 악기로 비유하면 수심가는 가을밤 주라나 피리이며, 육자배기는 봄밤 옥적이나 거문고일 것이다.

○ 파리보다 기생 수효가 셋이나 더 많다는 진주를 비롯하여, 대구, 창원 등지는 기생의 생산지로 유명하다. 경성에도 무슨 조합, 무슨 조합 하고 영남 기생

전문의 무역소가 있으며, 7~8년 전 평안도 등지에도 수천 명 영남산이 발호하였다. 어찌하여 호남에는 특별히 광대가 많이 나고, 영남에는 특별히 기생이 많이 나는지. 거기에도 무슨 역사적 관계가 있는지 알 수 없으나, 어쨌든 무슨 이유가 있는 듯하다. 춘향의 고향되는 호남에서는 기생들이 모두 다 춘향의 본을 받고 말았는지.

인용한 대목은 '영호남 음식 풍습, 술, 소리(노래), 기생'과 관련된 항목이다. 서두에 밝힌 바와 같이 '잡감(雜感)'이므로 스쳐지나가는 필자의 주관적 감정을 정리한 글로 볼 수 있다. 그러나 각각의 항목에 대한 필자의 의식은 '삶의 양식'으로서 '문화'가 갖고 있는 가치와는 다소 거리가 있다. 흥미로운 것은 이와 같은 삶의 양식에 대한 이광수의 생각이다. 그는 이 '잡감'에서 다음과 같이 주장한다.

【남유잡감(南遊雜感)】

○ 여러 가지 感想이 만흔 中에 가장 큰 感想은 우리 靑年들에게 朝鮮에 關한 知識이 缺乏함이라. 우리는 朝鮮人이면서 朝鮮의 地理를 모르고 歷史를 모르고 人情風俗을 모른다. 나는 이번 旅行에 더욱이 無識을 懇切히 깨달앗다. 내가 혼자 想像하던 朝鮮과 實地로 目睹하는 朝鮮과는 千里의 差가 잇다. 아니 萬里의 差가 잇다.

○ 人情風俗이나 그 國土의 自然의 美觀은 오즉 그 文學으로야만 알 것인데 우리는 이러한 文學을 가지지 못하엿다. 그러닛가 모르는 것이 當然하다. 만일 알려 할진댄 實地로 구경다니는 수밧게 업지마는 저마다 구경을 다닐 수도 업고 또 다닌다 하더라도 眼識이 업서서는 보아도 모른다. 나는 우리들 中에서 文學者만히 생기기를 이 意味로 쏘 한번 바라며, 그네들이 各其 自己의 鄕土의 風物과 人情 習俗을 자미 잇게 그러고도 忠實하게 世上에 紹介하여 주기를 바란다.

—이광수, '남유잡감', 『청춘』 제14호, 1918.6.

○여러 가지 감상이 많은 중, 가장 큰 느낌은 우리 청년들에게 조선에 관한 지식이 결핍된 것이다. 우리는 조선인이면서 조선의 지리를 모르고 역사를 모르고 인정 풍속을 모른다. 나는 이번 여행에 더욱 무식함을 간절히 깨달았다. 내가 혼자 상상하던 조선과 실제로 목도하는 조선과는 천 리의 차이가 있다. 아니 만리의 차이가 있다.

○ 인정·풍속이나 그 국토의 자연스러운 미관은 오직 문학으로 알 것인데 우리는 이러한 문학을 갖지 못했다. 그러니까 모르는 것이 당연하다. 만일 알고자 한다면 실지로 구경 다니는 수밖에 없지만, 저마다 구경을 다닐 수도 없고 또 다닌다 해도 안식이 없어서는 보아도 모른다. 나는 우리들 중 문학자가 많이 생기기를 이런 의미로 또 한 번 바라며, 그들이 각기 자기 향토의 풍물과 인정, 풍속을 재미있게 그리고 충실하게 세상에 소개해 주기를 바란다.

이광수의 표현대로라면 '잡감'에 서술된 생활 모습은 조선적인 것의 일부이다. 문제는 이 '조선적인 것'을 과연 '민족적인 것'으로 해석할 수 있는가에 있다. 그는 분명 일제 강점기라는 시대 현실을 이전 시대에 비해 훨씬 사실적으로 재현해 놓았다. 그럼에도 그가 말한 '조선의 것'이 어떤 의미를 갖는지는 좀 더 진지한 해명이 필요하다. 프랑스 나폴레옹 3세의 권력 탈취와 제2제정의 성립, 독일과의 전쟁에서 패배한 직후 프랑스의 민족주의에 대해 피를 토하는 연설을 했던 르낭은, "하나의 민족은 하나의 영혼이며 정신적인 원리입니다. 둘이면서도 사실 하나인 것이 바로 이 영혼, 즉 정신적인 원리를 구성하고 있습니다. 한쪽은 과거에 있는 것이며, 다른 한쪽은 현재에 있는 것입니다. 한쪽은 풍요로운 추억을 가진 유산을 공동으로 소유하는 것이며, 다른 한쪽은 현재의 묵시적인 동의, 함께 살려는 욕구, 각자가 받은 유산을 계속해서 발전시키고자 하는 의지입니다. (…중략…) 그러므로 민족은 이미 치러진 희생과 여전히 치를 준비가 되어 있는 희생의 욕구에 의해 구성된 거대한 결속입니다. 그것은 하나의 과거를 가정하는 것입니다. 그렇지만 현재에는 확실한 사실로 요약되기도 합니다. 동의, 함께 공동의 삶을 계속하기를 명백하게 표명하는 욕구로 요약될 수 있는 것입니다." 라고 주장하였다.[28] 민족 의식은 분명 과거와 현재, 그리고 미래를 이어주는 의식이며, 공동체적 삶을 전제로 한다. 민족 공동체의 과거를 부정하고, 현재를 비관하며, 타자에게 운명을 맡기는 행위는 진정한 민족의식으로 보기 어렵다. 특히 에릭 홉스붐과 같이 전통이 만들어지는 것이라는 관점으로 본다면,[29] 조선적인 것의 발견은 곧 민족적인 것의 발견, 민족 만들기와 직접적인 관련을 맺는 의식으로 해석될 수 있는데, 이 점에서 1910년대 『매일신보』의 기행 담론, 특히 이광수적인 것은 시대적 한계이자 어설픈 계몽주의의 한계라고 보아야 할 것이다.

4. 『매일신보』 기행 담론의 의미

강제 병합 직후 국권 상실 상황에서 『매일신보』는 신문 매체로는 거의 유일한 매체였다. 비록 조선총독부의 기관지 역할을 담당한 『경성일보』가 존재했지만, 조선 사람이 필자로 참여하여 한글로 글을 쓸 수 있는 매체는 이 신문이 유일했다고 해도 지나치지 않다. 이 점에서 『매일신보』 기행 담론은 이른바 무단통치기 식민지 현실을 이해하는 데 중요한 역할을 한다. 김경남(2013)에서 논의한 바와 같이, 이 신문의 기행 담론이 갖는 특징은 다음과 같이 요약할 수 있다.

첫째, 이 시기 한국인 기행문 가운데는 고적·명승지 답사와 관련된 것들이 많았음을 확인할 수 있었다. 이처럼 고적답사나 탐승 관련 기행

---

28) 에르네스트 르낭, 신행선 옮김(2002), 『민족주의란 무엇인가』, 책세상.

29) Hobsbawm, E. and Ranger, T.(1983), *The Invention of Tradition*, Oxford; Blackwell. 이 책은 박지향·장문석 옮김(2004), 『만들어진 전통』(휴머니스트)이라는 제목으로 번역되었다.

문이 산출된 데에는 식민 시대의 관광의 산업화가 주요 배경으로 작용했던 것으로 보인다.

둘째, 1910년대 각종 시찰단 및 관광단 조직을 반영한 기행문이 산출되기도 했는데, 이러한 기행문은 대부분 친일 행적을 보인 사람들이 쓴 것이다. 유사한 맥락에서 식민지적 계몽성을 띤 사실적 기행문이 나타나기도 했는데, 이광수의 '오도답파기행'이 대표적이다. 이 기행문은 매일신보사의 후원을 받아 이루어졌다는 사실에서 확인할 수 있듯이, 지방 견학 과정에서 식민 이데올로기를 수용하는 입장에 서 있다. 그럼에도 이 기행문을 통해 1910년대의 시대 상황을 재현해 낼 수 있다는 점은 의미 있는 일로 볼 수 있다.

다만 이 시기 조일제의 삼남 기행이나 이광수의 오도답파 체험과 같이 조선 각지방 여행 체험을 통해 얻는 삶의 모습은 파노라마처럼 스쳐가는 기차 밖의 모습에 지나지 않는 것들이 많았고, 이광수가 '오도답파여행'이나 『청춘』에 게재한 '남유잡감'에서 주목한 '조선적인 것', 좀 더 정확히 말하면 '조선적인 문학' 의식도 민족의 재발견이라는 차원으로 볼 때 극히 부적절한 것이었음을 확인할 수 있다. 이는 곧 진정한 재현, 가치 있는 민족의 재발견이 이루어지기 위해서는 시간이 더 필요했고, 또 그 시간은 역사적 고난이 수반되는 시간이 될 수밖에 없었음을 의미한다. 결론적으로 1910년대의 기행 자료는 식민 상황의 시대적 한계를 갖고 있으면서도 사실적 재현을 중시하는 근대의 글쓰기의 차원에서, 그 나름대로 변화의 모습을 보인 것으로 규정할 수 있다.

제5장 식민 시대 기행 담론과 자의식의 성장
: 『동아일보』와 『개벽』을 중심으로

1. 1920년대 기행 담론의 특징

일즉이 西鮮 地方을 視察코자 하는 뜻이 잇던 바 맛치 二三의 同行이 일을 機會삼아 恩律 載寧, 海州, 平壤, 鎭南浦, 江西, 宣川, 新舊義州 等地를 巡廻하야 왓소이다. (…중략…) 載寧에서 이러한 事實이 잇섯다 함을 드럿소이다. 昨年 萬歲事件으로 因하야 收監되엿던 사람들이 放免되야 海州 監獄으로부터 도라오매 그의 親戚과 求友들은 그를 爲하야 冷麪을 待接하랴 하다가 許可 업시 無斷히 會食하랴 한다는 罪名下에 一同은 警察署 拘留場에서 數時間을 經過한 後 照査를 밧고 放送되얏다 하나이다. 이 말을 드를 째 나는 하도 氣가 막혀서 말할 거리도 생각나지 안슴니다. 그러나 <u>이것을 ○○民의 悲哀</u>라고나 할는지요. 그러나 이 怨哀이 苦痛을 거그에 긋치면 우리는 絶望에 陷할 짜름이외다. 怨哀로부터 快樂을 索出하고 苦痛으로부터 힘과 光明을 發見치 아니하면 結局 우리는 個人上 社會上으로 滅亡이 잇슬 짜름이외다. 或은 服前에는 이 苦痛과 悲哀에서 벗어날 만한 手段과

方法이 업슬지라도 다만 우리가 '살리라'는 堅固하고 徹底한 情念과 意氣만 가진다 하면 그 中에 自然히 方法과 手段은 織出(?)될 것이외다. 絶望은 우리로 하야금 死로 引導하는 惡魔라 하나이다.

—삼민생, '서선에서 돌아와', 『동아일보』, 1920.6.5~6.9.

번역 일찍이 서부 조선 지방을 시찰하고자 하는 뜻이 있었는데 마침 2~3인의 동행인이 업무를 기회로 은율, 재령, 해주, 평양, 진남포, 강서, 선천, 신의주 등지를 순회하고 왔습니다. (…중략…) 재령에서 이러한 일이 있었다고 들었습니다. 작년 만세사건으로 인해 수감되었던 사람들이 방면되어 해주 감옥에서 돌아오니 그의 친척과 친구들이 그를 위해 냉면을 대접하고자 하다가, 허가 없이 무단히 모여 먹는다는 죄명 아래 일동은 경찰서 구류장에서 몇 시간이 지난 뒤 조사를 받고 풀려났다 합니다. 이 말을 들을 때 나는 하도 기가 막혀 말할 거리가 생각나지 않았습니다. 그러나 이것을 ○○민(망국민)의 비애라고나 할는지요. 이 원망스럽고 애통한 것이 거기에 그치면 우리는 절망에 빠질 따름입니다. 원애로부터 쾌락을 찾고 고통으로부터 힘과 광명을 발견하지 않으면 결국 우리는 개인적으로 사회적으로 멸망이 있을 따름입니다. 혹은 복종 전에는 이 고통과 비애에서 벗어날 수단과 방법이 없을지라도 다만 우리가 '살겠다'는 견고하고 철저한 정념과 의기만 가진다면 그 중 자연히 방법과 수단은 만들어질 것입니다.

이 글은 1920년 6월 『동아일보』에 실린 삼민생이라는 필명의 기행문이다. 서두에 '시찰(視察)'이라는 표현이 들어 있듯이, 1920년대 기행 담론이 각종 시찰이나 탐방, 순례 의식과 밀접한 관련을 맺고 있음을 확인할 수 있다. 필명으로 사용된 '삼민(三民)' 역시 1911년 쑨원(孫文) 이후 사회적으로 확산된 '민족, 민권, 민생' 의식과 밀접한 관련을 맺는다. 그렇기 때문에 ○○민이라는 가림표로 처리되기는 했지만 '망국민의 비애'라는 표현을 사용할 수 있었던 것이다.

1920년대의 기행 담론은 3.1운동 직후 벌어진 다양한 민족 문화 운동과 맞물려 그 이전에는 볼 수 없었던 다양한 변화를 보인다. 특히 매체마다 변화의 정도가 다른데, 식민 통치에 동조했던 『매일신보』보다는 새로 창간된 『동아일보』, 천도교계 개벽사가 운영했던 『개벽』 등에서 변화의 모습이 두드러졌다. 기존의 관광 담론뿐만 아니라 '백두산'을 비롯한 국토 명산에서 민족의식을 형성해 가며, 일본, 만주, 중국, 러시아, 미국, 유럽(특히 독일) 등지로 기행의 범위가 확산되어 간다. 이러한 변화는 1920년대 전반기부터 1930년대 전반기까지 지속되는데, 사상사적 관점으로 볼 때, 1925년 치안유지법 발효를 전후로 다소 변화된 모습을 보이기도 한다. 이는 3.1운동 직후 표방된 '문화정치' 아래 비교적 활발했던 민족주의와 사회주의 운동 등 다양한 운동을 '치안유지'라는 명목 아래 공식적으로 억압한 법률이었기 때문으로 해석된다.[1] 기행 담론은 다양한 목적의 여행 체험을 기반으로 하며, 각종 계몽 활동이나 민중의 삶에 대한 조사, 국토 기행 등은 직간접적으로 민중 의식 조작과 관련을 맺게 되므로, 치안을 빙자한 사상 통제가 이루어지기 전과 후는 기행 담론에서도 큰 차이를 보인다. 이를 전제로 1920년대 대표적 매체인 『동아일보』와 『개벽』 소재 기행 담론을 분석하고자 한다.

1920년 4월 『동아일보』가 창간되고, 1925년 1월 '치안 유지법'이 공포되기 전까지 이 신문에 소재하는 기행 관련 자료는 대략 85종(연재물은 1종으로 처리함) 500회가 발견된다. 이들 자료 가운데 일부는 기행 관련 논설이나 명승·사적 사진 해설, 또는 유람회 관련 기사 등이 포함되어 있다.[2]

기행문의 발전 과정에서 이 시기의 기행 담론은 관제화된 유람 문화

---

1) 일제 강점기 '치안유지법'과 문화 운동의 상관관계에 대한 논의는 허재영(2011), 『일제 강점기 어문정책과 어문운동』(도서출판 경진)을 참고할 수 있다. 이 법은 1925년 1월 28일 일본 법제국을 통과한 법으로 총 6조로 구성되었다. 『매일신보』 1925.1.30 참고.
2) 자료 통계는 김경남(2013)에서 이루어진 바 있다.

나 관념적 계몽성을 탈피하여 시대적·사회적 상황을 있는 그대로 재현해 낸 것들이 많은 점이 특징이다. 이른바 '문화 통치'라는 슬로건에 숨어 있는 '조선의 현실'이 기행 담론 속에 그려져 있는 셈이다. 김경남(2013)에서는 이 시기 기행 담론을 DB화하여 게재일(연재물일 경우 시작일과 종료일로 나눔), 문종, 제목, 세부 내용, 필자, 성격, 기행지 등을 기준으로 분류하고 있다. 그 가운데 '문종'은 '기사', '기행문', '논설', '편지' 등을 설정되었으며, '내용'에서는 '국토 기행', '명승(고적)', '취재기', '유학기', '해외 사정 소개' 등을 주요 키워드로 삼고 있다. 여기서 '국토 기행'은 '백두산행', '고흥여기', '부산에서'와 같이 우리나라의 특정 지역을 제목에 포함한 기행문을 의미하며, '취재기'는 기행문 속에 특정 사건이나 대상을 취재 대상으로 삼은 기행문을 의미한다.3) 이러한 기행문에는 시대와 사회 현실이 좀 더 구체적으로 드러난다. 이에 비해 '명승' 관련 기행 담론은 앞선 시대와 마찬가지로 '오락'이나 '탐승(探勝)'이 강조되는 경향이 있다. 또한 해외 사정에 대한 경탄이나 관념적 계몽 의도가 강조되었던 1910년대의 기행 담론과는 달리 1920년대의 해외 기행이나 유학 체험기는 개인의 유학 생활을 사실적으로 재현한 것들이 많아졌다는 점에서, 스펙트럼의 변화를 보이고 있다. 김경남(2013)에 따르면 이 시기 『동아일보』 기행 자료 가운데 상당수는 '취재기' 형식의 기행문(25종)과 '국토 답사' 형태의 기행문(15종), 유학 관련 담론(10편)이 차지하고 있다. 취재기 형식의 기행문 작가로는 이 시기 『동아일보』 기자였던 나공민(羅公民)의 '석왕사에서', '만주 가는 길에', '노령(露領) 견문기', 유광열의 '대구행', '표랑 서북기', '개성행', '중국행' 등이 대표적이며, '국토 답사' 형태의 기행문으로는 민태원의 '백두산행', 소일생의 '금강유기', 운정생의 '고흥여기', 이혁의 '호남여기', 천

---

3) 취재기 가운데 일부는 특정 사건을 취재하면서 해당 지역 답사를 포함하는 경우가 있으므로, 취재기와 국토 기행을 엄격하게 구분하기는 어렵다.

리구의 '원산까지' 등이 대표적이다.4) 또한 유학생 기행으로는 김준연의 '라인 강반(江畔)에서', '독일(獨逸) 가는 길에', 산호성의 '태평양 거느는 길', 장덕수의 '미국 와서', 최영욱의 '미국 오시는 여러 형님게' 등이 있다. 이 시기 유학생 기행문이나 유학 담론의 특징 가운데 하나는 1910년대 주요 유학지(留學地)였던 '일본'뿐만 아니라 '독일'과 '미국', '중국' 등이 빈번히 등장한다는 사실이다. 이러한 상황에서 이 시기 기행문은 글의 형식이나 문체면에서도 이전 시기보다는 훨씬 더 사실성을 드러낸다.

이 시기 신문에서의 기행 담론에서 사실성이 강조되듯이, 잡지에서도 글쓰기의 변화가 나타난다. 『개벽』 또한 이러한 경향을 뒷받침하는데, 이 잡지는 1920년 6월 25일 창간호를 발행하였으며, 1926년 7월 제71호를 내고 강제 폐간되었다.5) 이를 대상으로 기행 담론을 조사한 결과 대략 48종의 기행문이 발견되는데 이 가운데는 노정일의 '세계일주'(통권 19호부터 25호까지 7회 연재), 박승철의 '독일 가는 길에'(통권 21호부터 24호까지 4회)와 같이 연재 형식의 기행문이나 김기전의 '경남에서'(통권 33호), 차상찬의 '우리의 足跡-京城에서 咸陽까지'(통권 34호) 등의 '문화 조사 사업'과 관련된 기행문 이 다수 포함되어 있다.6)

---

4) 이 가운데 민태원의 '백두산행'은 신문사 주최 답사단으로 참여한 기록이며, 천리구의 '원산까지'는 철도회사 주최 납량 열차 여행단원으로 참여한 기록이지만, 취재기가 특정 사안을 취재하는 데 비해 이 두 작품은 기행 과정의 견문과 정서를 중심으로 서술하였기 때문에 국토 기행에 포함하였다.

5) 『개벽』은 1934년 1월 속간호를 내었으며 1935년까지 속간 4호를 발행하였다. 광복 이후 1946년부터 복간 통권 74호부터 79호까지 발행하였다.

6) 『개벽』소재 기행문의 분포는 연재 횟수나 조사 보고서의 성격을 고려하면 다른 분석 결과가 나올 수 있다. 그러나 이 연구에서는 연재 횟수를 고려하지 않고 단일 종으로 처리하였으며, 조사 보고서 가운데 여정과 감상을 포함한 글만을 기행문의 범주에 포함하였다. 그 결과 『개벽』에는 1910년대 『청춘』소재의 견문과 감상류나 『매일신보』소재의 답사기류 기행문과는 달리 민중의 삶과 생활상을 보고(報告)·계몽하는 다종의 답사 보고서, 명승고적 답사기, 1920년대 전반기의 이데올로기를 투영한 일본이나 상해, 만주 견문기, 유럽 견문록 등이 실려 있음을 확인할 수 있었는데, 이는 1920년대 전반기의 기행 담론과 기행문의 변화를 뜻하는 유의미한 자료로 해석된다.

이처럼 1920년대 전반기의 기행 담론은 무단 통치기에 보이지 않던 '문화' 개념이 등장하고, 이를 바탕으로 민족이나 계몽 담론의 변화를 보였으며, 기행지도 기존에 비해 광범위하고 다양해지기 시작했다.

2. 작법(作法) 인식과 기행문의 변화

2.1. 1920년대 작문관(作文觀)의 변화

작문관이란 글쓰기에 대한 필자의 인식을 말한다. 성리학적 전통을 이어받은 우리나라에서는 전통적으로 '술이부작(述而不作)'을 작문의 기본적인 태도로 인식해 왔다. 성호 이익이 "글이란 도(道)에 붙어 사는 것이다. 위에서 나타나는 일월(日月)과 성신(星辰)은 천문(天文)이라 이르고, 밑에서 나타나는 산천과 초목은 지문(地文)이라 이르고, 이 천지 사이에서 나타나는 예악형정(禮樂刑政)과 의장도수(儀章度數)는 인문(人文)이라 이르는데, 주역에 이르기를 '인문을 살펴보아 천하를 잘 되도록 한다.'는 말이 이것이다. 공자는 여러 가지 절도를 꼭 이치에 맞도록 하여 천하를 바른 길로 돌아오도록 통솔하는 까닭에 '글로 가르친다.'고 했는데, 이는 문왕(文王)이 그렇게 했던 것이다. 공자가 벼슬은 얻지 못했어도 오히려 목탁(木鐸)이 되어 천하를 돌아다니면서 가르치며 도(道)가 다 없어지지 않는다는 희망을 가졌기에 '문(文)이 여기에 있지 않느냐?'고 했으나, 그 뜻만은 또한 슬프고 간절했던 것이다."[7]라고 한 데서도 짐작할 수 있듯이, 글에 대한 전통적인 견해는 '도(道)' 또는 '도리'를 의미하는 엄숙한 것이었다.

---

7) 이익, 『성호사설』 권21, 경사문, 불치하문(不恥下問). 성호 이익 지음, 정해렴 편역(1998), 『성호사설 정선』(하), 현대실학사, 53쪽.

우리나라에서 전통적인 교육의 기초를 이루었던 '독서산(讀書算, 읽기, 쓰기, 셈법)'에서 벗어나 '작법(作法)' 또는 '철법(綴法, 글짓기)'이 언어학습의 주요 대상으로 인식된 것은 1895년 근대식 학제의 도입을 알린 '소학교령' 공포 이후이다. 그 이후 다수의 작법과 관련된 교재가 발행되고, 글쓰기에 대한 기본적인 교육이 실시되기는 하였으나, 본질적으로 작문이 갖고 있는 의미에 대한 논의가 이루어진 것은 아니다. 근대 이후 작문의 의미에 대한 논의는 '문학(文學)'이라는 개념어가 확립되면서부터 시작된다. 문학의 개념과 가치와 관련하여 『대한흥학보』 제11호(1910.3)에 게재된 이보경(李寶鏡)의 글을 살펴보자.

【문학(文學)의 가치(價値)】

(…前略…) 本論에 入ᄒᆞᄂᆞᆫ 階梯로 '文學이라ᄂᆞᆫ 것'에 關ᄒᆞ야 簡單히 述ᄒᆞ깃노라. '文學'이라ᄂᆞᆫ 字의 由來ᄂᆞᆫ 甚히 遼遠ᄒᆞ야 確實히 其 出處와 時代ᄂᆞᆫ 攷키 難ᄒᆞ나, 何如턴 其 意義ᄂᆞᆫ 本來 '一般 學問'이러니 人智가 漸進ᄒᆞ야 學問이 漸漸 複雜히 됨애 '文學'도 次次 獨立이 되야 其 意義가 明瞭히 되야 詩歌, 小說 等情의 分子를 包含ᄒᆞᆫ 文章을 文學이라 稱ᄒᆞ게 至하여시며(以上은 東洋) 英語에 (Literature) '文學'이라ᄂᆞᆫ 字도 ᄯᅩ흔 前者와 略同ᄒᆞᆫ 歷史를 有ᄒᆞᆫ 者ㅣ라. (…中略…) 人類가 生存하ᄂᆞᆫ 以上에 人類가 學問을 有ᄒᆞᆫ 以上에ᄂᆞᆫ 반다시 文學이 存在ᄒᆞᆯ디니 生物이 生存ᄒᆞᆷ에ᄂᆞᆫ 食料가 必要ᄒᆞᆷ과 가티 人類의 情이 生存ᄒᆞᆷ에ᄂᆞᆫ 文學이 必要ᄒᆞᆯ디며 ᄯᅩ 生ᄒᆞᆯ디라. 更言컨딘 <u>人類가 智가 有ᄒᆞᆷ으로 科學이 싱기며 ᄯᅩ 必要ᄒᆞᆫ 것과 갓치 人類가 情이 有ᄒᆞᆯ단딘 文學이 싱길디며 ᄯᅩ 必要ᄒᆞᆯ디라.</u> 故로 其 進步發展의 度ᄂᆞᆫ 土地를 조차, 國民의 程度를 조차, ᄯᅩᄂᆞᆫ 時勢와 境遇를 조차 遲緩盛衰의 差異가 有ᄒᆞ리로딘 文學 그거ᄂᆞᆫ 人類의 生存ᄒᆞᆯ 째ᄉᆡᆫ지ᄂᆞᆫ 存在ᄒᆞᆯ디니라. 그러면 '文學'이라ᄂᆞᆫ 거ᄉᆞᆫ 무엇이며 ᄯᅩ 何如ᄒᆞᆫ 價値가 有ᄒᆞᄂᆈ? 文學의 範圍ᄂᆞᆫ 甚히 넓으며 ᄯᅩ 其 境界線도 甚히 朦朧ᄒᆞ야 到底히 一言으로 弊之ᄒᆞᆯ 슈ᄂᆞᆫ 無ᄒᆞ나 大槪 <u>情的 分子를 包含ᄒᆞᆫ 文章</u>이라 하면 大誤ᄂᆞᆫ 無ᄒᆞ리라. 故로 古來로 幾多學者의

定義가 紛紛ᄒᆞ디 一定ᄒᆞᆫ 者는 無ᄒᆞ고 詩, 歌, 小說 等도 文學의 一部分이니 此等에는 特別히 文藝라는 名稱이 有ᄒᆞ니라. (…中略…) 今日 所謂 文學은 昔日 遊戲的 文學과는 全혀 異ᄒᆞ느니 昔日 詩 歌 小說은 다못 閉鎖 遺悶의 娛樂的 文字에 不過ᄒᆞ며 ᄯᅩ 其作者도 如等ᄒᆞᆫ 目的에 不外ᄒᆞ여시나(悉皆 그 러하다 흠은 안이나 其大部分은) 今日의 詩 歌 小說은 決코 不然ᄒᆞ야 人生과 宇宙의 眞理를 闡發ᄒᆞ며 人生의 行路를 硏究ᄒᆞ며 人生의 情的(卽 心理上) 狀 態 及 變遷를 攻究ᄒᆞ며 ᄯᅩ 其作者도 가장 沈重ᄒᆞᆫ 態度와 精密ᄒᆞᆫ 觀察과 深遠 ᄒᆞᆫ 思想으로 心血을 灌注ᄒᆞ느니 昔日의 文學과 今日의 文學을 混同티 못ᄒᆞᆯ 디로다. 然ᄒᆞ거늘 我韓 同胞 大多數는 此를 混同ᄒᆞ야 文學이라 ᄒᆞ면 곳 一 個 娛樂으로 思惟ᄒᆞ니 춤 慨歎ᄒᆞᆯ 바ㅣ로다. (…下略…)

—이보경(李寶鏡, 이광수의 아명), '문학의 가치',

『대한흥학보』 제11호, 1910.3.

번역 본론에 들어가는 단계로 '문학이라는 것'에 관하여 간단히 설명한다. 문학이라는 글자의 유래는 매우 오래되어 확실히 그 출처와 시대를 고찰하기는 어려우나, 어쨌든 그 의의는 본래 '일반 학문'이니 인지가 점진하여 학문이 점차 복잡해짐에 따라 문학도 차차 독립되어 그 의의가 명료하게 되어, 시가, 소설 등 정서를 포함한 문장을 문학이라고 칭하게 되었으며(이상은 동양), 영어에 리터러처(Literature)라는 문자도 또한 전자와 대체로 같은 역사를 갖는다. (…중략…) 인류가 생존하는 이상, 인류가 학문을 하는 이상 반드시 문학이 존재하니 생물이 생존하는 데 식료가 필요한 것처럼 인류의 감정이 존재하면 문학이 필요하고 또 발생할 것이다. 다시 말하면 인류가 지식이 있기 때문에 과학이 생기고 또 필요한 것처럼 인류가 감정을 갖고 있다면 문학이 생길 것이며 또 필요할 것이다. 그러므로 그 진보 발전의 정도는 토지에 따라, 국민의 정도에 따라, 도는 시세와 경우에 따라 빠르고 늦으며 성하고 쇠하는 차이가 있을 것이니, 문학 그것은 인류가 생존할 때까지 존재할 것이다. (…중략…) 그러면 문학은 무엇이며, 또 어떤 가치가 있는가? 문학의 범위는 매우 넓으며 그 경계선도 매우 모호하여 도저히 한마디로 다할 수 없으나 대개 정적인 요소를 포함한 문장이라고 하면 큰 잘못은 없을 것이다. 그러므로 고래로 많은 학자의 정의가 분분하되, 일정한 것이 없고, 시, 가, 소설 등도 문학의 일부분이니 이런 것들에 특히 문예라는 명칭이 있다. (…중략…) 금일 문학이라고 일컫는 것은 옛날의 유희적 문학과는 전혀 다르니 옛날 시, 가, 소설은 다만 폐쇄적이고 어두운 오락적 문자에 불과하며, 또 그 작자도 이런 목적에서 벗어나지 않으니(모두 그런 것은 아니나 대부분은) 금일의 시, 가, 소설은 결코 그렇지 않아서 인생과 우주의 진리를 드러내고 인생의 행로를 연구하며 인생의 정적(즉 심리상) 상태 및 변천을 심층적으로 탐구하며 또 그 작가도 매우 신중한 태도와 정밀한 관찰과 심원한 사상을 심혈을 기울이니 옛날의 문학과 금일의 문학을 뒤섞지 못할 것이다. 그러므로 아한 동포 대다수가 이를 뒤섞어 문학이라고 하면 한낱 오락으로 생각하니 참으로 개탄할 일이다.

이 글에서 이광수는 '문학'을 '정서적 요인을 포함한 문장'으로 정의하고, 그 주된 범위로 '시(詩), 가(歌), 소설(小說)'을 예시하였다. 시가와 소설은 장르 개념을 고려할 때 문학의 대표적인 양식이다. 작문사(作文史)의 관점에서 문학 개념의 확립은, 단순한 서법(書法)과 작법(作法, 또는 철법)을 뛰어넘어, 작문의 가치와 방법에 대한 논의를 불러일으키는 결과를 낳았다. 김경남(2013)에서 논의한 것처럼, 일제 강점기 작문론은 문학적 글쓰기의 차원에서 논의가 시작되었다. 이에 따르면 최초의 국한문체 작문 교과서는 최재학(1909)의 『실지응용작문법』으로, 일제 강점기 이각종(1911)의 『실용작문법』(박문서관), 이종린(1913)의 『문장체법』(보서관), 강의영(1921)의 『실지응용작문대방』(대동인쇄주식회사), 강매(1928)의 『중등조선어작문법』(창문사), 조한문교원회(1931)의 『중등조선어작문』(창문사), 박기혁(1931)의 『창작·감상 조선어 작문 학습서』(이문당) 등이 편찬되었으며, 이해조(1922)의 『신찬일선작문법』(대동인쇄주식회사), 영창서관 편집부(1923)의 『학생자작 일선 신작문』(영창서관) 등과 같은 조선어와 일본어를 대역한 작문 학습서도 등장했다.

그러나 본격적인 작법 논의는 1920년대『조선문단』,『농민』등의 잡지에서 시작되었는데, 이들 잡지에는 다수의 '소설 작법'이나 '시 작법'과 관련된 글들이 실려 있다. 그뿐만 아니라 안서 김억은『매일신보』(1931년 11월 18일부터 11월 29일까지)에 '작문론'을 연재하기도 했는데, 이는 1938년 이태준의 '문장강화'(『문장』제1~7호)가 나오기까지 식민 조선에서도 다수의 작문 이론이 전개되고 있었음을 의미한다. 또한 김경남(2013)에서는 일제 강점기의 작문 이론에서 주목할 만한 사실로, 장르 형성과 밀접한 관련이 있는 다수의 '문장론'과 '문학적 글쓰기론'을 분석하고 있다. 예를 들어 소설 장르에 대한 이광수(1924)의 '문학강화'(『조선문단』창간호~제5호)나 김동인(1925)의 '소설 작법'(『조선문단』제7~10호), 시에 대한 주요한(1924)의 '노래를 지으시려는 이에게'(『조선문단』창간호~제3호), 김억(1925)의 '시 작법'(『조선문단』제7~12호) 등이 그것이다.

기행 담론에서 기행문이 수필의 한 갈래, 또는 기행문 자체가 장르의 하나로 인식될 수 있는 시기는 1930년대 이후의 일로 보인다. 이는 '수필'이라는 명칭에 대한 문혜윤(2008)[8]이나 김경남(2013)의 논의와도 같다. 그러나 기행문이라는 글의 갈래를 설정할 수 있을 만큼 장르로서의 기행문이 쓰였다는 사실과, 그것을 장르의 하나로 인정해야 한다는 논의는 차원이 다른 문제이다. 특히 기행문다운 기행문이 등장하고, '기행문을 써야 한다'는 논의가 나타난 시점은 작법으로서의 기행문 쓰기 방법을 논의하기 이전부터 존재한다. 이를 전제할 때, 1920년대는 기행문 쓰기가 작가들에게 암묵적으로 확산되기 시작한 때로 규정할 수 있다. 다음 글에서도 그 일면을 엿볼 수 있다.

---

8) 문혜윤(2008),「수필 장르의 명칭과 형식의 수립 과정」,『민족문화연구』48, 고려대학교 민족문화연구원, 127~151쪽.

【문인회(文人會) - 혁신(革新)의 기(旗)를 거(擧)ㅎ라】

劍으로 沈滯된 民氣를 振作할 수 잇는가. 古今의 事實이 吾人의게 그 例를 示치 아니하며 富로써 腐敗된 社會를 廓淸할 수 잇는가. (…中略…) 民族의 發展과 社會의 振興을 策하는 모든 運動에 核心이 되며 急先鋒이 되는 文學의 權威를 前提로 肯定할 쑨 아니라 도로혀 劍의 權威를 善用하며 富의 勢力을 增長하는 道理가 文學의 發達에 基因된 것을 明言코저 하노라. 그러면 文學이란 무엇인가. 吾人은 哲人 에머손이 提唱한 바 文學은 最善한 思想의 記錄이라는 定義로써 滿足코저 하노라. 이러한 意味로 觀察하면 <u>小說, 詩歌, 紀行文, 隨筆漫錄, 敍事文만이 文學</u>이 될 쑨만 아니라 經史 子傳은 勿論 '쏘로몬'의 箴言, 아담 스미스의 國富論, 플라토의 共和論, 루소의 民約論, 뻬콘의 論文, 기쏜의 羅馬興亡史, 孫吳子의 六韜三略, 그 外에 적어도 人類의 生活改善과 幸福 增進에 對하야 補益補助가 될 만한 記錄文字는 摠히 文學의 範圍 中에 共稱치 아니하면 아니될 것이라 하노라. (…下略…)
— 『동아일보』, 1922.12.28, (사설) 문인회 - 혁신의 기치를 들어라

번역 칼로 침체된 민기(民氣)를 진작할 수 있는가. 고금의 사실이 우리에게 그 예를 보여주지 못한다. 부(富)로 사회를 바로잡을 수 있는가. (…중략…) 민족의 발전과 사회의 진흥을 꾀하는 모든 운동의 핵심이 되며 급선봉이 되는 문학의 권위를 전제로 긍정할 뿐 아니라 도리어 칼의 권위를 사용하기 좋아하며 부의 권세를 증장하는 도리가 문학의 발달에서 기인된 것을 확실하게 말하고자 한다. 그러면 문학이란 무엇인가? 철학자 에머슨이 제창한 것처럼 문학은 가장 선량한 사상의 기록이라는 정의라면 충분할 것이다. 이러한 의미로 보면 소설, 시가, 기행문, 수필 만록, 서사문만 문학이 되는 것이 아니라, 경사자집은 물론 솔론의 잠언, 아담 스미스의 국부론, 플라톤의 공화론, 루소의 민약론, 베이컨의 논문, 기번의 로마흥망사, 손오자의 육도삼략, 그 외에 적어도 인류의 생활 개선과 행복 증진에 대해 보익보조가 될 만한 기록 문자는 모두 문학의 범위에 함께 넣어 부르지 않으면 안 될 것이다.

이 사설은 인류의 기록 문자를 모두 '문학'의 범위에 넣어 민기(民氣)를 진작해야 한다는 주장을 담은 글이다. 여기에서 주목할 것은 '정서적 언어로서의 문학'이나 '학문으로서의 문학'이라는 개념어의 용법이 아니라 문학의 유형으로 제시한 '소설, 시가, 기행문, 수필만록, 서사문학'이라는 용어이다. 이러한 용어가 사설에서 특별한 설명 없이 보편적으로 쓰인 것은, 이 시기 열거된 항목에 해당하는 문학 장르가 문인들에게 일반적으로 개념으로 쓰이고 있었음을 의미한다.

2.2. 기행문의 변화

1920년대 기행 장르에 대한 인식 변화는 이 시기 기행문의 형식과 내용의 변화에도 큰 영향을 미친 것으로 짐작된다. 이 시기 기행은 문견 지식증장이나 창 밖으로 이어지는 풍경의 파노라마가 아니다. 다수의 문학 담론이나 작법론에서 기행문이 보편적 장르처럼 인식되기 시작했고, 조선의 삶, 민중의 생활에 관심을 기울이면서 자의식의 성장 배경을 이루기도 하였다. 양식적인 면에서 섬세한 관찰과 묘사가 이루어지는 기행문이 많아졌고, 백두산을 대상으로 한 장편 기행문이 출현한 것도 이 시기 기행문이 보이는 특징 가운데 하나이다.

문체상 변화라는 차원에서 섬세한 관찰과 묘사문이 발달했음을 살펴볼 수 있다. 나공민이 지은 '석왕사에서'를 살펴보자.

【석왕사(釋王寺)에서】

洗浦는 京元線의 '쏀헤미아'라고 하고 십다. 나는 '쏀헤미아'를 본 적이 업소. 그러나 우리로 하야금 '쏀헤미아'를 뵈이면 반다시 洗浦를 聯想케 하오리다.

汽車가 鐵原에서 劍拂浪을 지나올 쌔에 한 便 '톤네르'에서 쇼리가 쌕지기 前에 머리가 쏘 다른 '톤네르'를 차저 드러가서 한 골을 지내면 다음

골로 漸漸 더 깁고 한 山을 재내면 다른 山은 漸漸 더 깊어진다. 瞬間의 暗黑에서 刹那의 明界를 通過할 째에 나의 意識은 더욱 明敏하더이다. 深谷에서 <u>千古의 不平을 含한 流水</u>는 骨岩에서 쒸어 내리고 礫石(역석)에 바닷처 으서지며 째지면서 <u>自由의 大海로 疾走하고</u> 沈默과 寂廖를 生命삼어 우쑥우쑥 허울 조케 이러슨 綠樹는 바람을 만낫슬 째마다 怒號하고 叱咤하야 空氣의 流動하는 暴力을 對抗하니 自然과 自然의 無意識한 戰鬪는 永遠에 亙하야 <u>平等을 要求하는 것이라.</u>

汽車가 '톤네르'를 다 지내놋코 식식 헐떡헐떡 하면서 傾斜地를 拳上하는 것이 마치 여름 曝陽에 무거운 짐 시른 黃소 貌樣이라. 나의 眼前에는 別世界가 展開되얏다. 兩便을 도라보니 지질번번한 쌍이 山으로는 너머 얏고 언덕으로는 너머 宏大한 것이라, 別로 넙지도 아니하고 地勢上 얏지도 아니한 平平한 山이 半空에 浮出하얏는대 큰 나무는 하나도 볼 수가 업고 쌀막쌀막한 나무와 풀이 齊一하게 덥퍼 잇는대 저진 안개가 무겁게 山中腹에 銀色으로 씨엿고 萬壑千峰의 山을 흉내닌 구름은 허리를 굽퍼 나직히 너머다 본다. 午後의 日光은 훨씬 疲困하얏는데 찬바람이 선들선들하더이다. 高原地方 안에 興致와 氣分에 서 잇는 동안에 洗浦驛에 다다럿다. 이로좃처 汽車는 元氣를 恢復하야 흑흑 다라나는 것이 氷上에 鐵球를 굴리는 것 갓더이다. 나로 하야금 쏀헤미야 高原을 聯想케 한 것이 無理가 아닌 줄 아라 주시오.

　　　　　　　　　　—공민, 「석왕사에서」, 『동아일보』, 1920.6.12~14.

번역　세포(洗浦)는 경원선의 보헤미아라고 하고 싶다. 나는 보헤미아를 본 적이 없습니다. 그러나 우리에게 보헤미아를 보게 한다면 반드시 세포를 떠올릴 것입니다.

기차가 철원에서 검불령을 지나올 때, 한편 터널에서 꼬리가 빠지기 전 머리가 또 다른 터널을 찾아 들어가 한 골짜기를 지나면 다음 골짜기로 점점 더 깊어지고, 한 산을 지나면 다른 산은 점점 더 깊어진다. 순간의 암흑에서 찰나의 명계를 통과할 때, 나의 의식은 더욱 명민해지더군요. 깊은 계곡에서 천고의 불평(不平)을 함유한 흐르는 물은 순암(脣岩)에서 뛰어내리고, 역석에 부딪혀 으스러지고 깨지면서 자유의 대해로 질주하고, 침묵과 적요를 생명으로 삼아 우뚝우뚝 허울 좋게 일어선 푸른 나무는 바람을 만났을 때마다 사납게 울부짖고 질타(叱咤)하여 공기의 유동하는 폭력에 맞서니 자연과 자연의 무의식적 전투는 영원에 이르도록 평등을 요구하는 것입니다. 기차가 터널을 다 지나고 씩씩 헐떡헐떡 하면서 경사지를 오르는 것이 마치 여름 폭양에 무거운 짐 실은 황소와 같아, 나의 안전에는 별세계가 전개되었다. 양편을 돌아보니 질펀한 땅이 산으로 보기에는 너무 얕고, 언덕으로 보기에는 너무 굉대하여, 별로 넓지도 않고 땅의 모양으로는 얕지 않은 평평한 산이 반공에 솟아올랐는데, 큰 나무는 하나도 볼 수 없고 짤막짤막한 나무와 풀이 가지런하게 덮여 있는데, 젖은 안개가 무겁게 산 중턱에 은색으로 끼어 있고, 만학천봉의 산을 흉내 낸 구름은 허리를 굽혀 나직하게 넘겨본다. 오후의 일광은 훨씬 피곤했는데 찬바람이 서늘했습니다. 고원지방 안의 흥치와 기분이 젖어 있는 사이에 세포역에 다다랐습니다. 이로부터 기차는 원기를 회복하여 훅훅 달아나는 것이 빙상에 쇠공을 굴리는 것 같았습니다. 내게 보헤미아 고원을 연상하게 한 것이 무리가 아닌 줄을 알아주세요.

이 부분은 『동아일보』 기자였던 나공민이 석왕사로 가는 길을 묘사한 대목이다. 글의 서두에서 '세포'(지명)에 대한 감정 섞인 인상을 제시하고, 철원 검불령의 터널을 빠지는 기차의 모습, 창 밖의 경치에 대한 주관적 묘사, 양편의 산과 수목, 구름 등 필자의 눈에 보이는 모든 모습이 그림처럼 묘사되어 있다. 비록 '~다'와 '~소', '~더이다'와 같이 문체상의 불일치가 빈번하지만, 이 불일치는 글쓰기에 대한 필자의 미숙이라기보다 자기 감정에 도취되어 감정의 과잉을 나타내는 표현으로 파악된다. 그뿐만 아니라 '불평(不平)을 함(含)한 유수(流水)', '자유(自由)의 대해(大海)로 질주(疾走)', '평등(平等)에의 요구(要求)' 등의 문구는 1920년대 전반기 유행처럼 번져갔던 사회주의 이데올로기의 관용적 표현으

평양은 조선의 제3 도시이며, 풍경으로 제일 명승지라, 모란봉, 을밀대와 부벽루, 송객정이 사람으로 하여금 쾌감을 일으키지 않는 것이 없으나, 그 중 능라도를 곁에 끼고 모란대를 멀리 바라보면서 외로운 배를 저어, 초록 강산을 거슬러 올라가면 실로 선경의 신선 노름이라 할 밖에 다시 적당한 형용이 없습니다. 그러나 미가 있으면 추가 있고, 기쁨이 있은 연후에 슬픔이 있음은 옛날부터의 원칙이라 하니 경창문 밖의 비참한 상태? 이 사실은 우리 신문에도 이미 게재한 바 있으나, 신사를 건축하기 위해, 아니 그 장엄을 유지하기 위해 경찰의 힘으로 가옥이 파괴되고 거리에 방황하는 가련한 일군의 빈민이 경창문 밖 산바람에 토굴과 같은 피신처를 지어 겨우 그의 목숨을 이어가는 참상은 참으로 목불인견입니다. (…중략…) 강서의 고분은 조선의 자랑이요, 세계 예술계의 진보이라, 천여 년을 경과한 고분 내 벽화는 조금도 변함이 없고, 그 선명한 색채와 영묘한 필치가 실로 보는 사람으로 하여금 황홀감을 금치 못하게 하니, 지난 달 프랑스의 유명한 예술가가 이 암습한 고분 굴 속에 앉아 하루종일 연구하였으나 도저히 그 전체를 이해하지 못하겠다고 탄식하고 돌아갔다고 합니다. 이 예술품을 보관하기 위해 도장관(道長官)의 정식 허가가 없으면 무단히 참관하는 것을 허가하지 않는 것은 우리도 찬성하지만, 그러한 고대 예술품을 보관하는 데 속악비열하게 수선했으니 일본인의 예술을 보는 눈이 저열함을 나타내는 동시에 실로 사람으로 하여금 불쾌한 감정을 넘어 분개하는 감정을 유발합니다. 이 속악한 수선에 대해 동행한 사람이 "서양의 예술가가 이것을 보면 실로 방성통곡할 것이다."라고 장탄을 그치지 않는 것도 결코 과언이 아닙니다.

나는 이처럼 자랑할 만한 예술과 빛나는 역사를 보고 생각할 때, 실로 무한한 감상이 일어납니다. 몇 백 년 몇 십 년 전에 조선 사람의 손으로 이루어진 것이 오히려 지금 세계의 진보(珍寶)가 되고, 자랑이 되거늘, 수천 년을 지나 지식과 기술이 발달된 오늘날 우리의 손으로 창조한 것은 그 무엇이 있습니까. 역사를 자랑하는 것은 나의 현재가 이처럼 특별히 뛰어날 뿐 아니라 나의 과거도 그와 같이 남보다 우월하였음을 자랑하는 것인데, 현재 우리의 상태는 빛나는 역사를 남에게 알리고자 할 때 불초 자손이 되었음을 부끄러워하지 않을 수 없습니다.

이러한 의미에서 나는 우리의 역사는 타인에게 자랑할 재료가 아니며, 먼저 자기를 분기시키는 원동력이 되지 않으면 안 될 것이라고 봅니다.

이 기행문은 은율, 재령, 해주, 평양, 진남포, 강서, 선천, 신구 의주 등지를 돌아보고 5회에 걸쳐 연재한 기행문으로 당시 식민 수탈 상황과 망국민의 비애를 서술한 점이 특징이다. 신사 건축을 위해 경찰이 조선인의 가옥을 파괴하고, 거리로 내쫓은 사실과 이들이 경창문 밖에서 빈민촌을 구성하며 연명하는 실태를 사실적으로 서술하였다. 또한 재령의 자동차 회사나 선교사에 대한 기록(6월 5일), 허가 없이 구류자를 접대하기 위해 모였다가 구금된 재령 사람들, 해주 수양산 석비와 청년회, 수양 구락부(6월 6일), 평양 고분 수리에 대한 분감(6월 7일) 등은 그 자체가 식민 침탈기의 피지배자들의 삶을 표상한다. 특히 6월 7일자에 나타난 역사의식은 '과거에 대한 긍지'와 '현재에 대한 반성'을 통해 역사적 자의식을 자각하는 내용으로 구성되었다.

1920년대 『동아일보』 기행문이 역사적 자의식 확립에 큰 공헌을 했음은 민족문화의 상징체계로서 '백두산'을 부각시킨 데 있다. 1920년대의 역사적 자의성은 '삶의 양식', 곧 문화와 밀접한 관련을 맺고 있다. 민족 정체성에 대해 안소니 스미스(1991)는 문화를 주목하면서, "문화는 세대 간의 보고와 유산, 혹은 일련의 전통인 동시에 의미와 이미지의 역동적인 레퍼토리이며 가치관과 신화, 상징 등에 체화되어 있어 공통의 경험과 기억을 지닌 사람들을 통합하고, 이들을 외부인과 구분해 준다."라고 서술하였다.17) 이는 관념적 상징과는 달리 기행 체험이나 삶의 현장을 통해 상징체계가 체화될 때, 정체성 형성이 훨씬 뚜렷해질 수 있음을 의미한다. 스미스가 말한 문화 에는 '수도(首都), 맹세(盟

---

17) Smith, A.(1991), *National Identity*, London: Penguin. 팀 에덴서, 박성일 옮김(2008), 『대중 문화와 일상, 그리고 민족 정체성』, 이후출판사, 35쪽.

토 기행으로 불리는 기행문류), 민중의 삶에서 문화적 전통을 찾고자 하는 '문화 조사 보고서'(또는 답사기)가 출현한 시기로 규정할 수 있다.

3. 1920년대 전반기 『동아일보』 기행문의 특징과 자의식의 성장

3.1. 1920년대 전반기 『동아일보』 기행문의 특징

1920년대 『동아일보』 소재의 기행문은 1910년대의 신문·잡지 소재의 기행문과는 비교할 수 없을 정도로 편수가 많고, 기행문의 필자도 많아졌다는 점에서 기행문이 본격적인 장르로 정착되고 있음을 보여준다. 이는 전통적인 '유기(遊記)' 형식의 기행 장르가 1910년대 『소년』, 『청춘』, 『매일신보』의 견문기를 거쳐 1920년대에 이르러 양적, 질적인 변화를 보이고 있음을 의미한다. 이러한 변화의 배경에는 1910년대 이후의 '기행 체험'과 관련된 글쓰기 문화가 전제되어 있다. 예를 들어 최재학(1909)의 『실지응용작문법』(휘문관)이나 이각종(1911)의 『실용작문법』(박문서관)에서 '기(記)'의 하나로 '유기(遊記)'를 쓰는 법을 설정한 바 있고, 1910년 이후에는 다양한 형식의 여행기가 등장한다. 특히 『소년』과 『청춘』은 편집진뿐만 아니라 일반 독자들이 참여하여 견문 기록을 남길 수 있는 공간을 마련하였다. 다음을 살펴보자.

【소년 문단(少年文壇)】

'少年文壇'은 우리 讀者 諸君의 河海를 傾하고 風濤를 驅할 壇場이라. 感懷를 書함도 可하고 見聞을 記함도 可하고 日記를 寄함도 可하고 課文을 投함도 可하고 吾鄕의 風土를 誌함도 可하고 先輩의 經歷을 錄함도 可하고 詩詞도 可하고 書翰도 可하나 行文 結辭하난 사이에 힘써 眞境을 그리고

實地를 일티 말디니 執筆人은 詞燥에 富한 것도 取티 아니할 것이오 結搆에 妙한 것도 擇티 아니하며 다만 거딧말 아닌 듯한 것과 首尾가 相接하야 이르랴 한 쯧이 낫타난 것이면 쑵을 터이니 이에 着念하시여 이러한 글이면 續續 投稿하야 執筆人으로 하야곰 蔚然히 曜하는 麟風과 鏘然히 鳴하난 韶鈞에 驚心驚眼케 하시오.

—『소년』제1권 제1호, 신문관, 1908.11.

번역 '소년문단'은 우리 독자 제군이 하해를 기울이고 풍도를 몰아갈 문단의 공간이다. 감회를 써도 되고 견문을 기록해도 되며, 일기를 투고하는 것도 가능하고 과제의 글을 투고하는 것도 가능하며, 우리 마을의 풍토를 기록하며, 선배의 경험을 기록하고, 시가도 가하며, 편지도 가능하나, 행문을 맺는 사이에 힘써 참된 모습을 그리고 실지를 잃지 말아야 할 것이다. 집필인은 사조에 풍부한 것도 취하지 않을 것이요, 결구가 기묘한 것도 선별하지 않을 것이며, 다만 거짓말 아닌 듯한 것과 수미가 상접하여 말하고자 한 뜻이 나타난 것이면 뽑을 것이니, 이에 유념하셔서 이러한 글이면 속속 투고하여 집필인으로 하여금 울연히 비치는 풍조와 장연히 울리는 소균(韶鈞)에 심안을 놀라게 하시오.

이 글은 1908년 11월에 창간된 『소년』의 독자 투고 안내문이다. 이 안내문에는 투고할 글의 특징과 글쓰는 사람의 태도에 대한 언급이 포함되어 있는데, '견문기, 일기, 풍토지, 전기, 시사, 서한' 등과 같은 글은 일반 대중들도 쉽게 쓸 수 있는 글로 인식하고 있다. 글을 쓰는 태도에서는 '진경(眞境)을 그려내고 실지(實地)를 잃지 않을 것'과 '진실할 것'을 조건으로 천명하였다. 이 안내문에는 독자가 반드시 지켜야 할 준칙에 해당하는 '독자필준(讀者必遵)'이 부기되어 있는데, 그 내용은 다음과 같다.

【독자 필준(讀者必遵)】

ㄱ. <u>眞實</u>을 일티 말 일: 假令 兒孩 둘이 노리를 가고도 成句가 잇다고 '冠童 六七人'이라 하던디 秋成時의 敍事에 傳習이라고 먹디도 아니한 '黃鷄 白酒'를 쓰든디 늦게 이러난 것을 남에게 알니기 붓그럽다 하야 日高 三丈한 뒤에 이러나고도 日記에는 '텻닭 울면서'라 하든디 어린 兒孩에 게는 當티도 아니한 公共事業의 經營과 酒煙에 關한 일을 쓰든디 하난 것은 다 그딧말이라.

ㄴ. <u>簡要</u>를 듀댱할 일: 쓸데업난 敍景과 誇大흔 記事를 避할 것이니 假令 '어데뎌녁 八時에 우리 아바님이 서울노부터 還宅하시다'하면 다 될 것을 緊한 聯繫도 업난 것을 '오래 留京하시면서 學校 設立 일에 奔走 하시던 아바님끠서 어데 서울노서 還宅하시난데 다락원 酒幕에서 點 心이 늦게 되고 議政府 안말에 親知을 탸디셔 이럭뎌럭 遲滯가 되야 밤 八時나 되야 抵達하시엿난데 째에 으스름 달은 건넌 山에 微照하고 洞里ㅅ개들은 서투른 검은 옷을 딧더라' 하난 것은 아듀 안 된 글이니 쓸 句와 할 말만 꼭 너흘 것이라.

ㄷ. <u>居住姓名</u>을 明記할 일 (…中略…) 또 한 가디 말삼할 것은 本誌가 少年 文學을 主張하야 發刊함이 아니라 다만 讀者의 글을 獎勵도 하고 구경 도 할 次로 이 文壇을 둠인즉 만은 紙幅을 割愛하기는 事情이 어려운즉 아못됴록 短文을 歡迎할 수밧게 업난디라. 不得已 左의 規定을 베프러 制限하노니 이에 着念하야 어긔디 말도록 하시오.[12]

—『소년』 제1권 제1호, 신문관, 1908.11.

이 글은 독자로서의 글쓰기 요령을 설명한 항목으로, '진실하게 쓸 것'과 '간명하게 쓸 것'은 글쓰기의 기본적인 조건에 해당한다. '견문기, 일기, 풍토지, 서한' 등의 글에 진실성과 간명성이 강조됨으로써 이 시 기의 글쓰기는 '객관성', '재현성'을 중시하는 근대적 리얼리즘의 보편

---

12) ㄱ ㄴ ㄷ의 번호는 연구자가 임의로 부여한 것임.

화로 이어질 수 있었던 것으로 보인다.

이러한 흐름에서 1910년대 『청춘』이나 『매일신보』 소재 기행문도 전근대적 유기(遊記)나 탐승기(探勝記)와는 달리 사실적 재현을 중시하는 기행문으로 변화하고 있음을 확인할 수 있다.13) 특히 신문과 잡지에 등장하는 취재기나 탐방기는 사실성이 강하며, 제한적이나마 사회 고발과 같은 비판의식이 내재될 경우가 많다. 이러한 흐름에서 1920년대 『동아일보』 기행문은 1910년대의 기행문과 다른 면모를 보인다. 다음 자료를 살펴보자.

【대구행(大邱行) (一)】
－석양(夕陽)이 빗기인 한강철교(漢江鐵橋)와 덧업시 흘너가는 타임의 세력(勢力)

編輯局長에게 大邱에 나려가서 愛國婦人團의 公判을 듯고 오라는 말슴을 듯기는 六日 午後 여름 해발이 서으로 기울어질 째이엇섯다. 나는 이째에 오래 憧憬하든 그들의 面影을 보겟다 하는 깃븜과 엇더케 하면 熱誠으로 읽어주시는 百萬 讀者들에게 遺憾업시 迅速하게 보게 할짜 하는 근심도 적지 아니하엿다.

기우러져 넘어가는 저녁 해발이 二等室 琉璃窓에 고요히 비취는대 나는 釜山行 列車 乘客 中의 한 사람이 되얏다.

—유광열(1920), ‘大邱行(一)’, 『동아일보』, 1920.6.17.

이 글은 이 시기 동아일보 기자였던 필자가 1920년 6월 7일에 열린 ‘애국부인회’ 공판14)을 보기 위해 대구로 가면서 적은 글이다. 그렇기

---

13) 최재학(1909: 35)에서 "유기(遊記): 凡天下의 名山大川 廣都와 名勝舊蹟苑囿花月의 遊賞이 皆此에 屬ᄒ니"라고 하였듯이, 전근대의 유기(遊記)나 탐승기(探勝記)는 대상에 대한 유상(遊賞)을 중시하는 형태의 글이다.

14) 애국부인회는 1919년 4월 임시 정부 지원과 항일 독립 투쟁을 목표로 결성된 단체이다.

때문에 기자의 여로(旅路)는 견문(見聞)이나 행락(行樂)보다는 비감(悲感)이나 시대 현실에 대한 답답함이 표출된다. 다음을 살펴보자.

【대구행(大邱行) (二)】

(…前略…)

平生의 光榮? 祖國을 爲하야 피를 흘녀 世上일은 그리야 할 것!

이째에 언듯 나의 안즌 건너편 倚子에 一名의 日本人을 보앗다. 년긔가 四十은 너머 보히고 흉상스럽게 싱기여 한번 보면 무서운 感想이 날 만한 사람이다. 그의 한편 쌤에는 긴 칼 痕迹이 나마 잇다. 나는 그의 칼 由來를 想像하야 보앗다. 그가 戰爭에 나가서 자기의 祖國을 爲하야 피를 흘니다가 敵軍에게 마즌 칼자국인가? 나는 이러한 생각을 하다가 다시 나도 쓸데 업는 걱정을 왜— 하는 사람이로구나 하고 마음을 가라안치고자 하엿다. 그러나 容易히 가라안지 안는다.

눈 쓰면 눈 앞에 얼굴에 칼 痕迹이 잇는 日本人이 보이고 눈을 감으면 해쓱하게 세인 愛國婦人團의 얼골이 어렴풋이 想像된다. 자기의 나라를 爲하야 피혼적을 永遠히 面上의 記念을 남긴 것을 볼 째에 나는 世上일은 다 그럿타 하얏다.

—유광열(1920), '大邱行'(二), 『동아일보』, 1920.6.18.

대구행 (2)에서 기자는 맞은 편 일본인을 보면서 애국부인단의 얼굴을 떠올린다. 기자의 말대로 '일본인도 그의 조국을 위해 피의 흔적을

1920년 6월 11일자 『동아일보』에 게재된 '대한청년외교단과 대한애국부인단의 제1회 공판 방청 속기록'에는 이 단체의 조직이 1919년 3·1운동으로 투옥된 독립 운동가들을 뒷바라지하기 위해 정신여학교 교사 오현주, 제중원 간호사 이정숙 등을 중심으로 조직된 '혈성애국부인단'에서 출발한 것으로 나타난다. 이 단체는 1919년 5월 회장 김마리아, 부회장 이혜경, 서기 신의경, 임시 서기 박인덕, 부서기 임원을 선정하여 독립 활동을 하다가 검거되었다. 『동아일보』에서는 1920년 6월 9일부터 11일까지 이 공판 기록을 게재하였으며, 삼일월이라는 필명의 기자는 1920년 6월 12일부터 22일까지 7회에 걸쳐 '대구에 갓든 일을 김마리아 형에게'라는 제목의 편지글을 연재하기도 하였다.

남긴 것'이라는 표현은 식민 지배자와 독립 운동가를 구분하지 않은 표현이지만, 당시의 시대 현실을 고려한다면 이 또한 자연스러운 표현일 수 있다. 여기서 주목할 것은 기행 속에 담긴 사건과 시대 현실이다. 달리 말해 기행의 체험과 느낌이 시대와 사회적 상황에서 재현되는 과정이다.

1920년대 전반기의 기행문은 필자의 감정 표현 방식이 직설적이고, 문체에서도 다양한 종결어미를 상황에 맞게 사용함으로써 생동감을 부여하는 경우가 많다. 다음을 살펴보자.

【천리(千里)의 하로(夏路)】

씨끌만한 서울! 奔走히 써드는 서울! 드러운 닙새 만혼 서울! 南大門에서 汽笛 한 소리로 이 서울을 作別하고 北向車에 한 사람이 되엿다. 오릭동안 이러한 서울의 空氣를 마시며 이러한 서울의 물을 먹으며 이러한 서울의 짜를 밟으면서 씨끌 속에 써드는 소릭 속에 검은 닙새 아릭 뒤굴고 헤매며 골치 알튼 나는 어늬 監獄을 버서나 自由로운 몸으로 두 날개를 버리고 푸른 하날 우흐로 둥실둥실 날아가는 듯한 늣김이 가득햇다. M社長의 定해 주는 자리에 안저 車內를 한번 둘너 보앗다. 日本人 朝鮮人 等이 쇄 만히 올낫다. 그들의 이마에는 眞珠갓튼 흰 쌈이 방울방울 어리워 잇다. (…중략…) 쉬지 안코 다라나는 汽車는 벌서 一山驛을 지나 푸른 벌판으로 다라난다. 少女에게 부채질도 해 주고 사이다도 사 주며 이야기도 해 주든 나는 窓을 열고 밧갓을 내다본다. 綠陰과 芳草로 휘싸인 적은 山머리에는 白雪갓흔 흰 구름이 閑暇히 움직이고 잇스며 山기슭 樹木이 욱어진 나무그늘 아래에는 二三軒의 적은 茅屋이 자는 듯이 숨어 잇다. 그리하고 鐵道 左右에는 (…中略…) 나는 隱然中 이 風景에 깁히 醉하야 정신업시 바라보고 잇다.

—노자영, '千里의 夏路'(一), 『동아일보』, 1920.8.27.

'천리의 하로'는 경성을 떠나 진남포로 가는 여정을 그린 기행문이다. 이 글에서 필자는 경성의 모습을 '분주함'과 '냄새 나는 곳'으로 묘사하고, 경성을 떠나는 심정을 '감옥에서 자유를 얻는 것'에 비유하였다. 기차에서 만난 사람들이나 차창 밖의 현실을 묘사하는 과정에서도 필자의 감수성이 넘쳐 난다. 이러한 차원에서 1920년대의 기행문은 문장 형식이나 내용 면에서 사실적 글쓰기의 한 장르로 진화되었다고 볼 수 있다.15)

3.2. 역사적 자의식의 성장과 국토

1920년대 전반기 『동아일보』 소재 기행문의 특징 가운데 하나는 앞선 시대와 달리 자의식과 국토 의식을 드러내는 글이 많다는 점이다.16) 예를 들어 민태원의 '백두산행', 소일생의 '금강유기', 운정생의 '고흥여기', 이혁의 '호남여기', 천리구의 '원산까지' 등은 이러한 유형의 기행문이다.

【서선(西鮮)에서 돌아와】

平壤은 朝鮮의 第三 都會요 風景의 第一 名勝地라. 牧丹峯, 乙密臺와 浮碧樓, 送客亭이 살람으로 하야금 快感을 이리키지 아니할 者 업스나 尤中에 綾羅島를 겻헤 끼고 牧丹臺를 멀니 바라보면서 孤舟를 저어 草綠江水를 遡上함은 實로 仙境의 仙人 노름이라 할 外에 다시 適當한 形容이 업나이다. 그러하나 美가 잇스면 醜가 잇고 깃븜이 잇슨 後에 슬픔이 잇슴은 녜

---

15) 문체의 진보라는 차원에서 1900년대 기사문의 전언체(傳言體) 종결형인 '-더라'형이 '-소'와 같은 독백체 또는 '-한다'와 같은 서술체 등의 다양한 형태로 발전한 데에는 기행문이 갖고 있는 현장 의식 또는 사실성도 큰 영향을 미쳤을 것으로 보인다.

16) 국토 순례 기행문에 대해서는 구인모(2007)의 "국토 순례와 민족의 자기 구성"을 참고할 수 있다. 이 논문에서는 단군 사상을 중심으로 한 근대성 체현의 과정을 살폈다.

로부터 原則이라 하니 景昌門 外의 悲慘한 狀態? 이 事實은 我報에도 임의 揭載된 바이나 神社를 建築하기 爲하야 아니 그의 莊嚴을 保持하기 爲하야 警察의 힘으로 家屋의 破壞를 當하고 路頭에 彷徨하는 可憐한 一群의 貧民이 景昌門 外 山바람에 土窟과 彷彿한 避身處를 지어 겨우 그의 露命을 이어가는 그의 慘狀은 實로 目不忍見이외다. (…中略…) 江西의 古墳이라 함은 朝鮮의 자랑이요 世界 藝術界의 珍寶라. 千有餘年을 經過한 古墳 內의 壁畵는 조금도 變함이 업고 그 鮮明한 色彩와 靈妙한 筆致가 實로 보는 者로 하야금 恍惚의 感을 禁치 못하게 하니 月前에 佛國 有名한 藝術家가 이 暗濕한 墳屈 內에 안저 盡日 硏究하얏스나 到底히 全部를 解得치 못하겟다 歎息하고 도라갓다 하나이다. 이 藝術品을 保管하기 爲하야 道長官의 正式 許可가 업스면 無斷히 參觀함을 不許한다 함은 우리도 이를 贊成하는 바이나 그러한 古代의 藝術品을 保管함에 俗惡卑劣한 修繕을 加하얏슴은 日本人의 藝術眼이 低劣함을 標榜하는 同時에 實로 사람으로 하야금 不快의 感을 지나 憤慨의 情을 生케 하나이다. 이 俗惡한 修繕에 對하야 同行의 一人이 "西洋의 藝術家가 이것을 보면 實로 放聲痛哭할 것이다."하고 長歎不已함도 決코 過言이 아니외다.

나는 이와 갓치 자랑할 만한 藝術과 光輝 잇는 歷史를 보고 생각할 째 實로 無限한 感想이 이러나나이다. 累百年 累十年 前에 朝鮮 사람의 손으로써 作成된 바가 오히려 于今에 世界의 珍寶가 되고 자랑이 되거날 數千年을 經過하야 智識과 技術이 發達된 오날 우리의 손으로써 創造한 바 그 무엇이 잇나잇가. 歷史를 자랑함은 나의 現在가 이갓치 特秀할 뿐 아니라 나의 過去도 그갓치 남보다 優越하얏다 함을 자랑함이것만 現在 우리의 狀態는 우리의 光輝 잇는 歷史를 남에게 알리매 우리는 우리의 不肖子不肖孫됨을 부끄러 하지 안니치 못하겟나이다. 이러한 意味에 나는 우리의 歷史는 他人에게 자랑할 材料가 아니요 몬저 自己를 奮起케 하는 原動力이 되지 아니치 못하리라 하나이다. (完)

—삼민생, '서선에서 돌아와', 『동아일보』, 1920.6.7.

로 볼 수 있다. 문학성의 차원에서 나공민의 '석왕사에서'를 뛰어난 작품의 하나라고 평가할 근거는 전혀 없지만, 이와 같은 유형의 작품을 통해 1920년대 전반기 기행문 쓰기의 특징을 짐작하는 데는 전혀 무리가 없다. 과잉 감정의 관찰과 묘사, '민족', '자유', '사회', '계급' 등으로 표현되는 과잉(?) 이데올로기9) 등은 정제된 형식의 글이 아닌 만필류의 글에서 빈번히 찾아볼 수 있다.

감정의 과잉 상태는 의례행위(儀禮行爲)와 관련된 기사문이나 광고에서 흔히 발견된다. 이 점은 에릭 홉스봄과 테렉스 랑거(1983)에서 '전통의 발명'이라고 명명한 민족 정체성 담론과도 밀접한 관련을 맺는다. 이들에 따르면 전통은 특정 가치와 행위 규준을 반복적으로 주입하여 자동적으로 과거와의 연속성을 내포하도록 하는데, 이런 목적을 위해 대규모의 행사와 의례에 관심을 기울인다.10) 다음의 '백두산 강연회'11) 기사도 전통 만들기의 관점으로 해석할 수 있는 행사의 하나이다.

【백두산 강연회】
위대한 조선 민족의 시조 단군(檀君)이 탄강하시고 조선 반도 <u>모든 산맥의 조종이 되야</u> 외외히 북조선 국경에 잇서서 만혼 신비를 감추고 잇는 백두산 탐험대에 본사에서는 민태원(閔泰瑗) 씨와 사진반 산고방결(山高方潔) 량 씨가 특파되엿든 것은 루차 보도한 바이어니와 량씨는 <u>장쾌한 려힝을 무사히 맛치고 재작일에 원긔왕성하게 도라왓는대</u> 이 산에 대한 상쾌한 리약이는 뒤를 이여 본지에 보도하려니와 그 신령한 산악의 광경

---

9) 여기에서 표현한 과잉 이데올로기는 '석왕사에서'와 같이 특정 이데올로기를 연계할 상황이 아님에도 무의식적으로 이러한 용어를 남용하는 상황을 지칭한다.

10) 에릭 홉스봄 외, 박지향·장문석 옮김(2004), 『만들어진 전통』, 휴머니스트; 팀 에덴스, 박성일 옮김(2008), 『대중문화와 일상, 그리고 민족 정체성』, 이후출판사.

11) 이 강연회는 1921년 8월 함경남도 도청과 동아일보사가 주관한 '백두산 탐승단'의 탐승 과정에서 이루어진 홍보 강연으로 개최되었다. 이 탐승에 참여한 민태원은 8월 21일부터 9월 8일까지 18회에 걸쳐 '백두산행(白頭山行)'을 연재하였다.

과 특별히 시내 독자에게 지식을 직접으로 들리기 위하야 이삼일 내에 시내 청년회관에서 빅두산 강연회를 열고 조선력사에 조예가 깁흔 학자들 청하야 빅두산과 조선 사람의 관게에 대한 유익한 강연이 잇고, 다음에는 민태원 씨가 듯기만 하야도 서늘한 빅두산 리약이를 자세히 할 터이요, 본사 사진반이 실사한 빅두산의 모든 웅장한 경치를 전부 환등을 민드러서 본보 독자에게 한하야 관람 식히어 빅두산을 직접 가 보나 다름업시 할 녜뎡인대 상세한 일은 소관 경찰서에 허가 밧는 절차를 마친 후 다시 보도할 예뎡이라.

　—특사 환등 사용(特寫幻燈使用), 백두산 강연회(白頭山講演會), 본사 주
　　최로 이삼일 중에 큰 강연회를 여러, 신성(神聖)의 역사담(歷史談), 장
　　쾌(壯快)한 탐험담(探險談), 숭엄(崇嚴)한 실사진(實寫眞), 『동아일보』,
　　1921.8.26.

광고의 성격을 띤 이 기사문에는 '위대한 조선 민족', '단군', '모든 산맥의 조종', '신비', '장쾌한 여행' 등의 의례화된 표현들과 '조선 역사', '조선 사람의 관계' 등을 백두산과 연결지어 탐승 활동이 볼거리를 제공하기보다 민족의식과 관련을 맺고 있음을 드러내고자 하였다. 그런데 좀 더 자세히 뜯어보면 이 행사는 동아일보사가 단독으로 개최한 것이 아니라 함경남도 도청과 공동으로 열었으며, 탐승 과정에서도 야마다카라는 일본인이 동행하고 있음을 확인할 수 있다. 일제 강점기라는 시대 상황에서, 언론사가 독자적으로 민족의식 고취와 관련된 행사를 열기 어렵기 때문에 관광·시찰에 익숙한 일본인과 협력하여 백두산 탐승을 하고, 이를 근거하여 민족의식을 환기하고자 하는 목적을 갖고 있는 행사라는 점을 고려할 때, 과잉된 감정의 표출로 비칠지라도 동원할 수 있는 모든 수식어를 사용하는 것은 자연스러운 일로 보인다.

이 흐름에서 1920년대 전반기의 기행문은 식민 시대 국가와 민족의 이원 구조 하에서 민족 정체성을 찾고자 하는 다수의 탐방기(이른바 국

誓), 국립공원, 시골, 대중 영웅, 에티켓' 등의 요소와 '고유한 풍습, 도덕관, 스타일, 행동 방식, 감각' 등과 같은 집단성을 띤 의식이 모두 포함된다. 특히 '민족주의 개념, 신화, 상징물' 등은 민족 정체성 확립의 주요 요소이다.

이러한 차원에서 1921년의 '백두산 탐승회'는 역사적 자아와 상징을 활용한 전통 만들기의 한 형태로 해석할 수 있다. 다음을 살펴보자.

【백두산행(白頭山行)】

咸南道廳의 主催로 白頭의 거룩한 품에 안기여 보기를 願하고 모여든 二十名은 豫定대로 八月 八日에 惠山驛을 向하야 咸興을 出發하게 되얏다. 中에는 白頭山의 거룩한 소문을 듯고 一生의 經營으로 그 雄衛英靈의 氣에 接코자 하야 參加한 이도 잇고 또는 自己의 본 것 들은 것을 다만 自己의 抱負됨에 그치게 하지 안코 넓히 江湖에 나누어 그 질거움을 갓히라는 操觚者流도 五六人이나 參加하얏다. 나는 그 中의 한 사람이다.

나는 붓을 실고 白頭山을 向하야 出發한다. 안이 諸君은 부지럽시 웃지를 마라. 如椽大筆을 실으나 一枝禿筆을 실으나 싯는 點에 잇서서는 다 一般이다. 그럼으로 文筆에 拙하기 나와 갓흔 者로도 것침없이 붓을 싯고 云云 쓸 勇氣가 난다. (…中略…) 옷을 들고자 하면 깃을 들어야 할 것이요, 물을 말하고자 하면 먼저 그 根源을 알어야 할 것이다. 그와 갓치 朝鮮의 山水를 보고자 하면 먼저 白頭山을 보고 다음 金剛山을 보아야 될 것이다. 白頭山은 朝鮮 山岳의 朝宗이며 頭腦요 金剛山은 脊椎일다. (…下略…)

—민태원, '백두산행(白頭山行)', 『동아일보』, 1921.8.21.

번역 함남도청의 주최로 백두의 거룩한 품에 안겨 보기를 원하고 모여든 20명은 예정대로 8월 8일 혜산역을 향해 함항을 출발하게 되었다. 그 중에는 백두산의 거룩한 소문을 듣고 일생 경영으로 웅위영령의 기상을 접하고자 하여 참가한 사람도 있고, 또는 자기가 본 것 들은 것을 다만 자기의 포부로 그치지 않고 널리 강호에 나누어 그 즐거움을 같이 하려는 조호자류도 5~6명이나 참가하였다. 나는 그 중 한 사람이다.

　나는 붓을 싣고 백두산을 향하여 출발한다. 아니 제군은 부질없이 웃지 말라. 서까래와 같은 큰 붓을 실으나 한 자루의 보잘것없는 붓을 실으나 싣는 점은 다 일반이다. 그러므로 문필에 졸렬한 나와 같은 자도 거침없이 붓을 싣고라는 말을 쓸 용기가 난다. (…중략…) 옷을 들고자 하면 깃을 들어야 할 것이요, 물을 말하고자 하면 먼저 그 근원을 알아야 할 것이다. 그와 같이 조선의 산수를 보고자 하면 먼저 백두산을 보고, 그 다음 금강산을 보아야 될 것이다. 백두산은 조선 산악의 조종이며 두뇌요, 금강산을 척추일 것이다.

　민태원의 '백두산행'은 이 시기 함남도청 주최의 탐방 답사 과정에서 산출되었다. 당시 도청은 식민 지방 관청이었으므로, 이 행사 개최의 의도가 무엇이었을지는 쉽게 짐작할 수 있다.[18] 그럼에도 이 기행문에는 이 시기 조선인들에게 '백두산'과 '금강산'이 어떤 의미를 갖고 있었는지를 명확히 드러내 준다. 백두산은 '조선 산악의 조종'이라고 표현하였듯이, 우리 민족의 뿌리라는 의식이 잠재해 있으며, 금강산은 백두산의 척추로 인식되었다. 이러한 의식은 식민 시대 국토애와 무관하지 않다. 국토에 대한 사랑은 곧 민족애의 다른 표현인 셈이다.

　이와 같은 국토애가 1920년대 전반기에 형성된 것은 아니다. 구인모 (2007)에서 밝힌 바와 같이, '단군 사상'이나 '불함 문화' 등은 1910년대 최남선이 제기했던 사상이다. 예를 들어 『청춘』 제14호(1918.6)에는 '백두산' 화보와 함께 다음과 같은 글이 실려 있다.

---

18) 이 시기 각 사회단체나 지방 단체에서는 관광·행락 목적의 유람단이나 관광단을 조직하는 경우가 많았다. 각 단체가 조직했던 관광단의 실체에 대한 체계적인 연구가 이루어진 적은 없으나, 식민 통치 과정에서 관광의 산업화가 이루어졌으며, '시찰단', '관광단', '유람단'이라는 이름으로 각종 시찰 활동이나 유람 활동이 이루어졌다.

【백두산(白頭山)】

이 그림은 白頭山頂 의 火口湖를 보인 것이니 지난 光武六, 七年頃에 露
國人 누가 撮影하야 傳한 것이라 天池라고도 하고 闥門潭이라고도 하고
龍潭이라고도 하는 것이니 豆滿, 鴨綠, 松花三江의 源이 此에 發하니라. 대
저 白頭山은 支那人은 長白山이라 하고 滿洲人은 歌爾民商堅阿隣이라 하고
古에는 不咸山, 太白山, 或 白岳이라 하야 大東에 屹立한 巨靈의 天柱라 檀
君의 基業이 實로 此地에 肇하고 (…下略…)

—'백두산'(화보와 설명), 『청춘』 제14호, 신문관, 1918.6.

번역 이 그림은 백두산정의 화구호를 보인 것이니, 지난 광무 6~7년경 러시
아인이 촬영하여 전해오는 것이다. 천지라고도 하고 달문담이라고도 하
고 용문이라고도 하는데, 두만, 압록, 송화 세 강의 근원이 여기에서 시작된다.
대저 백두산은 중국인은 장백산이라고 하고, 만주인은 가이민상견아린(歌爾民
商堅阿隣)이라고 하고, 옛날에는 불함산, 태백산, 혹은 백악이라고 하여 대동에
우뚝 솟은 거대한 영혼의 하늘기둥이다. 단군의 기업이 실로 이 땅에서 시작되
고 (…하략…)

『청춘』 제14호는 최남선의 역사의식이 본격적으로 표출된 잡지이다.
이 잡지에 기고한 최남선의 '계고차존(稽古箚存)'은 "서론, 제1기 단군시
절, 제2기 부여시절, 상고 개관"으로 이루어져 있으며, 역대 위인을 모
아 '기인비관(其人備官)'19)을 꾸미기도 하였다. 이 글에서 최남선은 우리
역사의 요람지가 '태백산하 송화강 상류' 곧 '백두산'이라고 계고하였
다. 이와 같은 의식은 1920년대 『동아일보』의 단군 영정 현상 모집으로
이어지기도 한다. 『동아일보』는 창간 직후인 1920년 5월 대대적으로

---

19) '기인비관'은 역대 인물을 전형하여 당시의 관직에 가장 적합한 역사 인물이 누구인지를
안배한 표이다. 일제 강점기라는 시대 상황에서 역사적 상상력을 발휘하여 민족 발전에
대한 희망을 표출한 결과물의 하나로 볼 수 있다.

'단군 영정 현상 모집' 광고를 내었다. 이때 모집 대상은 존상(尊像), 화본(畫本), 화(畵) 등이었다.

민태원의 '백두산행'은 1920년대 전반기 백두산에 대한 가장 사실적인 기행문으로 평가된다. 여정의 출발에서 풍산에 이르기까지 자동차로 이동하는 과정, 그 과정에서 만난 사람들, 남남북녀라는 말의 의미, 북청 사람들의 진취성 등은 단순한 여행객이 아니라 민족 영산으로서 백두산을 상징화하고 싶은 필자의 의욕을 담아낸다. 그의 눈에는 혜산진의 산세(山勢)며 가옥도 단순한 것이 아니다. 다음 장면을 살펴보자.

【백두산행(白頭山行)】

ㄱ. 水難을 遭한 一行은 다시 行進을 繼續하야 洪原을 當到하니 俗談에 오는 날이 장날이라고 이 날은 마침 市日이엿다. 이 洪原은 咸興 以北으로 有數한 市長이며 一市의 去來는 四五千圓에 達한다고 한다. 그러나 저자에 모인 사람은 略八割이나 女子일다. 그네는 살님에 能하고 勞動에 勤하다. 路上에서 만나는 그네들은 頭上에 數十斤의 重荷를 이거나 手中에 駄馬 黃牛의 곱비를 잡은 일이 種種하다. 그네의 軀幹(구간)은 碩大(석대)하며 그네의 身體는 强健하고 그네의 氣像은 凜凜하다. 元來 北韓의 風俗은 一家의 生活을 維持하는 責任이 婦人에게 잇고 이 以上 貯蓄의 責任은 男子에게 잇다고 한다. 그네는 事實上으로 外父內治의 當事者이며 經濟生活의 主人公이다. 쌀어서 그네의 시골에는 새삼스러히 婦人 職業問題도 일어나지 안이할지오, 男女平等 問題도 일어날 리가 업다.

―민태원, '백두산행', 『동아일보』, 1921.8.22.

번역 물난리를 만난 일행은 다시 행진을 계속하여 홍원에 당도하였는데, 속담에 오는 날이 장날이라고 이 날은 마침 장날이었다. 이 홍원은 함흥 이북으로 이름 있는 시장이며, 거래는 4~5천 원에 달한다고 한다. 그러나 저자에 모인 사람은 약 8할은 여자이다. 그들은 살림에 능하고 일하는 데 부지런하다. 노상에서 만나는 그들은 머리에 수십 근 짐을 이거나 손에 태마, 황우의 고삐를 잡는 일이 빈번하다. 그들의 체구는 크고 활발하며 신체는 강건하고 기상은 늠름하다. 원래 북한의 풍속은 일사의 생활을 유지하는 책임이 부녀에게 있고, 이 이상 저축하는 책임은 남자에게 있다고 한다. 그들은 사실상 외부내치(外父內治)의 당사자이며, 경제생활의 주인공이다. 따라서 그들의 시골에는 새삼스럽게 부인 직업문제도 일어나지 않으며, 남녀평등 문제도 생겨날 리 없다.

ㄴ. 咸關嶺 以北 洪原의 山川은 咸興에 比較하면 多少 險峻한 곳도 잇스나 亦是 明媚한 態를 일치 안이하며 石質도 大概 長石으로 構成되얏스나 北靑의 半部 以北으로부터는 山勢가 峻截(준절)하며 筋骨이 繼峻(?)하고 石質도 亦是 花崗石으로 變하얏다. 짤어서 農作物도 洪原 境內에서는 黍 粟 高粱 等을 耕作하나 北靑의 北半部로부터는 거의 全部가 燕麥이며 其他로는 大麥, 蕎麥, 馬鈴薯 等이 잇슬 뿐이다. 또 北靑으로부터는 家屋의 建築도 多少 달으다. 制度는 大槪 五樑은 七樑의 홋집이며 規模는 北進할수록 漸漸 高大하게 되야 少不下 八間은 된다. (…中略…) 白頭山이 보인다. 一行은 豊山에서 一泊한 後 翌日 午前 八時發 惠山을 向하니 今日의 行程은 道路가 坦坦하야 比較的 安穩하얏다. 午後 六時 頃에 惠山 附近을 當到하니 團員 中 一人은 멀니 雲間을 指點하며 저것이 白頭이라고 한다. 半分이나 雲間에 들어 잇서 仔細히는 보이지 아니하나 오히려 雄偉한 氣像이 보인다.

—민태원, '백두산행', 『동아일보』, 1921.8.26.

번역 함관령 이북 홍원의 산천은 함흥과 비교하면 다소 험준한 곳도 있으나, 역시 명미한 태를 잃지 않고 석질(石質)도 대개 장석(長石)으로 이루어져 있으나, 북청의 반 북쪽부터는 산세가 준절하며 근골이 빼어나며 석질도 또한 화강석으로 변했다. 따라서 농작물도 홍원 경내에서는 기장, 조, 고량 등을 경작하나 북청의 북쪽에서는 거의 전부 연맥이며, 그밖에 대맥, 교맥, 마령서 등이 있을 뿐이다. 또 북청부터는 가옥 건축도 다소 다르다. 제도는 대개 5량, 7량 흩집이며, 규모는 북으로 갈수록 점점 높아져 적어도 8간은 된다. (…중략…) 백두산이 보인다. 일행은 풍산에서 일박한 뒤 다음날 오전 8시 출발하여 혜산을 향하니 금일 여행 경로는 도로가 탄탄하여 비교적 안온했다. 오후 6시경 혜산 부근에 당도하니 일원 중 멀리 구름을 가리키며 저것이 백두라고 한다. 반분이나 구름 사이에 들어 있어 자세히 보이지는 않으나 오히려 웅위한 기상이 보인다.

백두산에 이르기까지 필자가 목격한 홍원 시장과 북청의 모습이다. 홍원 시장 여자들의 치열한 삶의 방식, 북청 지방의 산세와 농작물, 가옥 등은 그 자체가 생활 실태 조사와 같은 느낌을 준다. 또한 웅위의 기상을 자랑하는 백두산은 그 자체가 신비(神秘)로 묘사된다. '태고의 정적', '천변만화의 풍경' 등은 감동에 젖은 필자가 백두산을 나타내는 상투어에 가깝다. 이러한 차원에서 '백두산행'은 관광객의 여행기가 아니라 1920년대 민족 정체성 상징화 작업의 하나로 간주된다. 이러한 상징화는 '강연회'를 통해 강화되고 있다. 이에 대해 1921년 8월 29일자 『동아일보』에서는 다음과 같이 보도하고 있다.

【공개(公開)된 성산(聖山)의 신비(神祕)】
－권덕규 씨의 빅두산 력사 강연·민태원 씨의 실사한 경치 설명, 大盛況의 本社 主催 白頭山 講演會
　본사 주최의 백두산 강연회는 예뎡과 가치 재작일 오후 여달시부터 종로 중앙청년회관에 열리엿는대 원릭 조선 민족에게 무한한 감흥을 일으키는 강연회라. 정각 전부터 밀밀 듯 몰녀오는 군중이 뒤를 이어 순식간에 회장 안은 정결한 흰옷 입은 사람으로 만원이 되고 장내에 드러오지 못하는 수천의 군중은 다든 문밧게 몰녀서서 드러가지 아니함으로 그 혼

잡은 실로 형언할 수 업섯다. 먼저 본사 주간 장덕수(張德秀) 씨가 개회의 말을 베푼 후 력사에 조예가 깁흔 권덕규(權悳奎) 씨가 '조선 력사와 백두산(白頭山)'이란 문뎨로 그의 학식을 기우려 열변을 토하게 되엿다. 강당이 써나갈 듯한 박수 소리가 긋치매 수천의 군중은 일시에 감뎐된 것 가치 직히는 줄 모르게 침묵을 직히고 오즉 더움을 못 익이어 부치는 수백의 부채만 흰나비와 가치 번득일 뿐이엿다. 권덕규 씨는 몬져 엇더한 민족과 개인을 물논하고 모다 위대한 강산을 중심으로 일어난 실례를 들어 조선민족도 빅두산 가튼 웅대한 산 아리에서 근원이 박힌 것을 보면 하나님이 우리 조선인에게 너희는 영특한 민족이라는 교훈을 암시한 것이라 하매 청중 속에서는 박수가 이러낫다. 그 다음 단군이 탄생한 태빅산이 백두산이란 말을 명쾌하게 증명한 후 은근히 우리 고대의 광영스러운 력사를 들어 무한히 감흥을 일으키고 동양의 모든 강한 나라가 이 빅두산을 중심으로 하야 일어난 말로 빅두산의 더욱 거룩함을 말하다가 문득 강론의 칼날을 돌리어 중국 사람들이 태산(泰山)으로 신령스러운 산의 대표를 삼고자 하나 실상, 빅두산 줄기가 내려가다가 산동반도가 되어 태산이라는 산을 이루엇다는 말로, 공자가 태산 가튼 적은 산에 올나서서 텬하를 적게 알엇다는 말을 하야 우리 민족이 디리뎍으로 특수한 디위에 잇슴을 말하야 흥미가 도도한 중에 말을 마치고, 그 다음 민태원(閔泰瑗) 씨가 빅두산을 실디 탐사한 경험담을 시작하야 혹은 하늘을 씨르는 듯한 수림이 수빅리를 게속한 말과 놉흔 산의 긔후 관게로 평디에서는 금석을 태울 듯이 더웁든 팔월 초순이 일란풍화하고 빅화란만하드란 말을 하야 듯는 사람에게 련화세게 가튼 선경을 련상케 하고 긋흐로 빅두산 우에 잇는 텬지(天池)의 거룩한 경치를 말하야 일천삼빅쳑 아리 보히는 팔십리 주위의 못에 빗치는 모든 지묘한 경치를 설명한 후, 천변만화의 신성한 조화가 시시각각으로 이러나는 말로 긋을 마치고 이십여 장의 환등으로 빅두산의 장쾌한 실경을 구경 식히다가 긋흐로 텬지의 전경이 나오매 관중 편에서 박수가 퍼부어 이러낫섯다. (…하략…)

백두산을 활용한 민족 전통 만들기는 이 기사를 통해 확인할 수 있듯이, 다수의 역사학자가 참여하였다. 1910년대 주시경의 전통을 이은 권덕규는 '조선어'와 '조선역사', '백두산'이 모두 민족문화의 정수로 인식했던 학자이다. 그는 백두산 탐승에는 참여하지 못했지만, 민태원의 '백두산행'을 보고, 해박한 지식을 바탕으로 살아 있는 백두산을 만드는 데 전력을 기울였다. 『동아일보』 1921년 10월 3일부터 8일까지 6회에 걸쳐 연재한 '백두산 기행을 맞내고 납량회를 맞후임'에서 그는 다음과 같이 진술한다.

【백두산 기행을 맞내고 납량회를 맞후임】
(…전략…) 白頭山이야말로 果然 우리의 讚美件이로다. 그리하야 녜로부터 白頭山 그분의 이름을 他山에 冒稱도 시기며 他處에 移轉도 시겻더라. 그 例를 들어 말하면 高麗에서는 妙香으로써 太白이라 하고 百濟에서는 三角으로써 白岳이라 하고 新羅는 奈己郡의 北岳으로써 太白이라 하고 沃沮는 咸興山으로서 太白이라 함이 이것이라. 이는 다 그 國祖의 政治的 手段으로 말미암음이라. 眞正한 太白 곧 白頭가 아님은 古來의 文籍으로 넉넉이 證明하려니와 鴨綠, 混同[20], 豆滿 三江의 分水點에 안저 北으로 大陸을 쌀고 南으로 半島를 안고 東에 蒼海를 씨고 西으로 中國을 나려보는 白頭山 太白님이여. (…中略…) 이러케 崇敬을 밧는 白頭山 이 산의 이름이 자못 적지 아니하니 〈山海經〉에 '不咸山'이라 함은 我語에 不은 곳 國이오 咸은 太이니 곳 國의 大山이라 함이요, 〈後漢書〉에 '蓋馬'라 함은 蓋은 漢音에 奚(해)니 亦是 大의 意요, 馬는 尊上의 意니 國의 大山으로 尊敬하는 者라 함이요, 〈魏書〉에 '徒太'라 함은 그 訓意를 생각하야 쏘한 蓋馬와 同義임을 알지며, (…中略…) 이와 갓치 朝滿 民族이 共同一致히 愛敬誠拜함은 이 山이 東亞 山川의 祖宗이며 우리 民族의 發祥地며 國體的 社會的 生活을 始作한

---

20) 압록, 혼동, 두만의 3강: 문맥상으로 볼 때 압록강, 두만강, 송화강으로 추정됨.

곳도 여긔요, 敬天畏神의 宗敎的 意識을 啓發한 곳도 여긔며, 大東 文明의 發
源地도 여긔인 까닭이라. 우리 民族上의 이 山의 地位가 印度에 잇서서 雪山
그것이며 羅馬에 잇서서 七岡 그것이며 近代 歐洲에 잇서서 '알프쓰' 그것
보다 幾倍의 靈異와 功勳이 잇고 쏘한 榮光스러운 곳이라. 近來의 어린
史家들은 이 山의 名稱 位置를 함부로 移轉하야 저의 私事된 意見을 채우
려 하되 그리하는 대로 한갓 自家의 所見을 綻露(탄로)일 쑨이어니와 더욱
'有神人降于太白山檀木下'의 信史를 一筆抹削(일필말삭)하려 하는 內外史
家[21]들이어. 어찌 無識이 이에 至한고.

—권덕규, '백두산 기행을 싯내고 납량회를 맞후임',

『동아일보』, 1921.10.6.

번역 백두산이야말로 과연 우리가 찬미할 사건이다. 예로부터 백두산 그 분
의 이름을 다른 산의 머리에 두도록 하였으며, 다른 곳에 옮기기도 하였
다. 그 예를 말하면 고려에서는 묘향을 태백이라고 하고, 백제에서는 삼각을 백
악이라고 하고, 신라에서는 내기군(奈己郡)의 북악으로 태백이라고 하고, 옥저
는 함흥산을 태백이라 한 것이 그것이다. 이는 다 그 국조의 정치적 수단에서
비롯된 것이다. 진정한 태백, 곧 백두 아님은 고래의 문헌으로 충분히 증명할
것이니 압록, 혼동, 두만 세 강의 분기점에 위치하여 북으로 대륙을 깔고 남으로
반도를 감싸 안고, 동으로 창해를 끼고, 서로 중국을 내려다보는 백두산, 태백님
이여. (…중략…) 이렇게 숭경을 받는 백두산, 이 산의 이름이 비교적 적지 않으
니, 〈산해경〉에 '불함산'이라고 한 것은 우리말에 '불'은 곧 '나라'요, '함'은 곧
'큼'이니, 나라의 큰 산이라는 뜻이며, 〈후한서〉에 '개마'라고 한 것은 '개'는 중
국음에 '해'이니 역시 '대(大)'의 뜻이요, '마'는 존상의 뜻이니 나라의 큰 산으로
존경하는 산이라는 뜻이며, 〈위서〉에 '도태'라고 한 것은 그 훈과 뜻을 생각하면

---

21) 이 표현은 일제 강점 이후 일본 관변학자들의 한국사 왜곡과 관련된 표현으로 보이며,
  백두산 의식이 강조된 것은 식민사관에 대한 저항과 밀접한 관련이 있을 것으로 추정할
  수 있음.

'개마'와 같은 의미임을 알 것이다. (…중략…) 이처럼 조선과 만주 민족이 함께 애경하고 숭배하는 것은 이 산이 동아 산천의 조종이며, 우리 민족의 발상지이며, 국제적·사회적 생활을 시작한 곳도 여기요, 경천외신의 종교적 의식을 계발한 곳도 여기며, 대동 문명의 발상지도 여기인 까닭이다. 우리 민족상 이 산의 지위가 인도의 설산(히말라야) 그것이며, 로마의 칠강 그것이며, 근대 구주의 알프스 그것보다 몇 배 영험 기이함과 공훈이 있고, 또한 영광스러운 곳이다. 근래 어리석은 역사가들은 이 산의 명칭과 위치를 함부로 옮겨 자신의 사견을 채우려고 하되, 그렇게 하는 것은 한갓 자신의 소견을 드러내는 것일 뿐이며 더욱 '신인이 있어 태백산 단목나무 아래 내려와'라는 믿음직한 역사를 붓 하나로 말살하고 삭제하려는 내외의 역사가들이여, 어찌 무식함이 이 정도에 이르렀는가.

'그 분', '백두산 태백님'으로 호칭된 백두산은 권덕규에게 단지 산으로 인식된 것이 아니라 영혼이 부여된 존재이다. 국어학자이자 역사학자의 눈으로 고증한 백두산의 어원과 '태백'의 의미는 '민족 발상지', '국제적·사회적 생활의 근원지', '경천외신의 종교적 의식 계발지'라는 상징적 의미 부여와 함께, 『삼국유사』의 단군기를 근거한 민족 정체성으로 완결된다. 이러한 기행 문화는 이후 국토 순례 기행문의 토대가 된 것으로 볼 수 있다.

4. 『개벽』의 '조선 문화 조사'와 '고적 답사'

4.1. '개조'와 '혁신'을 위한 '조선 문화 조사'

『개벽』은 창간 당시부터 '개조'와 '혁신'을 슬로건으로 하여 출발한 잡지였다. 창간호의 창간사를 살펴보면, 이 잡지가 지향하는 바를 뚜렷이 짐작할 수 있는데, '신'과 '개벽', '사람'과 '진화', '개조', '혁신'을 다음과 같이 진술하고 있다.

【창간사(創刊辭)】

소리—있어 넓히는 世界에 傳하니, 온 世界 모든 人類—이에 應하야 부르짖기를 始作하도다. (…중략…) 神은 無何有의 一物로붙어 進化를 始作하엿도다. 無有를 肇判하고 太陽系를 組織하고 萬物을 내엇나니 이 곳 <u>宇宙의 開闢</u>이며, <u>사람</u>은 神의 <u>進化</u>란 者로 萬物을 代表하야 漁獵을 始하며 農業을 營하며 商工業을 起하야 進化에 進化를 加하는 中, 오늘날 이 <u>世界改造</u>라 하는 <u>革新의 氣運</u>을 맛보게 되엇나니 이 곳 開闢의 開闢이엇도다. (…하략…)

—『개벽』 제1호, 1920.6.

> **번역** 소리—있어, 널리 세계에 전하니, 온 세계 모든 인류—이에 따라 부르짖기를 시작하도다. (…중략…) 신은 무하유의 일물로부터 진화를 시작하였다. 무유를 조판(肇判, 나눔)고 태양계를 조직하고, 만물을 내었으니 이것이 곧 우주의 개벽이며, 사람은 신이 진화시킨 것으로 만물을 대표하여 어렵을 시작하고 농업을 경영하며, 상공업을 일으켜 진화에 진화를 더하는 중, 오늘날 이 세계 개조라고 하는 혁신의 기운을 맛보게 되었으니, 이것이 곳 개벽의 개벽이다.

이 창간사에 등장하는 '진화'는 근대 계몽기 문명 개화론과 함께 본격적으로 등장한 이데올로기이다. 길진숙(2004)에서도 논의되었듯이 개항 직후인 1880년대 『한성순보』나 『한성주보』의 '문명: 야만' 담론을 비롯하여, 1900년대의 각종 애국 계몽 논설류에서 '진화'의 이데올로기는 거대한 시대사조를 이루어 왔다. 그런데 1920년대 『개벽』에서 다시 '진화'를 강조하고, '개조'와 '혁신'을 부르짖은 이유는 무엇 때문일까? 이에 대한 해답은 이 시기 역사와 사상의 흐름을 좀 더 천착하여 결론

지어야 하겠지만, 박성진(2003), 전복희(2010) 등에서 밝힌 바와 같이 '문명' 또는 '진화'의 위계를 강조하여 한국 사회의 후진성을 주입하고 자 한 식민 제국주의의 지배 이데올로기의 영향 때문이었을 것으로 보 인다. 이 경향은 기행 담론에서도 뚜렷이 나타나는데, 1910년대 『매일 신보』의 기행 담론이 각종 조사 보고 또는 답사기를 중심으로 전개되 었음을 통해 확인할 수 있다.[22]

『개벽』 소재 기행문 48종을 기행지별로 분석한 결과 국내 기행 29종, 인접 국가(일본, 중국, 만주, 러시아) 12종, 유럽 7종으로 나타났다. 이 가 운데 국내 기행은 경상도(6), 함경도(3), 서울(2), 강원, 전라, 평안, 황해 등의 지역별 답사기가 주종을 이루며, '강화, 경주, 철원' 등의 고적·명 승을 대상으로 한 것도 일부 나타난다. 또한 '계룡산'과 '묘향산'을 기행 한 글도 있는데, 각각의 기행문이 나타난다.

여기서 주목할 유형 가운데 하나가 지역권별 답사기 형태이다. 이 유형 가운데 가장 먼저 눈에 뜨이는 것은 제7호(1921.1)에 소재한 창해 거사(滄海居士)의 '근화 삼천리(槿花 三千里)를 답파(踏破)하고서, 남조선 (南北鮮)의 현재(現在) 문화 정도(文化程度)를 비교(比較)함'이다. 이 답사 기는 '산천 풍토', '역사상', '현재의 상황'을 남선(南鮮)과 북선(北鮮)으로 나누어 기록한 글로, 필자[23]는 "余ㅣ 昨年 一月로 始하야 어써한 關係下 에서 자못 南北鮮 三千里를 踏破한 일이 잇섯다. 그리하야 此로부터 得한 多少의 感想도 업지 아니하고, 又는 南北鮮 將來 文化上 - 多少 參考의 材料 도 업지 아니하기로 粗薄한 視察의 一節이나마 記하야써 讀者 諸位에게 들이며, 쌀아서 南北의 人士, 各其 長所와 短處를 反省하야 가지고 昔日

---

22) 1910년대 『매일신보』의 기행 담론을 분석한 김경남(2013)에 따르면, 이 시기 기행 담론 159종 가운데 고적·명승 관련 자료가 18종, 각종 시찰기가 40종에 이른다. 또한 개인 체험의 기행문도 고적 답사나 만주철도주식회사와 관련된 것이어서, 식민 지배 정책 하 에서 탄생한 기행문이 많음을 확인할 수 있다.
23) 필자인 '창해거사'가 누구인지는 명확하지 않으며, 어떤 배경에서 삼천리 답사를 했는지 도 명료하지 않다.

地方的 差別 觀念을 打破하고 南方의 南方人의 長所와 北方의 北方人의 長處를 一丸打合하야 神聖한 新文化的 民族이 되기를 바라는 下에서 此 一篇의 拙文을 생각나는 대로 順序업시 몇 마디 記錄하야 開闢의 餘白에 부치노라(나는 작년 일월부터 시작하여 어떤 일과 관련되어 남북 조선 삼천 리를 답파한 일이 있었다, 여기서 얻은 다소의 감상도 있고 또 남북 조선의 장래 문화상−다소 참고할 재료도 없지 않아 조박한 시찰의 한 구절이나마 기록하여 독자 제위에게 드리며, 따라서 남북의 인사, 각기 장점과 단점을 반 성하여 옛날 지방적 차별 관념을 타파하고, 남방의 남방인의 장점과 북방의 북방인의 장점을 두루 합쳐 신성한 신문화 민족이 되기를 바라는 아래, 이 일 편의 졸문을 생각나는 대로 순서 없이 기록하여 개벽의 여백에 부친다.)"[24]라 고 글을 쓴 동기를 밝혔다. 답사의 동기가 '어떠한 관계'에서 비롯된 것인지 뚜렷이 드러나지 않으나 개인적 차원에서 이루어진 것으로 보 이지는 않으며, 답사 과정에서 남선과 북선의 문화상 차이를 반영하는 참고 자료를 제공하여 '신문화 민족'[25]이 되는 데 도움을 주고자 한다 는 뜻을 밝혔다.

이처럼 지역별 답사기는 관념적인 '개조'와 '혁신', '신문화' 등을 실 현하기 위한 기초 자료를 얻고자 하는 동기에서 이루어졌다. 이는 통권 제33호(1923.2)부터 통권 제64호(1925.12)까지 이어진 '조선 문화의 기본 조사' 사업을 통해 본격화된다. 이 사업은 '사우제'와 함께 이 시기 개벽 사의 2대 운동으로 전개되었는데, 전자는 '자기 생활 이해'를 목표로 천명하였고, 후자는 '자력갱생을 통한 범인간적 민족운동'을 목표로 내 세웠다. 다음은 통권 33호에 게재된 두 사업 관련 광고문의 일부이다.

---

24) 滄海居士(1921), 「槿花 三千里를 踏破하고서, 南北鮮의 現在 文化 程度를 比較함」, 『개벽』 제7호(1921.1), 개벽사.

25) '신문화 민족'은 다소 관념적이지만, 진화론적 차원에서 문명 개화된 민족을 뜻하는 말로 자주 쓰였다.

【조선문화(朝鮮文化)의 기본 조사(基本 調査)】

本社의 今年中 二大 計劃－朝鮮의 現狀 調査에 依할 各道 道號의 刊行, 社友制의 期成에 伴할 十三道 役軍의 糾合, 踏査員 一行은 旣히 京城을 出發하다. (…중략…) 우리는 이 點을 심히 慨嘆하게 보아 今年의 新事業으로 朝鮮文化의 基本調査 事業에 着手하며 니여써 各道 道號를 刊行하기로 하얏나니 이는 純全히 朝鮮 사람으로 朝鮮을 잘 理解하자는대 잇스며 朝鮮 사람으로 自己네의 살림살이의 內容을 잘 알아가지고 그를 自己네의 손으로 處辨하고 整理하는 聰明을 가지라 하는 데 잇는 것쑌이다. (…중략…)

이번에 우리가 各道를 踏査할 標準은 諸社會問題의 原因 及 趨向, 中心人物 及 主要 事業機關의 紹介 及 批評, 人情 風俗의 實際 如何, 産業 教育 及 宗教의 狀況, 名勝 古蹟 及 傳說의 探査, 其他의 一般 狀勢에 關한 觀察과 批評. 京城 開闢社

本社 社友制의 設行과 그 波紋: 自南自北의 十三道 役軍, 다가티 우리의 큰 運動에 歸一하노라. 우리는 우리의 標榜하는 今日의 '更生運動'이란 것이 우리 同胞의 가장 眞摯한 사람사람으로 더불어 結緣한 그 미테서 最着實한 成果를 얻음이 잇기를 바라며 이에 先하야 우리는 다시 이 '更生運動'의 進成에 對한 생각이나 말이나 쏘 行動을 가지는 모든 사람과 사람이 一日이라도 速히 무슨 有機的 聯結을 지음이 잇기를 바라는 바이라. (…중략…) 이로써 우리의 汎人間的 民族主義의 成果를 齎來하는 唯一의 機關이 되게 하기를 期約하노니 十三道 兄弟 有志여. 아직 우리의 社友되지 아니한 이 잇거든 다토아 우리의 이 運動에 소래를 가티 함이 잇으라. (…하략…)

—「조선 문화의 기본 조사」, 『개벽』 제33호, 1922.2.

번역 본사의 금년 2대 계획: 조선의 현상 조사에 의거 각 도 각 호의 간행. 사우제의 성립에 수반되는 13도 역군 규합. 답사원 일행은 이미 경성을 출발하였다. (…중략…) 우리는 이 점을 심히 개탄스럽게 보아 금년의 신사업으로 조선 문화의 기본 조사 사업에 착수하며, 이어 각 도 각 호를 간행하기로 했으니, 이는 순전히 조선 사람으로 조선을 잘 이해하자는 데 그 취지가 있으며, 조선 사람으로 자기의 살림살이의 내용을 잘 알아서 자기네의 손으로 처하고하 정리할 수 있는 지혜를 갖게 하는 데 있을 뿐이다. (…중략…)

본사 사우제 설행과 그 영향: 남북으로부터 13도 역군, 다 같이 우리의 큰 운동에 귀일한다. 우리는 우리가 표방하는 금일의 '갱생운동'이 우리 동포의 가장 진지한 사람과 사람으로 더불어 결연한 데서 가장 착실한 성과를 얻을 수 있기를 바라며, 이에 앞서 우리는 다시 이 '갱생운동'의 진보와 성취에 대한 생각과 말, 또 행동하는 모든 사람과 사람이 하루라도 빨리 어떤 유기적 결실을 맺기를 바란다. (…중략…) 이에 우리의 '범인간적 민족주의의 성과'를 가져오는 유일의 기관이 될 것을 약속하니 13도 형제 유지자여. 아직 우리의 사우가 되지 않은 사람이 있으면 다투어 우리의 이 운동에 목소리를 함께 하기를 바란다.

이 광고문에 나타난 것처럼 이 시기 개벽사에서 추진한 두 가지 사업은 '조선 문화의 기본 조사'와 '사우제'였다. 전자는 우리의 생활 실태를 이해하고, 생활 문제를 자주적으로 해결하는 것을 목표로 천명하였으며, 후자는 '갱생운동'을 목표로 하였다. 비록 식민 피지배 상황에서 13도의 생활상을 조사하고,[26] 잡지사 경영 차원에서 사우제를 도입하였다고 할지라도, 이 시기 민중의 생활 상태를 조사하고 그 과정에서 다수의 '풍속'이나 '고적·명승' 자료를 찾아내어 가치를 부여하고자 한 것은 의미 있는 일이라고 할 수 있다.

조사 사업의 결과는 보고서 형태의 기사문으로 작성되었다. 예를 들어 통권 33호의 '경상남도호'는 '먼저 경남(慶南)의 대체(大體)로부터 설거(說去)하면', '조선인 교육(朝鮮人敎育)과 일본인 교육(日本人敎育)의 비교(比較)', '본도(本道) 종교(宗敎)의 개황(槪況)', '농산·수산·공산(農産·水産·工

---

26) 조선 문화의 기본 조사는 3년간 진행되었으나, 1910년대 일제의 고적 조사 사업이나 1918년 이후 전개된 토지 조사 사업, 임야 조사 사업 등의 각종 조사 사업과 견주어 본다면 조사 규모와 내용을 비교하기 힘들다.

産)=본도(本道)의 삼대산업(三大産業)', '각지(各地)의 특산 일속(特産一束)', '산청 자기 연구(山淸 磁器研究)의 고심인(苦心人) 민영식 군(閔泳直君)', '복소하(覆巢下)의 위란(危亂)=본도(本道)에 재(在)한 조선인 산업(朝鮮人産業)의 몰락(沒落)', '경남(慶南) 인민(人民)의 원부(怨府)인 지리산(智異山) 대학림(大學林)', '강남(江南)의 낙화(落花)와 금벽(金碧)의 원혈(寃血)'(靑吾, 청오),27) '설리화개(雪裏花開), 사시장춘(四時長春)의 지리산(智異山)'(一記者, 일기자), '형제처자 불상견(兄弟妻子不相見)의 형형(形形)', '경남잡화(慶南雜話)'(一記者, 일기자), '우리의 형적(足跡)=경성(京城)에서 함흥(咸興)까지'(車相瓚, 차상찬), '부산(釜山)의 빈민굴(貧民窟)과 부민굴(富民窟)'(小春, 소춘), '독령지(讀嶺誌)', '한 닙이 썰어짐을 보고'의 16편으로 구성되었다. 대부분의 글은 보고서나 감상문으로, 경남도의 개황, 조선인과 일본인의 교육 현황, 종교 현황, 산업 상황 등을 기록하였다. 그러나 광고에서 천명한 바와 같이 '풍속', '명승고적', '전설' 등과 관련된 글도 포함되어 있는데, 차상찬(청오)이 쓴 '강남의 낙화와 금벽의 원혼'은 진주의 논개 고사와 밀양 영남루 금벽의 아랑 설화를 채집하여 기록한 글이며, 그가 쓴 '우리의 족적'과 김소춘의 '부산의 빈민굴과 부민굴'은 기행문의 일종인 답사기로 볼 수 있다. '우리의 족적' 일부를 살펴보자.

【우리의 족적(足跡)=경성(京城)에서 함흥(咸興)까지】
(…전략…) 우리 一行은 二月 一日에 京城을 꼭 써나 目的地로 向하랴고 作定하얏스나 多端한 浮世의 生活은 自然 奔忙하야 二日 午後에야 비로소 出發하게 되얏다. 나는 午後 六時에 行裝을 收拾하고 腕車上의 몸이 되야 京城驛으로 往하얏다. 豫備性 만흔 小春兄과 우리 一行을 餞送하랴는 春坡, 一然 及 少年會員 몃 분이 벌서 停車場 構內에 와서 나오기를 苦待하고 잇고, (…중략…) 車가 水原에 다다르니 달빗은 漸漸 밝아 天地가 거울과

_____
27) 괄호 안은 필자명.

갓고 西湖의 여름은 萬張의 琉璃를 펴인 듯하다. 萬一에 汽車가 우리의 自由를 束縛지 안이할 것 가트면 杭眉亭과 訪花隨柳亭의 夜色도 求景하고 華虹門, 華山陵의 舊蹟도 探査하고 십헛다. (…중략…)

—차상찬, 「조선 문화의 기본 조사: 우리의 족적」, 『개벽』 제33호, 1922.2.

번역 우리 일행은 2월 1일 경성을 떠나 목적지로 가고자 하였으나, 다단한 떠돌이 생활이 자연 분망하여 2일 오후에 비로소 출발하게 되었다. 나는 오후 6시 행장을 꾸려 차에 기댄 몸이 되어 경성역으로 갔다. 준비성 많은 소춘 형과 우리 일행을 전별하려는 춘파, 일연 및 소년회 몇 분이 벌써 정거장 구내에 와서 내가 오기를 고대하고 있고 (…중략…) 차가 수원에 이르니 달빛은 점점 밝아 천지가 거울 같고, 서호의 여름은 만장의 유리를 펴 놓은 것 같다. 만일 기차가 우리의 자유를 속박하지 않는다면 항미정과 망화수류정의 야색도 구경하고 화예문, 화산릉의 옛날 자취도 탐사하고 싶었다.

이 장면은 조사단의 출발 모습과 여정의 일부를 묘사한 부분이다. 경성역을 출발하여 한강 철교를 지나 수원역에 이르는 장면이나 기차 안의 풍경과 낙동강을 거쳐 마산에 이르기까지의 노정기는 일반적인 기행문에서 흔히 발견할 수 있는 서술 방식이다. 필자는 인용 부분에 드러나듯이 2일 경성을 출발하여 3일은 기차 안에서 보내고 4일부터 13일까지는 날짜별로 여정을 적었다. 그 과정에서 매 맞는 우차군(牛車軍), 시골 농민의 생활 모습과 장터의 풍경, 진주 기생의 삶의 변화 등과 같이 견문 내용을 스케치한다. 때로는 산청 자기 산지를 거치면서 노상의 시(詩)를 읊조리고, 임란 때의 유적지를 돌아보며 울분과 회고시를 짓기도 한다. 개벽사의 문화 조사 사업은 이른바 '신문화 운동'과 밀접한 관련을 맺는다. 이 운동은 천도교라는 종교를 배경으로 한 갱생주의(更生主義)를 표방함으로, 전통 만들기의 관점에서 볼 때 뚜렷한 한계를 갖는다. 이 점은 『개벽』 소재 다수의 지방 시찰기, 문화 조사 보고서가 갖는 공통점이다. 본격적으로 조사 사업이 시작되기 전이지만, '조선문화'를 표방했던 다음 기행문을 살펴보자.

【구문화(舊文化) 중심지(中心地)인 경북 안·례 지방(慶北 安·禮 地方)을 보고】
(…前略…) 只今 勃發되는 新文化運動 前項에서 記者되는 安禮地方의 文化狀態를 指하야 舊는 가고 新은 아즉 建設되지 아니한 無一物이라 하얏다. 現在로의 상태로는 과연 無一物이다. 그러나 其 中에 一物이 方히 展開되고저 하는 것이 잇슴을 記者는 보앗스니 즉 그 地方 敎育熱이 異常히 膨脹된 것이며 一般 靑年의 活動이 比較的 만흔 그것이다. 즉 安東郡內(含禮安)에 現存 普通學校가 7個所인 中 其 中의 3個學校는 그 前身이 中學程度의 學校이엇다는 훌륭한 履歷을 가젓스며 그리고 客春同郡某地에서 普通學校를 設하는 중 그 附近村落과 位置問題로 紛爭이 생기어 두 곳에서 各其 學校를 設立하얏다는 말을 記者는 들엇는 바 其 敎育熱이 如何함을 可知하겟다. 그리고 一般 靑年의 活動으로는 邑村에 靑年會가 잇고 安東邑內에는 勞働共濟會의 支會가 有하야 會員數가 二千餘名인데 同施設部의 事業으로 消費組合을 發起 중이라 하며 돌아오는 冬閒期에 이르러는 各地에 農村講習을 행하리라 한다. 또 嘉尙한 것은 同郡 豊西面 下回村(柳西崖先生의 生居地이니 先生의 書院이 有하며 그 子孫 300餘戶가 團居)에 少年會가 設立되어 滋味잇게 일하야 간다는 것이다. 이뿐 아니라 記者가 그곳에 들기 바루 前日에 學生大會의 巡回講演이 잇섯는데 매우 盛況이엇다 하며 또 그 地方人으로서 東京에 留學하다가 夏季에 돌아온 學生들이 講演隊를 組織하야 村村을 巡講하는 등 그 각 방면의 활동은 실로 注視할 가치가 잇스며 이 步調로 長進하면 그 地方이 昔日에 잇서서 朝鮮 舊文化의 中心地가 되엇슴과 가티 今日에 잇서는 朝鮮 新文化의 中心地가 될는지 모르겟다. 記者는 그 一般 有志의 끈기 만흔 活動이 잇기를 빌며 특히 그곳 靑年들의 組織잇는 新擧措가 만키를 바라는 바이다.
—일기자, 「구문화 중심지인 경북 안·례 지방을 보고」,
『개벽』 제15호, 1921.9.

지금 활발해진 신문화운동 전황에서 기자는 예안 지방의 문화 상태를 가리켜 구는 가고 신은 아직 건설되지 않아 하나도 볼 것이 없다고 하였다. 현재 상태로는 과연 무일물이다. 그 중 일문이 바야흐로 전개되고자 하는 것이 있음을 기자가 보았으니, 곧 그 지방의 교육열이 특히 팽창된 것이며, 일반 청년의 활동이 비교적 많은 것이 그것이다. 즉 안동군 내(예안 포함)에 현존하는 보통학교가 7개인 데 그 중 3개 학교는 그 전신이 중학 정도의 학교였다는 훌륭한 이력을 갖고 있으며, 지난 봄 이 군 어느 곳에서 보통학교를 세우는 중 그 부근 촌락과 위치 문제로 분쟁이 생겨 두 곳에서 각각 학교를 세웠다는 말을 들었으니, 그 교육열이 어떤지 가히 알 수 있다. 그리고 일반 청년 활동으로 읍촌에 청년회가 있고, 안동 읍내에 노동공제회의 지회가 있어 회원 수가 2천여 명인데, 같은 시설부의 사업으로 소비조합을 발기 중이라고 하며, 돌아오는 겨울에 각지 농촌 강습을 행할 것이라고 한다. 또 아름다운 것은 이 군 풍서면 하회촌(서해 유 선생의 생거지이니 선생의 서원이 있고, 그 자손 300여 호가 단체로 거주함)에 소년회가 설립되어 재미있게 일해 간다는 것이다. 이뿐만 아니라 기자가 그곳에 들어가기 바로 전날 학생대회의 순회 강연이 있었는데, 매우 성황을 이루었다고 하며, 또 그 지방 사람들로 동경에 유학하다가 여름에 돌아온 학생들이 강연대를 조직하여 마을마다 순회 강연하는 등 그 방면의 활동에 실로 주목할 만한 것이 있으며, 이 속도로 발전해 가면 그 지방이 옛날 조선 구문화의 중심지가 되었던 것과 같이, 금일 조선 신문화의 중심지가 될 수 있을 것이다. 기자는 그 일반 유자의 끈기 있는 활동이 있기를 바라며, 특히 그곳 청년들이 조직적인 새로운 조치가 많아지기를 바란다.

이 기행문은 개벽사의 신문화 운동이 제창되던 시기 경북 안동과 예안 지방을 답사한 보고서이다. 이 글에 나타나는 신문화 운동은 개벽사 창간 슬로건이었던 '개조'와 '혁신주의'를 뒷받침하는 농촌 계몽, 특히 교육 보급 운동을 가리키는 말이다. 이 글의 필자는 안동과 예안 지방의 유교 문화를 '구문화'로 단정한다.[28] 필자가 목격한 이 지방의 문화는 구문화는 가고 신문화는 건설되지 않은 상태이다. 그가 바라는 것은 오직 교육 보급을 통한 신문화 건설이다.

이 같은 차원에서 '문화 조사 사업'의 기행 담론은 문학적인 면이나 의식적인 면에서 획기적으로 진보된 모습을 찾기는 어렵다. 그럼에도 '문화 조사 사업'의 보고서가 여정(旅程)에 따라 여행기 형식을 띠고, 필자의 정서가 녹아든다는 점에서 1920년대 기행문 발달에 다소의 영향을 준 것으로 평가할 수 있다. 3년에 걸쳐 산출된 답사기는 통권 64호(1926.12)의 '십삼도(十三道)의 답사(踏査)를 맛치고서'에서 종결되었다. 이 답사기는 13도 답사의 성격을 요약한다.

【십삼도(十三道)의 답사(踏査)를 맛치고서】

面積으로 보아 萬四千三百二十万里 行政區域으로 보아 十二府 二百十八郡 二島 二千五百七面인 우리 朝鮮의 全幅이 彼世界 全幅에 比하면 그다지 클 것은 업지만은 實地에 踏査를 하고 보니 果然 支離한 感도 업지 안코 困難한 事情도 쏘한 적지 안핫다. 癸亥 二月로부터 乙丑 十二月 卽 今月까지 凡 三個 星霜間에 風風雨雨를 무릅쓰고 坊坊谷谷으로 行行한 우리 社員들의 勞苦는 얼마나 맛핫스며 滿天下 同胞의 感謝한 愛護 援助는 얼마나 만핫스며 쏘 道號 記事 關係로 問題는 얼마나 多端하얏스랴. 비록 不完全하고 不徹底하나마 이제 豫定한 대로 其業을 畢하게 되니 스스로 깃버함을 마지 안는 同時에 感慨가 쏘한 無量하다. 다시 붓을 잡고 默然히 안젓스니 三千里 錦繡江山이 完然히 眼中에 徘徊한다. 奇絶怪絶한 金剛의 萬二千峰도 뵈고 狂洋怒呼하는 碧海 黃海의 波濤聲도 들리며 萬瀑 朴淵의 壯快한 瀑布聲과 彩雲(唐津) 翠野(海州)의 淸閑한 白鶴聲도 들린다. (…하략…)

—「십삼도 답사를 마치고서」, 『개벽』 제64호, 1926.12.

---

28) 근대 계몽기 이후 유학 또는 유교 문화를 '구문화'로 규정하고, 신구 대립의 성격을 논한 글은 모두 열거하기 어려울 정도로 많다. 이에 대해서는 별도의 연구를 필요로 한다.

번역 면적으로 보아 41,320방리, 행정구역으로 보아 12부 218군, 2도, 2507면인 우리 조선의 전 국토가 세계의 모든 면적에 비하면 그다지 크지는 않지만, 실지 답사를 하고 보니 과연 지리한 감도 없지 않고, 곤란한 사정도 적지 않았다. 계해 2월부터 을축 12월 곧 이번 달까지 무릇 3개년 세월에 풍우를 무릅쓰고 방방곡곡으로 다닌 우리 사원들의 노고는 얼마나 많았으며, 만천하 동포의 감사한 애호와 원조는 얼마나 많았으며, 또 도 호 기사 관계로 문제는 얼마나 다양했을까. 비록 불완전하고 철저하지 못하지만 이제 예정한 대로 그 사업을 마치게 되니 스스로 기뻐함을 마지 않는 동시에 감개가 또한 무량하다. 다시 붓을 잡과 묵연히 앉았으니, 3천리 금수강산이 완연히 안중에 떠오른다. 기절괴절한 금상의 1만 2천봉도 보이고 광양노호하는 벽해, 황해의 파도 소리도 들리며, 만폭 박연의 장쾌한 폭포 소리와 채운(당진) 취야(해주)의 청한한 백학 소리도 들린다.

필자의 정서 표현을 고려한다면 13도 답사기가 기행문으로 탈바꿈하는 순간이다. 달리 말해 자력갱생을 위한 생활상 조사를 목표로 이루어진 답사이지만, 필자의 여정과 견문, 감상은 단순한 보고문 작성에 그치지 않고, 생활 체험의 글로 변화해 감을 의미한다. 그럼에도 13도 답사기는 내용이나 형식면에서 독자의 정서를 울리는 기행문으로서는 한계를 지닌다. 그 이유의 하나는 조선 문화 조사 사업의 목적성 또는 의도성과 관련이 있을 듯하다. 이는 각도 답사에 대한 다음과 같은 결론을 통해 확인할 수 있다.

【십삼도(十三道)의 답사(踏査)를 맛치고서】
먼저 慶尙南北道로 말하면 人心 質朴한 것이 第一 줏코 漢文學者 白丁癩病者가 相當히 만흐며 宗家 富豪, 日本人의 勢力이 큰 것도 놀날 만하다. 古蹟 만키로는 慶州가 全國 中 第一이요, 妓生 만키로는 昌原 馬山 晉州가 他道의 다음 가라면 스려할 것이다. (…중략…)

忠淸南北道는 아즉까지 兩班 勢力이 多大하고 鷄龍山 附近에 迷信者 만흔 것은 참으로 놀날 만하다. 엇젓던 忠淸南北道는 무엇이던지 荒廢凋殘한 感이 퍽 만타.

江原道는 交通 不便한 것이 第一 苦痛이오 山水의 天然的 景致가 조키는 全國뿐 안이라 世界 無比할 듯하며, 生活樂地로는 江陵이 어느 道에서든지 其類를 못 보왓다. 思想으로는 嶺東이 嶺西보다 進步된 듯하다. 그리고 僧侶의 勢力 만흔 것은 누구나 놀날 것이오, 人心淳厚는 全國 中 第一일 것이다. (…하략…)

강원도는 교통이 불편한 것이 가장 큰 고통이요, 산수의 천연적 경치가 좋기는 전국뿐만 아니라 세계에 비할 데가 없으며, 생활의 즐거운 땅으로는 강릉이 어느 도로 보든지 그와 같은 것을 보지 못했다. 사상은 영동이 영서보다 진보된 듯하다. 그리고 승려의 세력이 많은 것은 누구나 놀랄 일이며, 인심이 순후하기는 전국 중 제일일 것이다.

—「십삼도 답사를 마치고서」, 『개벽』 제64호, 1926.12.

각 도별 답사의 결론은 궁핍한 생활상과 자연 경치에 대한 요약이다. 경상도의 나환자, 기생, 충청도의 미신자, 강원도의 교통 불편, 전라도의 여자 교육 낙후, 경기도의 경제적 낙오, 황해도의 소작 쟁의, 평안도 국경 동포의 생활상 등이 그것이다. 물론 요약적 결론에는 강원도의 산수, 전라도의 남자의 예술적인 삶, 함경도의 여자 교육 보급 상황 등에 대한 진술도 포함되어 있다. 그러나 '조선 문화의 기본 조사' 사업을 천명할 때 밝힌 '생활 풍습 조사'는 식민 피지배 민중의 삶을 그려낼 수밖에 없다는 점에서 궁핍상을 드러낼 수밖에 없다. 이 점에서 『개벽』 소재 답사기는 르포와 문학의 과도기적 성격을 띤다.

4.2. 명승고적 답사의 계몽성

『개벽』 소재 기행문 가운데 창해거사(滄海居士)의 '해남잡기(南海雜記)'(통권 제26호, 1922.8), 허죽재라는 필명의 '계룡산유기(鷄龍山遊記)'(제28호, 1922.10), 박춘파의 '일천리(一千里) 국경(國境)으로 다시 묘향산(妙香山)까지'(제38호, 1923.8), 이을(李乙)의 '동해(東海)의 일점벽(一點碧)인 울릉도(鬱陵島)를 찻고서'(제41호, 1923.11)는 명승 답사기이다.

'남해잡기'는 필자가 마산, 진해, 통영, 한산도를 중심으로 한 명승지를 답사한 과정을 그린 기행문이다. '남해안(南海岸)의 절경(絶景)', '봉래(蓬萊)인가 영주(瀛洲)인가', '남해안(南海岸)과 이충무공(李忠武公)의 고사(古事)', '남해안(南海岸)의 열군(列郡)' 등의 부제에서 확인할 수 있듯이, 절경과 고사를 중심으로 한 감상이 주를 이룬다. 통영에서 이충무공고사를 소개하면서 "南海에 遊하는 者ㅣ 公의 當時의 活戰史를 回顧한다면 뉘 血이 躍하고 肉이 動치 아니하리요(남해에 유람하는 자가 공의 당시 살아있는 전사를 회고한다면, 누가 피가 끓고 육신이 동요하지 않겠는가)"라는 감상을 부가하고, 남해안 여러 군을 돌아보면서 천도교 청년회 중심의 여자 교육 상황을 소개하면서 여자의 각성을 촉구하는 계몽성을 드러내고 있으나 전반적으로는 명승고적 답사기의 형태를 띤다.

'계룡산유기'는 강경 사람인 필자가 탐승(探勝)을 목적으로 계룡산을 답사한 과정을 서술한 기행문이다. "나는 일즉부터 산수(山水)를 애(愛)하든 벽(癖)이 잇섯다. 자장(子長)의 문장(文章)이 명산(名山)과 대천(大川)에 재(在)한 것만을 모(慕)하야 그런 것은 아니다. 문장(文章)이 어찌 명산(名山)과 대천(大川)에만 지(止)하고 말을 쑌이랴. 우주(宇宙)에 이만(邇滿)한 만상(萬象)은 모도 다 문장(文章)이니라."라는 탐승 동기는 자기 수양을 위한 목적을 드러내고 있으나, 논산을 지나 두계(팟거리)를 거치면서 조선 건국 당시 '신도(新都)'로 지목 받던 계룡산을 바라보고, 농부의 삶을 목도하면서 "한숨지며 신짝 털며 휴식(休息)하는 저 농부(農夫)여!/

너의 작야몽(昨夜夢)! 어찌 그리 흉(凶)하드냐./네 손에 쥐인 천근(千斤) 되는 곡광이 언제 또 쓰랴느냐?/다시 오는 태평세계(太平世界) 무궁원 (無窮園) 개척(開拓)할 째/부대 그 곡광이 일치 말고 미암기석(迷巖欺石) 처부실 째/너의 쌈은 생명수(生命水)로 씨츠리니/아즉 좀 기대(期待)하고 상심(傷心) 말고 돌아가라."29)라고 노래 부른다. 그럼에도 이 유기는 의고적인 한자어를 나열하는 언어적인 표현이나 계룡산의 역사와 전설을 나열하는 형태에서는 1910년대 각종 답사기30)의 형태를 벗어나지 못했다.

이러한 명승고적 답사기는 경북 안동('舊文化의 中心地인 慶北 安·禮地方을 보고', 一記者, 제15호, 1921.9), 강계('自然의 王國 江界를 보고', 一記者, 1921년 10월 임시호), 강화('江華行', 茄子峯人, 제17호, 1921.11), 개성('開城行', 李丙薰, 제17호, 1921.11) 등 여러 편이 산재한다.

박춘파의 '일천리 국경(國境)으로 다시 묘향산(妙香山)까지'(통권 제38호, 1923.8)와 '묘향산(妙香山)으로부터 다시 국경 천리(國境千里)에'(통권 제39호, 1923.9)는 신의주, 압록강 부근의 중국 국경, 개천, 희천을 돌아보는 여정에서 묘향산을 들린 이야기이다. 여정에서 묘향산을 들른 이유는 명승지일 뿐만 아니라 '국조 단군 신인의 탄강지'였기 때문이라고 하였는데, 제목에 묘향산을 강조한 이유도 국조(國祖) 관념이 자연스럽게 배어 있었기 때문으로 보인다.31) 이러한 의식에서 필자는 묘향산의

---

29) 허죽재(1922), 「鷄龍山遊記」, 『개벽』 제28호(1922.10), 개벽사.

30) 예를 들어 『매일신보사』 1915년 4월 25일부터 6월 11일까지 30회에 걸쳐 연재된 '東洋名勝 金剛山'이나 10월 17일부터 10월 30일까지 11회에 걸쳐 연재된 소봉생(蘇蓬生)이라는 필명의 '金剛山遊記', 1916년 5월 7일부터 6월 17일가지 23회에 걸쳐 연재된 天鳳 沈友燮의 '金剛山' 등이 매일신보사의 탐승단 활동 결과 발표된 답사기들이다.

31) 김성환(2008)에서 밝힌 바와 같이, 우리나라에서 단군은 『삼국유사』 이후로 『세종실록』이나 『고려사』 등의 역사서에서 지속적으로 전승되어 왔다. 근대 이후 『국민소학독본』 (1895, 학부) 제1과 '대조선국'에서도 '단군, 기자, 위만'을 우리의 옛 국가로 기술한 이래, 각종 교과서에서 단군은 국조(國祖)로 추앙되었다. 『황성신문』 1909년 1월 31일의 잡보에서는 황제가 평양을 순회하면서 단군묘를 참배하고자 하였으며, 능을 축조하자는 건의도 있었다. 묘향산이 단군의 강림지라는 설은 『삼국유사』에서 일연이 '태백산'을 '묘향

단군대를 찾는 일에 열중한다. 어렵게 찾은 단군대에서 일제 순사들이 훼손한 단군암을 바라본다.

【묘향산(妙香山)으로부터 다시 국경천리(國境千里)에】

이러케 하야 檀君臺에 오르니 午后 六時이다. 檀君臺에 檀君窟이 잇스니 上下 二窟이다. 쏘한 檀君庵이 잇섯더니 獨立黨의 休息處라 하야 彼-日本 巡査들이 亂倒를 식켜 노앗다. 椽柱가 相交하고 瓦石이 相枕한 悽愴한 亂色은 夕陽 山客의 心思를 餘地업시 不快하게 한다. 下窟 檀君井에서 檀君께서 마시시든 玉泉을 한박아지 퍼 먹고 悵然히 佇立하야 古往今來의 想像來하니 '山如前 窟如前한데 人何不如前고'의 一歎이 發하다가 '誤라. 人若如前이든들 人之不幸이 此에 甚할 者ㅣ 無하리라.' 하야 自慰하면서 上下 二窟에 徘徊하면서 檀君의 當時를 追想하고 吾等의 現時를 생각하다가 日色이 蒼蒼來함을 恐하야 곳 下山하니 다리가 썰니고 배가 출출하얏다.

—춘파, 「묘향산으로부터 다시 국경 천리에」, 『개벽』 제38호, 1923.8.

> **번역** 이렇게 단군대에 오르니 오후 6시다. 단군대에 단군굴이 있으니 상하 두 개의 굴이다. 또한 단군암이 있었는데 독립당의 휴식처라고 하여 저 일본 순사들이 뒤집어 엎었다. 연주가 서로 교차하고 기와가 물러앉은 처창하게 어지러운 형색은 석양 산객의 심사를 여지없이 불쾌하게 한다. 아랫굴 단군정에서 단군께서 마시던 옥천(샘물) 한 바가지를 퍼 먹고 창연히 서서 고왕금래를 상상하니 '산은 예전의 산이며 굴은 예전과 같은데 사람은 어찌 예전과 같지 않은고.' 하는 탄식을 발하다가, '그렇지 않다. 사람이 만약 예전과 같다면 사람의 불행이 이보다 심할 것이 없으리라.' 하고 스스로 위로하다가 상하 두 굴을 배회하면서 단군의 당시를 회상하고 우리의 현실을 생각하다가 날이 저물어 옴

산'으로 비정한 이후, 지속적으로 전승되어 왔다. 이에 대해서는 김성환(2000)을 참고할 수 있다.

을 두려워하여 곧 하산하니 다리가 떨리고 배가 출출하였다.

춘파의 묘향산기는 여기에서 그친다. 그것은 강계와 중강진, 의주까지의 여정이 남아 있었기 때문이기도 하지만, 그의 답사 목적이 평안북도 문화 조사 사업과 관련이 있었기 때문이다.[32] 구인모(2004)에서는 문화 조사 사업이, "무엇보다도 조선의 신문화가 대도시를 중심으로 발달할 뿐, 중소도시에서는 발달은커녕 보급조차 제대로 되지 않고 있다는 비판이나, 당시의 조선이 남북을 경계로 계층, 교육, 종교, 인습의 면에서 극명하게 나타난 차이를 극복하고 '신성한 신문화적 민족이 되기를 바라는' 열망에서 비롯된 것이기 때문"에, 그리고 『개벽』의 조사가 "구한말 서양인들이 남긴 허다한 조선여행기나, 메이지(明治) 이후 조선총독부와 조선을 여행한 일본인들이 남긴 조선 각 지역의 지방지(地方誌), 지리안내서, 여행기와도 분명히 구분되기" 때문에 이전의 기행 담론과는 분명히 구분되는 것이라고 의미를 부여하였다. 이 점은 분명하다. 『개벽』의 답사기에서 도회뿐만 아니라 전국 방방곡곡의 삶을 있는 그대로 드러내고자 했다는 점에서 자주적이고 진일보한 면모를 보이는 것은 틀림없다. 그럼에도 『개벽』 소재 고적·명승지는 역사의 한 부분일 뿐, 그것이 민중의 삶에 되살아난 것으로 보이지는 않는다.

이 점에서 41호(1923.11)에 실려 있는 '동해의 일점벽(一點碧)인 울릉도(鬱陵島)를 찾고서'는 다소 흥미롭다. 이 답사기에는 다음과 같은 서문이 실려 있다.

【동해(東海)의 일점벽(一點碧)인 울릉도(鬱陵島)를 찾고서】
東海에 突出한 鬱陵島야 너는 잘 잇드냐. 깁흔 곳에 숨은 네 얼골 속절업시 그리워하던 나의 熱情 뉘라서 알아주랴만은 琴湖 兄山의 廣野를 돌아서

---

32) 박춘파의 묘향산 답사기가 수록된 통권 제38호는 평안북도 도호(道號)로 발행되었다.

日月 石屛의 天險을 넘어 山거듭 물 거듭 文化 調査의 거듭, 今日이 나로서는 千載一遇의 絶好機이다. 더구나 아모리 하야도 結緣의 길이 업던 成年 總角的인 나로서 맛츰내 너의 선을 보게 되얏슴에야 그 狂喜가 엇더하랴.
—「동해의 일점벽 울릉도를 찻고서」, 『개벽』 제41호, 1923.11.

번역 동해에 돌출한 울릉도야. 너는 잘 있었느냐. 깊은 곳에 숨은 네 얼굴을 속절없이 그리워하던 나의 열정을 누가 알아주겠는가마는 금호 형산의 광야를 돌아 일월 석병의 천험을 넘어 산 거듭 물 거듭 문화 조사 거듭, 금일이 나에게 천재일우의 좋은 기회이다. 더구나 아무리 해도 좋은 인연의 길이 없던 성년 총각과 같은 내가 마침내 너와 선을 보게 되었으니 그 기쁨이 어떠하겠는가.

문화 조사의 차원에서 이루어진 이 답사기에는 울릉도의 역사, 지형, 빈민의 생활 등이 기술되어 있으나, 인용문에 나타난 바와 같이 섬 자체가 애정의 대상이다. 대진항에서 울릉도로 건너가는 하룻밤의 풍랑 속에서 승객은 모두 동병상련의 일체감을 형성한다. "이러케 同一한 境遇를 當한 舟中은 도리어 同病相憐 四海一室의 慈愛가 橫溢하는 것 갓다. 利害의 衝突, 貧富의 差別, 階級의 鬪爭, 懊惱, 憧憬, 咀呪의 世界로부터 버서난 이날 밤. 그야말로 나의 半生을 처음 늣긴 刹那!(이렇게 동일한 경우를 당한 배 안은 도리어 동병상련 사해일실의 자애가 넘쳐 흐르는 것 같다. 이해의 충돌, 빈부의 차별, 계급의 투쟁, 오뇌, 동경, 저주의 세계에서 벗어난 이 날 밤. 그야말로 나의 반생을 처음 느낀 찰나!)"[33] 이것이 울릉도행 필자의 하룻밤이다. 국토의 일부를 의인화하여 설정한 애련관계는 구인모(2004)에서 밝힌 바와 같이 문화 조사가 국토 순례기로 변화할 가능성을 암시하는 셈이다.[34]

---

33) 李乙(1923), 「東海의 一點碧인 鬱陵島를 찻고서」, 『개벽』 제41호(1923.11), 개벽사.

5. 국토 밖의 세계

5.1. 『동아일보』의 해외 기행문

기행 체험이 시대 상황과 무관하지 않음은 1920년대 전반기 해외 기행이나 유학생들의 담론에서도 확인할 수 있다. 이 시기 해외 기행 가운데 주목할 것은 1920년대 '만주' 및 '중국' 관련 기행문이 다수 출현한다는 사실이다. 만선사관[35]의 영향을 받은 일본의 지식인들과 부일 협력자 또는 친일 조선 지식인들 가운데 일부는 '만주'와 '조선'의 지리·역사에 대해 많은 관심을 가졌다. 이러한 배경에서 1920년대 전반기 『동아일보』에도 만주와 중국 관련 기행문이나 유학 담론이 다양하게 실렸다. 다음과 같은 글이 대표적이다.

【1920년대 전반기 『동아일보』의 만주·중국 담론】

시작일	종료일	문종	제목	내용	필자	횟수
1920.04.19	1920.07.03	기행	상해잡신	중국의 문화운동, 사회운동, 배일운동, 구국운동 소개	주요한	10
1920.06.23	1920.07.09	기행	만주 가는 길에	6월 17일 경성에서 진남포까지 가는 과정	공민	12
1920.07.11	1920.07.13	기행	중국 여행기		권태용	3

---

34) 이러한 가능성은 『동아일보』 소재 기행문에서도 빈번히 나타나는데, 예를 들어 1921년 10월 3일부터 10월 8일까지 연재된 권덕규의 '白頭山記行이 긋나고 納涼會를 맞추임'에서는 백두산을 '그분'으로 표현하고 있다. 1921년 8월 7일 조직된 백두산 탐험단은 함경남도 도청과 동아일보사가 주관하였는데 동아일보사에서는 민태원을 특파원으로 보냈다. 이 답사를 바탕으로 민태원은 8월 21일부터 9월 8일까지 '백두산행'을 연재했는데, 권덕규와 민태원의 기행문은 국토 순례기의 성격을 띤 기행문의 일종으로 볼 수 있다.

35) 만주와 중국에 대한 관심은 1910년대 중반기 본격화된 일제 식민 관학자들의 '만선사관(滿鮮史觀)'의 영향으로 보인다. 만선사관은 조선을 강점한 일본이 조선의 역사를 만주의 부속품으로 간주하거나, 조선을 지배한 일본이 만주를 지배하는 것은 당연한 것이라는 역사 논리를 의미한다. 이러한 논리는 1915년 이후 『매일신보』의 '사설'에 비교적 자주 등장한다.

시작일	종료일	문종	제목	내용	필자	횟수
1921.05.06	1920.07.16	기행	길림에서 북경에		이수형	54
1922.04.21	1922.04.23	기행	북경 기행	세계 기독교 학생 동맹 참관기	여운홍	3
1922.06.06	1922.06.13	편지	북경에서-중국 유학 안내	중국 유학 안내	양해청	8
1923.06.10	1923.08.05	기행	중국행	한양아 잘 잇거라, 계속되는 양류촌, 암중에 어린 동모, 황궁은 연작의 소, 저주할 라마교 등	유광열	4
1923.07.22		기타	임성 토비 탐험기: 모국 관계설과 비도의 내정	중국 내의 비적 토벌 탐험기	여운형	1
1923.10.03		기사	자신귀의 모여드는 마굴 탐방기	덥업고 충충한 중국인 시가에 유령가치 모여드는 아편장이		1
1924.04.21	1924.05.26	기행	중북 불교의 영지 오대산의 탐승	월요판에 연재	이수형	6

표 가운데 주요한의 '상해잡신'이나 양해청의 '중국 유학 안내'는 기행문은 아니지만 이 시기 지식인들에게 중국이 어떤 의미를 갖고 있었는지를 보여준다. 상해잡신은 중국의 5·4 운동을 비롯한 문화 운동 소개에 역점을 두고 있으며, '북경에서-중국 유학 안내'는 필자가 K형에게 보내는 편지 형식의 유학 안내문이다.

【1920년대 중국의 의미】

ㄱ. 記者는 前稿에 五一, 五四, 五五, 五七, 五九의 五個句를 連記하얏소. 이 다섯 가지 記念日 中에 中國의 <u>新文化 運動, 社會運動, 排日運動, 救國運動</u>이 다 包含되엇스니 이것이 <u>靑年 中國</u>의 表象이라 하여도 無妨하다 하오. (…下略…)

—송아, '상해잡신', 『동아일보』, 1920.5.26.

ㄴ. (…前略…) 그러면 엇더케 하여야 이 問題를 解決할 수 잇슬가요? 勿論

홀륭한 學校를 만히 設立하는 것이 第一 完全하고 第一 偉大한 方針이 겟고 講習所라던지 夜學갓흔 것을 만히 만드는 것도 臨時的 必要 手段이겟사오나 萬一 適當한 곳이 잇다 하면 外國 留學도 亦 그 一策이라 하나이다. 여긔에 中國 留學 問題가 自然히 생겨날 줄 아노니 大槪 米國 留學, 獨逸 留學, 英國 留學, 法國 留學 이 모든 것이 우리에게 不必要한 것은 아나나 우리의 現在 事情으로는 암만하야도 이것이 普遍的으로 되기는 어려울 뿐 아니라 또 <u>東洋에서 普通 知識을 엇지 못하고 西洋에 留學하는 것이 眞正한 效果를 잇슬는지는 疑問이라고 할 수밧게 업슨 즉 우리는 不可不 日本 留學과 中國 留學에 對하야 硏究하지 안을 수</u> 업슬가 하나이다.

　K兄! 그뿐 아니라 日本에 엇더한 學校가 잇고 費用이 얼마나 든다든지 쏘는 그의 學制가 엇더하다는 것은 우리 同胞 中에 임의 아는 이가 만흔즉 그의 方針을 定함에는 別問題가 업슬 것 가트나 中國 留學을 希望하는 이에게는 이것이 큰 問題인 것 갓슴니다. (…下略…)
　　─양해청, '북경에서: 중국유학안내'(一), 『동아일보』, 1922.6.5.

　이 가운데 ㄱ은 기자였던 주요한이 중국의 문화 운동을 소개하는 글의 일부이다. 중국을 '청년 중국'으로 표현하였으며, 그 이유가 중국의 문화 운동이 '신문화 운동, 사회 운동, 배일 운동, 구국 운동'의 성격을 띠고 있다는 점에서 비롯되었다. ㄴ은 조선의 문제를 해결하기 위한 방편으로 유학의 필요성을 제기하고, 그 대상지로 서양이 아닌 '일본'과 '중국'을 거론하고 있는 글이다. 이처럼 1920년대 전반기 중국 관련 담론은 '우리의 인접 국가로 우리와 소통해야 할 지역'이라는 전제를 갖고 있었다. 인접 국가로서 만주와 중국의 의미는 공민의 '만주 가는 길에'나 이수형의 '길림에서 북경에', 유광열의 '중국행' 등에도 반영된다. 이들 기행문에는 재만 동포의 삶이나 흑룡강 및 사할린 이주민의 삶이 그려져 있으며, 일부 작품에는 중국의 명승·고적, 전설 등도 다채

롭게 기록되어 있다. 또한 ㄴ에 언급된 바와 같이 독일, 미국, 일본 등지의 유학 관련 담론이나 기행문도 다수 출현하였다. 대표적인 독일 유학기로는 김준연의 '백림에서', '라인 강반에서', '독일 가는 길에'가 있고, 미국 유학기로는 장덕수의 '미국 와서', 최영욱의 '미국 오시는 여러 형님게'가 있다. 이러한 유학기의 주요 내용은 유학 가는 길의 체험, 유학 생활의 어려움, 유학 생활에 필요한 지식 등이었다.

이처럼 해외 기행과 유학 담론의 변화에서 주목되는 것은 당시의 여행 문화의 실상들이다. 예를 들어 '태평양 건느는 길'의 부산역과 연락선 탑승전의 장면을 살펴보자.

【태평양 건느는 길＝인천(仁川)에서 동경(東京)까지】

(…前略…) 下午 七時 頃이 되야 불 만혼 釜山 停車場에 만혼 乘客을 숨차 허덕이는 汽車는 吐하얏다. 제각기 자리를 占領하고저 야단스럽게 連絡船을 향하야 다라낫다. 一行도 그런 慾心이 업지 아니하야 다름질하얏다. 끄친 줄 알엇든 비는 아직도 보슬보슬 나렷다. 連絡船 오르는 다리에는 아마 世界에 獨特한 所謂 旅行 證明書라는 것을 調査하는 二三의 싹금 나리가 눈을 번개갓치 휘둘느면서 或 朝鮮人을 놋치지 아니할까 하야 도릿도릿 서 잇섯다. 사람들은 서로 째밀고 야단하는 판에 우리도 끼여서 生存競爭을 試하야 보앗다. 내가 旅行券을 내여 보이매 싹금 나리 치고는 덜 싹금거리는 朝鮮 巡査(이의 職分은 證明書에 圖章 찍는 일)가 이것은 어데 가는 것이냐고 뭇는다. 米國 가는 것이라 對答하매 그는 놀내는 듯이 어서 그냥 드러가라 한다. (…中略…) 부끄럼도 업고 禮도 도라보지 안는 日本 船客들은 오직 훈도시 하나만 차고 십벌건 살을 드러내놋코 누엇다. 엽헤는 女人들이 쏘한 그런 모양으로 누어 잇다. 連絡船 구경이 이번이 처음은 아니되 이 光景이 몹시도 눈에 씌워 견딜 수 업섯다. (…下略…)

—珊瑚聲, '太平洋 건느는 길'(六), 『동아일보』, 1921.9.28.

이 글에는 필자가 부산에서 일본으로 가는 연락선을 타는 장면과 배 안의 모습이 그려져 있다. 당시 여행증명서 검사 제도[36]와 조선인 차별, 조선인 순사의 별명(짝금) 등이 사실적으로 그려져 있다.[37] 이처럼 1920년대의 기행문은 시대의 창이자 사회의 통로로서 사실을 재현하는 보편적 장르의 하나가 되었다. 더욱이 기행문의 사실적 문체는 미문 중심의 글쓰기에서 현장감 있는 표현 양식의 발전을 촉진하는 역할을 담당했던 것으로 볼 수 있다.

5.2. 『개벽』 소재 국토 밖의 세계

『개벽』 소재 기행문 가운데 일본, 상해, 만주, 러시아 등의 인접 국가를 배경으로 한 것들도 다수 발견된다. 일본과 상해는 근대 계몽기 이후로 빈번히 등장하는 여행지이다. 일본은 1897년 이후 본격화된 관비 유학생들이 빈번히 왕래하던 지역이었고,[38] 상해는 서구와 일본 지식이 국내로 들어오는 경유지였던 까닭이다. 일본과 관련된 기행문은 박춘파의 '玄海의 西로, 玄海의 東에(日記中)'(제8호, 1921.2), 성관호의 '나의 본 일본 서울'(제13호, 1921.6)이 있으며, 상해는 금성의 '上海의 녀름'(제38호, 1923.8)이 있다. 이밖에도 대만 토인들의 삶을 소개한 박윤원의 '臺遊雜感'(1921.3), 중국 항주의 생활상을 기록한 동곡의 '杭州 西湖에

---

36) 일제는 1920년 8월부터 조선 독립소요를 막는다는 이유로 '조선인 여행증명령'을 발포했다.

37) 식민 시대 선박이나 철도 이용, 여행 등에 대한 통제는 1910년대에도 존재했다. 조성운 (2011: 47)에 서술한 일본 육군성의 '만한지방 수학여행'의 규정이나 각종 시찰단의 규정, 1911년 7월 20일에 시행된 '숙박규칙' 등은 행정 편의를 위한 것이든 아니면 식민 통치를 위한 것이든 이 시기 존재하는 규제의 하나로 볼 수 있다. 이러한 규제는 선박 승선도 마찬가지로 존재했다. 그러나 1925년 1월 공포된 치안유지법은 단순한 규제를 의미하는 것이 아니라 사상에 대한 전면적인 통제를 의미하며, 이에 따라 문화 운동이나 계몽 운동도 계몽성보다는 오락성을 강조하거나 총독부에서 허용하는 범위 내의 농촌 운동 또는 민족 운동으로 변질되는 경향이 강했다.

38) 재일 유학생에 대한 연구는 김기주(1991)의 학위논문을 참고할 수 있다.

서'(제29호, 1923.9)도 중국을 배경으로 한 기행문이다.

박춘파의 일본 기행문은 '동도(東渡)의 동기', '경성에서 부산', '부산에서 시모노세키(下關)', '시모노세키에서 오카야마(岡山)', '오카야마에서 도쿄'로 가는 여정을 그린 기행문이다. "우리 朝鮮 靑年으로서 아니朝鮮을 爲하야 일軍이 되겠다는 우리로서 누가 實力主義를 가지지 아니하며 實力主義를 가지겠다는 우리로서 누가 남만큼 알아야 되겠다 함을 말지 아니하며 남만큼 알고야 되겠다는 우리로서 누가 배우지 아니하려 하며 나아가지 아니하려 할가. (…중략…) 朝鮮 靑年으로서 朝鮮을爲하야 休戚을 한께 할 일軍의 하나이라 不知하고는 그 責任을 勘當치 못하겠스며 남만 못하고는 朝鮮은 그만두고 一身을 장찻 安保키 難한지라 玆에 意를 決하야 學에 志하얏스며 裝을 束하야 海를 渡하게 되도다."39)라고 하였듯이, 조선 청년으로서 실력 배양의 책임을 완수하겠다는 계몽자의 입장으로 일본행을 택하고 있음을 알 수 있다. 현해를 건너 시모노세키와 오카야마에서 본 일본의 모습을 경이롭게 그리고 있는 점은, 1917년 '도쿄(東京)에서 경성(京城)'으로 귀국한 이광수40)가 일본으로 다시 떠나는 장면 정도로 국내와 일본에 대한 정서가 유사하다. 그럼에도 박춘파의 기행문은 철저한 '계몽자'를 자임한다는 점에서는 다소 차이가 있다.

【동경(京城)에서 부산(釜山)】

(…전략…) 事實이 그러할 듯하다. 그러나 釜山의 兄弟들아 旣爲釜山이朝鮮의 釜山일진대 期於히 奮鬪하야 今日의 境遇에서 超脫하야 <u>우리 사람</u>

---

39) 박춘파(1921), 「玄海의 西로, 玄海의 東에(日記中)」, 『개벽』 제8호(1921.2), 개벽사.

40) 이광수(1917), 「東京에서 京城으로」, 『청춘』 제9호(1917.7), 신문관. 이 기행문은 이광수가 동생에게 쓴 편지 형식의 글이다. 제1신부터 제9신까지는 도쿄에서 시모노세키까지 오는 길이며, 제10신과 제11신은 관부연락선을 타고 부산을 거쳐 경성으로 돌아오는 길이다. 이광수의 일본 여행은 아름다운 경치와 발전된 산업에 대한 경탄으로 채워져 있으나 부산 도착 이후의 모습은 암울하게 다가오는 조선의 현실이 주를 이루고 있다.

<u>사는 釜山답게 맨들어 보라. 釜山-하면 朝鮮 屈指의 大都會요, 또 關門인데</u>
朝鮮人 教育機關이라고는 겨우 普通學校 一個所뿐이라 하니 此에서 더한
羞恥가 어대 또 잇스랴. 그리하고도 남과 가티 살 수 잇슬가. 나는 實로
釜山게신 兄弟들을 爲하야 一掬의 淚를 뿌리지 못하얏노라! 아 釜山게신
兄弟시어. 한번 써 구든 힘을 쓰자.

도쿄에 도착한 춘파는 "東京이 東京이겟지 얼마나 자랑할라고 한 것
이 實로 想像밧기다. 그들이 東京으로써 자랑함도 거짓이 아니다."41)라
고 감탄한다. 춘파는 '日本 東京에 留學하는 우리 兄弟의 現況을 들어
써'(제9호, 1921.3)에서 다음과 같이 말한다.

【일본 동경(日本東京)에 유학(留學)하는 우리 형제(兄弟)의 현황(現況)을 들어써】
如干 人物로는 苦學에 生心도 못할 줄 압니다. 말은 쉽지마는 實際야 어대
그럿습니가. 아무러나 만히 오셧스면 朝鮮을 爲하야 幸이겟습니다. 不徹
底하나마 아즉 본 것이 이것뿐입니다. 그나마 或-參與가 되실는지요. 그
윽히 本國 兄弟의 多幸을 祝하며 學할 만한 兄弟ㅣ 게시거던 速速히 玄海를
건너시라고 願합니다. 그래도 東洋文明의 中心이라는 곳이 이곳이 아니오
이까.

이렇게 말하는 춘파가 일본에서 본 것은 고학생들의 유학생활이었
다. "學生服을 벗어노코 配達夫服을 입고 방을 차고 新聞을 엽헤 씨고
이 집 저 집의 門間을 向할 째, 그들의 心思 그 어써하겟습니까? 人力車
씨는 이도 그러하겟지만 會社의 職工 그가 더욱 不平이라 합니다. 民族
別 잘하는 그들의 天地에 異國의 標를 부티고 들어서니 賃金은 얼마나
주며 同情은 얼마나 하겟습니까. '죠센진' 소리를 意味 깁게 바다 느끼

---

41) 박춘파(1921), 「玄海의 西로, 玄海의 東에(日記中)」, 『개벽』 제8호(1921.2), 개벽사.

며…"42)라는 서술은 피상적으로 관찰한 것이지만, 이 시기 재일 유학생들의 생활이 어떠했는지를 나타내 준다.

이처럼 춘파의 일본 견문은 이상적·계몽적이면서도 현실을 감각하는 이중성이 드러난다. 이 경향은 상해나 중국을 대상으로 한 견문도 비슷하다. 금성의 '上海의 녀름'(제38호, 1923.8)은 1920년대 전반기 지식인들이 체험한 상해의 일면을 보여준다.

【상해(上海)의 녀름】

(…전략…) 형형색색의 다른 나라에서 온 사람 쩨들은 다 제각긔 제 생각대로 이 밤을 지새우려 한다. 會館 현관 우헤는 世界各國旗가 바람에 펄럭거리면서 즐김, 원망, 싀긔, 탐욕, 동정 등의 눈으로 그 아레를 방황하는 군중을 나려다보고 잇다. 가는 곳마다 三色旗가 춤추고 잇다. "축복 바든 불란서 사람들아 마음썻 즐겨라." 하는 속삭이는 소리가 어대선가 울녀 온다. 새벽 긔운이 써돌건만 군중은 아직도 행락의 만족을 엇지 못햇나 부다.

이것이 七月 十四日 밤의 불란서 공원 안 일일다. <u>남의 쌍에 와서 無知한 土人들을 속히고 위협하야 一年내내 슬컷 쌔앗아다가 그들은 이날 하루에 질탕치듯 놀아본다.</u> 自由 平等 博愛를 말 놉히 부르면서 남을 착취한 돈으로 잘들 논다.

七月 七日과 七月 十四日은 上海 年中行事에서 쌔여낼 수 업는 귀중한 날이다. 더욱이 上海의 녀름을 말할 쌔 이 두 날을 말치 안흘 수 업다.

이 장면은 7월 14일 상해 불란서 공원에서 벌어지는 '프랑스 혁명 기념일 축제'의 일부분이다. 프랑스인의 불란서 공원과 영락된 독일 공원, 황포탄의 만국 공원에서 중국인의 삶과 대비되는 세계 각국인의

---

42) 박춘파(1921), 「日本 東京에 留學하는 우리 兄弟의 現況을 들어써」, 『개벽』 제9호(1921.3), 개벽사.

생활상을 바라보며, "上海의 녀름에는 現社會制度 아레 잇는 온 것에 세 不合理가 드러나 잇다. 上海의 녀름에는 다른 한 계급(多數의 人을 포함한)에게는 病死, 땀, 눈물, 코레라, 페스트, 不景氣를 가져오는 惡魔인 것을 가슴에 더 한번 색여볼 필요가 있는 것"[43]이라고 설득한다. '착취'의 구체성이나 민족 차별, 노동자의 삶에 대한 구체적인 장면은 등장하지 않는다. 이 또한 이상적 계몽주의와 현실 인식의 불일치를 보여주는 한계로 보인다. 그럼에도 만주 기행은 삶의 구체성을 보여준다는 점에서 진전된 면이 있다. 그 중의 하나로 ㅅㅅ生이라는 필명으로 발표된 '南滿을 다녀와서'를 들 수 있다.

【남만(南滿)을 다녀와서】

(…전략…) 一週日만에 우리는 다시 吉林城 안에 들어왓다. 路中에 散漫無聊한 苦惱는 南滿 同胞의 情景을 한번 回想하는 때에 씻은 듯이 업서젓다. 이것쌘은 大幸한 일이다. 그러나 事實은 나의 暫時的 苦惱가 長久한 苦惱에게 征服된 것에 不過하다. 나는 南滿地方에 漂流하는 우리 同胞를 爲하야 헤아릴 수 없는 눈물을 흘니엿스며, 엇든 때는 "이것이 다 우리 同胞람!"하고 차내버리고 십흔 때도 잇섯다. 그러나 나의 마음은 더욱더욱 悲傷하야진다. 나는 안다. 侵略的 資本主義의 迫害를 못 이기여 扶老携幼, 男負女戴하야 萬里 異域을 向하야 써나든 그들의 目的地가 여긔엿든 것을, 事實 그들의 豫想은 虛妄한 것이엿다. (…하략…)

이 기행은 앞의 관념적 이중성을 만주 유이민의 구체적인 삶으로 바꾸어 놓고 있다. 이것은 기행문이 갖고 있는 묘사적 정확성, 생동감을 통한 공감 형성 가능성을 고려한다면 춘파나 금성이 일본과 상해에서 보여준 '계급 이데올로기'의 설교보다 진전된 모습을 보인다. 이는 또

43) 금성(1923), 「上海의 녀름」, 『개벽』 제38호(1923.8), 개벽사.

다른 만주 기행인 박봄의 '國境을 넘어서서'(제49호, 1924.7)에서 아이들의 모습으로 나타난다. 그의 "아! 그러나 아 그러나 아즉 아모것도 업는 우리 社會에서는 거러지 제자루 씻는 셈으로 名譽니 權利니 무어니 하야 물 우의 거품 가튼 것을 서로 다토와 社會는 混沌化하고 희망의 싹은 자욱한 안개에 싸엿스니 아! 自然의 神이여! 運命의 神이여! 집업고 배곱혼 어린이 몸이 將次 어써케 되겟는가."[44]라는 결말은 유이민의 삶을 구체적으로 목도한 절규의 한 장면이다.

이처럼 국외 기행지의 담론은 근대 이후 형성된 계몽 이데올로기, 1920년대의 사회주의 사상, '신문지법' 하에서 발행된 『개벽』 잡지의 특성 등이 어우러져 관념적 계몽주의와 구체적 현실 묘사의 과도기적 성격을 띠고 있다.

또 하나의 유형으로 유럽 견문록이 있는데, 노정일의 '세계 일주'(제19~25호, 1922.1~7)와 박승철의 '독일 가는 길에'(제21~24호, 1922.3~7)는 유럽 견문록에 속한다.

'세계 일주'는 필자가 미국 유학 후 영국, 프랑스, 스위스 등의 여러 나라를 유람하고 돌아와 기록한 견문록으로, 제1장 '권두의 사' 제1절은 시 형식이나 제2장부터는 견문록이다. 제19호에는 총7장으로 구성된 전체 글의 목차가 제시되어 있는데, 필자[45]가 1914년 일본 에도(江戶)로 출학하여, 서양 선교사를 만나 미국 델라웨이에서 수학하고, 1918년 델라웨이를 떠나 뉴욕으로 가서 1919년 5월 콜럼비아 대학에서 학사 학위를 받은 뒤, 유니온 신학 대학에 입학하기까지의 장면까지가 연재되었다. 이 일주기는 유학생으로서의 도미(渡美) 과정, 유학생활,

---

44) 박봄(1924), 「國境을 넘어서서」, 『개벽』 제49호(1924.7), 개벽사.

45) 『동아일보』 1921년 5월 30일자 기사에서는 노정일이 구주 여행을 거쳐 돌아온 뒤 여자교육회 주최의 특별 강연을 맡을 예정임을 보도한 바 있으며, 6월 24일자 기사에서는 "多年 海外에 留學하여 文學士 神學士 哲學士의 學位를 取得하고 歐米 及 南洋群島와 猶太聖地를 遊歷하고 歸國"하였음을 밝힌 바 있다.

구미와 남양군도, 예루살렘 성지 순례 등의 순례기가 복합되어 있다. 이 기행문은 일본으로의 출학이나 도미 과정의 곤경은 이 시기 이전의 유학생 담론과 크게 달라 보이지 않으나, 고학생의 성공담이라는 개인적 체험을 중심으로 쓴 기행문이라는 점에서 이전의 유학 담론과는 다소 변화된 모습을 보인다.

박승철의 '독일 가는 길에'는 필자가 일본의 고베(神戶), 싱가포르(新嘉坡), 페낭(彼南), 마르세유(馬耳塞), 파리(巴里)를 거쳐 베를린(伯林)에 이르까지의 여정을 그려냈다. 이 견문기는 험난한 여정보다는 견문한 내용을 편지 형식의 사실적인 문체로 묘사한 점이 특징이다. 싱가포르로 가는 과정의 상해의 거리, 홍콩(香港)의 철도, 싱가포르에서 본 말레이 사람들, 페낭의 수원지(水源地), 콜롬보(古倫母)의 불교, 지중해의 모습, 파리의 자동차와 도로, 박물관과 위인관 등이 사실적으로 소개되어 있다. 이는 방문 목적46)이 유학이나 순례 등과 같이 특수한 목적을 갖고 있지 않았기 때문으로 보이는데, 이는 계몽 지향적인 세계 일주기가 개인적 차원의 여행 목적으로 다양화되는 과정의 하나로 보인다.

6. 1920년대 전반기 기행문의 의미

기행 체험의 사실적 재현이라는 차원에서 1920년대 기행문은 보편적 글쓰기의 한 양식으로 변화해 갔다는 데 큰 의미가 있다. 이러한 변화는 1908년 『소년』 창간 이후로 본격화되었다고 볼 수 있는데, 1920

---

46) 이 글의 필자가 독일을 방문한 목적이 무엇이었는지는 명확하지 않다. 다만 『개벽』 제23호(1923.6)의 기자가 쓴 '伯林에서'라는 쪽지 글에 "朴氏가 伯林에 倒着하야 먼저 葉書로써 本社의 K君에게 부텨 보낸 私簡의 麟載"라는 설명이 부가되어 있는데, 글 내용은 독일 여러 지역의 유학생 실태와 관련된 것이다. 필자는 1924년 2월까지 스위스, 벨기에, 네덜란드 등의 북유럽 여러 국가를 차례로 순회하며 견문기를 보내왔는데, 이로 보면 독일 방문 목적도 세계 일주에 있었을 것으로 보인다.

년대 전반기의 경우 기행문은 체험의 사실적 재현이라는 차원에서 사실성과 비판 의식이 내재된 경우가 많이 발견된다. 이러한 경향은『동아일보』에서 두드러진다.

또 하나 중요한 특징은 역사적 자의식과 국토 의식의 성장이 두드러졌다는 점이다. 특히『동아일보』에 등장하는 백두산은 민족 정체성의 상징화 과정에서 의미 있는 작업이 이루어졌으며, 그 과정에서 국토애와 관련된 기행문이 산출되었다.『개벽』의 '조선 문화 조사' 사업이나 '고적·명승 답사 기행'에서도 그 모습을 찾을 수 있는데, 다만 개벽사의 경우 '개조', '개혁', '신문화 운동'을 강하게 표방한 까닭에 민족적 상징화와 관련된 가치 있는 기행문이 나타나지는 못했다. 그럼에도 명승고적 답사기 가운데 묘향산과 울릉도에 대한 인식은 1920년대 후반기의 국토 기행의 선례가 될 수 있다. 그럼에도 춘파의 묘향산기는 민중의 삶이 드러나지 않는 한계를 지닌다. 이에 비해 이을의 '울릉도'는 울릉도를 의인화하여 일체감을 형성하고자 하는 표현을 사용함으로써 국토 순례기로 변화할 가능성을 보여준다.

이와 함께『동아일보』,『개벽』모두 국토 밖의 세계로 '독일', '미국', '중국'을 대상으로 한 유학 담론과 유학생기를 수록하였다. 이러한 해외 기행 자료에서는 당시의 생활상을 그대로 읽어낼 수 있는데, 이처럼 기행 자료를 통해 시대상을 독해할 수 있다는 사실은 기행문이 글쓰기나 문학 연구뿐만 아니라 생활사를 규명하는 데도 귀중한 자료가 될 수 있음을 의미한다.

제6장 식민 시대 역사·사회의식의 가능성·한계

: 국토 순례와 백두산 상징을 중심으로

1. 민족 정체성과 기행문

1.1. 민족에 대한 자각

대중문화와 일상성에서 민족 정체성 형성 과정을 논의하고자 했던 팀 에덴서는 '민족의 지리적 경관'을 논의하는 자리에서 "공간과 민족 정체성의 관계는 변화무쌍하고 규모도 다양할 뿐 아니라 여러 경계들과 상징 영역, 장소, 배열, 통로, 거주지역, 일상적인 시설물들로 이루어지는 복잡한 지리를 만들어 내기도 했다."[1]라고 진술하였다. 현대적 관점에서 민족 만들기는 그 민족의 고유성을 상징하는 지리적 공간에 다양한 시설물을 만드는 데 익숙하다. 그러나 일제 강점기 국가와 민족

---

1) 팀 에덴서, 박성일 옮김(2008), 『대중문화와 일상, 그리고 민족 정체성』, 이후출판사(제2부 민족의 지리적 경관, 99쪽).

이 이원화된 상황에서 타자에 의한 불법 지배를 수용해야 하는 피지배 민족에게는 장엄한 경관이나 명승지에 고유성을 상징하는 물질적 상징물을 만드는 일을 행하기는 어렵다.

일제 강점기 기행 담론에서 우리의 강토, 곧 국토[2] 기행은 외형적 상징물을 '만드는' 작업이 아니라 국토에서 민족 고유의 성질을 '발견' 하거나, 또는 국토에 이러한 성질을 '부여'하는 작업의 하나로 간주되었다.

'발견'은 사전적 의미 그대로 존재하는 대상 또는 성질을 찾아내는 일이다. 1920년대 초 개벽사의 '조선 문화 조사'나 1925년 동아일보사의 '조선 사정 조사 위원회' 구성 등은 정치, 경제, 종교, 사상 등의 여러 가지 목적에서 이루어진 것이지만, 그 속에서 우리 민족의 삶의 모습이나 의식이 자연스럽게 드러날 수 있다. 물론 이러한 조사 활동은 근본적으로 '개조'와 '혁신'이라는 문명·진보 담론 아래 진행된 것이어서, 다분히 비관적이고 자학적인 성격을 띨 경우도 있다. 그럼에도 과거로부터 이어온 민족 고유의 삶과 문화에 대한 관심이 높아지면서 '민족 정체성 발견' 작업도 나름대로 성과를 축적해 갈 수 있었다.

고유성과 정체성을 발견하는 일차적 공간은 민중의 삶의 터전인 향리(鄕里), 곧 시골이다. 팀 에덴서의 서술에서도 확인되듯이, 민족이라

---

2) 1920년대 민족 고유의 영토를 순례한 다수의 기행문을 지칭할 때 흔히 '국토 순례'라는 표현을 사용한다. 여기에 쓰인 '국토'는 '국가학'의 차원에서 부적합한 용어처럼 보일 수도 있다. 국토는 국가의 영토를 전제한 개념이어서 국권 상실기 우리의 국토라는 용어가 당시 현실을 반영하지 못한 용어로 볼 수도 있기 때문이다. 일제 강점기에는 일본 제국주의의 식민 침탈 이후 일본을 가리키는 용어로 '내지(內地)'라는 표현을 사용한 데 비해 식민 지배를 받는 우리 민족을 '조선'이라 부르고, '내지: 반도', '내지인: 조선인' 등의 대립적인 표현을 빈번히 사용하였다. 이때 등장한 '반도'는 조선 고유의 영토를 지칭하는 용어인데, 이 용어에는 다분히 피지배인에 대한 경멸적 의미를 띨 경우가 많다. 식민 제국주의 시대 타자에 의해 불법적인 지배를 받는 민족의 고유 영토를 가리키는 적절한 용어를 찾기 어렵기 때문에 선행 연구에서도 일제 강점기 민족 고유 영토를 지칭할 때 '국토'라는 용어를 사용한 것으로 볼 수 있다. 이 글에서도 이 용어를 그대로 사용한다.

는 용어에서 떠올릴 수 있는 공간은 시골이지 도시가 아니다. 더욱이 식민 지배를 목적으로 만든 '대도시' 또는 '신도시'는 그 자체가 피지배 민족을 위압할 수 있으나, 그것이 민족 정체성과 연상될 단서는 조금도 없다. 이 점에서 일제 강점기 각 지역을 기행하며, 새로 조성된 도시의 모습을 경탄하고 개조를 부르짖는 1910년대의 기행문과, 고유성의 발견 또는 민중적인 삶과의 공감을 드러내는 1920년대 이후의 국토 문화 기행은 구별될 필요가 있다.

구인모(2004)에서는 1920~30년대 순례 의식을 바탕으로 한 기행문을 '국토기행문'이라고 명명하였다. 학문적으로 볼 때 이 용어의 적합성은 논란이 될 수 있지만, 적어도 문화운동의 연장선에서 이루어진 국토 순례 기행문이 관광 담론이나 산수 기행과는 다른 차원에서 산출된 기행문임을 부정하는 연구자는 없다. 구인모(2004)에서도 '산수기', '산수 유기' 등의 이름으로 남겨진 산수기행문과 달리 국토기행문은 이 시기 '문화운동'과 밀접한 관련이 있음을 전제한다.

여기서 주목할 점이 이 시기의 문화운동이다. 엄밀히 말하면 1920년대 문화운동은 '개조' 운동의 성격을 띤다. 이 개조 운동은『동아일보』의 창간 정신[3]이나『개벽』의 창간 정신인 '개조', '혁신'은 모두 조선의 현실을 비판하고, 진화론적 차원에서 조선 문명의 진보를 추구한다는 이데올로기를 천명하였다. 그런데 '개조' 중심의 조선 문화론은 과거의 역사나 현실을 부정적으로 인식하고 이를 개혁해야 한다는 논리를 전제한다. 특히 1920년대 민족이 처했던 현실과 역사에 대한 부정적 인식 하에서 민족 정체성을 발견하는 일은 쉽지 않은데, 다음 논설도 이를 반영한다.

---

3) 『동아일보』, 1920.4.1. '主旨를 宣明하노라'에서 밝힌 창간 취지는 '조선 민중의 표현 기관 자임', '민주주의지지', '문화주의 제창' 세 가지이다.

【민족적 해체(民族的 解體)의 위기(危機): 조선 민족(朝鮮民族)은 맹성(猛省)하라】

經濟는 恐慌의 極에 達하엿고 米價는 暴落하엿고 商人의 去來는 杜絶되고 農民의 困窮은 極度를 넘엇고 모든 <u>社會的, 文化的, 民族的 運動은 休息狀態에 싸젓다.</u> 죽엇다. 다 죽엇다. 이것이 近來에 사람들이 모히면 하는 하소연이다. "世上이 어쩌케 되랴는고?" 싀골 老農들도 知識階級의 人士를 對할 째마다 무슨 新消息을 苦待하는 듯한 가업는 表情으로 뭇는다. 질기던 가난도 이제는 씬이 씬허진 것이다.

一般 人民뿐 아니다. 或은 <u>文筆에 或은 敎育에 或은 社會 運動에 從事하는 知識階級의 人士들도 이제는 絶望的 語調로 "어쩔 수 업다."고 斷言해 버리는 이가 多數하게 되엇다.</u> 그래서 只今 朝鮮의 思想界, 文化業界는 深秋의 空山과 가치 蕭條하고 落寞하게 되어 거의 一點의 活氣를 차즐 수가 업게 되엇다. (…中略…) <u>모든 朝鮮의 志士와 民衆에게는 只今 絶大한 義務가 노혀 잇다.</u> 愕然히 <u>反省하야 우리가 엇더한 大危機에 處한 것을 自覺하고 奮然히 일어나 엇지하면 이 危機를 脫出할가를 考究해야 할 것이다.</u> (…下略…)

—『동아일보』 1923.10.27, 논설.

번역　경제가 공황의 극에 달했고, 쌀값은 폭락했고 상인의 거래는 두절되고, 농민의 곤궁이 극도를 넘었고, 모든 사회적·문화적·민족적 운동은 휴식 상태에 빠졌다. 죽었다. 다 죽었다. 이것이 근래 사람들이 모이면 하는 하소연이다. "세상이 어떻게 되려는가." 시골 노농들도, 지식계급의 인사들 대할 때마다 무슨 새로운 소식을 고대하는 듯한 가엾은 표정으로 묻는다. 질기던 가난도 이제는 끈이 끊어진 것이다.

일반 인민뿐만 아니다. 혹은 문필에, 혹은 교육에, 혹은 사회 운동에 종사하는 지식계급의 인사들도 이제는 절망적 어조로 "어쩔 수 없다."라고 단언해 버리는 이가 허다하게 되었다. 그래서 지금 조선의 사상계, 문화업계는 깊은 가을의 빈

산과 같이 조용하고 낙막하여 거의 한 점 활기를 찾을 수 없게 되었다. (…중략…) 모든 조선의 인사와 민중에게는 지금 절대한 의무가 놓여 있다. 악연히 반성하여 우리가 어떤 큰 위기에 처했는지 자각하고 분연히 일어나 어떻게 하면 이 위기를 탈출할 것인가를 고찰 연구해야 할 것이다.

제목에서 '민족적 해체의 위기'라는 표현을 사용한 것처럼 1920년대 민족 운동이 위기를 맞이하여, 민족의 해체에 이를 정도였음을 논의한 이 논설은 이 시기 민족 정체성의 문제가 심각했음을 보여준다. 짧은 논설에서 무엇을 민족 해체(곧 일제에의 동화)의 근거로 보고 있는지 드러나지는 않았지만, '사회적, 문화적, 민족적 운동'으로 지칭되는 대부분의 현상이 민족 차원에서 위기를 맞이했음을 짐작할 수 있다.[4]

이러한 상황에서 조선적인 것, 민족의 고유성을 드러내는 것을 찾는 문제는 애국계몽기의 민족 담론을 이어온 지식인들의 사명으로 간주되었다. 앞의 논설에서 '조선의 지사와 민중'에게 놓여 있는 '의무'로 '반성', '자각', '분발'이 제시되었는데, 여기서 주목할 점 가운데 하나가 '자각'이다.

민족의식의 자각은 여러 가지 분야에서 다양한 방식으로 전개될 수 있다. 가장 대표적인 분야는 민족을 구성하는 언어와 역사, 문화 등으로 언어(근대 계몽기 국어와 국문, 일제 강점기 조선어)에서의 민족의식 찾기는 근대 계몽기 이후 일제 강점기까지 '한글 통일과 보급 운동'으로 이어졌고, 역사 분야에서도 근대 계몽기 박은식, 신채호 등이 '국수(國粹)' 찾기 논의로부터 일제 강점기 조선의 역사를 찾고자 하는 노력으로

---

4) 이 논설 다음날인 1923.4.28일자 논설에서는 '민족애'라는 제목 아래 "人類愛는 民族愛에 始한다."는 논설이 실려 있다. 동경 대지진 사건 이후 조선에서 '세계애'를 근거로 경무국과 일부 지식인 사이에 '민족'을 버려야 한다는 주장이 있었기 때문에 이 논설이 쓰였음을 확인할 수 있는데, 엄밀히 말하면 '세계화' 논리의 근원은 강제 병합 직후 일제의 병합이 동양 대국을 건설함으로써 조선이 세계 문명의 하나로 대접받을 수 있다는 논리로부터 시작되었다고 할 수 있다.

이어졌다.5) 그러나 무단통치 하의 광범위한 일본어 보급 정책이나 식민사학의 발달 상황에서 1920년대 민족적인 것을 찾는 일은 쉬운 일이 아니었다. 비록 1920년대 후반 '조선적인 것'을 찾고자 하는 노력이나 1930년대 '조선학'의 수립을 주장하는 다수의 논문이 나오기도 하였지만, 이러한 노력도 경성제국대학 설립 이후 제도화된 조선학의 영향 아래 제한적으로 이루어진 것이 많았다.6) 이 흐름에서 '조선의 혼'을 찾을 수 있는 주요 대상의 하나가 '문화'를 표방한 삶의 터전이었다. 앞에서 살펴본 개벽사의 '조선 문화 조사'나 동아일보사의 '문화 운동'이 이를 대변한다.

민족과 문화의 관계는 '문화 민족'이라는 표현에서 확인할 수 있듯이, 민족 정체성 확립에서 중요한 의미를 갖는다. 민족주의 출현 과정을 소개한 이상신(1999)에서는 헤이스, 콘, 쉬더의 학설을 근거로 민족주의의 유형을 설명하고 있는데, 이에 따르면 헤이스(1931)7)는 "민족주의가 인도적, 자코뱅적, 전통적, 자유적, 통합적 양식으로 출현했다."라고 하며, 콘(1944)8)에서는 민족주의 운동을 "서유럽의 주관적, 정치적 민족주의와 동유럽의 객관적, 문화적 민족주의라는 두 개의 근본 유형"으로 분류했다고 한다. 쉬더(1996)의 경우는 민족주의의 세 단계를 제시한 것으로 알려져 있는데, "국가에 대한 국민의 주관적 신조가 민족성의 특징으로 된 경우(영국, 프랑스), 기존하는 민족국가가 없기 때문에 언어와 문화의 역할을 통해 통일을 이룩한 경우(독일, 이탈리아), 민족운동이 기존 정치 질서를 반대하는 운동으로 나타나는 경우(합스부르크,

---

5) 민족어의 발전 과정이나 역사 연구는 이 글에서 논의할 대상이 아니므로, 이에 대한 자세한 논의는 피하기로 한다.

6) 일제 강점기 경성제국대학을 중심으로 한 제도화된 조선학 연구 경향에 대해서는 신주백(2014)를 참고할 수 있다.

7) Carlton J. H. Hayes(1931), *The Historical Evoution of Modern Nationalism*. 이상신(1999: 16)에서 재인용.

8) Hans Kohn(1944), *The Idea of Nationalism*. 이상신(1999: 16)에서 재인용.

오스만 터키, 러시아)"가 그것이다. 이와 같이 어떠한 유형 분류이든 '민족'과 '문화'가 밀접한 관련을 맺고 있다는 점은 민족주의 연구의 공통된 경향임을 확인할 수 있는데, 식민 제국주의의 지배를 받고 있는 피지배 민족의 경우 국가 상실 상태에서 문화를 통한 민족 정체성 확립을 시도하고자 하는 것은 자연스러운 현상이다. 이 흐름에서 1920년대 민족 해체의 위기에서 문화를 통한 정체성 찾기 운동이 갖는 성격을 이해할 수 있다.

1.2. 역사와 문화, 정체성 찾기

한국서양사학회 편(1999)에서 이광주는 앤더슨의 명제를 인용하여, "민족 공동체 내지 민족국라란 근대 내셔널리즘이 만들어 낸 상상의 공동체(imagined communities)"라고 규정하였다.9) 이는 근원적이고 고유한 민족 문화라는 것이 존재한다는 공동 환상 위에 '민족' 개념이 구축됨을 의미한다. 이는 민족 개념이 정치적이든, 사회적이든 만들어진 것이라는 의미를 내포하며, 민족 만들기의 주된 대상 가운데 하나가 이른바 '문화'임을 의미한다. 민족주의와 민족 정체성에 대한 저명한 이론가인 어니스트 겔너(Ernest Gellner), 에릭 홉스봄(Eric Hobsbawm), 베네딕트 엔더슨(Benedict Anderson), 안소니 스미스(Anthony Smith), 존 허친슨(John Huchinson)의 이론을 종합적으로 평론하고자 한 팀 에덴서(Tim Edensor, 2002)에서는 선행 연구자들이 "대중적이고 일상적인 문화적 표상은 배제한 채 고급문화, 공식문화, 전통문화에 관해 심각하게 왜곡된 설명을 하고 있으며, 문화를 움직임이 없는 것으로 개념화하고 있는 듯하다."라고 비평하면서 그의 논의를 시작하고 있다.10) 그의 말대로 겔너는 '민족

---

9) 이광주(1999), 「민족과 민족문화의 새로운 인식」, 『서양에서의 민족과 민족주의』, 까치.
10) 팀 에덴서(2002)는 박성일 옮김(2008), 『대중문화와 일상, 그리고 민족 정체성』(이후출판사)으로 번역되었다.

주의는 근대성의 기능이며 근대화의 과정'이라고 규정했지만, 다수의 하층 민중이 향유한 문화를 미개하고 열등한 것으로 보는 관점은 바뀌지 않았으며, 홉스봄이 주장한 전통 만들기도 의례적인 면에 치중된 느낌을 지울 수 없다. 앤더슨이 민족 정체성을 '상상의 공동체', 곧 의식의 문제로 규정한 것은 앞선 논의보다 진전된 면이 있으나 상상의 대상이나 범위가 어디까지인지는 모호하며, 스미스가 주장한 '민족적 영속성'도 문화가 뒤섞인 상황에서 그 효력을 발휘하기 힘든 면이 있다. 허친슨이 영속의 관점에서 역사를 중시한 것은 큰 의미를 가질 수 있으나, 이 또한 에덴서의 입장에서는 문화 영역을 축소한 것이라는 비판을 멈출 수 없다. 팀 에덴서의 관점에서 민족 정체성은 일상생활에 존재하는 삶의 양식, 곧 문화 영역의 산물이어야 한다. 그렇기 때문에 그는 빌리히 (Billig, A., 1995)의 『평범한 민족주의(Banal Nationalism)』를 신봉한다.11)

다수의 논자가 말한 것처럼, 민족 정체성은 그 자체로 존재하는 것이 아니라 발견되는 것, 만들어지는 것임에 틀림없다. 그러나 식민 통치 하에서 민족 만들기는 정치적인 억압뿐만 아니라 경제적, 사회적 현실을 고려하더라도 쉬운 일이 아니다. 이 점에서 1920년대 민족 정체성 논의의 출발점은 조선 민중의 삶과 그 삶에 내재된 근원적이고 고유한 의식을 찾는 일에 열중할 수밖에 없다. 그렇기 때문에 민족을 발견하고자 하는 계몽가들은 자연스럽게 '역사'에 관심을 돌리고, 종교나 문화에 관심을 기울인다.

역사에서 민족의식의 근원을 찾고자 하는 시도는 근대 계몽기 애국 계몽가들의 역사 연구에서 빈번히 찾아볼 수 있다. 그런데 일제 강점이라는 시대 상황에서 애국계몽가들이 더 이상 활동한 공간은 찾기 어렵다. 특히 역사학 본연의 차원에서 민족주의에 기반한 역사 연구를 진행하는 것은 식민화된 조선에서든 해외로 망명한 상태이든 그 자체가 가

---

11) Billig, A.(1995), *Banal Nationalism*, London: Stage.

능해 보이지 않는다. 이런 상황에서 역사는 추상적이고 관념적으로 만들어진(상상된, 또는 발견된) 고유성 문제로 귀결된다. 이런 의식은 다분히 당위적이고 때로는 신비적이기도 하다. 이러한 예의 하나가 최남선의 역사관이라고 할 수 있다. 다음을 살펴보자.

【조선역사 통속강화(朝鮮歷史通俗講話)】

ㄱ. 開題: 태극은 朝鮮에서 가장 神聖한 表號다. 아득한 넷적에 생겨서 오늘까지 왔고 또 언제까지든지 갈 것이다. 이 久遠한 紋章은 同時에 神秘의 庫藏이다. 우리 渺邈한 先祖의 意匠으로서 생겨난 唯一한 有形的 遺蹟이다. 이 한 표는 우리의 連綿性에 對하야 確實한 支柱요 우리의 發展性에 對하야 深厚한 根源인 것이다. 우리 悠久深遠한 心靈의 勞作과 博厚錯綜한 生活上 經驗이 完全히 — 그래, 完全히 이 簡單한 듯한 태극 속에 다 들어 잇다. 글씨 아닌 歷史다. 冊 아닌 經典이다. 그래서 우리 生命力의 活泉이다.

　　　　　—최남선, 「조선역사통속강화(1)」, 『동명』, 1922.9.14.

번역　개제: 태극은 조선에서 가장 신성한 표시 부호이다. 아득한 옛적에 생겨나서 오늘날까지 왔고, 언제든지 갈 것이다. 이 오랜 무늬 장식은 동시에 신비의 보물 창고이다. 우리의 묘막한 선조의 의장으로 생겨난 유일한 유형적 유적이다. 이 한 표시는 우리의 연면성에 대해 확실한 지주요, 우리의 발전성에 대해 심후한 근원인 것이다. 우리 유구심원한 심령적 노작과 박후착종한 생활상 경험이 완전히, 그래 완전히, 이 간단한 듯한 태극 속에 다 들어 있다. 글씨가 아닌 역사다. 책 아닌 경전이다. 그래서 우리 생명력의 활천이다.

ㄴ. 先史時代＝石器: 歷史는 變遷을 考究하는 學問이다. 變遷이라 함은 現在의 무슨 事物이 決코 原始로부터 現在의 狀態로 이러하든 것이 아니라 現在의 狀態를 니루기까지 無數한 階段과 許多한 轉化를 지낸 것이

라 함이다. 무슨 事物이든지 漸次로 背景을 뒤져보면(그 미틀 파보면) 現在의 狀態허고 백판 틀리는 한 原始狀態가 된다는 말이다. 개구리는 올창이ㅅ적이 잇고 올창이는 알ㅅ적이 잇고 번득이(번데기)는 누에ㅅ적이 잇고 누에는 알ㅅ적이 잇다는 셈이다. 朝鮮만 가지고 말할지라도 現在의 社會狀態를 니루기까지 過程과 또 그 構造의 材料는 진실로 複雜하고 層節 만흔 것이다. 변변치 아니한 것이라도 그 來歷을 캐어보면 文化 系統의 干涉과 種族 關係의 出入으로 世界大의 範圍를 가지는 것이 만타. 우리 朝鮮의 神聖한 表號 태극 가튼 것도 全人類의 全歷史를 가지고야 그 起源과 分布와 沿革과 意義를 說明하게 되는 一適例이다. 그러나 普通으로 歷史라 하는 것은 혼히 文籍의 載傳이 잇는 동안을 아란곳하고 멀리 올라 갈지라도 口碑傳說의 流來하는 期間이나 關繫하며 오로지 遺物 遺蹟만 가지고 人類의 過去를 觀察 硏究하는 것은 '考古學'에 讓與함이 常例다. 또 어써한 部分은 '人類學', '人種學', '土俗學', '宗敎學', '言語學', '金石學', '古泉學', '紋章學', '地質學', '地理學', '解剖學', '生物學' 等에게 分擔시키는 것도 만타. 이 여러 가지 學術의 調査·發明·斷案의 補助를 밧지 아니하면 根據 잇는 論斷을 어들 길 업스며 더욱 文獻이 未備한 古代史는 大體의 材料를 이런 學科에서 거두어 쓰는 것이다.

—최남선, 「조선역사통속강화(2)」, 『동명』, 1922.9.24.

번역 선사시대 = 석기: 역사는 변천을 고찰 연구하는 학문이다. 변천이라는 것은 현재의 무슨 사물이 결코 원시로부터 현재의 상태로 이러하다 하는 것이 아니라, 현재의 상태를 이루기까지 무수한 단계와 허다한 변화를 만들어 낸 것이라고 하는 것이다. 무슨 사물이든지 점차로 배경을 살펴보면(그 밑을 파 보면) 현재의 상태와 백판 다른 원시상태가 된다는 말이다. 개구리 올챙이 적이 있고, 올챙이는 알이었을 때가 있으며, 번데기는 누에 때가 있고, 누에는 알이었을 때가 있는 셈이다. 조선만 가지고 말할지라도 현재의 사회 상태를 이루기까지 과정과 또 그 구조의 재료는 진실로 복잡하고 층절이 많은 것이다. 변변치 않은 것이라도 그 내력을 캐 보면 문화 계통의 간섭과 종족 관계의 출입으로 세계의 범위를 갖는 것이 많다. 우리 조선의 신성한 표호인 태극 같은 것도 모든 인류의 모든 역사를 갖고 그 기원과 분포, 연혁과 의의를 설명하는 한 좋은 예이다. 그러나 보통 역사를 흔히 문적에 기록되어 전해지는 것을 아랑곳하지 않고 멀리 올라가더라도 구비 전설로 내려오는 기간에나 관계하며, 오직 유물 유적만 가지고 인류의 과거를 관찰 연구하는 것은 고고학에 넘겨야 하는 것이 상례다. 또 어떤 부분은 인류학, 인종학, 토속학, 종교학, 언어학, 금석학, 고천학, 문장학, 지질학, 지리학, 해부학, 생물학 등으로 분담하는 것도 많다. 이 여러 가지 학술의 조사 발명 단안의 보조를 받지 않으면 근거 있는 논단을 얻을 길이 없으며, 더욱 문헌이 충분하지 않은 고대사는 큰 흐름의 재료를 이런 학과에서 거두어 쓴다.

'통속'이라는 표현이 붙어 있는 이 역사 이론은 학문의 지향점인 논리나 법칙, 실증과는 거리가 먼 '문화적 계통 찾기'에서 출발한다. 태극에서 조선 민족의 연면성(連綿性), 발전성(發展性)을 찾고, 문화 계통과 종족 근원의 신성함, 곧 경전의 수준으로 평가되는 가치를 찾고자 한다. 이러한 의식에서 역사는 더 이상 지식 체계를 구축하는 학문은 아니다. 더욱이 문헌이 미비한 상태에서 각종 학문으로부터 '대체(大體)의 자료(資料)'를 얻고자 하는 의식은 민족 근원을 발견하고자 하는, 달리 말하면 민족 정체성을 만들어 가고자 하는 상징화 과정의 하나이다. 육당의 '단군론(檀君論)'과 '불함문화론(不咸文化論)'[12]도 마찬가지다.

---

12) 이 논문은 1925년 최남선이 일본어로 쓴 논문으로, 식민사관에 대항해 한국 고대사의 세계사적 위치를 주장하는 내용으로 이루어져 있다.

【단군론(檀君論)】

開題: 朝鮮이 東亞 最古의 一國으로 檀君이 그 人文的 始原이라 함은 朝鮮人의 오래 前부터 傳信하는 바이다. 遺文이 簡約하야 그 詳을 엇기 어려우나 朝鮮 民族의 淵源과 文物의 來歷을 오직 여긔 徵考할 밧게 업슬진대 遺株기에 더욱 그 보배로움을 볼지니 學者ㅣ 모름직이 反覆 玩素하야 그 幽光을 闡發하기에 餘力을 남기지 아니할 것이다. 더욱 朝鮮은 東亞에 잇서서 支那 以外에 數千年 通貫한 國土와 文物의 唯一한 保有者이오 兼하야 그 人文 地理的 位置가 正히 民族 及 文化 流動의 幹線에 當하야 四方의 風雨가 대개 漲痕을 여긔 머물럿스니 檀君이 엇더케 朝鮮史만의 問題며 朝鮮이 어찌 東洋史만의 問題랴. (…中略…) 닐은바 <u>東方文化란 것이 무엇인가.</u> 東方文化의 主軸이라는 支那文化란 것은 어써한 逕路와 因緣으로 成立된 것인가. 東方文化의 內容이 支那 以外 又 以前의 무엇을 含有하엿다 하면 그 本質, 範圍, 歷史的 意義가 어써한가. 東方文化 又 亞細亞 文化의 人類的 關係는 그 端緖를 那邊에 求할 것인가 等 問題는 自體의 潛光과 支那의 反射로써 比較의 明白한 繼續的 證跡을 가진 朝鮮에 그 門路를 차질 것이니 朝鮮의 傳說, 遺俗과 밋 거긔 關한 文籍은 이 째문에 特別한 細心과 虔誠으로서 處理되지 아니하면 아니될 것이다. <u>저 檀君 古傳 가튼 것도 疏略하면 疏略할스록 片字隻句에 深密한 注意를 더해야 할 것이오, 疑眩하면 疑眩할스록 障翳를 헤치고 眞面을 찾기에 篤摯한 努力을 바칠 것이오, 설사 不幸이 그것이 架空鑿虛한 後代의 浪說일지라도</u> 행여 映像되엇슬가 하는 古意를 檢索하기에 可能을 다한 뒤에 말지니 檀君은 實로 茫茫한 東洋學海의 겨오 남은 一浮木으로 東方文化의 盲龜가 그 浮沈을 오로지 이에 判斷할 것이매 비록 변변치 안코 하잘 것 업슬지라도 오히려 <u>遽然히 廢擲하지 못하려든</u> 하물며 渾然한 璞玉이 실상 寶光의 숨은 집임에랴. (…下略…)

—『동아일보』, 1926.3.3. '단군론'

개제: 조선이 동아 최고의 일국으로 단군이 그 인문적 시원(始原)이라고 하는 것은 조선인이 오래 전부터 전해 믿어오는 바이다. 전해오는 문헌이 간략하여 상세한 것을 얻기 어려우나 조선 민족의 연원과 문물 내력을 오직 여기에서 고증할 수밖에 없으나 남은 것이 더 보배로울 것이니, 학자는 모름지기 되돌려 익숙히 그 깊은 빛을 드러내어 밝히는 데 온 힘을 다해야 할 것이다. 더욱이 조선은 동아에서 중국 이외에 수 천 년을 이어 온 국토와 문물을 보유한 유일한 존재이며, 아울러 그 인문 지리적 위치가 정히 민족 및 문화 유동의 근간에서 사방의 풍우가 여기 많은 흔적을 남기고 있으니, 단군이 어찌 조선 역사만의 문제이며, 조선이 어찌 동양 역사만의 문제이겠는가. (…중략…) 이른바 동방문화란 무엇인가. 동방문화의 주축이라는 중국 문화란 어떤 경로와 인연으로 성립된 것인가. 동방문화의 내용이 중국 이외 또 이전의 무엇인가를 함유했다고 하면 그 본질, 범위, 역사적 의의는 어떠한가. 동방문화 또는 아세아 문화의 인류적 관계는 그 단서를 지나 주변에서 구할 것인가 등의 문제는 자체의 숨은 빛과 중국을 비추어 비교적 명백하고 계속적인 증거와 자취를 가진 조선에서 그 문로를 찾을 것이다. 그러므로 조선의 전설, 유속 및 그것과 관련된 문헌 서적은 이 때문에 특별히 주의를 기울이고 경건하게 다루지 않으면 안 될 것이다. 저 단군 고전 같은 것도, 소략하면 소략할수록 한 조각 문자와 구절에 깊이 주의를 해야 할 것이요, 의현하면 의현할수록 막힌 것을 헤치고 그 진면목을 찾기에 독실한 노력을 바칠 것이요, 설사 불행히 그것이 빈 곳에 가공한 후대의 낭설일지라도 행여 진상을 반영한 것일까 하는 예전의 뜻을 살피는 데 최선을 다해야 할 것이니, 단군은 실로 망망한 동양 학해의 겨우 남은 한 부목(浮木)으로 동방문화의 눈먼 거북이 그 부침을 오직 이로 판단할 것이니, 비록 변변치 않고 하잘 것 없을지라도 오히려 거연히 없애고 던져버리지 못할 것이다. 하물며 혼연한 박옥이 실제로는 보배로운 빛의 숨은 집이야 더 말하겠는가.

'단군론'은 『동아일보』 1926년 3월 3일부터 7월 25일까지 연재된 육당의 논문이다. '개제'에서 단군은 '인문적 시원', '조선인이 오래 전부터 전신(傳信)한 것'임을 근거로 '조선 민족의 연원과 내력'을 증거하는 자료임을 천명한다. '조선을 중심으로 한 동방문화 연원 연구'라는 부제를 사용했듯이 민족적 자긍심을 역사, 곧 단군 사적에서 찾고자 하는 의도를 충분히 엿볼 수 있다. 이를 위해 전해 오는 단군 관련 문헌과 일본인 관학자들의 학설을 비판한 뒤 '왕검성 신설(王儉城神說)'의 의미를 규명하고자 했던 육당은 단군설을 검핵(檢覈)하기 위해 '백두산 근참'을 떠난다. 논문 연재 마지막 날인 1926년 7월 25일자 '필자로서 독자에게'는 다음과 같이 글을 맺는다.

【단군론(檀君論) (77): 필자(筆者)로서 독자(讀者)에게】

처음에 檀君論은 約四十回의 豫定으로 그 要略을 逃하려 하엿스나 曲辯 相仍의 餘와 群疑轉滋의 際에 文獻과 民俗의 兩方으로 吾人 立論의 根據를 示함이 또한 緊要할 것을 思하야 이러케 煩碎와 張皇을 무릅쓰게 된 것이라. 一般 讀者의 厭苦를 살는지도 모르되 檀君의 學的 破顯과 合理的 護持가 엇더케 吾人 當面의 大事件임을 생각하면 多少 原諒하심이 잇스리라 합니다. 이제 白頭山 參觀을 爲하야 압흐로 暫時 續論을 停休치 아니치 못함은 더욱 罪悚한 일이오나 聖蹟은 本論의 上에도 多少의 새로운 色味를 期待할 듯합니다. 王儉城 神說은 아직 人名으로의 王儉에 對한 考察이 남앗사오며 이것이 畢하면 妙香山 神說에 對하야 若干 檢覈을 試하야 抹削論의 銓量을 마초고 비로소 本論에 入하야 우리의 見解를 披瀝하게 됩니다.

—『동아일보』, 1926.7.25.

번역 처음에 단군론은 약 40회를 예정하고 그 중요한 것만 개략적으로 서술하려 하였으나, 여러 가지 논의가 잇따른 나머지 많은 의혹이 이어 날 때 문헌과 민곡 두 방향으로 우리들의 입론한 근거를 보이는 것이 또한 긴요하다고 생각하여, 이렇게 번쇄와 장황을 무릅쓰게 되었습니다. 일반 독자가 지루하고 싫어할지 모르나 단군의 학문적 어둠을 깨뜨리고 합리적으로 보호 유지하는 것이 얼마나 우리의 당면한 중요 문제임을 생각한다면, 다소 혜아려 주실 것으로 믿습니다. 이제 백두산 참관을 위해 앞으로 잠시 속론을 그치지 않을 수 없음은 더욱 죄송한 일이나, 성스러운 자취는 본론에서도 다소 새로운 색과 맛을 기대할 듯합니다. 왕검성 신설은 아직 인명으로의 왕검에 대한 고찰이 남았으며, 이것을 마치면 묘향산 신설에 대해 약간 검핵(檢覈)을 시도하여 말삭론(抹削論)의 타당함을 마치고, 본론에 들어가 우리의 견해를 피력하고자 합니다.

'단군론(77)'은 이 연재가 육당의 단군 역사 연구의 시작이자, 백두산 근참 또한 이를 검핵하기 위한 것임을 밝힌다. 그렇기 때문에 육당의 국토 기행은 순례의식을 기반으로 한다.

육당의 역사 연구과 국토 기행이 불가분의 관계에 있음은 1920년대 중반 그가 남긴 기행문을 통해 확인할 수 있다. 『소년』과 『청춘』, 『동명』 등을 발행하면서 쌓아 온 역사의식은 1918년 '계고차존(稽古箚存)', 1922년 '조선역사통속강화', 1925년 '불함문화론', 1926년 '단군론' 등으로 이어지고, 그 과정에서 1924년 '풍악기유(楓嶽記遊)'(『시대일보』 1924.10. 12~12.15, 52회), 1925년 '심춘순례(尋春巡禮)'(『시대일보』 1925.3.28~6.28, 77회), 1926년 '백두산근참기(白頭山覲參記)'(『동아일보』 1926.7.28~1927.1. 23, 89회) 등의 기행문이 산출되었다.

2. 순례의식과 백두산 상징

2.1. 국토 순례

1920년대 중반 이후 기행문의 특징은 조선 국토와 관련된 답사기, 또는 국토 순례 의식에서 비롯된 장편 기행문이 많아진다는 점이다. 1926년부터 29년까지 『동아일보』에 소재한 연재 기행문에는 다음과 같은 것들이 있다.

【1926~1929년 사이 『동아일보』 소재 연재 기행문 분포】

시작일	종료일	제목	필자	연재횟수	내용	지역
1926.02.26		黃州行(1)	全牙保		황주	황주
1926.03.02	1926.03.05	詩眼에 빗최인 合浦의 風光(1)	李殷相	4	합포	합포
1926.07.28	1927.01.23	白頭山 觀參(1): 光明은 東方에서	최남선	89	백두산	백두산
1927.08.14	1927.08.15	[탐승신제] 穿島의 絶景(상): 긴 배 암가튼 송도와 소선정의 청풍	權炳吉	2	탐승	송도
1927.08.26	1927.09.03	九月山 巡禮記(1): 古文化의 發源, 古宗敎의 光明	白楊桓民	9	구월산	구월산
1928.06.21	1928.07.02	島嶼巡禮(1): 古群山列島	宋鼎環	10	순례	군산 도서
1928.07.15	1928.07.26	初夏의 關北紀行(1)	金東煥	8	관북	관북
1928.07.17	1928.07.25	도서순례: 거문도 방면(1)	李益相	8	순례	거문도
1928.07.25	1928.08.01	도서순례: 珍島海 方面(1)	崔容煥	8	순례	진도
1928.07.03	1928.07.13	도서순례(11)~(19) 巨濟島 方面(1)	金科白	9	순례	거제도
1928.08.13	1928.08.18	도서순례: 荷衣島 방면(1)~(6)(8월 18일까지)	任鳳淳	6	순례	하의도
1928.08.18	1928.08.29	도서순례: 白翎島 방면(1)~(11)(8월 29일까지)	金東進	11	순례	백령도
1928.08.02	1928.08.12	도서순례: 완도해 방면(9) ~(16)(8월 12일까지)	최용환	8	순례	완도
1928.09.01	1928.09.12	도서순례: 鬱陵島 方面(1)~(11)(9월 12일)	李吉用	11	순례	울릉도
1928.11.23	1928.11.26	泗沘城 찾는 길에(1)	李秉岐	4	부여	부여
1929.12.03	1929.12.08	野談 南國行(1)	金振九	5	계룡산	계룡산

정도의 차이는 있지만, 연재 기행문 가운데 상당수는 역사학자나 문학가의 조선 의식과 관련을 맺는다. 이러한 의식의 출발점은 육당의 국토 기행이다.

육당의 국토 의식이 두드러진 기행문은 '심춘순례'와 '백두산근참기'이다. '심춘순례(尋春巡禮)'는 1925년 3월 28일부터 6월 28일까지 『시대

일보』에 '한도인(閒道人)'이라는 필명으로 발표되었다. 이 작품은 1924
년 10월 12일부터 12월 15일까지 52회에 걸쳐 '수한생(遂閒生)'이라는
필명으로 『시대일보』에 발표한 '풍악기유(楓岳記遊)'와 견주어 본다면,
확연한 차이를 느낄 수 있다. '풍악기유'는 '인류의 미적 재산', '운투무
시(雲妬霧猜)의 반일(半日)', '태봉 고강(泰封故疆)의 감개(感慨)', '궁예(弓
裔)의 양대위적(兩大偉績)', '호장(豪壯)한 고원미(高原味)', '송잔잔료 우잔
잔(送潺潺了又潺潺)', '대자연(大自然)의 교향악(交響樂)', '준령유곡(峻嶺幽
谷)의 백여리(百餘里)', '심진오입봉래도(尋眞誤入蓬萊島)'라는 목차에서
알 수 있듯이, 조선의 신비를 탐승한 기행문이었다.

【풍악산기(楓岳遊記) (一)】

　造花의 大文章인 金剛山은 <u>人類 共同의 美的 大財産이오 宇宙 裝飾의 最
高級的 一物</u>일 것이다. 홋츠로 朝鮮 及 朝鮮人만이 專有 獨占한 양으로 제
집안 자랑을 삼을 것은 아니다. 그러나 大塊의 精英이 몰리고 몰려서 器界
美에 無等한 金字塔을 일우인 곳에 바로 그 守直軍 노릇할 處地를 타고난
것은 우리 朝鮮人의 獨特한 恩寵, 榮幸이 아닐 수 업다. 혹은 性靈 發揮
혹은 神韻拏住 혹은 造形 혹은 寫音的 모든 方面으로 金剛美만한 것을 靈現
活現 具現 全現하여 <u>美의 使徒로 最高 文化의 殿宇에 參列케</u> 하려 함이 金
剛山으로써 朝鮮人에게 付畀(부비)하신 攝理主의 微意가 아닌가 하는 意識
을 가지기는 진실로 철나기 비롯한 째부터의 일이다. 物心 兩界를 通하야
朝鮮 及 朝鮮人의 神秘的 大標柱가 되는 이 金剛山을 瞻謁하야 <u>나의 쓰거운
國土讚誠—이로써 번치이는 나의 世界 禮讚誠</u>을 조금이라도 展伸하려 함
은 진실로 하로이틀의 일이 아니얏다. 부즐업는 風塵이 싸렷든 行裝을 다
시 풀게 하기도 무릇 몃 번이런지, 벼르고 못하는 일이 잇스면 '金剛山
가기냐'는 嘲弄을 밧는 것이 例事가 되고 마럿다. 밀리고 드티는 中에 許諾
하시는 째가 왔다. 朝鮮 사람 노릇하기에 가장 未安스럽든 罪科를 밧는
날이 왓거니 하매 夜來의 豪雨와 身邊 多少의 繫累가 도모지 關心되지 아

니한다.

—『시대일보』, 1924.10.24.

번역 조화의 대문장인 금강산은 인류 공동의 미적 큰 재산이요, 우주 장식의 최고급의 한 물건이다. 홀로 조선 및 조선인만 전유 독점한 것처럼 제 집안 자랑을 삼을 것은 아니다. 그러나 지구의 정영(精英)이 몰리고 몰려, 미적 세계에 비할 수 없는 금자탑을 이룬 곳에 바로 수직하는 사람의 노릇을 할 처지를 타고난 것은 우리 조선인의 독특한 은총, 영화와 행복이 아닐 수 없다. 혹은 성령 발휘, 혹은 신운나주, 혹은 조형, 혹은 사음적(寫音的)인 모든 방면에서 금강미만 한 것을, 영적으로 드러내고 활물로 드러내고 구비하여 모두 드러내어 미의 사도로 최고 문화의 전당에 참열(參列)하게 하고자 한 것이, 금강산을 조선인에게 부여하신 섭리주의 미묘한 뜻이 아닌가 하는 의식을 갖게 된 것은 철이 나기 시작할 때부터의 일이다. 물심 양계를 통하여 조선 및 조선인의 신비적 큰 표지와 지주가 되는 이 금강산을 바라보며 나의 뜨거운 국토 찬성—이로 번득이는 나의 세계 예찬성을 조금이라도 펼치고자 한 것이 진실로 하루이틀이 아니었다. 부질없는 풍진에 꾸렸던 행장을 다시 푼 것도 무릇 몇 번이나 될지, 벼르고 못하는 일이 있으면 "금강산 가기냐?"라는 조롱을 받는 것이 예사가 되고 말았다. 밀리고 드티는 중 허락하시는 때가 왔다. 조선 사람 노릇하기에 가장 미안스럽던 죄과를 받는 날이 왔거니 하니, 밤새 오는 호우와 신변의 여러 관계되는 일이 도무지 신경이 쓰이지 않는다.

'풍악유기'에서도 간혹 '국토 찬성'이나 '예찬'이라는 표현이 등장한다. 그러나 이 인용문에서 확인할 수 있듯이, 육당의 금강산 기행은 '조선정신' 또는 '조선 역사'를 탐구하기 위한 목적이라기보다 탐승에 가깝다.

이에 비해 '심춘순례'는 역사의식을 전제로 시작한 기행이었다. 이 작품은 1927년 5월 백운사(白雲社)에서 '순례기(巡禮記)의 권두(卷頭)에'라는 서문을 추가하여 발행하였는데, 이 책의 서문은 다음과 같이 시작된다.

【순례기(巡禮記)의 권두(卷頭)에】

朝鮮의 國土는 山河 그대로 朝鮮의 歷史며 哲學이며 詩며 精神입니다. 文字 아닌 채 가장 明瞭하고 正確하고 쏘 자미 잇는 記錄입니다. 朝鮮人의 마음의 그림자와 生活의 자최는 고소란히 쪽쪽히 國土의 우에 박여 잇서 어써한 風雨라도 磨滅식히지 못하는 것이 잇슴을 나는 밋슴니다. 나는 朝鮮 歷史의 작은 一 學徒요 朝鮮 精神의 어섭힌 一 探究者로 진실로 남달은 愛慕, 嘆美와 한가지 無限한 궁금서러움을 이 山河 大地에 가지는 者입니다. 자개돌 한아와 말은 나무 한 밋둥에도 말할 수 업는 感激과 興味와 쏘 聯想을 자아냅니다. 이것을 조곰조곰 色讀하게 된 뒤로부터 朝鮮이 偉大한 詩의 나라, 哲學의 나라임을 알게 되고, 쏘 完全 詳細한 實物的 오랜 歷史의 所有者임을 쌔닷고 그리하야 처다볼수록 거륵한 朝鮮精神의 불기둥에 弱한 視膜이 퍽 만히 엇득해젓슴니다. (…中略…) 一個의 白雲 香徒로 腕力이 자라는 대로 時間이 허락되는 대로 國土 禮讚을 勤修하기는 나로는 진실로 崇高한 宗敎的 衝動에 쓰을린 自不能已 쏘 不得不然한 일입니다. 아모 것보담 큰 자미와 힘을 이에서 어덧고 엇고, 어들 것이매 生活의 緊張味로만 해도 나의 이 修行은 오래도록 繼續하리라고 생각합니다. 朝鮮 國土에 대한 나의 信仰은 一種 '아니미즘'일지도 모릅니다. 나의 본 그는 분명히 感情이 잇스며 言笑로써 나를 對합니다. (…下略…)

—최남선(1926), 『심춘순례』, 백운사.

번역   조선의 국토는 산하 그대로 조선의 역사며, 철학이며, 시의 정신입니다. 문자 아닌 채 가장 명료하고 정확하고 또 재미있는 기록입니다. 조선인의 마음의 그림자와 생활의 자취는 고스란히 똑똑히 국토 위에 박혀 있어, 어떤 풍우도 마멸시키지 못하는 것이 있음을 나는 믿습니다. 나는 조선 역사의 작은 한 학도요, 조선 정신의 어설픈 한 탐구자로 진실로 남다른 애모, 탄미와 마찬가지의 무한한 궁금스러움을 이 산하 대지에 갖는 자입니다. 자개 돌 하나와 마른 나무 한 밑둥에도 말할 수 없는 감격과 흥미와 또 연상을 자아냅니다. 이것을

조금씩 색독(色讀)하게 된 뒤부터 조선이 위대한 시의 나라, 철학의 나라임을 알게 되고, 또 완전하고 상세한 실물적인 오랜 역사의 소유자임을 깨닫고, 그래서 쳐다볼수록 거룩한 조선정신의 불기둥에 약한 시야의 망막이 퍽 많이도 어둑해졌습니다. (…중략…) 일개 백운 향도로 힘이 자라는 대로, 시간이 허락되는 대로 국토 예찬을 부지런히 닦는 것은 나로서는 진실로 숭고한 종교적 충동에 끌린 스스로 어쩔 수 없는, 또 부득이 그럴 수밖에 없는 일입니다. 아무 것보다 큰 재미와 힘을 이로부터 얻었고, 얻을 것이니, 생활의 긴장미만 해도 나의 이 수행은 오래도록 계속되리라 생각합니다. 조선 국토에 대한 나의 신앙은 일종의 '애니미즘'일지도 모릅니다. 내가 본 그는 분명히 감정이 있으며, 말과 미소로 나를 대합니다.

이 권두에는 '조선(朝鮮)'이 11번, '국토(國土)'가 7번, '정신(精神)'이 6번 등장한다. 총 33개의 주제로 구성된[13] 이 기행문은 '백제의 옛 영토' 전주로부터 모악산, 백양산, 내장산, 삼신산, 변산, 고부만, 도솔산, 무등산, 순천, 섬진까지의 여정으로 이루어져 있다. 이 기행문을 국토 순례 기행이라고 부를 수 있는 이유도 여기에 있다. 육당의 역사의식을 바탕으로 조선 정신을 찾겠다는 순례자의 신념에서 기행문은 감정이 넘쳐흐른다. 단행본 『심춘순례』가 발행된 뒤 각 신문에서는 이에 대한 비평문을 실었는데, 1926년 5월 24일자 『시대일보』의 비평문에서는 "사가(史家)의 기행문은 문장가(文章家)의 그것과는 별다른 맛이 있는 것이다. 문장가의 그것이 서정적임에 반하여 사가의 그것은 항상 고고적(考古的)으로 달아난다. 이곳에 사가의 기행문이 일반으로부터 난삽하다는 비난을 사는 이유가 있다. 말하자면 문사의 기행문은 수채화를 보는 것 같고, 사가의 그것은 판화(版畵)를 보는 것 같다."[14]라고 하면서

---

13) 최남선, 임선빈 옮김(2013), 『심춘순례』, 경인문화사. 이 책의 해제에서는 백운사 간행본의 목차를 대상으로 33개의 주제를 답사일 및 답사 지역에 따라 정리한 바 있다.
14) 임선빈(2013)의 해제 번역문을 사용하였음.

육당의 기행문에는 학구적 태도로 일관되어 있으면서도 그것을 에워싸는 시(詩)가 있다고 평했다. 육당의 국토 기행에 담겨 있는 감정의 흐름을 지적한 표현이다. 이 표현대로『심춘순례』에는 86편의 시가 들어있다. 이 가운데 상당수는 자신이 지은 시조이며, 20여 편은 고시조 또는 한시이다. 당시의 평론에서는 이러한 감정의 흐름을 긍정적으로 보고 있는 것이다. 이는 춘원(春園)의 평론도 마찬가지이다.

【육당(六堂)의 근작(近作) 심춘순례(尋春巡禮)를 닑고】

六堂의 尋春巡禮가 나왓다. 이것은 六堂의 湖南 地方 旅行紀다. 일즉 時代日報에 連載하던 것을 모아서 一冊을 만든 것이다. (…中略…) 六堂의 旅行은 決코 閑遊의 旅行도 아니오 探險의 旅行도 아니다. 그가 스스로 일홈 지흔 것과 갓치 巡禮다. '朝鮮의 歷史며 哲學이며 詩며 精神'인 '朝鮮의 國土'와 '山河大地'가 六堂에게는 모도 聖地요 靈景이다. 六堂은 三十七年의 只今까지의 一生을 朝鮮을 爲하야 보낸 사람이다. 그가 맨 첨에『少年』이란 雜誌를 刊行한 것이나 그 후에 繼續하야 여러 가지 刊行物과 事業한 動機가 무엇이냐. 或 事業의 成功과 失敗는 잇섯다 하더라도 그 動機는 오직 '朝鮮을 살리자'는 一丹心이엇다 할 수 잇슬 것이다. 그는 이 일을 爲하야 散迭하는 朝鮮 古籍(그것은 朝鮮人의 精神의 記錄이오 傳統이 아닌가)을 刊行하고 稱讚도 月給도 주지 안는 '朝鮮古史'를 파내기에 일생의 쌔스트데이를 다 보내고 어제는 書籍을 假差押 當하고 오늘 들어 잇는 집에 執達吏가 왓다갓다 하는 報酬를 바든 것이다. 그러나 그는 如前히 朝鮮을 살리랴고 自己를 살려가는 것이다. (…中略…) 六堂의 글은 雄澁하기로 定評이 잇고 나도 六堂의 글에 대한 그러한 非難을 한 일이 再三이엿다. 그래서 尋春巡禮를 案頭에 노흔 째에도 미상불 '豪字로 쓴 記行文' 하는 諧謔的인 생각이 들엇섯다. 그러나 나는 一頁二頁 닑어갈 째에 언제 닑엇는지 모르게 문득 十數頁을 닑고 혼자 놀래엿다. 나는 文體에 잇서서 다른 六堂을 發見한 까닭이다. 그것은 다만 六堂의 다른 글은 雄澁한대 이 글은 平易

하다는 뜻만이 아니다. 나를 놀래게 한 데 더 깁혼 意味가 잇는 것이다. 그것이 무엇인가. 첫재는 尋春巡禮에서 六堂의 精緻하고도 簡潔하고 含蓄만혼 描寫法이다. (나는 本書 中에서 멧가지 文例를 들고 십흐나 病中에 긴 글을 쓰기 어려워 못한다.) 둘재는 奇警하고 諧謔的인 觀察과 譬喩요, 셋재는 古今, 雅, 俗, 學, 常의 語彙의 自由自在한 使用이다. 이것은 所謂 文學的 文體를 쓰는 機會가 적은 六堂의 글이라고 생각할 째에 더욱 驚異를 不禁하는 바다. 그러나 그보다도 尋春巡禮에 들어난 六堂의 文體의 가장 稱讚할 點(그것은 現今 朝鮮 女人에게 가장 不足한 점이다)은 一言一句가 모도 '眞正의 流路'로 一字一語도 군것이 업고 구석비인 것이 업는 點이다. 元來 紀行文은 散漫하기 쉽고 戱作이 되기 쉬운 것이다. 그러나 六堂의 尋春巡禮는 一言의 戱도 업고 一句의 冗(용)도 업다고 할 만하게 洗練緊張된 것이겟다. 그러나 以上의 文體에 關한 讚辭는 著者 六堂에게 잇서서는 거의 注意도 아니할 枝葉 問題일 것이다. 六堂은 아름답고 藝術的인 (진실로 그러하다) 紀行文을 쓰랴는 것이 目的이 아니다. 그는 그의 宗敎的 對象인 朝鮮의 國土의 조각조각을 對할 째의 '感激과 禮讚'의 '自不能己不得不然'의 眞情을 말하려 함이 目的으로 하엿슴은 勿論이다. 그러나 나는 여기서 그 精神에 對하야 冗言할 必要가 업다고 밋는다. 대개 朝鮮의 男子와 女子ㅣ 朝鮮의 짜와 사람의 아들과 딸들은 本書를 보기만 하면 '著者의 精神'에 共鳴하고 그것을 理解할 것이지 누구의 批評이나 훈수를 들을 必要가 업는 까닭이다. 나는 다만 사랑할 우리가 사랑하여야 할 六堂의 尋春巡禮가 놉흔 價値를 가진 文學的 作品인 것을 말함으로 그치려 한다. 그리하고 이 國土의 子女들이 저마다 이 冊을 諷誦하기를 바랄 쑨이다.

　　　─춘원, 「육당의 근작 심춘순례를 읽고」, 『동아일보』, 1926.6.1.

번역 육당의 심춘순례가 나왔다. 이것은 육당의 호남 지방 여행기다. 일찍이 시대일보에 연재하던 것을 모아 한 책을 만든 것이다. (…중략…) 육당의 여행은 결코 한가로운 놀이의 여행이 아니요, 탐경의 여행도 아니다. 그가 스스로 이름 지은 것과 같이 순례다. '조선의 역사며, 철학이며, 시며, 정신'인 '조선의 국토'와 '산하대지'가 육당에게는 모두 성지요, 영적 경치이다. 육당은 37년의 지금까지 일생을 조선을 위해 보낸 사람이다. 그가 맨 처음 『소년』이란 잡지를 간행한 것이나, 그 후 계속 여러 가지 간행물과 사업을 한 동기가 무엇인가. 혹 사업의 성공과 실패는 있었다 하더라도, 그 동기는 오직 '조선을 살리자'는 일단심이었다고 할 수 있을 것이다. 그는 이 일을 위하여 흩어진 조선 고적(그것은 조선인의 정신의 기록이요, 전통이 아닌가.)을 간행하고, 칭찬도 월급도 주지 않는 '조선고사'를 파내기에 일생의 가장 좋은 날을 다 보내고, 어제는 서적을 차압당하고, 오늘 세들어 사는 집에 집달리가 왔다갔다 하는 보수를 받은 것이다. 그러나 그는 여전히 조선을 살리려고 자기를 살려가는 것이다. 육당의 글은 웅대하고 난삽하기로 정평이 나 있고, 나도 육당의 글에 그러한 비난을 한 일이 거듭되었다. 그래서 심춘순례를 책상 위에 놓은 때에도 아닌 게 아니라 '호탕한 문자로 쓴 기행문'이라는 해학적인 생각이 들었다. 그러나 나는 한 쪽 두 쪽 읽어갈 때마다 언제 읽었는지 모르게 나도 수십 쪽을 읽고 혼자 놀랐다. 나는 문체에서 다른 육당을 발견한 까닭이다. 그것은 다만 육당의 다른 글은 웅삼한데, 이 글은 평이하다는 뜻만은 아니다. 나를 놀라게 한 더 깊은 의미가 있는 것이다. 그것은 무엇인가. 첫째는 심춘순례에서 육당의 정치하고 간결하고, 함축 많은 묘사법이다. (내가 본서 중 몇 가지 예문을 들고 싶으나, 병중에 긴 글을 스기 어려워 못한다.) 둘째는 기경하고 해학적인 관찰과 비유요, 셋째는 고금의 어휘, 아어, 속어, 학술어, 일상의 어휘를 자유자재로 사용한다. 소위 문학적 문체를 쓸 기회가 적은 육당의 글이라고 생각할 때, 더욱 경이로움을 금할 수 없다. 그러나 그보다도 심춘순례에 드러난 육당의 문체에서 가장 칭찬할 점(그것은 현재 조선 여인에게 가장 부족한 점이다.)은 일언일구가 모두 '진정에서 나온' 것으로 한 자 한 말도 군 것이 없고, 구석 빈 것이 없는 점이다. 원래 기행문은 산만하기 쉽고, 우스꽝스러운 작품이 되기 쉽다. 그러나 육당의 심춘순례는 한마디의 희롱도 없고 한 구절의 쓸데없는 것도 없다고 할 만큼 세련 긴장된 것이다. 그러나 이상의 문체에 관한 찬사는 저자 육당에게는 거의 주의하지 않을 지엽적인 문제일 것이다. 육당은 아름답고 예술적인(진실로 그러하다) 기행문을 쓰려고 한 것이 목적은 아니다. 그는 그의 종교적 대상인 조선 국토의 조각조각을 대할 때의 '감정과 예찬'의 자기 스스로 안되고 자기 스스로 부득이한 참된 정경을 말하려 하는 것을 목적으로 했음은 물론이다. 그러나 나는 여기서 그 정신에 대해 쓸데없는 말을 할 필요가 없다고 믿는다. 대개 조선의 남자와 여자가 조선의 땅과, 사람의 아들과 딸들은 본서를 보기만 하면, 저자의 정신에 공감하고 그것을 이해할 것이지 누구의 비평이나 훈수를 들을 필요가 없는 까닭이다. 나는 다만 사랑할, 우리가 사랑해야 할 육당의 심춘순례가 높은 가치를 가진 문학적 작품임을 말하는 데 그치고자 한다. 그래서 이 국토의 자녀들이 저마다 이 책을 풍유하고 암송하기를 바랄 뿐이다.

춘원이 『심춘순례』를 문학적으로 평가한 주된 근거는 '조선 정신'을 찾고자 한 것뿐만 아니라 '문체의 발전'이라는 차원이었다. 춘원의 입장에서는 기존의 육당의 글이 난삽했던 데 비해, 『심춘순례』에 와서는 정치(精緻)하고 간결(簡潔)하며 함축적인 묘사법을 사용하고, 기경(奇警)하고 해학적인 관찰과 비유를 사용했으며, 어휘 사용 차원에서 고금 어휘, 아어, 속어, 학술어, 일상어를 자유자재로 사용했다고 평가하는 것이다. 이 점은 분명 국토 기행이 가져온 문체상의 진보임에 틀림없다. 그럼에도 백제의 고도와 전라 지역의 명산, 명찰을 답사하면서 오직 '조선 정신'이라는 민족 발견에 몰두한 결과 민중적인 삶의 모습을 재현하는 데는 한계를 보일 수밖에 없었다.

2.2. 백두산과 민족 만들기

'단군론'의 마지막 회에서 밝혔듯이, 최남선의 백두산 기행은 단군 성지를 찾는 순례였다. 앞서 살핀 바와 같이 백두산에서 민족을 발견하고자 하는 시도는 '백두산 근참기' 이전에도 존재했다. 1920년 6월 민태원의 '백두산행'이 대표적이다. 그러나 육당의 '백두산'은 '단군'에서 이어진 '동방문화론', '종교적 신앙의 대상'으로서 민족 정체성 발견을 위한 기행이라는 점에서 앞선 시대의 기행과는 차이가 있다.

【백두산 근참기(白頭山覲參記) 권두(卷頭)에】

白頭山은 一言으로 蔽하면 東方 原理의 化囿(화유)입니다. 東方 民族의 最大 依支요, 東方 文化의 最要 核心이오, 東方 意識의 最高 淵源입니다. 東方에 잇서서 一切의 樞機(추기)가 되어 萬般을 幹旋(알선) 運化하고 一切의 心臟이 되어 萬般을 布施傳通(보시전통)하고 一切의 生分이 되어 萬般을 蘇潤旺新(소윤왕신)케 한 者가 白頭山입니다. 既往에 그러한 것처럼 現在에도 쏘 將來 永遠히 難思議할 功德의 所有者가 그이입니다. 白頭山은 天山聖岳으로 信仰의 對象이엇습니다. 帝都神邑으로 歷史의 出發點이엇습니다. 靈源化柄으로 文化의 一切 種子이엇습니다. 東方 大衆의 生命의 原籍이엇스며, 禍福의 司命이엇스며, 活動의 主軸이엇습니다. 그리하야 大震一城의 三世變相은 白頭山을 曼茶羅로 하야 一切가 具現되엇스며 白頭山을 淨玻璃로 하야 一切가 明照되엇스며, 白頭山을 扇軸으로 하야 一切가 契會하얏습니다. 東方의 神化에 다만 이것이 秘機이며 東方의 寶庫에 다만 이것이 牧鑰(목륜)이며 東方의 妙門에 다만이것이 玄關입니다. (…下略…)
　　　　　　　—최남선(1927), 『백두산근참기』, 한성도서주식회사.

번역 백두산은 한마디로 개괄하면 동방 원리의 화유(化囿, 꽃동산)입니다. 동방 만물의 가장 커다란 기댈 대상이요, 동방 문화의 가장 긴요한 핵심이요, 동방 의식의 가장 높은 근원입니다. 동방에서 일체의 중추가 되는 기관이 되어 만반(萬般)을 잘 되도록 주선하여 운화하고, 일체의 심장이 되어 만반을 조건 없이 베풀어 퍼져 통하게 하고, 일체의 생명분(生命分)이 되어 만반을 되살려 윤택하게 하고, 왕성히 새롭게 한 것이 백두산입니다. 기왕에 그러한 것처럼 현재도 또 장래에도 영원히 헤아리기 어려울 공덕의 소유자가 그이입니다. 백두산은 천산(天山) 성악(聖岳)으로 신앙의 대상이었습니다. 제도(帝都) 신읍(神邑)으로 역사의 출발점이었습니다. 영적 근원의 화병(化柄)으로 문화의 일체 종자였습니다. 동방 대중 생명의 원적(原籍)이었으며, 활동의 주축이었습니다. 그리하여 대진(大震)의 한 구역 삼세 변상(三世變相)은 백두산을 만다라로 하여 일체가 구현되었으며, 백두산을 깨끗하고 맑은 유리로 하여 일체가 모이고 또 모였습니다. 동방의 신화에 다만 이것이 비기(秘機)이며, 동방의 보고(寶庫)에 다만 이것이 열쇠와 자물쇠이며 동방의 묘문(妙門)에 다만 이것이 현관(玄關)입니다.[15]

근참기에서는 백두산을 '동방 원리의 화유', '동방 민족의 최대 의지', '최요 핵심', '최고 연원'으로 규정하고 백두산 자체가 신앙의 대상이라고 정의하였다. 백두산 기행은 이를 증명하기 위한 시도였던 셈이다. '동방 문화', '동방 사상'이라는 용어는 이 기행문에 수시로 등장하는데, 34회 '조선으로 돌아오라!'[16]는 육당이 말하는 '불함문화', '동방문화'의 성격을 잘 나타낸다.

【조선(朝鮮)으로 도라오라!】

(…前略…) '도로(復)'의 原理의 東方思想上에 잇는 展開는 실로 博大하고 微妙한 것이엇다. 一方은 觀念的으로, 一方은 形式的으로 種種의 變相을 做出하야 底止할 바를 못랏다. 이제 그 詳細를 말할 마당이 아니어니와 '도로'의 體驗上으로 白頭山이 가장 重要한 對象이든 것만은 잠간 注意해 두어야하겟다. 그네의 敎理를 據하건대 白頭山은 得道者, 곳 巫者, 혹 仙人의 朝會하는 곳이라 하며, 그네의 神話를 據하건대 白頭山은 肇國者 곳 檀君의 發祥한 곳이라 하며, 그네의 生命이 여긔서 점지되고 그네의 靈魂이 이리로 歸托함을 미드며, 그네의 指導者가 여긔서 나오고, 그네의 復活力

---

15) 번역문은 임선빈 옮김(2013)을 사용하였음.
16) 최남선(1927), 『백두산근참기』, 한성도서주식회사, '34. 조선으로 도라오라!'. 『동아일보』에 발표된 날짜는 1927년 1월 16일 84회, 1월 18일 85회에 해당한다.

이 여긔소 소슴을 말하야 업든 것도 白頭山에서 생기고 못될 것도 白頭山으로 되고, 낡은 것은 白頭山에서 새롭고, 넘어진 것은 白頭山에서 닐어난다 하니, 이는 진실로 東方 半萬年 歷史의 思想的 背景으로 此方 全民衆의 心謎를 解釋할 唯一한 열쇠인 것이다. 그는 이러한 山을 '붉은'이라고 불으니 白頭山의 古名 '不咸'은 실로 이 古語의 譯音인 것이다. (…下略…)

—『백두산근참기』 34, 「조선으로 도라오라!」

번역 '도로'의 원리가 동방 사상상에 있는 전개는 실로 넓고 크고 미묘한 것이었다. 일방은 관념적으로, 일방은 형식적으로 종종의 변화하는 모습을 만들어내어, 저지할 바를 몰랐다. 이제 그 자세하고 세밀함을 말할 마당이 아니거니와, '도로'의 체험상으로 백두산이 가장 중요한 대상이던 것만은 잠깐 주의해 두어야 하겠다. 그네의 교리를 근거하건대, 백두산은 득도자(得道者), 곧 무자(巫者), 혹 선인(仙人)이 조회하는 곳이라 하며, 그네의 신화를 근거하건대, 백두산은 건국자, 곧 단군이 발상한 곳이라 하며, 그네의 생명이 여기서 점지되고, 그네의 영혼이 이리로 귀탁(歸托)함을 믿으며, 그네의 지도자가 여기에서 나오고, 그네의 부활하는 힘이 여기에서 솟음을 말하여, 없던 것도 백두산에서 생기고, 못 될 것도 백두산으로 되고, 낡은 것은 백두산에서 새롭고, 넘어진 것은 백두산에서 일어난다 하니, 이는 실로 동방 반만년 역사의 사상적 배경으로 이 지방 전 민중의 마음의 수수께끼를 해석할 유일한 열쇠인 것이다. 그는 이러한 산을 '붉은'이라 부르니, 백두산의 옛날 이름 '불함'은 실로 이 고어의 역음(譯音)인 것이다.[17]

이 글에 등장하는 '도로'는 '회복', '부활'을 의미하는 용어이다. 천지(天池)를 답사하면서 원효, 해모수, 박제상, 정몽주, 최영 등 역사적 인물을 회상하고, 그들의 정신이 백두산 천지에서 비롯된 부활의 정신과

---

17) 번역문은 임선빈 옮김(2013)을 사용하였음.

일치한다고 서술한다. 물론 여기서 조선의 역사와 조선의 국토를 '그네'라고 표현한 것은 자신의 주관적 감정을 객관화하고자 하는 '거리두기'을 일종이다. 그 자체가 육당이 조선을 제3의 타자로 대한다는 뜻은 아니다. 이처럼 거리두기나 다양한 시문을 삽입하기, 묘사하기 등의 기법은 문체적인 면에서 국토 기행이 기행문이라는 한 장르를 개척하는 데 기여한 면이기도 하다.

백두산의 상징화는 육당 이외에도 여러 사람이 참여하였다. 그 중 하나가 안재홍(1930)의 '백두산등척기(白頭山登陟記)'이다. 민세 안재홍은 1927년 9월『조선일보』주필 겸 발행인으로, 1928년 5월 '제남사건의 벽상관'이라는 사설을 써서 구속되었다. 1929년 1월 출옥한 뒤『조선일보』의 부사장을 거치면서 '문자 보급 운동'과 일제의 타율성론 비판에 힘을 쏟았다. '백두산등척기'는 1930년 8월 11일부터 9월 15일까지 34회에 걸쳐『조선일보』에 발표한 기행문이다. 이 기행문은 1931년 9월 유성사 서점에서 단행본으로 간행되었고, 1933년 한성도서주식회사에서 다시 발행되었다. 이 책의 '서(序)'는 다음과 같다.

【백두산 등척기 서(白頭山登陟記序)】

旅行은 閑事가 아니니, 高山에 올르고 大海에 써서 天地浩然의 氣를 마시면서 雄勁淸遠한 氣를 길르는 것은 그대로 人世 須要한 일이 되는 것이다. 하물며 都鄙와 山野 民物生息의 實況을 넓히 보고 今古 變革의 자최를 살피는 것은 社會人에게 最上의 要務로도 되는 것이다. 이 點에서 旅行이 必要한 것이오 旅行記도 價値잇는 것이다.

白頭山은 東方 最大의 山彙이라 朝滿의 諸山이 이에서 祖宗하엿스며, 千里에 連亘한 氣勢가 九千五十餘 尺의 高峰과 縱橫四五百里의 大樹海에 잠긴 大高原을 가저 天池의 泓淳渺茫한 景像과 함쯰 淸遠靈祥 森嚴靜肅함과 雄麗洪博 虛曠浩茫함이 가장 通澈無碍한 神秘境으로 되엿스니 이 스스로 登山者의 無二한 靈界이겟거든 阿斯達 以來의 歷史的 諸傳說은 白頭 一山

으로 문득 民族 發展의 地理的 機軸이오 社會 生長의 聖跡的 淵叢을 일우어
天坪千里 林樾花卉의 속을 헤치고 건느는 者로 無限 靈遠의 情感에 논일게
하니 이 쓰한 俗界 아착한 生活에 부닷기는 者 飄然히 길게 감으로써 鬱懷
를 快히 밋츨 바이다. (…中略…) 白頭山登陟記의 著述이 外他 一般의 紀行
으로 比할 바 아니며 쌀아서 江湖 一般에게 이 一書의 한가지 白頭山登陟
까짐 推獎함을 躊躇하지 안는 바이다. 本書는 일즉 紙上으로 連載 發表하
엿든 바를 이제 單行本으로 刊行함에 際하야 一筆로써 이에 序한다. 一九
三一年 四月 二十八日 朝鮮日報社 樓上에서 著者 序.

—안재홍(1931), 『백두산등척기』, 유성사서점

번역 여행은 한가한 일이 아니다. 높은 산에 오르고 한바다에 떠서 천지의
드넓은 기운을 마시면서 웅장하고 아득한 기상을 기르는 것은, 그대로
세상에 필요한 일이 아닐 수 없다. 하물며 도시와 시골, 산과 들에서 백성과 만물
이 살아 숨 쉬는 실제 상황을 폭넓게 보고, 고금에 변해온 자취를 살피는 것은
사회인에게 가장 으뜸가는 책무이기도 하다. 이 점에서 여행이 필요하고 여행기
도 가치가 있다.

　백두산은 동방에서 가장 큰 산이다. 조선과 만주의 여러 선이 이 산으로 조종
을 삼는다. 천리에 잇닿은 기세가 9천 5백여 척의 높은 봉우리와 가로세로 사오
백 리의 큰 나무 바다에 잠긴 고원이다. 천지의 깊고도 아스라한 풍경과 함께
아득하고 신령스러움, 삼엄하면서도 고요함, 웅장하고 드넓으며, 텅 비어 아마
득함이 툭 트여 아무 걸림 없는 으뜸의 신비경이다. 이것만으로도 등산하는 사
람에게는 둘도 없는 신령스러운 경계다. 여기에 더해 역사의 여러 전설은 백두
산으로 문득 민족 발전의 지리적 기축(機軸)이요, 사회 생장의 거룩한 자취 어린
연총(淵叢)을 이뤄, 천평 천리의 수풀과 화훼 속을 헤치며 건너는 사람으로 하여
금 한없이 신령스럽고 아득한 정감 속에 노닐게 한다. 또한 악착같은 생활에
부대끼는 사람에게는 표연히 먼 길을 가면서 울적한 회포를 씻게 해 준다.[18]

민세 안재홍의 백두산 기행은 문체면보다 사상면에서 민족 만들기의 성격이 강하다. 백두산이 '민족 발전의 지리적 기축', '사회 생장의 성스러운 자취의 연총'이라는 의미 부여는 육당의 그것과 크게 다르지 않다. 그럼에도 안재홍의 백두산 등척은 "여행은 한가한 일이 아니다.", "도시와 시골, 산야 민물 생식의 실황을 넓게 보고, 고금 변혁의 자취를 살피는 것"에 의미를 부여했듯이, 탐경(探景)뿐만 아니라 민중의 삶을 보는 시야가 열려 있었다는 점에서 의미가 있다. 차유령(車喻嶺)을 넘으면서 바라보는 외딴 집, 혜산진에서 압록강 뗏목을 타고 체험한 동포들의 삶 등이 군데군데 삽입되어 있다. 그럼에도 안재홍의 백두산 만들기도 육당과 같이 역사의식의 감정 과잉을 완전히 탈피한 것은 아니다. 이는 또한 1920년대 중반 이후 국토 기행이 갖고 있는 특징이기도 하다.

3. 국토 기행의 자의식과 기행 장르

3.1. 순례자의 자기 체험과 좌절 또는 적응

'백두산근참기'가 민족의 영산을 대상으로 조선 정신의 상징화를 의도한 작품이라면, '금강예찬(金剛禮讚)'은 금강산을 대상으로 조선 정신을 찾고자 한 안내기(案內記)이다.[19] 이 안내기는 1926년 7월 한성도서 주식회사에서 출간되었다. 책의 서두에 '금강은 세계(世界)의 산왕(山王)'이라는 서사(序詞)를 두고, 금강 예찬을 하는 까닭을 요약했는데, 이를 살펴보면 다음과 같다.

---

18) 번역문은 정민 풀어씀(2010), 『정민 교수가 풀어 읽은 백두산 등척기』(해냄)을 사용하였음.
19) 『금강예찬』은 기행문의 필수 요소인 여정과 견문을 목표로 한 글이 아니다. '개설', '내금강', '외금강'의 세 부분으로 구성된 금강산 산수와 유적에 대한 소개와 감회를 주제로 한 안내기의 일종이다.

【금강은 세계(世界)의 산왕(山王)】

어느 異邦人이 우리를 向하야 朝鮮에 무엇이 잇느냐고 뭇는다 하면 우리는 얼는 대답하기를 朝鮮에는 金剛山이 잇느니라 하겟습니다. 朝鮮에도 山川 民物의 잇슬 만한 것은 다 잇지오마는 그 中의 무엇을 指摘하지 아니하고 통틀어 朝鮮을 代表하는 一物을 뭇는 境遇에 얼는 이것이 잇소 하고 내밀어서 언제든지 狼狽 업슬 것은 金剛山입니다. (…中略…) 金剛山은 朝鮮人에게 對하야 단지 一山水 風景이 아닙니다. 우리 모든 心意의 物的 表象으로 久遠한 빗과 힘으로 이 우리를 引導하며 警策하는 精神的 最高 殿堂인 것입니다. 中間에 와서는 暫時 晦蔽하얏섯습니다마는 朝鮮人은 古來로 이 神秘한 意趣를 가장 賢明하게 領會하야 진작부터 金剛山을 信仰의 一目標로 하야 가장 敬虔한 歸依를 바첫섯습니다. '金剛的'이라 할 指導 原理 下에서 朝鮮身 及 朝鮮心을 久遠으로 發展하라 함은 실상 우리 父母 未生前부터의 約束입니다. (…下略…)

—최남선(1926), 『금강예찬』, 한성도서주식회사, '서사'.

번역 어느 이방인이 우리를 향해 조선에 무엇이 있느냐고 묻는다면, 우리는 얼른 대답하기를 조선에는 금강산이 있느니라고 하겠습니다. 조선에도 산천, 민물(民物)이 있을 만한 것은 다 있지만 그 중 무엇을 지적하지 않고 통틀어, 조선을 대표하는 한 사물을 묻는 경우에 얼른 이것이 있소 하고 내밀어 언제든지 낭패가 없을 것은 금강산입니다. (…중략…) 금강산은 조선인에게 단지 한 산수 풍경이 아닙니다. 우리 모든 심의의 물적 표상으로 오랫동안 빛과 힘으로 우리를 인도하며 경계하는 정신적 최고 전당인 것입니다. 중간에 와서 잠시 어두워 가린 적이 있었습니다만 조선인은 고래로 이 신비의 의취를 가장 현명하게 모아 진작부터 금강산을 신앙의 한 목표로 삼아 가장 경건한 귀의(歸依)를 바쳤습니다. '금강적'이라고 할 지도 원리 아래 조선의 신체 및 조선심을 오래도록 발전하라 한 것은 실상 우리 부모가 태어나기 전부터의 약속입니다.

이 서사(序詞)는 '풍악유기'에서 단편적으로 '국토 예찬', '조선 역사'를 거론하던 데 비해 관념화된 조선 정신을 훨씬 강조하고 있다. 이는 '개설(槪說)'의 시작 부분에서 금강산이 '조선 정신의 표지'라고 설명하는 것과도 같은 맥락이다. 그런데 여기서 주목할 점은 왜 금강산이 조선 정신의 표지가 되는가이다. "금강산은 조선인에게 있어서는 풍경 가려한 지문적(地文的) 현상일 뿐이 아닙니다. 실상 조선심(朝鮮心)의 물적 표상(物的表象), 조선정신(朝鮮精神)의 구체적 표상(具體的表象)으로, 조선인의 생활, 문화 내지 역사에 장구(長久)코 긴밀한 관계를 가지는 성적 일존재(聖的一存在)입니다."라고 하여, '물적 표상', '생활, 문화, 역사'와 관련을 맺고 있기 때문이라는 것이다.

이처럼 국토에 대한 육당의 순례 의식은 역사의식을 전제로 한다. 그렇다면 육당이 바라본 역사는 어떤 것일까? 육당은 '심춘순례', '백두산근참기', '금강예찬' 등의 작품을 쓴 직후인 1926년 10월부터 일제의 '조선사편수회(朝鮮史編修會)[20] 위원'이 되었다. 이 시기 조선사편수회는 식민 통치를 합리화하고자 역사를 왜곡하는 기관이라는 점은 다음의 풍자에서도 확인할 수 있다.

【횡설수설(橫說竪說)】

朝鮮總督府 朝鮮史編修會에는 그 顧問 及 委員에 口文候 伯爵이 아니면 統治에 功勞 만흔 者만 網羅하엿다고 그 本意가 朝鮮 正史의 編修에 잇지 안코 造繕史編修에 잇다는 것을 넉넉히 알 수 잇군!

—『동아일보』, 1925.7.26.

---

20) 조선사편수위원회는 1916년 1월 중추원 산하 '조선반도사 편찬위원회'를 1922년 12월 총독부 산하 기구로 전환하면서 만든 일제의 식민사학 연구기관이다. 이 위원회에서는 1925년 10월 8일 자료 수집을 위한 제1차 위원회를 개최하고, 조선사 편찬 작업을 진행하였으며, 1932년부터 1938년 사이 식민사관에 입각한 『조선사』(37권), 『조선사료총간(朝鮮史料叢刊)』(20종), 『조선사료집진(朝鮮史料集眞)』(3책)을 간행하였다.

조선총독부 조선사편수회에는 그 고문 및 위원이 구문후(口文候) 백작
이 아니면 통치에 공로가 많은 자만 망라하였다고, 그 본의가 조선의
바른 역사 편수에 있지 않고, 조선사(造繕史, 잘 만들어낸 역사, 곧 날조한 역사)
편수에 있다는 것을 넉넉히 알 수 있군!

식민 통치 하에서 동음이의어를 이용하여 '조선의 역사'를 '조선(造
繕)' 곧 '날조한 역사'로 풍자한 이 만평에서 확인할 수 있듯이, 일제
강점기 조선총독부의 역사 왜곡은 당시 지식인으로서 누구나 쉽게 감
지할 수 있는 사실이었다. 육당이 위원으로 위촉된 것이 이 시점인 셈
이다. 그렇다면 육당이 생각한 '조선사편수회'는 어떤 기관이었을까?
이에 대해 그는 '단군론(11)'에서 다음과 같이 서술한다.

【단군론(檀君論) (十一)】

日本人이 朝鮮에 權力(乃至 學政)을 잡으매 아모 것보담 애쓴 것이 朝鮮
心에 關한 方針이오 어쩌케 하야 이것을 抑制하고 剪滅할가의 問題이엇다.
民族感情－오래오래 沈漬培育(침지배육)된 深根大樹 가튼 것이라도 權力
의 一鍬(일초)면 拔除하야 痕跡업시 하리라 생각하얏다. 民族感情의 根源
이 歷史 及 言語에 잇슴에 念及한 것은 그네의 聰明으로 허락할 일이지마
는 歷史는 變造할 수 잇는 것, 言語는 絶滅식힐 수 잇는 것으로 알문, 아무
리 사벨이 그네의 눈에 가린 그네의 일이라 해도 너머 道理를 無視함이
큼에 놀라지 아니치 못할 것이라. (…中略…) 言語 部門의 庸學者인 金澤
氏와 갓튼 者는 意外에 朝鮮 國語 絶滅 不能의 論을 가젓스니 그가 그만한
學殖을 가지고 한참 그 政署 及 史人의 사이에 씐 더운 한 대접을 밧지
못하고 필경 囑托의 소임까지 호지부지 될 것이 혹시 이러한 싸닭이 아니
엿슬는지 모를 것이다. 歷史 편으로 말하면 今西 以下로 더욱 多數한 사람
을 傭聘하야 爲政者의 必要로 하는 朝鮮 歷史의 編纂을 企劃하니 저 半島史
編纂會라는 것은 실로 이러한 動機로서 나왓슬 것이엇다. 저네의 政策이

란 것의 根本的 錯妄으로 우리는 첫재 自己네의 主觀的 무슨 範型에 지어 갖튼지 朝鮮人을 들어 너흐려 함을 指摘하는 者어니와 이 態度를 思想 學術에까지 가지고 덤빔에는 다른 이 아닌 그네의 儒學者들도 좀 거북하얏든 모양이라. (…中略…) 己未年 三一 運動 以後로 그네의 眼翳(안예)가 조금 벗겨져서 온갖 것이 다 좀 變通이 되는 통에 歷史 及 言語에 대한 態度도 얼마쯤 좀 다른 範疇로써 顧慮하게 된 듯한 形迹도 업지 안코 새로난 朝鮮史編修 機關은 曾往보담 좀 學的 正當에 接近하려는 一 發現으로 볼 것이 잇는지도 모르고, 쏘 모처럼 하는 努力이 '日本人의 朝鮮史'가 되지 안키를 나는 懇切히 希望도 하거니와 다만 朝鮮 國肇요 朝鮮心의 源頭요 朝鮮學의 上柱인 檀君論에 對한 그네의 見解와 態度가 어느 程度만치의 改訂을 보게 될는지 이것이 그네의 가장 실허하고 거북해하는 一物인 만큼 좀 의심스럽다고도 할 것이다. (…下略…)

—『동아일보』, 1926.4.29.

번역 일본인이 조선에서 권력(내지 학정)을 잡으니 어떤 것보다 애쓴 것이, 조선심에 관한 방침이요, 어떻게 하든 이것을 억제하고 꺾어 없앨까 하는 문제였다. 민족감정 —오래도록 침지배육된 깊은 뿌리의 큰 나무 같은 것이라도 권력의 가래질이면 뽑아 없애 흔적도 없이 할 것이라고 생각하였다. 민족감정의 근원이 역사 및 언어에 있다는 데 생각이 미친 것은 그네들의 총명으로 그렇다고 할 일이지만, 역사는 변조할 수 있는 것, 언어는 절멸시킬 수 있는 것으로 아는 것은 아무리 사벌(헌병의 칼)이 그네의 눈에 가린 그네의 일이라 해도, 너무 도리를 무시함이 큰 것에 놀라지 않을 수 없다. (…중략…) 언어 부문의 고용 학자인 가나자와 씨와 같은 사람은 의외로 조선 국어 절멸 불능의 이론을 가졌으니 그가 그만한 학식을 갖고 한참 그 정치 부서와 역사가들 사이에서 대접을 받지 못하고, 필경 촉탁의 소임까지 흐지부지되는 것이 이런 이유가 아니었는지 모를 일이다. 역사로 말하면 이마니시 이하로 저 반도사편찬회라는 것은 실로 이러한 동기에서 나왔을 것이다. 저네의 정책의 근본적 착종과 망상으로 우리는 첫째 자기의 주관적 무슨 범주 유형에 지어갔는지 조선인을 거기에 넣으려 함을 지적하는 것이지만, 이 태도를 사상과 학술에까지 적용하고자 덤비는 것은, 다른 사람이 아닌 그들 고용학자들에게도 좀 거북했던 모양이다. (…중략…) 기미면 3.1 운동 이후로 그네의 눈꺼풀이 조금 벗겨져 온갖 것이 다 좀 변통이 되는 바람에 역사 및 언어에 대한 태도도 얼마쯤은 좀 다른 범주로 생각된 듯한 형적도 없지 않으며, 새로 만들어진 조선사편수 기관은 이전보다 좀 학적으로 정당함에 접근하려는 한 발현으로 볼 만한 것이 있는지도 모르고, 또 모처럼 하는 노력이 '일본인의 조선사'가 되지 않기를 나는 간절히 희망하거니와, 다만 조선의 건국 시조요, 조선심의 원천이요, 조선학의 가장 큰 지주인 단군론에 대한 그네의 견해와 태도가 어느 정도 고쳐질지, 이것이 그네가 가장 싫어하고 거북해 하는 일물인 만큼, 좀 의심스럽다고도 할 것이다.

'단군론'(11)은 일제 관학자들의 '조선심', 곧 '민족 감정' 박탈을 위한 언어와 역사 연구에 대한 비평으로 이루어져 있다. 여기서 육당은 '반도사편찬회'가 일본의 용빙(傭聘) 학자들이 위정자의 정책에서 따라 조선사를 편찬하고자 한 것으로, '근본적 착망'이라는 표현을 사용하며, 적절하지 못함을 지적하고 있다. 그러나 육당의 반도사편찬회 비판은 여기까지이다. 새로 만들어진 조선사 편수 기관이 '좀 더 학적 정당(學的正當)'에 접근하려 한다는 판단이나, 그들이 편찬하는 조선사가 '일본인의 조선사'가 되지 않기를 희망하는 태도는, 그해 10월 육당으로 하여금 편수회 위원이 되는 동기가 되었을 것이다.

조선사편수회 위원으로서 육당의 역사 연구는 그의 관념적이고 개량주의적인 사고를 보여준다. '단군론'에서 '동방문화의 기원'을 역설하고, '백두산근참기'에서 이를 확인하고자 하는 역사의식은 그 자체가 조선 민중의 삶, 현실 속에서 묻어나는 삶은 아니었다. 이 점은 육당의 국토 기행에서 민중적 삶의 모습을 찾아보기 어렵다는 점을 통해서도 알 수 있다. '심춘순례', '백두산근참기' 등의 장편 기행에서 민중은 여행 과정에서 만난 사람들일 뿐이다. 식민 침탈 상황을 온몸으로 겪어야 하는 조선인들에게 '백두산'의 동방 문화를 역설하는 것 자체가 관념적일 수 있다. 그렇기 때문에 백남운(1934)은 육당이 '조선학'이라는 용어를 가장 먼저 사용한 사람으로 보이는데, 그의 용어는 서양의 중국학자들이 사용한 '지나학'과 크게 다르지 않은 것이라고 단정한다. 달리 말해 조선학 연구가 학문적으로 과학성을 담보하는 데 한계가 있다는 것이다.[21]

육당은 1937년 10월 28일부터 1938년 4월 1일까지『매일신보』에 또 다른 장편 기행문인 '송막연운록(松漠燕雲綠)'을 연재한다. 이 기행문은 국토를 대상으로 한 것은 아니나, 경성을 출발하여 간도를 거쳐, 하얼 빈, 길림, 봉천, 대련 등지를 두루 여행한 기행문이다.

【함경선(咸鏡線)】

九月 二六日 아침 七時 五十分 京城驛에서 淸津行 汽車를 탔다. 별로 時 節의 風雲에 衝動된 것은 아니지마는 오래 경륜하야 오든 滿支遊觀을 다시 늦추지 못할 듯한 생각이 간절한 째에 鮮滿拓植으로부터 滿洲에 잇는 니 른바 安全農村의 구경을 慫慂하야 옴에 應하야 아모커나 나서 보겟다 한 것이다. 滿拓 參事 金君 東進이 同道의 勞를 執하여 줌은 든든하기 그지업 다. 車窓으로부터 漢江의 水光을 내여다보매 언쯧 前年의 白頭山 觀參行의 情懷가 復活함을 禁할 수 업다. 白頭山이 祖岳이라 해서 特異한 感興에 슬 렷던 것인즉 祖彊이라 할 滿洲의 地를 往省하는 시방에 마찬가지의 心境을 봄이 진실로 當然하다 할는지.

어디를 보아도 豊稔(풍임)의 秋色이다. 張養浩 詩의 "黃雲亘郊野 農力今 有功"이라 한 그대로의 光景이다. 鐵原 平康쯤서부터는 秋收가 이미 半도 더 넘고 劒拂浪 高原에서는 메밀과 콩도 떨기 시작하얏다. (…下略…)

—『매일신보』, 1937.10.28.

---

21)『동아일보』1934.9.11.

9월 26일 아침 7시 50분. 경성역에서 청진행 기차를 탔다. 별로 시절의 풍운에 충동된 것은 아니지만, 오래 경험해 온 만주 지류의 유람을 다시 늦추지 못할 듯한 생각이 간절한 때에 '선만척식'으로부터 만주에 있는 이른바 '안전 농촌' 구경을 종용함을 따라 어쨌든 나서 보겠다고 한 것이다. 만척 참사 김동진 군이 함께 길을 떠나니 든든하기 그지없다. 차창으로 한강의 물빛을 내다보니 언뜻 몇 해 전 백두산 근참행의 정회가 부활함을 금할 수 없다. 백두산이 조상의 산이라고 해서 특이한 감흥에 끌렸던 것인데, 조상의 영토라고 할 만주 지방을 가서 살피고자 하는 지금도 마찬가지의 심경을 갖는 것은 진실로 당연하다 할지.

필자의 여행 동기가 '선만 척식회사'의 '안전 농촌' 시찰 권유에 따른 것임을 밝힌 이 글은, '백두산근참기'의 '조선심', '조선 정신'과는 거리가 먼 만주 시찰기일 뿐이다. 경성역에서 기차를 타고 철원, 평강, 검불랑을 거치는 사이, 차창 밖으로 보이는 풍경은 '풍임(豊稔)의 추색(秋色)'일 뿐이다. 이쯤 되면 그의 조선 의식은 일제의 동화 정책에 그대로 젖어 있는 셈이다. 이 기행문의 46회 연재분 '지나사변론(支那事變論)'에서 그는 "조선(朝鮮)과 일본(日本)의 병합에는 이에 관련되는 미묘한 의의가 들어 있었다. 일본이 먼저 반도와 일가(一家)가 되고, 다음 만주에 맹방(盟邦)을 만들고, 또 몽강(蒙疆)의 무리까지를 규합하여 동양 방위의 대패(大旆)를 날리면서 지나 중원에 일대 진출을 시작한 것은, 실로 이러한 역사적 사명에 응하는 것이다."라고 서술한다.[22] '조선심'과 '조선 정신'이 일제의 '동양 평화론', '대동아 공영론'에 완전히 흡수되어 있는 상태이다.

이 기행문은 식민시대 국토 기행을 통해 조선 발견, 곧 민족 만들기를 시도했던 지식인의 자기 체험이 얼마나 불완전한 것이었으며, 그로

---

22) 동방문화사(2008), 『최남선 전집』 6, 동방문화사.

인해 좌절을 경험해야 하는가, 또는 어떻게 적응하는가를 보여주는 사례라고 할 수 있다. 근대 한국의 지식인과 사상을 연구한 최영(1997)에서는 일제 강점기 신채호와 이광수를 논의하면서, 최남선과 이광수의 민족성 논의의 성격을 '개량주의'라고 규정하였다. "민족성을 도덕적인 것으로 보고, 개인의 도덕적인 수양을 강조하는 경우, 그 결과가 비관적으로 흐를 것은 명약관화하다. 민족 전체의 도덕적인 완성이란 것의 기대할 수 없는 일이기 때문이다."라고 하면서, "이광수, 최남선의 민족 개량의 주창자들은 모두 전향하여 친일파가 되었는데, 이것은 민족 개량주의자들의 필연적인 결과이다."라는 결론에서, 이광수의 민족 개조론이나 최남선의 '민족성' 찾기가 근본적으로 동질성을 갖고 있음을 시사한다. 최남선에게 나타났던 국토 기행의 자의식 또한 식민시대의 역사학과 통치 현실을 극복하기 어려운 상태에서 자의식의 좌절과 식민 통치에 적응해 가는 과정을 보여준다.

3.2. 장편 기행의 장르화

국토 순례와 민족의 자기 구성을 주제로 국토 기행문을 연구한 구인모(2004)에서는 1920년대 중반기의 조선 지식인이 공유하고 있던 '위기 의식'을 토대로 1920~30년대 국토 기행문이 갖고 있는 사상적 단면을 고찰하는 데 힘을 기울였다. 그의 결론에서 보이듯이, 이 시기 국토 기행은 분명 민족 공동체 구성과 자기 발견을 위한 몸부림으로 해석할 수 있다. 그러나 이광수나 최남선에서 볼 수 있듯, 관념적 조선 찾기가 보인 한계는 명백하다. 많은 논자들은 두 사람의 행적을 '전향'이라고 규정한다. 그러나 엄밀히 말하면 이광수와 최남선의 민족 구성은 전향적 차원이 아니라 출발부터 식민시대의 지적 풍토에서 비롯된 본질적 한계를 갖고 있었던 셈이다.

그럼에도 장편화된 국토 기행은 민족 담론 이외의 차원에서 평가해야 할 부분이 있다. 국토 기행문은 순례의식에서 비롯된 글이기 때문에, 사상뿐만 아니라 문체적인 면에서도 이전의 기행문과는 달리 생동감이 부여된 경우가 많다. 그렇기 때문에 이은상은 『백두산근참기』 발행 이후 다음과 같이 평론하였다.

【육당의 근작(近作) 백두산기(白頭山記)를 닑고】

朝鮮의 碩學 崔六堂의 近業이라 할 만한 '白頭山觀參記'는 昨年 夏期로부터 數個月에 亘하여 東亞日報 紙上에 連載된 것이요, 또 다시 單行本으로까지 刊行케 되여 世上에 나타난 것이다. (…中略…) 紀行文이란 것! 이것은 人生의 記錄이다. 넓게 말하면 歷史나 科學이나 온갖 文學이 人生 行程의 紀行文이다. 天體의 運行, 四時의 循環 속에서 或은 밧갈고 씨쑤리는 或은 獵夫가 山에서 헤매고 漁人이 고기를 낙는 또는 한 民族이 어느 한 時代에 興하고 또다시 亡하는 온갖 生活 온갖 運命, 人生의 事業과 行程은 그대로 紀行文이요, 사랑하고 뮈워하고 즐거워하거나 한숨짓는 온갖 사람의 마음 生命 그대로 紀行文이다. 實上은 우리의 日常生活 世上을 사라간다는 그것이 곳 山을 넘고 물을 건너는 紀行文이다. "旬日에 걸친 陰雨가 겨우 것치고 오래 避身하엿든 太陽이 다시 威容을 내노핫건만은 씨는 듯한 무더위가 오히려 사람을 熱殺 腦殺치 아니하면 마지 아니하려는 七月 二十四日이엇다." 하고 써노혼 것만 紀行文이 아니요, 어느 生活의 記錄이나 業蹟이나 覺悟나, 發明 發見… 말하면 人生 生活의 全幅을 죄다 紀行文이라 못할 바 업는 것이다. 아니 人生은 確實히 紀行文的이다. (…中略…) 六堂은 史家다. '白頭山觀參記'는 紀行文이다. 史家의 紀行文이다. 혼히 文學家의 紀行文은 그의 生活과 作品에 照會됨이 만혼 것이요, 史家의 紀行文은 史料에 貢獻됨이 적지 안혼 것이니, 冊을 써서 內容을 讀破하기 以前에 벌서 六堂의 旅行記로는 後者에 應할 것이리라고 짐작할 수 잇는 것이요, 그리고 前者와 갓혼 藝術味를 맛나게 된다 하면 그는 더욱 貴히 넉여야 할 것이라 아니할 수 업다. 이로부터 該記 讀後感을 적어보려 하거니와 나로서 가장 깁히

敬服하고저 하는 點은 著者의 그러케도 만히 使用한 語彙다. 그가 "簡하고도 要를 得한다 함은 원래 재조의 밋지 못하는 바요 덜퍽지게 나하요 속이 좀 싀원하자고 하건마는 이에는 내 想源이 엿흐며 내 語彙가 모자람을 恨하기도 하는 것입니다." 하고 말하엿스나 그말이 實上은 "재조야 밋지고 남으나, 簡要히 할 白頭山記가 아니요, 내 想源도 쾌 들어갈 곳싸지 갓고 語彙도 남보다는 만히 썻습니다."하는 말과 갓흔 말이라 생각하리만큼 나는 그 語彙의 만흠에 놀나지 안흘 수 업섯다. (…中略…) 이 白頭山記 속에서 장장이 그만흔 語彙에 놀라는 同時에 그 詩的 資品의 넉넉함에도 相當히 敬意를 表하지 안을 수 업다. 六堂은 詩人이 아니다. 그러나 그는 確實히 詩人이다. 詩想人이다. 詩想으로 史實을 만저거리한 新鮮한 旅行家라고도 할 것이다. (…中略…) 나는 이 一冊 속에서 그의 觀點이 한 곳에 合一되여진 것을 보앗스니 그것은 物象을 언제던지 人格化하여 萬物에 쏙 갓흔 生命과 呼吸과 定位를 認識하엿다는 것이다. (…下略…)

—이은상, 「육당의 근작 백두산기를 읽고」, 『동아일보』, 1927.9.8~9.12.

번역 조선의 석학 최 육당의 근작이라 할 만한 '백두산근참기'는 작년 여름부터 수개월에 걸쳐 동아일보 지상에 연재된 것이요, 또 다시 단행본으로 간행되어 세상에 나타난 것이다. (…중략…) 기행문이라는 것! 이것은 인생의 기록이다. 넓게 말하면 역사나 과학이나 온갖 문학이 인생 행로의 기행문이다. 천체의 운행, 사시의 순환 속에서 혹은 밭 갈고 씨 뿌리는, 혹은 사냥꾼이 산에서 헤매고, 어부가 고기를 낚는, 또는 한 민족이 어느 한 시대에 흥하고 또다시 망하는, 온갖 생활, 온갖 운명, 인생의 사업과 행로 여정은 그대로 기행문이요, 사랑하고 미워하고 즐거워하거나 한숨짓는 온갖 사람의 마음 생명 그대로 기행문이다. 실상 우리의 일상생활 세상을 살아간다는 그것이 곧 산을 넘고 물을 건너는 기행문이다. "열흘에 걸친 음우가 겨우 걷히고 오래 피신했던 태양이 다시 위용을 내놓았건만 찌는 듯한 무더위가 오히려 사람을 더위에 죽이고 뇌살하지 않으면 그치지 않는 7월 24일이었다." 하고 써 놓은 것만 기행문이 아니요, 어느 생활의 기록이나 업적이나 각오나 발명 발견 … 말하자면 인생 생활의 모든 부문을 모두 기행문이라고 하지 못할 바가 없는 것이다. 아니 인생은 확실히 기행문적이다. (…중략…) 육당은 역사가다. '백두산근참기'는 기행문이다. 역사가의 기행문이다. 흔히 문학가의 기행문은 그의 생활과 작품에 비친 것이 많으나 역사가의 기행문은 사료에 공험되는 바가 적지 않으니, 책을 서서 내용을 독파하기 이전 벌써 육당의 여행기는 후자에 대응될 것이라고 짐작할 수 있으며, 전자와 같은 예술미를 만나게 된다고 하면 그것은 더욱 귀하게 여겨야 할 것이라고 하지 않을 수 없다. 이에 이 기(記)의 독후감을 적어보고자 하나 내가 가장 깊이 경복하고자 하는 것은 저자가 그렇게도 많이 사용한 어휘다. 그가 "간하고도 요를 득한다 함은 원래 재주가 미치지 못하는 바요, 덜퍽지게 나아 속이 좀 시원하자고 하지만 이것은 내 생각의 근원이 옅고 내 어휘가 모자람을 한탄하기도 하는 것입니다." 하고 말했으나, 그 말이 실상은 "재주야 밑지고 남으나 간요히 할 백두산기가 아니요, 내 상원도 꽤 들어갈 곳까지 갔고, 어휘도 남보다 많이 썼습니다." 하는 말과 같은 말이라고 생각할 만큼 나는 그 어휘가 많음에 놀라지 않을 수 없었다. (…중략…) 이 백두산기 속에 그렇게 많은 어휘에 놀라는 동시에 그 시적 재료와 작품이 풍부함도 상당히 경의를 표하지 않을 수 없다. 육당은 시인이 아니다. 그러나 그는 확실히 시인이다. 시상인이다. 시상으로 역사적 사실을 만지작거린 신선한 여행가라고도 할 것이다. (…중략…) 나는 이 책 속에서 그의 관점이 한 곳에 합일된 것을 보았으니, 그것은 물상을 언제든지 인격화하여 만물에 꼭 같은 생명과 호흡과 정위를 인식했다는 것이다.

5회에 걸쳐 연재된 이 평론에서 이은상은 '백두산근참기'를 역사가가 쓴 기행문이라고 단정하며 극찬하였다. 특히 문학가의 입장에서 이 작품을 극찬한 근거는 풍부한 어휘 사용과 시적 표현이다. 일상 세계의 글, 느낌이 있는 글, 그것이 기행문의 필수 요소라는 것이다. '백두산근참기'는 '간요(簡要)', '상원(想源)', '인격화', '생명', '호흡', '정위' 등의 요소를 두루 갖춘 예술적인 글이라는 것이다.

앞서 살펴본 이광수의 '심춘순례'에 대한 평론이나, 이은상의 '백두산근참기'를 읽은 소감은 이 시기 '기행문'이 왜 문학 작품이 될 수 있는지, 좀 더 구체적으로 문학 장르의 하나가 될 수 있는지를 보여준다. 춘원은 육당의 '심춘순례'가 조선의 '역사', '철학', '정신'이면서도 '문학적 작품'이라는 점을 강조하고 있다. 이는 '백두산 근참'에 대한 이은상의 평가도 마찬가지이다. 여기서 춘원과 이은상이 육당의 기행문을 문학 장르로 인식하는 과정에서 '문체' 또는 '문학적 표현'에 주목하고 있다는 사실은 의미 있는 일이다. 춘원은 육당의 기행문이 문체의 차원에서 문학성을 획득하고 있다고 주장한 근거는 묘사법, 관찰과 비유, 어휘 사용이다. 이 점은 문장론의 관점에서 매우 중요한 의미를 갖는다. 분명 1920년대 전반기까지의 작문 이론은 교과서적인 이론이나 문학적인 글쓰기가 중심 대상이었다. 김경남(2010)에서 밝힌 바와 같이 1920년대의 소설 작법이나 시 작법 등은 전통적인 문학 장르를 전제로 한 글쓰기 이론이었으며, 그것은 소설이나 시의 장르상 특징, 역사, 구조적인 문제 등과 관련이 있었다. 그러나 기행문에서는 '문체상의 특징', '묘사법', '어휘 구사' 등과 같이 문장론의 연구 대상을 기본으로 한 장르화(문학으로서의 가치 부여)가 가능해진 것이다. 이는 근대적 기행문, 곧 문학성이 뛰어난 기행문의 형성·발전은 문장론이나 작문 이론 진보의 배경이 되고 있음을 의미한다.

4. 식민시기 민족 구성의 불완전성

1920년대 중반기 국토 기행은 분명 민족 해체의 위기의식에서 출발한 자기 발견의 노력이었다. 『동아일보』, 『개벽』을 비롯하여 조선 민중에게 영향력 있는 매체에서 가장 많이 언급한 주제의 하나가 '민족'과

'민족성'이었다. 춘원의 개조론이나 육당의 단군론, 불함문화론도 이를 대변한다. 그럼에도 민족 개조론이 민족 부정론의 연장에서 출현한 이론이며, 불함문화론이 '(조선을 비롯한 동방의 개념으로 확장되는) 동방 문화'로 이어진 것은 식민시기 민족 구성의 불완전성을 의미하는 것으로 해석할 수 있다. 이 점은 일제 강점기 대부분의 지식인들이 갖고 있던 한계이기도 하다. 이 시기 역사학자이자 독립운동가, 언론인으로 활동했던 장도빈(張道斌)의 회고담을 살펴보자.

【나의 경험(經驗)에 빛외어】

一. 내가 二十歲 時代의 한 일. 나는 二十歲 時代에 매우 單純한 靑年이었다. 그보다 數年前에 鄕里에서 乙巳年 五條約된 報道를 쓴 新聞紙를 보고 눈물을 흘린 나로서 自來 家庭의 漢學 공부를 停止하고 新學問을 探究하기 비롯하여 京城에 游學하였었다. 二十歲 時代는 무론 내가 官立師範學校를 卒業한 後 二年으로 一邊 法律을 硏究하고 一邊 朝鮮 歷史를 硏究하던 中이었다. 마침 當時에 有名한 梁起鐸, 朴殷植, 安昌浩, 李甲 諸氏를 알게 되었다. 그리하여 大韓每日申報 記者가 되었다. 그 時代의 나는 넘우 單純하여 當時 韓帝國의 末期를 當하여 感覺한 一切 觀念은 오직 朝鮮의 救濟를 爲하여 一身을 犧牲한다는 생각이었다. 그럼으로 當時의 나는 아주 朝鮮民族的 精神으로 權化한 一靑年이었다. 다른 일은 도모지 알려고도 아니하고 또 알지도 못하였다. 그러고 아주 깨끗한 聖人이 되고저 하였다. 모든 物慾을 내어버리고 심지어 家庭과 生活을 저버리었다. (…中略…)

二. 그 結果는 健康衰弱, 一家 分散. 그럭저럭 五個年間을 지난 結果 나는 身體가 非常히 衰弱하였다. 그때 나는 海外 見學을 目的하고 西比利亞에 往하였던 中이다. 當時 美洲에 在留하던 安昌浩 氏의 幹旋으로 나는 新韓民報 主筆이라는 名義 下에 美國을 向할 準備가 整頓되었다. 그러나 마침내 病勢 沈重하여 死境에 瀕하였음으로 目的을 未遂하고 朝鮮

에 歸하여 療病에 全力하였다. 以後 約 五個年間은 全部 健康 回復에 盡力하여 健康은 거의 回復되었다. 그러는 동안 家庭은 貧寒하여 家族은 나를 매우 怨恨한다. 그런 中에 家庭은 나의 堅强한 뜻을 돌릴 수 없음을 알았다. 이에 家族은 不平이 極한 結果 고만 一家 分散의 悲慘을 現하였다. 마침 己未 運動 以後에 나는 京城에서 民族的 文化 運動에 着手하였다. 그러나 나는 一向 犧牲主義로 모든 일을 當하여 아무 내게 關係 많은 事業이라도 나는 決心하고 그 事業의 存在를 爲하여 내가 犧牲하였다. 그 結果는 마침내 나의 生活 基礎까지 專혀 破滅되고 말았다. 當時에 나는 再次 家庭을 構成하였던 中이다. 그러나 生活의 困難으로 家族은 나의 心性과 虛事에 不平을 抱하여 나는 再次 一家 分散의 悲境을 當하였다. 當時에는 朝鮮人의 發達을 爲하여 出版·敎育·言論의 三機를 必要하다 認하여 圖書會社·協成學校·朝鮮之光社 創立하였다. 그러나 나는 마침내 右 三個 機關을 다 干涉하지 않기로 決心하였다. 그는 나의 犧牲主義로 出生한 動作이었다. 그때 나로 因하여 犧牲한 同志가 많지마는 그 中에 나는 許憲 氏를 잊지 아니한다. 當時 許憲 氏는 우리 唯一의 知己之友로 내가 하는 모든 일에 盡力 犧牲한 이다. 나는 以上 身體 健康의 損傷과 自立 基礎의 未成으로 公私間 多大한 損害를 當한 줄로 覺悟하였다. 내가 三十六歲 初 곳 三年 前붙어는 모든 社會的 奉仕를 休止하고 鄕里에 歸하여 農業生活의 資料를 準備함이 全혀 그 때문이다.

三. 二十歲 靑年이 될 수 있다면 (…中略…) 今日 靑年들. 나는 今日 靑年을 매우 걱정한다. 靑年男女들의 所爲를 보면 男子 靑年은 흔히 女子를 抱擁하고 新生活의 재미를 보려는 이들이요, 女子 靑年은 흔히 貴族的 生活로 奢侈 安樂을 取할 뿐이다. 아아 朝鮮 靑年이여, 지금 生活 趨勢를 보라. 林野·漁業·土地·礦山·商業·工業 等이 다 어떻게 된 줄을 모르는가. 또 지금 水利組合 等 問題로 朝鮮人의 生活은 큰 憂慮 危殆에 더욱 向하지 아니하는가. 이때 朝鮮 靑年은 質素·勇敢·勤勉 等 中興 靑年

의 元氣를 가지어야 할 줄 모르는가.

—나의 경험(經驗)에 빛외어, (만일 내가 다시 二十살의 청년이 될 수 있다 하면 특집), 『동광』 제1권 제8호, 1926.12.

일. 내가 20세 때 한 일. 나는 20세 때 매우 단순한 청년이었다. 그보다 수년 전 고향에서 을사년 5조약이 체결된 신문 보도를 보고 눈물을 흘린 나는 그동안 해 왔던 한학 공부를 그만두고 신학문을 탐구하기 위해 경성에 유학하였다. 20세 때는 물론 내가 관립사범학교를 졸업한 후 2년, 한편으로 법률을 연구하고 한편으로 조선 역사를 연구하던 중이었다. 마침 당시 유명한 양기탁, 박은식, 안창호, 이갑 씨를 알게 되었다. 그래서 대한매일신보 기자가 되었다. 그 시대 나는 너무 단순해서 당시 대한제국의 말기를 당해 각오한 일체 관념은 오직 조선의 구제를 위하여 일신을 희생한다는 생각이었다. 그러므로 당시의 나는 아주 조선 민족적 정신으로 권화한 한 청년이었다. 다른 일은 도무지 알려고도 안 하고, 또 알지도 못했다. 그리고 아주 깨끗한 성인이 되고자 하였다. 모든 물욕을 내버리고 심지어 가정과 생활을 져버렸다. (…중략…)

이. 그 결과는 건강쇠약, 일가 분산. 그럭저럭 5년간을 보낸 결과 나는 신체가 매우 쇠약해졌다. 그때 나는 해외 유학을 목적으로 시베리아에 갔다. 당시 미주에 체류하던 안창호 씨의 주선으로 나는 신한민보의 주필이라는 이름 아래 미국을 향할 준비를 착착 하였다. 그러나 마침내 병세가 더 중하여 죽을 지경에 이르렀기 때문에 목적을 이루지 못하고 조선으로 돌아와 병을 치료하는 데 전력하였다. 이후 약 5년간은 전부 건강 회복에 진력하여 건강의 거의 회복되었다. 그러는 동안 가정은 빈한하여 가족은 나를 매우 원망한다. 그런 중 가정은 나의 견고하고 강한 뜻을 돌릴 수 없음을 알았다. 이에 가족은 불평이 심해져 그만 가족끼리 흩어지는 비참한 현실이 되었다. 마침 기미 운동 이후 나는 경성에서 민족적 문화 운동에 착수하였다. 그러나 나는 모든 일을 희생주의로 감당하고, 어떤 사업이든 그 사업을 위해 희생하였다.

그 결과 마침내 나의 생활 기반까지 모두 파멸되고 말았다. 당시 나는 다시 가정을 꾸렸던 중이었다. 그러나 생활의 곤란으로 가족은 나의 심성과 헛된 일에 불평을 품어 다시 일가 분산의 비극을 당했다. 당시는 조선의 발달을 위해 출판, 교육, 언론 세 가지가 필요하다고 인식하여 도서회사, 협성학교, 조선지광사를 창립하였다. 그러나 나는 마침내 이 세 개 기관에 다 간섭하지 않기로 결심했다. 그것은 내가 희생주의로 만든 결과물이었다. 그때 나로 인해 희생한 동지가 많지만 그 중 나는 허헌 씨를 잊지 않는다. 당시 허헌 씨는 나를 알아주는 유일한 벗으로 내가 하는 모든 일에 온 힘을 다해 희생한 사람이다. 나는 이상과 같이 건강 손상과 자립 기반이 성숙하지 못한 탓으로 공사간 많은 손해를 입은 것을 깨달았다. 내가 36세 곧 3년 전부터 모든 사회적 봉사를 그만두고 고향에 돌아가 농업 생활을 위한 준비를 하는 이유가 모두 그것 때문이다.

삼. 20세 청년이 될 수 있다면 (…중략…) 금일 청년들. 나는 금일 청년을 매우 걱정한다. 청년 남녀들의 행위를 보면 남자 청년은 흔히 여자를 포용하고 신생활의 재미를 보려는 이들이요, 여자 청년은 흔히 귀족적 생활로 사치 안락을 취할 뿐이다. 아아 조선 청년이여. 지금 생활 추세를 보라. 임야·농업·토지·광산·상업·공업 등 다 어떻게 되었는지 모르는가. 또 지금 수리조합 등 문제로 조선인의 생활은 큰 우려 위태에 빠지지 않는가. 이때 조선 청년은 질소·용감·근면 등 중흥 청년의 원기를 가져야 할 줄 모르는가.

이 글은 애국계몽가이자 독립운동가였던 장도빈이 1926년 '만약 내가 20세로 되돌아간다면'이라는 가정 아래 자신의 삶을 회고하고, 청년들을 계몽하고자 쓴 글이다. 글에 나타난 것처럼 장도빈은 애국계몽기 『대한매일신보』의 기자, 『신한민보』 주필을 지냈고, 도서회사, 협성학교, 조선지광사를 창립하였다. 이 과정에서 그가 보인 것은 오직 민족주의, 희생주의였다. 그러나 그 대가는 파산이었으며, 그가 찾고자 하는 '전통', '민족'이 당시 시대 현실에서 빛을 발할 수 없었다. 강한 민족의식의 소유자이면서도 현실과 타협하지 않을 수 없었던 시대 상황에서 만들어진 전통은 그 자체로서 타협적인 성격을 띠지 않을 수 없었을 것이다. 이런 배경에서 '민족 감정', '민족정신', '조선심(朝鮮心)', '조선학(朝鮮學)' 등은 현실에서 동떨어진 '고전 부흥론'을 강조하거나 일제의 통치를 방관 또는 협력하는 나약한 지식인을 산출하게 된다.

제7장 국토 순례 기행의 쇠퇴와 식민 지배의 강화

(1930~1945)

1. 기행문과 시대 상황

1.1. 1930년대 작문론과 기행 양식

문체 변천 과정을 고려할 때, 언문일치의 차원에서 1920년대는 그 이전 시대에 비해 획기적인 변화를 보인 시점이라고 할 수 있다. 이 문제는 문체 변천사에 관한 김영민(2009)의 「근대 계몽기 문체 연구」나 허재영(2011)의 「근대 계몽기 언문일치의 본질과 국한문체의 유형」 등에서도 충분히 논의된 바 있다. 더욱이 글쓰기의 관점으로 볼 때, 문체 변화는 1920년대 이후 본격화된 작문론의 영향이 적지 않았음을 확인할 수 있는데, '문사(文士)'의 출현과 함께, 미문적(美文的) 글쓰기를 지향하고, 문학성을 강조하는 경향이 두드러지면서 생동감을 중시하는 기행문이 언문일치의 변화에 큰 영향을 주었음은 틀림없다.

일제 강점기 작문 교재의 하나인 박기혁(1931)의 『창작 감상 조선어

작문 학습서』(이문당)[1]에서는 '기행문 쓰는 법'을 별도의 장으로 설정하여, 기행문이 이 시기의 두드러진 문장 양식 가운데 하나였음을 보여준다.

【기행문(紀行文) 쓰는 법(法)】

紀行文이라는 것은 旅行이나 遠足 中에 보고 듯고 늣긴 바를 쓴 글을 말함입니다.

諸君의 學校에서는 春秋로 遠足을 가며 修學旅行을 가지를 안습니가? 遠足날이면 맛잇는 점심을 어머님께 싸 달내서 몹시 깃븐 마음으로 學校에 가지 안습니까? 다른날과는 매우 마음이 다르지 안습니까? (…中略…) 갈 때와 가서와 올 때의 <u>보고 듯고 늣긴 바</u>를 쓰면 됩니다. 다만 먼곳에 旅行하엿슬 때에는 <u>그 地方의 風俗 習慣 地勢 産物 같은 것도 仔細히 觀察하여야 합니다. 卽 地理的 觀察</u>이 必要합니다. 그리고 또 注意할 것은 記事는 될 수 잇는 대로 깊이 <u>印象에 남은 것</u>을 쓸 것입니다.

매우 간략한 설명이지만, 이 글은 '기행문'이 갖추어야 할 요소를 압축하여 진술하고 있다. 여정과 견문, 감상, '풍속, 습관, 지세, 산물' 등에 대한 관찰과 인상적 기록 등이 기행문에 담겨야 할 요소라는 것이다. 이러한 태도는 1926년 1월 7일『동아일보』에 발표한 주요한의 '문예통속강화'의 태도와도 일치한다. 주요한은 창작을 '즉흥적 창작', '기정적(寄情的 創作)', '사상적 창작'의 세 유형으로 나누면서, 즉흥적 창작은 "오인(吾人)은 귀에 들리고 눈에 보이는 천태만상(千態萬象) 간에 때로는 오인(吾人)의 감흥(感興)을 도두는 것이 문득 기(期)하지 아니하고 붓 끝에 넘쳐 나오는 것"이라고 주장하고, '시가(詩歌)의 일부'와 '기행문' 같은 것이 이러한 창작이라고 주장한다. 곧 작문론, 특히 문학적 창작론[2]

---

1) 이 책은 구자황·문혜윤(2011)의 해제의 '근대 독본 총서'에 포함되어 있다.

이 활발히 제기된 이후 기행문은 문학 창작의 전단계로 누구나 쉽게 쓸 수 있는 감상적인 글이라는 인식이 확산된 셈이다.

이와 같은 차원에서 이태준(1940)의 『문장강화』(문장사)에서는 기행문을 누구나 쓸 수 있는 문장 양식의 하나로 간주하고 있음을 확인할 수 있다. 그의 문장론에서는 기행문에 대해 다음과 같이 설명한다.

【각종 문장(各種 文章)의 요령(要領) - 기행문(紀行文)】

旅日記, 旅行記이니 自然이든 人事든, 눈에 선 風情에서 얻는 感想을 쓰는 글이다.

旅行처럼 新鮮하고 旅行처럼 多情多感한 生活은 없다. 보고 듣는 모든 것이 새것들이다. 새것들이니 好奇心이 일어나고 好奇心이 있어 보니 무슨 感想이고 떠오른다. 이 客地에서 얻은 感想을 스는 것이 紀行文이다.

客地에서 얻은 感想, 그러니까 于先 어디로고 떠나야 한다. 가만히 自己 處所에 앉아서는 쓸 수 업는 글이다. 멀든 가깝든 처음이든 여러번채든 어디로고 떠나야 客地일 것이니 紀行文에는

一. 떠나는 즐거움이 나와야 한다. (예문 생략) 얼마나 질거히 떠났는가? 雀躍이 아니라 深呼吸을 하듯 깊숙한 큰 질거움이다. 긴 紀行文의 書頭답다. 이렇게 그 自身이 기꺼해야 讀者는 期待를 가지고 읽게 되는 것이다.

二. 路程이 보혀져야 한다. (예문 생략) 모다 이 분들의 路程이 눈에 선하다. 讀者가 따라다니는 것 같다. 路程이 나타나는 것은 于先 讀者에게 親切해 좋다. 그렇게 親切한 筆者면 좋은 구경거리를 決코 빼놓지 않고 보혀줄 것 같이 믿어지는 것이다. 그러나 이 路程에 關한 親切이 지나

---

2) 이에 대해서는 김경남 편(2014)의 『일제 강점기 글쓰기론 자료』(도서출판 경진)를 참고할 수 있다.

쳐서 旅行案內所, 旅館組合 같은 데서 주는 案內記나 說明文처럼 되면
안 된다.

三. 客窓感과 地方色이 나와야 한다. (예문 생략) 紀行文은 나그네의 글이
다. 글의 背景은 모다 山 설고 물 설은 客地다. 空然히 旅愁만을 하소연
할 것은 아니로되 그래도 客地에 나와 며칠이 지나면 더욱 一行이 없
이 혼자라면, 길손으로서의 哀愁가 없을 수 없다. 이 哀愁란 紀行文만
이 가질 수 있는 美의 하나이나. 그리고 他關다운 눈에 설은 風情이
全幅으로 풍겨져야 한다. 그러자면 奇異한 것을 어느 점으로는 描寫해
야 한다. '하도롱빛 편지'며 '八峯山'이며 '空氣는 水晶처럼 맑아서'며
'石油燈盞'이며 모다 地方色, 地方 情調의 點綴들이다.

四. 그림이나 노래를 넣어도 좋다. (예문 생략) 興趣와 驚異가 突發的으로
나오는 글이 紀行文이다. 이미 안지 오랜 古蹟도 當해놓면 感懷가 새삼스
럽고 어탯것 기어오르던 山이라도 한거름을 더 오름으로 말마아마 전혀
다른 眼界가 展開되는 수가 있다. 그런 突發的으로 激해지는 感懷, 그대
로를 傳할 수가 없으니 뜻보다 情의 表現인 韻文을 利用하게 되는 것이
다. 그리고 方位를 위해서나 實景을 위해서나 그림을 그려 글 속에 끼는
것도 一趣가 있는 솜씨다. 그러나 노래나 그림에 相當한 實力이 없어
本文에 遜色이 될 만한 程度면 차라리 斷念하는 것이 賢明하다.

五. 考證을 일삼지 말 것이다. (예문 생략)

이 外에 더욱 注意할 것은 感覺이다. 感覺이 날카로워야 平凡한 데서도
맛있게 印象的이게 느낄 수 있다. 李箱의 '成川紀行'의 一節이 平凡한 事實
이나 얼마나 아름답게 써졌는가? 그리고 路程과 日程이 長遠한데서는 形
式을 日記風으로 取함이 좋은 方法의 하나이다. 또 當日로 다녀오는 조고
만 遠足記 같은 데서는 다음과 같은 몇 가지에 關心하는 것이 要領을 잃지
않는 방법일 것이다. 1. 날씨, 2. 가는 모양, 3. 가는 곳과 나, 4. 想像턴
것과 實地, 5. 새로 보고 들은 것, 6. 가장 印象 깊은 것, 7. 거기서 솟은
무슨 追憶과 希望, 8. 이날 全體의 느낌 等

이 설명에 나타난 바와 같이, 1930년대 이후에는 문장 작법상 기행문 쓰기가 일상화된 것이 사실이다. 근대 시기 소수의 지식인, 유학생을 중심으로 한 세계 일주기, 답사기, 기자의 취재기 등과 같은 제한적인 글쓰기에서 '수학여행', '소풍(원족)'을 비롯한 신변잡기에 이르기까지 기행문은 누구나 쓸 수 있는 글로 인식되기에 이른다.

『문장강화』에서 기행문이 문장 형식의 하나로 인식될 수 있었던 데에는 1920년대의 국토 기행에서 비롯된 기행문의 형식적 또는 내용적 조건과도 밀접한 관련을 맺는다. 이는 육당의 「백두산 근참기」가 나온 직후 노산 이은상이 쓴 '육당의 근업(近業): 백두산기(白頭山記)를 낡고'에서 잘 나타난다.

【육당의 근업(近業): 백두산기(白頭山記)를 낡고】

(…前略…) 우리가 紀行文이라 부르는 것은 文學 中의 一部門을 이름이다. 하지만 紀行文을 낡으면서 혹은 쓰면서 人生의 行程을 생각함은 그 반듯한 일이라 아니할 수 업는 것이니, 시나 소설을 낡고 쓰는 째보담 더 한층 인생을 觀照하게 되는 것도 까닭업다 못할 것이다.

人生의 生活이란 늣김 투성이요, 벌서 生命이란 그 本體가 感銘 속에서 認識되는 것이며, 온갖 生長, 循環, 無常, 變遷, 江山을 대한 째에 紛擾한 街路에 나섯슬 째, 오직 늣김의 테둘이를 한박휘 두박휘로 둘러가면서 破壞하고 십흐나 그래도 아름다운 暫間은 설어도 希望 그득한 歷史를 만들어 가는 것이다. 毋論 文學은 그 엇더한 것을 不拘하고 늣김의 産物이어니와 이 紀行文이란 더욱 한층 늣김으로 사람의 마음을 쓰을어야 하는 것이다. 강을 에돌고 산을 채여 넘을 째 발걸음 쓀 적마다 보이지 안는 늣김의 線을 그어 노하야 하고 발ㅅ자국 노흘 째마다 늣김의 點을 꼭꼭 찍어 두어야만 하는 것이다. 그것을 그대로 써 노흔 것이 紀行文이요, 그것은 그 원통이 늣김 속에서 푸드득거리는 생명을 가진 것이어야 할 것이다. 늣김 업시는 文學이 아니요, 紀行이 아니다. (…中略…) 그럼으로 紀行文이 紀行

文의 行勢를 하고 제 티를 낼랴 할사록 인생에 대한 觀照와 史眼과 詩想이 한데 어울리고, 그것을 自家의 確乎한 人生觀과 社會觀 내지 生活觀 우에 세워진 '타파스'(熱)와 늣김으로 휩싸서 高價의 것을 만들어야 하는 것이니, 紀行文일사록 文學의 文學되어야 하는 것이다.

—『동아일보』, 1927.9.8~9.

이처럼 1930년대에 이르러 글쓰기 방법과 태도에 관한 논의가 활성화되면서 '기행문'은 누구나 쓸 수 있는 글이면서도, 문학의 한 양식이자 '인생관, 사회관, 생활관' 등을 나타내는 전형적인 문장 형식으로 간주되기 시작하였다. 이 경향에 따라 1930년대에는 신문, 잡지 또는 단행본으로 출간된 수많은 기행문이 등장하게 된다. 특히 『삼천리』(1929. 6~1942.1, 통권 152호)나 『조광』(1935.11~1944.12, 통권 110호)과 같은 종합 잡지의 경우, 거의 매호마다 기행문이 실릴 정도로 기행문 자료의 양적 증가가 두드러졌다.

그럼에도 1930년대의 기행문은 근대적 '환유지식증장(環游智識增長)'이나 1920년대의 '국토 순례 의식' 등과 같은 시대의식을 드러내는 경우가 많지 않다. 글을 쓰는 사람이라면 누구나 기행문을 일상으로 쓰고, 또 일부는 문학적인 표현에 집착하지만, 치열한 시대의식을 담아낸 기행문이 사라진 시대가 도래한 것이다.

1.2. 여행의 일상성(日常性)과 기록(紀錄)의 다양화

일제 강점기 식민지적 상황에서 '여행'은 지식인이나 학생들을 대상으로 일상화되기 시작했다. 지식인의 경우 근대 계몽기의 지식 증장을 위한 환유(環游), 유학 등의 필요성이 일제 강점기에는 식민 정책에 따른 각종 시찰단 구성이나 유학 담론과 이어졌고, 1920년대부터 본격화된 문화운동 차원의 국토 순례나 명승 탐방 운동으로 변화되기도 하였다. 이러한 변화에는 식민지적 상황이지만 철도나 자동차와 같은 교통수단의 확장도 주요 요인으로 작용했다. 다음은 이러한 변화를 추측할 수 있는 자료이다.

【여행의 일상화】

ㄱ. 朝鮮 鐵道 旅行 案內－매월 일회 뎡긔 발행: 이째까지 조선 안의 각 뎡거장에는 일본문으로 된 털도 려행 안내는 만히 파랏스나 조선문으로 된 것은 업서서 일반 조선 사람에게는 불편이 만터니 금번 수송동 팔십삼번디 김영철(金英喆) 씨가 〈조선 털도 려행 안내사〉를 설립하고 매월 뎡긔로 새것을 발행하야 털도회사의 허락을 어더 각 뎡거장에서 팔 터인대 남대문 뎡거장에는 되도록 고학생을 식히어 팔게 할 터이며 내용은 긔차 시간 이외 려행에 필요한 것이 만타더라.

—『동아일보』, 1923.3.27.

ㄴ. 旅行 展覽 開催－5일부터 9일까지－상품 진열관 내에서: 朝鮮 滿洲 日本 及 其他 海外 사정을 일반에 紹介하야 해외 發展思想과 旅行의 趣味를 普及식힐 목적하에 〈釜山日報〉 경성지사의 주최와 경성상업회의소 滿鐵 京城鐵道局 朝鮮海業會 朝鮮鐵道協會의 후원으로 총독부의 찬조를 어더서 여행 전람회를 개최하는데 會場은 시대 永樂町에 잇는 상품 진열관이오, 기일은 去5일부터 來9일까지라 하며 出品物의 내용은 汽船 鐵道 電車 東和洋 旅館 여행에 관계 잇는 會社 商店 團體 등의 출품으로 繪畵 寫眞機型 내지 扇子 手巾에까지 전부 網羅한 것이라고.

—『동아일보』, 1924.6.7.

일제 강점기 교통수단 확충은 제국주의 식민지배 정책 및 식민지적 자본주의와 밀접한 관련을 맺고 있다. 철도 여행 안내서[3]나 명승고적

---

3) 일제 강점기 일본문으로 된 철도 여행 안내서로는 조선총독부철도국(1915)의 『조선철도

안내서 등이 광범위하게 발행된 것도 이를 증명한다. 이뿐만 아니라 각 학교의 수학여행도 기존의 여행관을 변화시키는 요인이 되었다. 수학여행은 근대식 학제 도입 이후 견문 증식(見聞增識) 차원에서 실행된 교육 수단의 하나였으나4) 일제 강점기에는 각 학교마다 수학여행을 제도적으로 연례화하였다.

【放學을 어쩌케 利用할가: 신체단련, 독창력 발휘, 사회봉사】5)

校門을 나서 實社會에 投한 이는 누구든지 학창생활을 回顧하야 樂園에 比함을 듯는다. 학교생활 중에도 夏期 休暇가 얼마나 질거운 시기인가는 경험해 본 이가 다 알 것이다. 써낫든 부형을 맛남도 이 째요, 登山臨淵하야 머리를 맑힘도 이 째요 街頭로 農村으로 實社會의 맛을 봄도 이 째다. (…中略…) 산에 오르지 遠大한 眼光과 深奧한 氣稟을 여긔서 섭취할 것이오, 바다에 쓰라 無限高의 大空과 無限廣의 波頃은 <u>도시의 喧騷에 쪼들린 頭腦를</u> 씻어줌이 잇슬 것이다. (…하략…)

이 논설은 하기휴가를 이용하여 학생들에게 농촌 계몽 활동, 특히 문맹퇴치 운동에 앞장설 것을 촉구하는 논설이다. 이 글에 등장하는 '신체단련', '독창력', '사회봉사'는 이 시기 수양운동(修養運動)에 등장하는 주된 목표였고, 이를 실천하는 방안으로 '여행(旅行)'과 '농촌계몽'이 상투적으로 제기되었다. 곧 여행은 학생들에게 수양의 방편이자 휴식의 시공간으로 인식되었다. 일제 강점이라는 시대 상황에서 모든 민중이 여행을 즐길 수 있는 것은 아니지만, 지식인과 학생 대중에게는 여

여행안내』(조선총독부), 남만주철도 경성감리국 편(1918)의 『조선철도여행안내』(남만주철도 경성감리국), 철도여행안내편찬소 편(1926)의 『(명소탐승) 전국철도여행안내』(富文館) 등이 발견된다. 또한 철도성(1938)의 『철도여행안내』(鐵道省)는 일본의 철도를 소개한 책자이다.

4) 『황성신문』 1909.5.9, 논설 참고.

5) 『동아일보』 1928.7.19.

행 자체가 휴식과 즐거움, 낭만적인 시간과 공간으로 인식되기 시작한 셈이다. 그렇기 때문에 이 시기에는 '여행의 기록'이 거창한 글쓰기가 아니라 누구나 남겨야 하는 기록으로 인식된다. 특히 학생들의 경우 '수학여행', '소풍(원족)' 등이 그러한 경험을 제공하는 기회이다.

【수학여행(修學旅行)을 의의(意義) 잇게 하려면】[6]

녀학교 소학교 등에서 교외로 원족가는 긔절이 되엇습니다. 원족에 대하야 주의하여야 할 일은 여러 가지임니다마는 그 중에서도 위선 연구할 일은 견학의 장소와 원족의 행뎡(行程)임니다. 이것은 대개 선생과 인솔자가 게획하야 학생에게는 그 게학한 데로 식히기만 합니다마는 그것이 벌서 잘못하는 것임니다. 학생 자신들로 하여금 미리 원족에 대한 게획을 세우게 하고 또 도중에 견학할 만한 곳을 조사 연구하게 하는 것이 좃습니다. 대자연(大自然)의 속에서 유쾌하게 걸어다니는 것도 조혼 일이지마는 동성체 디리(地理) 력사(歷史) 리과(理科) 인문(人文) 등의 모든 현상을 시찰하야 각종의 지식을 함양(涵養)하는 것으로써 원족의 주요 목뎍으로 하지 아니하면 아니됩니다. 원족이라 하면 어린 학생들은 대개 놀너간다고 간단히 생각하여 버립니다. 그것은 분명히 선생이 잘못 지도한 까닭으로 그와 가튼 관념을 가지게 된 것임니다. (…중략…) 그 다음으로 주의할 일은 복장과 휴대품임니다. 의복은 될 수 잇는 대로 경편하게 하는 것이 뎨일 조흐니 원족 간다 하야 모양을 내기 위하야 의복을 복잡하게 하는 것은 잘못임니다. 간단하게 하는 동시에 더러워질 생각을 하고 검소하게 차리는 것이 좃습니다. 그러나 여하히 간단히 한다 할지라도 <u>공책 연필 등은 니저서는 아니됩니다. 가다가 듯고 보는 것을 일일이 긔입하도록 하는 것</u>이 무엇보다도 필요합니다. 조선 학생들을 보면 이 덤에 잇서서 아즉 등한한 것 갓습니다. 원족을 오즉 유흥 긔분으로써만 하야 지식 함

---

6) 『동아일보』 1927.10.4.

양이라는 덤은 조곰도 도라보지 아니하고 잇습니다. 이 덤을 속히 교정하여야 합니다.

1930년대 이후의 기행문 가운데 상당수는 수학여행과 관련을 맺고 있다. 수학여행은 근대식 학제가 도입된 이후 1900년대부터 본격적으로 등장하여, 1920년대 이후에는 각학교마다 필수 행사가 되었다.[7] 수학여행과 소풍이 의례화되면서 여행 과정과 건문 기록도 일상화되기 시작했다. 다음은 1930년대 수학여행의 한 모습이다.

【만주기행: 배재5년 김종근】[8]

선잠을 깨여 눈을 부비고 닐어나니 아직도 曉晨(효신)의 장막이 보야케 덮힌 二十日 일은 아츰 다섯 시엿다. 驛頭에 모이기로 期約한 九時까지에는 네 시간 餘裕는 잇섯다. 簡略한 旅具를 收拾하야 가지고 남먼저 驛頭에 나가노라 한 것이 벌서 多數의 동무들이 모이엇섯다.

우리 五年 一同 八十名 行隊는 金守基, 金鎭浩, 山元藤之助 세 분 선생님의 引率下에 9시 5分撥 北行列車로 京城을 써낫다.

學窓에 시달린 나머지 紅塵萬丈인 京城의 混濁한 市街를 써나 淸淨한 공기를 힘끗 머시며 金色에 잠긴 秋野의 大自然에 胸襟을 吐露하야 哀傷的 氣分이 漲溢한 感想이 붓 끗을 搖動시키리만큼의 價値로써든지 또한 여러 해 동안 修學旅行에 굼주린 우리로서 旅行地가 또 特殊地帶인 南滿洲地方

---

7) 『동아일보』 1926.10.11, 논설 '修學旅行의 可否' 참고. 이 논설에서는 "우리는 수학여행의 효과를 부인하는 이가 아니다. 혹 역사적 古蹟을 차즈며 혹은 自然의 勝景을 차자, 혹은 先人의 功績을 追慕하며 혹은 國土의 美觀을 讚美함이 知識을 넓히는 점으로나 愛國的 情緖를 길우는 점으로나 또는 自然 實力을 주는 점으로나 靑春의 快活한 기상을 發揮하는 점으로나 그 效益이 不少함을 承認한다. (…중략…) 그럼으로 우리는 수학여행을 劃一的으로 强行식히는 制度를 고쳐 수학여행과 추수 방식과 두 가지를 난호아 학생들로 하여금 자유로 양자 중에서 일을 擇하게 하되 될 수 잇는 대로는 농가자녀로 하여금 추수하는 父老를 돕게 하야"라고 주장한다.

8) 『동아일보』 1930.12.5.

—오늘날 世界政客의 野心의 集注地이요 幽靈 中國의 神出鬼沒하는 政治的 變態—即 畸形的 政治—를 演出하는 그네들의 다스림(治)을 밧고 잇는 그 나라 그 民族의 民族性, 生活狀態, 文化程度 등을 探索해 보라는 눈으로써든지, 그것보다도 몸을 헐벗고 배를 굼주리고 잇는 우리네의 移住民들의 艱難한 生活狀態를 探察 熟考하야 아르포의 進出에 만혼 힌트를 엇고저 하는 점으로든지 이러한 모든 점으로 보아서 우리에게 多大한 收穫이 잇스리라는 期待가 큰 만틈 今番 南滿洲地方으로 旅行케 된 것을 絶好의 機會 안닐 수 업섯스며 羨望의 一端 아닐 수 업다.

배재5년생 김종근의 수학여행은 이 시기 학생들의 수학여행의 단면을 보여준다. 참여 학생수 80명과 인솔 교사 3인으로 구성된 수학여행단이 남만주 지역을 답사하는 형식으로 진행된 이 여행의 목적은 '홍진만장'의 경성을 떠나 '대자연의 흉금을 토로'하는 일상화된 여행관을 바탕으로 남만지역의 '문화정도'와 '생활상태'를 견학하는 데 있다. 개인적인 여행이 아니라 80명의 여행단의 여로(旅路)에서 견문하는 바가 자유스럽거나 생활상에 대한 심층적인 탐구가 이루어지기는 힘들다. 그럼에도 여행의 자유, 견문한 바를 일상처럼 그려내는 사회적 분위기는 1930년대 기행 체험의 글쓰기, 곧 여행 기록의 일상화 또는 다양화를 유발하는 요인이 되었다.

이처럼 여행 기록의 일상화는 '탐승(探勝)'과 '오락', '취미' 등을 특징으로 하는 스케치형 기행 자료 산출의 배경이 되었다. 다음 글은 『동아일보』 1935년 8월 2일자 '정찰기(偵察機)'라는 가십란에 실린 기행문에 대한 가벼운 평이지만, 이 시대 기행문의 특징을 요약적으로 보여준다.

【여행(旅行)과 기행(紀行)】
여름이 되면 휴가를 이용하야 旅行하는 이가 만타. 따라서 여행 중의 見聞을 적어 신문 잡지에 발표하는 이가 만타. 이러한 紀行을 볼 때에 우리는 거기서 두 가지 타입을 發見한다. 하나는 그 旅行地의 自然과 風物을 接한 때의 自己의 인상과 견해를 가감없이 率直하게 적는 것이오, 다른 하나는 그 旅行地의 歷史와 地誌와 및 古人의 詩文을 뒤적거려서 거기서 얻은 知識을 羅列하는 것이다.

이 두 가지 중에서 特히 後者가 만흠을 너무도 만음을 우리는 본다. 元來 學問上 必要로 史蹟 探査를 위한 여행을 하는 境遇라면 그 紀行은 한 개의 明確하고 該博한 報告書가 되어야 할 것이니 이는 論外에 두거니와 그러한 必要도 또는 效果도 없이 近來에 얼마나 만히 陳腐하고 衒學的인 紀行文이 讀者의 머리를 散亂케 하고 잇는가. 이 後者와 같은 紀行이면 卓上에 數卷 書만 잇으면 可能할 것이니 구태여 苦熱을 무릅쓰고 山水를 찾은 뒤에야 써진다 할 것은 없는 일이다. 그러나 前者는 그 自然과 風物의 目擊者 乃至 發見者로서의 印象과 見解를 적는 것이니, 이야말로 몸소 그 땅을 밟아 요모조모로 보고 느끼지 안코는 단 한 줄도 쓸 수 없는 것이다. 이러한 紀行에서야만 우리는 生動하는 무엇을 그 속에 볼 수 잇는 것이오, 따라서 이러한 紀行을 얻어서야만 그 自然과 風物이 더욱 빛날 수도 잇는 것이다. 今年 여름에는 이러한 生新한 紀行이 더러 잇어 주어야겟다. (알파)

—『동아일보』, 1935.8.2.

이 글에서는 1930년대 탐승 여행의 일상화에 따라 변화한 기행문의 특징을 잘 요약한다. 순례기 형태의 사적 탐사 영향에 따라 기행문마다 각종 역사서에서 인용한 현학적 사료(史料)가 등장하며, 지지(地誌)와 시문(詩文)이 빠지지 않는다. 또한 단순 견문의 세계 일주기나 국내 기행문도 비교적 자주 등장하는 것도 이 시기 기행 담론 변화의 주된 특징 가운데 하나이다.

2. 1930년대 국토의식과 조선인의 삶

2.1. 국토의식과 순례기(巡禮記)의 일상화

1930년대 기행문에서 주목할 점은 앞선 시기의 순례기가 일상화된다는 점이다. 『동아일보』의 경우 1930년부터 폐간(1940년)까지 국내 여행지를 대상으로 한 연재 기행문 20편을 조사하면, 이 시기 기행문의 흐름이 잘 나타난다. 이 시기는 1920년대 후반기의 국토 순례 기행문이 점차 탐승(探勝)·오락성을 띤 여행잡기로 변화한다.

【1930년대 『동아일보』 소재 연재 국내 기행문】

번호	연재일	필자	제목	연재횟수	기행지
1	1931.05.21~06.15	李光洙	충무공 유적 순례	15회	아산 등 (이순신)
2	1931.10.31~11.08	洪千吉	명산물과 고적의 임진강 순례	3회	명산물
3	1931.06.11~08.07	李殷相	향산유기(香山遊記)	35회	묘향산(단군)
4	1931.10.28~11.06	안성 최영수	스케취 기행: 송도를 차저서	7회	개성
5	1932.03.11~03.30	양기병	지하금강 동룡굴 기행	12회	동룡굴
6	1932.07.29~11.09	玄鎭健	단군성적순례(檀君聖蹟巡禮)	51회	단군 관련 유적지(단군)
7	1933.05.08~05.18	李殷相	춘천기행(春川紀行)	5회	춘천
8	1934.07.25~07.29	安在鴻(民世)	장수산 유기·구월산순례(九月山巡禮)	4회	장수산, 구월산(강감찬)
9	1935.07.31~08.08	李無影	수국기행: 제주도	5회	제주도
10	1935.08.17~11.28	洪得順	팔도풍광(八道風光)	49회	부여, 삼남, 전주, 경남 천성산, 제주도, 함흥, 수원
11	1936.05.29~08.12	편집자	산악은 젊은 조선(朝鮮)을 부른다	10회	경성, 부산, 대구 근교 명산
12	1936.08.18~08.21	혜산지국 양일천	수국기행	4회	압록강
13	1937.08.05~08.12	세의전(世醫專) 김동위(金東胃)	장백산맥 등척기	5회	백두산

번호	연재일	필자	제목	연재횟수	기행지
14	1937.10.31~11.14	신남철	금강기행	12회	금강산
15	1938.07.27~08.03	李無影	비경탐승: 단양유기	7회	단양
16	1939.08.04~08.10	韓雪野	부전 고원행	4회	부전
17	1938.08.09~08.31	서항석	비경탐승: 황해금강 장수산행	12회	장수산
18	1938.10.25~11.06	이무영(민촌)	금강비경행	4회	수원, 금강
19	1938.10.30~ 1940.05.26.	김도태	지상 수학여행	71회	경부선 연변
20	1939.09.08~09.16	정래동	화산용주사	7회	수원

스무 편의 자료 가운데 순례 기행의 영향을 받은 대표적인 것으로는
이광수의 '충무공 유적 순례', 이은상의 '향산유기', 현진건의 '단군성적
순례'를 들 수 있다. 이들 작품은 『백두산근참기』 이후 국토 순례의식
을 그대로 반영한다. 다음을 살펴보자.

【국토 순례기】

ㄱ. 이광수, '충무공 유적 순례': 5월 19일 晴. 오전 10시 京城驛發. 오후
1시 40분 溫陽着. 그러나 이 길은 溫泉놀이 온 길은 아닙니다. 社命으
로 우리 충무공 이순신의 史蹟을 찾는 길, 그야말로 충무공 유적 巡禮
의 길입니다. (⋯중략⋯) 우리 임 자최 찾아 떠나옵는 길입니다. 임
자최 찾는 대로 이야기를 적어내어 조선의 아들 딸에게 드리오려 합
니다.

—『동아일보』, 1931.5.31.

ㄴ. 이은상, '향산유기': 雨脚이 오락가락 하드니 오정이 지나서는 일천이
放晴. 이것이 1931년 6월 4일 漢城의 天氣엿습니다. 밤에도 연하여 맑
아 11시 發 北行車의 窓 안으로 달빗이 새어 듭니다. 명산 순례로서는
昨夏에 金剛行을 지은 일이 잇서 이번이 其次이지마는 북행으로는 이
것이 處女行입니다. 더구나 동반이 되어준 大隱和尙까지 역시 초행이
라는 데는 마주 안자 서로 한번 웃지 안을 수 업섯습니다. 그러나 拔草

膽風의 길을 가티 나선 것은 중한 인연이라 할 것입니다. 佛家에서는 '同席大面 五百生'이라고 하거니와 이번은 緇素가 步調를 가티 하여 妙香 聖地를 巡禮하는 일일 쏜 아니라 가며가며 眞俗 二諦를 실카장 談論하기까지 할 것이니 과연 幾千幾萬 生의 인연인지도 모르겟습니다.

—『동아일보』, 1931.6.11.

ㄷ. 현진건, '단군성적순례': 단기 4265년 7월 8일 단군 성적 순례의 길에 오르다. 京義線에 몸을 실리니 밤 10시 40분. 渺邈한 상하 반만년, 동방 문화의 연원이시며, 生生化育 2천 3백만 檀族의 靈과 肉의 母胎이시며 黑龍江의 南, 黃河의 北, 東海의 西, 茫茫한 5천 여리에 開之拓之하신 神功聖蹟을 남겻섯스니, 이 廣汎한 문화권을 溯究하고 이 尨大(방대)한 地域圓을 奉審하자면 정말 쌈아아득한 노릇이다. 일년은커녕 일생을 두고 誠과 熱과 力을 경주하드래도 이 願念의 만분지일이나, 아니 만만지일이나 達할가 말가.

그러하거늘 公務와 俗累의 틈을 비기 數週의 시일로 奔忙한 旅程에 몰려 할 수 잇는 準備조차 가추지 못하고 더퍼노코 發程하고 말앗스니, 大膽하다면 대담도 하려니와 輕率하고 무모하기 이를 대 업는 일이리라. 그러나, 그러나! 스스로 밋는 바 잇스니, 그것은 聖朝에 대한 丹誠과 信念이다. 한배님이 두호하시거니 斷崖에 手를 撤할 大勇도 起치 말란 법 업스며, 왕검님이 바드시리니 絶壁에 足을 印할 靈能인들 生치 안흐랴. 胖體와 鈍足을 疑懼할 필요도 업거니와 不學과 無知에 躊躇할 緣由도 업다.

衒飾과 邪念을 버리자. 쥐쏘리만한 知識으로 臆測과 摸索을 함부로 말자. 孩心으로 돌아가리라. 白紙가튼 赤子의 맘으로 님의 아페 서리라. (…하략…)

—『동아일보』, 1932.7.29.

세 편의 기행문은 유적지와 명산을 대상으로 한 순례기이다. 이들

기행문에는 1920년대 말의 국토 순례의식과 상징적인 의미가 그대로 드러난다. 정도의 차이는 있지만 역사와 문화를 바탕으로 한 민족 정체성을 강조하고, '충무공'이나 '단군'과 같은 상징적인 인물을 부각하며, 국토에 대한 경배의식을 숨김없이 드러낸다. 특히 현진건의 '단군성적 순례'는 최남선의 '근참(覲參)'과 크게 다르지 않다.[9]

사전적 의미에서 '순례(巡禮)'는 종교적인 의미를 담고 있다. 그런데 1930년대 중반부터는 '국토'나 '민족'을 대상으로 한 종교 수준의 순례기는 더 이상 나타나지 않는다. 앞의 표에서 확인할 수 있듯이, '수국기행(水國紀行)', '금강기행(金剛紀行)' 등의 국토 기행문에서도 근참기의 '님'이나 '성적(聖蹟)' 등은 고려되지 않는다. 그럼에도 '순례'라는 용어가 쓰인 각종 기행 자료가 범람하는데, 이러한 형태는 순례라는 명칭을 사용했지만 일종의 탐방기 형태의 자료들이다. 홍득순의 '팔도 풍광'이나 '산악은 젊은 조선을 부른다'와 같은 기행문은 '순례'라는 명칭을 사용했더라도 국토애나 민족애 등과는 거리가 있다. 이는 '순례'라는 용어가 종교의식과 관련된 사전적 의미를 벗어나 '탐방'이라는 용어와 같은 뜻으로 사용되기 시작했음을 의미한다. 1930년대 『동아일보』에 수록된 탐방 형태의 순례기로는 다음과 같은 것들이 있다.

【탐방기 형태의 순례 자료】

번호	연재일	필자	제목	연재횟수	주제
1	1932.01.19~03.02	편집자	각국 농원 카메라 순례	18회	농업
2	1932.08.10~09.16	이윤재 외	한글 순례	22회	한글 강습
3	1932.01.18~02.15	편집자	동서명작 미술 순례	5회	미술 작품
4	1933.08.19~08.24		농촌 카메라 순례	4회	농촌 풍경

---

9) 이러한 차원에서 백두산 상징의 또다른 기행문인 안재홍(1931)의 『백두산등척기(白頭山登陟記)』는 1920년대 말부터 1930년대 초까지의 순례기가 유행했음을 보여주는 사례이다. 이 기행문은 1930년 8월 11일부터 9월 15일까지 『조선일보』에 연재되었으며, 1933년 6월 유성사서점(流星社書店) 발행, 한성도서주식회사 인쇄로 발행되었다.

번호	연재일	필자	제목	연재횟수	주제
5	1934.01.09~04.17		전조선 체육단체 순례	17회	체육 단체
6	1934.03.01~04.05		산업세계 카메라 순례	12회	산업 시찰
7	1934.07.08~07.22		남량 카메라 순례	9회	명승 사진
8	1935.07.18~08.02		남량지 카메라 순례	12회	명승 사진
9	1935.04.16~04.28	홍해성	명연출가 순례	10회	연출가
10	1936.04.03~04.08	홍원길	전원 카메라 순례	3회	전원 사진
11	1937.10.22~11.09		세계저명극장 순례	13회	극장 사진
12	1938.04.01~05.05		상공 쇼윈도 순례	23회	상회 사진

이들 순례기 가운데 '한글 순례'는 『동아일보』 주최 '조선어 강습회'
와 관련한 보고서라는 점에서 주목할 만하다. 이 강습회는 조선어학회
와 공동으로 1931년부터 시행되었으며, 1932년 제2회 강습회에는 신명
균, 장지영, 이병기, 권덕규, 이희승, 이갑, 김윤경, 이만규, 최현배, 이상
춘, 이윤재, 김선기 등이 참여하였다. '한글 순례'는 1932년 8월 10일부
터 9월 16일까지 강습회 강사로 참여했던 사람들이 각 지역의 강습회
상황과 견문한 바를 신문사에 편지 형식으로 보낸 자료인데, '순례'라
는 제목을 붙인 데서 추측할 수 있듯이 문자 보급 운동을 신성한 책무
로 인식하고 있음을 나타낸다.

【학생(學生) 브나로드와 한글 강습(講習)】[10]

(…전략…) 그러나 브나로드 運動은 다만 文字와 數字만을 普及하는 데
局限된 것은 아니다. 기타에도 무엇이든지 民衆에게 必要한 것이오, 학생
이 할 수 잇는 일이면 할 수 잇는 것이니, 금년에는 문자, 數字 普及班,
과학, 위생 강연대, 학생 기자대뿐이어니와 從次로는 생산, 소비 등의 조
합훈련이며 음악, 연예 등 오락이며, 체육 등 무엇이든지 민중에게 유익하
고 학생으로 할 수 잇는 것이면 점차로 다할 것이니 (…중략…) 오늘날

---

10) 『동아일보』 1931.7.28.

우리 조선 학생은 조선에 관한 지식이 부족하다. 교실에서도 조선에 관한 강의를 듣기가 어렵다. 그럼으로 학생들이 조선에 관한 지식을 가지랴면 첫재로 朝鮮에서 刊行되는 新聞과 雜誌를 보는 것이 필요하거니와 직접 자기가 聞見하는 것이 가장 確實한 길이다. 자기가 자기의 鄕里의 山川이나 鄰里의 인민의 생활을 관찰하야 文章으로 敍述하야 보는 習慣을 길우는 것은 학생 각자에게 심히 중요한 일일뿐더러 그것이 지면에 발표된다 하면 청순한 남녀학생의 맘에 비초인 조선의 自然과 人事는 반드시 무상한 흥미를 催할 것을 믿는다.

브나로드 운동 차원의 한글 강습회는 '향리의 산천', '인리의 인민 생활'을 관찰하여 서술하는 문장, 곧 기행문의 주요 요소인 관찰과 견문의 요소를 포함한 글쓰기를 촉진시켰다. '한글 강습'은 이러한 배경에서 쓰인 전형적인 순례기이다. 각 지역 강습소로 떠나는 과정, 그곳에서 만난 사람, 그곳 사람들의 생활 모습 등을 사실적으로 기록한 순례기에서 당시의 시대상을 확인할 수 있을 뿐만 아니라, 식민시기 조선어 연구와 보급에 일생을 바친 사람들의 의식세계를 확인할 수 있다. 다음은 1932년 8월 18일자 이갑의 '신천(信川)에서'의 한 대목이다.

【신천에서】

해주의 강습을 중지케 되엇다는 본사의 通信을 받고 보니, 그곳에 갈 맛도 업다. 그러므로 사일 날을 이곳서 더 묵기로 하엿다. 이날부터는 確實히 健康의 회복을 깨닫게 되엇다. 그래서 이곧의 情況도 알고 싶엇고 近郊에 散策도 마음에 잇엇다.

만여호가 들끓는 이 市邑엔 첫재로 손곱을 것이 나날이 旺盛해가는 精米業(정미업)이다. 예기저기 박여 잇는 8개소의 큰 정미소에서 끊임없이 까여 나오는 벼알들은 멀리 日本에까지 輸出된다 하며, 곡물 집산의 대시장으로서 실로 해서에서 둘재 가라면 슬어할 만한 곧이라 한다. 멀리 평양에서 흘러오는 전류가 이 곧의 밤을 밝혀주며 앉은 자리에서 먼대ㅅ사 람과 얘기를 시켜 준다. 이 근처 중요 市邑이 다 그러하다. 제법 都市風이 잇다. 이 곧의 명소는 溫泉이라 한다. 장엄한 호텔을 중심으로 한 백여호 가구의 유일한 생도는 오직 혹가다가 들리는 旅客들의 호주머니를 쳐다 보는 것이라 한다. 거리를 浮動하는 분냄새, 향수 냄새, 에로의 기분이 자 못 濃厚하다. 40여명의 겹치는 藝妓는 철없이 덤비는 모기떼와 함께 이곧 의 名物이라 할까. 그러나 豪商의 돈가방이 얼빠진 술ㅅ잔에 녹아버리고 부모의 뼈저린 유산을 간드러진 노래가락과 따스한 입김에 혹 불어 날리 는 貴童子가 그 얼마나 많은고, 명소가 아니라 멍드는 곧이다.

私設敎育機關으론 유지곤란의 빠진 경신보교와 예수교회 경영인 한 개 의 유치원이 잇을 뿐. 그리고 읍에서 좀 떨어저서 왕할머니의 獨營인 중등 정도의 농민학교. 적잖은 일군을 길러준다. (…하략…)

이 순례에서는 그 당시 한글 강습에 대한 총독부의 통제 상황, 해주 를 비롯한 신천 지역의 생활 모습, 경제 상황, 여행자의 모습, 온천지의 퇴폐적인 상황 등이 사실적으로 기술되어 있다. '순례'의 종교적인 의 식이나 숭고함보다는 일제 강점기를 살아가는 민중들의 모습이 그대로 그려지는 셈이다.

그러나 순례라는 표현이 일상화되면서 각종 탐방이나 조사 기록을 '순례'라는 표현으로 대체한 자료가 일반화된 것도 1930년대 기행 담론 의 특징 가운데 하나이다. 이러한 기행 담론은 '여행, 휴식, 호기심, 풍 광, 탐승, 고적' 등의 용어가 하나의 범주로 간주되는 상황에서 자연스 럽게 생성된 것으로 보인다. 특히 카메라 순례'라는 명칭이 사용된 자 료는 사진과 간단한 해설로 이루어진 경우가 많다. '각국 농원 카메라 순례', '농촌 카메라 순례', '산업세계 카메라 순례', '납량 카메라 순례', '납량지 카메라 순례', '전원 카메라 순례' 등이 이에 해당한다. 이처럼 사진 자료와 함께 간단한 해설을 붙인 '카메라 순례'가 많아진 것은 1930년대부터 본격적으로 보급되기 시작한 사진 문화와도 밀접한 관련이 있는 것으로 보인다. 이 시기 여행자는 으레 사진사를 대동하고, 사진을 찍는 것을 일상으로 삼았다.

사진은 명승고적을 가장 사실적인 기록으로 남기는 수단의 하나이다. 1920년대 기행문에서는 신문사나 여행단이 사진반을 대동하고, 활동사진이나 기록 사진을 찍어 대중에게 알리는 것이 매우 중요한 행사의 하나로 간주되었다. 민태원의 '백두산행'(『동아일보』, 1921.8.21)의 백두산 사진이나 이와 관련한 '백두산 강연회'(『동아일보』, 1921.8.29) 등은 이러한 상황을 잘 보여준다. 그런데 1930년대 기행 담론에서는 사진기 보급에 따라 각종 스케치 형의 기행 자료가 범람한다. 최영수(1931)의 '송도를 차저서', 최일송(1932)의 '화성 넷터를 차자서' 등은 아예 '스케취 기행(紀行)'이라는 표현을 사용한다. 이러한 배경에서 1930년대 기행문 가운데 상당수는 사진 찍기를 의례화하고 있음을 확인할 수 있다.

2.2. 조선인의 삶과 기행 체험의 괴리감

1930년대 명승고적에 대한 스케치형 기행문이나 사진 기록이 급증하면서 여행이 학생과 지식인의 일상처럼 변화해 가는 과정에서 나타난 특징 가운데 하나는, 일반 민중과 여행 체험의 괴리감이라고 할 수 있다. 예를 들어 『삼천리』 창간호(1929.6) 특집인 '여인국 순례(女人國巡禮)'는 김두백(金枓白)의 '제주도 해녀', 정인익(鄭寅翼)의 '사찰의 승녀(僧女): 불도 닥그러 온 이승(尼僧)들은 동정(童貞)인가', 김동환(金東煥)의 '논개야 논개야 부르며 초하의 촉석루(矗石樓) 차저'라는 세 편의 잡문으로 채워져 있다. 특집 제목부터가 선정적이며 자극적이다. 이 가운데 김두백과 정인익의 글은 여정을 구체적으로 밝히지 않은 점에서 순수한 기행문으로 분류하기는 어렵다. 그럼에도 작품 끝에 해녀의 민요를 소개하거나 동대문 밖의 사찰에 거주하는 여승을 대상으로 한 점에서는 기행 체험이 전제된 글이라고 할 수 있다.

'제주도 해녀'에는 "곳가튼 이만 나부(二萬 裸婦)가 굴 캐며 노동하는 용자(勇姿), 안해가 남편을 먹여 살니나? 그네의 뎡조 관렴은 엇든가?"와 같이 선정적 질문이 던져진다. '반 나체의 처녀가 남자 사이를 활보'한다거나 '남편을 먹여 살리려 바닷속으로 들어가', '해녀들은 일본과 타처(他處)로 행상(行商)도 해' 등과 같이 제주도를 이국(異國)으로 간주하고, 바다를 삶의 터전으로 하는 해녀들의 본질적인 삶은 도외시한 채 호기심만 자극하고 있다. 정인익의 '사찰 승녀'에 대한 생각도 마찬가지이다. '곳갈 쓰고 장삼 입고 목탁 두드리며 사는 그네 내면, 별유천지비인간(別有天地非人間)인가?'라는 질문과 함께 '그네들은 육(肉)에서 사나 영(靈)에서 사나?', '승방에 펴 잇는 일타(一朶)의 수련(壽蓮)'과 같이 성과 관련지어 여승들의 삶을 서술한다.

【승방에 펴 잇는 일타(一朶)의 수련(壽蓮)】[11]
　壽蓮은 이 승방에 가장 뛰어난 미모의 소유자이엇다. 풍만한 肉의 劃線은 가장 근대적인 理智이 율동을 보히고 「클라씩」한 용모의 전형에도 內包는 어듸까지 근대적 신선경쾌한 광채를 쏘아 전체가 이지의 渾然한 미를 뽑내여서 실로 승방 그늘에 피엿다가 그 그늘에서 시듬이 앗가움을 모다 속삭엿다한다. 그럼으로 壽蓮의 뒤를 쫏은 豺狼의 떼는 나날이 느러갓다. 그리하야 佛道三昧에 저진 壽蓮은 마침내 戀愛三昧의 邪道에 들게 되엿다. 그 후부터 승방의 젊은 比丘사이에는 꼿을 대하야 한숨짓고 달을 우러러 눈물먹는 애닯은 정경이 느러갓다한다. 늙은 比丘의 감시와 戒愼이 嚴酷하야 갈수록 그들은 본능적으로 젊은 사나이들과 계집이 어우러저 노는 노룸방을 엿보려하고 그들의 雰圍氣에 잠기려 한다고 이는 이

---

11) 『삼천리』 창간호(1929.6).

僧房의 이웃에서 數三年 그들의 생활과 일상을 보아온 中老의 한심한 듯한 이야기이다. 얄구진 시간은 그들을 하필 이 시대의 比丘로 만드럿스며 얄구진 공간은 하필 이 都會의 이웃에 자리를 잡게 하엿든가. 시대의 足蹟은 斷俗의 佛院까지 蹂躪하고 마럿나니 이제 이 比丘는 과연 前古의 比丘에 견주어 불행한 淚水가 滂沱함이 무리가 아니요. 深山入禪의 달은 比丘에 견주어 애닯은 심경에 彷徨함도 엇절 수 업는 사실이다. 그들의 생리적 본능은 先天이 되고 그들의 심리적 본능은 後天에 屬한 것이다. 시간은 이제 현대라는 分水嶺을 가저 오고 그 嶺上에 이 둘을 세운 것이다. 기여 오른 뒷길로 다시 밋그러저 내릴 것인가? 시대가 유도하는 압비탈 길을 내려 궁글을 것인가. 이 두 문제는 낮이나 밤이나 念佛讀經의 때이나 두 본능의 內爭울 이르키는 것이다. 그러나 인간은 시대의 공기를 흡수하고 그 시대의 조류에 자멱질하나니 轉換된 시대에 전환된 심리를 不斷히 유혹에 잠긴 이를 比丘의 大群이 어느 때 禪佛從徒의 역사우에 큰 噴火를 가저올 것인가를 누가 부인하겟는가. 모든 것은 시간의 시킴에 잇다. 그들도 시대의 지배에 움지기는 인간이어니 시대의 懊惱와 世紀의 煩憫이 엇지 업술 것이냐?

'수련'은 이 승방의 여승 가운데 한 사람이다. 불도와 유혹 사이에서 본능을 버릴 수 없다는 투의 저자의 사색은 전통적 관념과 '현대의 분수령'이라는 어설픈 용어로 대체되며, 독자의 시선을 멋쩍게 회피한다. 대중잡지라는 『삼천리』의 특성에서 기인한 것일 수도 있지만, 이 잡지에는 유독 이러한 유형의 기행 담론이 많다. 『삼천리』 제5호(1930.4)에 실려 있는 강남거사(江南居士)의 '남해 절도(南海絶島)에 잇는 자유연애(自由戀愛)의 평화촌(平和村)', 제14호(1931.4)에 수록된 공곡거사(空谷居士)의 '구한국 군함(舊韓國軍艦)을 타고: 상해(上海)·해삼위(海蔘威) 항행기(航行記)' 등도 풍속 소개와 견문 회상을 명목으로 이국적인 성문화에 집착한다. 강남거사의 작품은 '꿈가튼 사실의 가지가지'라는 부제 아래,

"부산에서 배를 타고 한참 가노라면 끗업는 바닷물 우에 동그란 섬 하나 솟아 잇고, 그 섬 속에 사시장춘이라 하리만치 빨가케 닉은 귤들이 땃듯한 봄바람에 나붓기는 것과 영지 빗헤는 파란 대밧이 하늘을 가리고 잇는 것이 보임니다."라고 시작한 데서 추측할 수 잇듯이 제주도를 배경으로 한 것임을 알 수 잇다. 이 부분을 좀 더 확인해 보자.

【꿈가튼 사실의 가지가지】[12]

(…전략…) 대밧헤서 王참대 꺽거 닐닐니 부는 퉁주 소리가 들니는가 하면 바다까에서는 또 하얀 젓가슴을 활활 드러내 노혼 색시들이 바구니로 진주를 캐어내는 광경이 보임니다. 일긔가 땃듯하고 륙지와 멀고 풍경이 아름다운 이 남해의 절해고도에는 서울 사람이나 <u>현대 사람들은 상상도 못하리만치 대담하고도 깜작 놀날만한 남녀간 풍속이 잇스니 실로 결혼하기 전에 순결한 치녀 하나가 찾기 어려우리 만치 이곳의 성생활(性生活)은 개방이 되여잇습니다.</u> 이제 이 섬 모양을 자세히 적어보기로 하겟습니다. 여기에는 우선 회사지도 우에도 항해로(航海路)가 아직 끗기어 잇지 안으니 만치 그로 가자면 조고마한 목선을 구하여 몸을 실을밧게 업습니다. 태평양에 한 발자국이라도 갓가우니 만치 가는 바다길은 풍랑이 좀 심하지만은 섬에만 가노흐면 조개를 벌러노혼 듯한 안윽한 배 드려매는 항구가 잇서서 마음을 노케하는데 그 섬에 첫 발자국을 드러노흐면서 우리의 눈을 당황케하는 것은 실로 녀자들이 만흔 점이외다. <u>동으로 가도 서으로 가도 바닷가로 가도 촌가로 가도 녀자! 녀자! 녀자!</u>

필자가 견문한 제주도의 모습에는 그 자체로서 삶과 풍속이 전혀 업다. '원시시대가튼 생활', '남녀 혼침(男女混寢)의 현상(現象)', '결혼·결혼·타태(墮胎)'와 같이 자극적인 부제를 사용하여 독자의 호기심만을

---

12) 『삼천리』 제5호(1930.4).

끌고자 한다. 이 잡지에는 이와 같은 성적 호기심과 관련한 글들이 다수 실렸는데, 1930년 9월호의 '나체범람(裸體氾濫)'이라는 특집에 포함된 김동진의 '해삼위(海蔘威)의 해수욕장(海水浴場)', 강서산인의 '화가의 화실과 나부(裸婦)', 김을한의 '가두(街頭)와 에로 전성(全盛)' 등도 이러한 유형의 잡문들이다. 앞에 언급한 '해삼위 항행기'에서도 '해삼위의 스츄릿껄들', '해삼위에서 격근 두 가지 에피소드', '바다의 로만쓰'라는 부제에서 짐작할 수 있듯이, 여로(旅路)는 그 자체로 선정적·낭만적 분위기의 과정으로 대체된다. 이 또한 1930년대 식민치하에서 상업적 저널리즘이 바꾸어 놓은 기행의 왜곡된 모습이다.

상업적 저널리즘의 차원에서『삼천리』는 식민치하에서 장수한 잡지이다. 1929년 6월 창간호를 발행한 뒤, 1942년 1월까지 통권 152호를 발행했는데, 대중독자를 대상으로 한 종합잡지로는 상당히 긴 기간에 걸쳐 발행되었다. 이처럼 이 잡지가 비교적 오랜 기간 발행될 수 있었던 데는 기행문뿐만 아니라 상당수 잡지 기사, 또는 문예물이 속물적 내러티브를 추구했기 때문이다.[13] 이러한 경향은 1930년대 대중 잡지에서 더 두드러지게 나타난 것으로 보이는데,『동아일보』1934년 1월 24일자에 실린 황욱(黃郁)의 '1933년 조선 문화운동 총평'의 잡지 경향은 이를 잘 보여준다.

【1933년 조선 문화운동 총평(5): 신문과 잡지의 일년간】[14]
單行本으로서의 圖書出版이 볼 만한 것이 殆無한 조선에 잇어서는 新聞과 雜誌의 文化運動에 잇서서의 役割은 다른 나라의 그것에 비하야 몹시

---

13)『삼천리』의 속물적 내러티브에 대해서는 박숙자(2009)의 「1930년대 대중적 민족주의 논리와 속물적 내러티브」,『어문연구』37(4), 한국어문교육연구회, 335~361쪽; 이승윤 (2013)의 「삼천리」에 나타난 역사 기획물의 특징과 잡지의 방향성」,『인문학연구』46, 조선대 인문학연구소, 457~480쪽 등의 논문을 참고할 수 있다.
14)『동아일보』1934.1.24, 황욱, '1933년 조선 문화운동 총평(5)'.

크다 하겟다. (…중략…) 그런대 지난해 각 新聞의 學藝面은 학예면이라는 이보다 차라리 文學面이엇다는 것이 適當하겟다는 感이 잇을만치 文學ㅡ 그것도 <u>創作</u>보다도 <u>文學理論, 雜文</u>에 관한 것이 너무 많앗다. 학예면은 일반 독자의 것이엇다는이보다 소수 문학인의 것이 되고 말엇다. 또 정책상으로 보아도 너무 文學같은 데 치중하는 것은 靑年들의 注意를 社會現實에서 떠나게 하는 惡結果를 낳기 쉬운 것이다. (…중략…) 그리고 가치 文學에 관한 것도 社會現實을 떠난 소위 <u>純粹文藝와 享樂的 氣分이 너무 많은 類의 수필이 너무 많은 것</u>은 더욱이나 좋지 못한 傾向이다. (…중략…)

雜誌는 대개 세 가지로 나눌 수 잇으니 첫재는 一般雜誌 직 政治經濟의 時事로부터 文藝小說에 이르는 雜駁한 記事를 <u>左翼的</u>이 아닌 程度에서 見地의 區別없이 揭載하는 종류의 雜誌다. <u>『삼천리』, 『신동아』, 『중앙』</u> 등이 다 이런 잡지들이라고 전부 그런 것은 아니지만 지난해에 이르러 더욱 더 <u>趣味本位 販賣本位</u>로 되어 억지로 日本의 趣味雜誌 『キング』其他를 模倣하며 심하면 『犯罪公論』에 실리는 것같은 기사와 사진까지 揭載하야 '조선 雜誌' 독자로 하여금 눈살을 찌푸리게 하는 것까지 잇다. 그러치는 안타 하여도 過失히 큰 題目만 걸고 내용은 쥐고리같은 기사가 많은 등, 이런 <u>雜誌들의 商品化의 程度</u>와 반비례로 그 문화적 가치는 점점 적어져 오직 거기 揭載되는 문예작품에 다소 가치를 남기고 잇는 것이 많음은 필요한 일이겟지만 또한 섭섭한 일이다.

이 평론에서 확인할 수 있듯이, 1930년대 대중 잡지는 저널리즘의 속성대로 상업화 경향이 뚜렷했다. 잡문 형태의 기행문에서 속취미화, 향락화된 소재가 빈번히 등장하는 것도 이러한 시대적 분위기와 무관하지 않다. 더욱이 1930년대에 들어서 식민지배가 공고화되고, 사상통제가 심해지는 상황에서 견문 증식의 기행문 또는 삶의 진실한 모습을 담아내는 기행문이 진술하게 쓰이기는 힘든 상황이었을 것임은 쉽게 짐작할 수 있다. 이는 『동아일보』 기행문도 마찬가지이다. 1935년 7월

30일부터 8월 8일까지 5회에 걸쳐 연재된 제주도 여행기인 이무영(李無影)의 '수국 기행'에서도 제주도는 그 자체가 환상과 호기심의 섬일 뿐, 민중의 삶의 모습은 찾아보기 어렵다.

【수국기행(水國紀行)】[15]

(…전략…) 내 삼십 평생에 꿈꾸고 그리워하든 제주도! 이곳은 삼다국(三多國)이라고 사람들은 말한다. 석다(石多), 풍다(風多), 여다(女多)라 하야 이 속칭(俗稱)이 생격음 – 그리고 여자가 만흔 까닭에 여인국(女人國)이라고도 부를 수가 잇다. 이 섬에 여자들은 남자들을 지배하고 잇는 것이라 말하여도 과언이 아니리라. 해녀(海女)들은 아침부터 저녁까지 작업장(作業場)에 나와서 부즈러니 일하는 것이니 굳센 힘이 들어 잇는 그네들의 팔과 다리, 땀흘리며 일하는 그의 근로성은 이 제주도 사람들의 생활을 보장해 나간다고 한다. 한라산(漢拏山) 봉오리에 연기같은 농무(濃霧)가 어리엇으며 생점복 만흔 바다에 해녀들이 일한다. 싸움이 없는 도민(島民)들의 순량함이여! 밤에 대문을 닷지 아니하는 것이 이 섬의 미풍(美風)이니 도불습유(道不拾遺)에 야불폐문(夜不閉門)은 제주도를 가르친 말이 아니고 무엇이랴. (…중략…) 배가 다은 곳은 산지포(山池浦). 여기가 제주의 관문이란다. 새벽 세 시의 포구에는 방축에 부드치는 잔물소리가 들일 뿐, 객을 부르는 여관 안내자들의 말소리도 어딘지 은근한 맛이 잇고, 제주도라면 곧 꿈나라인 것처럼 생각해 온 탓인지 가등의 히미함도 어쩐지 까닭이나 잇는 듯이 생각킨다.

'제주도 우리땅'이라는 인식을 수차 자신에게 되푸리 해온 나엇건마는 부두에 첫발을 내어드디면서부터 남의 땅을 밟는 것같다. 내가 탄 배를 마중 나온 사람들은 도합 30명. 그 만흔 사람 중에서도 나를 응시하는 사람은 단 한 사람뿐이건마는 모든 사람들이 먼나라의 진객을 진기한 듯

---

15) 『동아일보』 1935.7.31.~8.3, 이무영, '수국기행(2), (3)'.

이 바라보는 것 같다. 나를 응시하던 단 한 사람에게 삼십분이나 시달리고 나니, "아, 여기 또한 조선땅이로구나."하는 인식이 그제야 새로워진다. "아, 그러나 여기도 조선이다." (…하략…)

필자의 여행은 제주도를 삼다의 섬, 이국적인 섬이라는 관념에서 출발하여 피상적인 조선 땅에 도착한 데 머물러 있다. 일제 강점기 '태서환'이라는 일본인이 운영하는 배를 타고 떠난 여정에서 뱃길의 험난함을 과장하고, 일본인 학생들의 만세 삼창을 들으며, 막연히 섬나라 제주도에 대한 동경을 갖고 떠난 필자의 시선이 삼지연 폭포의 화려함이나 방목장의 이색적인 풍경에 머물고 만 것도 단지 필자의 지각없음에서 비롯된 것만은 아닐 것이다. 이러한 차원에서 1936년 8월 18일부터 21일까지 4회에 걸쳐 연재된 혜산 지국 양일천(梁一泉)의 '수국기행'은 압록강변 벌목 상황을 생동감 있게 그려내어 독자의 눈길을 끈다.

【광명한 대기 속에서 압록강의 유벌생활(流筏生活)】[16]

(…전략…) 기자는 이삼 동무와 작반하야 압록강 떼목을 잡아타고 삼일간 수국생활을 하엿다. 험악한 국경 정조와 괴로운 떼목살이의 타령을 해보기로 한다. 떼목을 타려면 첫새벽에 일어나야 한다. 오전 4시 50분! 아직 세상이 고요한 꿈나라에 잠기엇을 때 요동(要洞) 물동으로 달려갓다. 벌서 십여명의 벌부들이 떼목을 연결하고 수선하는 중이다. 기자는 일즉부터 '조기회'에 몸을 단련하고 잇으나 이러케 일즉 일어나기는 처음이다. 혜산(惠山)시가에 아직 전등불이 깜박거리고 먼 촌에 개짓는 소리도 처량히 들리는 국경의 동트는 새벽! 어둠의 장막 속에서 압록강 저편 만주의 컴컴한 공기는 언제 보아도 무시무시한 품이 험악하기 짝이 없다.

벌부들의 가족들이 점심밥을 싸 가지고 나와서 '부대 잘 갓다 오라'고

---

16) 『동아일보』 1936.6.18, 양일천, '수국기행'.

반갑지 않혼 인사를 한다. 이것이 최후 인사일는지도 모르는 그들의 주고
받고 하는 말에는 어쩐지 슬픔이 가득하여 보엿다.

 백두산(白頭山) 기슭에서 골골이 개천을 따라 나오는 떼목은 압록강의
전면을 덮어 보앗다. 저편은 만주국 채목공사(採木公司) 떼목 '宋'자 기를
달엇고, 이편쪽은 영림서(營林署) 떼목 '工'자 기를 달고 전쟁에 나아가는
병사와도 같이 서로 의기양양한 기세로 떠들어 대고 잇다. 이러케 떼목
우에까지 국경선(國境線)을 그어노코 서로 눈을 흘겨다보는 인간의 작난
이 우습지 안혼가.

 1930년대 중반 압록강변의 벌부(筏夫) 생활을 체험한 이 기행문은
1925년 3월에 쓰인 김동환의 『국경의 밤』을 연상케 한다. 국경의 밤의
공간적 배경이 두만강이며, 주인공 순이가 밀수꾼 남편을 걱정하는 장
면 등을 형상화한 점이 압록강과 벌부의 삶으로 대체되었을 뿐, 그 분
위기나 삶의 모습은 크게 다르지 않다. 백두산과 압록강을 경계로 만주
국의 채목공사, 조선의 영림서가 나뉘어 있고, 괴로운 뗏목사리와 만주
로 쫓겨 가는 유민 동포의 모습 등이 유유히 흐르는 압록강과 절묘한
대조를 이룬다. 특히 벌부들이 가장 힘들어한다는 '모치덕'의 격류를
통과하는 모습은 기자 스스로 벌부의 한 사람이 된 것처럼 묘사된다.

【구절양장 수국 험로에 구사일생(九死一生)의 벌부 생활】17)
 ─원한과 눈물 엉킨 한숨이 동남풍인가 激流! 險山! 危險한 모치덕
 모치덕이라고 하면 압녹강 벌부들은 소름이 끼치도록 원한을 끼친 곳
이다. 해마다 이곳에서 수만은 벌부가 희생을 당햇음으로 바위 우에는
수신상(水神堂)을 모시어 노코 일노태평을 빈다고 한다. 바위가 병풍처럼
둘러선 골수로 쏴! 하고 나려 쏘는 험산! 격류! 물결은 바위에 부디처서

17) 『동아일보』 1936.8.20, 양일천, '수국기행(3)'.

방울방울 깨여저 금구슬 은구슬이 되고 그 어마어마하고 무시무시한 수왕(水王)의 위엄에 경탄치 안을 수 없다.

떼목은 물결 속으로 들어 갓다 나왔다 이리저리 돌면서 떼목을 이은 '타리개'가 삐걱삐걱 끈어지고 바위에 부디처 꽝! 하드니 떼목이 깨여지고 … 벌부들 낯을 처다보면 까마케 되어 어찌할 줄 모른다.

목숨은 경각에 달렷다 – 생각하매 정신이 아득할 뿐이다. 바로 우리가 탄 앞에 떼목이 산산히 부서저 제2탄에 걸처 노앗고 제3탄에도 여러 사람이 떼목을 떼여 가려고 이엿차! 소리를 맛치고 잇는 것을 볼 때 눈물겨웁게 동정하고 싶엇다. 제4탄 제5탄까지 구곡양장과 같은 험로를 생명을 걸고 쏘아나려 왔으니 떼군들은 수국생활이 괴롭다는 듯이 땀을 닦으며 "그놈의 모치덕이…"하고 호주머니에서 담배를 내어 피어물고 한숨을 내쉬인다. 우리가 탄 떼목도 모치덕에서 병들기 시작하야 십사도구(道溝) 부근에 와서 기어코 바우에 걸어노코야 말엇다.

모치덕! 여기에는 얼마나 만흔 벌부들의 시체를 장사지내엇는가. 송장을 뜯어 먹은 '모치'라는 고기떼가 만허서 일홈이 모치덕이라 하나 만일 그들이 떼목사리를 하다가 이곳에서 죽은 혼이나마 잇다면 밤마다 소리치어 구슬피 울 것이다.

기자의 설명에 따르면, 혜산진 시내에 뗏목 생활을 하는 벌부의 숫자가 5백 명이 넘는다고 한다. 이를 근거로 추산할 때 이 시기 압록강변의 벌부가 수천 명이 넘는다. 기자는 국경지대 마적단의 피해, 만주와 조선 경계의 경비병과 주재소, 밀수(호추와 밀주가 주요 품목) 장면 등을 보고 들으면서, 당시 동포들의 고단한 삶을 직접 경험하고 있다. 특히 낮 동안에는 압록강 건너 만주 산간에서 일을 하다가도, 밤이 되면 배를 타고 조선 땅으로 건너와 잠을 자야 되는 상황은 그 자체가 피란민의 삶이자 유민의 애환이다. 매우 짧은 기행문이지만, 1930년대 중반 국경의 모습을 생동하게 그려낸 기행문이 매우 드문 상황에서 양일천의 시선은 당시의 상황을 활동사진처럼 제시해 준다. 다만 험난한 국경 생활의 끝 부분에서 "압녹강 떼목사리 3일간! 한업시 유쾌한 속에서 산천풍물을 보고 시원한 대기를 마시니 뼈와 살 속에 새 힘 새 혼인들 잠겨 잇지 안을가. 신갈파에 나리니 동무들이 '살이 젓다'고 말하엿다. 이것이 압녹강의 살?"이라고 마무리한 것은 이 기행문의 문체와 주제에 어울리지 않는 결미(結尾)일 듯하다.

3. 식민지배와 이데올로기 표상

3.1. 만주의 기억과 식민주의

만주(滿洲)는 1930년대 이후 대표적인 기행지 가운데 하나였다. 물론 만주가 이 시기 처음 등장한 것은 아니다. 『황성신문』 1909년 8월 13일 별보에도 '서간도 실기(西間島 實記)'가 등장하며, 1910년 2월 1일부터 4일까지 4회에 걸쳐 '안씨의 여행기'라는 그 당시 변호사 안병찬의 기행문도 등장한다. '실기'에는 간도의 위치, 지세, 물산, 인호거주, 인정 풍속, 정치 관계, 교육, 이주민 증가 상황 등이 객관적으로 기술되었으며, 안씨의 기행문은 남만철도를 중심으로 한 봉천선 건설, 봉천(奉天) 지역의 상황, 대련(大連), 여순(旅順) 등의 역사 유적 등을 기술하였다. 일제 강점 이전의 애국계몽적 분위기에서 쓰인 안씨 기행문은 다음과 같이 끝맺고 있다.

【안씨 기행문】[18]
(…전략…) 大抵 關東洲管轄은 旅順、大連、金州인딕 此等地는 皆日本의

---

18) 『황성신문』 1910.2.4, 잡보, '안씨 기행문'.

統治權下에 歸ᄒ고 安奉線 鉄路 附近에도 日本에셔 警察을 擴張ᄒ야 淸人의 干涉이 無ᄒ되 獨奉天은 淸國에셔 警察權을 行使ᄒᄂ니라. 余ㅣ甞히 大韓歷史를 考閱ᄒᆫ즉 高麗恭愍王 九年에 我太祖高皇帝ᄭᅢ셔 遼陽城을 攻破ᄒ시고 北元에 移咨ᄒᄉ 曰遼藩은 元來 本國의 舊界라 蒙古와 漢人은 幷히 干涉이 無ᄒ다 혀스니 盖此 遼東半島ᄂ 我韓의 舊界가 明確ᄒ지라 惟我 靑年同胞ᄂ 我國의 疆土를 恢復ᄒᄂ 義務를 雙肩에 負擔ᄒ 者인즉 斯速히 智識을 開發ᄒ고 實業을 振興ᄒ야 國家의 大事業을 企圖ᄒ지어다.

번역 대저 관동주 관할은 여순, 대련, 금주인데, 이들 지역은 모두 일본의 통치권에 놓여 있고, 안봉선 철로 부근에도 일본에서 경찰을 확장하여 청국인의 간섭이 없으나, 오직 봉천은 청국에서 경찰권을 행사한다. 내가 일찍이 대한 역사(大韓歷史)를 고찰하여 보니, 고려 공민왕 9년에 우리 태조 고황제께서 요양성을 쳐서 격파하시고 북원으로 옮기시니, 이른바 요번(遼藩)은 원래 본국의 옛 경계라, 몽고와 중국인은 아울러 간섭이 없었다고 하셨으니, 이는 모두 요동반도는 우리 한국의 옛날 경계가 명확하다. 오직 우리 청년 동포는 아국의 강토를 회복하는 의무를 양 어깨에 짊어진 자인즉, 속히 지식을 개발하고 실업을 진흥하여 국가의 대사업을 기도할 것이다.

구토 회복을 위해 청년 동포에게 '지식 개발', '실업 진흥'을 촉구하는 내용의 결말은 애국계몽기 지식인의 전형적인 계몽 담론에 속한다.

그 이후 1910년대나 1920년대에도 만주 지역은 지속적인 기행지가 되고 있다. 이 점에서 기행문 연구자들 사이에서는 만주 기행에 대해 비교적 많은 관심을 기울여 왔는데, 최삼룡(2010)의 『만주기행』(보고사), 동국대학교출판부(2010)의 『제국의 지리학: 만주라는 경계』(동국대학교출판부) 등의 단행본뿐만 아니라, 김외곤(2004)의 '식민지 문학자의 만주 체험: 이태준의 만주기행'(『한국문학이론과 비평』 24, 한국문학이론과 비평학회), 서경석(2004)의 '만주국 기행문학 연구'(『어문학』 86, 한국언어

문학회), 서영인(2007)의 '일제 말기 만주 담론과 만주 기행'(『한민족문화연구』 23, 한민족문화학회), 장영우(2008)의 '만주 기행문 연구'(『현대문학의연구』 35, 한국문학연구학회), 허경진(2011)의 '근대 조선인의 만주 기행문 생성 공간: 1920~30년대를 중심으로'(『한국문학논총』 57, 한국문학회), 홍순애(2013)의 '만주 기행문에 재현된 만주 표상과 제국주의 이데올로기의 간극: 1920년대와 만주 사변 전후를 중심으로'(『국제어문』 57, 국제어문학회) 등 40여 편의 논문이 나올 정도로 주목을 받아왔다. 이는 일제 강점기 만주 기행이 그만큼 중요한 의미를 갖고 있음을 의미한다.

1920년대 만주 기행은 나공민의 '만주 가는 길'(『동아일보』 1920.6.23~7.9, 12회), 필자 미상의 '남만(南滿)을 다녀와서'(『개벽』, 1924.7, 통권 49호), 이돈화의 '남만주행'(『개벽』, 1925.7, 통권 56호) 등이 대표적이다. 이들 작품뿐만 아니라 중국의 다른 지역이나 구미 지역의 유학생들도 상당수는 만주를 경유하여 유학을 떠난 사례가 많다. 춘풍 이수형의 '길림에서 북경에'(『동아일보』, 1921.5.6~8.11, 61회), 유광열의 '중국행'(1923.6.10~7.8, 5회) 등이 기차로 만주를 경유한 여행 사례이다. 이들 작품은 대체로 '경성역 → 평양 → 진남포 → 안동현 → 봉천 → 대련 → 장춘(또는 하얼빈)'으로 이어지는 기차를 중심으로 한 여행이 대부분이다. 나공민이 목격한 민중의 삶 속에는 '중국인 노동자를 구타하는 일본인 역부와 유학생의 싸움'(1920.6.26), '만주 농민들의 궁핍한 삶과 기근 문제'(1920.6.28), '탄광에서 일하는 조선인 노동자'(1920.6.29), '하얼빈으로 가는 과정에서 만난 유이민의 모습'(1920.7.2) 등이 생동감 있게 그려졌으며, 『개벽』 1924년 7월호의 '남만을 다녀와서'에는 길림(吉林) 지역 동포들의 삶이 담담하게 그려져 있다. 필자 미상의 남만 기행은 문화운동 차원의 계몽잡지 『개벽』의 특성에 맞게 남만 지역 동포의 비참한 모습에 못지않게 그 원인 분석과 대안 제시에 방점을 찍는 점이 특징이라고 할 수 있다. 곧 '각 개인의 실력 결핍', '사회적 생활의 결함' 등이 만주 농민의 궁핍을 가져온 원인이므로, "될 수 있는 대로 합자(合資)하여 토지를 매수하고, 모범적 시설을 확충하자."는 주장으로 마무리된다. 이돈화의 기행 체험도 '흥경(興京, 요동성 무순), 왕청문(旺淸門, 요령성 신빈현), 삼원포(三源浦, 길림성 유하현) 등지의 동포들의 삶을 그려내고 있다. 특히 3.1 운동 직후 토벌대에 의해 유린된 삼원포 지역의 삶을 목격하면서, 조선인 중심의 사회운동 단체를 활성화해야 한다는 주장을 펼친 것은 식민지적 이상주의자의 전형적 계몽 담론이라고 볼 수 있다.

이에 비해 1930년대 만주 기행은 양적으로나 여행자의 신분, 목격한 내용 등에서 큰 차이를 보인다. 선행 연구에서도 빈번히 지적된 바와 같이 이 시기 만주 기행은 '만주국' 건설과 함께 식민 지배이데올로기를 반영하는 내용으로 구성된다. 만주국(滿洲國)은 1931년 9월 18일 이른바 '만주사변(또는 9.18사변)' 후 일본이 건설한 괴뢰국이다. 널리 알려진 바와 같이 일제는 만주사변을 일으키고 청조(淸朝)의 마지막 황제 푸이[溥儀]를 내세워 하나의 국가를 건설한다. 만주국의 성격에 대해 많은 논란19)이 있듯이, 기행 담론에 등장하는 만주도 그만큼 다양성을 띤다.

먼저 식민 지배자들이나 친일분자들의 만주 체험은 이상국가(理想國家) 자체로서 기회의 땅으로 비친다. 이러한 경향은 일본인이 남긴 저술

---

19) 만주국의 성격에 대해서는 논란이 있다. 윤휘탁(尹輝鐸, 2013)의 『만주국: 식민지적 상상이 잉태한 복합민족국가』(혜안)에서는 역사학계에서 만주국을 '괴뢰국'으로 보는 시각과 단순한 괴뢰국이 아니라 '서구 제국주의 지배를 배제하고 아시아에 이상국가를 건설하는 운동의 장'(주로 일본 식민사학자)으로 보는 시각이 존재하고 있음을 밝힌 바 있다. '만주국 형성의 인적·민족적 토양', '만주국 정부의 민족 구성과 위상', '만주국 산업 사회의 민족 구성과 위상', '만주국인의 민족 관계와 민족 인식', '복합민족국가의 파탄' 등과 같이 '식민지적 상상이 잉태한 복합민족국가'로 규정한 윤휘탁은, "만주국은 조선인뿐만 아니라 한족, 만족, 몽골족, 러시아인, 일본인 등으로 구성되어 있었기 때문에 재만 조선인은 정치적인 국적 문제뿐만 아니라, 동일 국가 내부의 다양한 민족 간의 경쟁, 질시, 경멸, 마찰, 주도권 싸움 속에서 엄청난 정체성의 혼돈을 경험해야 했다."라고 진술하면서, "어쩌면 만주국은 조선인 도시민에게 있어서, 인연이 먼 고장, 고향에서 살 수 없는 무리가 막다른 발길을 옮겨 놓은 서글픈 고장이었는지도 모른다. 친일분자로서 만주국에서 출세했거나 부를 거머쥔 일부의 조선인을 제외한다면, 조선인 도시민 대다수에게는 만주국이 기회의 땅이었다기보다 좌절과 고통을 안겨준 땅이었는지도 모른다."라고 결론을 내리고 있다.

에서 극명하게 드러나는데, 야나무라기치조(梁村奇智城, 1941)의 『만주근대변천사론(滿洲近代變遷史論)』(조선연구사)에서는 만주국이 "동양에서 일본의 입각지(立脚地)"이며, "구주 제국이 아시아에 가하는 중압과 반발 작용"으로 만들어진 국가라고 강변한다. 이러한 차원에서 일본인의 만주 기행은 '아시아 대륙의 신흥국가', '번화한 도시', '산업 발달에 대한 인상' 등을 기록하는 데 중점을 둔다. 예를 들어 후지모토시즈야(藤本實也, 1942)의 『만지인상기(滿支印象記)』(七丈書院, 東京)는 일본 '동아연구소'의 부탁으로 중국의 잠사업(蠶絲業)을 시찰하는 과정에서 기록한 기행문으로, 나가사키를 떠나 상해, 소주(蘇州), 남경(南京), 진강(鎭江), 무석(無錫), 항주(杭州), 가흥(嘉興) 등을 거쳐, 만주의 대련(大連), '웅악성(熊岳城)', '탕강자온천(湯崗子溫泉)', '천산(千山)·안산(鞍山)', '신경(新京, 장춘)', '하얼빈(哈爾濱)', '봉천(奉天)', '무순(撫順)', '안동현(安東縣)'을 시찰하고 경성(京城)으로 돌아온 시찰기이다. 만주 기행에 해당하는 제2편 '만주(滿洲)'는 대련에 상륙한 직후부터 '만철조사부(滿鐵調査部)', '중앙시험소(中央試驗所)', '지질조사소(地質調査所)', '만주 자원관(滿洲資源館)' 등과 같이, 제국주의 침략 정책을 수행하기 위한 각종 기관이 체계화되어 있음을 밝히고 있는데, 이들 기관은 "만주 사변 후 만몽에서 제반 사정 및 조사, 건설 방책과 아울러 계획의 연구 입안에 관한 군사적 자문에 응하고 협력하기 위한 조사 기관 설치가 필요했기 때문에 1932년부터 이들 기관이 설립되기 시작했다."라고 적고 있다.

1930년대의 조선인으로서 만주에 관심을 기울인 대표적인 사람은 유광열(柳光烈)이었다. 그는 『조선일보』 1931년 1월 1일부터 한달 동안 '간도의 사적 고찰: 고구려·발해·고려·조선까지의 변천'을 연재하여, 간도의 역사를 고찰하고자 하였다. 이 책은 1933년 3월 태화서관에서 『간도소사(間島小史)』라는 제목으로 출판되었는데,[20] 기행문은 아니지만 만주국 건국 당시 간도에 대한 한국 지식인의 태도를 잘 보여준다.

【고대 간도(古代間島)의 사적 일별(史的一瞥) 】

－백두산 동북(白頭山 東北), 간도(間島)의 지위(地位)

海拔 9천여 척의 高로 山頂에는 四時에 白雪을 戴하고 동방대륙을 俯瞰하는 白頭山이 잇고, 그 白頭山의 東北便의 廣漠한 地帶＝延吉 和龍 汪淸 三縣을 總稱하야 間島라 한다. 間島의 名義에 對하야는 諸說이 區區하야 이것이 朝鮮人 古來부터 불러오든 固有한 朝鮮語인지 쏘는 그 一帶를 島로 看做하고 間島라 불름인지, 쏘는 起墾의 '墾'字를 取함인지 알 수 업스나 何如間 南北 사백여 리의 地帶에는 中國人이 僅僅 십만 내외가 삶에 反하야 朝鮮人은 오십만이 居住하고 間島의 中央 都市라 할 龍井村에는 朝鮮 人口가 수만이 살아 완연히 조선인 중심의 都會를 形成하고 남녀 학교에서는 남으로 故土를 바라보고, 北으로는 先人의 懸軍長驅하든 遺跡을 차지며 형설의 공을 쌋는 수천의 靑年 學徒가 잇다. 世界를 혼드는 新思潮는 이 地帶에 居住하는 청년으로 하야금 어써한 急進的 거름을 것게 하야 일즉이 海牙事件으로 유명하게 된 李相卨 씨가 龍井村 一隅에 瑞典義塾을 設立한 이래 悲憤慷慨의 士가 만히 모혀 잇섯스며 더욱 1930년 일년 동안은 '테로'的 傾向이 濃厚하야 이 地帶에 關係된 事件이 전후 99건에 達하엿다. 그 중에도 1930년 5월 31일 중국의 國恥紀念日을 전후하야 50여명의 武裝 共産黨이 龍井 電氣局을 襲擊하고 東拓 出張所에 爆彈을 投擲한 것과 9월 12일 天圖鐵路 襲擊과 밋 이것이 導火로 同胞 15명이 銃殺된 사건은 世界의 耳目을 聳動하고 朝鮮內 各團體의 奮起로 調査員을 派遣하기에 이르럿다. 이와 가티 間島가 東亞問題의 中心地가 될 째를 타서 間島의 歷史的 一瞥을 試하게 되엿다.

필자가 간도의 역사를 연재하게 된 배경에는 1930년 5월 31일 용정 전기국 습격 사건과 9월 12일 동척 출장소 폭탄 투척 사건 등과 같이

---

20) 문화 유씨 부윤공과 종친회, 오세욱 역(2014), 『간도소사－유광열 저』, 보이스사.

간도에 대한 관심이 높아진 시대 상황이 존재한다. 저자 유광열은 1920
년대 『매일신보』, 『동아일보』, 『조선일보』의 사회부장과 편집국장, 논
설위원 등을 역임했다. 신문 기자로서 민중의 삶을 취재해 왔던 그는,
『동아일보』 1923년 6월 10일부터 8월 8일까지 '중국행'(5회)을 연재하
기도 하였다. 이 기행문은 경성에서 봉천을 거쳐 천진까지 다녀온 기록
으로, 그가 간도에 관심을 기울인 계기가 되었을 것으로 보인다. 당시
봉천을 개관한 그는 '조선인의 정황'을 네 부류로 나누어 "閑話는 休說
하고 奉天에 來住한 우리 조선인을 四種으로 分할 수 잇스니 第一 多大
數는 연년히 侵入하는 日本 移民 때문에 田地의 小作權을 被奪하고 祖先
의 古墓와 鄕關 田園을 도라보며 눈물을 쑤리고 나온 生活 困迫의 農民
이요, 其二는 國이 亡하되 山河는 猶存하야 凄凉한 廢墟에 禾禾한 麥穗
를 참아 볼 수 업서 慷慨의 志를 抱하고 표연히 만주의 野로 근너선
國權回復黨이요, 其三은 政治犯이나 其他 犯罪로 朝鮮 안에 잇슬 수 업
는 亡命客이요, 其四는 滿洲의 內情은 詳知치 못하고 만주에 가서 무슨
일확천금을 하려든 투기상인 又는 挾雜輩이라. 此 l 엇지 만주 일대쑨
이리요."21)라고 설파한다.

『간도소사』는 역사와 영토를 상실한 식민지 피지배 민족의 아픔, 3.1
운동 직후 간도 지역 조선인의 비참한 삶, 조선인의 자치 운동, 간도
공산당 사건의 전말 등을 소개함으로써 민족정신을 고취하고 민중운동
을 계몽하고자 하는 목적을 갖고 있었다. 특히 '간도와 교환된 철도와
석탄', '망명객과 간도 자치 운동', '만몽 협약과 조선인의 처지', '조선인
피살과 제2회 자치 운동' 등은 식민지 상황에서 제한적이나마 민족의
식 고취를 목표로 한 부분이라고 할 수 있다. 그렇기 때문에 '간도 공산
당과 사변의 빈발'의 마지막 절에 '변하는 간도 전도는 양양(洋洋)'이라
는 제목 아래 "고구려의 간도, 발해의 간도, 고려의 간도, 이조의 간도,

---

21) 『동아일보』 1923.6.17, 유광열, '중국행(속)'.

통감부 출장소의 간도, 장작림의 간도, 장학량의 간도! 이것은 기다(幾多)의 피비린내 나는 기록(記錄)을 남기면서 세계의 간도로 거러간다. 이것은 우주의 진화법칙이 명(命)하는 것이요, 세계역사가 명하는 것이다. 이중하(李重夏)도 울엇고, 이범윤(李範允)도 울엇고, 조선의 기다(幾多) 애국지사도 울엇고, 통감부 출장으로 갓던 일본인(日本人)까지도 상제에게 싸라 우는 복쟁이가티 울엇다. 혹 이 글을 초(草)하는 노둔한 기자(記者)도 우는 지 모르겟지! 그러나 세계적 표아(漂兒)인 조선인아! 모든 역사의 페지 우에서 울고 잇는 불행아들아! 대지는 공평(公平)하다. 경계를 가지고 싸호든 세대(世代)는 인류 전사(前史)로써 이 지구상에서 감추어질는지 모른다. 동방의 계명성은 조선인도 세계의 신주인으로 부른다. 그 부르는 소리는 전지구에 찻다. 세계의 간도! 세계의 조선인! 위대하여라 영웅적(英雄的) 거름을 힘잇게 걸어라."라고 끝을 맺는다. 여기서 '대지는 공평하다'라는 표현이나 '싸우던 세대는 인류의 이전 역사로 지구상에서 감추어질지 모른다.'라는 표현은 간도에 대한 유광열의 기억이 1930년대 만주국과 오버랩되면서 모호해지는 면이 있다.

1930년대 간도의 기억이나 만주 기행은 만주국의 실체와 더불어 혼란스럽게 전개된다. 다음은 이 시기 대표적인 만주 기행 자료들이다.

【1930년대 신문·잡지의 만주 기행 자료】

번호	소재	일자	필자	제목	연재횟수	비고
1	동아일보	1930.12.05~12.09	배재5년 김종근	만주기행	3회	만주(수학여행)
2	동아일보	1935.08.01~08.14	신기석	유만잡기(遊滿雜記)	9회	
3	삼천리	1932.01	김약수	길림과 남경에서		회고
4	삼천리	1932.01	김경재	해삼위와 북만의 3년		회고
5	삼천리	1932.01	임원근	하얼빈 통과: 손일산의 군사 탐정이라고		회고

번호	소재	일자	필자	제목	연재횟수	비고
6	삼천리	1932.12	임원근	만주국 유기		
7	삼천리	1932.12	나혜석	쏘비엣 노서아행: 구미유기의 기1		
8	삼천리	1933.02	임원근	만주국과 조선인 장래: 만주국 기행(2)		
9	삼천리	1935.01~03	원세훈	소연한 북만주행	3회	
10	삼천리	1936.02	김경재	창망한 북만주에		
11	삼천리	1936.04	김경재	북만 산하와 인물		
12	삼천리	1936.11	김경재	송화강반에서		
13	삼천리	1937.01	송화강 인	천애 만리에 건설되는 동포촌		
14	조광	1936.01~02	김서삼	로시아 방랑기	2회	회고
15	조광	1936.07	모윤숙	해란강의 추억		

김종근의 '만주기행'은 80명으로 구성된 수학여행단의 여행기로, 개성과 신의주를 거쳐 봉천에 이르는 과정을 묘사한다. 1930년대 초 수학여행의 모습과 봉천·무순 동포들의 삶이 차창 밖으로 묘사될 뿐이다.[22] 즐비한 일본인의 상점, 교통 단속을 하는 중국인 순사의 모습, 남만철도 부설지 등의 피상적인 모습이 드러나며, 동포들의 삶에 대해서는 "自由 解散! 우리는 각각 그의 길을 차젓다. 우리 民族의 移住 生活 狀態를 살피고저 역에서 사방위에 잇는 朝鮮人村을 차저서 더욱 동아일보 봉천 지국을 訪問하고 大略을 探聞하얏다. 봉천 이주민이 약 2천명으로 그들의 活路라고는 음식점, 야채상, 곡물상 등을 소규모로 設店하고 그날그날의 生涯를 겨우 維持하는 중이며, 商路는 동족간이나 중국인들과도 상대한다 한다. 현재 봉천에는 십여명의 同胞 留學生이 잇다고 한다."라는 짧막한 서술로 그친다. 『삼천리』 1932년 1월 김약수의 '길림과 남경에서', 김경재의 '해삼위와 북만의 3년', 임원근의 '하얼빈

---

22) 이러한 차원에서 1930년대 초 만주 수학여행을 비판하는 기사가 실린 적도 많다. 『동아일보』, 1931.5.7, '조선인 학생의 만주 수학여행: 진의의를 갓게 하라'에서도 매년 증가하는 맹목적 수학여행을 비판하고 있다.

통과: 손일산의 군사 탐정이라고'는 회고담에 속한다. 그렇기 때문에 1930년대의 모습을 그려낸 것으로 보기 어려우며, 1931년 12월 임원근의 '만주국 유기', 나혜석 '쏘비엣 노서아행' 등은 만주국 건설 직후의 만주 기행을 보여주는 대표적인 사례로 볼 수 있다.

'만주국 유기'는 경성역에서 야간 기차를 타고 평양, 압록강을 거쳐 만주 안동현에 이르는 과정을 그려낸 기행문이다. 기차 안에서 만나는 순사, 경성역에서 함께 탄 젊은 농촌 여성, 인육 장사를 통해 회중시계를 한 바가지나 빼앗았다는 양복 입은 두 신사, 조선과 만주를 얽어맨 압록강 쇠다리, 국경 수비병과 보초 무장 경관, 인력거·자동차·보행인이 뒤섞인 안동역 등 여행자가 목격할 수 있는 다양한 형상을 사실대로 그려낸다. 이 기행문은 1933년 2월로 이어지는데, 그가 만주를 방문한 목적은 '만주협화회(滿洲協和會)'를 방문하고, 만주국 동포 문제를 시찰하는 데 있었다. 그렇기 때문에 필자는 조선 동포들도 만주국을 구성하는 하나의 민족으로 협화 정신에 투철해야 한다고 주장한다. 만주국 건국 이후의 식민 지배 이데올로기를 반영하는 전형적인 기행문의 하나인 셈이다. 이 기행문에서는 "한계 국민(漢系 國民)은 배타주의를 근저에서 청산하라, 일계 국민(日系 國民)은 전승(戰勝) 기분을 막지(莫持)하라, 선계 국민(鮮系 國民)은 종래의 원한을 망각하라, 만계 몽계(滿系 蒙系) 국민은 패권적 관념을 제거하라."라는 협화 슬로건을 수용하며, 재만 조선인이 일본군 토벌대나 경찰관의 보호를 받고 있지만, 스스로를 지킬 수 있도록 해야 한다고 주장한다.

나혜석의 '쏘비엣 노서아행'은 구미 여행 과정의 일부로, 부산진을 출발하여 경성을 거쳐 안동현, 봉천, 하얼빈, 송화강을 지난다. '떠나기 전 말'에서 여행의 목적이 '사람은 어떻게 살아야 잘 사나', '남녀 간의 문제' 등을 제기하고, 이태리나 불란서 화계(畵界)를 동경하던 차에 여행을 떠난다고 밝혔듯이, 친일 부유층 신여성으로서 명월관의 만찬 전송을 받고 기차를 탔듯이, 만주 각 지역의 풍경이 동경의 세계이자 신비로운 세계로만 그려진다. 특히 밤 11시 전체가 청색으로 된 청색 기차를 타고, 백색 정복의 순사를 만나며, 늘씬한 러시아 사람을 바라보고, 하얼빈 정거장까지 가는 과정은 그곳의 동포들의 고단한 삶과는 거리가 멀다. 더욱이 그가 만나는 부인들은 그의 표현대로 여름의 다리미질, 겨울의 다듬이질을 하는 불쌍한 조선 여자들은 아니다. 그렇기 때문에 만주의 각종 기관, 상무 구락부, 부두 공원 등은 모두 발전된 만주국의 모습일 뿐이다.

이러한 시각은 1930년대 중반 이후 더 확실하게 나타난다. 『동아일보』 1935년 8월 1일부터 8월 14일까지 연재된 신기석의 '유만잡기(遊滿雜記)'는 말 그대로 봉천, 산해관, 만리장성 등의 승지(勝地) 구경일 뿐이며, 그곳에서 목격한 풍광은 만주국의 발전된 모습일 뿐이다. "네온싸인이 찬란하고 근대적 건물이 즐비한 奉天은 果是 남만 제일의 도시이다. 張家政治時代의 수도로서 정치 경제의 중심지이엇으나 만주국이 된 후, 新京을 수도로 정하야 日滿의 중요 기관이 新京으로 옮긴 후 일시는 그 前途가 急慮되엿다. 그러나 상공도시로서 조건을 구비한 이 땅을 장래의 발전을 약속하고 잇다."23)라는 진술에서부터 만주국이 약속의 땅으로 기술되는 셈이다. 『삼천리』 소재 원세훈의 '소연한 북만주행'에서 5대 철도의 중심지인 도문시를 바라보고 신흥 도시의 발달에 감탄하는 장면이나, 인구의 8할을 차지하는 조선인의 도문시가 만철 회사의 도문시라고 주장하며, 조선인의 삶이 물가고에서 비롯된 것처럼 피상적으로 그려내는 것 또한 시대상황이 산출해낸 식민 이데올로기의 산물인 셈이다. 이러한 차원에서 '창망한 북만주에'를 비롯한 몇 편의 작품은 이 시기 만주 조선인의 삶을 좀 더 밀착하여 그려낸 기행문으로 볼 수 있다. 이 작품에서는 '간도의 인상', '조선인의 생활', '연길시의 대관' 등을 묘사하면서, 교통이나 금융기관의 발달이 그것을 이용하지 못하

---

23) 『동아일보』 1935.8.5.

는 조선인의 삶을 더 어렵게 만든 것으로 설명한다. 그러나 그의 인식
또한 "조선인은 그 생활의 기초를 농업에 두었는데, 그 농업이 收支가
맞지 않고 따라서 農業經濟가 기우러지고 잇다는 것은 깊이 생각할 일
이다. 그러나 滿洲國도 이제는 近代資本主義 國家로 그 형태를 가추려고
발전하고 잇스니, 거기에 대한 이해력이 부족하고 자금이 업는 우리는
만주에서도 간도에서도 사러가기 괴롭다."라고 하여, 조선인의 피폐한
삶이 자본주의에 동화되지 못한 데 있는 것으로 해석한다. 이 또한 식
민통치의 본질과 전혀 거리가 먼 이데올로기일 뿐이다.

3.2. 세계 일주기의 변화

기행문이 일상화되고 다종의 기행문이 범람하면서, 단순한 여정의
기록 또는 사진과 함께 제시하는 스케치형 기행문이 보편화되는 시점
이 1930년대이다. 이러한 스케치 형 기행문은 국내 기행뿐만 아니라
세계 일주 기행문에서도 빈번히 찾아볼 수 있다. 여행의 배경이 무엇인
가에 따라 다소 차이는 있을지라도 여로(旅路)에 따라 견문한 바를 간략
히 메모하고 이국적인 색채에 감탄하는 형태의 기록이 많다. 『동아일보』
의 경우 도유호의 '구주행'(1930.9.2~10.5, 23회), 이중철의 '호주 기
행'(1935.3.1~3.30, 17회) 등이 이러한 유형의 기행문에 해당하며, 『삼천
리』의 허헌 '세계일주기행'(1929.6, 창간호, 9월호, 12월호), 나혜석의 '구
미유기(歐米遊紀)'24) 등이 대표적이다. 특히 나혜석의 세계 일주기는 각
여행지에서 본 것을 단순히 기록하는 형식을 취하고 있는데, 앞서 언급
한 나혜석의 작품을 좀 더 구체적으로 살펴보자.

---

24) 나혜석의 '구미유기'는 '쏘비엣 노서아행'(1932.12), '伯林과 巴里'(1933.3), '꽃의 巴里
行'(1933.5), '伯林에서 倫敦까지'(1933.9), '情熱의 西班牙行'(1934.7), '巴里에서 紐育으
로'(1934.7), '伊太利 미술관'(1934.11), '伊太利 미술기행'(1935.2, 이 호에서는 정월이라는
필명을 사용함) 등 8회에 걸쳐 연재되었다.

【쏘비엣 노서아행(露西亞行)】[25]

써나기 전 말: 내게 늘 불안을 주난 네가지 문제가 잇섯다. 즉 一, 사람
은 엇더케 살아야 잘사나 二, 남녀간 엇더케 살아야 평화스럽게 살가 三,
여자의 지위는 엇더한 거신가 四, 그림의 요점이 무어신가 이거슨 實로
알기 어려운 문제다. 더욱이 나의 見識 나의 경험으로서는 알 길이 업다.
그러면서도 突然히 憧憬되고 알고 십헛다. 그리하야 伊太利나 佛蘭西畵界
를 憧憬하고 歐米여자의 활동이 보고 십헛고 歐米人의 생활을 맛보고 십
헛다. 나는 實로 마련이 만햇다. 그만치 憧憬하든 곳이라 가게된 거시 無
限이 깃부럿마는 내 환경은 결코 간단한 거시 아니엿섯다. 내게는 젓먹이
어린의까지 세 아히가 잇섯고 오날이 엇덜지 내일이 엇덜지 모르난 70老
母가 게섯다. 그러나 나는 心機一轉의 波動을 禁할 수 업섯다. 내 일가족을
위하야 내 自身을 위하야 내 자식을 위하야 드듸어 떠나기를 결정하엿다.
(…중략…)

奉天: 오후 7시에 奉天에 도착하니 舍兄내외와 數人 知友가 出迎하엿다.
일주간 동안이나 사람의게 삐치고 길에 뺏친 몸을 舍兄의 집에서 편하게
쉬이에 되엿다. 奉天은 實로 東三省의 首府인만치 新舊 市街의 굉장한 건
축이며 城壁의 四大門, 宮城의 黃金기와, 靑기와, 各國 領事舘의 旗발 날니
난 것 눈에 떼우난 거시 만핫다.

長春: 밤 9시에 長春에 도착하엿다. 아마도 호텔정원에서 納凉을 하다
가 남은 시간을 市街구경으로 채윗다. 長春만 해도 서양냄새가 난다. 新市
街는 물론이오 中國市街는 奉天이나 安東縣에 비할 수 업시 정돈되고 깨끗
한 곳이다. 露國人이 朝夕으로 출입하난이만치 露國式 건물이 만코 露國물
품이 만흐며 露國人 구역까지 잇난 곳이다. 고무박휘로 된 소리업시 새게
구는 馬車는 中國式 덜컥덜컥 굴느난 맘만데 馬車와는 별다른 기분을 늣
기게 되엿다. 여하튼 長春이란 깨끗한 印象을 주난 곳이다. 夜 11시에 靑色

25) 『삼천리』 1932.12.

기차(기차 전체가 靑色이다)를 타게 되엇다.

'떠나기 전'에서 필자는 '사람은 어떻게 살아야 잘 사나', '남녀간 어떻게 살아야 평화스럽게 살가', '여자의 지위는 어떠한 것인가', '그림의 요점은 무엇인가' 등과 같은 근대적 여성 담론을 제시하고 있다. 그러나 나혜석이 남긴 여행 기록은 '봉천', '장춘' 등지를 지나면서 주마간산 격으로 본 스케치에 불과하다. 이러한 여정은 중국을 떠나 유럽에서 더 무미건조하게 드러난다. 단지 언제 어디에 가서 무엇을 보았다는 식을 서술하거나 그곳의 명물(名物)이 무엇이다는 식의 단순 나열에 불과한 경우가 많다. 경우에 따라서는 이국 정취를 '별유천지비인간'으로 묘사하여 호기심을 자극하는 낭만적 스케치에 빠져든다.

【꽃의 파리행(巴里行)】[26]
(…전략…) 루불 博物館: 루불 박물관은 루불 궁전이니 세임江邊에 잇서 콩골도와 凱旋門을 압헤 둔 세계 제일 화려한 곳이다. 이 궁전은 1204년에 필닙 오가스트 왕이 건설하고 其後 촬네스 5세가 증축하엿다가 다시 부란세스 5세가 루네상스식 궁전으로 改築한 거시다. 이 박물관 중 미술관부가 유명하다. 따듯한 봄날 아지랑이가 끼엇슬 때 루불궁전 정원 주위에 화단을 도라 女神像 噴水에 발을 멈추고 역대 인물조각을 쳐다보며 좌우에 욱어진 삼림 사이로 逍遙하랴면 이야말노 別有天地非人間이다.

이처럼 이국에 대한 낭만적 스케치형 세계 일주기가 많아진 것은 그 이전 시대에 비해 해외 견문이 많아지고, 그 목적이 다양해진 요인이 작용했을 것으로 추측된다. 나혜석의 경우 일제 강점기 군수(郡守)를 지낸 가정[27]에서 신교육을 받았고, 교토 제국대학을 졸업하고 변호사

---

26) 『삼천리』 1933.5.

로 활동하던 김우영과 결혼하여 서양화를 공부했으며, 1932년 이혼 후 그림 그리는 일에 열중했으므로 세계 여행이나 화가의 길이 낭만적 도피처로 인식될 수도 있었을 것이다. 그렇기 때문에 그가 바라본 세계는 거대한 미술품과 전시 장소에 집중되었고, 수많은 견문 자료를 객관적으로 소개하는 데 초점을 맞출 수밖에 없었을 것이다.

화가나 기자들의 스케치형 세계 일주와는 달리 구미 유학 차원의 세계 일주기 가운데 주목할 만한 작품도 있다. 특히 경제사학자였던 이순탁(李順鐸)의 『최근 세계일주기』(1935, 한성도서주식회사)[28]나 『조광』에 연재된 이극로의 '수륙 이십만리 두로 도라 방랑'(1936.3~6, 4회)은 지식인의 세계 일주기라는 점에서 주목할 필요가 있다. 먼저 이순탁의 여행기를 살펴보자.

【자서(自序)】[29]

연희전문학교의 好意로 因하야 저자가 세계일주의 뜻을 세우고 京城을 出發하기는 昨年 春三月이였다. 떠난 후 약 <u>10개월 동안에 나는 實로 海陸鵬程 삼만리 약 17개국의 땅을 밟었다.</u> 이 동안에 나는 각국 각지의 구구한 人情 風俗 習慣 言語 文明 文化 등 실제로 見聞한 바를 可及的 여러 사람과 같이 알기 위하야 간곳마다 조선일보 지면을 통하야 紀行文을 쓴 일이 있다. 더러는 삭제된 곳도 있지마는 大體로는 揭載되였는데 여행 중에 집필한 것인 만큼 여러 가지에 疏漏한 점이 많은 것은 부득이한 일일 것이다. 따라서 이러한 것을 단행본으로 간행하리라는 생각은 처음부터 없었는데, 귀국 후 수삼 友人의 懇切한 권고도 있고, 학교에 復命할 필요도 있어서

---

27) 나혜석의 아버지 나기정은 대한제국기 경기 관찰부 주사를 거쳐 시흥 군수로 재직하다가 국권 침탈 후 1912년부터 1914년까지 용인 군수를 지냈다.
28) 이 책은 학민사(1997)의 『일제하 한 경제학자의 제국주의 현장 답사』라는 제목으로 번역된 바 있다.
29) 이순탁(1935), 『최근세계일주기』, 한성도서주식회사.

간행에 뜻을 두고 그에 일일이 눈을 주어 정정과 첨삭에 힘을 썼다.

　물론 이것은 紀行文에 속할 것이지마는 내용상으로 보면 단순한 紀行文이 아니오 저자의 日誌며 隨想이며 論文이며 동시에 그것은 地理 歷史 人情 風俗 宗敎 藝術 政治 經濟 社會 등 다방면에 亘한 것으로서 要컨대 저자의 旅行하는 동안의 世界의 靜態를 그린 것이며, 사회의 斷層面을 보인 것이다. 이러한 종류의 저서가 나 알기에 아즉도 조선에 없는 것은 불행이지마는 그 때문에 이 저서는 어느 意味로 보아서 가치가 있을는지도 모르니 이것이 저자로 하여금 간행의 용기를 더하게 한 것이다. (…하략…)

　저자의 서문에 나타나듯이 이 일주기에는 17개국의 지리, 역사, 인정, 풍속, 종교, 예술, 정치, 경제, 사회 등의 견문 기록이 저자의 사상과 함께 기록되어 있다. 이순탁은 1922년 교토 제국대학 경제학부를 졸업한 사회경제사학자로 『동아일보』에 '말크쓰의 유물사관'(1922.4.18~5.8, 18회), '막쓰 사상의 개요'(1922.5.11~6.23, 37회), '노동가치설과 평균 이윤율'(1922.8.9~8.21, 6회), '자본주의 생산조직의 해부'(1923.1.9~2.9, 16회) 등을 연재했으며, 『개벽』에도 '조선과 농업', '자본주의 생산조직의 해부' 등과 같은 다양한 논문을 게재한 지식인이다. 일본에서 귀국한 뒤 연희전문학교에서 경제학을 가르치고 1923년 상학과 과장을 지냈으며, 1927년 신간회 조직 당시 발기인 겸 간사로 활동하기도 하였다. 사회경제사학자의 입장에서 쓴 기행문이므로 세계 각국의 정치, 경제, 역사 등을 바라보는 데 경제사학의 논리가 다수 반영되어 있다. 이는 경제적 차원에서 여행의 생산성, 곧 '여행은 공부'이며, 여행지의 모든 것을 배우고 기록해야 한다는 의식에서 비롯된다. 그가 쓴 '나그네된 마음'을 살펴보자.

【「一」 나그네된 마음】30)
　도라다 보건대 내가 연희전문학교에 敎鞭을 들게 되기는 지금으로부터

만 10년 전이다. 십년이라고 하는 세월은 지내기 전에는 심히 긴 세월같이 생각되지마는 지내놓고 보닛가 심히 쩔르다. 이 동안에 나는 해 놓았다고 할 만한 것이 하나도 없다. 그러나 學校에서는 긴 동안을 일보았다고 일년간 쉬고, 쉬는 동안에 補助해 줄 터이니 旅行하는 것이 어떠냐고 한다. 이것이 바로 금년 2월 20일이다. 그런데 쉬는 것만은 問題가 없으나 旅行하는 데 이르러서는 여러 가지 問題이다. 費用의 出處에 걱정이 없는 사람이나, 時間에 餘裕가 있는 사람에게는 다른 事情만 許한다면 이것은 하등 문제가 되지 않겠지마는 나에게는 이 두 가지가 다 중대문제이다. 혹은 친척과 상의하고 또 혹은 벗과 상의하였다. 친척은 물론이요 벗 중에도 말리는 벗이 많았다. 그 이유는 첫재 個人 經濟上으로 보아서라도 多大한 빗(債金)을 지고 간다는 것은 후일의 큰 부담이어니와 國民經濟上으로 보더라도 어려운 朝鮮의 돈, 일가족이 상당한 程度로 平生을 살 만한 돈, 게다가 이러한 不景氣한 時代에 거대한 額을 外國에다가 버리는 것은 贊成할 바이 못된다는 것이오, 둘재 時間 經濟上으로 보더라도 일년이라는 긴 시간을 집에 앉아서 책을 본다고 하면 英國도 볼 수가 있고, 米國도 볼 수가 있고 인도양도 볼 수가 있고 태평양도 볼 수가 있다. (…중략…) 이렇게 생각하면 旅行이란 要컨대 한 큰 工夫이다. 비용 많이 걸리고 짧은 시간 此所謂 금쪽같은 시간에 可及的 많이 見聞하려면 준비 지식이 필요한 것이다. 語學은 물런이어니와 地理, 歷史, 人情, 風俗, 産物, 人物, 政治, 法律 乃至 藝術에 이르기까지. (…하략…)

이 글에 나타나듯이, 경제사학자의 여로(旅路)는 기회비용에 따른 생산성 증대를 최대 목표로 삼고 있다. 여행 과정에서 최대한 많은 것을 보고, 그 가운데서 정치적·경제적 식견을 넓혀가야 한다.

---

30) 이순탁(1935), 『최근세계일주기』, 한성도서주식회사.

【「十三」 조선인(朝鮮人)과 상해(上海)】[31]

우리 朝鮮 사람이 上海에 來往하기 시작한 연대는 未詳하거니와 古筠
居士(김옥균, 옮긴 이)의 遭厄하든 때부터 헤아린다고 하더라도 사십년은
될 것이다. 이제 정확한 數字는 알기가 어렵지마는 現에 上海에 거주하는
數爻는 천명 내외이라 한다. 그리하야 大部分은 無職이요 有識者라도 생활
에 餘裕 있을 만한 직업에서는 거의 發見키 어려움다고 한다. 來往 사십년
에 상해에 상당한 生活의 근거를 가진 이가 거의 없다고 하는 것은 여러
가지 特有한 事情을 시인한다고 하더라도 우리의 經濟的 活動이 너무나
無力하다는 것을 나는 上海에 와서 보고 더욱 痛切히 느꼈다. 現在 上海에
는 사십여 개국 사람이 모여서 大上海의 繁榮을 이루었다는데 그래도 다
른 나라 사람은 다 상당한 生活의 根據를 가졌지마는 특히 조선 사람만이
그 중에 끼지 못했다고 하는 것은 눈물겨운 일이다. 나는 조선 사람의
冒險的 進取的 기상에 乏하다는 것과 先輩들의 民族 指導의 原理가 틀렸었
다는 것과 派爭黨鬪의 惡性을 脫殼하지 못했다는 세 가지 原因이 重要한
動因이겠다고 생각했다. 우리의 實業人이 어찌하야 海外의 市場에 눈을
뜨지 못하여 우리의 先輩들이 어찌하야 遠大한 民族 指導의 原理를 생각하
지 못하며, 우리 民族이 어찌하야 아직도 派黨의 弊毒을 개닫지 못하는고.
내가 이렇게 말하면 혹자는 政治的 經濟的 여러 가지 理由를 들어서 反駁
할 이가 있을 것이다마는 어떠한 理由를 들던지 나로서는 도저히 수긍할
만한 이유가 없을 것 같다.

이 부분은 저자가 경성에서 도쿄, 요코하마를 거쳐 상해에 이르러
기록한 글이다. 상해 조선인의 경제 상황을 목격하고, 다른 나라 사람
들의 경제생활에 비해 빈약한 조선인의 경제 활동이 '모험적·진취적
기상 부족', '민족 지도 원리의 잘못', '파쟁당투의 민족성' 등에서 기인

---

31) 이순탁(1935), 『최근세계일주기』, 한성도서주식회사.

한 것이라고 단정한다. 전형적인 식민시대 지식인의 왜곡된 이데올로기일 뿐 아니라, 혹자가 비판할지도 모를 '정치적, 경제적 요인'까지도 부정해 버리는 왜곡된 민족성을 견지한다.

이러한 관점에서 1930년대 종합 잡지에 실린 상당수의 기행문은 그 당시의 기록이 드물고, 과거 유학생활이나 여행 체험을 회상하는 형태가 많다. 『조광』 1936년 1월, 2월에 연재된 김서삼(金西三)의 '노서아(露西亞) 방랑기'도 그 중 하나이다. 이 작품에서 필자는 "나는 서울 있는 어떤 로시야 교회 안에서 자라났고 또 그 교회의 교역자였다. 내가 첫번 로시야로 갈 생각을 한 때는 이 교회 안에서 종교에 대한 회의를 품게 된 때였다. 조선 안에 있는 로시야 선교사들의 위선과 허위에 대한 미운 생각이 들어서 진정한 종교의 정체를 보려고 나는 내가 늘 사랑하는 로시야로 갈 것을 생각한 것이다."라고 여행의 동기를 밝혔는데, 그가 생각한 '종교의 정체'가 무엇인지는 쉽게 짐작할 수 없다. 그가 경험한 두 차례 여행은 모두 1920년 이전에 이루어진 것으로, 그 당시 러시아 이주민의 삶을 그려내고 있다. 그러나 이 작품에서도 1930년대 중반기 대중 잡지의 선정성이 짙게 배여 있는데, 시작 부분의 '종교의 정체'에 대한 견문보다 더 많은 비중을 차지하는 것은 '화류병 전문 병원', '러시아 처녀에게 장가든 조선 청년', '조선촌', '2등실 군의(軍醫)로 서부전선에 가는 M, 네브 가상(街上)에 나타난 8백 미인군', '중국인과의 사랑없는 동서(同棲)에 우는 금발 미인 3인, 공원에서 만난 조선인 3인과 사랑의 보금자리' 등과 같은 내용들이다.32) 이처럼 흥미 위주의 회고담이 대중 잡지에 실린 까닭은 1930년대 중반기 식민 통치의 강화에 따른 사상 통제, 경제 수탈에 따른 잡지 경영의 어려움 등이 직접적

---

32) 편집자는 제1회 연재 끝 부분에서 이 글의 필자인 김서삼이 본명이 아니라고 밝혔다. 이처럼 가명을 쓴 이유는 흥미 위주의 선정적인 내용이 다수 포함되어 있기 때문으로 보인다.

인 영향을 미쳤을 것이다.

『조광』에 실린 회고담 형태의 또 다른 예로 이극로의 '수륙 이십만리 주유기'(1936.3~6, 4회)가 있다. 이 작품은 조선어학회 회원이었던 필자의 유학 생활을 여정과 견문 형식으로 그려낸 회고담으로, '방랑 이십년간 수난 반생기'라는 부제가 붙어 있다.

【조선(朝鮮)을 떠나 다시 조선(朝鮮)으로】[33]

하루는 편집자를 만났더니 이 題目을 주시면서 喜怒哀樂을 勿論하고 半生의 지난 바를 오륙회 連載할 분량으로 써 달라는 力勸이 있었다. 나는 이 勸告를 받고 이것이 原稿 不足으로 지면을 채우기 위함인가. 혹은 요사이 雜誌에 '나의 반생과 波瀾鬪記'라고 하는 이런 類似한 題目으로 모모의 글이 더러 보이더니 아마 이것도 雜誌界의 한 流行이나 아닌가 생각하였다. 편집자는 나의 小學 同窓인 것만큼 나의 과거를 다소 짐작하는 대서 잡지 원고 거리가 되리라고 이 問題를 준 듯도 하다. 좌우간에 생각나는 대로 적어 드리기를 許諾하였다. 그래서 다음과 같은 順次로 쓰고저 한다.

一. 家庭 形便과 朝鮮內의 敎育과 西間島行
二. 滿洲와 西比利亞에서 放浪生活을 하던 때와 그 뒤
三. 中國 上海에서 留學하던 때와 그 뒤
四. 獨逸 伯林에서 留學하던 때와 그 뒤
五. 英國 倫敦에서 留學하던 때와 그 뒤
六. 歸國 途中에서 米國 視察하던 때와 그 뒤

연재 예고에서 알 수 있듯이, 이 글은 조선어학자 이극로의 삶과 유학 체험을 기록한 글이다. 이극로는 1893년 경남 의령에서 태어난 조선어학자로 1920년 중국 상해 동제대학 예과, 1927년 독일 베를린 대학

---

33) 이극로(1936), 「방랑 이십년간 수난 반생기」, 『조광』, 1936.3.

철학부를 졸업했다. 이 글에서는 어린 시절 고향에 있는 창신학교(昌新學校) 보통과를 졸업하기까지의 과정, 1912년(임술년) 무작정 서간도(西間島)로 가게 된 상황, 만주와 시베리아의 방랑 생활(역사학자 박은식과 대종교 주장자이자 동창학교 교주인 윤세복 등을 만남), 상해 동제대학(洞濟大學)의 유학 시절, 베를린 대학의 유학 시절 등이 담담하게 그려져 있다. 흥미로운 것은 이 작품을 통해 조선어학자 이극로의 학문뿐만 아니라 유학생활 과정에서 무엇을 보았는지, 어떤 공부를 했는지를 구체적으로 이해할 수 있다는 점이다. 예를 들어 어린시절 창신학교 보통과에서는 『법학통론』, 『교제신례』, 『사서』 등을 공부했음을 구체적으로 밝혔으며, 서간도 방랑 과정에서는 중국어 통역자를 대동할 형편이 못되어 『관화첩경(官話捷徑)』이란 책을 사서 공부했음을 밝혔다. 또한 방랑 과정에서 압록강변 창성의 한 농가에 들러 아침밥을 먹는데, 고추장을 먹고 싶어 청했더니 주인이 그 말을 몰라 여러 가지로 형용하여 청했던 일에서부터 조선어학연구에 관심을 기울이게 된 일화 등이 흥미롭게 기술된다. 만주와 시베리아 방랑기에서는 머슴살이를 하고, 박은식으로부터 역사 공부를 하게 된 과정, 한글 강습회에서 주시경의 제자였던 김진(金振)을 만난 일, 1914년 서간도 회인현에서 신채호를 만난 일, 1915년 백두산록의 신촌 부락과 백두산 기행 등은 국토 순례기를 연상케 하는 장면을 포함한다.[34] 비록 회고담일지라도 그가 남긴 방랑기는 일제 강점기의 유학생활 모습을 이해하는 데 흥미로운 자료를 제공한다.

---

34) 이극로(1936), 西伯利亞에서 머슴사리, 『조광』 1936.4. 이때 이극로는 백두산 근처의 조선인 학교인 백산학교(白山學校)에서 교편을 잡았는데, 1915년 5월 28일 천지(天池) 구경을 했다고 한다. 이 부분에서 필자는 백두산 전체를 묘사하고 예찬하는 자작시를 싣고 있다.

3.3. 병참기지화와 전선 기행문

1930년대 말 일제의 대륙 침략이 본격화되면서 기행 장르의 내용도 큰 변화를 겪는다. 예를 들어 1938년 이후 『삼천리』, 『조광』 등의 대중 잡지에 나타나는 기행문은 풍광에 대한 감성적 묘사나 여로(旅路)의 로맨스에 관심을 기울일 뿐, 여행의 감격과 깨달음은 피력되지 않는다. 이러한 경향은 극심한 사상 통제 때문으로 추측되는데, 『조광』 1938년 8월호의 경우 '그 강의 정서'(이석훈 외 3편), '산상의 감격'(이은상 외 2편), '구미 항로의 로맨쓰'(이극로 외 2편) 등의 기행문이 실렸으나, 그 내용은 강산 유람과 항로에서의 일화에 그친다. 특히 이은상의 '묘향산 향로봉행'은 앞서 살펴본 '향산유기(香山遊記)'(『동아일보』, 1931.6.11~8.7, 35회)와 견주어 볼 때, 순례자로서의 모습을 찾아보기 힘들 정도로 무미 건조하다. 이는 기행문의 분량 때문으로 볼 수도 있지만, '중략(中略)'으로 표시된 부분이 많은 점을 고려할 때, 순례자로서의 감정을 자유롭게 표출하기 어려운 시대상황이 작용했을 것으로 추정된다.

이러한 흐름과는 달리 1930년대 말의 기행문에 나타난 특징 가운데 하나는 이른바 '전선 문학론'의 영향 아래 쓰인 종군기(從軍記), 또는 전선 기행(戰線紀行)이다. 이런 형태의 기행문은 1939년 이후 본격적으로 등장하는데 『삼천리』 1939년 7월호의 '황군 위문 복지단: 문단 사절 귀환 보고'라는 특집 아래 박영희, 김동인, 임학수 등의 글이 실려 있고, 1940년 10월호에 '성전지 장고봉 당시 황군 분전의 지(地)를 찾어', 1940년 12월호 '천황폐하 어친열 특별 관함식 배관근기', 1942년 1월호 '이세신궁(伊勢神宮) 성지 참배기' 등도 찾아볼 수 있다. 『조광』에도 이러한 유형의 종군기는 지속적으로 등장하는데, '소지 종군기(蘇支 從軍記)'(1938.12)라는 특집 아래, 적군 정치 지도원 사즈이킨의 '적군일기(赤軍日記)', 지나 광주일보 이자문의 '폐허 광제(廣濟)에서', 지나 대미만보 증유식(曾猶式)의 '진중에서 장고봉 사건을 말함', 1939년 1월호에 A기자의

'漢口 함락의 감격', B 기자의 '昆明 大空襲 死鬪記' 등과 같은 종군기가 지속적으로 등장한다. 이와 같은 전선 기행은 이른바 황군 위문단이나 종군기 형태를 띠는데, 박영희의 경우 전선 기행을 단행본으로 발행하기까지 했으며, 박종화는 이를 경하(慶賀)하는 서평까지 쓰고 있다.

【회월(懷月)의 전선기행(戰線紀行)】35) (신간평)

당나라 李華는 '吊古戰場文'을 지어 천하에 文名을 날렷거니와 懷月(박영희)의 近著『전선기행』은 요사이 가을 독서계에 가비엽게 책장을 넘겔 만한 호개의 快文字다. 아무리 이화의 '적고전장문'이 비장 처절하여 能히 鬼神을 울릴 만하다 하나, 古戰場을 바라보고 지은 것이며 誇張的인 글자의 매력이 거듭거듭 讀者의 心魂을 飄蕩케 할 뿐 피가 뛰고 힘쓸 줄이 솟을 만한 迫力 잇는 實感을 우리게 절실히 주지 못햇다. (…중략…) 다행이 이 『전선기행』의 저자는 천재일시의 조혼 기회를 탓다. 황군 위문의 중대한 職責을 맡고 燕京 수천리 광막한 전쟁터를 치잘엇다. 다행이 그는 문인이기 때문에 또한 詩人이기 때문에 보고 들은 것을 가슴 속에 깊히 간직하고 머릿속에 스미도록 차근히 새기엿다가 돌아오는 날 귀중한 이 한 책을 우리에게 꾸미여 선사한 것이다.

새벽달 찬바람에 서리같은 총검을 빗겨들고 광야 천리를 지키고 섯는 月下 步哨의 정경을 눈물 겨웁게 이야기한 것이라든지 백리를 연달은 전후 좌우가 보이지 안는 보리밭 속을 군용 추럭을 빌리여 달리는 호쾌한 敍述은 짐짓 사람의 마음을 豪放케 함이 만커니와 저자가 탄 기차가 무인지경으로 달리다가 돌연히 일어나는 총소리에 반일을 주춤 스고 오지 전선 지척지지에 머리 위로 대포가 터지며 콩복듯 튀는 銃彈의 爆音을 적어논 아슬아슬한 대목은 읽는 사람으로 하여금 손에 땀을 쥐지 안코는 배기지 못하게 맨들엇다.

---

35) 『동아일보』 1939.10.17, 월탄, '회월의 전선 기행'.

혼이 이러한 紀行은 작자의 嚴肅한 感情이 딱딱한 데로 흘르기 때문에 문장이 자칫하면 支離하고 冗漫하여 독자를 최후의 장면까지 이끌어가기가 어려운 것이다. 그러나 이 저자는 일직이 詩人이엿고 또한 小說을 읽던 솜씨라 첫대문을 北京을 넘어슨 도중, 同浦線上 군용열차 중에서 시작하여 천리에 뻗힌 사월 남풍의 훈훈한 麥香을 담뿍이 독자에게 풍기여 준 뒤에 일개 묘령의 양장 미인을 붓들어다가 저자의 全紀行을 이야기하는 對象을 삼엇다. 저자와 독자는 이 洋裝美人을 가운데로 두고 눈물을 먹으며 전장을 이야기하여 感激하기도 하고 웃음을 웃어 담뿍 戰線 情景을 이야기도 하게 되는가 하면, 엄숙한 얼굴에 타는 듯한 情熱을 띠우고 천하 대세를 論하기도 한다. 밤이 지새도록 읽어 실치 안혼 책이다. 우리 文壇이 일직이 갖지 못햇든 前無한 이 전선기행을 널리 독자에게 推獎한다.

박영희의 『전선기행』(1939, 박문서관 발행)은 '자서'와 함께 '황군위문 조선문단 사절 보고서'가 들어 있다. 기행의 목적이 그 자체로 황군 위문인 셈이다. 월탄 박종화의 평론에 등장하는 바와 같이, 일본군의 전장터에서 시인으로 일본군의 전선 풍경을 과장된 감정으로 그려내고자 한 것이다. 이처럼 일제 강점기 말기의 전선 기행이 등장하게 된 것은 창씨개명이나 일본어 상용, 조선어 말살 등과 같이 강압적인 민족 말살 정책이 실행되고, 이른바 총동원 전시 체제로 진입하면서 식민지 조선의 문학이 정상적인 발전을 할 수 있는 상황은 아니었다. 이러한 분위기에서 1940년 전후에는 이른바 '전쟁문학', '전선문학'이라는 용어가 등장하고, 기행문에서도 전장을 배경으로 한 것들이 다수 등장한다. 예를 들어 『문장』과 같은 순문예를 지향했던 잡지도 제1권 제5집(1939.6) 이후 '전선문학선(戰線文學選)'이라는 지면을 두고, 그 당시 일본인이 쓴 작품을 선별·번역하여 소개했으며, 임학수(林學洙, 1911~1982)의 '북지견문록(北支見聞錄)'(『문장』 제1권 6호~제1권 8호, 3회)에서도 '낭자관(娘子關)', '전선의 장병' 등과 같이 기존의 명승고적 대신 전장 분위기를 짙게 그려내고 있다.

【북지견문록(北支見聞錄)】[36]

娘子關: 낭자관! 낭자관! 飛鳥도 못 날르는 곳. 바람도 쉬여 가는 곳.
여기서부터는 站長도 列車長도 軍人이엇습니다. 勿論 夜間에는 車를 움직
이지 않지요. 乘客은 大槪가 軍人 軍屬과 第一線에서 旅館業 料理業을 하는
商人들. 구름 넘어 저 산 꼭대기에는, 들 넘어 저 골작이에는, 아직도 敗殘
兵이 숨어 있어 군데군데 산상에 모닥불의 점은 煙氣가 하늘을 찌르고
토치카 우에 黑旗가 펄럭어리는군요. (…중략…)

戰線의 將兵: 列車가 檢次에 다았습니다. 우리는 여기서도 또 묵지 않으
면 아니됩니다. 바로 일주일 전 飛行機 七機가 來襲하여 爆彈을 投下하였
으나 結局 城外의 중국인 주민 몇이 犧牲되었을 뿐이라고. (…중략…) 드
르니 바로 내 옆에 앉은 ○○警備隊의 ○○兵은 고향이 ○○으로서 재작년
事變이 勃發하자 바로 天津으로 와서 ○○戰線에 있다가 남하하여 上海
南京의 攻略戰에 참가하였고, 다시 북상하여 徐州會戰, 거기서 낭자관을
넘어서 太原에 갔다가 張家口에까지 갔었고, 이제는 다시 산서로 도라왔
다고. 실로 지나의 거진 전토를 행군하여 대회전에 遭遇하기 3회, 小掃蕩
戰에 참가하긴 그 수를 이루 다헤아릴 수 없다 합니다. (…하략…)

이 글에서 임학수가 북지(北支)를 견문한 목적이 무엇인지는 알 수
없다. 그러나 산해관, 북경을 거쳐 총독부 출장소에서 사무관을 만나,
일제의 '성전(聖戰, 실제로 대륙침략)'이 갖는 의미를 듣고, 노구교, 만수
산, 석가장을 거쳐, 중국인의 항일 전적지인 낭자관, 서수 등지에서 일
본군의 참전 경력을 예찬하는 것으로 볼 때, 이 기행문 또한 이른바
'황군 위문'의 전선 기행의 하나로 볼 수 있다.

---

36) 『문장』 제1권 제8호(1939.8), 임학수, '북지견문록(3)'.

이러한 시대상황 속에서도 기행문 속에 민중들의 삶이 사실적으로 그려지는 경우가 있다. 『동아일보』 1938년 4월 24일, 6월 23일~24일 3회에 걸쳐 연재된 강노욱(姜鷺郁)의 '강남기행'에는 팔려가는 여인들, 매춘부 등의 모습이 등장한다. 경상도 사투리를 쓰는 낭자군, 여행증명서를 검속하는 헌병대, 백색 러시아계 사람들의 모습 등을 통해 고난스러운 당시 민중의 삶의 모습이 드러나는 셈이다.

【강남기행】37)

理想에 운다! 현실이 너무 좁으냐? 너무 빈약하냐? 나는 그 대답을 기다릴 틈도 없이 다시금 조선을 떠나고 말엇다. 사실 내 理想은 하늘끝처럼 높고 높다. 그것이 이 현실과 보담 가까우면 가까울수록 나는 朝鮮은 안 떠낫을 것이고 또 理想에 嗚咽하지도 안흘 것이다. 그러나 나는 이제 이상에 운다. 괴로운 몸과 마음을 早降丸 船室에 실허 노코 보니, 그제야 安穩한 餘裕와 沈着을 느겻다. 이 배는 天津을 향해 出帆한다. 삼등 선실은 초만원을 이루엇다. 그 태반이 天津行의 船客들이다. 바로 내 옆에는 脂肪 냄새를 풍기는 賣春婦 사오명이 자리를 잡고 잇섯다. 연기를 품은 듯이 混濁해 보이는 厥女들의 눈과 눈이 어쩐지 내 마음까지 어둡게 하엿다. (…중략…) 나는 생후 처음으로 外國 航路의 2등선을 타 보앗다. 그것은 내게 그만한 餘裕가 잇엇던 것도 아니고 그 실은 대련의 知友 한 사람이 자기 주머니를 탈탈 털어서 2등선표를 선사한 것이다. 그 知友는 내가 몸이 弱한데다 먼 항해에 지쳐 혹시 뱃멀미나 하지 안흘까 하는 念慮로 2등선표를 선사한다고 하며, 豪氣롭게 우섯다. 나는 그의 손목을 잡고 오직 感謝할 다름이엇다. 배 안은 여전이 混雜을 이루웟다. 2등선실도 거의 만원에 가깝고 3등 선실은 정원이 超過하야 자리를 잡지 못한 船客들은 식당의 의자에서 바다의 꿈을 준비하고 잇엇다. 亦是 船客의 태반은 娘子群

---

37) 『동아일보』 1938.4.24~6.23, 대련에서 姜鷺鄉, '강남기행(1), (2)'.

이엇다. 그 중에는 십삼 사세밖에 안 되어 보이는 어린 *少女*도 잇엇다. 구석진 곳에 蓄音機 소리가 들린다. 그쪽으로 視線을 돌리니 가벼운 트롯트의 곡에 마처 땐서 풍의 두 무녀가 서로 맛붙어 땐스를 하고 잇다. 저편 구석을 보니 中支로 팔려가는 상 싶은 어떤 *女子*가 흙흙 느끼고 잇다. 슬픔을 하소할 길 없어 곁에 앉은 동료에게 가끔 우름섞인 소리로 무엇을 중얼거리는 소리를 들으니 確實히 慶尙道 사투리다. "우리들은 어디로 간다나?" "몰라…." 이 구석 저 구석에서 낭자군들은 자기네들의 가시만혼 人的 行路의 방향을 서로들 물어보는 모양이엇다. 그러나 눈앞은 한정없이 넓고 갈길은 너무나 멀다. 그들의 괴로운 行路가 끝나는 말 아마도 그들의 人生도 끝나고 말 것이다.

이 글에서 필자는 천진행 배 안과 대련·청도로 향하는 배 안에서 다양한 사람들을 목격한다. 그 가운데 트롯 풍의 무녀와 대비되는, 중국으로 팔려가는 양 싶은 어떤 여자의 모습은 그 자체가 인생행로의 종말처럼 비극적이다. 청도에서 내려 여행증명서를 검속 받고, 일본과 중국의 연락선이 도착할 때마다 항구에 모여 손님을 끌고자 하는 상점 주인들의 모습 등에서 식민 침탈과 이데올로기와는 무관한 민초들의 삶의 모습을 찾아볼 수 있는 셈이다. 1940년대 전후의 기행문에서 이러한 작품을 찾는 일은 쉽지 않지만, 기행문이 기차 안·배 안·자동차 밖으로 바라볼 수 있는 시대의 모습을 담고 있음을 확인하는 일은 어렵지 않다.

제8장 시대의 창 닫기

　기행문은 여행의 체험을 자유롭게 적은 글을 의미한다. 여행은 누구에게나 호기심과 동경의 대상이며, 일상을 탈피하여 자유를 얻는 과정으로 인식된다. 또한 여행자는 여행 과정에서의 이색 체험뿐만 아니라 자기와 다른 사람을 만남으로써 자신을 반성하고 자의식을 확인하는 계기로 삼는다. 곧 여행은 자의식 성장의 과정이자 지식과 견문을 넓히는 과정이며, 여행자의 인생관, 세계관, 역사관을 변화시키는 주된 수단이다.

　이 연구는 근대 이후 일제 강점기까지의 여행 담론과 기행문을 대상으로, 근대적 자의식 성장 과정 및 기행문의 발달 과정을 연구하는 데 목표를 두고 출발하였다. 제목에서 '시대의 창'이라는 표현을 사용한 이유는, 근대 기행 담론이나 기행문이 그 자체로서 시대를 읽어낼 수 있는 중요한 자료라는 생각을 했기 때문이다. 여행은 단지 자신이 살던 지역을 떠나 공간적으로 다른 지역을 다녀오는 일로 그치지 않는다. 근대 이후 여행은 특정 계급이나 특정인의 특권이 아니라 지식인과 대중의 일상적 소망으로 바뀌어 갔다. 그뿐만 아니라 근대 자본주의 경제의 발달에 따라 여행 자체가 각종 시찰단, 여행단의 출현으로 이어지면서 정치·경제적 문제를 포함하게 되고, 식민시대에는 독립운동과 맞물려 여행증명제도가 시행되기도 하였다. 이러한 차원에서 근대 이후의 기행 담론은 '시대의 창'으로서 개인, 사회, 역사, 언어, 문학 등 다차원적 관점의 접근이 필요한 주제임을 확인할 수 있다.

사실 근대 이후 일제 강점기까지의 기행 담론을 전수 조사하고 이를 체계화하는 일은 매우 어려운 일이다. 그 주된 이유는 방대한 자료를 정리하기가 쉽지 않으며, 분석 기준을 세우는 일도 다양한 관점을 고려해야 하기 때문이다. 그렇기 때문에 이 연구는 일차적으로 1880년대부터 1945년까지의 기행 담론을 5기로 나누어 각 시대의 기행 담론의 변화를 살피고자 했으며, 그 과정에서 기행 담론의 내용과 문체 발달 차원에서의 기행문 분석에 초점을 맞추고자 하였다. 즉 '시대의 창 열기'에서 제시한 바와 같이 '기행 담론의 역사성과 시대정신', '사회 현실과 기행문의 전개 과정', '문체론적 차원에서 본 기행문 쓰기', '문학성의 차원에서 본 기행문 재검토'가 이 연구의 중심 주제인 셈이다. 각 시기별 연구한 내용을 요약하면 다음과 같다.

제1기는 개항부터 1900년대 초(1880~1905)까지로, 이 시기의 근대 기행 담론 형성과 근대적 기행문의 출현 과정을 살피고자 하였다. 이 시기는 개항 이후 근대의 유력(游歷)이 강조되던 시기로, 환유여력(環游旅歷)이 근대 지식의 유입과 밀접한 관련을 맺고 있던 때였다. 1881년 조사시찰단, 영선사의 파견은 문물 개화를 위한 견문 확장의 기회를 제공하는 계기가 되었다. 이 시기의 해외 유력은 통상 사무와 관련을 맺는 경우가 많았는데, 개화에 적극적이지 않았던 우리나라의 경우 '출양장정(出洋章程)'과 같은 규칙을 만들지는 않았다. 그럼에도『한성주보』의 잡록(1887.6.27)과 같이 중국의 사정이나 일본의 사례를 소개한 경우가 자주 나타나고, 근대식 학교에서도 지리 관련 교과를 우선적으로 가르친 점 등은 근대의 기행 담론 형성에 중요한 역할을 한 것으로 볼 수 있다.

출양견문의 차원에서 유길준의 『서유견문』은 근대의 유학생과 지식 유입 과정을 보여주며, 서양 유력 체험을 통한 문명 담론이 형성되는 계기를 마련해 준다. 이러한 과정을 거쳐 1894년 갑오개혁이 일어나고, 1895년 근대식 학제가 도입되며, 이 시기부터 본격적으로 재일 관비 유학생이 파견된다. '실용사무실심강구(實用事務實心講求, 사무에 필요한 것을 실심으로 강구함)', '광지식(廣知識, 지식을 넓힘)', '달사리(達事理, 사리에 통달함)', '견강침의용(堅剛沈義勇, 견강하고 침착 의연하며 굳세어 굴복하지 않음)', '무불굴지정신(武不屈之精神, 힘써 굴하지 않는 정신)'을 강조한 유학생 파견은 다양한 유학 담론과 함께, 일본뿐만 아니라 견문출양의 담론을 활성화한다.

그러나 이 시기 기행 담론이 근대적 기행문의 산출로 이어진 것은 아니다. 『독립신문』, 『제국신문』, 『황성신문』, 『대한매일신보』 등의 신문에서 '유람세계증장학식(遊覽世界增長學識, 세계를 유람하는 것은 학식을 증장시키는 일)', '유람장인견식(遊覽長人見識, 유람은 사람의 견문과 식견을 성장시킴)' 등의 논설을 지속적으로 싣고 있지만, 『제국신문』 1899년 12월 8일~9일의 논설이나 1902년 11월 18일~27일의 '대한 근일 정형' 등을 제외하면 유람기로 볼 수 있는 작품은 거의 발견되지 않는다. 이러한 차원에서 이 시기의 논설 형식의 기행 담론은 개인 체험의 묘사를 통한 여행 재현, 근대적 자의식 또는 개인의식의 자각 등과 같은 구체적 형상화가 이루어지기 전 단계의 담론이라고 볼 수 있다.

제2기는 1900년대 후반기(1906~1910)로 이른바 국권 침탈의 시기이다. 이 시기를 별도의 시기로 구분한 것은, 러일전쟁과 통감부 설치 등을 통해 일본 제국주의의 국권 침탈이 본격화되었고, 이에 따라 한국

지식인들의 '애국계몽운동'이 활발해졌기 때문이다. 자료 분포의 차원에서도 이 시기에는 각종 학회가 조직되고, 해당 학회의 학회보 발행이 활발해졌으며, 개인 저술의 교과서나 저역서가 다수 출현한 점도 주목할 만하다.

이 시기의 기행 담론 가운데 큰 변화는 '관광단'의 출현이라고 할 수 있다. 조성운 외(2011)에서 『시선의 탄생: 식민지 조선의 근대 관광』이라는 책명을 사용했듯이, 관광단은 제국주의와 자본주의가 결합하여 만들어 낸 근대 산업의 하나이다. 각종 협회, 시찰단, 관광단의 출현은 근대적 진화론, 곧 '문명 진보론'의 유입과 함께, 일본 제국주의 침탈을 은폐하는 수단으로 작용하기도 했으며, 명승고적을 중심으로 한 탐승(探勝) 문화를 만들어 내기도 하였다.

이러한 배경에서 유학생들의 일본 문명에 대한 시선과 세계 인식에도 변화가 생겨났는데, 재일 유학생의 경우 선진화된 일본 문명에 대한 부러움이나 일본의 산천에 대한 경탄을 나타내는 글을 쓴 경우가 빈번했고, 소수의 구미 유학생들도 구미 문명에 대한 부러움과 조선의 지식 발전의 필요를 강조하는 견문기를 남기기도 하였다. 이러한 기행문은 근대 지식인으로서 애국계몽의 차원에서 쓴 것이지만, 당시 풍미했던 문명 진보론의 관점에서 '구미·일본=문명, 조선=비문명(또는 반문명, 半文明)'이라는 등식을 고착화하는 폐단으로 이어진 감도 있다.

이와 같은 차원에서 이 시기 애국 담론의 하나로 출현한 '소년 사상'은 주목할 만하다. 『소년한반도』, 『소년』이라는 잡지명이 등장하듯이, 이 시기 '소년'은 '어린이' 차원의 소년이 아니라 '노년'과 대조를 이루는 소년이다. 곧 축자적 의미에서의 소년은 '젊은이'를 의미하며, 인생에서 활기 있고 희망찬 시기를 의미한다. 특히 최남선은 '세계주유(世界周遊)', '모험(冒險)'을 통해 구현된다. 그러나 최남선의 소년 사상이 발생론적 사고에서 '청년', '장년'으로 이어지는 발전을 보인 것은 아니다. 이 점은 1910년대 그가 주관한 잡지명이 '청년'이 아니라 '청춘'이라는 점에서도 확인된다.

이러한 흐름에서 애국계몽기의 기행 담론은 시대 인식의 가능성과 한계를 모두 보인다. 그럼에도 이 시기 기행문에서 주목되는 점은 박은식의 '서도 여행기', 최남선의 '쾌소년 세계주유 시보' 등과 같이 애국 담론에 기반한 기행문이 출현한 점이며, 이들 기행문이 점차 언문일치에 근접해 가고 있다는 점이다. 특히『소년』소재 기행문은 불완전하나마 언문일치에 근접해 있으며, 기행 체험에서 시가(詩歌)를 삽입하여 문학적 발전을 도모하고자 하는 모습이 두드러진다.

제3기는 1910년대 기행문(1910~1919)으로『매일신보』,『청춘』에 다수의 답사 보고서 또는 기행문이 쓰인 시기이다. 국권 상실로부터 시작되는 이 시기의 기행 담론에서 주목되는 점은 일제에 의한 각종 조사 보고와 함께 '시찰기', '고적 답사기' 등이 쓰였다는 점이다. 이러한 시찰기나 답사기는 식민 지배정책과 밀접한 관련을 맺고 있음은 당연한 일이다. 일본의 경제 단체나 언론 단체, 매일신보사 등의 후원을 받는 각종 관광단과 시찰단 활동은 '여행=명승고적 탐승'이라는 등식을 강화시켰으며, 이로부터 개인의 기행 체험을 바탕으로 한 기행문에도 '명승지 유기(遊記)' 형태를 띤 경우가 많아졌다. 특히『매일신보』에는 조선의 역사와 문화에 관심을 기울인 일제 관학자들의 답사기가 빈번히 실렸다. 오하라(小原新三), 구로다(黑阪勝美), 도리이(鳥居龍藏) 등이 대표적인 인물이다. 이러한 배경에서 등장한 '백두산', '금강산' 기행문도 전형적인 탐승기(探勝記)로 존재하며, 식민지적 계몽성을 짙게 드리운 이광수의 '농촌계발'이나 조일제의 '주유삼남' 등도 나타났다.

이처럼 국권 상실기 기행 담론이 애국계몽시대의 '지식증장론'과는 달리 탐승과 문명 시찰론으로 이어진 것은 식민 지배라는 시대 현실을 반영한 자연스러운 결과이다. 그럼에도 이 시기 기행문은 문체나 묘사 차원에서 전 시대에 비해 변화한 모습이 나타난다. 경성역을 출발하여 각 지역으로 향하는 여로, 기차 안과 밖의 모습, 여관에서 보고 듣는 사람들의 목소리, 일제에 의해 건설된 각종 철로, 교량, 건물에 대한 경탄 등은 식민시대를 반영한 전형적인 기행 소재이지만, 조일제의 '주유삼남'이나 이광수의 '오도답파여행'은 경성역과 남대문, 차창 밖의 세계를 생동감 있게 재현하고 있다. 이러한 재현 의식은 개인의 여행 체험에서 비롯된 것이며, 그 자체가 식민시대를 극복하는 의식으로 전환되지 못했다는 점에서 '식민지적 재현성'이라고 불러야 타당할 것으로 보인다.

제4기는 1920년대를 대상으로 삼았으며, 이 시기는『동아일보』,『개벽』등의 문화운동이 중심을 이루었던 전반기(1920~1925)와 '국토 순례 기행'이 활발했던 후반기(1926~1930)를 나누어 살피고자 하였다.

1920년대 전반기의 기행 담론에서 주목할 점은 '작법(作法)', 곧 글쓰기에 대한 인식의 변화이다. '문학(文學)'이 '글 배우기'라는 축자적 의미에서 근대적 의미의 '예술문'이라는 인식이 보편화된 시점이 바로 이 시기이다. 물론 '문학은 언어의 예술'이라는 등식이 한국 문학 이론 발전사에서 처음 출현한 것은 이보경(李寶鏡)이라는 필명으로 발표한 이광수(1910)의 '문학의 가치'를 전후해서이다. 그러나 문학적인 글쓰기가 '미문(美文)', '예술문' 쓰기임을 논증하고 실천하고자 한 움직임이 자리를 잡은 것은 1920년대이다. 이는 기행문 쓰기에도 큰 변화를 가져왔다. 1920년대 전반기『동아일보』의 기행문은 상당수 언문일치화된 생동감 있는 기행문이다. 나공민의 '석왕사', 민태원의 '백두산행' 등은 이러한 미문화된 기행문의 대표적인 사례이다.

이와 같은 글쓰기의 변화는 기행문을 통한 자의식의 성장에도 일정 부분 영향을 미쳤다. 곧 전근대적인 '유기(遊記)'나 '탐승기(探勝記)' 대신 특정 목적을 갖고 여행지로 출발하며, 그곳에서 민중의 삶을 살피고자 하는 의식이 성장한다. 이러한 흐름에서 이 시기 자의식은 개인적 성장

뿐만 아니라 역사성을 띤 경우가 많았다. 『동아일보』 소재의 '백두산', '금강산', '고흥', '호남' 등이 이러한 대상들이다. 또한 '개조'와 '혁신'을 부르짖은 『개벽』의 '조선 문화 조사'는 일제의 문화 유적 조사에 맞서 조선의 문화를 이해하고 지키고자 하는 순수한 목적에서 출발한 사회 운동이었다. 그 과정에서 산출된 다수의 보고서와 기행 체험은 비록 식민 시대의 어설픈 계몽의식을 드러내는 경우도 있지만, 그 자체로서 기행 담론의 발전을 의미하는 것으로 해석해도 큰 무리가 없을 것이다.

이러한 흐름에서 1920년대 초 해외 기행문 가운데 살펴볼 만한 몇 작품이 있다. 『동아일보』의 경우 '산호성'이라는 필명을 쓴 오천석의 '태평양 건느는 길'이나 주요한, 나공민 등의 중국 유학 관련 기록 등은 식민시대 유학 담론이 일본보다 중국과 구미 유학이 필요한 이유를 설명하기에 충분하다. 이들 유학기(留學記)는 험난한 여정뿐만 아니라 유학생활의 고단함 등을 잘 묘사해 낸다. 이러한 자료는 당시의 인간관계나 생활사를 살피는 데도 유용한 자료임에 틀림없다.

1920년대 후반기의 기행 담론은 본격적인 '순례' 담론이 정착한 시기로 규정할 수 있다. 이 시기의 국토는 단순한 명승지가 아니다. 다분히 관념화되었을지라도 '국토'는 '민족'을 상징하는 대상이며, 계몽적 지식인 여행자는 '백두산', '묘향산' 등을 대상으로 본격적인 '민족 만들기'에 나선다. 물론 이러한 민족 만들기가 자생적인 것은 아니다. 식민 지배가 지속되고 1920년대 초 사회주의 이데올로기가 만연하면서 '민족 담론'이 활성화되는 것도 식민시대 계몽운동가들의 '민족 만들기'의 주요 배경이 되고 있다. 그러나 적어도 이 시기의 '국토 순례' 기행문은 국토에서 역사와 문화, 정체성 찾기의 방편으로 활용되고 있음은 부인하기 어렵다. 이 점에서 최남선의 '심춘순례', '단군론', '백두산근참기'는 민족 만들기의 대표적인 성과로 볼 수 있다. "조선의 국토는 산하 그대로 조선의 역사며 철학이며 시며 정신입니다."로 시작하는 『심춘순례』의 권두언은 1920년대 후반기 순례 기행 담론의 슬로건에 해당한다. 최남선의 순례기는 『시대일보』에 연재했던 '심춘순례'로부터 본격화된다. 이 작품은 호남 지방에 대한 순례기이다. 이들 순례기는 민족 자의식의 차원뿐만 아니라 기행문의 양식이나 문체 변화의 차원에서도 주목할 가치를 갖는다. 이에 대해 이광수는 '치밀·간결한 묘사법', '기경(奇警)하고 해학적(諧謔的)인 관찰과 비유', '고금·아(雅)·속(俗)·학(學)·상(常)의 어휘의 자유자재한 사용' 등이 특징이라고 하였다. 이러한 찬사는 『백두산근참기』에 대한 이은상의 평가도 비슷하다.

사실 이러한 평가가 오늘날의 문체론적 차원에서도 유효하다다는 평가를 하기는 어렵다. 그가 구사한 상당수의 현학적인 한자어, 다수의 한문 사료(史料) 인용, 곳곳에 삽입되어 있는 시조와 시가 등이 현대 독자로 하여금 순례기를 읽는 데 불편함을 줄 수도 있다. 그럼에도 육당의 순례기는 분명 식민시대 민족 만들기에 기여했으며, 기행문에는 여정과 함께 문학적 감성, 시가 등이 당연히 반영되어야 한다는 관념을 낳게 했음은 틀림없다.

제5기는 1930년대 이후(1930~1945)로 국토 순례 기행의 쇠퇴와 식민 이데올로기가 강화되던 시기의 기행문 변화를 중점적으로 살피고자 하였다. 이 시기는 각종 신문과 잡지에 기행문 자료가 넘쳐나는 시기이다. 그럼에도 앞선 시기의 '지식증장론', '식민지적 재현', '순례기의 민족 만들기' 등과 같은 지속적인 변화 대신 일제의 병참기지화나 총동원령 등과 같이 식민 지배가 강화되며, 이에 따라 이른바 '전선기행'까지 등장하는 시기이다.

그럼에도 이 시기의 기행 담론에는 일정한 흐름이 있다. 그 가운데 주목되는 것은 기행문 쓰기의 일상화이다. 이 시기에는 기행문이 작법의 한 양식으로 정착되었고, 여행 기록도 일상화되었다. 박기혁(1931)의 『창작 감상 조선어작문 학습서』(이문당)를 비롯하여 이태준(1940)의 『문장강화』(박문서관)에서 '기행문 쓰기'를 문장 수업의 주요 대상 가운데 하나로 설정한 점이나, 수학여행기의 일상화 등은 이 시기 기행문이 일상화되고 있음을 의미한다. 특히 『동아일보』 1935년 8월 2일자 '정찰기'의 '여행과 기행'에서는 당시의 기행문이 '자연과 풍광에 대한 인상을 적는 것'과 '여행지의 역사·지지·고인의 시문을 뒤적거려 나열하는 것' 등이 유행했음을 지적하면서 이러한 글쓰기가 참다운 기행은 아니라고 비판한다.

이처럼 기행문의 양식이 정형화된 데는 앞선 시기의 순례기의 영향이 컸던 것으로 추정된다. 정도의 차이는 있겠지만, 1930년대 노산 이은상의 기행문은 여행지의 사적과 노산의 시조로 채워진 경우가 많다. 그의 기행에는 아직까지 순례의식이 남아 있다. 그러나 1930년대 국토순례가 일상화되면서 명산·고적은 순례라는 명칭의 탐승지로 전락하는 경우가 많다. 또한 다양한 형태의 탐방기에도 '순례'라는 명칭이 자연스럽게 붙는다. 이러한 순례기에 등장하는 조선인의 삶은 단지 스케치에 불과하다. 그뿐만 아니라 1930년대 이후에는 저널리즘의 속성에 따른 선정적이고 로맨틱한 기행 체험을 부각하는 글도 많아진다. '제주도 해녀'나 '여승의 삶'에 대한 호기심을 자극하는 글쓰기가 대표적인 사례이다.

또한 식민지배가 강화되고 만주국 건국에 따라 만주의 기억이 달라지는 점도 특징이다. 본래 만주는 1900년대 애국계몽운동 차원에서 관심을 갖기 시작한 지역이다. 그러나 1930년대 만주국 건국은 일본인이나 친일분자들의 이상국(理想國)으로 간주되기 시작했다. 간도와 만주, 하얼빈으로 이어지는 만주가 일상적인 수학여행지로 바뀌기 시작하고, 이 지역 조선인들의 내면적인 삶을 외면할 경우 기행문 속에 심층적인 삶의 모습이 나타나기는 어렵다. 만주의 도시화나 공업화에 대한 경탄, 다민족 구성원들의 협화(協和)를 부르짖는 식민 이데올로기가 중심을 이루는 기행문이 많아진 것도 그 때문이다.

이와 함께 세계 일주기의 변화에서도 스케치형이 많아진 것이 특징이다. 이 시기의 세계 일주는 지식증장이나 견문 확장보다는 개인적인 차원에서 유학을 목적으로 하거나 순수 여행을 목적으로 하는 경우가 많다. 특히 나혜석의 경우 부산진에서 경성, 만주, 러시아를 거쳐 유럽 전지역을 살피면서 떠나기 전의 '사람은 어떻게 살아야 잘 사나', '남녀 간 어떻게 살아야 평화스럽게 살까', '여자의 지위는 어떠한 것인가'라는 거창한 질문과는 어울리지 않게, 해당 지역의 풍광과 문화시설을 스케치해 나간다. 이와 달리 식민시대 경제사학자였던 이순탁(1935)의 『최근 세계일주기』(한성도서주식회사)나 『조광』에 연재한 이극로의 '방랑 이십년간 수난 반생기' 등은 필자의 학업 과정과 사상이 반영된 기행문이라는 점에서 의미를 갖는다. 다만 이러한 기행문은 학술성을 갖추고 있을지라도 문학성 차원에서는 뚜렷한 한계를 갖는다.

시대의식이나 문학성 모든 면을 고려할 때, 1930년대 말에 출현한 '전선기행'은 식민시대의 아픔이 배어나는 작품들이다. 1938년 이후 『삼천리』, 『조광』 등에 나타나는 기행문이 풍광에 대한 감상이나 여로에 대한 로맨스, 성적 호기심 등을 두드러지게 나타내는 것도 극심한 사상 통제라는 시대상황과 무관하지 않겠지만, 박영희, 김동인, 임학수 등의 '황군 위문단' 조직이나 그로부터 생성된 박영희(1939)의 『전선기행』(박문서관)은 그의 극단적 친일 활동을 잘 보여주는 산물이라고 할 수 있다.

기행문은 여행의 체험을 자유롭게 적는 글을 의미한다. 시대에 따라 여행하는 방법과 견문 내용이 달라지겠지만, 근대 초기 선교사들의 도보 여행이나 말과 당나귀를 타고 가면서 보는 산천·풍속, 기차 여행이 일상화되면서 열차 안에서 부딪히는 사람과 창 밖의 모습, 자동차가 들어오면서 생겨난 신작로와 가로수 등은 우리에게 공간적인 풍경뿐만 아니라 시간적 차원에서 시대를 읽어내는 흥미로운 창임에 틀림없다. 창 밖으로 더 많은 것을 보고, 더 많이 느끼고자 하는 것이 여행자의 심리일 것이다. 보아야 할 것, 배워야 할 것, 느껴야 할 것이 많은 데비해, 여행자의 시간은 넉넉하지 않다. 이러한 심리에서 이 연구의 창을 닫아야 할 때가 되었다. 이번에 조사한 다수의 자료 이외에 더 정리해야 할 자료가 많고, 각 시대별 분석해야 할 상황과 천착해야 할 기행문 변화 상황도 많다. 두 권의 자료집과 한 권의 연구서에 이 모든 것을 담아내기는 참으로 쉽지 않은 일이다. 그렇기 때문에 더 많은 자료 발굴과 정리가 이루어진 상황에서 '시대의 창'을 다시 열 기회가 있을 것으로 믿고, 지금까지의 연구를 종료하고자 한다.

참고문헌

1. 기초자료

『大朝鮮在日留學生 親睦會會報』 1~6호(차배근(2000) 소재).

『獨立新聞』(독립신문영인간행회, 역락).

『東光』 1~7(아세아문화사).

『少年』 1~4(원문사).

『熱河日記』(박지원, 리상호 역, 평양: 국립출판사).

『帝國新聞』 1~2(아세아문화사).

『朝士視察團關係資料集』 1~14(허동현(2003) 편, 국학자료원).

『從政年表·陰晴史』(어윤중·김윤식, 대한민국문교부 국사편찬위원회).

『韓國 開化期 學術誌: 大朝鮮獨立協會會報』(아세아문화사).

『韓國敎育史資料集成』 1~3(이길상 편(1991), 한국정신문화연구원).

『漢城旬報』(관훈클럽신영연구기금, 프레스센터).

『漢城旬報·周報: 飜譯版』(관훈클럽신영연구기금, 프레스센터).

『漢城周報』(관훈클럽신영연구기금, 프레스센터).

『협성회회보·미일신문』(한국학자료원).

『皇城新聞』 1~20(한국문화간행회, 송산출판사).

『매일신보』, 『동아일보』, 『신동아』, 『개벽』, 『조광』, 『삼천리』, 『문장』 등의
　　　영인본.

*근대 계몽기 신문, 잡지 목록은 필자자 공동 연구원으로 참여한 '근현대 학문형성
　과 계몽운동의 가치' 프로젝트의 결과물은 『근대계몽기 학술 잡지의 학문 분야별
　자료』(글로벌콘텐츠, 2017) '부록'에 별도로 정리하였음.

2. 논저

강대민(1986), 「한말 일본 유학생들의 애국 계몽사상」, 『경성대학교 논문집』 7, 경성대.
강용훈(2011), 「근대 문예비평의 형성 과정 연구」, 고려대학교 박사논문.
강재언(1981), 『한국의 개화사상』, 비봉출판사.
강희영(1921), 『실지응용작문대방』, 영창서관.
곽승미(2011), 「『소년』소재 기행문 연구: 글쓰기와 근대 문명 수용 양상을 중심으로」, 『현대문학이론연구』 46, 현대문학이론학회, 5~27쪽.
구인모(2004), 「국토 순례와 민족의 자기 구성: 근대 국토 기행문의 문학사적 의의」, 『한국문학연구』 27, 한국문학연구학회, 128~152쪽.
구자황·문혜윤(2011), 『근대 독본 총서』, 도서출판 경진.
구장률(2009), 「근대 지식의 수용과 문학의 위치」, 『대동문화연구』 67, 대동문화연구원.
권동희(2004), 「최남선의 지리사상과 〈소년(少年)〉지의 지리교육적 가치: '해상대한사(海上大韓史)'를 중심으로」, 『한국지리환경교육학회지』 12(2), 한국지리환경교육학회, 219~228쪽.
권두연(2011), 「신문관의 문화운동」, 연세대학교 박사논문.
길진숙(2004), 「독립신문·매일신보에 수용된 문명/야만 담론의 의미 층위」, 『근대계몽기 지식 개념의 수용과 그 변용』, 소명출판.
김경남 편(2014), 『일제 강점기 글쓰기론 자료』 1~3, 도서출판 경진.
김경남(2008), 「1920~30년대 편지글의 형식과 문체 변화」, 『겨레어문학』 제41집, 겨레어문학회, 189~212쪽.
김경남(2009), 「1930년대 안서 김억의 '작문론'에 나타난 작문관」, 『어문론총』 50, 한국문학언어학회, 163~187쪽.
김경남(2010), 「일제강점기 문학적 글쓰기론의 전개 과정」, 『우리말글』 48, 우리말글학회, 267~289쪽.
김경남(2013), 「1910년대 『매일신보』의 기행문 연구」, 『인문과학연구』 37, 강원대 인문과학연구소, 85~106쪽.
김경남(2013), 「1910년대 기행 담론과 기행문의 성격: 1910년대 매일신보의 기행 담론과 기행문을 중심으로」, 『인문과학연구』 37, 강원대 인문과학연구소, 85~106쪽.

김경남(2013), 「근대적 기행 담론 형성과 기행문 연구」, 『한국민족문화』 47, 부산대 한국민족문화연구소, 93~117쪽.

김경남(2013), 「1910년대 기행 담론과 기행문의 성격: 1910년대 매일신보의 기행 담론과 기행문을 중심으로」, 『인문과학연구』 37, 강원대 인문과학연구소, 85~106쪽.

김경남(2013), 「1920년대 전반기 동아일보 소재 기행 담론과 기행문 연구」, 『한민족어문학』 63, 한민족어문학회, 251~275쪽.

김경남(2015), 「소년 사상 형성과 『소년』 소재 기행문의 시대 의식」, 『우리말글』 65, 우리말글학회.

김경미(2008), 「1940년대 어문정책하 이광수의 이중어 글쓰기 연구」, 『한민족어문학』 53, 한민족어문학회, 41~74쪽.

김경미(2011), 「식민지 후반기 이광수 문학의 사소설적 경향과 의미」, 『현대문학이론연구』 47, 현대문학이론학회, 59~86쪽.

김경미(2011), 「해방기 이광수 문학의 자전적 글쓰기의 전략과 의미: [돌베개]와 [나의 고백]을 중심으로」, 『한민족어문학』 59, 한민족어문학회, 713~742쪽.

김경미(2012), 「이광수 기행문의 인식 구조와 민족 담론의 양상」, 『한민족어문학』 62, 영남대한민족어문학회, 279~313쪽.

김규현 역주(2013), 『대당서역기』, 글로벌콘텐츠.

김근호(2010), 「서사 표현으로서 자기 소개서 쓰기의 본질」, 『작문 연구』 10, 한국작문학회, 303~336쪽.

김기주(1991), 「구한말 재일 유학생 연구」, 전남대학교 박사논문.

김덕환(1964), 『문체학』, 선명문화사.

김도훈(2007), 「이광수 소설에 투영된 근대적 주체의 염원과 식민지 근대성에 관한 연구」, 『사회연구』 14, 한국사회조사연구소, 99~123쪽.

김미영(2015), 「이광수의 『금강산유기』와 '민족개조론'의 관련성」, 『한국문화』 70, 서울대 규장각 한국학연구원, 195~223쪽.

김민지(2014), 「최남선의 『소년』 잡지에 나타난 세계지리의 표상 방식」, 『한국사회교과교육학회 학술대회지』 2014(2), 한국사회교과교육학회, 1~14쪽.

김봉(2010), 『관광사』, 대왕사.

김성룡(2010), 「중세 글쓰기에 나타난 자아 정체성의 교육적 가치」, 『작문

연구』 11, 한국작문학회, 111~132쪽.

김성환(2000), 『명지사론』 11·12권, 명지사학회, 289~314쪽.

김성환(2008), 「강화도 단군전승의 이해와 인식: 문집 자료를 중심으로」, 『인천학연구』 8, 인천대학교 인천학연구원, 119~157쪽.

김소영(2010), 「대한제국기 국민 형성론과 통합론 연구」, 고려대학교 박사 논문.

김영민(2009), 「근대 계몽기 문체 연구」, 『동방학지』 152, 연세대학교 국학 연구원.

김영민(2007), 「근대적 유학제도의 확립과 해외 유학생의 문학·문화 활동 연구」, 『현대문학연구』 32, 한국문학연구학회.

김영찬(2006), 「식민지 근대의 내면과 표상: 이광수의 〈무정〉을 중심으로」, 『상허학보』 16, 상허학회, 11~40쪽.

김영희(2010), 「자기 탐색 글쓰기의 효과와 의의」, 『작문 연구』 11, 한국작 문학회, 45~105쪽.

김외곤(2004), 「식민지 문학자의 만주 체험: 이태준의 만주기행」, 『한국문 학이론과 비평』 24, 한국문학이론과비평학회.

김용달(1997), 「春園의 「민족개조론」의 비판적 고찰」, 『도산사상연구』 4, 도 산사상연구회, 290~310쪽.

김윤식(1999), 『이광수와 그의 시대』 1·2, 솔출판사.

김중철(2004), 「근대 기행 담론 속의 기차와 차내 풍경: 1910~1920년대 기 행문을 중심으로」, 『우리말글』 33, 우리말글학회, 307~332쪽.

김진량(2004), 「근대 일본 유학생 기행문의 전개 양상과 의미」, 『한국언어 문화』 26, 한국언어문화학회, 16~32쪽.

김철범(2005), 「한문 고전의 글쓰기 이론과 그 현재적 의미」, 『작문 연구』 창간호, 한국작문학회, 65~104쪽.

김택호(2003), 「개화기의 국가주의와 1920년대 민족개조론의 관계 연구」, 『한국문예비평연구』 13, 한국현대문예비평학회, 269~287쪽.

김항(2013), 「센티멘탈 이데올로기: '이광수'라는 과제: 개인, 국민, 난민 사 이의 '민족': 이광수 「민족개조론」 다시 읽기」, 『민족문화연구』 58, 고려대 민족문화연구원, 163~185쪽.

김현주(2000), 「민족과 국가 그리고 '문화': 1920년대 초반 『개벽』지의 '정 신·민족성 개조론' 연구」, 『상허학보』 6, 상허학회, 213~244쪽.

김현주(2001), 「근대 초기 기행문의 전개 양상과 문학적 기행문의 기원」, 『현대문학연구』 16, 현대문학연구학회, 95~129쪽.

김현주(2005), 『이광수와 문화의 기획』, 태학사.

김현주(2005), 「논쟁의 정치와 「민족개조론」의 글쓰기」, 『역사와 현실』 57, 한국역사연구회, 111~140쪽.

김형국(2001), 「1920년대 초 民族改造論 검토」, 『한국 근현대사연구』 19, 한국근현대사학회, 187~206쪽.

남기홍(2005), 「이광수의 자성적 고백소설 연구」, 『한국학연구』 14, 인하대학교 한국학연구소, 213~230쪽.

노상래(2009), 「이광수의 자서전적 글쓰기에 대한 일고찰」, 『동아인문학』 15, 동아인문학회, 119~151쪽.

노지승(2005), 「한국 근대소설의 여성 표상에 관한 연구」, 서울대학교 박사논문.

동국대학교출판부(2010), 『제국의 지리학: 만주라는 경계』, 동국대학교출판부.

동방문화사(2008), 「연보」, 『최남선전집』 15, 동방문화사.

동방문화사(2008), 『최남선전집』 1~15, 동방문화사.

문성환(2008), 「최남선의 글쓰기와 근대 기획 연구」, 인천대학교 박사논문.

문학·풍속사 연구회(2015), 『최남선전집』 2~5, 역락.

문혜윤(2008), 「수필 장르의 명칭과 형식의 수립 과정」, 『민족문화연구』 48, 고려대학교 민족문화연구원, 127~151쪽.

문혜윤(2008), 『문학어의 근대』, 소명출판.

문화 유씨 부윤공파 종친회, 오세옥 역(2014), 『간도소사: 유광열 저』, 보이스사.

박갑수(1994), 「국어 문체 연구사」, 『국어 문체론』(대한교과서(주)), 26~44쪽.

박기혁(2011), 『창작 감상 조선어 작문 학습서』(구자황·문혜윤 편 소재).

박성진(1997), 「1920년대 전반기 사회진화론의 변형과 민족개조론」, 『한국민족운동사연구』 17, 한국민족운동사학회, 5~64쪽.

박성진(2003), 『사회진화론과 식민지 사회사상』, 선인.

박숙자(2009), 「1930년대 대중적 민족주의 논리와 속물적 내러티브」, 『어문연구』 37(4), 한국어문교육연구회, 335~361쪽.

박영희(1939), 『전선기행』, 박문서관.

박용규(2011), 「최남선의 현실 인식과『소년』의 특성 변화: 청년학우회 참
여 전후의 변화를 중심으로」, 『한국언론학보』 55, 한국언론학회, 461
~484쪽.

박정선(1999), 「소년지 시와 새로움의 의식」, 고려대학교 박사논문.

박진숙(2011), 「기행문에 나타난 제도와 실감의 거리 근대문학」, 『어문론총』
54, 한국문학언어학회, 119~148쪽.

배수찬(2005), 「한문 글쓰기의 특성과 교육 방안 연구」, 『작문 연구』 창간
호, 한국작문학회, 231~254쪽.

배수찬(2008), 『근대적 글쓰기의 형성 과정 연구』, 소명출판.

복도훈(2005), 「미와 정치: 국토 순례의 목가적 서사시」, 『한국근대문학연
구』 6, 한국근대문학회, 37~62쪽.

볼프강 쉬벨부쉬, 박진희 옮김(1999), 『철도 여행의 역사』, 궁리.

서경석(2004), 「만주국 기행문학 연구」, 『어문학』 86, 한국언어문학회.

서광전(1914), 『조선명승실기』, 경성: 대동사, 1914.

서영인(2007), 「일제 말기 만주 담론과 만주 기행」, 『한민족문화연구』 23,
한민족문화학회.

송민호(2008), 「1920년대 근대 지식 체계와『개벽』」, 『한국현대문학연구』
24, 한국현대문학회, 7~35쪽.

송병기(1988), 「개화기 일본 유학생 파견과 실태」, 『동양학』 18, 단국대 동
양학연구소, 249~272쪽.

신복룡 외(1984), 『한말 외국인 기록: 조선견문기, 전환기의 조선』, 평민사.

신주백(2014), 『한국 근현대 인문학의 제도화: 1910~1959』, 소명출판.

신지연(2005), 「근대적 글쓰기의 형성과 재현성: 1910년대의 텍스트를 중
심으로」, 고려대학교 박사논문.

심경호(2007), 「한문 산문 수사법과 현대적 글쓰기」, 『작문 연구』 5, 한국작
문학회, 9~37쪽.

아리야마 테루어, 조성운 외 역(2014), 『시헌의 확장: 일본 근대 해외 관광
여행의 탄생』, 선인.

안재홍(1931), 『백두산등척기(白頭山登陟記)』, 유성사서점.

안재홍·정민(2010), 『정민 교수가 풀어 읽은 백두산등척기』, 해냄.

어네스트 겔너, 최한우 옮김(2009), 『민족과 민족주의』, 한반도국제대학원
대학교.

에르네스트 르낭, 신행선 옮김(2002), 『민족주의란 무엇인가』, 책세상.

엘리자베스 베커, 유영훈 옮김(2013), 『여행을 팝니다: 여행과 관광에 감춰진 불편한 진실』, 명랑한지성.

역락(2004), 『육당 최남선 전집』 1~14, 역락출판사.

원문사 편집부(1977), 『소년』, 원문사, 1977.

위르겐 오스터 함멜, 박은영·이유재 옮김(2006), 『식민주의』, 역사비평사.

윤영실(2009), 「최남선의 근대적 글쓰기와 민족담론 연구」, 서울대학교 박사논문.

윤휘탁(2013), 『만주국: 식민지적 상상이 잉태한 복합민족국가』, 혜안.

이각종(1911), 『실용 작문법』(박문서관).

이경순(2000), 「1917년 불교계의 일본 시찰 연구」, 『한국민족운동사연구』 25, 한국민족운동사학회, 49~82쪽.

이광린(1994), 『개화기연구』, 일조각.

이사벨라 버드 비숍, 신복룡 역주(2006), 『조선과 그 이웃 나라들』, 집문당.

이성규(1992), 「동양의 학문 체계와 이념」, 소광희 외, 『현대의 학문체계』, 민음사.

이순탁(1935), 『최근세계일주기』, 한성도서주식회사.

이승윤(2013), 「삼천리」에 나타난 역사 기획물의 특징과 잡지의 방향성」, 『인문학연구』 46, 조선대 인문학연구소, 457~480쪽.

이윤재(1931), 『문예독본』, 한성도서.

이인모(1975), 『문체론』, 이우출판사.

이재승(2005), 「작문교육의 현황과 발전과제」, 『작문연구』 1, 한국작문학회, 39~64쪽.

이주나(2007), 「소년(少年) 지(誌)의 문체적 특성에 관한 연구」, 『한국문화연구』 13, 이화여자대학교 한국문화연구소, 223~262쪽.

이태준(1940), 『문장강화』, 박문서관.

이태준(1939), 「문장 강화」, 『문장』 제1권 제7호, 문장사, 196~205쪽.

이한섭 편저(2000), 『서유견문』, 박이정.

장영우(2008), 「만주 기행문 연구」, 『현대문학의 연구』 35, 한국문학연구학회.

전복희(2010), 『사회진화론과 국가사상』, 한울아카데미.

정선태(2004), 「독립신문의 조선·조선인론」, 『근대계몽기 지식 개념의 수용과 그 변용』, 소명출판.

정용석(2004), 「춘원의 '민족개조론'을 다시 생각하며: 학교교육이 대한민국을 망친다」, 『한국논단』 181, 한국논단, 50~57쪽.

조규태(2008), 「1930년대 한글신문의 조선문화운동론」, 『한국민족운동사연구』 61, 한국민족운동사학회.

조성운 외(2011), 『시선의 탄생: 식민지 조선의 근대 관광』, 선인.

조성운(2004), 「매일신보를 통해 본 1910년대 일본 시찰단」, 『한일민족문제연구』 6, 한일민족문제학회, 2~36쪽.

조성운(2005), 「1910년대 일제의 동화 정책과 일본 시찰단」, 『사학연구』 80, 한국사학회, 191~228쪽.

조성운(2011), 『식민지 근대 관광과 일본 시찰』, 경인문화사.

조윤정(2007), 「잡지 소년과 국민문화의 형성」, 『한국현대문학연구』 21, 한국현대문학회, 9~44쪽.

차배근(2000), 『개화기 일본 유학생들의 언론출판활동 연구』, 서울대학교 출판부.

차원현(2004) 「1930년대 중·후반기 전통론에 나타난 민족 이념에 관한 연구」, 『민족문학사연구』 24, 민족문학사연구소.

최기숙(2006), 「'신대한소년'과 '아이들보이'의 문화 생태학: 『소년』과 『아이들보이』를 중심으로」, 『상허학보』 16, 상허학회, 215~247쪽.

최기숙(2007), 「'옛것'의 근대적 소환과 '옛글'의 근대적 재배치: 『소년』과 『청춘』을 중심으로」, 『민족문학사연구』 34, 민족문학사학회, 304~335쪽.

최기영(2003), 『식민지 시기 민족지성과 문화운동』, 한울아카데미.

최남선·임선빈 옮김(2013), 『백두산근참기』, 경인문화사.

최남선·임선빈 옮김(2013), 『심춘순례』, 경인문화사.

최삼룡(2010), 『만주기행』, 보고사.

최수일(2002), 「1920년대 문학과 '개벽'의 위상」, 성균관대학교 박사논문.

최 영(1997), 『근대 한국의 지식인과 그 사상』, 문학과지성사.

최재학(1908), 『문장지남』, 휘문관.

최재학(1909), 『실지응용작문법』, 휘문관.

최주한(2011), 「민족개조론과 相愛의 윤리학」, 『서강인문논총』 30, 서강대학교 인문과학연구소, 295~335쪽.

최주환(2013), 「이광수의 민족개조론 재고」, 『인문논총』 70, 서울대 인문과학연구원, 257~295쪽.

팀 에덴서, 박성일 옮김(2008), 『대중문화와 일상, 그리고 민족 정체성』, 이
　　후출판사.

학민사(1997), 『일제하 한 경제학자의 제국주의 현장 답사』, 학민사.

한국서양사학회(1999), 『서양에서의 민족과 민족주의』, 까치.

한시준(1988), 『한말 일본 유학생에 대한 일고찰』, 정음문화사.

한용진(2004), 「경성학당에 관한 연구」, 『한국교육사학』 26(2), 한국교육사
　　학회, 267~293쪽.

한홍수(1973), 「독립협회회보의 내용분석」, 『사회과학논문집』 6, 연세대 사
　　회과학연구소.

허경진(2011), 「근대 조선인의 만주 기행문 생성 공간: 1920~30년대를 중심
　　으로」, 『한국문학논총』 57, 한국문학회.

허재영 엮음(2015), 『(존 프라이어 저) 서례수지』, 도서출판 경진.

허재영(2011), 「근대 계몽기 언문일치의 본질과 국한문체의 유형」, 『어문학』
　　152, 한국언어문학회.

홍순애(2013), 「만주 기행문에 재현된 만주 표상과 제국주의 이데올로기의
　　간극: 1920년대와 만주 사변 전후를 중심으로」, 『국제어문』 57, 국제
　　어문학회.

황선희(1990), 「동학 사상 변천과 민족 운동 연구」, 단국대학교 박사논문.

藤本實也(1942), 『滿支印象記』, 東京: 七丈書院.

梁村奇智城(1941), 『滿洲近代變遷史論』, 朝鮮研究社.

Anderson, B.(1983), *Imagined Communities*, London: Verso.

Billig, A.(1995), *Banal Nationalism*, London: Stage.

Ernest Gellner(1983), *Nations and Nationalism*, Oxford, Blackwell.

Hobsbawm, E. and Ranger, T.(1983), *The Invention of Tradition*, Oxford: Blackwell;
　　박지향·장문석 옮김(2004), 『만들어진 전통』, 휴머니스트.

Hutchinson, J.(1994), *Modern Nationalism*, London: HarperCollins.

Smith, A.(1991), *National Identity*, London: Penguin.